罗建明 ——— 著

奶奶

Grandma

中国广播影视出版社

谨以此书宽慰奶奶在天之灵

目录

前　言　洛家庄的地理环境 / 1

第一章　传奇婚礼 / 1

第二章　鼓励农工争权益 / 30

第三章　领导抗日游击队 / 49

第四章　借粮度日 / 68

第五章　家殇 / 87

第六章　妈妈，你在哪里 / 108

第七章　生活来源靠拾荒 / 127

第八章　暗杀未遂反被杀 / 152

第九章　凶手当场被抓 / 164

第十章　准备过新年 / 181

第十一章　除夕夜捉奸 / 196

第十二章　初一过年两重天 / 210

第十三章　萌萌被烫伤 / 219

第十四章　被赶出门 / 227

第十五章　逃荒路上遇亲人 / 247

第十六章　花妮挨打 / 270

第十七章　上学梦的破灭 / 287

第十八章　豌豆糕引起的风波　/　299

第十九章　家务活培训班　/　311

第二十章　土地改革动员大会　/　332

第二十一章　喜得胜利果　/　353

第二十二章　勤工俭学上小学　/　370

第二十三章　黄粱美梦一场空　/　384

第二十四章　考上出国留学生　/　413

后　记　/　432

前 言

| 洛家庄的地理环境 |

　　洛家庄是豫东平原上一个偏僻的微小村庄，整个地势是西高东低，村庄坐落在半山坡上。它的东面是一望无际的广阔平原，土壤肥沃，酸碱度适中，腐殖质丰富，耐旱耐涝，是种庄稼的绝佳地方。但新中国成立前，这么好的土地，绝大部分都被少数富人霸占着，大部分贫困农民只拥有很少土地。他们没地种，没粮食吃，靠租地主的地或者给地主打工维持生计。每年的粮食都不够吃，常在青黄不接时，借高利贷，再度被地主剥削，因此，农民的生活非常困苦。

　　村庄的西部是一个不高不低的沙岗，上面坑坑洼洼，高低不平，有出类拔萃的高岗，也有深邃莫测的暗沟。沙岗上没有高大的树林，也没有郁郁葱葱的灌木，有的只是一岁一枯荣的萋萋杂草和耐旱耐沙的大小不等的酸枣树。沙岗南面，有一片平平坦坦的草地，人们把它当作搞娱乐活动的广场。每逢过节，尤其是过新年，村民们在这里创建些文艺设施，周围村庄在这里演文艺节目，吸引无数群众观赏。

　　广场北侧，并排耸立着三座庙宇，坐北向南，巍然屹立。东面的是火神庙，里面有一座站着的高大的火神爷塑像，两只冒突的大眼睛，好像时刻凝视着每一个来人。他张着血盆大的嘴，好像要囫囵吞活人。他左手拿着一轮巨大的火圈，周围还有象征正在着火的丝线，叫作火轮圈；他的右手拿着一把青铜宝剑，高举在头上，两眼向前张望。他蜷着右腿，展现在面前；他的左腿直立，像一根粗大的木桩。整个身体，威武雄壮。人们把他供奉为全村人民的

捍卫者，保护人民的平安健康。

关于火神爷的传说：从前，有一个小偷来洛家庄踩点儿。中午太阳正毒时，他去到火神爷庙里乘凉。他进庙门后，心里犯嘀咕：火神爷，是惩恶助善的，对好人友好，对恶人凶残。偷东西当然是恶人啰，他对我也肯定是凶残的，我不能在这里久留。休息一会儿，等太阳的热劲下去了，我得赶快走。他躺在地上思索着，眼皮不由自主地打起架来。他拼命挣扎着不睡，但他身不由己，很快眼皮就合得严严的，完完全全地进入了梦乡。他看见火神爷从神位上下来，用火轮圈套住他的脖子，用宝剑朝他身上攮，不一会儿，他的胸部、肚子、脸上、头上，都是窟窿。火神爷满脸凶相，铜铃般的大眼里放射出恶毒的蓝光。他吓得魂不附体，尖叫了一声。他从梦中醒来，两只蒙眬的眼睛，看看火神的形象与梦中的形象一模一样，他吓得屁滚尿流，"嗖"地冲出庙门，不敢回头，直往家跑，他感到火神爷拿着宝剑紧紧跟着他。他跑到半路，摔倒在地，口鼻出血，死了。此外，还有人在漆黑的夜里看见一个火球出出进进，他们认为这是火神爷的走动。因此，人们深信火神爷的灵验。

最西面的是娘娘庙，里面有三尊娘娘塑像。东面的是送子娘娘，西面的是保命娘娘，中间的是分配娘娘。她们三位的任务很明确，责任具体，分工细致，各行其政，各干其事，谁出了纰漏谁负责纠正。婴儿指标下来以后，她们根据申请人的善恶业绩，再参照他前世的身业、口业和意业，由负责分配娘娘把婴儿指标分给哪一个具体家庭。婴儿出生后，保命娘娘负责把他长大。

这三位娘娘，也有很多关于她们灵验的传说：有一年的秋天，一个年轻人来岗上摘酸枣。忽然天下起大雨，他去到娘娘庙避雨。雨越下越大，风也越刮越猛。他穿一身单衣，有些瑟瑟发抖。一发冷就想尿。外面雨下个不停，而且雷声震耳，闪电霍霍。他双腿夹得紧紧的，拼命憋住尿，焦急地等待着，渴望大雨马上停下来。可是，天公偏不尽如人意，好像特意与他作对似的。雨非但不停，反而越下越大。他实在是憋不住了，尿已经浸透了他的裤子。他无可奈何地走到一个角落，褪下裤子，肆无忌惮地把尿撒在墙脚下。他释怀了，舒服了，但他脑子里却懵懂，而且，他的这种感觉越来越激烈，心里也越来越紧张。他抬起头来观望这三位娘娘，他吓得魂不附体，魄不聚身，三位娘娘不约而同地怒视着他。慈祥可亲的面孔，变成了狰狞可怕的凶相，三双迷迷蒙蒙的眼睛，变成了鸡蛋大的铜铃，嘴噘得可怕，眉皱得瘆人。他认为是自己花了眼睛。他摇摇头，抖抖身，定定神，他好像清醒了好多，再抬头看时，好像三位娘娘起身向他走来，还摩拳擦掌，一副恶狠狠的模样，要对他痛打一场。他再也忍耐不住了，拔腿就往外跑，他也顾不得刮风下雨、闪电雷鸣了，更顾不得风吹雨打、浑身冰冷了，他一口气跑到家里，一头栽在床上，嘴里哭叫着什么，谁也听不清楚。他妈一摸他，浑身烧得像火炭一样。她赶紧让他喝败火茶，吃镇静药。他不吃，也不喝，嘴里不停地乱吆喝："娘娘显灵了！娘娘显灵了！她们要惩罚我呀！她们要惩罚我呀！"谁也不知道他吆喝的含义，更没人了解他得的啥病。两天以后，他死了。人们纷纷议论，这是娘娘对他的惩罚。此外，还有人在三更半夜听到庙里有小孩的哭泣声。

中间这座庙宇里敬的是关公爷。关羽魁梧的身躯，威严地站立在庙屋的中央，他右手拿着一把大刀，紧紧地靠在他的身上，左手紧握着拳头，放在胸前，两眼望着前方。整个塑像庄严、肃穆，是一个可敬、可爱的形象。关羽没有什么灵验的传说。因为历史上确有其人，他又是一个守信用的代表，人们把他当成效仿的榜样。

这些神灵已成了人们心中的偶像，人们把他们当成学习的样板。每到过节，例如清明节、八月十五，尤其是新年，人们一定来这里烧香、祭祀，供奉他们，施展他们的理想，寄托自己的愿望。一代一代传下来，神灵就成了当地人们崇拜的偶像。人们坚信，这些神灵肯定会保佑他们。只要在神灵身旁，人们就会有无限的力量，他们就攻无不克，战无不胜，就会永远立于不败之地。

庙宇背后的山冈上，有两个深邃的涵洞。两个洞平行向远处伸得很远很远。中途还有大小不等的枝杈，这些枝杈一直通到外村。涵洞里有些地方很宽大，有些地方很狭窄。有的宽大的露天处像一个篮球场那么大；有的狭窄处只能勉强过一个人。两个洞有时相遇，有时分开，有时是洞，有时是沟。这些洞沟直通到山冈外面的村庄。它们是天然屏障，是游击战中的绝佳场所，是以少胜多的不可多得的绝妙战场。

洛家庄北临一条小河，从西向东，弯弯曲曲，在不远处流入贾鲁河。

这样看来，洛家庄是一个富饶之地。有山，有水，有平原。常言道：山是金，水是银，平原是个聚宝盆。还有个说法：一面靠山，如抱金砖；一面平原，吃喝不难；村庄临着河，肯定是好生活；有山，有水，有平原，幸福生活万万年。多么美好的谚语呀！可是对洛家庄来说，事实正好与这些言语相反，

3

竟成了有山有水有平原，受苦受难没个完。洛家庄是一个多灾多难的地方，这里的农民过的是悲惨、痛苦的生活。其原因是天灾、人祸。天灾：主要是这条河。它不但没有利，而是一条害河。每年它都给这里的农民带来沉重的不可抗拒的灾难。在旱季，主要是冬季，河里干枯无水，河底裂缝很宽，孩子们常在上面赛跑游玩。在雨季，主要是夏季，河水满漕，白浪翻滚，浩浩荡荡，势如破竹，洪水越堤而过，淹没了良田，吞噬了庄稼，一块块的土地变成了水塘，整个大平原变成了汪洋，地里只能种一季高粱，打的粮食还不够交租。农民赖以生存的土地，没有任何指望。他们只有靠打工、借粮。地主们不怕地里不打粮食，东地淹了有西地，南地不收有北地，东边日出西边雨，这地不收有那地。任何灾害他们都不怕，永远立于不败之地。因此，这条河危害的就是农民，具体说就是穷人。

人祸：多数农民没有土地，他们打工，租地，借债。一层一层受地主的盘剥。粮食不够吃了，得借；有病抓药没钱，得借；有点儿啥事需要花钱，得借……农民穷就穷到这个"借"字上，同时农民苦也是苦到这个"借"字上。越穷越得借，越苦越得借；越借越穷，不借还不行，不借活不成。这是个恶性循环，农民越来越穷，越来越苦。

这就是世代农民在生活道路上拼命挣扎的洛家庄。

奶奶

第一章

| 传奇婚礼 |

一个刚下罢大雪的晚上，北风呼呼地刮着，树上好像带着无数枚哨子，在刺骨的寒风中，到处啾啾乱响。用谷子秆编成的风门，在寒风中像摇摆舞一样不停地跳动。糊了几层的窗户纸，一层一层地飞走，风从窗洞里钻进来，扫荡了每件物品、每个角落。房顶上苫的麦秸，被风一把一把地掀下来，有的落到地上，滚到坑塘；有的飘到天空，飞到远方。白皑皑的雪，漫天遍野，冷飕飕的北风，刺骨凝血。广大贫苦农民，家家封门闭户，人人闭门不出，畏缩在自己的安乐窝里，接受着恶劣天气的考验。

在一个不大不小的草房屋里，母女俩面对面坐着，中间放着一个用黏土做成的火盆。从火中冒出一缕细微的青烟，逍遥自在地、慢慢腾腾地、不慌不忙地打着旋儿往上游动，消失在空中。母亲哭丧着脸，紧锁着眉，牙咬着嘴唇，眼角的鱼尾纹显得更深，两眼直盯着女儿，好像生怕女儿消失似的。女儿无精打采地坐着，眉清目秀的脸上没有一点灵气，两只骨碌碌的大眼，毫无目的地望着火盆里死火，一点火星从火盆中爆炸出来，即刻消失在她的脚旁。她的两手无所事事，一会儿伸开手掌放在火上取暖，一会儿两手凑在一起，让十个指头开小会，你摸摸我，我碰碰你，谁也不知道它们交流了什么信息；有时两手抱在一起揉搓，不知道是搓手上的灰，还是蹭痒。两人沉默了好一阵子后，母亲先开了腔："今天上午你胡大娘又来了，还是问你的婚事。她问咱们对她说的那个媒，考虑得怎么样了。"

女儿漫不经心地问："你是怎么对她说的？是不是说你们已经答应了？"

妈妈："看你这傻孩子说的，不经过你的同意我们能答应她吗？这是不可能的。孩子的婚姻大事，虽说是父母做主，但在咱们家，你爹和我都很通情达理，在孩子的婚姻问题上，我们是充分听取你自己的意见。我没说肯定话，我说得征得你的同意以后再说。"

女儿说："先停停吧。那边如果等不及，请让他们另找人家吧。"

妈妈有些生气了，不耐烦地说道："你又不同意。孩子，你能不能告诉我，你到底同意什么样的？你看现在，人家说一个你不同意，说两个你也不同意，这样下去，以后人家就不说了。你不想想你多大了，难道你能跟娘生活一辈子吗？你对娘说说，你到底为啥不同意？"

女儿："为什么不同意，我也说不上来。因为我不知道他的情况，所以我不同意，就这么简单。与一个不了解他情况的人结婚，其他女人可以，但我接受不了。"

妈妈："真是怪事。我们这么多女人不都是这个样子吗？都是先结婚，再了解情况，再建立感情。"

女儿："这样冒险很大，可以肯定地说，你们这一批人中，她们的婚姻生活有各种不同情况。"

妈妈马上问她："你怎么知道的？你也没有一个一个去问问。你说说都有什么不同情况。"

女儿："有满意的，最多占一半，也可能稍微多一点；有勉强的；有不满意的，但可以凑合着过；也有的过不到一起的，这一部分人中，大部分在丈夫的拳打脚踢下过日子，这部分人最可怜，她们过不了一天好日子，她们生儿育女，辛苦一辈子，最后悲惨地死去。在那勉强的人群中，很多人也不是从内心里满意，她们大部分是相信命。她们认为她们就是这个命，这一辈子就该找这样的男人……咱们女人啊，就是受苦多，就是受罪多……"

妈妈："你这一套话从哪里学来的？真是'富人卖粮———带（代）比一带（代）强'，我这一代不如你们，没你们懂得多，没你们见识广。"

女儿的话说得妈妈无言可答。她很佩服女儿，佩服女儿懂得这么多东西，佩服女儿有这么个好口才，滔滔不绝地像打机关枪一样一连串说了这么多关于女人的问题。这些是她过去从来没有想过的。她为女儿高兴，为女儿骄傲。她心里明白了，心里亮堂了，知道女儿迟迟不肯轻易答应自己婚事的原因了。

大风还在刮着，风门的吱嘎声，大树的呜呜声，以及院子里一些东西被刮到地上的咔嚓声，它们交汇在一起，像大自然中的交响乐，听起来不是愉快的感觉，而是阴森可怕、悲哀凄凉。妈妈说："天不早了，咱们睡吧。"

夜里谈话的母女俩是陈庄村的陈婵妮和她的妈妈。

陈家的祖辈是一个中等生活水平的人家，虽然谈不上富，但也不算穷，生活还算不错。到她父亲那一辈，漫漫滑下来了，勉强度日。她兄妹四人，有两个哥哥和一个弟弟，就她一个女孩。父母疼她，从某种程度上说有点溺爱，在很多重大问题上，尤其是牵涉她本人的事情，得按她的意见办。不然，她就不依。父母亲常批评她"自以为是"。可是她的想法并不是没有道理。比如，她十来岁时，一心想学文化，非让她父亲给她雇家庭教师不可。她父亲只得给她请一个远门亲戚上门教她识字。所以陈婵妮是她这个年龄段少有的识字的女人。再如，她小时不想裹足，她母亲怎么说她也不干，把她妈气得死去活来。她妈说："女人不裹脚，找不到婆家；女人脚很大，人人都害怕。"她反驳说："找不到婆家我自己过，干吗非要找婆家？害怕我就别理我，谁离了谁都能过。"

婵妮生性泼辣，心胸宽大，乐观豁达，小事不计较，大事不马虎。她争胜要强，富有气量，有勇有谋有担当，吃苦耐劳肯拼搏，怜悯孝顺有涵养，温柔体贴又大方。若有困难事，她主动迎上，遇到苦活累活，她从不退让。不管家里活地里活，都积极干，并且干得都很漂亮。她父亲赶着牲口去犁地，她也跟到地里，扶扶犁耙，赶赶牲口，她学犁地，让父亲指点。她父亲看到女儿的泼辣劲儿，心里非常高兴。全家的吃水她包了，三天两头往家里担水，家里的吃水缸里总是存着满满的水。她虽然是女孩，但干起活来完全像一个男的。她妈妈常说她是"假小子"。

虽说陈婵妮有"假小子"的特征，但她还是粗中有细，粗细结合。她在地里做粗活，在家里做细活。女人干的活，她基本上都会。纺花、织布、做衣服，她全会；做袜子、做鞋，甚至做小孩衣服等她全会。扎花、绣花、画花、铰花，她没有不会的。东西两庄的姑娘们常找她帮忙，找她画花，铰花、扎花、绣花，使她忙得不亦乐乎。请她画的花主要有：袜底上的，鞋帮儿上的，枕头上的，帐子上的，小孩衣服上的，鞋上的，裤子上的、上衣上的、帽子上的，还有老年妇女头巾上的，等等。

由于她有这么多本事，肯帮助人，随叫随到，叫干啥干啥，从不嫌烦，从不说累。对任何人都很热心，大家都把她当成知心朋友。比她大的，比她小的，有什么心里话都愿意对她说。

有一次，比她小两岁的陈巧英告诉她，她父亲为她订了个婚。但她不愿意，问她怎么办。婵妮问她为什么不愿意，她说她听说那男的不十分精明。婵妮问她："你心中是否有人了？"她说："我心中有个好感的人，但不知人家是否愿意。"

婵妮问她："谁？你告诉我他的名字。我为你打听打听。"

巧英告诉了她那男的名字。然后她说："爹爹为我订那个，他用了人家的好多钱呀。"

婵妮说："只要你坚决不愿意，不能答应这门婚事。用人家的钱如数退还人家。我找你妈说说。"

她很快说服了巧英妈，并请她劝说巧英爹，把钱退给人家，断了这门亲事。关于巧英认为不错的那个男孩，婵妮认为，巧英家的人托媒人说媒不合适，她直接找媒人去说媒也不合适，毕竟自己是个女孩家。她就对自己的妈妈说，让自己的妈当媒人，给巧英和那男的说媒。很快这门亲事就订下了，巧英很高兴。

还有一个叫梅梅的姑娘，刚刚十三岁，妈妈死得早，爹爹娶了个后娘。常言讲："有后娘，就有后爹"，亲爹也不亲了。梅梅在家常常受气，不是挨打，就是挨骂。她有些受不了啦，几次有寻短见的念头。婵妮听说后，耐心细致地给她做思想工作，叫她鼓起勇气，坚持面对。婵妮讲的内容主要有下列意思：第一，你老早死了母亲是你的不幸，这是你一生中最大的痛苦。常言道"掏钱难买少年苦"，你不掏钱就白捡来了少年苦。现在不吃苦，将来就没有甜。吃得苦中苦，才有甜中甜。你现在吃了苦，将来肯定有好生活；第二，要坚强起来，既然不幸降到你身上，你就得挺住。母亲已倒下了，你不能再倒下。你倒下就是向不幸屈服，向不幸低头；第三，把逆境当成锻炼自己的好机会，这是考验你时候。经过艰苦考验而成长起来的人，将来一定是一个有出息的人；第四，挺起腰杆吧，我会时刻帮助你，只要你不嫌弃我……经她这么一说，梅梅有了生活的勇气，不但不再寻短见了，而且对今后生活有了美好的憧憬。

婵妮长就一副中等身材，不高不低，不胖不瘦。恬静的脸上不时流露出潜在的笑容，内藏着一种成熟男人的沉闷和说不清原因的忧伤。她表情淡定，绰绰大方，暗示着时隐时现的坚毅和固执。两只大眼睛剔透明亮，充满着热情，时刻散发着深思熟虑的光辉，表露着责无旁贷的担当。她爱穿深色裤子，浅色上衣，两条粗粗的辫子搭在双肩上。脚虽然有些大，干活却很有劲。再加上她人缘好，村上人没人不说她是好姑娘，在东西两庄的姑娘群里，她确实比较显眼。走在街上时，回头率很高，很多小伙子对她只是一种梦想。

她十六七岁时，说媒的人越来越多了。由于她要求的条件比较高，所以说媒人也不会介绍个条件低的，他们甚至是挖空心思，把自己所知道的，把自己可以接触到的条件比较好的男子介绍给她。但他们介绍的，绝大多数都是包含下列内容：

1. 家庭条件很好，有的还列举土地亩数、牲畜头数、宅院面积、房屋间数。

2. 男的条件很好，浓眉大眼，清秀俊雅，才华横溢。

3. 订婚时任女方尽情索要，要啥给啥。

4. 女方去男方后任意享受，想吃啥吃啥，想穿啥穿啥，要啥给啥。

所有这些都是婵妮不喜欢的，任凭他们不耐其烦地许这许那，他们越许诺，她心里越讨厌。她爹妈给她介绍时，她都拒绝了。慢慢地媒人越来越少了，他们不理解她要求的是什么，更不知道如何能使她满意。

一天晚上，她妈把她叫到内屋对她说："傻妮子，你的终身事，你到底是咋想的？现在，妈最揪心的就是你的婚事。没听人家说么，'男大不娶妻，准是有问题；女大不出门，准是个祸根。'你这么大了，这个问题不解决，总不是个事吧。今天晚上，你对妈说说你心里话，咱娘儿俩谈谈心，看今后咋办。"她妈深知道她的脾气，不敢说她的不是，也不敢以命令式的口气对她说话。而是心平气和，以交谈的方式让她谈谈她的想法。

婵妮也很心平气和，看看娘这个态度，她直截了当地对妈说："我想找的男人是这样的：身子帅、脑子快、胸有才、专心爱。"

她妈一听，没真正理解，就骂起她来："你这个死妮子，什么帅、快、才、爱？你给妈又要耍这么多嘴皮子，玩这么多字眼。妈不识字，不知道你说的是啥意思？你直接说，别绕弯子。"

她说："我这不是乱说的，我不是耍嘴皮子，也不是玩字眼。我有具体内容。"

她妈说："那你把具体内容说说。"

她说："身子帅，就是要有个较好的身材。并不是美男子，一般身材就行。但不能是瞎子、聋子、哑巴、瘸子，也不能是矮子、罗锅。长相一般就行，但身体得健康，是一个身强力壮男子汉。"

她妈说："这个要求也不算高，我理解。还有啥？"

她回答说："脑子快，就是聪明、伶俐，反映问题快。绝不能痴呆，绝不能是呆头呆脑的人。人品老实可以，但不能太老实了。老实得太狠了，就成傻子了，'老实'是傻子的代名词。如果不会说，不会干，遇到问题没有一点办法，只会听别人说，只会跟着别人干，没有一点自己的独创，没有一点自己的意见，这样的人虽不是傻子，但也不全精。脑子里少根弦，考虑问题总是迟钝、欠周到。这绝不是脑子快的人，也不是我理想的人。我讨厌不老实的人。一个人如果不老实，到处欺骗，处处撒谎，对任何人都不交心，对谁也不说实话，这是无聊的小人。我理想的人是聪明坦荡，举止优雅，处事大方。"

她妈接着说："还有啥条件？"

她接着说："胸有才，就是有才华、有知识、有能力，有独立干事的本事。自己有独立自主的胸怀和胆量，不是靠父辈吃饭，更不是靠继承家业过活。我要的这人一定胸中有才华，脑中有知识。这样就会学啥会啥，干啥成啥；这样就会临危不怯，遇难不畏；这样就会胸有成竹，走遍天下。"

她妈说："你这傻妮子，像巧嘴八哥一样，说了这么一大串，都把我说糊涂了。除了这以外，还有啥要求呀？"

她说："这最后一个就简单了，所谓专心爱，就是爱要专一，不能有几房妻室，也不能有几妻几妾。他一个男的，只能要一个妻子，终身就这么一个，什么时候都是这么一个。不能用任何理由，也不能找任何借口，再娶第二个，甚至第三个。"

她说罢，妈妈说："你的这些要求，妈也理解，妈同意你的条件。你的这些条件，并不算高，更谈不上是高不可攀了。既然这样，过去媒人介绍的那些，就没有一个符合你的要求吗？"

她说："你没想想吗？他们介绍的那些全是土地、财产、楼层瓦片、家有万贯之类的话。没有一个注重人的能力的。给我说媒，光说这些，连边都不沾。"

她妈马上插话："有个媒人说的那个，不是说有学问、人缘好、爱劳动吗？"

她说："妈，你相信媒人的话？是你见了，还是俺爹见了。"

她妈说："是媒人说的。"

她回答说："媒人跑断腿，全凭两片嘴。图个说媒礼，过后谁管谁？他什么话都会说，你需要什么话，他就对你说什么话。如果两方都信了他的话，媒成了，事办了，以后过得怎么样，他一概不管。南街高领大娘的媒，不就是经媒人说的吗？你问问高领大娘，他们过得怎么样。生活倒还不错，但全靠老家业。高领整天啥也不干，动不动还打老婆。一切事得按他说的办，说得不对也得办。高领大娘的话一句也不听。高领大娘伤心死了。一提这事，她眼里就掉泪。但生米已做成熟饭，她能有什么办法呢？她只有安慰自己，说自己的命不好，是忍声受气的命。南头有个吴林嫂子，她也是媒人说的媒。吴林是个哑巴，她过门以后才知道的，但吴家有些家业，生活还过得去。凭媒人说的媒，有不少把女的害苦了。妈妈，你要知道，男人怕不懂行，女人怕嫁错郎。在嫁人这个关系到一生命运的问题上，一定得非常小心。这比不得买衣服，不合适了换换，或者再买一件。这可不是随变可以换的，你说不是吗，妈妈？"

妈妈听了非常高兴。她想，平时总以为这妮子傻乎乎的，大大咧咧的，像个傻小子，谁知道她心里还有这么多道道弯儿。她喜在心里，笑在脸上，得意扬扬地说："是啊，你这傻妮子，看你不怎么说话，你是一口吞个鞋帮——心中有底呀。好吧，孩子，告诉妈，你心中有没有正在考虑的人哪？"

这句话问得婵妮有口难张。她思想斗争得很激烈，说吧？太不好意思，不好张嘴；不说吧？心里话不对妈妈说，对谁说呢？除了妈妈还有更合适的人吗？没有了，只有对妈妈，才是唯一说心里话的人。即使下了决心说，嘴还

是结结巴巴，光看见嘴动，听不见说的什么。说话人不好意思，听话人心里着急。

看见她这种尴尬、嗫嚅的样子，妈妈催她说："你这孩子，在妈面前还有啥不好意思的，说到哪儿，妈都不怪，快说吧。如果行了，妈可以想法帮助你。妈整天操心。"

婵妮也在想，是呀，心里话不对妈讲对谁讲呢？她鼓起勇气，对妈说出了她的心里话。她说："很不成熟，只是少微有些影子，究竟如何，八字还没有一撇呢。"

她这么一说，她妈猛地一喜，急忙问："谁呀，孩子，快对妈说说他的名字。"

她说："我不知道他叫什么。"

妈妈不以为然地说："看你这傻孩子，不知道他叫啥，怎么行呢！如果知道他的名字，又知道他是哪庄的，咱可以托人去了解情况，条件行了，再找媒人说媒；不行了就拉倒。不声不响，神不知鬼不觉的。"

妈妈的这番话也正好说到她心里，她的意思也就是如此。稍等了一会儿，她对妈妈说了一遍她在会上买年画的经过：

春节前的一个会上，洛培石照例把年画和对联摆出来，耐心等待着有人来买。他殷切希望尽快在年前把货卖完，不然到初一以后就没人要了。可是这天不巧，偏偏买家很少，快到中午了，会上的人逐渐离去。洛培石本打算多卖些字画，可今天非但没有多卖，反而比平常卖得特别少。他心想："收拾摊子走，不在这里白等了。"正在这时，突然来了一位年轻女子。她先粗略地看了一下他的画。有门画、中堂画，还有山水画、人物画等。她看了画以后，转过身来用手翻他的对联。对每副她都看得很仔细。她看到的对联有：

堂屋门上的：骏马腾云贺新喜，红梅傲雪笑迎春。

头门上的：春来满江柳吐翠，秋到遍山枫染红。

客厅上的：五洲四海来欢聚，亲如兄弟似一家。

厨房门上的：进门洗手为先，对案莫言为荣。

陪房门上的：家家户户贺新春，老老少少过新年。

除了上面说的那些门上常用的以外，还有一些其他对联，供一些特殊心理状态的人使用。这样的对联有：

对联一：走东家串西家家家不免，吃一口要一口口口吃完。

横批是：逍遥自在

对联二：吃一升籴一升升升不断，借新账还陈账账账相连。

横批是：自得其乐

对联三：一棍一篮走遍天下，一人吃饱顾住全家。

横批是：美满生活

对联四：身卧大地头枕山，睡盖蓝天星做伴。

横批是：独善其身

对联五：想去哪就去哪没有人管，爱干啥就干啥自己随便。

横批是：潇洒人间

这女子对这些对联一副一副地看，一字一字地念，意味深长地品。她对这些对联很感兴趣。她感到他的对联与其他的有很大不同：首先，字是手写的，不是像其他对联那样是印刷的。而且字体潇洒，绰绰大方，龙腾虎跃，肯定出自名人之手。使她更感兴趣的，是对联的内容。她初步认定，写对联的人不是个平庸之辈，这人还是少有的。她的思想进入了一个较深的层次。她感兴趣的与其说是对联，倒不如说是写对联的人。她问："这些对联是你批发的呀，还是你们自己写的呀？"

"我们自己写的。我们卖的对联从来不批发，都是我们自己写的。"年轻人小心翼翼地回答。

"是谁写的？"她又问。

"我，我自己写的。写得不好，见笑了。"年轻人羞答答地回答。

"一手好字呀！"她说着，好奇地看了他一眼。但他不好意思地回答道："谢谢夸奖，自己学着写的。欢迎指正。"

她又问："你是根据啥写的？"

她这一问，年轻人没弄清楚她指的是什么，一时答不上来。她看到他尴尬的样子，急忙解释说："我是说对联的内容是谁编出来的。"

这下子年轻人全明白了，他心想，她问的不是谁编的词吗？

接着他毫不犹豫地说："是我自己编的，"然后他紧接着又说："编得不好，见笑了。请指正。"

在他和她说话期间，她对他手脚的动作，说话的腔调，面部的表情，都看在眼里，记在心上。从他的言谈话语中，她初步有了一个感性认识，认为他不是一个平庸的男子，而是一个有独特想法的青年人。但她又想，从他写的对联中，反映的是乞丐的生活，他是不是个一无所有的流浪汉呀？他有家吗？是不是正如他写的"一人吃饱，顾住全家"呀？她对他有不少疑问，而且一时不得其解。她很想知道他姓啥名谁，更想知道他是哪村人。但她又不好意思亲自张口问他，便找借口说："我今天没带钱，没法买。我想回去对我爹说一下，让他去你家买。你能告诉我你是哪庄的？姓啥名谁吗？"

年轻人立即答道："当然可以喽。我姓洛，是洛家庄的。"

她客气地说："谢谢。"她若有所思地离开了他。他也收拾摊子离开会场。

她妈听了她的话以后说："这好办，我有个表姐，她家也是洛家庄的，我托她打听一下。"

第二天上午，她妈吃罢早饭就去洛家庄表姐家了。

妈妈让表姐谈谈那个卖年画的情况时，她表姐问："是哪个卖年画的呀？我们村有三家卖年画的，并且都姓洛。"

妈妈一时不知所措，她也思索着：三家都姓洛，这个是哪一家呢？停了一会儿，她忽然想起，她听女儿说，这家卖的对联都是他们自己写的，而不是批发的。于是，妈妈对表姐说："这家卖的对联都是自己写的。"

表姐说："这就很清楚了，这是洛培石家。只有他家卖的对联是自己写的。其他那两家卖的都是批发来的。"然后她接着说："你要是问他家的情况啊，我对他家知道得可清楚了，基本上啥都知道。最主要的是我告诉你的全是真实情况，没有半点假的。"下边就是妈妈表姐对她介绍的关于洛培石及其家里的情况：

洛培石兄弟三个，他是老三。老大、老二都成家分开过了。他是最小的，跟他爹娘一起过。他还没成家，连婚也没订。据说好几个人给他说媒，都被他拒绝了。说的那几个女方条件可好啦，可比他家条件好，可他就是不同意，不知道啥原因。洛家绝对是好人家，全家人辛勤劳动，除种几亩地外，还不断做个小生意，家里搞个小副业，例如养猪、编筐、握篓、编席子、缉锅盖、编笸子。卖几个钱，有个零钱花。家里生活不错，虽然不算富裕，但也过得去。他家人缘很好，对人热情，肯帮助人，与谁家都合得来，很少与别人闹别扭。洛培石这小伙子爱打抱不平，不是少肝无肺的人。例如去年村里发生这么一件事：春节期间在村头唱大戏。戏唱完后，在唱戏附近的田地里，有人发现刘贯一插了一个牌子，上面写道：

可恼、可恼、真可恼，

二亩庄稼全踩倒。

明年如果再唱戏，

我把老屌种地里。

长得又粗，又长，又结实，

再踩我也不怯气。

——刘贯一

村里人见了这个牌子都很生气。牌子就在村头，人人都看见了。看戏人都是本村的街坊、爷们儿、大娘、婶婶、兄弟、姐妹，可他不顾脸面，竟写出这样污辱人格的话，实在不是东西。村里人都说他不是人。牌子出来没几天，正在人们议论时，在那个牌子旁边又插了一个牌子，与他那牌子紧挨着，上面写道：

稀奇、稀奇、真稀奇，

村里出了个刘贯一。

人家地里种庄稼，

他把老屌种地里。

如果明年丰收了，

保证收获一大批。

运回去，放屋里，

一年四季长年吃。

生着吃、煮着吃，

准能吃它一辈子。

村里人看见这个牌子，都拍手叫好。有的说，这个牌子可为咱村里人出出气。还有的说这个牌子写得真过瘾，像刘贯一这号人，不这样治他不行。这个牌子上没署名，不知道是谁写的。不过，很多人都猜想，一定是洛培石写的。因为只有他，才有打抱不平的思想，有为村里人解愁的品德；也只有他，才有水平写出这样的句子。

关于他爱动脑子，爱写点东西的问题，还有一件事：他有一个县城的朋友，弟兄三人，他的朋友是老三。因家穷，都长大成人了，还没有娶老婆，仍与父母住在一起。弟兄三人都有个小生意做：老大卖鞭炮，老二卖烧饼，老三开锅口——杀猪卖肉。有一年快到春节时，他的朋友让洛陪石为他写对联。洛培石为他们的头门写了这么一幅——上联：惊天动地的大户；下联：数一数二的人家；横批：先斩后奏。这一年恰巧是一位新县长刚刚上任，正月十六游六时，新县长带着几个人在街上转悠，顺便了解一下风俗、人情。县长看见这个对联时，心里很吃惊。他问他的随行人员关于这家的人员情况时，没有一个人知道。他当场批评了随行人员，说他们高高在上，不了解下情。他马上对下边人说："赶快拿礼物来看望，很可能这家有大人物在上边做官，而且官还不小呢。你没看对子上那口气！咱要是得罪了这家，可是没咱的好果子吃。"

第二天上午一大早，县长带着几十个人，抬着礼物，浩浩荡荡来到这家。他们的突然到来，让这家始料莫及。这家屋子小，一下子来这么多人，连站的地方都没有。县长一人坐在一条凳子上，其他人全站着，有的站在院子里。县长坐下时，心里想：这家人真够简朴的，这个官也一定是个好官。家里只留下老大与县长攀谈，其他人全都躲开了。县长先开口："年过得好吗？"

老大："好，好。"

县长："我刚来，不了解情况，对你们缺乏关照，请你们原谅。过年少什么东西不少？少什么东西请及时告诉我，我好让他们给你办。"

县长的一串话使老大莫名其妙。他不知道县长为何而来，也不知道他的话是什么意思，更不知道自己如何应对。他心里很没数，只有被动地坐在那里心不在焉地应付着。一段寒暄以后，县长切入了正题："咱家哪位在上边做官哪？"

县长的话真的使老大不知所措。他结结巴巴地说："做官？什么官呀？我家没有做官的；我家都是农民，都是农民。"

县长那满面春风的脸，马上阴沉下来了。他板着脸，字正词严地问："那么你们贴的对联是怎么回事？"

县长的问话使老大恍然大悟，他这时才明白，原来是他家的对联把县长招来的。他心里有数了，不忐忑了。他屏住气，不慌不忙地说："我们的对联怎么啦？过年贴对联不是很正常吗？"

县长："那'惊天动地的大户'是什么意思？"

老大："这很简单。我是卖鞭炮的，而且全村就我一家，鞭炮一响，不就惊天动地了吗？"

县长："那么'数一数二的人家'呢？"

老大："这也很简单，我家老二是卖烧饼的，卖烧饼就得一个一个数着卖，所以，我们是数一数二的人家。"

县长："'先斩后奏'是怎么回事儿？"

老大："这更简单了。俺家老三是开锅口卖肉的。他是先杀了以后再去报税。所以是先斩后奏。"

县长听了，哭笑不得，啥话没有再说，立刻带着东西走人。

洛培石也是个很有脑子的人，别看他上学不多，他却能写会算，比有高学问的人脑子都快。比如，前年村里打算让大家出钱，在村头打一眼井吃水。但地皮不好解决。村里的公地都是留着盖庙用的。况且，距村子比较远，在上面打井用水不方便。可是离村子近的土地，都不是公地，都是私人的地。私人的地谁也不让打井用。本地有一种风俗，谁家的地上若有井或有庙的话，对这个家族不好，会影响下辈人的安全。因此，谁也不会同意让公用的井打到自己的土地上。大家都明白，如果把井打到离村老远的公用地上，吃水太不方便。这时，有人建议把公地与村口这家的地换一下，让村头这块地的主人拥有那块公地，把他的村口的地变成公地，用来打井。这本来是一个两全其美的建议，井也可以打得离村子近些，村口这块地的主人也不损失一寸土地。但这块土地的主人不愿意这么换，他嫌那块地太远；再一个是那边的土质不好，长庄稼不如他原来的地。这可让人作难了，井得打，它关系到全村人的生活问题，井不打是不行的。但打哪儿呢？全村人都在思考这个问题。一时间，村里人嚷嚷得沸沸扬扬。有的说把村头那块地买回来，但主人就是不卖；有的建议把这块地租过来，每年给主人租金。这个建议双方都不愿意，村里多数人说租金给到何年何月是个头哇？主人不愿意有两个原因：一是过几年以后，他向谁要租金，收不到租金怎么办，没人负责了，他向谁收呢？这件事很悬。其次是，按这种办法，井还是在他家地上打着。因此这个建议也不行。正在这时，洛培石把大家叫在一起。他说："我

13

看了一下，公地到村口共有二百多丈远。这二百多丈里，有三十户人家。我想这三十户人家一定会宽大为怀，顾全大局的。为了全村人的吃水问题，他们得做些自我牺牲……"他说到这时，人群里七嘴八舌地说："你说咋办吧，快说吧。"他说："我说出后希望大家都同意。我这个办法不是只牵涉某一个家，而是牵涉所有这三十家。要吃亏也不是他一家吃亏，而是这三十家都吃亏。这个亏，平均摊到这三十家，也分不了多少。这样，大家就容易接受，天塌砸大家么。"他说罢，大家异口同声地说："快说吧，我们同意。"随后，洛培石不慌不忙地把他的想法说给了大家："你们这三十户，每户的地向外挪一个位次。这样，就把打井地空到离村最近的地方了。"

他说罢以后，首先这三十户表示同意，其他人更没有意见。然后大家齐声欢呼："好主意！好主意！"

打井占地的问题解决了以后，井也很快就打成了，大家吃水方便多了，洛培石在全村人面前的影响比以前更大了。

都羡慕他有勇、有谋、有德、有才。受到同龄男人的敬仰，是同龄女人追求的偶像。

妈妈问表姐："刘贯一肯定会知道是洛培石写的，他知道后有什么反应呀？他不报复洛家吗？"

她表姐回答："他知道了，洛家也不怕。刘贯一是一个老鼠过街，人人喊打的人。他妻子也是这样，真是不是一类人，不进一家门。两口子都非常自私，从不管别人的利益，也从不照顾别人的面子，不管大小事，哪怕是鸡毛蒜皮的事，不符合他们的利益，他们就竭力反对，甚至是大动干戈，也在所不惜。他老婆也是个守财如命的女人，有时因为一些小事而闹得不可开交。"

婵妮她妈回去以后，一五一十地把她听到的关于洛培石的情况告诉了女儿和丈夫。他们想先听听婵妮是如何想的。婵妮她妈先说话："妮呀，你要求的帅、快、才，都达到了吧？"婵妮回答说："这三条基本上都可以了，只剩下第四个条件还不知道如何。"

婵妮娘说："找个理由把他叫到咱家，亲自与他谈谈话，估计这个问题就可以解决了。"

婵妮爹原先不吭声，这时才满怀信心地说："这事好办，我去把他叫来。"

婵妮妈问他:"你怎么把他叫来呀?"

婵妮爹说:"你放心吧,我会想办法把他叫来的,我去他家请他,就说请他来咱家给咱写对联的。"

"这是个好办法,不知道他能不能请得动。"

"会来的。据说,这个人很随和,很乐意帮人。"

第二天上午,婵妮她爹就以请洛培石写对联的名义,把他叫到了他们的家。

堂屋正中央放着一个方桌,桌子上放着红纸、门画和一些代表各种神灵的纸画,如财神爷、关公、灶王爷、老天爷等。纸已经裁好,婵妮爹正在磨墨。他们把洛培石叫来写对子,可以说是一箭三雕,一是看他的文才,这些不同门上的,各种神灵的对联不但由他写,还得由他编词。也就是说全家有十多副对联,每个对联上写什么内容,都得编得合情合理。这个任务没有一定的文才是完不成的;二是看他为人处世,文明礼貌、自我修养水平如何。在与他直接打交道、直接对话中可以品出他的思想内涵,从待人接物中可以看出他的人品;三是可以侧面了解他对婚姻的态度。

"墨磨好了,请来写吧。"婵妮爹说。

"你知道墨磨到什么程度叫磨成吗?"洛培石问。

"当然知道。"

"那你说说。"

"墨在砚池里研磨时,墨过后如果立即被墨水封严,说明墨还没有研成;如果墨过后留下一道没墨水的干道儿,说明墨研成了。研成的墨不管在什么纸上写,都不会洇。此外,研成的墨写出来的字圆滑透亮,立体感强,看着瓷实浑厚。"

洛培石听了他这么一番话,感到这位先生并不是一位普通农民,而是一位喝过墨水的大家人才。他连忙夸奖说:"我很少在村上看到有你这个水平的人,你真不简单呀。"他说着笑着,对两人初次见面的气氛提升了温度。

婵妮爹把一副又宽又长的对联纸递给他,说:"这是头门上的,先写这个。"

"您想要几个字的呀?"

"七个字的就行,再多些也可以呀。"

"你想要几个字的都行，七个的、八个的、九个的、十个的。"

"七个字以上，几个字都行。"

洛培石把纸均均匀匀地叠了六折，安安详详地铺在桌子上，用砚池盖压住，挥笔写了这样一副对联：

上联：祖祖辈辈求盛世

下联：世世代代盼和平

横批：五谷丰登

婵妮爹看了这副对联后说："五谷还没有丰登，这也是一个期盼吧。"

洛培石说："是的，盛世、和平、丰登都是一种期盼，何时能实现呢？老天爷可能知道吧，要看他如何安排啦。"

接着他又写了一副老天爷牌位上的对联：

上联：横扫一切恶势力

下联：保护各地老百姓

横批：天下太平

婵妮爹看了第二副对联后，连声说："好、好，内容好，写得也好。"洛培石不客气地笑着说："你只要不嫌赖，我写着就大胆了。"

"你只管大胆地写吧，写到哪里都行。"

这时，两人都感到说话自由了，不拘束了，想说什么就说什么，气氛非常和谐。婵妮爹认为时机已到，说："洛先生……"他话没说完就被洛培石打断："别叫先生，叫先生就外气了，我叫洛培石，叫我培石好了。"婵妮爹心情很轻松地说："好了，咱们都不要客气，我叫你培石。"

"培石，"他稍停了一下，然后接着说，"我看你各方面都很好，像你这个年龄，应该成家了吧，或者说，应该有孩子了吧？"

洛培石若有所思地说："没有成家呢，连订婚也没有，更不会有孩子了。"

"那是为什么呀？"婵妮爹表现出很不可理解地问。

洛培石说："从哪里说起呢？"他停了一下，然后又说："有好几个说媒的，但我都没有答应。后来说媒的慢慢少了。"

婵妮爹好奇地问："那是为什么呀，为什么你不同意呀？"

洛培石说："他们给我介绍的几个都是家庭出身比较好的，都是大家闺秀。我一听是这种家庭出身的女孩，我立即就表示不同意了。"

婵妮爹插话说:"为什么呢?找大家闺秀做妻子不是很好吗?不愁吃,不愁穿。舒舒服服过日子,欢欢乐乐享生活。何乐而不为呢?"

洛培石说:"结婚可不是光为吃穿,还有很多别的因素呢。"

婵妮爹故意说:"我怎么越听越不明白,人常说:千里去做官,为的吃和穿。还有一种说法:米面夫妻,酒肉朋友。女人结婚就是:找个男子汉,就是为吃饭。一个人一辈子只要不愁吃不愁穿,就啥都有了。"

洛培石说:"你说这些,只是事物的一面;事物还有它的另外一面。我不同意富家闺女的原因……"

下面就是他阐述的理由:第一,门不当户不对。富家女人去到穷人家后落差很大,她会感到各方面都不如她娘家,对这个新家就看不惯,不顺眼,从而产生各种矛盾;第二,结婚是一个人一生中的一件大事,一生就这么一次,不比买东西,不行了扔掉再买。而娶媳妇,一辈子就娶一次。既然娶了她,就得跟她过一辈子,总不能换来换去的吧。娶了她就得对她负责,爱她一辈子,保护她一辈子,养活她一辈子,确保她一辈子幸福。因此,我对婚姻很慎重,不能轻易定下,更不会轻易娶到家;第三,不论哪一个,我对女方本人都不了解,都没有与她见过面,更没有谈过话,不知道她的秉性、脾气、性格等。现在的说媒都是物对物,都讲的是两家经济的结合,根本不考虑结婚的核心问题——人与人的关系。我不了解她,她不了解我,怎么能结婚呢?第四,富人家的闺女一般都比较懒。她们平时在家都有人侍候着,用不着她们亲自动手动脚,她们饭来张口,衣来伸手。咱们穷人家哪有这个条件呀?第五,富家的闺女一般都比较天真幼稚,把一切都看成理所当然,不爱动脑子想,一遇到困难就不知所措。咱们穷人家能留得住这样的人吗?

婵妮爹听了洛培石的讲述,心里全明白了,他要了解的关于他的爱情观,目的已经达到。他对他有了全面的深刻认识。他凝视着洛培石,把外表与内心,把听说的与亲眼看到的结合了起来,在脑海中形成了一个理想的人物。

快到中午时,对联写完了,准备洗手吃饭。婵妮提着热水瓶,端着洗脸盆给他送洗手水。洛培石突然发现,她不就是那天在会上细心看他的对联,并问这问那的那个女子吗?原来这就是她的家!

婵妮把水倒上,把毛巾放到盆里。洛培石开始洗手了。

婵妮问他:"水凉吗?"

他回答:"不凉、不凉。热乎乎的,正好。"他连头也没抬,更没有看她一眼。可婵妮却直盯着他,好像她的胆子比他的大,因为是在她的家。

中午,他们为洛培石做了可口的饭菜,洛培石吃罢饭就回洛家庄自己家了。

洛培石从陈家走出以后,婵妮爹就与妻子、女儿三人一起商量洛培石的问题。他们三人一致认为,他就是他们的人选。找谁做媒人呢?婵妮妈说:"我还去找我表姐。"婵妮爹说:"只有她了,再没有比她更合适的人了。"

经过婵妮妈表姐的说和,这个媒很快就成了。培石很满意,婵妮也很满意。

第二年春天,双方家长准备把他们的婚事办了。这年培石二十岁,婵妮十八岁,已经算是大龄了。培石父亲找人看了个好日子。婚期定于当年(一九〇八年)腊月二十六日。女方家也同意这个日子。双方都为儿女结婚做准备,都沉浸在为儿女办喜事的气氛中。

婚期快要到了,不幸发生了。就在当年腊月二十四日的晚上,洛培石被几个穿军装的人抓走了。培石的父亲说,那天晚上大约三更天,听见外面有人叫门,我把门打开一看,像是军队人士,他们说找洛培石有话要说。我把培石叫出来与他们见面。他们说让培石去村公所一趟,马上就回来。我不放心,我也跟了去。到了村公所,看见保长也在。保长说,政府需要一些年轻人帮帮忙,咱们村选派了六个。他们去一段时间后就回来了,不会很长时间的。我对保长说他的婚期要到了,马上给他办婚事。保长说把婚期推迟一下。他们必须去,这是政府的命令,谁也阻挡不了。

洛培石被抓走的消息被陈家知道后,婵妮父母心乱如麻,真是晴天霹雳,叫他们无法对应。他们把这个不幸的消息告诉女儿时,婵妮没有悲痛欲绝,也没有泪流满面,而是坚强有力地说:"爹、妈,不要难受,婚事照样办,我那天照样去洛家。培石是我唯一的丈夫,我这一辈子就跟他一个人。那天我去,与我脑子里的培石拜天地。如果我命好,老天有眼,培石会回来的;如果培石回不来,说明我命苦,我就认了,我也会在洛家一辈子,绝不会再找第二个男人。"

两位老人听了女儿的这番话,对她在婚姻上的坚定,对她性格的倔强,以及对她处理此事的果断态度,都很钦佩。但他们有很多疑问,与不在场的男人举行婚礼,哪有这回事?史无先例、前无古人,能行得通吗?街坊们咋看?亲戚朋友咋看?当他们把这些疑虑告诉给女儿时,婵妮的回答很简单:"管它有没有先例,管它有没有古人,管它街坊怎么看,管它亲戚朋友怎么看。咱们做了,今后不就有先例了吗?"

女儿的这几个"管它",大大加深了二老对女儿的认识。他们看到女儿信念是这么坚定,女儿的决心是这么刚毅,女儿的态度是这么坚决,他们认定女儿办事绝对可靠。他们一致同意,婚礼如期举行,一切照原样不变。

他们把这个想法通知了洛家,洛家也欣然同意。

二十六日这天,洛家、陈家都来了好多人。熙熙攘攘,络绎不绝,各自家里都忙忙碌碌,男方忙着娶亲,女方忙着送亲。

洞房设在堂屋西间。房间里按照正常娶亲的样子,摆设了各种衣物和用具。靠后墙放着一张大床,床上铺着棉褥子,褥子上盖着一条花单子,上面放着两叠新被子。床前靠两头放着一张两斗桌,桌子上有一面大镜子,镜子背面是一幅彩色画,画的是麒麟送子。镜子旁边有一盏棉油灯,灯碗里的棉油满满的,灯台上有一盒木杆红头火柴。床的东头旁边有一个木柜,放在柜橱上。柜子里放的是培石的新衣服。柜橱里放的是培石的新鞋,有棉的、单的,还有几双用白布做的新袜子。木柜南边站着一个六勾衣架,木勾都是旋制的。前墙窗户两边,也就是房间的门后,放着一个盆架,上面放着一个带双喜字样的大红瓷器脸盆。窗户上挂着一个浅绿色窗帘,正中央绣着百鸟朝凤。左下角绣着吃草的小白兔,右下角绣着鸳鸯戏水。窗户框用棉纸糊得严严实实,上面贴着斗大的红双喜字。有两把圆椅子,都是槐木的,各种东西都放得有条有理。

院子里打扫得干干净净。所有门上都贴了喜庆对联。几个醒目处都贴了红双喜字。树上挂着彩旗和红灯笼。头门两旁挂着两个大红灯笼,每个灯笼上都贴着红双喜。到处都是欢天喜地的气氛。

快到中午时,花轿落在了洛家门口,伴娘把新娘从花轿里请出。她脸上没有笑容,也没有悲泣。从她严峻淡定的神情和炯炯闪亮的眼光里,可以看出,她准备面对一切困难的考验。脚踩着地上铺着的布袋走到了拜花堂的桌子前。桌子上有一个斗,斗里有一杆秤,秤上有一个秤盘和秤砣。这是衡量他们的心的,他们要互敬互爱,要有恒心,永远忠于对方。司仪让

新娘先拜天地，再拜爹娘。当宣布夫妻对拜时，新娘脑子想的就是她与洛培石在对拜，她好像看到洛培石就站在她面前。不停地向她微笑，频频向她点头。两人的眼光交合在一起，凝视了很长时间。这是他们彼此的安慰，也是相互的鼓励，坚定了彼此等待对方的信心……新娘磕罢头后，伴娘把她领进了洞房。随花轿的嫁妆有桌子、椅子、柜子、柜橱、衣架、镜子、梳子、脸盆、盆架、刷子。此外还有被子、褥子、单子、枕头、枕巾、帐子、棉衣、单衣、外衣、内衣、帽子、鞋子和袜子等，凡是生活的必需品，应有尽有。

　　戏剧里看到不少代替男方拜花堂的，但他们从没听说过，更没有见过没有新郎，光一个新娘（即新娘一个人）拜花堂的，这真是古今少有，世界奇迹。很多人不相信，他们要亲眼看看是真是假，亲眼见证一下，新娘一个人是如何拜花堂的。

　　也有很多人有怜悯之心。他们同情、可怜新娘遭遇的不幸。结婚本来是夫妻两人的事。而她明知道丈夫不在，自己却硬着头皮来了。今后她的日子怎么过呢？她是在婆家过呢，还是回娘家过呢？万一培石回不来，她一个人过，也不是个事呀！这女人真可怜！

　　也有些人是感到好奇。没有男的来结婚，这女人真不寻常。他们认为，这女人与大多数女人相比，有很多不同之处。首先是她有想法，有与众不同的想法；其次是不墨守旧规，敢于干别人不敢干的事，有胆量、有见识；再其次是这女人不怕风言风语，不怕冷嘲热讽，任凭风吹雨打，依然安稳如故。

　　来看的人不管抱着什么样的目的，大家有一个共同的想法，那就是：这个女人不同一般，这个女人有独到之处。

　　晚上喝喜酒是这里结婚时的重要仪式之一。主要是新娘新郎与亲戚、朋友、近门的、街坊、邻居坐在一起喝喜酒，烘托结婚的喜庆气氛。一般情况下，结婚喝喜酒，是新郎新娘第一次在一起喝酒。酒席上，新郎新娘互相敬酒，互相碰杯，互相让菜表示夫妻二人今后要互相尊重、互相谦让、互相谅解、互相帮助、互相支持。可是，今天这场喜酒只有新娘一个人，她一个新娘怎么喝喜酒呢？

　　两个大方桌并在一起，放在堂屋的正中央，构成一个长方形的大喜酒宴桌。桌子内侧，放着两把椅子。左边是新娘的，右边是新郎的。桌子周围，其余全部放的是长凳子。桌子的沿边周围，一个挨一个地摆满了酒具和餐具，酒盅、筷子、勺子、碟子、杯子，还有香烟和放烟头的灰缸。

菜上齐了，人也来齐了。新娘不紧不慢地从洞房里出来，坐在正中间东旁的椅子上。她旁边的椅子是空的，那是新郎的位置。酒席开始了，新郎新娘先喝三杯酒。新娘自己喝了三杯，再替新郎喝三杯，连喝了六杯。然后新郎和新娘喝交杯酒。新娘左手端着自己的杯子，右手端着新郎的杯子，两个杯子都盛得满满的，她两胳膊交叉起来，分别把两杯酒都干了。

新郎新娘的酒喝完以后，在座的各位，每人三杯，然后才可以动菜。

酒席开始时，气氛比较热烈，尤其那些叫新娘嫂子和婶子的年轻人，他们情绪激昂，嗓门高，声音大，用些逗笑的语言挑逗大家欢笑。尽管大家热热闹闹，说说笑笑，可新娘的脸色始终笑不起来。为了感谢大家的光临贺喜，她站起来恭恭敬敬地要求与各位碰个喜酒，她请大家喝三杯，而她喝一杯，因为她开始时已喝了八杯，请大家谅解。饮罢这几轮酒后，她脸色有些发红，情绪有些激动。但还没有失控，她再三请求大家一定把酒喝好，并且原谅她的失陪。她一个人静悄悄地离开了酒席。

按照一般人的结婚习俗，喝罢喜酒后，还有个闹洞房的节目。一些弟弟姐妹们，酒席完后不走，继续留在洞房内，说笑胡闹，一直闹到天亮。可是今天这场喜酒，完了后没一个人留下来，个个都悄悄地回自己的家睡了。

家里人把酒桌上的东西收拾完后，培石妈轻轻走到新娘身边，含着眼泪慢慢地说："孩子，天不早了，睡吧。明天早晨不用起得那么早，多睡会儿，反正没什么事儿。"

新娘走到洞房里，刚才那种热闹的场合，顷刻间变得冷静、寂寞。这时，她才真正体会到她的不幸、忧愁和悲伤。她吹灭灯，和衣躺在床上，深沉地哭到天明。这真是：

军政合污严相逼，夫君抓走无归期。

天寒地冷冬常在，何年才是花开时？

结婚本是两人事，一人怎能不悲泣？

孤独寂寞长相守，何年才是夫归时？

常言说："好心有好报，好心人天保佑。"四个多月后，即洛培石被抓走

后的第二年五月份,一天晚上,他突然回到家里。他妈一看见他回来了,激动得说不出话来。培石的第一句话是:"我爹怎么样呀?"他与妈妈一起去到爹爹床前,向爹爹问安,向爹爹报告他已经回来的好消息。妈妈顾不得问他是饥是喝,也顾不得问他走后的情况,急忙跑到他媳妇的窗户下,轻声地喊道:"他婶,他婶,培石回来了。"

婵妮刚躺在床上,正害着相思病,对培石的被抓胡思乱想时,忽然听见婆婆的声音:"培石回来了。"别管听清与否,也不管是真是假,一听见"培石回来"这四个字,就条件反射地猛然从床上坐起来,赶快下床去开门。天呀!果真是培石回来了。她霎地泪如雨降,情意深长地说了声:"我想死你了。"培石也是泪汪汪地回了一句:"我也是。"

在两人沉默之中,培石猛然好像醒悟过来了。他想:"她怎么在这里?"不由自主地说了声:"你是……"

婵妮马上把他的话接过来,说:"咱们已经结婚了,还是在咱预订的日子结的。你不在家,我与想象中的你结的婚。从此以后,我一直就在咱们家里住。"

培石用一种莫名其妙的眼光望着她。心想:"这是一个怪女人,怎么能在男人不在时结婚哪?天下哪有这种事!"同时,他很敬佩她,敬佩她大胆、勇敢,有开创精神,不怕冷嘲热讽,不怕艰难险阻。他情真意切地说了一句:"你真不寻常!"

培石是预订婚礼的前三天被抓走的。他偷跑回来的原因之一就是举办婚礼。可是现在他知道他们已经结婚四个多月了。在这近半年的时间里,他们没有说过一次话。每人都生活在对方的心里,而没有生活在实际生活中。他们对对方的激情还只是一厢情愿,还没有得到生活中的验证。他们的婚龄与他们的实际感受不相一致。现在,他们要在一起过老夫老妻的夫妻生活了,未免有些"内心激动,外表尴尬"的感觉。

晚饭以后,两人都兴致勃勃地倾吐各自的过去,也都兴高采烈地倾听对方的讲述。婵妮让培石先讲他是如何回来的。

培石的第一句话是:"我是偷跑回来的。"

婵妮说:"偷跑回来的?人家抓住你肯定打你。"

培石说:"何止打我。他们非枪毙我不行。"

婵妮："真叫人后怕。你太冒险了。"

培石："不冒险怎么会有奇迹？如果我是墨守成规，现在怎么会回到你面前！"

婵妮："你说是偷跑回来的，我听了真有些扑朔迷离。在兵营里，每天那么多人朝夕相处，你怎么有可能单独脱身偷跑回来呢？"

培石说："我就做到了。你听我慢慢给你讲。"

下边就是洛培石讲的逃跑过程：

在兵营里可把我急坏了，整天吃不下饭，睡不着觉。我真体会到了"一日三秋"的意思了。还不只是一日三秋呢，可能是一日十秋。我什么事都无心干，领导布置的任务，我全是应付，一心想着如何出来，整天琢磨着跑出来的办法。我一有时间就在大门口转悠。大门把得严严的，轮流换岗，昼夜不息。我还经常观察兵营的院墙，威严、耸立，上边还有蜘蛛网似的铁丝网，三尺多宽，向里倾斜。一看见这种围墙结构，叫你不要有丝毫"越墙而逃"的想法。大门口不行，越墙也不行。但我逃跑的想法是不会停止的。一天下午，在大门口，我看见一辆毛驴车从老远直奔兵营而来。这引起了我的兴趣。我仔细观察它是如何进兵营的。毛驴车上坐着一个老大爷。路过大门时，他连车都没下，气势昂昂地进了大门。门卫一点也没有阻止他，如同没看见一样。车子走近时，我发现是一个拉粪车，是来兵营拉大粪的。我问那个赶车的老大爷："老大爷，你进大门时，门卫为什么不管你呀？"他说："这个兵营的大粪是我们包拉的。我们每天出出进进的，他们都认识我们。"

这个情况对我很重要，我认为这是个好机会。我想，让这个老大爷帮帮忙，逃出去的可能性还是很大的。但要好事多磨，从长计议，不能着急。从此以后，我一有时间，就在大粪池附近转悠。老大爷一来，我就热情地给他打招呼，主动帮他的忙。他把车子一停稳，我就帮他打扫场地，然后把大粪池的盖掀开。场地上的活，我提前为他办了。老大爷看着我点点头，露出欣慰的满意。

拉粪车是一辆小型两轮车，前面伸出两根长棍，叫作辕木。拉车者站在两根辕木的中间，叫作驾辕。人或牲畜都可以。用牲畜拉时，一般都用快牲口，比如马、骡子。拉的东西不重，或是走得不远时，可以用毛驴。车子上面仰卧着一个圆形白色铁桶，上面有一个圆孔，直径一尺多，是灌大粪的口。周围还有高高伸出来的脖子，可以严严地把口子盖住，以免臭气外流。粪桶下面的尾部，有一个直径三寸大的圆孔，大粪从这里流出。平时用破布把它塞紧，只有放大粪出桶时，才把它薅开。

老大爷的掏粪工具，就是一个掏粪勺和一个提桶。用粪勺把大粪从粪池里抓出来，倒在提桶里。再把它倒在车子上的大粪桶里。

老大爷每装满一桶得用半个多钟头时间。桶装满后，还得把车子上的和粪桶上的粪擦干净，把粪池周围的地扫干净。然后，才能赶着毛驴走出兵营。

"老大爷，你一个人干活，累不累呀？"我主动与他拉近乎。

"干惯了，不累。"他漫不经心地回答。说着话只管干他的活，连瞅我一眼也不瞅。

我走近几步，说："大爷，你往小桶里抓，我掂住小桶往大桶里倒。这样，你既省时间，又省力。"我在说话时，已把小桶的提襻握在手里，掂起来把它倒在车子上的大桶里。

老大爷一看我真的干起来了，而不是光说说而已。好心地说："你们年轻人干这活，太脏。干完活后，满身都是臭味儿，很讨厌的。"

我说："不碍事，我本来也是劳动农民。"

他表示理解地"哦"了一声，问道："你是哪里人？"

我说："我是河南省尉氏县的。"

他又问我："你怎么来到这里呀？"

他这么一问，把我一系列伤心事勾引了起来。我嘴唇禁不住地揞动起来，泪水也"扑嗒扑嗒"往下落。我强忍住痛苦，竭力控制住感情，说："我是被抓来的。"我痛心疾首的样子，让老大爷停住了干活，两眼直瞅着我，非常关心地问："家里有什么事么，你这么伤心？"

我如实地告诉了他："爹爹病倒在床上，母亲身体也不好。在我准备结婚的前三天，把我抓来了。还不知道何年何月能回去呢。我爹娘肯定都急死了。等我回去时，可能就见不到他们了。"这时，我已经是痛哭流涕。我一把鼻子一把泪地哭泣着，一桶一桶地把大粪倒进车子上的桶里。老大爷听得直吸溜鼻子，不知所措。

车上的大桶装满以后，他收拾了一下场面，擦了擦车子，扫了扫地。他准备走时，对我说："小伙子，别太伤心了。悲极生病，乐极伤身。别着急，沉住气，机会会有的。"他赶着毛驴走出了兵营。

第二天下午，老大爷又赶着毛驴车来了。我照样帮助他装大粪。我问他："老大爷，你家住在哪儿呀？你家里都有谁呀？"

他叹了一口气，好长时间以后才说："我家就在兵营旁边的村子里，家里就我一个人。"

我很同情地"哦"了一声。他停下来好长时间没有说话。一会儿，他接着说："我比你还痛苦呀，孩子。……"

我很疑惑地问："怎么回事呀？"

他说："我家原本有三口人，一个老伴和一个儿子。儿子也与你年纪差不多。三口人的日子过得还不错。突然，就在儿子十七岁那年，被抓了去，就在这所兵营里当兵。当兵就当兵呗，我安慰自己，也安慰老伴儿，让她忍着心慢慢地等待。可是，儿子忍不住，他过不惯兵营的生活，一心想跑出去。我那孩子不动脑子，办事莽撞，不考虑后果。一天晚上，夜深人静时，他以为站岗的在打瞌睡，他蹑手蹑脚地溜出了大门。他刚走出大门时，被站岗的发现，要他立即回营。他不但不回去，反而大步往外跑。兵营马上派人追赶，很快被抓了回来。"我插话道："这就麻烦了。人家肯定要狠狠地打他。"老大爷哭着说："光打就好了。两天后，作为处理逃兵的典型，开大会批斗后被枪毙了。"老大爷泣不成声，"我就这一个儿子呀。还不如叫我替他死呢。"老大爷停了一会儿，又说："老伴经受不住这个打击，没几个月就含恨去世了。……现在，就我一个人了。这个兵营叫我家破人亡。他们养兵不是保护老百姓的，纯粹是给老百姓添害。"

我试探着说："我一直都在考虑如何能逃出去。你这么一说，我也不敢冒这个险了。"我注意着他的表情，看他对我的话有何反映。

他说："这里肯定不能长久待下去。不过，不能像我儿子那样冒险。那种跑法不是白送死吗？"

我马上追问："大门把得这么严，院墙又这么高，怎么能逃得出去呢？"

他说："就是得想个办法。不能硬碰。"

我说："请老大爷帮帮忙。如果不让我出去，我在这里会囚死的。"

他说："我一定操个心，一有机会，我就帮你逃出去。"

我们互相了解了，我对他说话大胆了。我有什么想法，不管对与不对，我都敢对他说。他像我的亲人一样同情我，帮助我，给我想办法。第三天下午，装车时，我对他说；"大爷，我想出来个办法，你看行不行。"

他说："什么办法？你说吧，孩子。"

我直截了当地说："车子上这个大桶，别装满，装半桶。我钻进去，你把我拉出兵营。就这么简单。"

他听了以后，很吃惊，"呀！"了一声，然后说："桶里那个臭气，你能受得了！非把你呛死不可。"

我坚定地说："我可以忍受。只要能出去，我啥事都能干，啥罪都能受。"他若有所思，没有说话。我接着说："我想了很久了，只有这种办法，才是唯一的办法，别的啥法也没有。我认为，我可以忍受。只是你别把盖子盖得太严，得留下足够的空间让我出气儿，别把我闷死就行。"

他慢慢地说："是呀，真是没有别的办法。你这个办法，不能说不是个办法。我只是怕你受不了。……让我再好好想想再说吧。"

我心急如火燎，只等着老大爷同意我的办法。第二天，他没有按时来拉粪。可把我急坏了，我生怕他可能出什么变故。好不容易熬过了一天。在隔一天的下午，我又焦急地在那里等着。他平常两点多钟就来了，可是这一天，他两点没有来，三点也没有来，四点也没有来。真是怪了，非把我急炸不可！我竭力控制住自己，耐心等待。快六点了，他才慢慢腾腾地赶着毛驴车来了。他把车子停在大粪池旁。我急忙跑过去问他："老大爷，今天为什么来得这么晚呀？"

他胸有成竹地说："还不是为了你？"

可把我高兴坏了。"为了我"，说明他在为我想着办法。尽管我还不知道他为我想了什么办法，但他肯定是有所作为的。他停下车子后，不是像往常那样，急着装车，而是东张西望，左顾右盼，他表现很沉稳，就是不干活。时间一点点地过去，天气也渐渐地黑了下来，可他就是不着急，还在那里像没事一样，光磨蹭时间，无所事事。

我很不理解地问他："大爷，为什么不赶快装车呀？天已经黑了。"

他说："今天不装大粪了。今天有特殊任务。"

我又不理解地问他："什么特殊任务呀？"

他没有回答我。两眼直向四周扫射。突然，他飞快地上到车上把桶盖掀开，命令式地小声说："快点，钻进去！"

霎时间，我全明白了。我立即钻了进去。他轻轻地把盖子盖上。尾部那个出粪孔也是半开着。我在里边一点儿也不感到闷气。粪桶的里里外外，都冲洗得干干净净。里边还铺了一条破棉被。我躺在里面，一动也不动，连出气也要拿捏着。

车子路过大门时，不知哪位爱管闲事的说了声"你的桶盖没盖好"。说话人没意，但我可吓坏了。我生怕其他人上去发现了我。我畏惧害怕，尽量把身子畏缩到桶的最后部，让他们在桶口处看不见我。老大爷很机智，他马上跳到车上，把盖子盖好。——这一难关我们闯过了。

车子到达他的住地时，天已经黑透了。我从桶里爬出来，没人能看见我的军装了。这时我才明白，为什么大爷今天去得这么晚。四周黑乎乎的，能看到的是远处眨眼的灯光和昏昏沉沉的高大房子。青蛙的呱呱声、金龟子的啾啾声、蚊子的嗡嗡声，以及附近大路上老牛拉破车的"扑嗒"声，混在一起，好像一种别致的交响乐。

我把军装脱下来，换上他们的衣服。一件上衣和一条裤子，全是土色的，全身冒着大粪的臭味。但我感到很舒服，比干净的军装舒服多了。我不受约束了，我可以自由行动了。我再三感谢他们，跪下给他们磕了几个响头。当我就要告别他们准备上路回家时，他们劝我说："你不要马上上路。他们今晚肯定派人追赶，你逃不出他们的手掌。他们如果把你抓回去，你就难活命了。你留在我们这里，帮我们干活。有人问时，你就说是我们的一员。等几天以后，兵营里不再找你时，你再走。"

他们说得很有道理。我也看到，他们工作很忙，人手不足，很多活没人干。我也想留下来，给他们干几天活，报答他们的救命之恩。

这里是一个名副其实的大粪场。可是他们插了个牌子，上面写着："肥料加工场"。该场有二亩多大。全部设施除了三间草棚外，还有一个大粪池、一个垃圾坑和一个大敞棚。这三间草棚是他们的住室，也是他们的厨房，也是他们的饭厅。东间内屋里，并排打了四张地铺。他们铺的是干草，盖的是破棉被。房间里没有柜子，也没有桌子，倒有几个破凳子。每个人的衣服就放在自己的铺上。草棚的中间，垒了一个铁锅，旁边放着一个用砖头支起来

的案板。下面放着几个碗，其中一个里面，有几双筷子。案子后面有一个烂缸，是他们放面用的。他们最值钱的劳动工具是一头毛驴和一辆架子车。其次，是铁锹、勺子、叉子、帚、耙子和铁桶。这就是他们的全部家产。他们最看重的是这头毛驴。他们精心喂养它，无微不至地照顾它。因为，它是他们的精神寄托，也是他们的生活来源。

这个大粪场里一共有四个人，全都是五十多岁的老头。把我从兵营里救出来的老大爷叫赵申，是这里的场长。其他三个人叫王坚、李田和吴炳。他们都是老光棍，都是一个人吃饱，全家不饥。他们虽然都是孤寡老头，但他们生活在一起，并不孤独。他们和睦相处，亲如一家。互相关心，互相帮助。如果有人身体不好，其他人就会非常积极地帮助看病，帮助拿药，熬药，端饭。甚至端屎、端尿，也是常事。因此，他们在一起过得很开心。

他们吃得很简单。一般是馍、菜、汤。中午多吃面条，捞面条是他们的例行午饭。别看他们年纪大了，他们干活像年轻人，吃饭也像年轻人。捞面条，他们每人至少得两碗。玉米面窝头也得两个。菜就很简单了，一般是豆瓣酱或辣椒。饭菜很简单，吃得很香甜，胜过酒和肉，享受乐无边。他们有时也会打些酒，割些肉，改善一下生活。他们也会猜拳、划令，喝个一醉方休。但毕竟是偶尔的，一个月或更长一段时间才有一次。

他们的娱乐形式主要是下象棋。每天晚上，在一个棉油灯下，有时两个人单独下，有时两个人一班，双下。输者要买些好吃的，大家享用。有时，他们也会买些酒菜。酒，是小铺子里的散装低度酒；菜，是些油炸花生米或清水煮黄豆。有时他们会玩到十一二点。然后，和衣躺下，一觉睡到天明。

他们的工作是有分工的。两个人负责从外面拉大粪和垃圾。拉回后，分别倒在大粪池里和垃圾坑里。另外两个人负责做粪饼，按照一比二的比例，把大粪浇在垃圾上，掺和均匀，搅得像一堆烂泥。把它拍成圆饼，放在一旁的空地上。晒干后，收集起来，擦到敞棚里。这就是成品，可以直接卖给客户。

粪饼是按重量出售的。附近农民经常来买这种粪饼，尤其是菜农。他们粉碎后施到地里。可以作底肥，也可以作追肥；可以干着用，也可以泡水用；撒着用，也可以浇着用，非常方便，深受农民的青睐。好年景时，农民买得很多，供不应求。有的在这里排队等，甚至在这里过夜，有时，不等粪饼干透，就买走了。年景不好时，农民手里没有钱，粪饼卖不动。干粪饼擦得像小山一样，一座一座的。有时，一连几天也卖不了一块饼，连一分钱也收不到，几个老头连吃饭钱也没有。今年还可以，粪场里存不住货。他们除了吃饭以外，还可以有几个零用钱。吃饭也不那么抠了，买食品也比较大胆了。除了主食以外，还会买些酱油、醋之类的调味品。

赵申大爷让我擦粪饼，就是把晒干的粪饼收集起来，擦到敞棚里。活不算重，但就是太累腰。身子不停地一直一弯，一弯一直，一天到晚，累得腰酸腿疼。腰里像别了一根木棍，硬得不敢打弯。站着躺不下，躺着站不起。我身子虽然有些累，可我思想上却非常快乐。他们为我打了个地铺。我躺在上面，感到柔软合体，非常舒服，躺下不久就酣然入睡了。

十天以后，我要求动身回家。他们也不再挽留。我临走时，赵大爷给我两块银圆，让我做盘缠钱。我心想，这钱实在太需要了。但我不能要，我为他们干活，是为了报他们的救命之恩。"滴水之恩，涌泉相报。"赵大爷对我的恩情是救命之恩，我一辈子也报不完。可是，他们坚持要给我，说是我干活的工钱。我也只好收下。临走时，我对赵大爷说："你对我的恩情，我永远不会忘记。我现在要走了，我今后还会找时间来看望你们。"

在一个阳光明媚的日子里，我动身返乡。春风拂面，麦浪荡漾。燕子空中唱，农民地里忙。我心急如焚，飞驰在回家的路上。我行动自由，心情舒畅。我穿的是工人的衣服，扮的是农民模样，诚恳淳厚，朴素大方，是一个劳动者的形象，没有一点儿怀疑之处，没有任何惹眼的地方。我顺顺利利地走了五天五夜，终于回到了家，来到了你的身旁。

奶奶

第二章

| 鼓励农工争权益 |

洛培石回到家没几天，保长的儿子张强很好奇地对父亲张承说："爹爹，洛培石从部队回来了。"

张承："洛培石从部队回来了？是真的吗？是你看见他本人了，还是你听别人说的？"

张强："他回来了，千真万确，是我亲眼看见的。"

张承感到莫名其妙，若有所思地说道："他怎么回来的？按理说他是回不来的。如果他真的回来了，肯定不是正道儿，很可能是偷跑回来的。不过，这种可能性很小。兵营管理得很严，每一个路口都有岗哨，四周是高墙，上面有一米多高的电网，他是不可能越墙而过的。"

张强："他反正不是正道回来的。"

张承："这可以肯定。"

张强："咱不能让他待在家，咱得去部队报告他。"

张承："去部队报告他，他必死无疑。"

张强："你不是经常说他是个祸害吗？叫他去当兵不就是为了除掉他吗？可是他又回来了，真是癞蛤蟆也有三天好运。"

张承："咱要送他去死，也确实有点儿可惜，他确实是个人才。"

张强："人才，人才，我们老受其害。这样的人才，对我们来说就是祸害。他是我们的眼中钉，只有把他拔掉，我们才痛快。"

张承："拔，要看如何拔法。上次咱叫他去当兵，他顺顺当当地去了。神不知鬼不觉地把他拔掉了。他本人不会怀疑咱，村里人更不会怀疑咱。咱不声不响地把他拔了，自己落个干干净净一身轻。但天不遂人愿，他又回来了。现在的情况与那时的情况大不相同了，咱如果把他告回去，甚至把他处以极刑，他家里人，全村人，都会把怒气集中到咱身上。他的人气很高，咱虽然把他除掉了，只是除掉了他一个人，但咱成了众矢之的。相当于咱赶走了一只疯狗，却引来了一群野狼。这是得不偿失的。"

张强："照你说的，咱就没法治他了。"

张承："不是没法治他，而是要改变方法，从除掉他改为利用他，让他的才能为我们服务，岂不美哉！"

张强："你是讨饭的吃上美餐佳肴——光想好事。过去你在他身上动过不少脑筋，做了不少工作，以优惠待遇请他为我们服务，但没有任何效果，他始终都不答应。现在你重做旧梦，又要请他来我们家里工作了，你的梦还会落空的。"

张承："不对，肯定不对。时过境迁，那时落空，现在就不会落空了。他偷跑回来反而给我们了契机，我们有了他的把柄，叫他干啥他都会干。不信，你等着瞧。"洛培石在洛家庄是有名的"能人"，有文化，爱动脑子，有主见，有解决实际问题的能力。村里人有了解决不了的问题时，往往找他帮忙，对绝大多数问题，他都能找出比较好的解决办法。例如，张承雇用了很多农工，但总是在工钱方面拖拖拉拉，每年都是到年底才付给全年的，农民们全家都很艰难，依仗着他们的收入过活，很多农工请主人早点发钱。但张承就是不发，半年发一次也不行，非到年底不行。农工们急得没办法，张承根本不考虑他们的实际问题，仍然我行我素。有个别人闹得凶了，张承就威胁他，说："我们没有钱，不把粮食卖完哪来的钱？不然你别在这里干了，明天你就回去，我们没法用你。"农工们都怕被解雇。他们没有土地，全靠打工养活全家老小，万一被解雇，就没有了生活出路。因此，农工们对张承的拖延工资，干着急，没有一点办法。洛培石得知这个情况后，利用晚上时间把他们叫到一起，对他们说："你们不要一个人要求他按时发工资，这样他不会答应你们的。你们要采取集体行动，大家齐心协力，一起要求他按时发。而且要在适当的时间，要在农忙时，不要在农闲时。比如，每年的四月底或五月初，正是快要收麦子时候，大家全体

出动，要求他发上半年的工资。你们的要求合情合理，他如果拒绝，你们全体要求辞退。该收麦了，他肯定答应你们的要求。"果真如此，这一年的四月底，张承召集全体农工大会，动员收麦事宜，宣布了几条纪律，例如：不准请假，不准偷懒，不准消极怠工。对违背者，轻的罚一个月的工资，重的罚半年的工资。正当他气势汹汹鼓动大家拼命干时，一个叫李国林的农工站起来说："今年的工资连一分还没发呢，你就别谈发钱的事了，不发给我们钱，还罚我们的钱。钱，钱，都是钱，我们哪来的钱呀？"他说着，面对着工友们，两手在空中挥舞着，号召大家支持他的看法。他问大家："工友们，我说的话对吗？"大家齐声吆喝："对，完全对！"紧接着，农工中传出这样的声音："发工钱，不发工钱不干活。发工钱，不发工钱我们就辞退。发工钱，不发工钱，我们就回家……"这些声音，张承听得清清楚楚，不管哪一种后果，他都承担不起。麦子黄澄澄的，马上就该收割，人们如果不干，他就蒙受不可估量的损失。这样的后果，他越想越害怕。他不敢说不发，但他又不愿意马上发。他就耍起他的老滑头，运用他惯用的老把戏——缓兵之计。他心想："穷小子，那么还给我讨价还价，有机会我会收拾你们。"他嬉皮笑脸地对农工们说："请大家安静，请大家安静！"吆喝声渐渐停下来了，张承接着说："大家的要求是绝对正确的，我很同情大家的情绪，完全支持大家的要求。你们要求发工钱，这种要求是绝对合理的。你们想及时得到工钱，我何尝不是这种想法？你们一个人为我干活，我养活你们全家。咱们有一个共同的目的——把这个家园搞好。你们说我说的对吗？"农工们有的努嘴，有的嗤鼻，有的咕哝嘴，有的低声语，有的说："靠你养活我们全家，我们早就上西天了。"还有人说："与其说你养活我们全家，不如说我们养活了你的全家，不仅仅是养活，而是养肥了你们全家。""……"张承对农工们的情绪，视而不见；对工人们的嘀咕声，听而不闻。张承继续讲话："但是，想法是一回事，能不能做到，或者说能不能立即做到，是另一回事。张承接着说："我很想按时给大家发钱，可是我钱不凑手，不能如愿以偿，敬请大家原谅。我在这里给大家致敬了。"坐在群众中的李国林站了起来，大家也随之安静下来。李国林问张承："张掌柜，我问你，我们的工钱该不该发？上半年已过了一大半，我们现在只要求你发上半年的。这个要求过分吗？"

张承："你们的工钱应该发。你们的要求一点儿也不过分。"

李国林："那你为啥不发？"

张承："我不是没钱吗？要不然怎能不发呢？"

李国林："你每年都收很多租地金，还有每年收获这么多粮食，把这些粮食放成高利贷，又可以收好多粮食和金钱。你的钱都到哪里了？你不要再耍手腕了，大家都很清楚。你还在这里像玩魔术一样地表演，我们认为，你好像是在玩游戏让大家看，你不觉得你玩这一套是多么可笑吗？别装了，老实一点儿吧，大家都看得很清楚。别的话不用说，你说我们上半年的工钱发不发？我希望你说发。你如果说不发，我们就马上走人。你若不信，你就试试。到时你可买不到后悔药。"

张承犹豫了片刻，转身说道："发，坚决发。"

李国林："大家都听到了吧？他发。我们还要求：今后，每年的工钱分两次发，每半年发一次，上半年的于四月底或五月初发，下半年的于十一月发。咱把它固定下来，每年如此。"

张承："好，好。我照办，我照办。"

张承深知人才的重要，没有人才就没有事业，没有人才就一事无成。他那么大一个家业，没有人才的有效管理是长久不了的。他经常注视着村里的年轻人，一旦发现了苗子，他就设法把他雇用到自己家里，重金厚养，让为他服务。他看中了洛培石。一天，他把洛培石叫到他家里。说道："培石老弟呀，来我家干吧，别在外面转悠了。"

洛培石："来你家干啥呀？我身小力薄的，一不能担，二不能扛，是个干不了重活的人，在你家尽是累赘，我不适应你家的活。"

张承："我不是叫你来我家干活，更不是叫你干重活，甚至体力劳动都不叫你干。"

洛培石："那你叫我来你家干啥呀？来你家养老吗，我还这么年轻？"

张承："我叫你当我的秘书。写个材料，处理个啥事。活很轻松，一不去地，二不出工，风刮不着，雨淋不着。你单独住一个房间，不受别人的干扰，你可以读读书，写写字；也可以走访亲朋，拜会好友。夏季炎热时，你们坐在大树下，品个茶水，嗑个瓜子，说个笑话，猜个谜语，逍遥自在，享受乐趣儿……我提供的这些条件，只有你才能享受，其他任何人都没这

个资格。"

洛培石："谢谢你对我的器重。我来这里肯定是一种享受，这是任何人都求之不得的。但是，我不能一个人享受而不管家里人呀，我上有老，下有小。他们全靠我养活他们，我一个人在这里享清福怎么能行？"

张承："首先，我赞赏你的孝心和对家人的责任感。这使我对你有了更进一步的认识。我过去只看到你的外部，不知道你的内心。也就是说，只看到你的才能，不知道你的品德，现在才知道你真正是一个德才兼备的好青年。关于你的上老下小的生活事宜，这不是问题，我给你的薪水让你绰绰有余，请你不用担心养家问题。"

洛培石："你提供的这些条件，优厚得无以复加。如果单从经济层面上讲，是任何人都求之不得的。但这不是我的生活方式，更不是我的生活内容。我追求的是精神享受，也就是说，我要的是不受约束的生活。我来你这里，物质生活上，我会奢侈；但精神生活上，我会很压抑。而我看重的是后者。你这里的生活，我真的很不习惯，请你另请高明吧。"

洛培石拒绝了张承的高薪雇用，张承很纳闷，他的儿子张强更不理解。他问爹爹："你干吗雇他呀？为何这么哀求他？好像无他我们就过不下去了似的。"张承："没有他我们能过下去，但有了他我们会过得更好。"

洛培石坚决不雇用于张承家有以下几个原因：第一，他看透了张承雇用他的目的，是为了压服民心。他与村民们关系很好，他能起到榜样作用，有他在，其他农工们就可以服服帖帖地为他干活；第二，他若被雇用了，他就脱离了村民，他就成了孤家寡人，脱离了集体生活，没有群众的滋养，如同鱼离开了水一样，慢慢就会枯死的；第三，在实际生活中，遇到很多问题他会很难办。张承与村民之间发生的问题，基本上都是贫富之间的矛盾，很难解决。站在富的立场上，张承有理；站在贫的立场上，村民有理。洛培石始终是站在村民的立场上的，他从思想到行动上，与张承都格格不入。他怎能为他的对立面服务呢！

张承对洛培石的内心非常清楚，他始终把他当作隐患，把他当成不安定因素的根源，他是一个毒瘤。如何除掉这个毒瘤，是张承的一个心结。上次他利用招兵的机会，把洛培石送走，解决了他一大心患。他知道这一次洛培石一走，就永远回不来了。他对儿子张强说："这回可好了，洛培石被弄走了，为我们解决了一大隐患，今后的日子就会顺风顺水，麻烦事就不多了。"可是没多久，洛培石又回来了，真使他们始料未及。当张强告诉他爹洛培石回来的消息后，他首先眉头一皱，紧张了一阵后，又哈哈大笑起来。

张强不解地问他："爹爹，咱的心患回来了，你不但不忧愁，反而大笑起来，原因何在呀？"

张承得意扬扬地说："现在他就听话了，我可以叫他为我服务了。"

张强："你也不是没请过他，他不愿意为咱干，你也不是不知道。你这是猫咬尿泡——瞎喜欢。"

张承："时过境迁。那时他不干，现在他就干了。他不但干，还是乐意干。你若不信，等着瞧瞧。"一天晚上，张承把洛培石叫到他的家。还没等洛培石坐稳，张承开口就说："兵营来人了，要把你带走。我让他暂时住下，我招待他吃喝。现在我征求你的意见，你愿意跟他去吗？"

洛培石吓得直哆嗦，他结结巴巴地说："我不愿意去，请你帮忙，我们全家都感谢你。"

张承："我不是埋怨你，你就没有想想，你偷跑回来就算拉倒吗？你跑了和尚跑不了寺呀。不管你跑到哪儿，你的家搬不走哇。他们来家就可以找到你。所以，靠偷跑是解决不了问题的。你说了你不愿意去，我也不想让你去。你知道返回兵营的后果是不堪设想的。但不去得有个不去的理由。你有啥理由不去呢？"

洛培石："我刚才不是请你帮忙吗？请你想出个理由呗。"

张承："好，我就说了。你来我这儿干，从今天起就来。我对差人们说，你是我们家园不可缺少的人员，我要重用你，我劝说他们空手回去，我给他们写封信，他们可以向领导交代。你看如何？"

洛培石："我愿意在你这儿干。谢谢你的帮助。不过，我得回去告诉我妻子，让她知道我的去处，免得挂念。"

张承："好，我也很想把她也请过来为我帮忙，就怕她不来。你若动员她也来，就更好了。你快回去说吧，如果你们两个都来，我就再高兴不过了。"

洛培石马上回家告诉了妻子陈婵妮，并阐述他愿意去的理由。陈婵妮说："他说去告你是假，想让你为他干活是真。"

35

洛培石："别管真假，我偷跑回来是真。我若不愿为他干活，他有可能去告我，因为他很想除掉我。一旦这样，我就没命了。所以我答应了他的要求，我愿意去他家为他干活。他还邀请你去他家干活呢，他说若咱们俩都去为他们干活，就再好不过了。"

陈婵妮："也只有这样了。这也是好事，他还聘请我去，咱们两个都去，这更好。咱们将计就计，这叫计中计，他万万也不会想到咱们去的目的。"

洛培石："你去行是行，就是家里的老人没人照顾。"

陈婵妮："咱爹娘都还健康，趁着咱还没有孩子，我可以离开家里干一段时间。这些天我就琢磨着如何打入他们家，与他家的农工们接触一下，宣传宣传当前国际上工人运动的形势，鼓励农工们争取自己的劳动权益。现在他们的劳动量很大，生活很苦。但他们不知道应享受什么权益，如何去争取这些权益。咱们得去启发他们的认识，提高他们的觉悟，叫他们为自己的权益而奋斗。"

洛培石："你别说，你的思路很清晰，想得比我周全，我佩服你。"说着竖起大拇指，他又补充道："你是这个，真的。"

陈婵妮："咱俩，你还给我来这一套。"她笑了笑，接着又说："去了以后，咱可以摸摸他家的底细，了解农工们的实际情况。平常咱们光知道苦，如何苦？他们劳动时间长，如何长？咱们知道得都不具体。这是天地营造的好机会，我们要好好利用。天赐良机，不能丢失，千载难逢。"

洛培石："好，去，咱们俩都去！"

洛培石对张承说他的妻子也愿意雇用于他家时，张承很高兴，他正渴望着让他们两口子一起来他家干活呢。他笑眯眯的眼睛显出两道窄缝，心满意足地说道："这回就好了，我就不愁把他们管不好了。"自从陈婵妮来到洛家庄以后，她的表现让村民们非常满意。在群众面前，含情脉脉，落落大方，既有南方婉约的韵味，又有北方坚忍不拔的刚强。她家里地里都是好活。她低调做人，乐于帮忙，说话和气，不卑不亢，与人交往，举止得当。在针线活方面，她更具有突出的特点。裁衣服、画画、绣花、扎花，她都在行。妇女们尤其是年轻姑娘们，与她特别合得来。与她说话不架桥，做事不掩护，有话就说，有事就做，坦坦荡荡，直来直往。妇女们听她的，她在妇女们心中有较高的声望，有极大的号召力和很强的吸引力。张承早就渴望把她雇进来，为他干活。由于洛培石不愿意受雇，对于雇用他妻子的事，也就无从开口了。现在她愿意来他家受雇，他何乐而不为呢！

为他们夫妻的受雇，张承专门召开全体雇工大会，讲解他治家有方。在雇工大会上，他得意忘形，手舞足蹈，说道："雇工们，今天晚上召集大家聚会，就一个目的，我告诉你们一个特大好消息：洛培石及其妻子陈婵妮已经答应来我们家干活了。他们两个是咱们洛家庄举足轻重的人物。他们的凝聚力很强，号召力很大，大家都听他们的，都愿意跟着他们走。我对你们说实话吧，他们在外面我实在不放心。现在好了，我放心了，他们要为我服务了。我可以肯定地说，今后的管理工作不用愁了。我召集大家来还有另一层意思：他们来了以后，大家一定善待他们，干事，说话，要把他们当成自己人，与他们打成一片。他们都是有学问的人，知识渊博，见多识广。与他们打交道，会增长知识，开阔眼界，通达事理。在这里干活就会更安心，更卖劲，效率也会更高。"

洛培石在雇工们心中威信还是很高的。他们经常互动。他们经常找他谈心，他们一有事就找他，有什么难处也找他，有了想不开的事也找他。洛培石确实为他们解决了不少问题。他们把他当作靠山，他们是真正的好朋友。张承的话在雇工们心中引起了很大的反响，一时间他们迷惑不解了，不少人对洛培石有些怀疑。他是这样的人吗？过去他是骗我们的吗？我们信任他错了吗？等等。与洛培石有深交的人的认识是：不能光听张承的一面之词。洛培石绝不是不讲信用的人。下面是两个人的对话，陈良与洛培石是有深交的人；钱申与洛培石的关系一般。

钱申："我看洛培石这人不怎么样，你说呢？"

陈良："怎么个不怎么样呀？"

钱申："我们把他当自己人，到头来他不声不响地来到这里了。你说，这不是不怎么样吗？何止是不怎么样，说句不好听的话，简直是背叛。"

陈良："你说得太严重了。你知道他们来这里的真正目的是什么吗？我们虽还不知道，但有一条可以肯定：他决不会干伤害我们的事，他绝不是背叛。"

钱申："他在外面干得好好的，为啥来这里呀？"

陈良："你说呢？"

钱申:"我说,很简单,张承诱惑他呗。高薪诱惑,一诱就上钩。"

陈良:"你把他当成小孩了。"

钱申:"他虽然不是小孩,他是成人。因为是成人,才会看中利益呢。人不为己,天诛地灭。重赏之下,必有勇夫。有张承这样的重赏,谁都会应招的。这算奇怪吗?"

陈良:"我认为你说的不对。我知道他应雇的原因是他怕张承告他。"

钱申:"告他啥?"

陈良:"他从部队回来,不是光明正大的,是偷跑回来的。张承一告他,他就全完了。"

钱申:"你说这有道理,我懂了。但是,为啥陈婵妮也来呢?"

陈良:"你别说,你真的把我问住了。我还真不知道。不过,我敢肯定,她的来,绝不是为他们自己,他们一定有别的目的。"

钱申:"看看,你也不知道吧。明摆着的事,你净搞玄乎。"

陈良:"究竟他们为啥来,等他们来了以后,看他们干些啥,不就清楚了吗?"

钱申:"咱们等着瞧。"

洛培石和妻子陈婵妮来到张承的家以后,张承问她:"我们家的活,你能干啥?"

陈婵妮:"我啥都能干。家里的,地里的,打扫卫生,侍候老人,甚至是喂牲口,赶车,我都会。"

张承:"哎呀呀!你会这么多,我真是三生有幸,雇到这么一个多面手,真是我的福气。"

陈婵妮:"谢谢夸奖。光听我说不算,要在实践中检验检验我是否能干。实践是验证真与假的标准。"

张承:"不验证了,我相信你的话,你不会骗我的。关于干什么活,你个人有考虑吗?"

陈婵妮:"你们家的活我都能干,因此,不要把我固定在一个活种上,我想把每个活都干一下。这对我来说是一种锻炼,我可以对你们的家业顺便熟悉一下,以便今后工作起来更方便。"

张承高兴得合不上嘴。他认为陈婵妮是打算长期在他家干,而且想把工

— 第二章 鼓励农工争权益 —

作干好。他兴高采烈地说道:"好哇,你的要求不过分,就按你的要求,你想干啥干啥,想干多久就干多久,随你的便。"

陈婵妮点点头,会意地笑了。张承哈哈大笑,说道:"我就喜欢雇用你这号人,工作有主见,有长远考虑。我原来雇用那些人,纯是些只顾眼下,不管长远,鼠目寸光,不顾后果,挣着钱就走,没钱了又来。人员很不稳定,我们管理非常困难。如果他们都像你这样有长远考虑,我就好管理多了。"

陈婵妮看着他那得意忘形的样子,勉强向他点头。洛培石和妻子陈婵妮被雇用到张承家以后,洛家庄的农民们像炸开了锅。他们奔走相告,到处议论。他们谈论的内容择要如下:

洛林:"喂,张老兄,洛培石及其妻子被雇到张家了。你知道吗?"

张连生:"我听说了。"

洛林:"我没想到他们两个会去到他家。"

张连生:"不知道他们为啥会去到那里?"

洛林:"我一向都很敬佩他们,认为他们能代表我们穷人的利益。现在他们去那儿了,他们去为张家服务了,代表不了我们了。"

张连生:"现在还不知道他们是啥想法,不知道他们为啥去。根据我的看法,他们去不是一冒二做的,他们是有脑子的人,肯定有他们的目的。"

洛林:"我看啥目的也没有。他们害怕张承上告他们。洛培石从部队回来,不是名正言顺的,张承抓住了他的软肋,胁迫他们受雇,他们不得不从。"

张连生:"你说这有道理,也许是这样吧。"

下面是刘琦和赵乾的对话:

刘琦:"洛培石和他老婆去为张承家服务了,真不是玩意儿。本来大家把他们当知心人,有啥话愿意给他说,有困难找他来解决,可他们现在去张承家了,背叛了我们,简直是个白眼狼。"

赵乾:"话别说得这么难听,他们去的根源还没弄清,不能下结论这么早。根据我的推测,他们的思想不会变,他们去那里肯定是有难处,是不得已而为之。陈婵妮来以前,张承曾想尽办法雇用洛培石,但洛培石说啥就是不去。张承不甘心,就把他送到军队里。可他跑了回来。这下子被张承抓住

39

了把柄，胁迫他受雇，他不得不从，否则就性命难保，当然再雇用他，他就得去了。"

刘琦："你别说，你说得还真有道理。你说他们还会出来吗？"

赵乾："当然他们还能出来。他们在那里是待不长的，说不定一两月就会出来的。他们在那里过不惯，他们还会回到咱们百姓中。"

下面是一个快要出嫁的女孩的反应：

王瑛妈："今天怎么这么不高兴呀，孩子？"

王瑛："听说陈奶奶去张承家了，我的嫁妆活有很多得要她帮忙，她走了，谁帮我呀？"

王瑛妈："她怎么会去那儿呢？她去多长时间呀，你知道吗？"

王瑛："她是雇佣给他们的，时间短不了。"

王瑛妈："不要紧，需要她帮忙时，我去找她。她凑空儿也帮你干干。"

王瑛："她吃人家的饭，受人家管，若张家不让她为别人帮忙，她也就帮不了咱的忙了。"

王瑛妈："张家不同意没关系，他们挡不住。陈奶奶肯定愿意帮忙，她找时间也给你办了，真不行，她可以把你的东西拿到她家，张家就管不着了。不用愁你的嫁妆活，她会帮忙的。"

此外，还有人说他们是受了张家的物质诱感；有的说他们是过安逸生活；等等。有一个老年人刘恒说："你们啥话都不用讲，他们去张家是缓兵之计，他们若不去，张家要送他到军队上，这是要他的命呀。因此，他们不得不走这一步。你们相信，金子放到哪儿都是金子。他们的思想决不会改变的，他们将永远与我们站在一起。"

洛培石和陈婵妮进住张家后，立即开始了他们设计好的调查、访问和宣传工作。很快他们就摸清了张家的家业。张家的土地亩数，雇用人数，都摸得一清二楚。他们对每一个雇员都进行了个别拜访。着重了解了他们的家庭情况，家庭成员，身体状况，经济来源，生活情况。还询问了他们在张家的情况，比如，工作情况，工作时间，劳动强度，休息情况，吃的情况，饭菜质量，能否吃饱，工薪发放情况，多长时间发一次工资，什么时间发放工资，张承家人待他们如何，他们心情如何，对张承及家人有什么看法，等等。

第二章 鼓励农工争权益

从他们访问的情况看，这些雇员的家境都很贫困，生活非常艰难，全家靠一人打工维持生活，可在张家干活的工资不能按时发放，对雇员们的家庭生活造成很大困难。有时家里人病了，向张承家借些钱，也不借。有个雇员叫徐桐，有一次他妈病了，他对领班说想借些钱给他妈看病。领班叫他请示张承。他去张承的办公室。

徐桐："张管家，我想借些钱。"

张承："借钱干什么用？钱要借出去，到发钱时就没有你的钱啦。"

徐桐："这个啊，我知道。但也没办法，急用啊！"

张承："你知道还借？"

徐桐："我不借不行，我妈有病，我急用钱给我妈治病。"

张承："我很同情你，给妈妈治病是做儿子的责任，应该看，应该马上看。"

徐桐："可是我没有钱。我得借钱。"

张承："遗憾的是，借钱虽然是个小事，但要从我这儿借出去，就成大事了。因为咱们历来就有这样的规矩：钱不借给任何人。过去很多人要求借钱，都没有借给他们。今天要是借给你，不就破坏规矩了。我想，我一说这你就不会再要求借钱了，因为你不愿意自己破坏这个规矩。"

徐桐掉下了眼泪，嘴里嘟囔着什么。

张承："你的心情我很理解，我很同情你，可是我也没有办法。请你赶快想别的办法吧。"

有一个叫作吴珍的雇员，谈了发生在他本人身上的一件事：

在一个农忙季节，吴珍的四岁孩子得了急病，妻子要他马上去医院看病。医院有十多里远，要他急忙去，不然，孩子就可能有危险。吴珍请假时，张承说："你那是私事，这里正忙着呢，不能离开。如果大家都像你这样，农活还干不干啦？造成的损失你赔得起吗？"

吴珍一听，非常生气。说道："我现在是向你请假，你准假我就走，不准假，我也要走，我不能不要孩子。"

张承："你若私自离开，一年的工资都给你扣了。"

吴珍："扣就扣。不给我，我不要了。"

他说罢，拔腿回家为他的孩子去看病了。他知道看病要紧。像这样不顾

他人死活的缺德事，张承干得太多了。

他们每访问一个人，都讲解下列内容：1. 现存的土地制度的不合理性，少数富人拥有大量土地，多少穷人拥有很少土地，甚至没有土地。这种现象必须改变；2. 富人放高利贷，收取高额利润，赤裸裸地剥削贫困农民；3. 雇工人员劳动量大，报酬少，而且工作时间长，待遇差；4. 雇工人员经常受气挨骂，经常不当人看待；5. 经常不按时发放工薪，还动辄克扣工资；6. 雇工们要提高觉悟，维护自己的劳动权益；7. 树立集体主义精神，雇工们要团结起来与剥削者做斗争；8. 雇工们要互相帮助，一人有困难，大家来支援。在不到一个月的时间内，他们把所有雇工们访问完，对每个雇工宣传了上述内容，雇工们的觉悟有了明显提高，思想上初步有了辨别是非的能力。他们以崭新的精神状态开展工作。

张家人员有张承、张强、张全等，都有这样的感觉：自从洛培石和陈婵妮来了以后，雇工们的表现有些变化，过去看见他们基本上是少言寡语，不声不响，好像老鼠见猫一样，到处躲闪；现在他们变了，不但不躲闪，不怯场，反而是主动显示自己，没话找话，问些难以回答的问题。绝大多数雇工都有些阴阳怪气，说话东一榔头，西一棒槌，叫你摸不着头脑。张承是个非常狡猾的老财主，为了更好地稳定雇工们的情绪，他让儿子张强摸一下底子，看洛培石在雇工们中干了些什么，尤其是了解一下他们说些什么，做些什么。张强经过调查后，得出了结论：他们二人对雇工们完全做的是煽动工作，他们不起一点儿好作用，完全是破坏作用。张承听了儿子的汇报以后，非常生气。愤愤不平地说道："他们怎么是白眼狼。我对他们这么好，他们竟干起反对我的事！"

张强："他们来了以后，雇工们非常难管。赶快让他们走吧。他们在这里的时间越长，越不好办。"

张承："不过，他们讲的都有依据，并不是他们的发明。这是当前国际上一个潮流，实际上是工人们要求解放的一部分。当然，这个运动是以牺牲我们的利益为代价的。我们要有思想准备，该退让的就得退让，牺牲点儿利益是必要的。小不忍则乱大谋。他们是绝大多数，我们是极少数，我们抗不过他们，不能与他们硬碰硬。我们要以柔克刚，软化他们，缓解他们的反抗情绪，让他们不知不觉地顺从我们的需要。对洛培石夫妻，坚决辞退，绝不能再叫他们留在这里继续祸害我们。不过,得想个办法,让他们主动提出来辞职,让他们主动,我们被动,双方都有个体面的结局。"

张强:"他们若不走呢?"

张承:"不会的。他们都是脑子很清醒的人,看问题非常敏锐,我把话说到一定火候时,他们肯定主动要求离开这里。不信,你等着瞧。"

一天,张承把陈婵妮叫到他的办公室,问道:"来到我这儿生活怎么样呀?"

陈婵妮:"不错呀,我们挺满意的。"

张承:"这就对了。你们如果还不满意,我们就没有别的办法了。对你们的待遇是破格的,也受到不少人的嫉妒和反对。我对他们说,你们不用管,我愿意这样对待他们,与你们无关。"

陈婵妮:"真得谢谢你啦。"

张承:"咱们都是熟人。我有话就直说了。我对你们很好,可是你们的表现使我非常失望。我本来以为,我对你们这么好,你们也会帮我的忙。可是你们帮了倒忙,越帮越忙,到最后很可能叫我无法收拾。"

张承眼眶泪汪汪的。他掏出手绢擦擦双眼,无所作为地说道:"我真不理解你们是如何想的。我知道你们的思想体系与我的不同,你们是站在穷人一边的,我是站在富人一边的。但这并不是不可改变的,有些出身很穷的人,来到我这里后,由于我给他们的优厚待遇,他们为我服务得很满意,我们合作得很融洽。可是我对你们的优厚待遇得到了相反的结果。这怎能不让我痛心!好了,过去的就叫它过去吧。从今以后,你们能否不再继续你们的鼓动宣传,不再散布对我们不满的情绪。如果可以,咱们还可以继续合作。"

陈婵妮:"我们在雇工们中不做什么宣传鼓动,也不散布什么对你的不满情绪,我们讲的是工人应该享受的权利,保护工人的权益。我们讲的话,没有一点儿是过头的,只能说,我们讲得还不够,而没有一点儿超越。让农工们了解他们应当享受的权益,是我们的责任,我们绝不会因为一点儿蝇头小利就头脑发热,忘了自我,就放弃了自己的责任。我们不是要求自己的享受,我们要求的是广大农工们的翻身解放,生活幸福。我们对你没有过高的期望,只希望你公平对待你手下的农工。"

张承:"什么是'公平对待'?"

陈婵妮:"这很简单。你对他们的待遇要符合国际上通用的标准。"

张承明知故问地问:"什么是'通用标准'?请你指点。"

陈婵妮:"你看看报纸,听听广播就知道了,如:八小时工作制、一周六个工作日、对工人不收押金、不克扣工资、不拖欠工资、不准随便解雇工人、对解雇的工人,要发放不少于一年的补偿工资;此外,工人们有享受病假期间的工资待遇,他们有罢工的自由,有言论自由,等等。"

张承:"你说这些,我根本办不到。我们与农工们的关系,从来就没有这么复杂。他们为我干活,我发给他们工钱,我的事业发展了,他们也有了生活出路。我与他们的关系就是相互依存的,我离不开他们,他们也离不开我。他们养活了我,我也养活了他们。我们之间的关系就这么简单。可是你们来了之后,打破了这个平衡局面。我真后悔把你们请到这里来。要知如今,何必当初?"

陈婵妮:"我们本来就不愿意来,是你把我们请来的,既然你后悔了,我们马上就走。"

张承:"那我就不挽留了。"

陈婵妮和洛培石就要离开张承的家。农工们前来依依不舍地欢送他们。很多人含着眼泪,不希望他们离开。陈婵妮对他们说:"你们要多动脑子,不要光干活,不看路。你们不但干活,还要争取自己的正当权益。你们要团结起来,团结起来才有力量,只要团结,任何困难都能克服。"

张承给他们结了账。把他们辞退了,他们离开了张承的家。但他们在那里的影响永远消失不了,还会在雇工们心中生根、发芽、开花、结果。它将在张家掀起翻天覆地的变化,改善雇工们的工作环境和生活条件。雇工们的思变思想,在雇工们心中愈演愈烈,张承阻挡不住,谁也阻挡不住。

就在陈婵妮和洛培石离开张家的第二天晚上,在他们自己家里召开了一个座谈会,邀请全体雇工们参加。在座谈会上,陈婵妮着重谈了以下内容:八小时工作制,一周六天工作日,工资必须按时发放,不能拖欠,不能克扣,不准随便解雇工人,对必须解雇的工人,要发放不少于一年的补偿工资,工人享受病假工资待遇,雇主要求工作延长时间时,必须得到工人们的同意,并且发放延长工时钱,工人们有罢工的自由,雇主要报销雇员们的医疗费,雇员因工伤亡时，雇主必须一次性发放丧葬费和抚恤金。以上这些权益，是我们长期的奋斗目标，很难马上兑现。当前我们努力争取的是八小时工作制，一周六天工作日，工资按时发，有病请假不扣工资，延长工作时间时，必须补发工资……农忙时，工作时间长，工作量大，这是必然的，但张承必须多发工钱。大家必须团结起来。不团结啥权益也争取不到。要明白，张承是不会轻易接受大家的要求的。他不同意，咱们就罢工，在关键时期，比如在收麦时，咱们一说罢工，他会马上接受咱们的要求。"

小满已经过罢好几天了，地里的麦子黄澄澄的一片，很快就要开工收割。张承的收麦任务仍然很重。他急切召开一次全体雇工大会，一方面是肃清一下陈婵妮他们的流毒，另一方面是做动员工作，鼓励大家齐心协力，又快又好地完成收麦任务。

人都到齐了，张承开始讲话。他说："首先祝大家身体健康，家庭美满幸福。快要收麦了，有必要召开一个会，对一些问题澄清一下，消除误会，轻装上阵，把收麦工作搞好。陈婵妮他们走了。我必须给大家说明，他们在这里散布了不少奇谈怪论，对你们肯定有不小的影响。因为他们说的都是对你们有好处的话，你们很容易接受。我不否认他们讲的内容，很多是当前的一个潮流，它只是一个目标，一个长期奋斗的目标。现在还实现不了，不要说我们这里实现不了，咱们省的其他地方也都实现不了。咱们还是现实一点，从当下做起，一步一步迈向美好的未来。咱们在这里工作顺利，吃得好，生活得好，不就行了？你们说，我的话对吗？"

王小二和李别三匆忙回答："对，我们在这里吃得好，生活得好。我们在这里很开心。"

当他们两个说话时，雇工们发出嘘嘘声，有的说他们是工贼，有的说他们是叛徒，有的说他们是巴结脸，有的说他们是马屁精，有的说他们不要脸，有的说他们没水平。他们听到了大家的咕哝，不敢继续逞能。

李国林等十几个人说："我们在这里工作劳累，吃的不怎么样，生活很苦，家庭生活更不好。"

张承："王小二、李别三，你们说说在这里吃得好、生活得好的事实吗？"

王小二和李别三站起来，支支吾吾说不出话来。

张承："他们两个太紧张了，没在这么多人面前说过话。好了，等不紧张

了再说。李国林，你说说在这里的情况。"

李国林不慌不忙地站起来，说道："我们在这里的生活，能吃饱，但不算好。关于劳动，劳动量大，时间长，工钱没保障，雇工们意见很大，但有意见也不管用。我们有急事想借点钱都不借，有些不近人情。在外面借邻居的钱，他们会借给的，但我们的雇主拒绝借给，实在没有人情……"

张承："怎么？借钱都不借给？还有这样的事？谁借钱不借给呀？"

李成武说："我奶奶在家生病，我想借些钱给奶奶看病。我向会计借钱时，会计说张主任批准，你去找张主任吧。我去找你张主任了，你说，借钱应该找会计呀，怎么找我，我哪里有钱？我对你说：'会计说叫找你。'你生气地说：'会计是胡扯，他完全是骗人、是撒谎。你找会计吧。'我又去找会计，他说：'他才是胡扯呢。他不准我借给你，我要硬借给你，我不但开除我，还会罚我的钱。'你们两个互相推诿，就是不借给我钱。"

李国林："当着大家的面，看看谁在撒谎，谁在骗人？会计，请你说一下当时的情况。"

会计："张承主任告诉我，没有他的批准，不准我借给任何人钱。不然，他要开除我，还要罚我。"

李国林："张主任，会计说的是实话吗？"

张承："是实话，是实话。"

在座的雇工们情绪激昂，齐声高喊："说，如实说！谁在撒谎？谁在骗人？"

怯于大家的震慑，张承失去了以往的神气，举止无措，神色紧张，唯唯诺诺，用低沉的声音说道："是我撒谎，是我骗人。"

李国林："关于工作时间和工作报酬问题。请大家发表意见。"

王世成："张主任，我问你，八小时工作制是不是好制度？请你明确回答。"

张承："是好制度。"

王世成："既然是好制度，为啥咱们不实行？"

张承："因为条件不成熟。"

王世成："什么条件？怎么不成熟？啥时候才能成熟？请你说明。"

这下子把张承问住了，他说不出什么是成熟条件，什么是不成熟条件。

究竟啥是成熟，啥是不成熟，他自己也说不准。当王世成追问他时，他光嘴动，就是没声音。

洛启山："你必须给大家解释清楚，否则，条件不是不成熟，而是成熟得很，只是你不实行。我们认为，实行八小时工作制，条件是非常成熟的，咱们必须马上实行。"

大家齐声吆喝："必须实行！马上实行！立即实行！"

张承看到大家的激昂情绪，他感到狼狈不堪，进退两难。从内心里说，他实在不愿意实行，因为实行八小时工作制，就意味着多出钱。说不实行吧，大家肯定不愿意。他急得满头大汗，无处躲闪。他犹豫了大半天，在大家的逼迫下，他说了句："让我考虑考虑。"他的这个"考虑"已是前进一步了，过去连"考虑"俩字也说不出来。

大家又吼叫起来："不需考虑，马上实行！不需考虑，马上实行！"

李国林："除八小时工作制外，每年的工薪，我们要求每年分两次发放，四月底或五月初发上半年的；十一月底发放下半年的；农忙季节延长工作时间时，必须补发工薪。工薪不得拖欠，不得克扣；因病缺工人员，不得扣工薪，这些都是需要马上实行的。"

张承有些承受不了啦。多少年来，张家是他的天下，他就是老大，没人敢惹他，他只能给别人耍横，别人不能惹他。不要说张家大院，就是整个洛家庄也全是他的天下。他蛮横乡里，人人都怕他。他打了别人，别人不敢还手，他骂了别人，别人不敢还嘴。可是今天，他站在被告席上，受着他手下人的责备，他们命令似的口气给他说话，这让他服从，那让他实行。他实在忍不了这口气。他的忍耐是有限的，他使出最大勇气，咬牙切齿地说道："我现在就是不实行！"

李国林："你说什么？请你再说一遍！"

张承："我现在就是不实行。"

大家齐声高呼："他耍赖！不许耍赖！"

李国林："今天，同着大家的面，你把话说清楚。你好好想想，你若不实行八小时工作制，后果是严重的，你后悔也来不及。"

张承："我不后悔，一切后果由我一人承担。我再重复一遍：我暂不实行八小时工作制。"

李国林："我郑重告诉你：从现在起，我们全体雇员开始罢工。我们要求的条件达不到，我们是不会复工的。"

雇工们一个个站了起来，一个跟着一个离开会场。张承一看情况不妙，他脑子里顷刻闪烁着他祖辈建立起来的家业就要倾倒，以及满地瓦砾的疮痍景象，黄澄澄的麦子东倒西歪，牲口在圈里饿得乱蹦乱跳，无人倒的垃圾熏人难闻，老母亲的房间里臭气熏天。大院里冷冷清清，稀稀落落，没有饭吃，没有水喝，垃圾遍地，杂草丛生，两个有病的老人，没人搞清洁，没人端吃喝……本来一个热热闹闹的繁华庄园，一夜间变成了死气沉沉的无人院，实在可怜！太可怕了！这重要，那重要，都没有人重要。有了人，什么都能干；没有人，什么也干不成。不能让他们走，他们绝不能走。他们若走了，我就完了，我的家业就完了，一切都完了。他"扑通"跪倒在地，泪流满面，沙哑着喉咙，声嘶力竭地喊道："请大家不要走！请大家不要走！我答应你们的要求，答应你们的所有要求！"

大家停住正要离开的脚步，用蔑视的眼光瞧着他那可怜相，不约而同地齐声说道："你终于说了软话啦，终于同意我们的要求了。哈哈！哈哈！"

第三章

领导抗日游击队

一个风和日暖的中午,洛家庄的街道饭场上正聚集着吃饭的农民。第一个来的张正发说:"今天是怎么啦?天这么好,人们为啥不出来吃饭呀?"

王昌平接着说:"他们不是不出来,他们还没从地里回来呢。"

张正发:"为啥?往常这时候,饭场上的人都挤满了,可今天还没来几个。我马上就吃完了。他们不来,我就要走了。"

王昌平:"你走就走呗,管他们来不来呢。"

张正发:"我想听大家谈话。我不识字,不会看报,不知道外面的消息。大家坐在一起吃饭,你说这,他说那,对我来说都是新闻。"

李方平:"有的人还谈国家大事,天下大事。我可爱听了,吃饭时,我在这儿,不吃饭我也在这儿。"

吃饭人很快已经来了十多人,吃罢饭的人也不走,在这儿听大家的谈话内容。家事,国事,天下事,来到饭场便可知。洛家庄有一个自然形成的街道饭场,起源于何时,无从考证。河南"农村十大怪"里有这么几句:"农民吃饭端在外,豆腐坏了是好菜,凳子不坐蹲起来,夫妻称呼儿女带。"农民吃饭端在外就指的是街道饭场,吃饭端在外是这里农村的普遍现象。一般情况下,农民三顿饭都端在外面,好像不在外面就吃不饱似的。一天早饭时,妻子对丈夫说:"孩儿他爹,今天不端出来吃好吗?"丈夫回答说:"孩儿他妈,今天为啥不叫端出来呀?"妻子:"今天的饭太差了,蒸红薯叶,稀米茶,辣椒菜。"

丈夫："吃上这饭就不错了。吃这种饭的人也不是咱一家，不用怕，我在外面吃饭，主要是想听新闻。"

每到吃饭时，大家不约而同地来到街道饭场上。餐具几乎千篇一律：一个小笁子筐，里面放两块红薯，一个窝头，一碗小米汤，一个小碗里放些辣椒或瓜豆。他们把饭端到街上，自己找好位置，蹲起来，或把自己的鞋脱下来，坐在自己的鞋上。

饭场是一个自由论坛场所，实际上很像西方的沙龙，没有主持人，不固定谈话内容，谁想说啥说啥，谁想谈多久谈多久。人人都可以阐述，也可以回答，可以辩论，也可以反驳，气氛非常热烈，情绪非常高涨。有些人思想活跃，爱说话，对国家大事，有主见，有考虑，说话滔滔不绝，没完没了。有些人不爱说话，光听不张嘴。这种人有两种情况：一种是不动脑子，对事情没有看法，没有见解，无话可说；另一种人是爱动脑子，听到别人谈话时，他们琢磨事情的缘由，想事情的前因后果。他们要说话时，得有个充足的时间，他们想说个来龙去脉，否则，他们就闭口不语。

有的人把话题提出来让大家议论，有时是提出来一个问题要大家回答。有时候，提议人明知道答案却把议题提出来让大家议论，目的是统一思想，明辨是非，形成共识，凝聚成一股力量。具有这种考虑的人，往往都是有谋略的人，考虑问题宽广、有远见卓识的人。今天的饭场上，他们都谈论些什么呢？

王昌平问洛水生："今天怎么出来这么晚呀？"

洛水生："今天上午在地里翻红薯秧了。今年雨水多，墒情大，红薯扎根很多，特别难翻。二亩红薯，我翻了一大晌也没翻完。就这样还翻断很多。几乎每一棵都得用手，先把根慢慢拔起后，再用棍子把它翻过去，翻得很慢。"

李扎根："你有这二亩红薯，今年的生活就可以顺风顺水了吧？"

赵凯："顺风顺水？我看谁也别想顺风顺水。依我看，今年的生活是逆风逆水，谁也别想过好。"

郑马虎："我很同意赵凯老兄的看法，今年谁也别想过好日子。当然，咱们平常的日子就不算好，可以说是苦日子，但今年呢？不是苦的问题，而是根本就没法过。"

洛石头："这么严重吗？无非是苦呗，有多苦？怎么就没法过呢？"

马天方："我的小老弟呀，你就没看看现在的形势，日本人已经打到中原了，国军节节败退。听说他们就已经来到河南。他们一旦来到咱这里，咱们的日子还能过下去吗？"

刘铁蛋："你还别说，这还真是个大问题。"

高军："我想问的是：日本人会来咱们村吗？"

马天方："怎么？咱们村光棍吗？其他村他们去，为什么不来我们村？"

高军："我在想，咱们村小，偏僻，又没有好东西，他们来捞不到什么好处。"

马天方："咱们村再小，再偏僻，他们也要来。他们为了掠夺、占领，大小村他们都要去的，咱们村他们绝不会放过。"

高军："他们如果来了，咱们不是过不好的问题，而是生命遭屠杀，财产遭掠抢。"当他们谈论日本人会来不来时，其他人都不再说话，都在倾听他们的谈话。

不少人一听到这个题目，就感到耳目一新。他们也曾听说过日本人烧、杀、掠、抢。但这是外面的事，离咱们这里还远着呢。今天听他们谈论日本人来不来咱们村的问题时，他们感到新奇了，问题到跟前了，不是很远的事了。他们一下子很紧张，不知所措。有的脱口而出地说道："咱咋办呀？得赶快想个办法呀。"

郑马虎："啥办法呀？连国军都打不过人家，咱有啥办法呀？他们要来了，该我们倒霉呗。反正就这一堆，要东西，没有；要命，有一条。随便要吧。"

坐在中间的刘恒老先生突然说道："不能叫他们要命有一条。咱们不能叫他们要。几个外国人，来到中国，想要啥就要啥，没门。不但不给，还得叫他们滚蛋。不滚蛋，咱们就打，消灭他们。咱们这么大个国家，这么多的人，为啥怕它小日本？为啥国军打不过他们呢？因为国军不团结。咱们洛家庄，别看小，人口也不算多，只要团结起来，完全可以抵挡小日本的侵犯。现在的问题是，我们得马上组织起来，找出坚强领导，团结一致，全村拧成一股绳，共同与日本侵略者拼搏。这是我们的当务之急。"

洛培石："刘恒大叔的话很中肯，他给咱提出一个迫在眉睫的问题：日本人快要来了，咱们怎么办？咱们要团结起来，行动起来，全村人们共同一致

抵抗日本侵略者……"

　　正当大家全神贯注倾听洛培石讲话时，不远处传来"当、当、当"的敲锣声。锣声过后听见有人吆喝："老少爷们儿注意啦！我现在传达村长的命令：今天下午两点，大家都不要去地里干活，都去村西广场上集合，有重要事情传达。每家至少去一人，不得缺席，否则，后果自负。"

　　"当、当、当"锣声又响了，他还是吆喝他那老一套话，离开了饭场。

　　赵凯："一听见铜锣响，我心里就发慌。好像是条件反射，我也无法控制。"

　　李扎根："只要铜锣响，不是要钱，就是催粮。"

　　郑马虎："我看今天的铜锣响，既不是要钱，也不是催粮。"

　　赵凯："那你说是干什么呀？只要不要钱催粮，我心里就不紧张了。"

　　郑马虎："你们没听见吗？每家至少去一人。要钱催粮，干吗每家都得去呀，又不是每家都欠他的钱和粮。"

　　李扎根："你说的有道理。若不是要钱催粮，今天的敲锣是干啥呀？"

　　郑马虎："反正不是啥好事。"

　　快两点了，洛家庄的全体群众，都集中在村西广场上。张承家的警卫人员王小三正在检查人数。他一家挨一家地叫户主的名字，叫住谁谁答应，他在名字前面划个"√"，对不到场的，他赶紧找人去叫。

　　每个人都像木头人似的站在广场上，人与人之间相隔很近，几乎可以相碰，但不说话，表现出很严肃的样子，心里都在嘀咕着被叫来的原因。

　　几分钟以后，张承领着三个日本人走了进来，他们都是全副武装。一个年纪大些的，腰里别着手枪，另两个年轻些的，手里托着长枪。刹那间，微风停息了，树叶停摆了，本来刺耳的蝉声，也戛然而止。整个广场像死一般的寂静。每个人都屏息静等，看这些日本人有何动静。村长走到群众面前，露出一副装腔作势的样子。他那皮笑肉不笑的脸色，掩盖不住那奸诈狠毒的秉性。他用蓝色的凶光，扫射着在场的群众，企图用凶残的气势威胁大家的仇视。在场的每一个农民，脸上都流露出顽强倔强的意志和坚贞不屈的性格。

　　日本侵略者还是来了，来得这么突然，来得这么使人不知所措。很多人没想到日本人来得这么快，他们五味杂陈，脑子空空，被这突如其来的场面吓蒙了。他们来不及考虑别的事了,他们只考虑如何应付当前的场面。日本人要说什么?日本人要干什么?他们去不去干?怎么干?等等。

三个日本人和张承站成一排,面对着群众。年长的日本人站在中间,村长站在他旁边,紧挨着他。两个年轻日本兵站在两旁,手里端着长枪。

村长张承做开场白,他说:"请大家注意了,大家都看见了,皇军已经来了。"他指着年纪较大些的日本人说:"这位是皇军小队长田野先生。现在,请田野先生给大家讲话。请大家热烈欢迎。"

没有人欢迎,场里一片寂静。

田野:"好了,不要欢迎了。首先我想给大家说的是,请大家不要害怕。我们来这里,不是危害大家的,而是为大家造福的,请大家不要仇视我们,而要拥护我们。我们今天来这里有两个目的:第一,宣誓我们日本人对这里的领导,大家要服从我们的领导。为什么我们要来领导你们呢?你们的政府太无能,领导不了你们走向幸福。他们不团结,他们不会干事,他们不会当领导。因此我们来领导你们,你们要服从我们的领导。对于不服从者,我们要予以清除。第二,大家要为日本官兵做些贡献,这是首批任务,平均每户一斗粮食,粮食品种不限,最好是麦子。第三,我们暂时任命张承为我们的联络员。"

田野讲完后,张承做了下列补充:"从今以后,我们洛家庄就是大日本帝国领导下的村庄了……"

场下一片唏嘘,群众一股一股地想起哄。张承急忙安抚大家:"我们还是中国,我们是中国人。但我们要服从日本人的领导,否则,要受到处罚。我们要积极筹措应贡献的粮食。依我看,还不算多呢。据我所知,有些村是每人一斗。不过,不一定一次缴清,一次,二次,甚至三次,也是可以的。若有实在缴不起的,我可以借给你们,不要利息,只还老本就行。不管你用啥办法,把粮食缴出来就行。不管怎么样,咱都得出,不出是不行的。如果有人不出,皇军就会拿我说事,说什么事呢?就是叫我给你们垫粮食。也就是说,你们不出,我得出。所以,我对你们就不客气了,皇军拿我说事,我要拿你们说事。皇军任命我为联络员,我本来就是村长,联络员与村长有啥区别?完全一样。此外,皇军私下还交给我一个任务:把我们村里的抗日分子供出来。他们还要我把咱村的农民划分阶级,哪些是亲日派,哪些是抗日

派。每个派里，还要分出积极的和一般的。他们要我很快把划分情况告诉他们。估计，他们下次来时就要动手了。究竟如何下手，就不得而知了。反正是任何人都承受不起的。"

这天晚上是洛家庄最不平静的晚上。它表面上风平浪静，人不语，狗不咬，死一般的沉寂；暗地里却波浪翻滚，汹涌澎湃。每家每户都在召开家庭会议，激烈地讨论今天下午的事。关于粮食问题，没有任何说的，有就有，没有就是没有，没有就借。这很简单。关于亲日派和抗日派问题，多数人都说他们是抗日派；几乎没有一个家庭说他们是亲日派。有几个家庭，例如张承家，他们也不完全站在日本这一边。他们毕竟是中国人，他们不愿意背叛自己的民族，他们有起码的民族气节。他们在村里有权有势，日本人来了以后，首先找的是他们，叫他们为日本人服务。在日本人面前，他们不敢不从，他们就说他们是亲日派。可是在群众面前，他们又说他们是抗日派。他们左右逢源，两面落好，在夹缝里找出自己的利益最大化。

张承在晚上的家庭会议上说："我是咱张家有史以来最倒霉的家长。"他态度严肃，神情紧张，像似大难临头，不可终日的样子。孩子们摸不着头脑，不知道他的怒气从何说起。他们纷纷发表安慰他的言论。儿子张强说："爹爹领家还是很有成绩的。咱们张家人畜两旺，良田碧波千顷，庄园蒸蒸日上，是洛家庄第一大户，在周围几个村庄，也是数得着的人家。你倒啥霉呀！你是张家的骄傲，列祖列宗在九泉之下也为你自豪。"

孙媳妇范松："爷爷是我们家的精神支柱，你的谆谆教导，使我们增加信心，增加生活的勇气和力量。你永远是我们学习的好榜样。"

张承："不久前，咱们雇用的那些农民，闹着要八小时工作制、延长工时要增加工资、不准随便解雇他们，等等。本来老实巴交的农工，忽然那么凶，一个个瞪着铜铃般的大眼，张着盆大的狮子嘴，恶狠狠地冲着我，要求这，要求那，都叫我当场表态。我若不答应，就拿罢工威胁我。有的直接吆喝我、羞辱我，他们嘴里不干不净，骂骂咧咧，我在他们面前，不如他们的看门狗。他们这样糟践我，我还得迎合他们的需求。我相信，我们家的任何掌柜的都不曾遭遇过这样的羞辱。为了这个家的继续发展，我忍气吞声地答应了他们的要求。这是我有生以来受到的最大耻辱，也是我从记忆以来做出的最大让步……他们把我折腾得焦头烂额，它在我心中的创伤，一直到现

— 第三章 领导抗日游击队 —

在都没有恢复过来。今天又来了日本人，这些人做得更绝了，他们动不动就要我的小命……"

这天上午，田野带着两个士兵阴森森地来到张承家。其他人都急忙躲开，只有张承出来应酬。田野用手枪指着张承的眉头，问道："你就是张承？"

张承吓得直打战，嗫嚅说："我……我……我是。"

田野："你是这个村的村长？"

张承："我是。"

田野："你还想当不想当村长？"

张承："想当怎么着？不想当又怎么着？"

田野："若想当，就继续当；若不想当，我马上送你走。"

范松急忙从内屋跑出来，向日本人点头哈腰，说道："当，当。"

张承当然知道田野的"送你走"是什么意思，他马上答道："我想当。"

田野："你若想当，就是我们大日本帝国的村长。从今以后，听我们日本人的命令，为我们日本帝国服务。"

张承的头像拨浪鼓一样点个不停，生怕答应得慢了，田野会把他送走。

张承继续说："你看我难不难？他们日本人，早不来，晚不来，偏偏在我执掌张家门第时来，不是找我的麻烦吗？他们是侵略者，是我们中国人民的死对头。由于我们打不过他们，他们才在中国肆无忌惮。听他们的吧，就是与中国人民为敌。这是中国人不能干的事；不听他们的吧，他们就要你的命。你说，谁不怕死呢？常言说：好死不如赖活着。因此说，他们找到谁，该谁倒霉。我就摊上倒霉的命了。咱们家在咱们村是少数，但咱们有钱有势。如果单个儿说，咱们谁也不怕，他们谁也不敢对咱们耍野。但他们一团结起来对付我们，我们一点儿法也没有。自从陈婵妮和洛培石煽动农民工以后，他们学会了动不动就团结起来，用集体的力量来对付我们，动辄罢工就是他们的拿手好戏。他们最大的砝码就是罢工，仅此而已。而日本人就大相径庭了，他们动辄就说要你命。你为他们干活，你还得提心吊胆，稍不留神，就有丢掉小命的危险。你看这活干得恶心不恶心？但恶心也得干，若不干，连恶心也来不及了。"

张承接着说："今天是我有生以来心中最难受，也是思想斗争最激烈的一天。除上午遇到日本人时的狼狈不堪的情景外，下午我的角色更是难堪，

55

当着全体村民们的面，我得赞扬日本人，号召大家拥护日本人的领导……我不就是个地地道道的汉奸吗？你们想想，日本人能在中国长久吗？肯定不能。咱们中国这么大一个国家，这么多人口。它小日本算老几？他们打过来是暂时的，打到最后，他们肯定输，而且输得一塌糊涂。他们败回去后，我这个汉奸帽子是去不掉的，况且，从我这一辈子起，我们张家将永远是一个汉奸家庭，一代一代传下去……"

张承的孙子张全："咱们不当汉奸不行吗？你不当村长，不为日本人服务。"

张承："你只要敢说不当村长，他们马上毙了你。当个汉奸也比死了强。"

张全："那是，好死不如赖活着嘛。"

张承："说到这儿了，我真不理解那些宁死不屈的英雄，他们到底图的啥？命都没了，其他一切都是空的。哎呀，我是当不了英雄的，我只有当汉奸的命。我是这个命，但我从内心讲，我真的不愿意当汉奸，因为，从此，咱们就是汉奸的张家，咱们的后代就是汉奸的后代。我到阴间后，我们的列祖列宗不会饶过我。因此，我死了后，你们不要把我埋在张家老坟茔里，把我埋在西岗上的乱杂坟里。"张承说着，眼里不禁掉下了伤心的泪水。

张承的儿子张强："爹爹不要伤心，这一切都是上天的安排，我们是无法扭转局面的。常言说：是福不是祸，是祸躲不过。这个命摊到你身上了，你只有承担，你躲不过，伤心也没用。就这样往下挺吧，挺到哪儿算哪儿。有口气就干，气停了就算。人这一生，不就这么回事吗？"

在刘恒老先生的带动下，洛家庄召开了全村农民大会。大家一致同意立即组建抗日游击队，积极抗日，坚决把日本侵略者赶出中国。经过报名、筛选，建立了五十人的抗日游击队。他们一致推选陈婵妮为游击队队长。另外还有两个副队长。陈婵妮他们也都当仁不让，担起了抗日游击队的重任。

陈婵妮带领抗日游击队的第一件事，就是向中国人民解放军豫东办事处打报告，告知他们这里组建游击队的情况和当前的紧迫任务；其次是请他们供给一百套枪支弹药。他们有正式队员五十人，还有预备队员五十人。在紧急关头，预备队员也上战场，实际上是全民皆兵，除老弱病残和儿童外，其他男女老少，都是抗日游击队队员。他们的请求如愿以偿。办事处还表扬了他们，鼓励他们积极抗战，为早日打败日本侵略者，做出更大贡献。

— 第三章 领导抗日游击队 —

张强得知陈婵妮他们组建了抗日游击队的消息后,对爹爹说:"爹爹,这个消息要不要告诉田野他们?"

张承:"当然要告诉他们啰。这是一件大事,不但是洛家庄的大事,也是日本人的大事。他们组建游击队也不是什么秘密,我们告诉田野,陈婵妮他们不会有意见,田野他们也会感到我们对他们忠心,何乐而不为呢?"

田野得到这个消息后非常恼怒,当场训斥道:"本来我去召开群众大会,是让他们拥护皇军的,他们不但不拥护,反而组织游击队对抗我们,真是胆大包天,不知天高地厚。等几天我们还要去,再去的任务有两个:第一个是收取粮食,每户一斗;第二个任务是捉拿陈婵妮,当场处决她,以儆效尤。不把他们镇压下去,他们的抗日情绪就会越来越高,对我们皇军就会大大的不利。"

洛培石组织群众转移东西,把珍贵东西转移到亲戚家,把生活用品搬到隧道里。刘恒负责修整隧道,把隧道改造成多功能掩体,对敌人是墓坑。对我们来说,我们能进能出,出入自由。敌人光能进,不能出,实际上是进去就出不来了,就葬身在里面了。既然是掩体,就要有个大肚子,甚至几个大肚子,能容纳全村人民生活几天,全村老百姓基本上都能躲进去。游击队人员,能打就打,不能打时就躲进去。

游击队队员在陈婵妮队长的领导下,集中搞军事训练。他们主要练的是爬、跳、滚、打。重点是射击,射击的重点是准确性。要求队员百发百中,不放空枪。他们在木板上画上圆圈,每个木板上有大小不同的十个圆圈重叠起来,立起来作为靶标。长枪在一百米以外,短枪在五十米以外,进行射击训练。所有队员都是农民,没有打过枪,甚至连摸过枪都没有。陈婵妮教他们如何打枪,主要是如何射击准确。射击人趴在地上,把枪托放在肩上,用一只眼瞄准准星。要做到"心要狠,眼要准,屏住气,胳膊稳"。心要狠,就是把靶标当作日本鬼子,要有杀敌的坚强意志;眼要准,就是把眼、准星和靶标这三点连成一条线;屏住气,就是在扣扳机那一刹那,憋住气,停住呼吸。因为呼吸就会使身体微动,影响射击效果;胳膊要稳,就是把胳膊放稳。这几项措施,虽然都是微小动作,对射击效果非常大。"差之毫厘,失之千里。"把这几个部位练好了,就能射击准确。短枪更难一些。认真研究打不准的原因,总结经验,吸取教训,刻苦训练,

57

就可以把枪打准。

他们苦练三天以后，举行了一次打靶比赛。每人三枪，打中的环数最多者，为优胜者。第一轮比赛以后，所有人的比赛成绩都比陈婵妮好。其他人都比她打得多。她本人很诧异，其他人也不可理解。大家都知道她打枪很准，为什么比赛时她只打了十环。陈婵妮的三枪，只在靶中间打了一个洞，其他两个子弹不知道飞到哪里了。陈婵妮认真琢磨她的中靶的问题。在第二轮比赛中，她要求打一枪换一个靶标。每个人打三枪，要打在三个靶标上。比赛结果显示，陈婵妮打了三枪，每个靶标的正中间有一个圆洞，她中了三个十环。由此看出，在第一轮比赛中，她把三枪都打到正中间位置，三个洞严密重合，只显示出一个洞。队员们对她的枪法佩服得五体投地，每个人都深深感到自愧不如。

一天上午，张强被告知，下星期一皇军要来洛家庄。来的任务是收粮食，其次是镇压游击队，重点是队长，他们要同着全体群众的面，处决队长，以儆效尤。张强得到这个消息后，问张承："爹爹，这个消息要不要告诉游击队呀？"

张承："当然要告诉啰。如果不告诉，他们会说咱与他们不一条心。咱告诉她，叫她事先做些准备，究竟他们两家怎么斗，就由他们了。谁取得胜利，我们就跟着谁。眼下咱们在夹缝里生活，很难受的，谁也不能得罪。眼下日本人强盛，不敢得罪。从长远计议，游击队他们是本地人，今后与他们朝夕相处，更不能得罪。现在是考验我们的办事水平的时候，让他们都感到我们是站在他们那一边的。"

张强："陈婵妮若跑了怎么办？日本人不怪罪我们吗？"

张承："他们怎么能怪罪我们？不是我们叫她跑的。不过，依我看，她不会跑的。她是队长，她跑了，队员怎么办？她的秉性是不跑，而是她要与日本人对着干。究竟如何干？就不得而知了。"

村民们得知日本人要来的消息后，义愤填膺，尤其是游击队队员，更是怒气冲天。他们摩拳擦掌，他们发出誓言："誓死捍卫陈队长！誓死与田野奋斗到底！不把田野打死誓不罢休！"很多大娘、大妈们，纷纷来到陈队长家里，劝她说："他嫂子呀，赶快躲一躲吧，好汉不吃眼前亏。不要硬与他们碰，碰不过他们，白搭一条命。"

为了表达对乡亲们的感谢,陈婵妮召开了全村群众大会。她对乡亲们说:"父老乡亲们,感谢大家对我的关照。近几天,乡亲们出于对我的爱护,纷纷劝我,要我出去躲一躲。我对大家的好心表示感谢,我对大家的心情可以理解。但我不能跑。大家可以想想,人家跑到你家欺负你,你能跑吗?你跑了让他们在你家胡作非为吗?他再强壮、再凶残,我一家人团结起来,完全可以制服他。田野马上要来,其目的是要粮食。他们扬言要杀害我,就是因为我领导的游击队不同意他们抢占咱们的粮食。如果我们都同意给他们粮食,他们就不杀害我们了。我们的财富为啥要给他们呢?他们是强盗,是明目张胆的土匪。咱们不能屈服于他们。咱们必须抵抗他们,必须把他们打败,必须把他们赶走。若不走,就把他们打死。大家仔细想想,咱们这么多的人,他们只那么几个、十几个、几十个,即使几百个、几千个……咱们这么多人,只要团结起来,咱们完全可以打败他们。再说了,若是跑,跑到哪里呢?如果大家都跑,到处都是他们的人,你跑也无处跑。他们为啥侵占我们的这个地方后又侵占另一个地方呢?就是因为我们跑,他们去哪里,哪里的人就跑。就是因为我们跑、跑、跑,才导致他们占、占、占。他们侵略我们村庄,我们若跑,我们就是没骨气、没意志,我们就不配当中国人。中国人是有坚强意志的,中国人是奋发图强的,中国人是有决心、有力量、有能力把侵略者赶出去的。我向大家表白:我是坚决抗日的,因此,他们要杀害我。但我不怕死,他们把我杀了,我是抗日牺牲的,我是为洛家庄人民牺牲的,为祖国牺牲的,我为祖国尽了忠,为人民尽了孝,我死得光荣,死得其所……"

洛培石看见妻子就悲痛欲绝。为新趴在妈妈身上,哭得拉不起来;朱珣也是泪流满面。奶奶更是哭得撕心裂肺,一家人都簌簌泪下,哭泣不止。他们都不说话,因为无话可说。洛培石对妻子说:"你说的都对,你带着游击队与他们拼,这也对。究竟拼出啥结果,很难说。反正不是他死,就是你死。不管谁死谁活,这都在情理之中。按自然法则讲,这都是正常现象。如果拼的结果是他死你活,皆大欢喜,咱们好好庆贺;如果拼的结果是你死,我们的痛苦就无法泯灭。人都有死离阔别的扎心事,但非命的离别叫人承受不了。你是为大家,为国家;我们的感情是小家,我们的儿女情长是小家,小家要服从大家。理是理,情是情;理是想得通的,情是舍不了的,啥

时候能把情和理结合在一起就好了。"

今天是星期六,后天日军就要来了。奶奶邀请了刘家庄、李孟庄、赵家庄、宋家庄、朱家庄等五个村庄的抗日游击队帮忙,每个村二十人,一共一百多人,加上本村的一百人,总共二百多人。外村的队员于今天下午来到洛家庄。他们隐藏在两个隧道里。有的藏在左边隧道里,有的藏在右边隧道里,本村的队员藏在村庄周围,对广场形成包围架势,日军的五十人被二百多个游击队员包围着。他们的前面是村里的群众,群众的后面,是陡峭的山冈。这时的日军,真是插翅难飞。队员们要严密纪律,不准有任何声响,任何动静都会把整个布局毁于一旦。场上的枪响就是信号,信号一出,隐藏的队员一齐冲杀出来,把日军团团包围住,日军就会束手就擒。

星期日晚上,奶奶把所有队员的据点检查了一遍,她再三叮嘱各点的负责人,要谨慎,谨慎,再谨慎。一定要万无一失。尤其是声响方面的防范。她要求所有能发出声音的物品,一律不准带在身上,以防万一。她检查完以后,到刘恒老先生家。刘老先生看见她进来以后,问道:"你怎么还没休息呀?"

奶奶:"睡不着。明天就来真的了。我从来没打过仗,更没带过兵,突然与日寇打仗,能行吗?我真害怕。"

刘老先生:"你怕啥?都到这个时候了,你还害怕?这仗咱不打吗?"

奶奶:"我不是这个意思。我怕的是,万一打输了,我丧命是小事,重要的是会挫伤咱村的抗日情绪。咱村的抗日情绪刚发动起来,万一受到挫折,再发动这就很难了,就会对全国的抗日形势造成负面影响。"

刘老先生:"你放心吧,明天咱不会输,咱肯定会赢。我早就观察了,咱占着天时、地利、人和。你没看咱们所处的地形。这一片整个地形是一盘龙。两个隧道是龙的身子,前面的广场是龙的头,两边的庙宇是龙的耳朵,中间的庙是骑龙的人。日本人来到广场上杀人,等于在龙嘴里耍野。我们祖辈供奉的三座庙宇里的神灵,是保佑我们的,他们肯定不会允许日寇肆意杀害我们。现在是时候了,他们的灵验该显示出来了。不信,你等着瞧。我再说一遍,你放心,你回去睡个好觉,明天你就得到好消息了。"

奶奶:"听了你的话,我心里好受多了。不过,我还是心虚,我没你那么乐观。"

刘老先生："别心虚了，快回去睡吧。明天更重要的任务还等着你呢。"

奶奶回到家里。家里人都还没睡。

奶奶问道："你们怎么还没睡呀，都这么晚了？"

洛培石："睡不着呀，你也没回来。"

奶奶："我回来不回来，你们只管睡呗，明天我们还有大事要干呢。好了，啥事都不说了，现在最主要的任务是：睡觉。"

星期一上午，洛家庄的人们纷纷来到村西广场。没有一个是欢天喜地，也没有一个是轻松优哉的，他们都哭丧着脸，紧锁着眉，欲哭无泪，欲语无声的样子。他们的脚步是沉重的，行动是迟缓的。不少老太太还拿着纸、香什么的，因为她们知道今天日本人要处决奶奶，她们要送奶奶上路走好。奶奶把衣服穿得整整齐齐，头发梳得发亮，没搽粉脂，也没有梳妆，虽然年纪已过半百，英武的外表底下，深深地埋藏着悲愤和忧伤。她仍然是沉着果断，步履坚强，炯炯有神的眼睛里，辐射出充满信心的光芒。她穿着一件不太合体的黑色上衣，腰里束着一条灰色腰带，把本来就宽松的上衣束得有些松。她站在中间最后一排，她的前面站着她的儿子为新，左右两旁站着她的丈夫洛培石和游击队副队长刘成军，他们把她挡得影影绰绰，很不显眼。天色阴沉沉的，乌云密布，好像大雨就要倾泻。树枝一动也不动，好似假叶插在干枝上的装饰品。几只乌鸦缩着脖子，像受了伤似的，蜷曲在树枝上。乌云压得喘不过气来，整个广场像一块芯片，人员像固定在上面的零件。奶奶自然而然地站在那儿。她在琢磨着这场博弈的后果，要么我们两个同归于尽，要么我把他杀死，绝不能让他把我杀死而他留下来。力争最好的结果，这就看自己的本事了。实际上是拼手头，拼眼力，拼敏捷。她自言自语道："考验我的时候到了，平时的思想准备，基本功的练习，技术的操作……平时的一切准备，都是为了这时的运用。好了，我一切都准备好了。这是我为祖国尽忠的时候，我坚决与小日本拼个鱼死网破。"

田野带着五十个日本兵，气势汹汹地向洛家庄挺进。他们刚要进村的时候，田野的副手对田野说："咱们不要马上进村，万一遭到游击队的伏击怎么办？"

田野："对，对。你的意见很对……好吧，我们先扫射一阵。若有埋伏，他们就会还击；若不还击，就是没有埋伏。"

随着田野的一声令下，士兵们朝着村庄开枪扫射。鸡乱飞，狗乱叫，羊羔、牛犊满街跑，树叶落满地，花草胡乱倒。有些没有去广场的老人和小孩，听到枪声不知所措，拼命向外跑。日本兵看见一个枪杀一个，很快街上倒下十几个。有一个六岁多的女孩，带着一个一岁多的弟弟在街上跑。他们的爹爹参加了抗日游击队，妈妈病倒在床。他们听到枪声时，吓得乱哭乱叫。他们看见邻居们向外跑，也马上跑出来。他们被日本兵看见，"砰，砰，"向他们打了两枪。他们没有立即死去，只是满身是血。他们哭着叫："妈呀，妈呀！"街上没有群众，有的只是日本兵。两个小孩哭了一阵子后，慢慢地不声不响了……田野他们看到没有什么动静，认为没有埋伏游击队，就停止了射击，安心地进了村。

张承出现在大街上，他告诉田野村民们都在村西广场上。他领着日本兵向广场走去。

广场周围的游击队员已经各就各位。他们手托着枪，子弹已上膛，手指在扳机上，单等着广场上的枪声，他们将迫不及待地涌向战场。

张承领着日本兵来到广场。他们来到群众面前。张承做了简短的介绍后，田野开始讲话，他把手枪别到腰里，正要仰头给大家讲话时，"啪"的一声枪响，田野应声倒下，埋伏在周围的二百多位队员，像冲破堤坝的洪水涌了出来。"缴枪不杀！""不许动！""谁动打死谁！""把枪放下！"这些喊声震撼广场，冲破云霄。当敌人缓过神的时候，已经成了俘虏，被押送到广场旁边的庙宇里。

有几个日本兵不服被掳，企图举枪向人群扫射，被我队员当即打死，再重复一句："谁动打死谁！"剩余敌人也都乖乖把枪放下，不声不响地被俘就擒。有个日本兵暗地里企图举枪杀害群众，被一个少年发现，一枪把他打死。

顷刻间，人人泪流满面，个个喊声震天，"我们胜利啦！""日本兵被打败了！"广场上像一大锅沸腾的水，此起彼伏，翻腾得云海无边。老天爷高兴得睁开了眼，明亮的太阳普照大地，暖风荡漾树叶飒飒响，红旗迎风展，歌声悠扬地唱，喜鹊喳喳叫，在广场上空飞翔。群众的劲头真大，他们狂欢尽跳，震撼这天地山冈。几位携带纸香的老太太，羞答答地把纸香掖在裤兜里，生怕别人看见说她们带这些东西，太不吉利。她们后悔不已。别人带来的是喜悦，而她们带来的却是不幸和晦气。

在狂欢中，游击队副队长刘成军对大家喊话，要求大家静下来听奶奶讲话。

奶奶："现在大家高兴了吧？值得高兴，咱们把日本人打败了，把日本兵小队长田野打死了，把他们五十多人俘虏了。这是咱们的很大胜利，我们应该高兴，值得高兴。"

下边问道："是谁把田野打死的呀？"

刘成军："当然是陈奶奶啰。"

群众把羡慕的眼光转向奶奶，表示对她的钦佩。有人吆喝："真了不起！"还有人伸着大拇指，表示敬重。

奶奶接着说："我漫不经心地打了一枪，他就倒下了，他真没筋骨。这不是我一个人把他打死的，是全体洛家庄人民把他打死的。今天日本兵来了五十多个，我们把他们打败了，把他们活捉了。这说明日本人并不可怕，他们是纸老虎。大家可以想想，他们来时是多么气势汹汹，多么不可一世。我们有能力、有智慧把他们打败。只要我们团结起来，打败小日本不在话下。但是，我们今天的胜利只是暂时的，我们还不能骄傲，我们还得更加努力，更加练习本领。日本人这次失败了，他们不会善罢甘休，他们肯定还会来的，而且还会以更凶残的手段对付我们。我们不怕，不管他们如何残暴，我们都可以对付他们，都可以把他们消灭掉。原因很简单：他们是侵略者，是非正义的战争，我们的是正义战争，正义战争一定会胜利……他们来吧，不管他们来多少，都叫他们全部葬身在这里。"

陈奶奶组织全村农民召开了庄严肃穆的追悼会，悼念被日本兵打死的十多位村民。这是个追悼会，也是个声讨会，控诉日本人的滔天罪行。在大会上，很多人上台发言，他们义愤填膺，坚定意志，表达不把日本人赶出中国誓不罢休的决心。每一个受害家属，都痛哭流涕，强忍失去亲人的痛苦。也表达了他们对日本侵略者的切齿痛恨。被日本兵打死的那两个小孩，大的女孩叫玲玲，小的男孩叫甜甜，他们的爹爹叫洛敬民，是一个抗日游击队员，日本兵进村时，他正在坚守岗位，准备消灭日本兵。孩子的妈妈本来身体就不好，听到孩子被日本兵打死后，当场哭死过去，再也没有叫醒。他一家顷刻就死了三口。洛敬民哭得死去活来。陈奶奶在追悼会上，向全体村民们做

了自我检讨。她泪流满面，泣不成声。她说："在这次抗日斗争中，我们失去了十位同志和两个小孩。我向他们表示深切的哀悼，向受害家属表示诚挚的慰问。同时，我对全村乡亲们做出我的检讨。我的主要错误是轻敌了，没有安排把老弱病残和小孩转移走。对日本侵略者的凶狠毒辣认识不足。我一定吸取这个血的教训，保证今后不犯类似的错误……"自此以后，洛家庄农民在陈奶奶的带领下，做到生产、练兵、抗日三不误。

　　首先把生产搞好，保障生活来源，这是搞好一切的基础。游击队好好练兵，学好杀敌本领，随时准备消灭来犯敌人。要牢记，日本人肯定还会来，而且来得更凶残、更狠毒。因为他们损失这么多人，他们恼怒在心，不报这个仇，他们是不会善罢甘休的。他们会来个歇斯底里的大反扑，他们要以百倍的疯狂、万分的恶毒对我们报复。我们要做好一切准备，力争把损失降到最小。我们还要做长期斗争的准备，日寇一天不走，我们就一天也不能松懈我们的战斗力。因此，我们要把我们所有的东西，凡是能搬动的，都要搬到洞里。每个家都是空空洞洞，只留下空房子、空院子和树木之类。他们来了随便糟蹋，只有这些东西了。我们要吸取教训，绝不能让他们屠杀我们任何一个人，也绝不能让他们掠夺我们任何一件贵重的东西。在搬家的过程中，首先要考虑老弱病残和少年儿童，要把他们安排到适当位置，确保他们的安全和生活。

　　为了防止日本人的突然袭击，陈奶奶派人在西岗最高峰轮流值班，昼夜坚持，时刻不离人。任务是观察周围动静，一有情况马上报告，村里人立即行动，投入战斗。

　　田野小队长领导的一班人覆灭以后，日本兵的中队长藤野非常生气。他痛恨田野无能，领导一班全副武装的强大的日本兵，竟被一个小小村庄的农民消灭，真丢人呀！他不是丢他个人的人，他丢的是大日本帝国的人。我不服气，真不服气！我要亲自领兵奔赴洛家庄，我要杀它个片甲不留。我要为田野他们报仇，我要让洛家庄以百倍的代价赏还田野他们的牺牲。我要把洛家庄的群众杀光灭绝，要把这个村庄夷为平地。我要让洛家庄的群众看看我们日本的强大，让他们尝尝我们日本人的厉害。我还要让他们认识到我们日本人是惹不起的，让他们看见我们日本人就害怕，听到"日本人"这三个字就心惊。我们必须在这里打一个漂亮仗，让周围的村庄看看我们的厉害，让他们吸取教训，乖乖地顺从我们的指挥，听我们的话，为我们办事。

一天下午，藤野召集一百多日本兵，带着大炮、机枪、卡车和绳索麻袋之类的东西，奔向洛家庄。

放哨人员发现敌情后，立即报告给了陈奶奶，她马上命令游击队员各就各位，准备战斗。

日本兵进村前，开动他们带的所有武器，向村庄射击了十五分钟。洛家庄已经是破烂不堪了。本来就不好的房子，被炸得残垣断壁，没有一间可以住人。大小树木，没有一棵完整的，有的拦腰截断，有的整树倒地，有的枝叶全没有了。死猫、死狗、死鸡、死鸭，随处可见。牛、羊、猪等大的牲口，被捆绑起来装在车上。整个村庄死气沉沉，毫无生气。

张承出现在街上。藤野看见他时，问道："你就是村长张承吗？"

张承："是的，我是。"

藤野："你对我们不忠呀。上一次你害死了我们五十多个弟兄，我要你干吗？"话音一落，他"叭"地给了张承一枪，张承应声倒下。

日本兵在村里没有找到任何人。他们去到广场上，老远看见两个人钻进隧道里。他们惊喜地发现，原来这村的人都藏在隧道里。藤野命令士兵进去找人。士兵一个挨一个地往里面钻，可是没有任何信息反馈上来。他往里面喊话时，也没有任何回应。士兵继续往里进，依然如故，好像往深井灌水一样，有去无回。人进去一多半了，仍然没有信息出来。藤野着急了，他吹胡子瞪眼，有劲使不上，有枪打不出，有野无处撒，有苦无处诉。他的兵只剩下十几个了，他不敢再叫人继续往里钻了，若进去完了，外面只剩下他一个光杆司令，他还能走得了吗？他打算到此结束，带着这几个兵回去。他又想，回去如何交代呢？损失这么多兵，上头会饶我吗？正当他举棋不定，犹豫再三的时候，从洞里钻出来一百多位游击队员，持枪荷弹，他们先把藤野打死。士兵们一看队长死了，谁也不敢吱声。队员们怒吼："缴枪不杀！""谁动打死谁！"十几个士兵，一个个缴了械后，被带到村庄内听后处理。

这八十多个士兵为什么一进洞就销声匿迹了呢？这是陈奶奶他们在洞口不远处设置的一项绝招，实际上是很深的陷阱。它的底部有通向两旁的通道。进来的人掉到陷阱里摔死后，有人把他顺旁道拉出去，运到其他地方埋掉。因此，不管进来多少人，都是无影无踪，销声匿迹的。

这是日本兵的第二次进犯,也是他们的第二次失败。两次进犯,两次失败。不是一般的失败,而是失败得一塌糊涂,两次共伤亡人数一百五十多人,还有两名军官。这是日军进入中原以后很大的失败。一个小小的、有几百户人家的村庄,在两次小小的战斗中,他们轻而易举地消灭日军一百五十多人,这是不可想象的。日军一个大队长得知此情况后感到很诧异。他询问一个翻译时,翻译对他说:"洛家庄是一个风水宝地,那里有山有水有平原,人们常说,山是金,水是银,平原是个聚宝盆。村庄西边又一个山冈,冈前面有一块宽阔地,人们把它当成广场,是一个开会和搞文艺活动的场所。广场北侧,耸立着三座庙宇,里面分别是火神、关公和奶奶。这三座庙里的神灵,神通很大,特别灵验,该村人们非常敬重他们,每到过年过节,或家里有什么喜事,村民们准去庙里烧纸、烧香、磕头,祭拜,供奉他们以图保佑平安。外人都不敢轻易得罪这村的人,如果做了有损于该村的事,他们准受到惩罚,轻者得个头疼发热之类的病,重者就可能丧命。庙宇后面有两条隧道,那更是两条深邃莫测的陷阱。外人谁也不敢进去,一进去十有八九出不来。我们的人第一次去时,有两个弟兄进去了解情况的,结果一去不复返了。我们第二次去后,有八十多个弟兄进到该洞里后,没有出来。此外,在这里经常发生奇怪的事情,比如,我们的田野小队长,正讲话时突然头上中弹死了。子弹从哪里来的?谁也不知道。在第二次我们受害的过程中,我们没有看见该村的群众,我们的弟兄不明不白就死在洞里了。队长被打死,其余几个人被他们活捉。他们游击队并没有出动,我们的人也没有与他们厮打,但我们被打败了,莫名其妙就败了……因此,依我的意见,这个村子不能再去了,我们赔不起,上级知道了还会拿我们说事,把我们当坏典型处罚我们,很可能有掉脑袋的危险,因为我们已经损失一百五十多人了,而没得到任何东西,连一粒粮食没有得到,连一个游击队员的影子也没有摸着。这是一个很小的村庄,即使我们不占领,也影响不了大局。"

大队长:"我们这么强大的皇军,竟打不过一个小小的洛家庄游击队,我死也不服气。我要亲自带兵去镇压他们,我多带些兵,带它二百、三百的。我就不信征服不了他们。"

翻译:"我劝你不要亲自去。上两次带兵的都阵亡在那里了。你亲自去万一再被打败……你就……对了,你就回不来了。咱们的损失就更大了。你自己呢，落个败仗的下场。你在皇军的历史上，写到败将那一页上，你的子孙后代都受影响，很不值得。"

大队长："是呀……"

翻译："别再犹豫了，关于洛家庄的事，到此结束。打败仗的人都死了，追不到他们的责任。你说你不服气，是不服气他们游击队，但你得服气神灵，他们是受神灵的保佑的。"

大队长："对，你说得对。我不服气他们，但我服气神灵。你说这两次我们不是被他们打败的，而是被神灵打败的，对吗？"

翻译："对，对，一点儿都不错。"

大队长："你这么说，我就心安理得了。"

奶奶

第四章

| 借粮度日 |

到一九四三年，奶奶已经与洛培石结婚三十五年了，在这三十五年里，虽然贫苦，但由于家庭和睦，夫妻互敬互爱，共同努力，生活还过得有滋有味。在这三十五年里，奶奶共生了三个孩子。老大是个男孩，叫为新，已经三十四岁。老二是个女孩，叫盼盼，已经长大出门，嫁给院庄一个旋锭子的。老三是个男孩，叫为晨，已经十四岁。大儿子已于二十二岁时结婚，妻子是朱庄人，叫朱珣。生了两个孩子，大的是个女孩，起名叫花妮，是年八岁，小的是个男孩，起名叫萌萌，是年四岁。这时奶奶有一个七口人的大家庭，是一个平平安安、顺顺利利的家庭，可到了一九四三年，大祸从天降，对这个家庭摧毁性的打击，使这个家庭家破人亡。

一九四二年河南大旱，个别没被旱死的庄稼，被蝗虫一扫而光。这么一旱一蝗，可把这里的农民害苦了。很多家庭连一粒粮食也没有收。但支出一粒也不能少。有什么支出呢？主要有：第一是缴公粮。这是皇粮，不能不缴，也不能少缴，也不能缓缴，必须如期如数缴。第二是租地税，绝大多数农民没有土地，靠租用别人的地种。租地的农民要把百分之六十的收入缴给地主。这并不是说，有了收入就缴，没有收入就不缴。而是有收入与没收入都得缴。在订租赁合同时就有明文规定，应缴数量有个底线，也就是说，每年应缴的数，不得低于这个底线。按这样的规定，如果丰收了，粮食打得多些，农民缴罢租以后，还可以剩余些粮食。如果年景不好，粮食打得不多，农民缴罢租以后，就所剩无几了。如果地里颗粒不收的话，农民连缴租的粮食都没有，有时甚至还得买粮食缴租。第三是还高利贷粮。高利贷也是农民的一大负担。很多农民粮食收入少，尽管用糠、野菜、树叶作以补贴，还是吃不够一年，到三四月份，就断了顿，就是农民常说的"揭不开锅"了。到了这个时候，已经走进了死胡同，靠亲戚朋友的帮助已经解决不了问题了，他们也不可能帮助太多，因为大家都缺少粮食。有些户即使不借债也是勉强顾住自己，没有多余的支援亲戚。因此，这些"揭不开锅"的农户，非得借债不可了。借谁的呢？只有借放债人的（即债主），债主的想法是尽量多收利，借一斗还一斗是不可能的；借一斗至少得还二斗。债主也很聪明，根据形势而定，如果借家多了，利息就抬高；如果借家少了，利息就放低。利息的底线是：借一斗还二斗，不能再低了，再低了他们就不外借了。利息没有上线，债主根据情况，可以随意制定。如果你嫌利息高，你可以不借，债主不怕你不借。他们心里有数。因为每个人都得吃粮食，谁不吃粮食也不行。你没粮食吃的时候，利息再高也得借，不借会饿死人的。谁也不会拿人命当儿戏。人的必需品中，以吃的最主要，也最关键。别的必需品，比如穿的，有时好些，没有时差些。真的一点也没有时，可以不穿衣服，待在家里不出门，只是不方便，不至于死人吧。但没吃的不行，没吃的就会饿死人的，而且很快就给你兑现。因此，很多农民为了活命，利息再高也得借，这就是所说的"高利贷"。在借高利贷的合同中，还必须写上一条"驴打滚"利息。该条款规定，所借粮食数必须在某年某月某日前，连本带息一并还清，否则将加倍偿还。比如：你三月份借一斗粮食，到六月份新粮打下后你还他二斗。但你今年颗粒没收，你还不起他，过罢六月后再还他时，你就得还他四斗。再过一个时间段，你就得还他八斗，以此类推。这就叫"驴打滚"利息。哪一家农民如果犯在这一条上，他的全部家业赔上也不够。这就是有的农民因为还不起高利贷而当妻卖女的原因。这三种款项就是套在农民脖子上的枷锁，一旦套上，你很难挣脱开。因此，每个农民不到万不得已，是不会向债主借债的。什么叫"万不得已"呢？没有吃的了，叫不叫"万不得已"？叫。别看它简单，它牵涉人的生命问题，人命问题还不叫"万不得已"？！农民几乎每年都会遇到没有粮食吃，他们非得借高利债不可。奶奶就是借高利债比较多的一家。常言说："有借有还，再借不难。"奶奶家如果再借，还能借得来吗？很可能借不来。因为她家还有很多债没有还。

离吃新麦还有一个多月时间。这一段时间，对穷人来说，是非常关键的时刻，人们把它叫"青黄不接"。就是说，原来的粮食吃完了，可是新粮食还没有打下来，旧粮与新粮接不住，也可以说是新旧不接。就这一个月左右的时间，是广大农民要命的时间，很多农民熬不过去，就死在这个时期。因此，这个时段如洪水、猛兽，农民想起它就不寒而栗。也难怪农民都怕它，它确实对农民太残酷无情，对不少农民进行了摧毁性的打击，使他们家破人亡。

这一年的"青黄不接"又快到了。奶奶一家开了一个家庭会，全家七口坐在一起，商量如何度过春荒。

奶奶的丈夫洛培石先发言。他说："今年的春荒不比往年。今年的比往年的厉害。说它厉害，主要从以下几个方面看：首先是今年的时间长，也就是今年的春荒开始得早，比往年早上十天或半月。往年的春荒开始于三月下旬，而今年三月初很多家就断顿了；其次是今年春荒面积大，也就是说今年断顿的多。因此，今年的春荒难熬。首先是借粮的家庭多了，借的数量也大。债主就会乘机抬高利息。没饭吃的人多了，挖野菜的人也就多，所以野菜也难找。总之，今年形势很严峻，咱们全家要齐心协力，想一切办法，让咱们一家大小七口人平安度过。"

奶奶的大儿子为新说："爹爹说得很对，我认为今年的粮食再难借也得借，不然是过不去的。"

奶奶说："咱家已经借了不少了。常言说：'光借不还，再借就难。'他们还会借给咱们吗？"

为新说："再难也得借。给他们说好的，宁愿以后多付些利息也行，人常说：'难时一口，胜过好时一斗。'"

朱珣说："咱们尽量少吃些。我建议咱们每天吃两顿饭，早晨一顿，中午一顿，晚上就不要吃了，而且早饭和午饭尽量不吃或少吃馍，每顿喝一碗粥就可以了，吃不饱就吃些野菜。"

花妮："我天天去地里挖野菜，每天挖一篮子回来。"

萌萌说："我也吃野菜。"

为晨说："除了野菜，还有别的能吃的东西吗？听说有一种土，嚼着不碜，可以咽下去。"

培石说:"那可不能吃,那东西不消化,吃到肚里积得多了,就坏事了,绝对不能吃那玩意儿。"

奶奶说:"小二孩动脑筋了。他这一说,我也受到了启发,今年咱的门路多一些。比如借债,咱不一定只去借高利贷粮,咱也可以借亲戚朋友的。再比如挖野菜,野菜不好挖了,挖的人多了,咱能不能扩大一下视野,看看别的东西有没有能吃的。"

培石说:"据说芦苇根可以吃,不涩也不苦,对身体没有一点坏处。就是得很嫩的,老的不行。村东头有个大芦苇坑,里面肯定有很多芦苇根,就是嫩的难找。"

为新说:"人家早就下手了,每天都有好多人在那里挖。"

培石说:"人家行动比咱们早,这也说明今年形势的严峻性。不但咱们认识到这一点,村里的人也都认识到这一点了。地里吃的东西更难找了,因为大家都在找。咱们可不能有一点轻视,今年的春荒是对咱们的考验。咱们已经比人家晚了,咱们现在才商量解决办法,其实人家早已行动了。"

朱珣说:"咱们也得马上行动,明天就开始。刚才爹爹说的芦苇根可以吃,我早就看见有人吃过。另外,茯根也可以吃。茯根就是苟苟秧根。蒸蒸吃,煮煮吃,都行。面面的,挺好吃的。"

萌萌说:"我好吃面的。"

为晨说:"我去给你挖些。如能找到好地方,一晌能挖好多呢。"

培石说:"今年咱家不仅挖野菜,也挖各种根。当然,都是能吃的。不仅借高利贷,也要通过各种途径借债。咱们全家,共同努力,八仙过海——各显神通。不管黑猫,还是白猫,只要捉住老鼠,就是好猫。咱们家里每个人,不管用什么办法,只要借来粮食,就好。在吃饭问题上,我看按他嫂子说的办,每天喝两顿粥,再吃些野菜,是可以将就过去的。花妮和萌萌要吃些馍,他们太小,正长身体,营养不能太缺了。只要咱们齐心协力,困难是可以克服的,今年的春荒是可以度过的。"

洛培石是洛家之长,当年五十五岁。由于缺乏营养,长年身体不好。再加上没钱看病,有病时就熬,有些病可以熬过来,有些病熬不过来,越熬越重。他患有咳嗽病,已很长时间了。他也不去治,就这么熬,不但不见好,而且越熬越重。开始时是小咳嗽,不吐;过一段时间,不但咳嗽,还吐痰;

现在是大咳嗽，大口吐痰，痰中还有血。今天晚上的全家会，他是硬着头皮发的言，为的是给大家鼓劲。儿媳妇把他扶到床上，给他盖好，让他休息。

奶奶接着他的话说："咱们说干就干，按妮她妈说的，明天就开始，今天晚上咱们分一下工，每人执行自己的任务。而且尽量想法完成。"

萌萌说："奶奶，你说吧，你叫干啥我们就干啥。"

花妮接住萌萌的话："你会干啥？瞎逞能！好好听大人们说，别乱插话。"

萌萌不好意思地低下了头，把脸藏在妈妈怀里。

朱珣说："妈，你分工吧，我们听你的。"

奶奶说："从明天起，妮她娘，你负责做饭，把吃的调理好。巧妇难为无米之炊。咱们虽然无米，但咱们有野菜。在咱们现有的条件下，尽量把饭做好。每顿做饭的量，每人吃饭的量，要严格把关。早饭、午饭，每人一碗粥，当然野菜随便吃。做饭时千万不能多了，一点都不能浪费。"

奶奶的话还没说完，萌萌打断奶奶的话问："奶奶，我也光喝粥吗？"

奶奶回答："你可以吃些馍，还有你姐姐。"她急忙转向朱珣说："给两个孩子搞些特殊，给他们弄些馍吃。"

朱珣说："爹爹病得很厉害，他也不能光喝粥，他也得吃些干的。"

奶奶说："中啊。"

花妮说："我光喝粥就行。弄些干粮让爷爷和弟弟吃吧。"

奶奶继续分工："为新，你去院庄你妹妹家，看她能借给咱点啥。啥都中，多少都中。只要能吃，啥都中。"奶奶又转向二儿子为晨，说："二孩，你的任务是挖野根，芦苇根、茯苓根，重点是茯苓根。要多跑些地方，不要与其他年轻人挤成堆玩。你已经长大了，不要光长年龄不长脑子，要想法干些活，为咱这个家作些贡献。"

朱珣嫌婆婆说得多了，急忙接着她的话说："二弟平时干得不错呀，咱全家的吃水他包了，每天都是他担水。俺爹、他哥身体不好，家里的重活都是二弟干的。"

萌萌说："二叔爱领着我玩，我最爱跟着二叔玩了，我最喜欢二叔了。"萌萌说着就跑到为晨跟前。为晨把他抱起来放到自己腿上，悄悄对着他的耳朵说了几句话，意思是不让他说话，好好听大人们的话。嫂嫂的话说得心里美滋滋的，得意扬扬地坐在那里。

第四章 借粮度日

奶奶继续说:"妮她娘,你去朱庄你妈那儿,看他们能借给咱们些啥。还是那句老话,多少都中,只要是吃的,别嫌少。这个年景,饿死人的时代,谁家吃的都不多。即使借不来,咱也不怪人家,他们也不容易。再者,他们一家人也多,也有媳妇,好多事不好说,也不是光你妈。因此咱不能苛求,而是请求,试着来。不行拉倒,空手回来也没关系。"

朱珣说:"我妈、我哥待我还是很亲的,一般他们是不会让我空手回来的,只是多少而已。"

奶奶接着转向花妮,说:"小妮儿,你的任务是挖野菜。"她很快又转向大家说:"咱得把挖野菜的视野放得宽些,咱说的野菜不一定只限于地里长的野菜,凡是能吃的都叫野菜。当然我说的不一定恰当。我是说,家菜也行,萝卜、白菜当然好,可是哪里有呢?我是说萝卜缨、白菜帮之类的;还有一些东西的根,也可以充饥。例如,白菜根、菠菜根、香菜根、根定菜根等;还有一些东西的皮,也可以吃。例如,红薯皮、冬瓜皮、茄子皮、土豆皮等;此外,好多种植物的叶子,也是可以吃的。除了咱们常吃的以外,还有榆树叶、柳树叶、枸杞叶、洋槐树叶、南瓜叶等。总之,人家不要的,人家扔的东西,咱可以拾回来充饥。因此,有些咱在地里挖,有些咱可以在集市上拾。不仅仅花妮拾,咱们也要经常去拾。拾一个白菜帮子比挖半晌野菜都多,很实惠的。"

萌萌一听见姐姐也有任务,急忙问奶奶:"奶奶,我干啥呀?"

奶奶说:"你跟着姐姐。"奶奶再转向花妮:"你主要任务是照顾好弟弟。野菜挖多少都行,但弟弟照顾不好不行。"

花妮接着说:"我把弟弟照顾好。不过,他有时不听我的话。"

朱珣说:"萌萌要听姐姐的话。以后他要是不听你的话,你对我说。"

花妮说:"我照顾好萌萌,也要挖野菜。"

奶奶说:"多好的孩子呀,看见两个孩子,什么忧愁都忘了,什么难也不怕了。"

然后奶奶说:"我去陈庄俺娘家,她家的条件比咱们家的强,她们肯定会给咱些东西,我尽量让她多给些。"

会议结束时,奶奶又追加了一句:"什么时候去你们自己定,不过二孩明天就开始,小妮的挖野菜明天继续。"

奶奶

每人都带着满意的心情去睡觉了。

奶奶轻轻走到丈夫跟前,看见丈夫已经睡着。她没有惊动他,和衣躺在床上睡了。

第二天一大早,奶奶就起床了。她先问问丈夫的感觉怎么样。丈夫对她说:"昨晚我做了一个梦,梦见一个白胡子老头儿,拿着一本书,念念叨叨地对我说:死了好,死了好,死了有吃有穿了。死了好,死了好,死了一切不愁了。死了好,死了好,死了可以享福了。他竭力劝我死,我想是哪路神仙来叫我去呢。"

奶奶问他:"你白天是不是想着要去死的事呀?"

他说:"我也不怎么想这事,只是有时候想,害了这么长时间的病了,家里吃没吃的,穿没穿的,看病还得花钱。你们整天找吃的,哪有时间照顾我?我这病反正也好不了,还不如早一天死了算了。"

奶奶听着丈夫的话,眼泪簌簌地往下流。她很愧疚地说:"孩儿他爹,我很对不起你,你害病期间没好好让你吃,也没好好给你看病,更没好好照顾你,让你受罪了。咱们全家人都对不起你,尤其是我,我请你原谅。"奶奶说着眼泪直往下落。她紧紧抓住丈夫的手,泪水落到他的胳膊上和身上。

洛培石看着奶奶这么伤心,感到很对不住妻子,很可怜她。他少气无力地说:"你们不用埋怨自己,我也不埋怨你们,咱们谁也别埋怨谁。只埋怨咱们太穷,只埋怨咱们命苦。"他伸手擦擦妻子脸上的泪,说:"别哭了,我身体不好,还全指望你领家呢。你再一挺不住,咱这个家不就散了么。要记住,在任何时候都要挺起腰杆子,在任何时候都不要趴下。要坚持,再坚持,不要放弃,什么时候都不要放弃。"

丈夫的这些话给了奶奶很大的勇气,她心想:"是的,要勇敢地站起来,什么时候都不能趴下。要坚持,不要放弃。"她站起来说:"我去给你端水洗脸,然后吃饭。"

吃罢早饭以后,朱珣把花妮和萌萌叫到跟前问:"孩子,我去你们姥姥家,你们去吗?"

萌萌急忙跳起来说:"去,去。"

花妮却慢慢地说:"我不去。"

妈妈一听有些奇怪,平时一说去姥姥家,一个比一个跑得快,可是今天

74

她为什么就不去了呢？这里面一定有原因。她问花妮："你不去姥姥家，你打算干什么呀？"

花妮说："今天刘庄有会。会上人很多，买卖东西的也多。我去刘庄赶会，我想，可能会拾到些东西。"

妈妈由疑问的心态马上兴高采烈起来，心想："呀，这孩子长大了，有心思了，知道为家里干些事了。"她高兴极了，立刻说道："中，中，你去吧。"她也没想着女儿会有什么好结果，但女儿的这种想法值得支持，应该让她去实践实践，至少是去尝试一下。

朱珦和花妮一人提一只篮子走出家门。朱珦一手拉着萌萌，一只胳膊提着篮子，朝西边朱庄去了。花妮提着篮子往东去刘庄赶会。分别时，妈妈再三嘱咐女儿："宁愿空篮回来，也不要闹出事来，要早点回来，别叫家里人挂念。"

花妮答应："好，好。"说着往正东跑了。

下午半晌时，奶奶在屋里听见有叫奶奶的声音，听着是花妮叫的。她想着花妮赶会回来了，还挺早，怪好，免得挂念她。她刚要出门，正好碰见花妮拎着半篮子胡萝卜回来了，满头是汗，小胳膊压得红红的。奶奶有一串问题再问不完了。如：累不累？从哪弄的胡萝卜？吃点啥东西没有？饿不饿？等等。

面对奶奶一串问题，花妮只说了两句话："还没吃饭呢。二叔快提个篮子跟我去，还有些萝卜在地里藏着，我拿不回来。现在叫二叔去拿。"

奶奶看见花妮拎回来这么多胡萝卜，心里又欢喜又惊奇。她欢喜的是：胡萝卜可是好东西呀。在这个时候弄这么多胡萝卜，如同天上掉下来一篮子馅饼。现在吃一口胡萝卜，比好年景时吃一口大肉都好吃。而且是一个孩子，又弄这么多，怎不叫人喜出望外！在欢喜的同时，奶奶还有很多惊疑：她从哪里弄来这么多胡萝卜？买的吗？她没有钱呀。怎么来的？偷来的吗？不会吧，她不是偷偷摸摸的孩子。她根本就没有偷拿别人东西的恶习。奶奶直接问花妮："小妮儿呀，你在哪儿弄这么多胡萝卜？在这个时候，弄到这东西可不容易。而且你还弄这么多。"

花妮理直气壮地回答："我捡来的。"她一说是捡来的，奶奶心理更犯嘀咕了。"捡来的？"捡一个、两个，有可能。怎么可能捡这么多呀？奶奶再

75

问她:"捡来的,从哪里捡来的?怎么一下子捡这么多?"

从奶奶的脸色和腔调,花妮觉察到她心里不高兴了。她已经猜出来,奶奶肯定是怀疑她了。她很不高兴。她本来以为,拎回来这么多胡萝卜,会让奶奶很高兴,会看到她那甜蜜的笑脸。可现在适得其反,她感到很委屈。她回来时又饥、又渴、又累。本想得到奶奶的表扬与夸奖,又端水,又拿馍,又让座。奶奶的盘问使她很不舒服。她哭丧着脸,噘着嘴,很不耐烦地问:"怎么啦,奶奶?我是捡来的。请你相信我。"

奶奶又问:"那你说说,你是怎么捡来的。"

花妮说:"我从会上回来的路上,有一辆马车,拉了一车用麻袋装着的东西。马车从我跟前过时,牲口惊了,飞快地往前跑。有一匹马还跑着跳着。那个赶车的怎么也拉不住它,吆喝它,它也不听。车子跑到我跟前时,一个麻袋从车上掉了下来。我大声喊那个赶车的,他已经跑远了。我解开口一看,是胡萝卜。周围也没有人,我又拿不动那么多,我把它拖到路沟里的草丛里。我就拎一篮子回来了。剩下那些还在草丛里,叫我二叔去拿。"

奶奶听了花妮的讲述后,才松了一口气。她对花妮说:"好哇,孩子。我生怕这萝卜来得不正经。这样就好。咱再穷,咱得有志气,不能干那偷偷摸摸的事;再没啥吃,也不吃那来得不明的食物。"

花妮说:"我知道,奶奶,你不是早就对我们说过吗?"

奶奶:"好了。孩子一定是又饥、又渴、又累。想吃啥?"

花妮:"咱有啥呀?"

奶奶:"还有个菜窝窝,你先吃些垫垫饥。我马上给你们蒸胡萝卜。"

二孩拎个篮子跟着花妮去到藏胡萝卜的地方,看看周围没有人后,赶快把胡萝卜拾到篮子里,拎住篮子往回走。他们走得很快,心里很不安。在这么个青黄不接的时候,拎着一篮子萝卜是非常危险的事情。二孩走得很快,恨不得一步走到家。花妮一直跑,累得满身是汗,才勉强跟上二叔。

真是"怕怕,鬼来吓"。正当他们三步并作两步低着头往家赶时,忽然有两个人挡住去路,他们一看是张全和张锁。他心里马上想到"坏事了",要遇到这两个人,准没有好的。躲也来不及了,只有面对,看他们想干什么。

张全两人先开口,恶狠狠地问:"从哪里弄的胡萝卜呀?偷的吧?"

为晨年轻,没有经验,更重要的是害怕。因为这两个人无恶不作,横行乡里，心狠手辣，不择手段。为晨说："不是偷的，从我姐家弄的。"

张全不怀好意地问："从你姐家弄来的，你姐家是哪里的呀？你怎么从那边回来呀？"他这么一问，为晨答不上来了。

花妮回答说："我姑家是院庄的，我们是转路过来的。"

张锁说："别啰唆啦，把萝卜放下，走吧。都是本村人，不看僧面看佛面。我们不想对你们太严厉了，也不想把事情做绝。你们走人。这对咱们两方都好。"

这时，花妮想起妈妈说的："宁愿空篮子回来，也不要闹出事来。"就劝叔叔："二叔，咱走吧，萝卜咱不要了，给他们吧。"她说着就拉着叔叔朝家走去。

花妮和二叔走后，张全说："这些不值钱的东西，咱们要它也没有什么用。只因正好碰见他们两个，该他们倒霉啦。"

张锁问张全："咱要这个真没有用，谁吃它呀？扔这儿算啦。"

张全答道："怎么扔这儿呀？拿回去喂牲口，给牲口加夜料，牲口可爱吃啦。"

为晨和花妮气呼呼地回到了家，奶奶一看到他们二人空着手，没有篮子了，再看看拉长的脸，急忙问："怎么啦？"

还没等为晨开口，花妮就抢着说："张全、张锁把我们的一篮子萝卜抢过去了。"

奶奶一听见他们两个的名字，心里全明白了，她不再问了，马上轻描淡写地说："他们拿走，咱们不要了。萝卜煮好了，快来吃吧。花妮早就饿了吧？"

花妮说："二叔也早就饿了。"说着，她一手拿个自己吃，另一手拿一根递给为晨。

为晨吃着，还嘟嘟囔囔骂着张全和张锁。

奶奶很耐心地说："别考虑它了，反正不是咱们的。让你们安全回来，就不错了。他们毁人不是少数了。你今天是万幸。在这个世道里，说不清的理，也没有人给你评这个理。别再念叨它了，好汉不吃眼前亏。你们不要萝卜，空手回来是对的，不然要吃大亏。"奶奶又问为晨和花妮："你们还想吃萝卜吗？刚才我不想让你们吃得猛了，肚子受不了。停了这么长时间了，要想吃，

再去吃吧。"

天快黑了，朱珣和萌萌还没有回来。奶奶很挂念，为新也很着急。

奶奶对为新说："你去接接她娘儿俩吧。朱庄这么近，他们走得再慢也该到家了，他们怎么还没有回来？我的心有些放不下。"

朱庄距洛家庄七里多路，为新走了三里多路才碰见她娘儿俩。为新接过沉甸甸的篮子，让妻子手拉着萌萌往回走。

"我妈给咱们十来斤豆子。"朱珣对丈夫说。

"豆子比啥都好，耐饥，营养也好。"为新说。

"为什么这么晚才回来？咱妈我们都挂念你们。这个年头，世道乱，晚上盗贼乱窜，好人都不敢出来。"为新想让妻子早些回家，不要夜里走路。

朱珣说："现在的世道真乱，老百姓没吃没穿，又不平安，生活实在没法过下去了。"

为新说："听说陕北解放区和太行山解放区的穷人都分了田地。恶霸地主和抢盗全都枪毙了。那里可平安了。穷人可高兴啦。"

朱珣问："那是谁领着干的呀？"

为新说："共产党，八路军。"

朱珣问："他们为啥不赶快来咱们这里呢？咱们的苦日子啥时候才能完呢？"

为新说："我看是快了。"

朱珣说："咱们期盼着这一天呢！"

为新说："八路军来了，咱们分了地，可以过好日子了，咱的孩子可以上学了。不但上小学，还要上中学，上大学，咱得叫他们活出个人样儿来。不能叫他们光待在家里，出不了门。他们如果有出息了，还说不定能出国呢！"

朱珣说："你想得怪美，别说上大学、出国啦，只要能长大成人，过上好日子就行了。"

为新说："只要解放了，咱们穷人就有前途了。叫他们上大学、出国不是不可能的。"

朱珣说："我还没有对你说，今天为什么回来得这么晚呢？"

为新说："你说说，让我听听。"

朱珣就慢慢地说起来：

"我嫂嫂从她娘家拿回来几块芝麻饼，我妈想给我两块，她说萌萌爱吃。但我嫂嫂不同意，我嫂嫂说是她从娘家弄来的，不能再给别人了。她一说'别人'，我妈就生气了，我妈说她把亲闺女当成别人了。我妈埋怨我嫂没把我们看在眼里。我妈有点生气，可是我嫂嫂也不示弱，因为她认为她是占着理的。我嫂嫂说，她说的别人，不是外人，小珣是咱们家走出去的闺女，萌萌是咱的亲外甥，怎么能是外人呢？我妈说她是花言巧语，坚定认为她把我们当成了外人。要不然，怎么连给两块饼都不愿意呢？她两个越吵越凶，越吵声音越大。我在旁边也无法插嘴。我只能劝我妈，我说我不要了，但我妈坚持要给我，不要不行。正当两人吵得难解难分时，我哥回来了，他一问情况，立即说给我两块。我嫂也不说话了。我感到很尴尬。依我的禀性，是不能要的。但我还是要了。我这一要使他们闹矛盾，我嫂嫂心里不高兴，我妈很生气，因为我使他们家庭不和，我太不应该了。但人以食为天，人总得吃饭的，我的孩子没吃的，家里没吃的，我如果硬挺着不要，要我的正直性子，那全是打肿脸充胖子，我挺不起来，也没必要挺。我感谢我哥，可怜我妈，我知道我嫂是委屈的，这就委屈她了，以后年景好转了，我再加倍偿还她。所以我们今天动身晚，到现在还没有到家，让咱妈挂念了。"

为新说："这倒不要紧，回家后给她解释解释就行了，咱妈考虑的是你们的安全问题。外边这么乱，出门很危险，尤其是晚上。"

为新还对妻子说："今天小妮子弄回一些胡萝卜，咱妈煮了些，单等着萌萌你们俩回去吃呢。"

第二天早晨，为新对妈妈说："妈，我打算今天上午去院庄我妹妹家借粮食，咱准备要啥粮食呀？"

奶奶说："她们会有什么粮食呀？"

为新说："她们肯定比咱们强得多，妹夫做个小生意，好多了。估计她啥粮食都会有点儿。"

奶奶说："最好要豆子。如果她有麦子了，少要些麦子，为你爹补养。咱们还是吃豆子。麦子吃得多，不耐饿。豆子可不一样了。豆子是度荒的最佳粮食。它的吃法最多，磨面吃，做豆腐吃，磨豆汁喝，煮着吃……但度荒的最好吃法是做懒豆腐。它的做法是：把豆子磨成浆，放锅里煮开以后，放

入青菜，啥青菜都行，再煮，把菜煮熟，豆汁都沾到青菜上了。这种沾豆汁的青菜，就是懒豆腐。这种懒豆腐可以炒炒吃，熘熘吃；可以单独吃，也可以就馍吃。说它是度荒的最好粮食，是说它不但耐饿，也耐用。用不到一斤豆，磨成豆浆，放锅里煮开后，可以加入一大锅青菜，够一家五六口人吃两三天。今年，咱如果有几斗豆子，咱就不愁接不住新麦子了。当然，主要还得看她有啥，看她愿意给啥，她愿意给啥就要啥。"

吃罢早饭，为新要出发了，奶奶对他说："路上若遇到麻烦，宁愿不要东西，也要安全回来。"

为新的妹妹住在院庄村，距洛家庄十五里路。路上有一条河流和一个土岗。河上有一个独木桥，没有栏杆，在上面过河得非常小心，不然就有掉河里的危险。但掉河里的危险毕竟不是生命危险，也算不了什么。有生命危险的是那个土岗，那个土岗曾吞食了好些人命。因此，这个土岗才是真正的危险。

土岗南北延绵几十里，山岗岑岑，荒无人烟。土岗的南北向，没有边沿；东西宽三里多地，两边是开阔平地。方圆五六里地都没有村庄。岗上有一条通道，东西相通，是一条深岗沟。岗沟半坡上有几个黑洞。截路贼经常藏在这些黑洞里，窥测行人动静，视机行动。抢财要命是常有的事，人们把这个地带叫"西岗沟"。西是西天的意思，人死叫命归西天。这里流传着这么一个顺口溜：

有钱不去春风楼，有胆不去西岗沟。

春风楼上钱花尽，西岗沟里把命丢。

就这么一个西岗沟，却是方圆十多里的一个交通要道。有些人必须从这里经过。不带东西一般比较安全；带东西的人出问题的可能性很大，尤其是带沉重东西的。眼下的沉重东西多为粮食，粮食遭劫率是百分之百，因为粮食最缺。要想不遭劫就得组织一帮人，最好带上武器。劫匪在洞里看到下边的行路人多，或是有武器，他们就不下来抢劫，让人们过去。不过，人们对这种人也很气愤，他们人不下来，但常常打黑枪。因此，人们说这条路是"阎王路"，没有特别重要的事情，不到万不得已时，是不会冒险走这条路的。

当为新走到距西岗沟不远时，关于西岗沟的传说以及在这里发生骇人听

— 第四章 借粮度日 —

闻的事情，在他脑子里时时浮现。他心里很紧张，头发梢像竖起来一样。他向四周望望，连个人影也看不见。他多么盼望有几个人一起通过这个西岗沟呀。他坐在路旁足足等了半个钟头，仍然没有一个人影。他犹豫了，想站起来往回走。不去借粮行吗？他自言自语地说："去借粮食是拼命，不去借粮食是要命。拼拼命，还有可能保住命；若要了命，就再也没有命了。"他又说："不能拐回去，还得去借粮食，拼命也得去。"他站起来，伸伸懒腰，鼓鼓勇气，壮壮胆，硬着头皮向西岗沟走去。

他一进西岗沟，思想就高度紧张。他不时地向高坡上望去。灌木上枝叶之间的窸窸窣窣，好像给他发出不要来的嘘嘘声。无数青草的随风摆动，好像是劝他不要来的摇头。他看见了半坡上的黑洞，像吞噬他的大嘴。天上大块大块的乌云迅速从西向东飞过，好像警告他：快快离开，此地不可久留。他只顾得往上看，没小心脚步，一脚踩到一个坑里，摔倒在地。他站起来，拍拍身上的土，抬头一看，前面是一溜平川的田野，西岗沟已经过去了。他松了一口气，舒舒心，定定神，快步流星地向妹妹家走去。

为新走到妹妹的家门口时，他四岁的小外甥看见他，赶快跑回去禀告妈妈："妈妈，舅舅来了。"

为新的妹妹听后马上跑出来，迎面碰见哥哥正往家里来。

"哥，刚从家来吗？快屋里坐，我去给你端茶。"

为新进屋坐下，随即妹妹给他端来一碗糖水，红糖把开水染得红红的，散发着甜蜜蜜的清香味。

为新一坐下，妹妹一连串问了他几个问题："咱爹妈的身体怎么样？嫂嫂的身体怎么样？家里生活怎么样？今年能接住新麦吗？小弟弟怎么样？小侄女和侄儿都怎么样？"

为新很简单地答道："咱爹的身体不太好，其他人都不错。生活紧张些，接不住新麦。咱妈叫我来借粮。想请你们帮帮忙，能不能借些粮食？对你说实话吧，妹妹，现在家里基本上揭不开锅了，每天连粥也喝不饱。"

洛盼盼听着哥哥的讲述，感到很心酸，她可怜爹爹身体不好，可怜妈妈挨饥受饿，苦心操劳。她不客气地问哥哥："你怎么不早点来呀？"哥哥对她的问话无言可对。

"你先坐，我去为你做饭。"妹妹对哥哥说。

"先让我吃个馍吧，妹妹。"为新对妹妹说。

洛盼盼马上去给哥哥拿馍。她的馍筐里放着的是高粱面窝头。她若有所思地把手伸向窝头，先抓了两个，又立即放下一个，拿了一个。用勺子舀了一勺辣椒油倒进窝窝里，送给了哥哥，说："你先少吃些，不一会儿，就该吃饭了。"

在这短短不到一分钟的时间里，盼盼考虑了以下问题：哥哥主动要馍吃，像小孩半晌吃零食一样，肯定是家里没吃饱。当她动手给他拿窝头时，第一个念头是让哥哥多吃，让他吃得饱饱的。可是她再一想，这是黑窝头，我不是马上做饭的吗？让哥哥吃白馍多好呢。但又得让他解决一下燃眉之急，饿着的味道是难受的。因此，她先拿了两个，随即又放下一个，最后给他拿了一个，让他先垫垫饥，等饭做好以后，可以吃得饱饱的。

饭做好了，盼盼先把饭桌摆上，用湿布擦了擦，然后端饭。先放桌子上一盘炒鸡蛋，再放一盘炒豆腐粉条白菜。主食是烙油馍、捞面条，面条的浇头是炒鸡蛋韭菜。饭菜都端齐以后，盼盼问哥哥："喝酒吗？"

"不喝酒。很长时间都没有喝过酒了。现在这身体也经不住喝酒，一喝酒，准醉。"为新回答。

"要不喝酒就吃饭。"盼盼说着拉个凳子坐在饭桌旁与哥哥对面。

"妹夫呢？"为新问。

"他去赶会了，这个小生意可缠手了，整天不存家里土。"盼盼说。

为新说："他的生意还不错呢，只是小点儿。赚不了多少钱，也赔不到哪儿去。多安生啊，不冒任何风险。"

盼盼很不以为然地说："怎么不冒险？有时冒险还大呢。"

为新很不解地问："担个挑儿，走个村，转个巷，逛个街，赶个会，还有什么冒险呀？"

盼盼沉重地说："半月前的一天，在曹楼会上，恰在人多、热闹、买卖高潮时，一架日本飞机突然飞了过来。人们急忙四处躲藏，但为时已晚，很多人都躲藏不及了。飞机嗒嗒……嗒嗒……，扫射了一梭子子弹后，又拐回来再捎带一梭子。这两梭子子弹，可把会上的人整苦了。会边沿的、空手不带东西的及动作快的人，跑到会外藏了起来，躲过了一劫。那些携老带幼、手脚不方便的人，可就没那么便宜了。刹那间，倒下几十个。死的死，伤的伤，

— 第四章 借粮度日 —

喊的喊，叫的叫。一时间，哭声一片，血流成河。当场死了十几个，受伤的更多。你妹夫旁边的两个，一个死了，一个伤了。你妹夫算是命大，有老天爷保佑，不幸中的万幸，只受了些轻伤。可把他吓破胆了。他赶紧收拾摊子回来了。一头倒在床上，一连睡了好几天。神志不清，迷迷瞪瞪，直到前几天才清醒过来。今天又担着挑子赶会去了。……现在想起来，真有些后怕。"

为新对遇难的百姓，深切同情；对日本人的狂轰滥炸，无比仇恨；也对妹夫的遇险，表示惋惜。他意味深长地叹了一声："日本人一天不赶出去，咱们一天不得安生。"

两人静坐了好长时间以后，为新开了口："朋朋呢？"

盼盼说："跑出去玩了。别管他，咱只管吃。他一会儿就回来了。"

为新看着桌子上的油馍、鸡蛋、捞面条，如同刚从地狱来到天堂一样。整天没吃过一顿饱饭的他，看见为他准备的白面油馍和鸡蛋、捞面条，激动得控制不住自己，一言不说，泪流满面。这时小朋朋从外面跑过来。他看着舅舅的样子，问妈妈："舅舅怎么啦？舅舅为什么要哭呀？"

盼盼没有直接回答朋朋的问话。她凝视着哥哥，他那憔悴黄瘦的面颊，热泪盈眶的眼睛，微微颤动的嘴唇，都重重地印在她的眼里，深深地刻在她的心上。她的脑子如麻，思绪万千。她很快意识到，哥哥挨了难忍的饥饿，吃了千辛万苦，已经到了人生道路的边沿。盼盼沉思片刻后，对儿子说："劝舅舅赶快吃饭吧。"

朋朋很懂事地劝舅舅："舅舅快吃饭。"说着拿一双筷子，递给为新。为新好像从梦中猛醒一样，不知所措地说："好，好，我吃，我吃。"然后他对朋朋说："你吃点啥，孩子？"

盼盼说："别管他，你只管吃。"说着掰了一块油馍递给朋朋，朋朋拿着油馍又跑出去了。

哥哥大口大口地吃，妹妹边吃边注意着哥哥的动作。哥哥吃得越香甜，妹妹感到越喜欢；哥哥吃得越多，妹妹心里越快活。

用了大约二十分钟时间，午饭就吃完了。为新吃了两个油馍，两碗捞面条，一盘炒鸡蛋和大部分豆腐白菜。他对妹妹说，他要早些回去，不能太晚了。因为路上不安全，怕爹娘在家里操心。

盼盼问为新："哥哥，你想要多少粮食，要啥粮食？"

83

为新说:"咱妈说最好是豆子,多少都中。"

盼盼说:"为啥不要麦子呢?"

为新说:"麦子不经吃,它也没有豆子耐饿。"

盼盼说:"我本想多给你些,但我怕路上出问题,现在这个年头,路上很不安全,尤其是那个西岗沟。带东西的人,基本上很少平安过去。"

为新问:"他们是不是截路光要东西呀?"

盼盼说:"也不尽然。前些时候,一群日本兵,大约十多个,排成队经过那里。他们把日本兵打得一个也没有剩。日本人在明处,他们在暗处,并且是在洞里。日本人光挨枪,就是打不着他们。几天以后,来了好多日本人,到处寻找他们,围着岗沟打枪。可是,他们早已跑了,一个也没有找着。这可苦了周围村里的老百姓了。日本人抓不住他们,就拿老百姓出气。为这事,死了好多村民。……你看,日本人在这儿,咱们过得好吗?幸运的是,日本人没有在我们村扎营。他们不常来。他们住在哪里,哪里的老百姓就大遭殃了。……"然后,她对哥哥说:"我先给你半斗豆子、半斗麦子。吃完了再来。"

为新很高兴,问:"怎么拿呀?"

盼盼说:"我给你找个布袋,一头装麦子,一头装豆子。把它搭在你的肩上,两头一样重,走着很方便。还有几个油馍,我特意多烙的,让你给咱爹妈捎回去,我很快就回去看他们。代我向二老问好,请他们保重。拜托哥哥你了。"

盼盼把粮食装好,帮助为新放在肩上,把五张油馍用一个小袋子装起来,递给为新。

为新肩上背着粮食,手里拿着油馍。心急如火,大步流星,脑子里不时琢磨,西岗沟如何能顺利通过?

当他走到距西岗沟不远时,他把粮食放到地上,办了办杂事,向四周望了望,寻找能够帮忙的人。他睁大眼睛,顺着路向远处望去,渴望着能有壮汉也从这里路过。他渴望着,最好有一大帮人,为他助威。他等了好大一会儿,连个人影也没有出现。他失望了,他对能否顺利过去,很没有信心。他想,等人也没有希望,还是自己往前闯吧。他一进岗沟口,脊梁就有些发凉,额头上直冒冷汗。几只乌鸦在他头上啊啊地叫,把他叫得不寒而栗。他知道,

"出门碰见乌鸦叫,叫你一天不会好。"这是倒霉的象征。他站在那儿,一动不动,歇歇脚,定定神,冷静冷静,鼓鼓勇气,继续往岗沟深处走去。

当他在西岗沟里大约走了一半的时候,突然前面出现四个人,正好站在大路上,一看就知道是专来阻截他的。他心里明白,拐回去已经来不及了,硬着头皮向前走吧。当他走到离那四个人十来步远的时候,对方先开了口:"带的什么呀,朋友?"

"粮食。"为新直截了当地回答。

"好东西。我们正需要这玩意儿呢。"

"不能呀,我们一家有老有小,就等着这一点粮食养命呢。"

"你一家需要粮食,我们四家。你最好让给我们这四个家。饿死你一家,救活我们四家,还是值得的。"

为新看他们根本不讲理,不再多说,手抓紧口袋,一直往前冲。但哪能抵挡过他们四个人啊,他们中有一个年纪较大些的说:"老弟,把粮食放下,轻轻松松地走吧。不然,我们不客气,你不但带不走粮食,还要吃皮肉之苦。如果不服气,你就走不出这个岗沟。你还是明智一点儿,不要跟我们过不去。"

这人的话声音不高,但语意深奥;语气很轻,但内容沉重,沉重得让为新承担不了。这些话使为新火冒三丈,但他竭力压住火气,尽量冷静自己。但把这些粮食送给他们,能做到吗?不等他把粮食放下,两个劫匪一个抓住一只胳膊,另外两个劫匪轻轻把粮食从他肩上取下来。他骂他们不讲理,没良心。他们看他不服气,一个劫匪狠狠地向他胸口打了一拳,为新立刻用手捂住胸口蹲在地上,嘴里吐了一口血。

劫匪解开小包袱,一看是油馍,得意地说:"啊,现成的好东西呀,拿走!"四个劫匪背上粮食,拿着油馍,扬长而去。

为新在岗沟里蹲了好长时间。不紧张了,也不害怕了,不出冷汗了,心里也踏实了。他抬头看着岗沟半坡的黑洞,依然在那儿。天空中的乌云,照样飞快地向东跑着。他看着半坡上长的青草,都是忙碌地向他点头,好像在说:"快走吧,没什么;快走吧,没什么。"他想起了妈妈说的:"宁愿不要东西,也要安全回来。"这句话给了他勇气和力量。

他慢慢站了起来,睁大眼睛,狠狠地再看看那几个黑洞,想把这几个罪

恶的证据永远滞留在自己的脑海里。

他的脚步移动了，痛心疾首地向家走去。

他一进家门，奶奶一看他愁眉苦脸、两手空空，就马上明白，一定是路上出事了。他哭着把事情的经过告诉了奶奶。

奶奶听罢，若无其事地说："别哭了，等于没去借，安全回来就好了。"

为新说："我就是转不过来，他们怎么这么不讲理？怎么这么无法无天？怎么这样猖獗，这样欺负咱们老百姓？为什么没有人管管他们？这世道为什么这么不公平？像这样，咱们还怎么过呀？"

奶奶看他这么生气，安慰他说："别这么多为什么，你记住：在这不公道的社会里，你就别想有什么公道事。到处都是不公道，在这种社会里生活，你只有到处躲，别让不公道碰到你。真碰到你，算你倒霉；碰不到你，算你侥幸。这要看你的运气了，运气不好了，躲都躲不及。既然这样了，再想别的也没有用，赶快放下包袱，想法子度荒。不然，损失会更大。"奶奶的话不知道他听见没听见。等奶奶停住不说时，他站起来愣愣怔怔地走了。

几天以后，为新仍然两眼发直，表情发呆，嘴里不停地"不合理，不公道"之类的话。朱珣把这件事告诉了奶奶，怀疑为新受了刺激，思想不太正常，并说他大口大口地吐血，恐怕不是小病。奶奶说她也有同样的感觉。她对朱珣说："他有两个病，吐血是体质病；发呆、说胡话，是精神病。吐血病得赶快用药治；精神病用药治不好，得慢慢调养。"

借粮最顺利的还是奶奶。她娘家妈和爹都不在了。娘家有个弟弟、弟媳和两个侄女。他们待奶奶都很好。奶奶一说生活紧张，需要借粮食度荒时，他们立即给了她一斗高粱、半斗麦子和半斗豆子。奶奶把这二斗粮食顺顺利利地背回了家。

奶奶

第五章

家 殇

日月无光天地昏，山河戴孝泪满巾。
村里天天有哭声，地里日日添新坟。
祭祷亲人啼不住，泪干心碎欲断魂。

这是一九四三年春洛家庄农民反映当时情况的歌谣。全村绝大多数农民没有完整的院子，也没有完整的房子，更没有完好的院墙和大门。听不见孩子们的喧闹声，听见的是老年人的呻吟声和年轻人的啼哭声。看不见修房盖屋和任何劳动场面，看见的是人们的孝帽和他们哭丧的脸。听不见一句笑声，看不见一张笑脸。乌鸦在枯树上的惨叫声和猫头鹰在破房上的冷笑声，给这个悲凉的村庄增添了阴沉的气氛。整个村庄没有阳光，没有生活，有的只是黑暗阴沉和忧伤寂寞。

一天早上，奶奶尚未起床。一个叫张平和另一个叫王升的村民，一齐来到奶奶家，叫醒了奶奶。奶奶从屋里出来后，问他们什么事，他们是让奶奶为他们评理的。奶奶让张平先说，张平很生气地说：

"俺有一条小狗，说小也不小了，三个多月了，他把它打死了。打死也就算了，我不让他赔，他应该把死狗还给我呀，他连死狗也不还给我，他太不讲理了。"

张平说完后，奶奶让王升说。王升哭着说：

"我的大孩子王石昨天晚上不行了（死了），我们把他放在院子里用席子盖着。一条小狗把他的一条腿吃了。我们发现后很生气。我用抓钩一下子勾

住它的头，我和老婆把它打死了。我老婆说：'不管是谁家的狗，它吃了咱孩子的腿，咱得把它吃了，现在都是没啥吃的，到处找东西吃。这条狗是送上门来的，而且是自己找死。究竟是谁家的，我们也不知道。他现在要死狗，我们能给他吗？"

奶奶问王升："这是你们的狗吗？"

王升肯定地回答："肯定是的。如果不是我的，我再赔他一条。"

奶奶问王升："你咋知道是你的，也许是别人的呢？"

王升说："不可能是别家的。昨天晚上我们的小狗一夜都没回家。今天一大早我的儿子就出来找，发现他家有一个小狗躺在院子里。我儿子一看就是我们的，我儿子赶忙回去告诉我。我亲自去看了一下，确实是我们的狗。"

这时两人又吵起来。

王升气势汹汹地说："是你的我也不给你，它把我孩子的腿都吃了，我把它打死，你还要死狗！你还我孩子的腿。"

张平火冒三丈，冲着王升说："你真不讲理，你把人家的狗活活打死，你还把死狗霸占了，世界上有你这号不讲理的人吗？"

他两个越吵火气也越来越大。奶奶看他们谁也不服气谁，谁也不会让步，她换了个谈话方式，分别做每个人的工作。她先把王升叫到屋里，对王升说：

"你把狗打死了，不给他死狗，他接受不了，你说它吃了你孩子的一条腿，那不是一条死腿吗？如果是活的，不要说吃了，就是咬伤也不行，也得包骨养伤。本来两家关系不错，因为这么一件小事，闹得两家跟仇人似的。你再考虑一下，这件事就不能和平解决吗？"

王升的气消多了，他心平气和地对奶奶说："我们要这条死狗主要是因为没东西吃。我们一家子本来是不吃狗肉的，我老婆嫌它腥气。可是现在不行了，现在她啥都想吃，不管啥东西，只要填嘴里能咽下去就行。"

奶奶很理解他的话，很同情他的不幸，对他说："孩子死了，这是你们家的不幸，也是全村人的不幸。我很同情你们，更同情可怜的孩子……"

奶奶说到这里，王升伤心地痛哭起来。他泣不成声地说："这个孩子可懂事了，今年才十二岁。他舍不得吃，省下来让他妈和我吃，叫他弟弟吃。

他还知道孝顺，从不让我们生气……"

奶奶说："真是好人不长远，老天爷不作美。咱村有很多好孩子都惨死在饥饿中。我们成年人没有为他们提供好的生活条件，让他们早年夭折，我们实在是对不起他们，愿他们在九泉下谅解我们。死了的，就让他们走了吧，我们无法挽回。但我们活着的人，要振作起来，改变我们的生活环境，争取活得好一些。"

王升最后心平气和地说："我明白了你的意思。这件事你说咋处理吧？我听你的。"

奶奶问他："你的意见呢？"

王升说："我把死狗给他就行了。"

奶奶说："你这种态度很好，我再找张平谈谈。"

奶奶把张平叫到屋里，对他说："王升的孩子死了，这是多么伤心的事了。可是你的狗把他孩子的一条腿吃了，这不是雪上加霜吗？怎么不叫人生气呢？因此，把狗打死是可以理解的。至于说他不给你死狗，那都是在气头上。你可以想一想，这种事发生在谁身上，都会这样做。他死了孩子很痛心，咱们也很同情他失去了亲人。我听说你们两家本来关系都不错的。"

张平赶快打断奶奶的话，说："我们两家关系本来还是很好的，我们彼此有了啥事都互相帮忙，可以说我们好得像亲兄弟。"

奶奶接着说："像亲兄弟的两家，因为这么点小事就反目成仇，值得吗？"

张平彻底不生气了，说："真不值得。其实一条狗算啥？主要原因不就是没有吃的吗？我们想把死狗要回来可以吃几天呢。要不是因为这，一条死狗，我根本不会要，更不会与他生气。"

奶奶听到这些，感到张平也解决了思想问题。她问张平："你看这个问题如何解决？"

张平说："死狗我不要了。"

奶奶说："好，你这种态度很好。咱们在一起说说。"

奶奶把他们两个叫在一起，语重心长地说："你们是老朋友，因为一条死狗发生了不愉快，丧失了朋友感情，很不值得。这都怨我们没有吃的。如果有吃的，孩子也不会死。当然也就不可能发生后来的事了。如果不是没有吃的，绝不会因为一条死狗而闹得脸红脖子粗的。咱们都是受害者。在这么

严重的灾害面前，没人同情咱们，也没人来援助咱们，咱们自己如果不团结起来，共同度灾，反而互相争吵，互不相让，只能加重咱们的灾情，为咱们度过灾荒增加难度，这实在太不应该了。"

奶奶说到这里，他们两个齐声说："是，是，我们确实不应该吵闹。"

张平说："死狗我不要了，叫王升他们吃了吧。"

王升说："我把死狗还给张平，本来就是他的嘛。"

奶奶说："两人态度都很好。我的意见是，所有杂碎，包括狗头，王升留下，全部狗肉还给张平，你们看如何？"

他俩齐声说："同意，同意。"

奶奶最后说："希望你们两人不伤和气，今后仍然是好朋友。"

他们两个随着一声"好"走出了奶奶的家。

他们两个走后，奶奶开始吃早饭。今天的早饭一碗懒豆腐和一把煮熟的青豆。这对她们来说，在这个时候能吃到这个，就算是不错的啦。早饭还没有吃完，有三个村民来请求奶奶帮助他们想想办法，埋葬他们死去的亲人。

近来，村里天天都有好几个人去世。有年老的，有年轻的，也有小孩。有男的，也有女的。真是阎王路上没老少。谁家死了人以后，连帮助埋葬的人也找不到。死的人多，需要埋葬的人员多，但这不是主要原因，主要原因是家家都有病危人员，家家都离不开人照顾。还有一个更重要的原因是：人人都面黄肌瘦，人人都无力干这些劳动强度大的活。抬死人，挖墓穴，下葬，封土等，都是很费力气的活。人们不是不愿意干，而是他们根本就没有能力干。

第一个去找奶奶帮忙的是刘钏。他说他哥哥去世了两天了，因为找不着帮忙的，尸体一直躺在家里，再停几天发臭了就不好办了。

第二个找家是李买。他说他父亲已经去世七天了，因为没人埋，他把尸体放在院子里的红薯窖里。但这也不是办法，天一热就要发臭。再者，不把遗体入土，我们活着的人也不心安呀。他心急火燎，但埋葬人员找不到，他特来求救，再三请求奶奶帮助想想办法。

第三个找家是孙乃英。她来找奶奶哭了一路。进了奶奶的家看见奶奶后，她哭得更厉害了。

她说："我丈夫已经去世了五天了，就躺在我们屋里的地上，光盖了一个破单子。我很害怕。你想想,屋子里躺着一个死人,两个孩子吓得不敢在家里住,跑到他们姥姥家了。若不把他入了土,我们怎么过呀?我求了好几个人了,他们都告诉我,让我来找你,请求你帮忙。不然这个难题就无法解决。"

孙乃英像机关枪一样,一句接一句地向奶奶倾吐。奶奶连插嘴的机会也没有。

他们三人求救,就是求人帮助他们把死人埋了。就这么简单。在平时,这根本就不是问题。可是现在,就成了难以解决的问题了。奶奶对他们三个做了原则性的答复:"你们先回去,我得找人商量商量,想想办法。这不是某一个人的问题,这是全村人的共同问题,得找个比较合适的办法,统一解决。"

村里人有事为什么都来找奶奶呢?主要原因是奶奶平时爱管个闲事,不管谁有什么事,她都乐意帮忙;其次是她有能力,会办事,一般的事她能办得了;再其次,村里有个刘恒老先生,是周围村庄有名的文人,很乐于帮人,在群众中声誉很好,人们有什么事时,也乐于找他。可是这一次,人们一找他,他都推掉,说他老了,跑不动了。他劝他们去找奶奶。所以,村里人一有事,就来找奶奶了。

他们三个人对奶奶的谈话,朱珣在屋里听得清清楚楚。他们走了以后,她跑出来对奶奶说:"妈妈,干脆成立一个全村规模的丧葬协会,负责全村所有的丧葬工作。"

奶奶一听媳妇的话,喜出望外。她认为给她解决这个问题找出了一条新路子。她立即回答说:"哎,这办法倒不错,我马上就找人商量。埋人的问题是个大事,不马上解决是不行的。"然后,她对朱珣说:"妮儿她娘,你在家好好照顾你爹和为新。尤其是你爹,我看他病得很厉害了,已经两天没吃东西了,给他啥他也不吃。你好好照顾他,时刻在他身边。为新也离不了人,你多操劳一些,我出去跑腿,这也是咱村的大事。"

奶奶跑了整整一个上午。她先去找刘恒老先生,征求他的意见。刘恒老先生非常同意,他认为这个办法很好,还夸奶奶为全村穷人解决困难找出了好办法。他当面赞扬奶奶:"你真是一个爱动脑子、会想办法、热心为穷人服务的女强人。"他还对奶奶说:"你大胆干吧。我已经跑不动了。但我坚决支持你,该出面时我一定出面。"这天上午,奶奶先后拜访了三十五人,最

奶奶

后挑选了五人，组成洛家庄"丧葬协会"，负责全村的丧葬工作。协会下设两个工作组：一个搬运工作组，一个埋葬工作组。每个工作组都由八人组成。搬运工作组，负责把尸体运到墓地。埋葬工作组，负责挖坑和掩埋。有丧事的农户，若自己埋葬有困难，可以向丧葬协会申请，协会负责埋葬。

这个丧葬协会每天都办五六起丧事，解决了很多农民无法解决的问题，得到了全村农民的拥护。

一天傍晚，奶奶出去忙丧事还没回来，朱珣在厨房为公公做饭。萌萌在爷爷身边玩。突然爷爷拉住萌萌的手，两眼使劲睁大，直望着萌萌，好像他的全部精力和希望都寄托在这个四岁的小孙子身上。几秒钟之后，他无可奈何地闭上了眼睛，永远离开了人世。萌萌大声叫爷爷，但爷爷怎么也不答应。萌萌以为爷爷睡着了，就挣脱爷爷的手跑到院里玩儿去了。

奶奶一进门就问萌萌："爷爷怎么样了？"

萌萌说："爷爷睡着了。"

奶奶又问："你妈妈呢？"

萌萌说："妈妈在厨房呢。"

朱珣听见婆婆回来了，说："我给爹爹烧碗汤。"

奶奶一看丈夫跟前没有人，赶紧到丈夫的床边，看见他躺着不动，两眼闭着。她叫了一声："孩儿他爹。"没有应声。她伸手摸摸他的脸，再用手放在鼻子下，发现丈夫已经断了气。

全家人立刻陷入极端悲痛之中，情不自禁地痛哭起来。哭了一阵后，奶奶擦擦眼泪停止了哭泣。她对家里人说："只通知院庄盼盼就行了。其他亲戚不再通知。明天就办丧事。咱也让丧葬协会办，咱自己也没这个精力。咱也从简办理。"

办任何事情都是这样，只要大家都这样办了，也就成习惯了。那时的办丧事，基本上都是非常简单。简单办丧事已成为习俗了，怎么个简法呢？第一，尽量少报客，有的甚至不报客，办丧事连一个客人都没有。多数人只报一家最主要的亲戚。主要亲戚是：男的报闺女一家。女的除报闺女外，再报娘家，共两家；第二，没有乐器；第三，不烧纸，不点燃鞭炮；第四，不穿孝衣；第五，不用棺材；第六，尸体不停放，一般都是头天去世了，第二天就埋；第七，逝者不换衣服，随身衣服入葬。这七个"不"，虽然不是明文规

— 第五章 家殇 —

定的法则，也并不是每户都得一定遵守，但已成为大家办丧事的潜规则了，成了大家都这样办的习俗了。任何一种习俗都是社会发展的产物，是根据当时的生产、生活条件而产生的。南方盛产大米，所以南方人养成了爱吃大米的习惯；北方产五谷杂粮，所以北方人养成爱吃五谷杂粮的习惯。七个"不"的丧葬办法，在过去正常年景是绝对行不通的；可是尸骨遍野的一九四三年，成了洛家庄农民普遍采用的丧葬办法。

为新自从去妹妹家借粮以后，身体一直不好，而且是每况愈下。他平时精神不振，对日常生活中的问题很少发表意见。可是在埋葬父亲的问题上，他有些不同看法。他说："我爹辛苦了一辈子。活着时，没吃到肚里，没穿在身上。死了后连个衣服也不换，就让他穿着随身衣服走吗？这真叫咱们晚辈的过意不去。"

奶奶说："孩儿呀，不要说你过意不去，为娘的我也是过意不去呀。他活着吃的苦，受的罪，为娘我知道得最清楚。我多么想为他办得排场一些呀。可是咱没这个条件。咱家还有六口人，咱能省个钱就省个钱，能省些东西就省些东西，咱得顾活（人）不顾死（人）。你爹是个通情达理的人，他很爱他的家，他爱咱们每一个人。咱们如果为安葬他花很多钱，借很多债，他会很伤心的，他会很生气的，他会埋怨我们的，他在九泉之下也不会瞑目。相反，如果我们对他的安葬从简办理，他会高高兴兴地安详于天堂。"

为晨说："至少用个席把爹爹卷起来，总不能这样软埋吧？"

奶奶说："傻孩子，从哪里弄个席呀？"

朱珣急忙答话："把我们床上的席掀下来，给爹爹用上。"

奶奶说："你们睡觉呢？能行吗？"

朱珣说："能行。要不然就睡到地上，铺些麦秸就行了，根本用不着席。"

奶奶说："那好，老头子比有些家还强，还带走一张席。"

奶奶家的坟地很近，就在村南头不远的地方。第二天上午，丧葬协会的搬运组和埋葬组分工负责，各干其事，半晌时间就把丧事办完了。

全家人送殡回来后，奶奶一句话也没说，独自回到自己屋里，坐在老伴曾经躺过的床上，悲痛欲绝地痛哭起来。

终身伴侣走了，终身伴侣，伴了一半就不伴了，后一伴她该怎么走呢？

往事不堪回首，历历在目。她回忆她是如何挑选这个女婿的。结婚日子

定了后，丈夫被抓走了，她做了没有新郎的新娘；他从兵营里偷跑回来的晚上，就是坐在这个床沿上，详详细细地给她讲述逃跑的经过，她是如何津津有味地倾听。有一年春节前，他去外地批发年画，（他们卖的年画是从外地批发的，对联不从外地批发，全是自己写的）他一走就是半个月。她苦苦地等呀等，他回来后说遭遇了劫匪的抢劫；她的大儿子为新出生后，孩子吃不饱，他用高粱细面做成糊，用白布卷成奶头，让儿子吮吸；盼盼小的时候，他用豆浆加热做成嫩豆腐让孩子吃；为晨小时候，他把藕切碎，放在水里析出藕粉，沉淀后，把水倒掉。再把藕粉和成糊，用开水冲成乳汁，让孩子当奶喝；每个孩子的成长，都离不开丈夫的辛勤付出。她还回忆他们是如何播种、收庄稼的，如何砌砖、和泥、盖房子的；他们是如何赶会串村卖年画、做小生意的。……所有这一切，她都历历在目，如同昨天刚发生过的事一样，让她记忆犹新，难以忘怀。他们好不容易有了这个七口人之家。她来这个家已经三十五年了，虽然生活不富裕，但家庭和睦，互敬互爱，日子过得很快活。她还在想，天灾人祸，要使她这个家崩溃了。丈夫死了，这个圆满的家已经掉了一个豁。她如何把它弥补起来，恐怕是不可能了。五天前，她与丈夫有一次谈话，谈话内容她还记得清清楚楚。现在丈夫死了，他的话却意味深长。他们夫妻的对话是这样的：

妻子："咱们穷人的日子实在难熬，啥时候是个头呢。"

丈夫："据说陕北和太行山都是解放区。那里实行土地改革，没有地的可以分地，没有粮的可以分粮。"

妻子："我希望解放军赶快来。"

丈夫："估计不会太久了，很快他们就会来的。到那时，我们就解放了，我们就不再受苦了。"

妻子："咱们单等着这一天呢。"

丈夫："恐怕我等不到这一天了。"

妻子："你可不要泄气，等咱们分到地了，咱一家人好好干，不几年咱就可以盖新房，买牲口了，咱也可以吃上花卷馍、吃上白面条了。咱也会过上幸福日子的。"

丈夫："物极必反。现在咱们穷人的日子已经穷到底了，如果再穷就只有死路一条了。但是不可能死完的。因此，该变天了。天一变，就成了咱穷人的天下了。"

妻子："这可好啦。"

丈夫："你别高兴得太早了。在这一天到来之前，还有一段更难熬的日子。这叫黎明前的黑暗。任何事物都是这样，在它死亡之前，总会来一个垂死挣扎。你们要有充分的思想准备。这一关只要能挺过去，以后就好了。我最担心你们是否能挺得过去。你们在任何时候都不要放弃，决不放弃。要坚持，坚持，再坚持，坚持就是胜利……"

奶奶回忆着过去，丈夫的这些话在她脑子里回荡着。丈夫去世了，他的嘱咐却留了下来，这是洛家的宝贵财富。是的，这是丈夫留给子孙后代的宝贵财产。

为新的身体一天不如一天。虽然每天也起来，但起来的时间没有躺在床上的时间多。尽管家里没有好饭，但还是尽量让他吃好的，煮的青豆让他多吃一把。尽量让他吃较好的野菜，例如荬荬菜、芙芙根等。那些不好吃的野菜，例如七七芽、迷迷蒿等，尽量不让他吃。他啥饭都吃不下去，而且还吐血。奶奶深知吐血不是好兆头。给他找了几个医生，他们都开了药，但就是光吃药不治病，光花钱不见好，没有一个医生能让他的病有好转。

一天，他连一点饭也不吃了，吐血次数更多了，吐的数量更大了。整天躺在床上，一动不动，脸色苍白，两眼塌陷，头不抬、眼不睁、话不说。除了有一口气外，别的没有一点活人的象征。奶奶感到问题很严重，急忙又给他找来了医生。这位医生摸了摸他的脉，然后说："人不中了，赶紧安排后事吧。"说罢，连药也没有开就走了。

朱珣看见丈夫这个样子，心如刀绞。她站在丈夫的床前，拉住丈夫的手，轻声问："妮她爹，想吃点啥？"他摇了摇头，然后攒了攒劲，挣扎着对妻子说："妮她娘，我不行了。咱的两个孩子，还有咱妈，都得交给你了。你把孩子养大，把咱妈侍候好，我就放心了。"

朱珣感到这是丈夫的临终嘱托，她感到如掏心挖肺，很长时间以来她对丈夫关怀得非常周到。熬药、端饭、洗手、洗脸、洗脚、剪脚指甲、精神安慰、精神体贴，真是无微不至，但丈夫的病是每况愈下，一天不如一天，眼下已到奄奄一息的地步。可是她有什么办法呢！她是何等的痛苦呀！

这天半夜，朱珣慌慌张张地从屋里跑出来叫："妈，快来，你看，妮她爹……"奶奶跑过去一看，为新已经一动不动了，他永久地离开了人世，这是爷爷死后的第十四天。

朱珣趴在丈夫身上，哭得几乎断气。"她爹，你不能走哇，你去了，叫我咋办呀？咱们上有老、下有小，我自己担当不起呀，你不是说今后会有好日子过，你怎么就走了呢？"然后她转了话锋，她哭着说："老天爷呀，你怎么不保佑我们好人呢？为什么叫好人受害呢？你为什么不行公道呢？为什么不惩罚那些截路强盗呢？"

丧事仍由丧葬协会办理。这次儿子的丧事比丈夫的还简单。埋丈夫时，还有一张席。儿子连一张席也没有了，只有随身衣服。

奶奶先失去了丈夫，现在又失去儿子，不到半月时间里，她失去了两个亲人。这种打击她承受得了吗？丈夫死了以后，她把希望寄托在儿子身上，而大儿子也死了。她把希望只有寄托给二儿子和大儿媳妇身上。二儿子还没长大，还不能独立自主，还立不起事。眼下她只有依靠大儿媳妇了。再等几年，二儿子长大了，这个家就又有立事人了。

时间已经到了四月上旬，麦子快要熟了，接住新麦不就好些了么。

一天上午，为晨对妈妈说，他要去大麦地里找麦锈吃（快抽穗的大麦，如果有黑穗病，整个穗就变成黑色的，硬硬的，可以吃）。奶奶知道孩子整天吃不饱，整天想的就是吃。为晨在家里是二等待遇。在剩下这五口人当中，花妮和萌萌是一等待遇；为晨是二等待遇；奶奶和朱珣是三等待遇。有些稍微好吃的，先让萌萌和花妮吃，其次是为晨，最后才是两个大人。比如，每天每人分一把煮熟的青豆，萌萌和花妮虽然年纪小，但与大人一样，也是一把青豆。为晨正是少年时期，长身体的时候，吃得多，饿得快，需要大量的食物供应，可是他却吃不饱，可怜孩子。因此，他一提出去地里找吃的，奶奶马上就同意了。但奶奶还是问他："与谁一块去呀？不能你一个人去。"

为晨："不是我一个人，还有小路、小宝他们。"

奶奶："你去吧，与他们搞好团结，不要吵架。"

为晨说了声"好"就往地里去了。最后奶奶补充了一句："还有，一定早点回来，免得家里人挂念。"

— 第五章 家殇 —

中午了，为晨没有回来，奶奶没有考虑别的，以为他在地里找吃的，不饿肚子了，就不想回家了，说不定是想下午再多找些带回家呢。

天要黑了，为晨还是没有回来，朱珣问奶奶："她叔还没有回来，出啥事了吧？"

奶奶说："谁知道呀，他就随身的破衣服，身上什么也没有，还会出啥事？"

天黑透了，为晨还是没有回来。朱珣、奶奶心如火燎，她们等呀等，坐在屋里仔细听着外面，总希望听见有人回来。一听到风吹草动的声音，就好像是为晨的脚步声，赶快出来，结果落个空。她们一直坐到天明。

朱珣做早饭，奶奶去问小路和小宝。他们与为晨年龄差不多，平时也经常在一起玩。奶奶问他们时，他们都说："去时，我们在一起，中午时，我们说要回来，他说他再等会儿，他让我们先走，我们就回来了。下午我们没有再去，因此也没有再见到他。"

奶奶问他们："你们吵架了吗？"

他们说："没有，他先找到的还让我们吃。后来我们找到的也让他吃了。"

奶奶问："你们在哪里找麦锈穗的呀？"

他们答："我们在村南头那几块大麦地里。"

大麦也是穷苦农民的救命恩人。大麦的品质没有小麦的好，吃着没有小麦好吃，但它生长期短，种得晚，熟得早。每年农历八月，农民最先种的是小麦，在土质比较好的田地里，种的也是小麦。大麦种得比较晚，在腾茬晚的地里，比如红薯茬、棉花茬才种大麦。可是大麦在第二年春天，老早就成熟了，它比小麦至少早熟十天。这在青黄不接时期，对断顿的农民来说，真是求之不得的。因此，农民们凡是有地的，每年总要种些大麦，可以早接住吃的。洛家庄南头不远处就有一大片大麦地。

奶奶及儿媳妇吃罢早饭后，直奔村南头的大麦地。

她们把大麦地一块挨一块、地毯式地排查了一遍。终于在一块大麦地的中央找到了为晨。他在地上趴着，一只手拿着一把锈麦穗，一条腿半弯着，嘴巴贴着土，脸发青，一动不动，——死了。

朱珣哭得站不起来，奶奶却没有掉泪，只说了声："又走了一个。"她已经没有眼泪掉了。开始死了丈夫，十四天后又死了大儿子，现在又死了

二儿子。接连死了三口人。她没有那么多的眼泪可掉,也不知道什么叫痛苦了。她不哭一声,也不唉声叹气,告诉丧葬协会的人,于当天下午就把为晨埋了。为晨没有与哥哥为新埋在一起,因为他不够成年,按祖传风俗,未成年人不能入老坟,只能埋在乱葬坟里。在乱葬坟里埋人,不分家族,不分男女老少,只要是不能入本族老坟的,凡是没有地方可埋的,都可以埋在这里。

入冬以来,朱珣的身体一直不好,主要原因是缺乏营养。每天吃不到面食,主要是吃野菜。每天分到的一把青豆,也吃不到嘴里。她把自己的一份让萌萌吃。她有时给花妮,可是花妮不吃,让妈妈自己吃。可是她一给萌萌,萌萌就毫不客气地接过去吃。他还不懂事,还不知道照顾妈妈。朱珣吃不到东西,但沉重的家务她一点也不推卸。过去她重点照顾的是公爹、丈夫和两个孩子。公爹由婆婆管,她可以少操心,但丈夫和两个孩子是非常缠人的。对丈夫和孩子来说,她确实是一个贤妻良母。丈夫在世时,虽然身体不好,却是她的精神支柱。她思想上有寄托,办事有依靠。因此,她干起活来还是蛮有劲的。丈夫去世以后,她的思想彻底崩溃了。她越想越没法过。一家四口,老的老,小的小。老的已快六十;小的才三四岁。维持这个家的重担,就落到她一个人身上了。家里没有一分土地,也没有任何别的经济来源,她靠什么维持这个家呢?她整天以泪洗面,整天忧心忡忡,整天吃不下饭,整天悲痛。她也曾想过,振作起来,抖起精神。忘记过去,憧憬未来,扶老携幼,等待翻身的明天。但她一想到现实,一接触实际生活,继续过下去的勇气一点也没有了。正如隔河望果,河对岸的果子再好,就这一水之遥,你干着急,就是吃不上。

一天晚上,她泪汪汪地坐在草铺上,花妮和萌萌偎依在她身旁。两个孩子不断地为妈妈擦着眼泪。萌萌问妈妈:"妈妈,你哭啥?"

她直言不讳地回答:"我想念你爹爹。没有你爹爹了,咱们咋生活呀?"

萌萌问:"我爹爹去哪里了?他咋不回来呀?我也想他。"然后他又问姐姐:"姐姐,你想爹爹吗?"

花妮回答:"我想,但爹爹不会回来了。"

萌萌再问妈妈:"爹爹去哪里了?他咋不回来啦?"

妈妈回答:"爹爹去了很远很远的地方了,他不会再回来了。"

萌萌问:"爹爹不要咱们了?"

妈妈答:"是的,他不要咱们了,他永远也不回来了。"

花妮在旁边直哭,一句话也不说,可是萌萌一直在与妈妈说话。

萌萌说:"爹爹不回来,我们跟着你。"

妈妈说:"妈妈要是也走了不回来呢?那你们跟着谁呀?"

萌萌说:"还跟着你。你走时得带着我们。你走到哪里,我们就跟到哪里。"

花妮好像听出来妈妈说的这个"走"字的意思,她急忙说:"妈妈不能走,妈妈别走,不让妈妈走。"她说着哭得上气不接下气。

妈妈也是泣不成声,泪流满面。她紧紧地把萌萌和花妮抱在怀里,泪水掉在他们的头上、脸上。她哭着说着:"我可怜的孩子,妈妈不走,妈妈不走,妈妈舍不得你们,妈妈要把你们养活大,妈妈要与你们在一起,等着解放日子的到来。"

朱珣嘴里说要把两个孩子养大,可是她思想却彻底崩溃了。家中三个男的死了以后,尤其是丈夫和小叔死了以后,她对生活没有一点希望了。原来是靠他们租地养活这一家的。他们一死,就没有生活来源了。公爹死了,她思想上完全没有压力,人老了,常年多病,死了也不受罪了。丈夫一死,她就受不了啦,全家全靠他租地养家的,还有二叔帮助。所以家务活、地里活都不愁干,生活虽然苦,但总还可以勉强维持。可现在就不行了,两个人都死了。人们说"天不给人绝路"。难道说自己的处境不是绝路吗?别的还有什么叫绝路呢?现在就是老天爷给了她绝路,不叫她有任何生活下去的出路。

恰在这时,奶奶进来了,朱珣急忙擦擦眼泪,让花妮为奶奶找座位。奶奶坐下后,朱珣问:"妈妈还没休息呀?"

奶奶说:"人老了,瞌睡少。你们三口在这里,我自己感到挺孤独的,想来这屋与你们说说话。也想借此机会,咱娘儿们谈谈心。"

朱珣说:"我真有些受不住,妈妈经验多,我正想请妈妈指点指点呢。"

接着奶奶就说起话来:

"我来时正好十八岁,我是你爹不在家时与他结的婚。那时这个家生活基本上还过得去。我来这里已经三十五年了。这个家我亲眼看着,每况愈下,

99

奶奶

一直走下坡路，一年不如一年。不知道怎么搞的，他们爷俩都是勤勤恳恳，兢兢业业，本本分分，从不在外面吃喝胡来。他们一心经营这二亩地，一心照顾这个家。但两个人的辛苦，也没有带来什么起色。不但如此，连老本也保不住了。把原来的几亩地，也慢慢卖完了。这究竟是为什么呢？两个男子汉，加上你、我的帮助，四个人养不了一个七口之家。我是百思不得其解。"

朱珣插话问："怎么把仅有的二亩地也卖了，咱没有一点生活来源了。不卖不行吗？"

奶奶说："不卖不行。一遇到自然灾害，粮食歉收，打的粮食不够吃，就得借债，还是高利贷。一旦借上了，你就再也摆脱不掉啦。下一年的粮食，除了缴公粮外，还得还高利贷。剩下的粮食就更不够吃了。如果不卖地就得欠更多的债。所以就卖地，卖一亩地，能缓解几年。"

朱珣点点头，表示理解了卖地的原因。奶奶接着说："我也感到现在的生活实在是无法过。你爹爹死前对我说过这样的话：'物极必反'，咱们的生活穷得不能再穷了。说明它已经到了极限，已经到了尽头，该向它相反的方向发展了。也就是说，该向好处发展了，快要解放了，我们快要翻身了。一切都与现在相反，现在没有土地，我们快有土地了；现在没有吃的，我们快有吃的了；现在受苦，我们该享福了……"

朱珣越听感到越悬乎，她感觉着好像婆婆对她讲述梦幻小说里的故事。这只是画饼充饥、望梅止渴，只是一种幻想，很不靠谱。她说："妈，你说的不定是何年何月的事呢？"

奶奶很有信心地说："我说这并不是遥遥无期的将来，而是不久的将来，很快就会到来。我还是有信心的。太行山一带的解放区，把地主的土地都分给农民了。你想想，农民只要有了土地，再没有催粮逼款的人祸，农民不就开始过幸福的生活了吗？你爹爹还说，翻身日子的到来肯定不会太久了，很快就会到来。不过，他说，黎明前有一段黑暗，那是更艰苦的日子。他还担心我们挺不过去呢。他告诉我们不要放弃，要坚持，坚持就是胜利。"

朱珣说："我也听您孩儿说过，八路军过来解放穷人的事。但还不知等到猴年马月呢。希望是希望，解决不了当前的实际问题。我也不是不相信我们将翻身得解放，但那一天到来时，我们还不知道已经去到哪个阴曹地府了呢。你想想，咱们能空着肚子等吗？说得天花乱坠，不填饱肚子，总是不行。

没有吃的，是我们当前最大的困难。我们总不能现在不吃等翻身以后再好好吃吧。"

奶奶接着说："是啊，这个困难还必须克服。"

"咱能克服吗？光咱们娘儿们，连一个男人也没有。"朱珣说。

奶奶说："咱们女人也像他们一样，也完全可以克服各种困难。这个家咱们完全能够支撑起来，主要是把两个孩子养大。"

朱珣说："我怕的就是这个。我怕的就是咱们没有能力把他们养大。"

奶奶说："怎么没有能力？咱们完全有能力。类似咱家情况的，咱村里还有好几家呢。有的还不如咱们家好呢。你潘嫂嫂不也是她和儿子她娘儿俩吗？她也是三十多岁的人了，领着一个三四岁的儿子，不也是过得挺好吗？还有，你高大婶，她年纪与我差不多。两年来，丈夫、儿子、儿媳妇先后去世，只剩下她和一个小孙子，小孙子只有三岁，比萌萌还小一岁，她不是照样过吗？咱们家有咱娘儿俩，两人总比一个人强。咱有两个孩子，这就是咱们的希望。咱把他们养活大。如果那时解放了，他们还能过上好日子呢。不但生活不发愁，还可以上学，从小学一直上到大学，将来报效国家。这不就是咱们的希望吗？"

朱珣说："我本来心里很矛盾。我们前途虽然不错，但目前的困难我感到没法解决。听了你的话，我信心大增了。我也相信，你领着我们干，什么难关都可以闯过去。"

奶奶看到媳妇脸色不好，手不断捺肚子，额头一皱一皱的，就问她："妮她娘，你有病吧？好像是肚子不好受。"

朱珣答："是的，我拉肚子已经好几天了，一天拉好几次。拉的全是血脓，肚子非常疼痛。"

"为啥不早点告诉我，我还以为你好好的，所以来与你谈这谈那，你应该早点休息才是。我如果早点知道了，好给你找个医生看看，拿些药吃吃。有病得及时看，不能硬熬，越熬越厉害。"

朱珣说："不碍事，咱本来就没钱，哪有钱拿药呀。再者，我这病吃药也没用。该好了，熬几天就好了。不该好哇，吃药也好不了。"

奶奶说："这说法不对。吃药能治病的例子多着呢，我明天得给你找个医生看看，拿些药。"

朱珣说:"咱一分钱也没有,怎么拿药呀?"

奶奶说:"去赊。"

朱珣说:"咱赊药房里好多药了,人家还会赊给咱吗?"

奶奶说:"我去试试,给他们多说些好话。"

朱珣说:"那恐怕也不行。过去赊给咱,是看着咱有人,以后有能力还他们。现在咱家的人,老的老,小的小,没有人会挣钱了,连吃饭还顾不住呢,还会挣钱还账吗?所以他们不会再赊给咱们了。等咱们还了欠账以后,才可能再赊给咱们。"

奶奶说:"你说的是这个理儿。不管如何,我得想办法给你拿药。病不看是肯定不行的。你就别管了,我把药给你拿回来就是了。"

第二天上午,奶奶托人为媳妇找来了医生,医生为朱珣号了号脉。他对奶奶说:"你媳妇的病已经很严重了。看得太晚了,这种病是细菌性痢疾。主要症状是发热腹痛,大便有脓血黏液。她得病已好几天了,身体已经脱水,相当危险。我只管给她开几剂药试试,你们最好抬她去开封大医院看。不然,这病就很难办了。"他说罢走了,奶奶跟他去拿回来了三剂药。

这三剂药是一天一剂。每剂熬两次,合一起后分两次喝,早晨一次,晚上一次。头两天,药见效。拉得次数没那么多了,好像病情有些好转。但第三天又完全恢复了原状,吃的药好像没有任何作用。

朱珣感觉到自己的病很难治好,悲痛万分。婆婆的年纪大了,两个孩子又那么小,他们今后怎么生活下去?婆婆说她们两个共同努力,把两个孩子养活大,她走了以后剩下婆婆一个人,她有能力把孩子养大吗?自己是等不到解放那一天了,婆婆和孩子们等得到吗?再等多长时间就得到解放了?她想,明天就解放该多好啊!

一天晚上,朱珣感到肚子突然不痛了,也不再拉了,肚里很平静,心里也感到很舒服,与没病一样。她深知这不是病的好转,而是病的恶化,这是回光返照。这说明她的生命就要结束了。她不再难受了,更没有哭,她把两个孩子叫到跟前,深深地亲了亲两个孩子,然后把萌萌抱在怀里,让花妮偎依在自己腿上。她仔细扒着萌萌的右额上面的头发,好像是想发现什么似的。她看后点了点头。然后,她又拿起萌萌的左手无名指,正着看看,反着看看,左看看,右看看。嘴里轻微地说着:"彻底地好了。虽然与众不同,也

— 第五章 家殇 —

毫不影响干活。这就不错,妈妈是完全可以放心的。"

妈妈对儿子的关心是无微不至的。她为什么特意看萌萌的那一绺头发呢?萌萌三岁时,妈妈在厨房不小心把萌萌碰倒,头碰到锅台角上,碰了一个口子,鲜血直流,可把妈妈吓坏了。虽然伤口早以痊愈了,可是当妈妈的,还不放心,还有内疚感。那么,她为什么如此仔细地观察萌萌的左手无名指呢?当年的早些时候,妈妈在院子里纺花时,萌萌在纺花车旁边玩耍。他把左手无名指放在纺花车的轮轴顶部,当纺花车转动时,把他的指头磨得痒痒的,挺舒服。但一不小心,他的指头掉到轴眼里,把他碾得哇哇地哭,奶奶给他买了个烧饼,才算哄住不哭。很快指头就好了,只是留下一个与众不同的指甲。妈妈对萌萌的这个指头还牢牢记在心里。她认为,这是她对儿子的愧疚。妈妈对儿子就是这样,她对儿子的付出再多、再大,都认为没有什么;可是,一旦她对儿子的奉献有一点不完美,就深感内疚,感到终身的遗憾。

她再次亲了亲两个孩子。然后,语重心长地说:"孩子,我实在没有能力养活你们了,我很对不起你们。我生了你们,却不能把你们养大。这是做妈的失职。我是多么不想离开你们呀!但我不当家。请你们原谅妈妈。你们要听奶奶的话,长大了孝顺奶奶。今天晚上你们去跟着奶奶睡吧,让我自己好好休息休息。好了,去吧。"

花妮和萌萌不理解妈妈说话的含义,按照妈妈的意思,动身去奶奶的屋。最后,妈妈说:"来,再亲亲妈妈。"两个孩子分别在妈妈的脸上长时间地亲呀亲。

他们走到奶奶的屋里后,花妮先开口:"奶奶,俺妈说让萌萌和我跟你睡。"

奶奶看见两个孩子过来,笑嘻嘻地说:"中哇,我可不孤独了。你妈妈呢?"

花妮说:"妈妈在她的屋里呢。"

奶奶说:"你们先坐被窝里暖着。小妮儿,你睡那头,萌萌睡我这头,我去看看你妈。"

奶奶走进朱珣的房间时,她竭力想坐起来,奶奶忙问她:"你想干什么?我给你弄。"

103

奶奶

朱珣看见婆婆进来，问："妈，还没睡呀？今晚让两个孩子跟着你睡吧，我想自己好好休息休息。"

奶奶说："好哇，以后天天跟我睡都中，我可有人说话了。"

朱珣接住婆婆的话说："那可真的，以后就得天天跟你睡了。"然后她一转话锋说："妈呀，这两个孩子就是得交给你了，你看我这病能好吗？"

奶奶说："别胡乱想了，咱们不是说好了，共同努力把孩子养活大？你怎么就打退堂鼓了？咱们还要等新中国成立后过幸福日子呢。"

朱珣说："我恐怕是等不到了，这个福我是享受不了啦，单等着你们享吧。"然后她说："妈妈你快去睡吧，早点休息。两个孩子在那儿，萌萌夜里得叫醒他尿尿。不然，他瞌睡大，会尿床的。"

奶奶说了声"好的"，就走出了朱珣的房间。当她走进自己的房间时，两个孩子已经睡着，她把花妮叫醒脱了衣服，她叫醒萌萌尿了尿，再把衣服给他脱了，让他睡下，她随即躺在萌萌旁边，很快入睡了。

婆婆走后，朱珣挣扎着站起来，把她最好的衣服找出来，穿在身上。上身穿：紫花内衣，内衣外是一件灰色棉袄，最外面套了一件蓝色套衫。下身穿：白色内裤，内裤外面是一件土色夹裤，最外面是一件黑色薄棉裤。脚上是白色袜子，黑色鞋。所有这些衣服都是她自己做的，从纺棉花到织成布、染成色、做成衣服，没找过外人，全是亲手做。她把衣服穿好后，又照了照镜子，梳了梳头。她把门关上，把灯吹灭，安安详详地躺在铺上，脸朝上，背朝下，把被子盖在身上，闭上了眼睛。

第二天早上，奶奶把早饭做好后叫朱珣起来吃饭。奶奶连叫了几声，她也不答应。奶奶知道她身体不好，就以为她瞌睡大，还没有醒来。她想：再让她睡一会儿吧，等一等再吃饭。停了很长时间以后，奶奶再叫她，仍然没有答应。声音再大些，还是没有回答。奶奶立刻头脑发蒙，浑身麻木，她感到大事不好。她赶忙跑到儿媳铺前，一摸她的手，冰凉了。儿媳的衣服穿得整整齐齐，头发梳得光光的，被子盖得好好的，安详地躺在铺上，永远离开了她的婆婆、她的女儿和她的儿子。

这是一九四三年四月二十五日。萌萌的妈妈生于一九一零年，死时仅三十三岁。

奶奶没有哭，她已经哭不出声音了。她也没有流眼泪，她的眼泪已经流干了，再也没有眼泪可流了。她欲哭无泪，欲语无声，悲痛欲绝，万念俱灰。从她那满是皱纹的脸上，从她那两只凄凉、发呆的眼睛里，可以看出，奶奶的脑子已经麻木了，她的感情已经冷漠了，她有些不知所措了，她有些半傻了。

花妮趴在她妈的遗体上"妈呀，妈呀"地哭得拉不起来。她的哭声悲惨、凄凉，她的哭声让人丧魂落魄，她的哭声让人极度忧伤。

天阴暗着，地静躺着，树哭丧着，花凋谢着，一切都停止了运转，万物都停止了呼吸。天要塌了，地要陷了，生活没有一点过头了。

奶奶沉思着，她回忆着儿媳妇的过去：她在洛家过了十五年，她的过去奶奶都历历在目。一个冬天的傍晚，那是她刚进洛家门以后不久，奶奶做好饭等家里人吃饭，早等也不回来，晚等也不回来。不知道为新去哪儿啦，她也没影儿，可把奶奶急坏了。一直等到九点多钟，她背着丈夫，一步挪四指，蹒跚着回来了。原来是：距村子三里地远的一个老坟地有一棵大杨树，上面有好几个老鸹窝，他们想把老鸹窝够回家当柴火，一个老鸹窝一天也用不完。若把几个老鸹窝够下来，在烧柴方面可以抵挡一阵子。可是事与愿违，他们不但没有够到老鸹窝，为新却从杨树上掉了下来，他摔在地上好久好久还站不起来。他们坐在坟地里歇了好长时间，为新才慢慢能站起来，但还是不能走路，妻子就把他背回了家。

村里人知道这个消息后，议论得满城风雨。他们谈论的中心是这棵大杨树上有神，不能随便爬上去，谁要胆敢冒犯大树，就对你不客气。很多人还说，神灵对为新一家还是客气的，只是给他一次警告，让他受受皮肉之苦，生命没有大碍；若神灵对他不客气的话，为新的命肯定保不住。这不仅是对为新一家的警告，也是对全村人的警告。从此以后，再也没有人敢上这棵杨树了。

还有一次是朱珣帮助为新打场。那是一个夏天，麦子收在场里刚碾完就要拢堆扬场的时候，忽然天下起了大雨。这是个关键时刻，若不把麦子拢起来盖住，雨水就会把碾下来的麦粒全部冲走，一年的辛苦顷刻就成为泡影。为新一家人绝不会让眼看着就要到手的麦子凭白跑掉。他们冒雨收拢麦子。热身子被冷雨一浇，冰冷刺骨，浑身打战。那时朱珣刚满月不久，身体本来就没有完全恢复，哪能经得起这样的摧残。一病倒下，卧床不起，一个多月

才慢慢好起来。

朱珣在洛家的突兀事太多了，一下子很难说完。

她短短的一生，生了两个孩子，但没有过一天好日子。在生活方面，她照顾公爹、丈夫、小叔、两个孩子。她性情善良，脾气温和，从没有与婆婆顶过嘴，也从来没有与长辈红过脸。对丈夫很温顺，是丈夫得力的贤内助。这样的好媳妇实在难得。奶奶还想，媳妇的死，实在冤屈。她是死在"穷"字上，就是因为穷，她连面饭都吃不到肚子里，整天吃野菜，所以容易得病。得了病，由于穷，没钱看病，所以把病耽误了。由于穷，吃不到任何补养品。使这么一个十全十美的媳妇，年纪轻轻就离开了人世。奶奶最后的结论：媳妇死得屈。因此，奶奶决定要对朱珣举行一个像样的葬礼。但在那样的年代，再像样还能像样到什么程度呢？无非是多一个席罢！

平时，村里人一有事就来求奶奶帮忙，奶奶也热心帮助他们。因此奶奶一有事，村里人纷纷来到奶奶家提供帮助。半晌时间，来了一院子男男女女，要求帮助奶奶办丧事。

萌萌的姥姥、舅舅、姨姨都来了，他们都趴到朱珣的遗体上号啕大哭，尤其是姥姥哭得上气不接下气，哭得死去活来。

出殡时，花妮一直趴在妈妈身旁哭，哭得喉咙嘶哑，哭得晕头转向，她一步也不想离开妈妈，一刻也不想让妈妈离开她的视线。她知道妈妈快要离开她了，她很快就要看不见妈妈了，而且永远也不会再见到妈妈了。在这阴阳隔离、生死离别时刻，花妮想尽量与妈妈在一起多待一会儿，想尽量把妈妈的遗容永远留在自己的脑子里。奶奶把花妮拉到一旁，告诉她领住萌萌去邻居洛大伯家玩儿，不让儿子与妈妈见面。花妮哭着离开了妈妈，拉住萌萌出去了。不让萌萌看见妈妈的原因，一方面是免得儿子大哭大闹；另一方面，说是死者的鬼魂走得干净，不会留恋儿子。还有一种说法，说是怕死者把儿子带走。

简单的仪式过后，朱珣的遗体抬到坟地与丈夫合葬了。

丧事办完后，客人走了，帮忙的人也走了，家里安静得很。一个多月以前，家里七口人，热热闹闹、和和睦睦，很好的一个家庭。可是现在，七口人走掉了四口，只剩下三口了，况且走的都是成年人。剩下这三口，老的老，小的小。奶奶五十三岁，花妮八岁，萌萌四岁。

奶奶把花妮和萌萌叫到跟前，她坐在板凳上，让两个孩子坐在她的腿上，一个腿上坐一个，用胳膊搂着他们，伤心地说："孩子，咱家就剩下咱们三个人了。今晚，你们还跟着我睡。"花妮趴在奶奶的腿上一直在哭，萌萌不知道姐姐为啥总哭。奶奶哭不出声，满脸纵横交错的皱纹里，分布着一条条水沟，把整个脸覆盖起来。萌萌看看奶奶，再看看姐姐，很不理解她们为什么老哭。但他心里也非常难受，他用小手擦擦奶奶脸上的泪，再擦擦姐姐脸上的泪。她们的泪水像泉水一样不停地往外涌，他擦也擦不净。他只有无奈地说："别哭了，奶奶，你不是老对我说不叫我哭吗？"奶奶擦擦脸上的泪水，强忍住悲痛欲绝的情绪，对萌萌说："萌萌，姥姥叫你跟她去，你为什么不跟她去呀？"

萌萌回答："我不想去，我想跟着你在家里。"

奶奶又问花妮："你愿意去你姥姥家吗？"

花妮回答："我也不去，我也想跟着你在家里。"

是的，孩子愿意跟着奶奶，奶奶也舍不得离开她的两个孩子。一家三口，一老两小，不离不弃，相依为命，一起走上他们艰苦的人生路。

奶奶

第六章

| 妈妈，你在哪里 |

朱珣去世后的第三天，萌萌好像从睡梦中醒来一样，忽然想起要见妈妈。他发现这几天都没有看见妈妈。近来他和姐姐都是跟着奶奶睡，他以为妈妈还在睡觉呢。他跑着叫着："妈妈，快起来，妈妈，快起来。"他走到妈妈睡过的地方一看，妈妈没在那儿睡觉，妈妈根本不在屋里。妈妈睡的铺上什么也没有了，只有一摊麦秸。他想见妈妈的心情非常迫切。他一见妈妈不在，就大哭起来，嘴里不停地喊着："妈妈，妈妈，我要妈妈，我要妈妈……"他哭得很伤心，嘴里不停地打着嗝。

奶奶和花妮听见萌萌哭着叫妈妈，赶紧跑过去。花妮也哭起来，她虽然不是哭着叫着，她哭得也非常伤心。奶奶含着眼泪把萌萌抱起来，用手擦着萌萌脸上的泪水，劝他说："别哭了，孩子，你妈妈去你姥姥家了，等几天就回来了。"花妮也哭个不停，连一句话也不说。整个院子里，除了哭声外，没有其他任何声音，鸡不鸣了，虫子不叫了，空气不流动了，树叶不摇晃了。奶奶抱着萌萌坐在凳子上，花妮站在奶奶旁边，三人哭成一团。"妈妈，妈妈"的哭声传得很远，哭声那么凄凉，那么悲惨。

街上行人听见他们的哭声都感到同情、可怜，无不为之伤心落泪。不一会儿，街坊、邻居来了一院子。他们只能是好言相劝，却无可奈何。

奶奶擦擦自己的眼泪，感谢大家的关怀，劝大家放心。

众多人的到来，萌萌感到稀奇，停止了哭声，但还是不停地说着他想妈妈，还不时地问奶奶："妈妈去哪儿了？"

奶奶对他说:"妈妈去你姥姥家了。"

萌萌再问:"她啥时候回来呀?"

奶奶说:"等几天就回来了。"

又过了几天,妈妈还没回来。萌萌还是哭着找妈妈,问奶奶:"为啥妈妈还不回来呀?"

他问得奶奶无法回答,只好说:"再等几天就回来了。"用这么一句话来应付他。奶奶确实没有任何办法说服萌萌,还不敢对他讲真话,怕他接受不了而闯出祸来,只有这样搪塞、拖延。拖延一天算一天。

又几天过去了。萌萌想妈妈的心一直放不下,他慢慢会动他的小脑筋了,他不太相信奶奶对他说的"等几天就回来"的话了,他开始认为奶奶是在哄骗他。

白天,萌萌跟着姐姐与其他孩子玩,或去地里挖野菜,平平安安地过一天。一到傍晚,他就哭着找妈妈,谁也哄不住。奶奶难过得泪水直下,毫无办法。"再等几天"的搪塞话因为说得太多了,所以也不灵了。于是她让姐姐背着萌萌去村头接妈妈。这一招还真灵,奶奶一说让花妮背着萌萌去村头接妈妈,萌萌立刻就不哭,很高兴地跟着姐姐去村头接妈妈。姐弟俩站在村头,不时地向远处张望。姐姐完全是做做样子,弟弟却是真心实意;姐姐心里明白,来等妈妈完全是为了哄弟弟不哭;弟弟却认为妈妈真的会从远方走过来。他们有时站在比较高的地方,站在石磙上,站在墙头上,甚至站在树杈上,认为这样看得远,可以较快看见妈妈回来的身影。一旦看见有个人影从远方走来,萌萌就会马上高兴起来,用手指着,对姐姐说:"妈妈回来了,妈妈回来了。"可是姐姐高兴不起来,只是毫无表情地顺着弟弟的手向远处观望那个人影。当那影子走近以后,他发现不是妈妈,就大失所望。萌萌就会大哭一场,花妮也同样哭,但她有哄弟弟的任务,劝说萌萌不要哭,继续在那里等,很可能马上就回来了。一会儿过后,远处又来了一个人影,萌萌立即高兴起来,大声叫着:"妈妈回来了,妈妈回来了。"他甚至高声喊:"妈妈!妈妈!快点走,我们在这里等你呢。"当人影走近以后,又不是妈妈,他又大失所望,萌萌又大哭一场,花妮又劝他,哄他继续等,像这种情况,几乎每天都有,每天都哭几次,让萌萌失望了再失望,没完没了地失望。

村里人在这里路过时，看见他们姐弟俩就会问："你们在这里干啥呀？天都黑了，你们还不回去？"

往往是萌萌先搭腔："等俺妈妈。"

对方故意地问："你妈妈去哪儿啦？"

萌萌答："去我姥姥家了。"

萌萌说罢这话以后，有的就表示明白，"啊"了一声就走过去了。有的却好心地再劝说萌萌几句。他们会说："天这么晚了，你妈妈今天不会回来了，你们回家吧。天就要黑了，你们不要回去得太晚了。"然后，他们会转而对花妮说："快领你弟弟回家吧。"

经常是姐姐劝弟弟回家，弟弟不愿回家，他好像是有那种不接着妈妈就不回家的决心。有时天太晚了，他们还不回家时，奶奶去村头叫他们，有时萌萌睡着在外面，姐姐把他背回去。

常言说骗人只能骗一时，不能骗永远。奶奶的善意谎言也慢慢失去了它的可信度。萌萌想，奶奶说"妈妈去姥姥家了，等几天就回来了"，等了好几个几天了，怎么还没回来？干脆亲自去找她。他自言自语地说："姥姥家不远，我跟着妈妈去过，我知道路，我自己能走到。"

一天上午吃罢早饭，他对奶奶说他去找他的小伙伴晶晶玩，奶奶告诉他不要吵架，早点回来，就让他去了。萌萌去晶晶家以后，看见晶晶正拿一个白馍吃着。他对萌萌说："好吃着呢。我妈妈从我姥姥家给我拿回来的。"萌萌心里痒痒的，嘴里流出了口水。不由自主地说道："我妈也去姥姥家了，她回来时也会给我带白馍的。"

"妈妈从姥姥家带白馍"这件事，还真成了萌萌的思想病了。这么长时间都没见妈妈了，他确实忍耐不住了。他从晶晶家出来，没有回家，直接朝着他姥姥家的方向去了。他心里想着："姥姥家我去过，是妈妈领着我去的，我知道路，我能走到姥姥家。"

从洛家庄到朱庄的田野里，长的几乎全是小麦。微微的南风煽动着黄澄澄的麦浪，此起彼伏。路旁有一片树林，苍松翠柏，郁郁葱葱；泡桐白杨，枝叶茂盛。布谷鸟叫个不停，虽然叫声无序，但非常动听。萌萌无心观看这不时翻滚的麦浪，也无意听这甜蜜诱人鸟声。麦田间也有一些地种上了其他庄稼，有的种上了高粱、有的种上了棉花或红薯。高粱已八九寸高，棉花刚刚出土，红薯刚栽上不久，一棵棵被埋在小土堆里，还没有见过阳光。农民们正在地里做田间管理。有的正在追肥，有的正在锄草，有的正在间苗。还有几个妇女正在红薯地里，扒开蒙在红薯棵上的土，让它呼吸新鲜空气，晒晒温暖的阳光，以便茁壮成长。

萌萌沿着一条小路慢慢地走着，心里想着：就是这条路。上次跟着妈妈一块儿去姥姥家的时候，就是走的这条路。忽然，他看见一只大鸟（老鹰）往下一冲，冲了好几次。他想它肯定是在找东西。他急忙赶上前去。常言说："船怕沉，鸟怕人。"老鹰急速飞向了天空。萌萌仔细查找老鹰冲刺的地方，在一片草堆里，他发现一只小兔蜷成一团，动也不动。萌萌轻轻地把它捡起来，小心翼翼地捧在手里，怕吓着它，也怕伤着它。小兔在他手里直打哆嗦。他仔细一看，小兔的一条后腿受了伤，血淋淋地露着肉，没有皮了。小兔眯缝着眼，呼哧着鼻子，豁着嘴，懒洋洋地偎依在萌萌的手窝里。萌萌很可怜它，不时地用哈气暖它的身子。它好像懂得事理，认为在萌萌的手里很安全，不但一点儿也不怕，反而感到很舒服。

萌萌问它："你妈妈呢？"

它不答应，如同没有听见。除了照就呼哧呼哧以外，没有别的任何异常动作。

萌萌再问它："你是找你妈妈吧？"小兔不吭气。"你妈妈不要你了吗？"小兔还是不吭气。"我也是找俺妈妈。我去我姥姥家找我妈妈的。你去麦地里找你妈妈吧。"他把小兔放在麦丛里，自己又开始走他的路。

萌萌仔细观察着正在地里干活的每一个人，看来看去没有一个是亲人。那个年老一点儿的不是爷爷；那个与爹爹年龄差不多的也不是爹爹；那个年轻的也不是二叔。他们看见他没有任何表情。过去，不管是爷爷、爹爹还是二叔，只要一看见他，就热情洋溢地给他说话，把他抱起来，举着他在空中转几圈，让他转得晕头转向，嘎嘎嘎嘎地笑得肚疼。然后才把他放下来，牵着他的手回家。可眼前这几个人，连理也不理他，如同没看见一样。他是多么冷落、孤独呀！

他对红薯地里的那几个妇女看得更仔细了，他一个一个地盯住看，先看脸，再看头，从头到身子，浑身看仔细，恨不得一下子看出，那里面有一个是妈妈。他多么渴望着妈妈在她们中间出现呀！可是他大失所望，里面没有

一个是妈妈。他发现她们在不时地看他，也好像隐隐约约地听见她们在谈论他。有的说："那个是谁家的小孩呀？这么小来地里干什么呀？"另一个说："这么小的小孩在路上很危险的。世道这么乱。谁家的大人这么不经心，让这么小的小孩跑出来，太危险啦。"萌萌一直盯住她们看，突然有一个年纪大一点儿的，长得像妈妈模样的女人走了过来。萌萌紧张、害怕，不知道她要来干什么。他瞪着眼看着她，心里扑腾扑腾乱跳，抽搐着嘴唇，几乎就要哭出声来。

那女人走到他跟前，笑眯眯地说道："小孩……"还没等她说完话，萌萌就大哭起来，嘴里还不停地打着嗝。他哭得那么悲惨，让人听起来揪心、动肝。那女人眼泪欲滴，满脸惆怅。她慢慢地，小心翼翼地，温温柔柔地说："孩子，别害怕。"她先轻轻抓住他的手，再把他抱起来。萌萌感到了那女人的温暖，他有一种在妈妈怀里的感觉。他不哭了，两只圆溜溜的眼睛直瞪着抱他的那个女人。

萌萌在这几个女人中找不到妈妈，心里憋得很想大哭出来。但在野地里，周围没有一个熟人，他只得把冤屈憋在心里，没有哭出来。这女人一来他跟前，他再也憋不住了。这女人的怜悯之心油然而生，眼泪不由自主地掉下来。她哭着说道："别哭啦，孩子。来叫我看看是怎么啦。不哭，不哭，好孩子，不哭。"萌萌不哭了，那女人再问他的名字以及他为什么来到地里。他说他叫萌萌。他用小手指着前面那个村庄，说道："我去那儿找妈妈。"

常言说：狗记路，猫记家，小孩记着姥姥家。萌萌说不出姥姥家所在的村庄的名字，但他知道姥姥家就在那里。他自己也会去。因此，他只能用手指，不会说。

那女人又问："你妈为啥会在那儿呀？"

萌萌说："我姥姥家在那儿。"

那女人明白了萌萌的话，她重复着问道："你是去你姥姥家找你妈的，是吗？"萌萌点了点头。

那女人又问："你妈妈去你姥姥家为啥不带你去呀？"

那女人这么一问，好像戳住了萌萌的痛处，他更感到委屈了，又大声哭起来。她又费好长时间才把他哄住。

"走，我送你去。你自己不行。"说着，她把萌萌放下来，牵着他的手，慢慢地向朱庄走去。

萌萌拉着她的手，迈着轻松的步伐，心里想："上次跟着妈妈去姥姥家时，也是这个样子。妈妈左手拎着篮子，右手牵着我，一步一步走到了姥姥家。今天我牵这个手与妈妈的一样。"他不时地抬头看她，一次，两次，三次。

那女人好奇地问："你为啥老看我呀？孩子。不认识，是吧？"

萌萌直截了当地回答："你像我妈。"

那女人更感到这个孩子的可怜了。她想这孩子一定是很长时间没有见到妈妈了。她也是个母亲，她深知离开母亲的孩子是多么的痛苦。她问萌萌："你多长时间没见你妈妈了？竟一个人跑出来找妈妈。"

萌萌也说不出究竟有多长时间，只是点点头，表示很长时间了。

那女人也不知道萌萌家里究竟发生了什么事。她深深地体会到：没有娘的孩子最痛苦！没有娘的孩子最可怜！为了安慰萌萌，她说："孩子，你就把我当成是你妈妈，行吗？"萌萌满意地点了点头。

他们就要走到姥姥家的门口时，萌萌指着前面院子说："姥姥家。"

那女人松开萌萌的手，说道："你去吧，孩子，慢慢地。到姥姥家里就见到妈妈了。我回去啦，我还得去地里干活呢。"

姥姥家的院墙是截腰高的土墙，没有头门，墙头上靠着一些秫秸、谷子秆、花柴之类的柴火。姥姥家有两所住房和一间小厨屋。住房是堂屋和西屋。堂屋（北屋）三间，姥姥住在东间，姨住在西间。西屋两间，由舅舅和妗子住。一间小厨房在东边。院子不大，但有个四合院的样子。萌萌沿着西屋的南山，小心翼翼地往前走，心里想着最好一下子看见妈妈。不然就先看见姥姥，由姥姥领着走进姥姥的房间。这样就安全了，一切都不怕了。当他正在思索中，姥姥家的小花狗不声不响地、摇头摆尾地、满腔热情地出来欢迎萌萌的到来。它首先闻闻他的脚，随即扑到他身上，舔他的脸，衔他的手，两条前腿趴在他的肩上，弄得他一下子不知所措。小花狗的友好、热情，萌萌感到非常欣慰。他把找妈妈的事全忘了，他由愁眉苦脸，变得喜笑颜开了。他用两只小手握住小狗的两条前腿，猛地一推，把小狗推翻在地。小狗急忙爬起，变本加厉地纠缠萌萌。正当他得意扬扬地与小狗玩时，忽然看见

113

两只脚站在他的面前。他抬头一看,他妗子高大的身子站在那儿。面孔是冷酷的,两片嘴唇紧紧撮在一起,噘得高高的;当他看她的眼睛时,好像无数条钢针从她那凶残的眼睛里射出来,毫不留情地射到他身上,射得他浑身针扎似的,精神紧张不安。顷刻间,他害怕起来,像老鼠见猫一样紧张。他不敢看她,刚才的喜悦心情一下子跑得净光。他最怕妗子的眼睛,她的眼光好像是强大的磁铁,而他好像一块小小的铁块,妗子眼睛的磁力,牢牢地把他吸住,他身体像没有骨头一样,畏缩成一团,一动也不动。心里哆嗦,两手抖动,像被老猫捉住的小老鼠,没有任何挣扎的余地,只有任其摆布。小花狗依然上蹿下跳,接连不断地对他发出友好信号,但这并不能缓解他的紧张情绪。他妗子使劲踢它,叫它滚开,但它继续不断地纠缠他。

"谁叫你来的呀?"萌萌的妗子先开口问。

"我自己想来的。"萌萌唯唯诺诺地回答。

"你来干啥?"妗子继续追问。

"我来找俺妈。"萌萌直言不讳地回答。

"你妈早就死了,你永远也见不到她了。她怎么会在这儿呀?"妗子毫不忌讳地把事情的真相告诉了萌萌。

萌萌一听见妗子把妈妈与死联系到一起,顷刻燃起一腔怒火,一股压抑不住的勇气涌向心来,朝着妗子拿出全身力气狠狠地顶了一句:"我妈没有死!你骗人,我奶奶说她在这儿。"

萌萌的妗子感到很惊奇。在她看来,萌萌从来就是胆小怕事,谨小慎微,从来不大声说一句话,也从来没有直眼看过她。可是今天他怎么啦?对她说话不但嗓门高,腔调硬,充满火药味,还带着一种挑战姿态。她诧异了。她心想,小小孩儿,哪来的这个勇气和胆量!这种反差使她怎么能接受得了!她气势汹汹地说:"小孩儿,不识好歹,你不相信,你找吧。看谁骗了你。"妗子拔腿走了,把小花狗也带走了。

萌萌一个人站在那儿。他真的蒙了,他昼思夜想、梦寐以求、整天哭闹着想找的妈妈,真的死了吗?他实在是不相信。奶奶说:"她在姥姥家,过几天就回来了。"而妗子说"她早就死了,永远见不到她了"。谁说的是真的呢?究竟谁在骗自己呢?他虽然对妗子说话那么嘴硬,但这么多天见不到妈妈的事实,使他开始怀疑奶奶的话。

第六章 妈妈，你在哪里

　　事情就是这么奇怪，在不少情况下，自己的亲人正是欺骗自己的人。萌萌对奶奶的话将信将疑，对妗子的话也是模糊不清。他不知道谁的话是正确的，也不知道谁在欺骗自己。按常理，他应该相信奶奶，因为奶奶待他亲，他也喜欢奶奶。一个人应当相信的人，是待她最亲的人。妗子的话使他最不容易相信，因为妗子烦他，他也讨厌妗子。把她们的话与事实对照时，待他亲的人的话与事实对不上；而烦他的人的话倒很符合事实。他无所适从了，进退两难了。他一个人站在哪儿，很久很久。

　　小花狗又跑出来欢迎萌萌了，仍然是摇头摆尾地欢迎他进去。妗子出来追赶小花狗时又看见萌萌还在那站着，她不耐烦地问萌萌："你这个小孩儿，不是告诉你了吗，你妈妈已经死了，根本不在这儿，你怎么还不走哇？"

　　萌萌好像现在也不怕她了，他说："我找我姥姥。"

　　她对他说："你姥姥不在家，你走吧。"

　　她说了一声，扭头就走了。萌萌连再问的机会也没有。姥姥不在家，在哪里呀？今天回来不回来呀？这一系列问题都无法得到答复。他彻底绝望了。妈妈看来真的不在这里，姥姥也见不到，只得回去了。来这里奶奶本来就不知道，现在赶快回去，空跑一趟，权当没来。

　　正当萌萌垂头丧气地往回走时，听见有人说："那不是萌萌吗？萌萌，你怎么来的呀？你现在去哪儿呀，孩子？"这是萌萌姨的声音。

　　萌萌抬头一看是姥姥和姨姨从那边过来了。他大步向她们跑去，一下子趴到姥姥的腿上，"哇"的一声大哭起来。哭得上气不接下气，泪水顺着脸流，他哭得那么伤心，那么可怜。姥姥和姨姨也情不自禁地哭起来，他们双方都是悲伤得说不出话来。姨把萌萌抱起来，自己也流着眼泪，用手绢不停地擦萌萌的眼泪。姥姥先开口问萌萌："孩子，你咋来到这儿呀？你现在去哪里呀？"

　　萌萌哭了一阵子后，慢慢缓过劲来。他对姥姥和姨说："我来找妈妈，我奶奶说我妈妈在这儿，领我去见妈妈呗。"萌萌挣扎着从姨的怀里下来，要拉住她俩去见妈妈，随即三人又伤心地大哭起来。

　　尽管萌萌拉住她们要求去见妈妈，可是她们像没听见一样，谁也不动一步。然后，萌萌又问："妗子说妈妈死了，再也见不到她了，是真的吗，姥姥？"

她们俩谁也不回答他的话，光看见她们不停地擦眼泪，随即姥姥把话锋一转，问："萌萌，是你奶奶把你送到这里的吗？"

萌萌回答："不是的。"

姥姥又问："是谁送你来到这里的呀？"

萌萌答："是我自己来的。在路上碰见一个大妈，她把我送来了。"

姥姥问："那个大妈呢？"

萌萌答："她又回去了。"

姨姨问："你奶奶知道你来这里吗？"

萌萌答："不知道。"

姨姨问："你姐姐知道不知道？"

萌萌答："我姐姐也不知道。"

姥姥说："你这个傻孩子，一个小孩子跑到这里，跑丢了怎么办？以后千万不能一个人来了。"

萌萌说："我很想俺妈妈，我奶奶说妈妈在这里，我就来了。"

姥姥又是不接萌萌的话，她让姨告诉舅舅去洛家庄告诉萌萌的奶奶，以免她挂念。

姥姥又问萌萌："你现在打算去哪里呀？既然来到这儿了，为啥又要走哇？"

萌萌回答说："我妗子说你不在家，她叫我走。"

姥姥接着说："我不在家，我也没远去呀。我很快就会回来的，无论如何也不能让孩子走哇。"

姨说："她竟说出这样的话，真不像话。"

萌萌只把妗子说的话向姥姥和姨姨学了学，对她那不堪入目的脸和狰狞可怕的眼，他无法用言语对她们说，只有他一个人心里知道，无法让第二个人明白。

萌萌不哭了，姨问萌萌："饿了吧，孩子？"

萌萌点了点头。姥姥说："咱们赶快回去，该吃饭了，孩子一定很饿了。"萌萌跟着她们去姥姥家。她们走到院子里时，正好碰见妗子从厨房里出来往水缸里打水。她看见萌萌时没有说话，没皱眉，也没瞪眼，只是不理睬他，如没看见一样。萌萌不敢看她，低着头拉着姥姥的手，急忙走到姥姥的住室。

这天正好姥姥家里有客。客人是妗子她爹。他是带着小孙子来看望闺女的。怪不得妗子如此地讨厌萌萌的到来。原来是她爹来了，她要为爹爹做好吃的。恰在这时候萌萌来了，使她很不舒服。这天的午饭是捞面条、油馍、炒鸡蛋、豆腐白菜炖粉条。姨先拿了一张烙馍卷了一兜子菜，拿到姥姥屋里送给萌萌，并且说："这孩子还好运气，他来这里正好我们有客，而且恰好是嫂子她爹。要不然妗子会做这么好的饭吗？客人吃好的，我们也沾光。"

没等萌萌把馍吃完，姨姨又给他端了一碗捞面条。手擀的、纯白面的。浇头是鸡蛋、豆腐和粉条。看着舒服，闻着喷香。看见流口水，肚里打咕噜。平常很少见到面的萌萌，吃着这饭，那个香味是无法用语言表达的。他三口并作两口地把烙馍吃完了，又狼吞虎咽地把捞面条吃完了。姥姥和姨看着他吃饭的样子，脸上表现出高兴、难过、可怜的样子。姨问萌萌："吃饱了吧？"

她没有问他"吃饱了没有？"也没有问他"你还想不想吃了"？而是说："吃饱了吧？"

她们俩都想让萌萌痛痛快快地吃饱，但又怕他控制不住自己，吃得太多，吃坏肚子。她们的这种担心并不多余。在这样的年代，吃坏肚子的大人，大有人在；更何况他是一个四岁的孩子。她们不是问"你还吃不吃了？"也不是问"你吃饱了没有？"实际上她们都怕他说"我不饱，我还要吃"，如果这样说了，她们若不让吃，怕他不高兴，如果让吃，怕他吃坏肚子，这两种情况都是她们不愿看到的。她们用"吃饱了吧"这样的话引诱出"吃饱了"的答话，哪怕是勉强，也达到了她们不让他再多吃的目的。萌萌也确实随她们心愿了。他说了声"吃饱了"。其实，萌萌心里也很矛盾，按分量说，吃的已经不少了，已经吃饱有余了。按感觉说，也有矛盾，肚子感到撑得很，可是嘴里感觉还想吃。由于她俩问的是"吃饱了吧"？所以他就顺着她的话说了声："吃饱了"。

萌萌吃饱肚子以后，心里特别高兴。饭前的委屈、痛苦全忘了，满脑子全是吃罢佳肴的快乐。他在堂屋里兴高采烈、手舞足蹈、忘乎所以、自我享受的时候，他妗子一脚跨进门槛，恨恨地瞟了他一眼，他的情绪马上低落下

来，灰溜溜地钻进了东间姥姥的房间里，静悄悄地等着姥姥的到来。

第二天上午，姥姥的娘家来报丧，说是姥姥的叔父死了，要求姥姥去参加葬礼。姥姥、舅舅朱平、姨朱琳都得去。家里就留下妗子、萌萌以及昨天跟着爷爷来的那个妗子的小侄儿，名字叫小童。姥姥也知道萌萌留在家不合适，要求把她带到娘家，但舅舅不同意，他说："我们是去奔丧的，带住萌萌不合适。"

姥姥说："没别的办法呀。如果早知道奔丧的事，咱把萌萌给他奶奶送回去，现在来不及了，只有把他带上。"

舅舅说："我对她妗子交代一下，让她好好看着这两个孩子。这两个小孩年纪差不多一样大。俩小孩在一块玩反而省心。"

妗子也同意让萌萌留下来，她负责照顾两个孩子。她对婆婆说："你放心吧，我一定把萌萌照顾好。"

姥姥她们不太相信妗子的话，还是担心萌萌留给她会受委屈，但她实在没办法。她去时对萌萌说不要与妗子顶嘴，不要与小童吵架。萌萌虽然心里很不想留下来，但当时的气氛迫使他只有听从姥姥的安排了。

姥姥她们走后，萌萌与小童在一起玩得还不错。萌萌在姥姥的抽斗里找出一把小刀，用小刀刻萝卜人、萝卜狗、萝卜猪。小童看见很羡慕，再三请求萌萌能否让他玩一会儿。他也很想用这个小刀刻小人、刻小动物。

小童说："萌萌哥，让我用用你的小刀吧？"

萌萌说："别，这小刀可利啦，你用不好，会刻破手的。"

小童说："我不会小心些吗？我不会刻着手的。"

萌萌说："你的手要是刻流血了，你姑姑又要骂我了。"

小童说："我不会刻流血的。流血了我也不埋怨你。"

萌萌说："那好吧，咱俩得拉钩。"

小童说："好，好。"

于是，两个孩子都伸出右手的食指，紧紧地勾在一起，嘴里说着："拉钩作证，一百年不改动；要是把手弄流血，绝不会怨萌萌。"萌萌把小刀给了小童并叮咛他："你用一会儿得还给我。"

小童说："我一定还给你。"

小童用萌萌的小刀玩儿了很长时间以后，萌萌对他说："小童，叫我玩儿

— 第六章 妈妈，你在哪里 —

一会儿小刀吧？"

小童说："我还没有玩儿够呢，等一会儿再还给你。"

等了一会儿以后，萌萌又说："小童，叫我玩儿一会儿小刀吧？"

小童说："我还没有玩儿够呢，再等一会再给你。"

又等了一会以后，萌萌又说："小童叫我玩儿一会儿小刀吧？"

小童有些不耐烦了，很不讲理地说："要、要，我正在玩儿着呢，为啥要给你呀？给你了，我玩儿啥呀？"

萌萌一看小童不想还给他小刀了，很生气，伸手去夺小刀。小童抓住不放。萌萌硬要夺。萌萌有理，很有信心，力气很足。小童无理，心里很虚，力气不足。所以萌萌轻而易举地把自己的小刀夺回来了。可是把小童的手划破了皮，鲜血直流。他大哭小叫，跑着去找他姑姑。他对姑姑说："萌萌用小刀打我。"并伸出血淋淋的手让他姑姑看。他姑姑急忙跑过来责问萌萌："萌萌，你干吗欺负你小童弟弟呀？"

萌萌说："我没欺负他。"

她问："童童的手为啥会流血呀？"

萌萌说："他为啥不还我小刀呀？我夺我的小刀啦。"

她又问："你的小刀？你从哪儿弄得小刀呀？"

萌萌说："我从姥姥的抽斗里拿的。"

她说："这不对啦，这个小刀是我们的，怎么会是你的小刀呢？你不吭气从抽斗里拿小刀，说明你是偷我们的小刀。"她在说萌萌时，小童一直吵着要萌萌手里的那把小刀。她最后说："这把小刀是我们的，你不能要，你得把它还给小童。"

萌萌说："我不给，这个小刀是我的，我不给他。"

她说："你这孩子怎么不讲理呢？明明是你偷我们的小刀，为啥还要说是你的呢？"

萌萌说："这是我的小刀，我不是偷的。"

她说："我早就知道你嘴硬。今天你不给就是不中。"她说着用左手抓住萌萌的两只小手，右手去夺取萌萌手中的小刀。萌萌的小手哪有她的力气大！在这种情况下，萌萌要想保住自己的小刀，根本是不可能的。他怒火万丈。他急中生智，他唯一能用的武器就只有嘴巴了。他把昨天以来对妗子的

仇恨集中在一起，在她的手腕子上狠狠地咬了一口。咬得她"哎呀"叫了一声，随即放开了萌萌的手。她忍着痛，用她那无情的手，向萌萌的头上重重地打了一巴掌。一个非常幼小的、还嫩油油的脑袋，经不起她那成人巴掌的猛击。萌萌感到头痛难忍，天旋地转，立即倒在地上，伸着腿，闭着眼，一动不动。

小孩子最常用的逆反动作就是哭。他哭得越厉害，说明他的逆反心理越强。他心里不舒服时，他就哭；别人欺负他的时候，他就哭。哭是一个孩子的正常反应。可是，萌萌现在不哭，说明他已经失去了自治能力。她害怕了。她以为萌萌被她打死了。她开始自责了，她后悔不应该打得这么狠。她吓得头皮发麻，心发蒙，四肢发软，浑身哆嗦。她心想：这回可闯了大祸了。她把手放在萌萌的鼻孔处，她感到有一些热气在碰她的手。她马上高兴起来了，他没有死，谢天谢地。她又看看萌萌的头部，除了有一片红外，别的没有发现打的痕迹。她更高兴了。她心想：这就没有关系了。发红，好办，停一段时间就恢复过来了。只要没有外伤，就没有打他的证据。她站起来，定了定神，抱住小童离开了现场，大模大样地、装着像没事一样地走了出去。

萌萌一个人躺在堂屋的地上，眼闭着，显示生命痕迹的肚子一高一低地在微动。

他感到自己轻飘飘的，可以飞起来，可以飞到房上，飞到树上，飞到云端，也可以飞到天上，可以腾云驾雾，飞到天涯海角。

他感到他有无比强大的力量，他可以拔掉一棵大树，也可以推倒一所房子。他可以排山倒海，也可以呼风唤雨。他有坚强有力的嗓门，可以发出巨大无比的声音。他还可以听到天涯海角，听到任何地方。

他忽然感到，很想见妈妈。妈妈在哪儿呢？她没有在家。奶奶说她在姥姥家。可是，在姥姥家为啥也没有看见她？她去哪里啦？他想："既然我有这么大的力量，有这么高的嗓门，为什么不高声叫妈妈呢？妈妈听见我叫她时，肯定就马上回来。对，这是个好办法。用不着到处跑着找她了。"于是他用最高嗓门，使出全部力气叫："妈妈，你在哪里？妈妈，你回来吧，我想你。妈妈，你在哪里？妈妈，你回来吧，我想你。我是萌萌呀，妈妈，我想你……"他这样叫喊着，一直叫喊着。

他的喊声在海底盘旋，在山巅回荡，在空中飘扬。他的喊声震撼了五湖四海，震撼了山川五岳。一切生灵为他的喊声怜悯，万事万物为他的喊声悲叹。

　　他侧耳细听，听见远处传来一个细微的声音："萌萌，我的乖乖，我可怜的孩子，我在这儿，我是妈妈，我就要回来了，妈妈就要回来了。"

　　萌萌猛然狂叫起来："妈妈的声音，妈妈的声音。"随即又叫："妈妈就要回来了，妈妈就要回来了。"

　　萌萌睁大眼睛，全神贯注地朝着有声音的方向仔细观察着。

　　萌萌再次竭力地叫："妈妈，我想你，妈妈，你在哪里？妈妈，你回来吧。"

　　那边传来的回声："萌萌，妈妈在这儿；孩子，妈妈回来了。"

　　远处传来的声音，由远到近，声音也越来越高，远处也出现了一个黑影。由远到近，由小到大，由模糊到清晰。萌萌看清楚了，这就是妈妈。然后两人一对一答地叫喊起来。

　　萌萌："妈妈，你在哪里？"

　　那人："萌萌，我在这里。"

　　萌萌："妈妈。我想你。"

　　那人："孩子，我也想你。"

　　萌萌："妈妈，你回来吧。"

　　那人："孩子，我这不就回来了？"

　　那人很快来到面前，她就是妈妈。萌萌狂喜起来，叫着："妈妈回来了，妈妈回来了。"当妈妈走近时，他看见她那红润细嫩的面孔，温欣柔情的笑容，爱意深深的眼睛里，射出无数条宽慰可亲的光芒。她伸出暖洋洋的双臂去拥抱萌萌，萌萌也情不自禁地投入妈妈的怀抱。妈妈紧紧地抱住他，忙乱不堪地狂亲他，亲他的头，亲他的脸，亲他的鼻子，亲他的眼。萌萌一动不动，一声不响，尽情沐浴着妈妈赋予的爱河。一阵亲吻之后，他们由狂喜转为悲痛。

　　萌萌哭着说："妈妈，我想死你了，你去哪儿了？我到处都找不着你，你怎么不回来呀？你不要我们了吗？"

　　妈妈哭着回答："孩子，我也想死你们了。我去很远的地方了，我舍不了

你们，但人家不让回来。今天我听到你叫我，我就回来了。"

娘儿俩拥抱了一阵子，哭了一阵子后，慢慢镇静下来。妈妈先开口问萌萌："孩子，你怎么来到这里呀？"

萌萌回答："我来找你。奶奶说你在姥姥家，所以我来找你了。"

妈妈问："姐姐呢？"

萌萌答："在家呢。"

妈妈问："奶奶还好吗？跟着奶奶可以吧？"

萌萌答："奶奶好，奶奶待我们可亲了。"

妈妈高兴地说："这就好，我不在家，有你奶奶照顾你们，不也是一样吗？"

萌萌对妈妈说："童童要我的小刀。"

妈妈问："你给他了吗？"

萌萌说："他本来说用用还给我，俺两个还拉钩了。他用了以后，不还我，我夺回来了，割破了他的手。"

妈妈说："这多不好，割破手不痛吗？他不给你，你再等一会儿呀。"

随后，萌萌又上气不接下气地哭起来。妈妈急忙把他抱在怀里，很关切地问："怎么啦，乖乖？怎么啦？"

萌萌说："妗子夺我的小刀，还打我的头，可疼啦。"

妈妈说："妗子很不好，我要找她算账，并把小刀给你要回来。"妈妈的话极大地安慰了萌萌，解除了他心中的怒火，为他出了一口气，他心中才算平静下来。

然后，妈妈伸手去打开她带的盒子，嘴里说着："孩子，你看我给你带的啥？"

萌萌忙说："带点啥呀，妈妈？"

妈妈亲切地说："带的是你最爱吃的东西。你猜猜是啥？孩子。"

萌萌说："我最爱吃的是荠荠菜；最不爱吃的是咪咪蒿。你给我带来的是荠荠菜吗，妈妈？"

妈妈说："傻孩子，你说那都是野菜。妈妈哪能给你带野菜呢？野菜再好吃，也没有种的菜好吃……"

萌萌说："种的菜？菠菜、萝卜、白菜……都好吃。你给我带来的是种的菜吗？啥菜呀，妈妈？"

妈妈说："种的菜再好吃，也没有窝头好吃……"

萌萌说："你给我带来的是窝头么，妈妈？窝头也很好吃。奶奶蒸的窝头，她都不吃，她说她不爱吃，她光叫我和姐姐吃。你给我带来了多少窝头呀，妈妈？我想给奶奶带回去一个。"

妈妈说："我给你带来的不是窝头，而是比窝头更好吃的东西。"

萌萌惊讶地说："呀！那你带来的是啥呀，妈妈？"

妈妈慢腾腾地说："窝头再好吃，也没有白面馍好吃呀。"

萌萌一听"白面馍"三个字，高兴得跳了起来。急忙问妈妈："你真的给我带来白面馍了吗，妈妈？"

妈妈说："真的，孩子。是白蒸馍。"

萌萌急得马上就想吃到嘴里，说："太好了！快拿来叫我吃。妈妈，你真好，给我带白蒸馍吃。"

妈妈不以为然地说："孩子光说傻话。哪有妈妈不待儿子好的！白蒸馍好吃，不假。我还给你带了比白蒸馍更好吃的东西呢。"

萌萌很不理解地说："咦！那是啥呀？"

妈妈说："你猜猜。"

萌萌说："我猜不着。"

妈妈说："我还给你带了肉呢，还是红烧肉。你不是最爱吃红烧肉吗？"

萌萌的口水就要流出来了，他急得一刻也等不下去了。

妈妈顺手把盒子里的白蒸馍和红烧肉递给了萌萌，还随手递给他一双筷子，说："快吃吧，孩子。我知道这是你最爱吃的。"

萌萌很快吃完了一个白蒸馍和一碗红烧肉。

妈妈很关心地问他："吃饱了吗，孩子？"

萌萌愉快地回答："吃饱了，妈妈。"

萌萌反问妈妈："妈妈，你去哪里啦？怎么老不回来？"

妈妈说："我去了很远很远的地方。人家不让回来。"

萌萌说："妈妈，不要再去啦。"

妈妈说："我不去不行呀，人家叫我去呢。"

萌萌说："我也去，我想跟你去。"

奶奶

妈妈说:"好孩子,听话,别跟我去,人家不让小孩去。你跟着奶奶在家,还有姐姐,你们在一起。很快咱们这里就要解放了,咱们穷人就要翻身了。那时你们就该过幸福生活了。你也慢慢长大了,我想叫你去上学,不但上小学,还要上中学,上大学,我还想叫你出国呢。好好听奶奶的话,长大好好孝顺奶奶。"然后,妈妈说:"孩子,你回去吧,我要走了。"妈妈说着就要动身离开。萌萌紧拉住她的手,哭着说:"妈妈,你不要走,妈妈,你不要走。我想你,我想你,妈妈,妈妈,妈妈……"

就在这时,姥姥和姨她们奔丧回来了。她们看见萌萌躺在地上,嘴里喊着"妈妈,妈妈",眼里直流着泪水。姨姨急忙把他抱起来,说:"可怜的孩子,恐怕还没吃饭吧?"

"醒醒,孩子,醒醒。"姥姥轻声地叫着。

姨说:"肯定是又想妈妈了,睡梦中还哭着叫妈妈呢。"

萌萌醒过来以后,"哇"的一声哭起来。他哭着对姥姥和姨说:"妈妈回来了,还让我吃了白馍和红烧肉。"

她俩知道他说的是梦话。她们故意问他:"你妈妈现在在哪儿呀?"

萌萌说:"她又走了。"

她们又问:"去哪儿了?"

萌萌说:"不知道。"

她俩说:"管她去哪里呢?咱不管她。"

萌萌哭着用手指着头说:"疼,疼。"

萌萌被妗子打晕过去以后,他梦见了妈妈,妈妈还给他带来他最爱吃的白蒸馍和红烧肉,他做了一个甜蜜的梦。姥姥把他叫醒以后,他受伤的脑子非常疼痛,但他说不清楚他的头是如何的痛法,也不会把痛与挨妗子的打联系起来。他身上又没有外伤,所以这次打是白挨了。

萌萌对姥姥说:"妗子打头。"

姥姥开始怀疑在她们走后的这段时间里,家里发生了什么事。甚至初步认定,他妗子又对他使了什么坏。她想,萌萌指着头说痛,又说妗子打头,那么痛肯定是妗子打的。她马上意识到儿媳妇对待萌萌有一种不可饶恕的罪过。究竟是什么罪过,因为萌萌说不清楚,所以她也很不明白。姥姥把她的想法告诉了儿子朱平,让朱平问问妻子赵省。

——第六章 妈妈，你在哪里——

朱平问赵省："你打萌萌了？"

赵省说："谁打他了？他那么一小点，我一个老大的人了，怎么会打他呢？"

朱平又问："他指着他的头说疼，又说你打他的头了，这是怎么回事？"

赵省辩解道："事情是这样的：他拿咱们的小刀，小童也想玩玩。可是萌萌不让他玩，小童就哭。我说让小童玩玩，萌萌还是不让小童玩。我想把小刀从萌萌的手里拿过来递给小童。等小童玩一会儿以后，再给萌萌，这不是很好吗？我伸手去拿小刀，当我把手伸过去拿住小刀时，萌萌用力咬了我一口。他人小，但咬劲可大了。我痛得打哆嗦，我赶快把他的头扒拉开。也可能我的手有些重。因为胳膊痛，所以也顾不得那么多啦，就是这样。小孩儿，说我打他的头，整天吃我做的饭，反过来还来诬赖我，真不是东西！"

赵省对丈夫说的话的真实性无从考证。赵省不承认，萌萌不会说。从她说话的口气中，好像她是个受害者。朱平对妻子的话也不完全相信，但又拿不出证据。他把这一番话告诉了妈妈。妈妈也觉得无可奈何。再者，即使萌萌挨了打，从他的言语和行动看，并没有大碍。因此，不再追究，不了了之。

按说赵省把萌萌打晕这件事，就算告一段落了，但赵省不拉倒。事情就是这么奇怪，如果姥姥他们对萌萌的挨打非弄个水落石出不可，赵省就会站在被动地位，应付婆婆和丈夫的盘问，想点子、编瞎话，不让他们找出自己的过错。一旦她打萌萌的事实有了证据，她就抵赖，死不承认。在这时，如果姥姥他们宽大为怀，不再追究，赵省就会老老实实，不再生事。现在的问题是姥姥他们过早地放弃，赵省反而由被动变主动，没事找事，反咬一口，强词夺理，叫嚷不能拉倒，要求把此事弄得清清楚楚，还她一个清白。丈夫对她的询问算是捅了她的马蜂窝，她气冲冲地找到婆婆说："问我打他了没有，我怎么打他了？我对他是好心落个驴肝肺，操心不叫好。我是天大的冤枉，他头疼，我看他不是头疼，而是肚子疼。这么一点儿个小孩，吃那么多，还不吃坏肚子？怎么是头疼呢？我看呀，还是让他赶快回去吧。他要继续在这里，对我对他都没好处。我是妗子，我待他再好，也落不好，这我早就知道。常言说：'人的三不亲是：姑夫、姨夫、舅的媳妇。'妗子是不亲的人。这是注定的。我待他再好，也不可能落好。所以，我就没有落好的想法，落

好落不好，没关系，我不在乎。可是，对他哪，刚一来就吃坏肚子，再在这儿几天，就会吃崩了肚子，到那时我可担当不起呀。你想想，吃我做的饭，吃坏了肚子，还要我来负责，我是推磨挨推磨棍——出力还挨揍。因此，我的意见，还是让他回去吧。"

婆婆对媳妇的话很反感，但又无法解释，这牵扯到对萌萌的感情问题，要想让她对萌萌有个好的感情，距离太大。因此，她不想说别的，只是意味深长地说："这孩子太可怜啦，这么小就失去了爹娘，有一点儿良心的人，都会有怜悯心的。孩子小，家里生活又不好，在姥姥家住几天不是很正常吗？不要说一个没娘孩儿啦，就是有爹有娘的孩子，也是经常在姥姥家的。你没听人说：'外孙去姥姥家——常来常往'。请你忍耐一下，我理解你的心情。念你妹妹的份上，让萌萌多在咱家几天，萌萌他妈在天之灵对你会很感激的，不看僧面看佛面。"

赵省对婆婆的话是有苦难言，她认为婆婆含沙射影地说她没良心、没怜悯心，使她很生气。本想与婆婆大闹一场。可是婆婆让她忍耐一下，还劝她不看僧面看佛面等，这极大地安慰了她。她的怒火一下子消失了。她看看依偎在婆婆怀里的萌萌，回忆起他刚来时她对他的态度，又想起她重巴掌把他打晕过去的情景，她有些内疚了……

奶奶

第七章

生活来源靠拾荒

日本投降以后，洛家庄所在的广大豫东地区仍被国民党统治着，按陈奶奶意见，要在洛家庄实行土地改革，推翻地主阶级，把地主的土地和财产分给广大贫苦农民。但上级领导说："你们周围条件不成熟，在每一个村庄搞土改，恐怕有后遗症，弄不好损失会更大。现在你们韬光养晦，汇集力量，不久的将来，与其他村一起搞土地改革，让广大贫苦农民彻底翻身。"

农民的日子逐渐下降，经过几年的抗日战争，人们的生活大不如以前，原来生活还能过得去的，现在变穷了；原来比较穷的，现在更穷了；原来比较富有的，也远不如以前了。奶奶家的生活，本来就很苦，现在更是雪上加霜。

花妮睡着了，萌萌也睡着了。奶奶在昏暗的灯光下瞧着两个孩子睡得香甜的面孔。她沉思着，回想着，也是在这么一个晚上，花妮对奶奶说："奶奶，俺妈说让萌萌俺俩跟着你睡。"儿媳妇朱珣说："妈呀，这两个孩子就交给你了。"同时，儿媳妇也担心："婆婆这么老了，两个孩子又这么小，他们今后怎么生活下去？她有能力把孩子养大吗？"

儿媳妇的话好像就在耳边萦绕，她的话的含义刻骨铭心。是呀，自己年纪这么大了，孩子又怎么小，今后怎么生活下去，自己有能力把他们养活大吗？奶奶连连询问自己，连自己也没有满意的答复。儿媳的担心不是空穴来风，也不是无端猜想，她的话是有根据的。家里没有地，没有人，一老两小，没有生活来源，怎么生活下去？这是一个非常现实的问题。她想到这里，她的前途暗淡了，目的渺茫了。生活中会遇到什么困难？如何克服这些困难？她没有任何把握，更谈不上什么信心了。

正当她眯缝着眼愁眉不展，心中无计时，她仿佛看见了丈夫洛培石出现在她的面前。她想起了与丈夫的一段对话，他的模样，他的表情，他的姿态，都历历在目，清清楚楚地展现在她的面前。

妻子："解放军来了就好了，咱们可以过好日子了。"

丈夫："你别高兴得太早了，这一天到来之前，还有一段更难熬的日子，叫作黎明前的黑暗。我最担心你们是否能挺得过去。你一定记住：任何时候都不能放弃。要坚持，再坚持，坚持就是胜利。"

奶奶反复琢磨："还有一段更难熬的日子，这是黎明前的黑暗。""任何时候都不能放弃，要坚持，坚持就是胜利。"奶奶本来就有坚强的意志和倔强的性格，有在逆境中生活的毅力和与困难做斗争的不屈不挠的拼搏精神。她振作起来了，不能向命运低头，不能向苦难妥协。逆境是必经之路，能勇于接受逆境的人，生活肯定有意义。要在逆境中拼搏，要在逆境中奋斗，这也是一种幸福。她坚信，没有克服不了的困难，没有逾越不过的坎，只要坚持不懈，就一定有光明的未来。

有远大的目标，还要有克服苦难的具体措施；有远大目标，才能有克服苦难的决心。有克服苦难的具体措施，才能达到远大目标。那么，奶奶究竟有什么克服生活苦难的具体措施呢？

她唯一的措施就是拾荒、采集和挣钱。

拾荒：具体地说，就是拾麦、拾高粱、拾红薯和拾棉花。

拾麦

拾麦就是到主人收罢麦子的地里，把落下的麦头、麦秆拾到家里。

收麦的过程是：把麦子铲倒后，用耙子搂成堆，用叉子装到车子上，再用牲口拉到麦场上。麦棵细麦穗小，在收割过程中，很容易落下。麦子是北方人爱吃的食品，所以拾麦人很多。

每到收麦季节，奶奶一家三口人，集中力量，全力以赴，尽量多拾些麦子。每天一大早，天还黑乎乎的，奶奶就把花妮和萌萌叫起来，简单吃些早饭，就带着东西出发。带的东西有：一个竹篮子，一根绳子，一瓦罐凉开水和几个黑窝头。走到拾麦地点以后，奶奶把篮子、水、窝头等放在地上，让萌萌坐在这里看守，她和花妮到周围拉麦地里拾麦。在广袤的田野里，收麦车寥寥无几，可是拾麦人黑压压的一大片。拾麦人之间，经常因为一个麦穗发生些矛盾，有时争吵几句，有时对骂片刻，偶尔也有动手动脚的。拾麦人经常遇到这种情况：当你伸手去捡一棵麦子时，手伸到半路，麦子却被别人抢走了。这时，你得有些气量，不要为此而与他过不去。拾麦人还经常受到收麦人的训斥，当麦子主人看见某一拾麦人走得靠前了，或者拾麦人捡的麦子离麦堆太近了，他会吆喝你几句，或者不干不净地说两句，也可能说些少头去尾的骂人话，拾麦人不要在意，有时装着没听见，转眼就过去了。有些拾麦人没有脾气，也没有尊严，不管主人吆喝什么，他总是冲在最前面，能拾到最多的麦子。

奶奶和花妮一般都在一块地拾，每拾够一把时，奶奶用麦秆把它捆起来，让花妮送到篮子里。渴了顺便喝口水，饥了吃点儿黑馍。若不饥不渴时，奶奶一般不去篮子那儿，她只是不时地观望一下萌萌是否还在那儿。有一次，奶奶去篮子处喝水。萌萌满怀自豪感和胜利者的优越，嬉皮笑脸地对奶奶说："奶奶，你看，我弄的麦子。"萌萌满以为奶奶会很满意而夸奖他，使他没想到的是，奶奶一看，一把整整齐齐的、肥头壮脑的麦子，显然不是拾的，而是从麦堆上拿来的。奶奶严肃地问萌萌："这把麦子是从哪里弄来的呀？"

萌萌满怀信心地回答："捡来的。"

奶奶："捡来的？从哪里捡来的？"

萌萌看到奶奶难看的脸色，感到事情不对，不是他想象的那样，而恰恰是相反。他马上收起了笑脸，换上了哭丧，说道："我从那个麦堆上拿的。"

奶奶："哦，从那个麦堆上偷来的。"

萌萌："我不是偷的，我是拿的。"

奶奶："主人不知道拿的，跟偷有什么区别？你这麦子就是偷的。"

萌萌低下头，一声不吭，泪汪汪的，甘听奶奶的训斥。

奶奶："赶快把它送回去。"

萌萌不声不响地把它送回了原处。

奶奶:"咱再穷也得有志气,再难也得有骨气。没有志气,就永远不会富;没有骨气,就永远立不起来。"

萌萌的脸上流露出窘态。

奶奶:"今后千万不能再干这事了。做事要堂堂正正,说话要实事求是。不能偷鸡摸狗,不能弄虚作假。"

萌萌点点头,说道:"记住了,奶奶。"

收麦人和拾麦人的心思永远不相投。收麦人是少数,拾麦人是多数。收麦人是富人,拾麦人是穷人。洛家庄的张强就是收麦人,他有地有势,总是气势轩昂,为所欲为。平时,穷人都怕他,看着他的脸色行事,怕他不高兴了给小鞋穿。因为像张强这样的人,掌握着穷人的命脉,他想收拾谁,就不租给他地,不借给他粮食,不雇用他干活,等等。他这么一卡,就要了穷人的命了,因为穷人没有任何别的生活出路。但在麦地里就不一样了,你收麦,我拾麦,咱俩的关系,只是收—拾的关系,仅此而已。你管不着我,我也不怕你。你即使对我不满意,也毫无办法。在张强的麦地里,大部分拾麦人都是当年在张强家里雇用的农工。抗日战争爆发后,这些农工基本上都参加了抗日游击队。张强正好不愿意雇他们,正想方设法解雇他们,苦于找不到理由。他们一参加游击队,就离开了张强的家,张强乘机把他们全部解雇。今天在地里,张强与他们又见面了。

有一位老太太在距麦堆不远处捡了一棵麦子。张强的收麦人王领看见了,骂她拿大堆上的麦子,并要求她把麦子送回原处。老太太说她没有拿大堆上的麦子,而是捡的。王领说她偷了麦子还不承认。老太太:"我没有偷麦子,你是诬赖我。"

王领:"你偷了麦子还强词夺理,真不要脸。"

他骂老太太不要脸,激起了老太太的激烈不满。她破口大骂,暴跳如雷,骂王领不是东西,骂他是狗生的,猪养的。她把王领骂得还不来口。即使这样,周围拾麦人都是偏向老太太,因为她是弱者,她是拾麦者,年纪大了;其次,也是最重要的就是王领是张强的人。周围这些拾麦人,大部分都是张强雇用过的人,他们对张强本来就有不解之仇,正想找机会与他算算账。周围拾麦人群起而攻之,齐声骂道:"你是啥东西!一个小屁孩儿,竟敢骂一个老太太,真混,想找死不是?"他们心如火焚,摩拳擦掌。不少人已经在那里动手动脚,忍耐不住了。王领吓得缩头缩脑,藏在其他人后面,不敢抬头,不敢叽咕一声。忽然他看见他的主人张强来了,他顷刻壮起了胆子,靠山来了,身上有劲了。他精神十足地说:"张主人,你看,他们欺负我们。他们说我们找死。"

张强一听,想亲自见识见识这位逞强者。

张强:"是哪位这么凶呀?说这个是混蛋,那个是找死。"

一个年轻人从人群中站出来,理直气壮地说:"是我说他混蛋,说他找死。"

张强一看,原来是李国栋,他是抗战前在他家带动农工闹权益的头头。是他,把爹爹闹得焦头烂额。今天他又出来了,看来他是与我们闹出经验了。真是冤家路窄呀!他想,今天的他,可不是当年的他。今天没有那么多伙伴拥护他。今天的我,也不是当年的我。当年我爹主事,我爹软绵绵的态度已经不左不右的立场,造就他甘受别人欺负,落个焦头烂额的下场。今天是我主事,我可不是任他们摆布的墙头草。他们硬,我比他们更硬。他们闹,我就抓他们,我先抓他们的带头人,然后收拾他们群众。我不信制服不了他们。他错误地认为李国栋是一个人,而他们是几个人,而这几个人是他家的铁杆干将。李国栋把他爹整得好苦这个仇,一直没报,一直压在他心里很不舒服。现在是报这个仇的时候了。他告诉王领:"王领,你去问问李国栋,谁是混蛋?"

王领气势汹汹地走到李国栋面前,出言不逊地问道:"你说谁是混蛋?"

李国栋毫不示弱地回答:"你是混蛋。你不但是混蛋,你还是狗腿子。"

没等王领说话,张强就忍耐不住了,他说:"伙计们,去教训教训他。不教训他,他是不会服气的。"

几个人像疯狗一样涌到李国栋身旁。李国栋不慌不忙地说道:"干什么?想打架呀?你敢碰碰我,试试!"

王领首当其冲,说道:"碰你怎么着?"说着他推了李国栋一下,把李国栋推个趔趄。李国栋伸手把他的胳膊拧到背后。另几个人前来帮忙,企图把李国栋摁倒。李国栋后边几个人正等着出手呢。双方扭打起来,王领的人只有四个,张强光站在那儿指挥,不亲自下手。李国栋这边人越来越多。来帮李国栋忙的人,基本上都是抗日游击队队员,他们大多数又是被张强雇用过

的。两个年轻人把张强的两只胳膊拧在背后,用绳子捆住,张强像飞燕似的弯腰站着。李国栋问张强:"你是愿打呀,还是愿罚呀?"

张强:"愿罚,愿罚。"

李国栋:"好,你愿罚。第一,这一块地的麦子让拾麦人全部拿走;第二,今后不准再欺负老百姓,若再有类似事件发生,我们就不客气了。"

张强"是,是"地点头。

拾麦人很不客气,他们用篮子装,用绳子捆,用胳膊抱,很快把一块地的麦子全部抢光了。他们得到麦子后,赶快离开。人光地净以后,李国栋把张强放开。张强没精打采地往回走,心里不住地算着:丢人了,丢大人了。丢人又损财,这是最不合算的买卖。在这么多人的面前被那些穷小子们拧个燕子飞,这是对我的最大侮辱。我本来不会说软话,平时只嫌爹爹说话软,做事慢。今天我也说软话了,我也不敢蛮干了。我怕他们打我,怕他们置我于死地。我答应了他们的要求。我现在体会到爹爹的心情了,理解了爹爹为啥答应农工们的要求了,我真正感知到爹爹的难处。

张强走了不远处,碰见了奶奶,说道:"陈奶奶,当年的抗日游击队队长,现在来地里拾麦,太屈才了吧?"

奶奶:"抗日战争时,我是队长,连你爹都看着我的脸色说话,生怕说的话我不高兴。日本投降以后,你们家又兴旺发达了,我来你的地里拾麦子。变化真大呀!"

张强:"我们家也是坚决抗日的,日本人是我们的死对头,我们家是遭受日本人摧残最厉害的,我爹差一点儿被日本人打死。你说说,咱们洛家庄哪一家遭到如此的损伤?"

日本人真的给他爹张承了一枪,这是因为他身为村长,日本人让他为他们服务,他不敢不从;但他又害怕陈奶奶这边的抗日游击队,他认为自己是中国人,不能当汉奸,不能落个汉奸的骂名。所以他在日本人和抗日游击队之间两面逢源,两面都不得罪,在夹缝中落好,达到自己利益的最大化。但在势不两立的对阵中,要想两面落好的可能性是没有的。日本人看出了他的不忠,毫不犹豫地给他了一枪,想结束他的性命。但这一枪没有打中要害处。日本人离开后,家人把他抬到家里,找医生就诊,细心用药,他慢慢恢复了健康。但身体大损元气,再加上他年事已高,卸掉了村长职务,他儿子张强当了村长。张强比他爹气盛，每逢牵涉群众事宜，他考虑欠缺，不顾后果，更不注意群众情绪。只嫌他爹保守，不果断，嫌他爹办事慢，办不成事。他以为自己有钱有势，不把群众看在眼里。这就是他丢人的根本原因。

奶奶："今天的事你可以吸取教训。群众是不可欺的，群众的力量是伟大的。谁要想与群众对抗，准叫他碰得头破血流。"

奶奶他们拾麦，一般都去南坡或北地，因为东地不种麦子，只种高粱什么的。南坡或北地都比较远，奶奶他们中午不回家吃饭，只在地里吃些窝头，喝些凉水。有时带的水喝完了，他们就在地里浇庄稼的水井里打些水喝。

晚上日头落山以后，地里看不见拉麦车时，他们开始整理所拾的麦子，准备回家。奶奶将一把一把的麦子塞进篮子，直到塞不下为止。把剩余的用绳子捆成一梱。

天已经黑了，地里的人越来越少。晚风已经升起，刮到脸上凉飕飕的。月亮那圆胖的脸，羞答答地露了出来。远处有灯火在移动，还有牛犊的叫声，打破了寂静的夜空。

奶奶把麦子整装好以后，动身回家。奶奶提着篮子，背着梱子，花妮背一梱麦秆，拎着瓦罐，花妮走在最前面，萌萌走在中间，奶奶在最后面，三人排成一行，摸着黑，沿着黑黢黢的具有两道深深车辙的土路，一步一步地向前移动。牛犊的叫声，听起来怜悯伤感；猫头鹰的呱呱声，让人悲愤忧伤。萌萌不禁喊叫出来："奶奶，我害怕。"奶奶宽慰他："怕啥呀，孩子？姐姐我们两个都在。什么也没有，什么也不怕。我们在这里，我们最强大，啥都怕我们，我们啥都不怕。"

他们这样坚持了十多天，地里的麦子全部收完以后，奶奶不再去地里拾麦，而在家将麦子统统搬出来放在院子里曝晒后，用棒槌捶打，让麦粒脱壳，再用簸箕把糠秕杂物簸出，最后剩下的就是透光明亮，金黄色的麦粒了。奶奶满面笑容，连叫花妮和萌萌的声调都甜润悦耳。她把麦粒小心翼翼地一升一升地装到斗里，再把斗里的麦子倒进布袋里。这些程序她操作地熟练，又稳妥，既不伤害一颗麦粒，又不会让一个麦粒掉在地上。奶奶把布袋口用一根绳子扎起来，用秤一称，真不少，一百多斤呢。面对自己的劳动成果，都由衷地喜悦。奶奶说："今天咱们吃捞面条，纯白面的。"

133

萌萌:"不要掺杂面,奶奶。"

奶奶:"不掺杂面,一点儿杂面都不掺。叫你们真正享受一次吃纯白面捞面条的滋味。"

两个孩子高兴得手舞足蹈,乱蹦乱跳。

拾红薯

红薯浑身都是宝。除了红薯块以外,红薯叶、红薯梗,对人们来说都是好东西。红薯梗是绝佳的饲料,猪、羊、牛、家兔等食草动物,都非常喜欢吃红薯梗。种红薯的农民,把红薯块收藏起来,准备人吃以外,还要把红薯梗储藏起来,留作家畜吃。红薯叶除了家畜吃以外,对穷人来说,它是救命食材。奶奶家的重要食材之一,就是红薯叶,也可以说,没有红薯叶,奶奶家的生活就维持不下去。

奶奶家没有土地,不种红薯,当然也就没有红薯叶,奶奶家的红薯叶就是拾来的。每年红薯成熟了,主人把它挖出来,运到家里储藏起来,慢慢吃,常年吃,它是很多农民的主食,农民也是以它为生的。红薯块运回家以后,红薯梗留在地里很长时间,晒干以后再运到家。红薯梗在地里的这段时间里,是奶奶拾红薯叶的绝佳时期。奶奶拾红薯叶,一方面是从梗子上掐下来,一方面是在地里扫起来。前一种办法的红薯叶干净,高质量,叶子好吃;后一种办法的红薯叶欠干净,吃起来口感也差些。但前一种办法拾红薯叶,太慢;后一种办法很快。因此,奶奶常用后一种办法。她每次去地里,总是带一条布袋,一把笤帚,一个小簸箕和一条绳子。她先把地上的红薯叶扫成小堆后,用簸箕装到布袋里。一晌扫一满布袋。天天如此,一个季度能拾一囤红薯叶。当地里的红薯地犁完了,没有红薯叶可拾了,奶奶看着这一囤红薯叶,心满意足地说:"有这一囤红薯叶垫底,什么困难咱都不怕。"

拾棉花

棉桃成熟以后,绽放出雪白色的花朵,满满一地,像刚下了一场大雪,白皑皑的一片，真是一个白色世界，让人看起来陶醉，使人心旷神怡，流连忘返。主人把棉采到家以后，只剩下棉棵留在地里。主人再进行第二次采择，把棉棵上比较大的桃子也拽回去。对主人来说，棉花就算收干净了，主人就不再操棉地里的心了。棉棵还在地里停留很长时间。这一段时间，对奶奶来说，恰恰是奶奶拾棉花的最好时期。奶奶把棉棵上比较大的棉桃择下来。一块地能择几篮子棉桃。她在每块地里，只要是主人把棉花收完，把每一棵上的棉桃都择下来。一个季度，她能择几篮子，在家能摊一席子。把它放在太阳下晒晒，捶捶，捶捶，晒晒。能把里面的棉絮晒出来。棉絮刚出来时，还比较僵硬，再晒，再捶。这样，反复晒，反复捶，最后这些棉絮变成软乎乎的棉花了。奶奶再找人轧，把棉籽轧出来后成为皮棉，再找人把皮棉弹成絮棉。然后就可以纺线、织布了。

拾棉花是奶奶每年必须进行的，不可或缺的一项任务。

拾麦子，拾红薯叶，是解决吃的问题；拾棉花是解决穿的问题。人生的这两大问题解决了，对极度贫困的人来说，生活也就没问题了。可以说，至少可以填饱肚子了，饿不死了。奶奶每年都紧紧抓住这两项任务死死不放，一家三口人的生活就维持住了。经过加工的不成熟的棉桃，变成了棉絮，再纺成线，再织成布，再做成衣服。从棉桃到衣服这个漫长复杂的过程，都是奶奶一点一点做出来的。从中可以看出她不辞辛劳的巨大付出和百般经受的千辛万苦。

拾高粱

拾高粱，主要是拾高粱裤。高粱的其他部分没什么可拾的。高粱穗，个头大，红着脸，谁也不会把它落下。想拾高粱穗是白日做梦，痴心妄想。拾高粱裤是既实惠、效率又高的明智举措。高粱裤就是高粱最下一节的包皮。高粱成熟之前，奶奶每天一大早就去到高粱地，把高粱裤揪下来。揪高粱裤必须早晨，这时的裤子好揪，其他时间就揪不下来了。高粱裤的主要用途就是织蓑衣，卖钱。奶奶织的蓑衣大方，厚实，耐看，耐用，很畅销，奶奶卖蓑衣可以换些钱补贴生活。

蓑衣在这一带很盛行，每一家就有两件或三件，因为它很便宜，适用。

奶奶

这里流传着这样一首民谣：

蓑衣是件宝，人人离不了。
阴天是雨衣，晴天是蟒袍。
晚上是被子，白天是棉袄。
出门带上它，免得有苦恼。
与人比贫富，蓑衣有多少。
只要有了它，生活情趣高。

奶奶挣钱的门路，除了卖蓑衣外，还经常给人家纺棉花、洗衣服、纳鞋底、做衣服、扎花、绣花等。最经常做的就是纺棉花，其原因是：第一，活多。每年新棉花下来以后，雇她纺棉花的人特别多，尤其是男人多女人少的家庭。一家人的穿衣，男女老少，大人小孩，他们的各种衣服，棉衣、单衣、老年衣、儿童衣，都由家里的女人做。两只手一针一针地穿针引线，真是做不出来。女人做不出来时，很可能遭到男人的殴打、辱骂。为了完成做衣服的任务，女人就把费力和费时的活，早早地雇人干，她既省时又省力，又能得到男人的欢心，何乐而不为呢？因为做衣服是从纺棉花开始的，所以雇奶奶纺棉花的人特别多。第二，干这活只需要一个纺花车就行了，不需要特殊场地，也不需要特定时间。只要能把纺花车放下来，任何时候，早晨，晚上，白天，黑夜，都可以干。也可以在干别的活时，抽空儿干，也可以断断续续地干。奶奶黑夜纺花可以不要多么亮的灯光，她只需要一支香点着，放在纺花车旁边，她就可以在微弱的亮光下纺花了。在别人看来是不可想象的，可是对奶奶来说，却是平常的事。

洗衣服，是奶奶最不愿意干的活。它除了费时、费力外，还特别费水。奶奶家没有男劳力，从井里打水是一件不容易的事。在冬天，还有个水冷的问题。冷水洗衣服，两手往往皴得裂大口子，疼得钻心，再干别的活也就不可能了。因此，洗衣服的活，一般不接。尤其是冬天，根本就不接。其他活也陆续接些，但以纺花为主。

生产食用盐，是奶奶干活挣钱的另一个重要途径。

生产食用盐可不是轻而易举的活，它费时，费力，又难卖。它生产的周期长，中间的挫折多，弄不好就前功尽弃。生产盐的程序是：搜集盐土、淋盐水、熬盐、卖盐。

1. 搜集盐土

盐土是从盐碱地上搜刮起来的，没有盐碱地就没有盐土。

洛家庄到处都是盐碱地。这里的农民对盐碱地有个说法："洛家庄的地，洛家庄的土，不长庄稼长盐卤。"有一个顺口溜反映出该村的基本情况：

土地光碱不改，树木光砍不栽。

人口光减不添，房屋光塌不盖。

男人尽打光棍，女人光走不来。

人们光没啥吃，痛苦日子难挨。

"盐碱地不怕旱，不长庄稼光长白面"。"远看白花花，近看豆腐渣。满地光秃秃，就是没庄稼。"这种白面就是盐分。洛家庄盐碱地多，是生产盐的好条件。

在硬邦邦的地面上，用铁耙耧松。曝晒几天后，拢成一堆，把一堆一堆的盐土再集中到一起，堆成一大堆时，就开始淋盐水。

集中盐土是一个非常费力气的活。把地面的表层耧松就很费力，因为地表很硬，不费劲是耧不起来的。但把耧松的土堆成小堆，再把这些小堆集中在一起更费劲。从耧松盐土到集中到淋盐水的地方，要经过三个危险期。第一是怕下雨，把盐土耧松后，在暴晒期，若下了雨，不管大雨、小雨，耧松的盐土，前功尽弃。搜集盐土得从头开始。第二是怕刮风，耧松的盐土万一遇到大风，把它刮得四处迸散，耧松的盐土也是前功尽弃。第三是把盐土集中起来以后，更怕下雨，尤其是怕下大雨。一下大雨，把集中起来的盐土全冲跑，更是前功尽弃了。一天夜里，狂风暴雨，电闪雷鸣，花妮和萌萌被雷声惊醒，他们发现奶奶不在，萌萌哇地哭起来，但他吓得蒙住头不敢看外面。花妮安慰萌萌，但自己也是吓得心神不定。他们不敢出去，只能在床上等奶奶回来。不一会儿，奶奶回来了。浑身向下流水，像刚从池塘爬出来似的。他们放心了，停止了哭泣。他们问奶奶时，奶奶这样回答："今晚睡觉前，我觉着天气不对，好像要下雨的样子。我用席子和油布把盐土盖了一下，并用棍子压住。但我被惊醒以后发现，今天的风雨特别大，盖的席子、棍子

根本不济事，我急忙跑过去，席子棍子已被刮掉，我又把席子、油布重新盖上，用砖头、石头压上，风才刮不动了。若不是我醒得早，咱们这堆盐土就全被冲走了。"

要把盐土集中到淋盐池地方，更是个吃力活。奶奶首先用篮子拎，从盐土堆到淋盐池，最远的大约一百五十米，最近的也有六十米。奶奶用篮子，一篮子一篮子地拎。把盐土装在篮子里，先把一篮子盐土拎起来，放到腰上，再一步一步地走到淋盐池。每一个动作，每一个脚步，都是沉甸甸的，每挪一步，就像推着石头上山，稍微松劲就有落下的危险。奶奶的胳膊上青一块，紫一块的，中间还有黑色的斑点。萌萌问奶奶："奶奶，疼吗？"

奶奶："不疼，孩子。肉已经死在那儿了，不感到疼了。"奶奶让萌萌用手摸摸她的胳膊弯处，萌萌伸手摸了摸，硬邦邦的。萌萌惊叫起来："哎呀！这么硬呀，好像不是肉似的。"

花妮也很可怜奶奶，看着奶奶紫一块、青一块的胳膊，看着她拎着盐土，趔趄的脚步，她哭了，而且哭得很痛心。奶奶问她："哭啥呀，孩子？谁惹你了？"

花妮："你太累了，奶奶。别再干了，歇几天再干。"

奶奶："歇几天不也得干吗？反正是我的活，早不干晚干，活在那儿等着你，你躲不过去。咱的吃饭穿衣，不都是这样'累'出来的吗？别哭了，等你们长大了，可以替替我。"

奶奶的"替替我"，提醒了花妮，她马上说道："奶奶，你用小推车推吧。我在前面拉住，不就省你的力气了吗？"

奶奶："哎呀，对呀！用小车推，不就省劲了吗？"

用车子推，省去了盐土的压力，只剩下装的力、卸的力和运输的力。况且，是滚动运输，用力小得多。奶奶明白这些道理，她把小推车推过来，上面放个篮子，装满盐土。车子前面绑一条绳子，让花妮在前面拉住，她在后面推着。轻多了，很快就运一车。萌萌看得心痒了，他吵着也要拉。于是，奶奶在小车前面也给他绑一根绳子，让他也拉住。他不知道如何用力，只是笑个不停。该拉紧的，他不拉紧；该拉松的，他不拉松。小车猛停时，把他拽个仰八叉。他非但不哭，反而大笑起来。奶奶和花妮觉着他笑得莫名其妙，对他的不知为何笑而笑起来。花妮随口说出一个顺口溜：

萌萌学拉套，

不会拉，光会笑。

一旦被摔倒，不哭也不闹。

他是帮倒忙，不帮反而好。

精神很可嘉，学吃苦耐劳。

盼望快长大，替奶奶操劳。

2. 淋盐水

盐土集中到一大堆后，就开始淋盐水。就是把盐土里的盐分溶解在水里后，再把盐水从土里流出来。

挖一个长方形的坑，大小深浅，随你而定。坑的周围和底部铺上薄薄的一层黏土泥，防止水分向外渗透。坑里离底部不远处棚一层夹层，夹层上铺一个蒲席，让其漏水不漏土。在夹层上放盐土，一直放满。盐土要均匀地夯实，不能软硬不一，更不能坑坑洼洼，高低不平。坑里装满盐土以后，就往盐土上灌水。动作要慢，要稳，水落土要轻，不能把盐土冲成坑。水在盐土上停一段时间后，慢慢地就淋下来。它先落在底部的油布上，再从油布上流下来，落到坑外的桶里。这就是盐水。盐水的浓度用一个鸡蛋测试。把一个鸡蛋放在盐水里，若鸡蛋露出水面一铜钱大，这时的盐水浓度可以用。若鸡蛋露出水面小于铜钱，盐水浓度就很低了，就不值得利用了。这时，把坑里的土全部挖出来，清清坑的四周，重新装盐土……第二池盐土装好后，又开始了第二次淋盐水……把一次一次淋出来的盐水存放在一个大缸里。缸满后就开始熬盐。

3. 熬盐

把盐水里的水分蒸发掉，剩下的白色物质就是盐。从盐水到盐，有两个去水办法：一个是让太阳晒，另一个是放锅里熬。前一个办法经济，省钱，但时间长，太慢；后一个办法省时间，但得用柴火烧，费钱。奶奶用的是后一种办法。因为她急着把盐水变成钱。

在一个大铁锅里装满盐水，用柴火烧，这叫熬盐。熬盐是个慢活，不能着急。火不能大了，大了盐水会溢锅；也不能小了，小了盐水蒸发得太慢，时间就会拖得太长。适度的火势是盐水刚刚不溢出为止。锅里的盐水得不停顿地移动，若不移动，就会坐锅。锅底有了锅巴就非常难办，弄它不掉，不

弄掉它吧，危害很大，一来费柴火，二来有爆炸的危险。所以锅里的盐水得经常搅动，让它始终保持移动状态。

火得不大不小，盐水得经常流动，别看是不重的活，但因为它时间长，不停顿，非常腻人。一家三口人只有奶奶一人能胜任此项工作。昼夜不停，夜以继日，日复一日，夜夜如此。当一锅盐水蒸发完后，锅底里剩下白花花的盐，奶奶把它挖到一个盆里。然后，又在锅里添盐水，开始了第二锅；再往后，第三锅……

遇到下雨时，奶奶在锅上面搭几根棍，横竖交叉地绑着，上面再盖上席子和油布，锅如同在房子里一样，下大雨也不怕。

每到晚上，奶奶在锅的旁边铺一张用秫秸编的箔，上面再铺一张芦苇席，让花妮和萌萌躺在上面，用床单盖在他们身上。活动了一天的他们，虽然躺在露天里，却安然无恙，与富人的孩子躺在牙床上没有两样，在睡觉质量上说，他们睡得更香。

4. 卖盐

要把盐换成钱就得卖盐，卖盐就得赶会，去到人多的地方。

洛家庄周围的会主要有三个：一个是周寨，一、四、七会（农历每月初一、初四、初七）；另一个是王庄，二、五、八会；再一个是李集，三、六、九会。这三个会距洛家庄都有十多里路。最近的是周寨，十一里路远；最远的是李集，十五里路。周寨虽然近些，但路很不好走，沿途大部分是沙土，出门三里路是黏土。黏土：疙瘩，坚硬，怕下雨；沙土：柔和，松软，怕刮风。所以，这条路，虽然近些，但风险很大。其他路虽然远，路基比较好。究竟哪条路走着方便？很难说。

奶奶卖盐总是推个小独轮车。把一篮子盐固定在车子上，车子的两个把中间吊一个布兜，把萌萌放在布兜里。车子上带两根竹竿和一大块布单子。竹竿把布单子撑起来，形成一个屏幕，可以借助多个方向的风力，除了正顶风不能利用外，其他各个方向的风力都可以利用，只需调整它的迎风方向就可以了。每次赶会，奶奶得很早起床，有时连早饭都吃不成，就得赶紧上路。去得晚了就没有好摊位了，就不会有好生意。有时因为摊位不好，连一个钱也卖不到。

奶奶赶会时，经常带着萌萌。有一次因为时间太晚，没带他。让他跟着姐姐去地里挖野菜。奶奶临走时对花妮说："你们早点儿回家，不管挖多少菜，都要早点回来。"奶奶走后，花妮带着萌萌去河北岸挖菜，因为河南沿比较近的地方，野菜不多，都被人们挖走去了。这是一个下午，到后半晌时，别的孩子都回去了，好多都是被家长接走的。萌萌不让走，他想再待一会儿，多挖些荠荠菜，因为他最爱吃的就是荠荠菜。他们在专心寻找荠荠菜时，忽然听见有人喊："快跑呀，来水啦！快跑呀，来水啦！"他们抬头一看，傻眼了，河床里积满了水，哗哗往东流。他们怎么也没想到，今年的河水来得这么早，比往年提前二十天。河水越来越多，很快充满了河床，向东倾泻，一跃千丈，汹涌澎湃，势不可当，滚滚东流去，浪花白茫茫。两个孩子回不去了，眼巴巴地干着急。萌萌急得哭起来，花妮说："你还哭呢？那会儿咱要走了，也没这事了。"萌萌虽然不哭了，但过不了河，是个大问题。他们观望着，寻找过河的机会。一个大黄狗过去了，一个大肥猪也过去了，它们都是凫水过的河。几只鸡不会凫水，它们伸着脖子观望了好长一段时间。有个大公鸡先飞到河沿的一棵大树上，从树上呱呱叫着飞到河南沿，其他几只鸡也紧跟其后，用同样方法过了河。萌萌很羡慕它们，他对姐姐说："咱要是有翅膀，也会飞过去。"

花妮："咱不是不会飞吗？咱得想不会飞的办法。"

萌萌："啥办法呀，姐姐？我都冷了，咱得赶快回去。"

花妮仔细琢磨着，这条河的上游有一座桥，距这里三里路远；它的下游也有一座桥，距这里五里路远。她扯住萌萌，扛着篮子，顺着河沿，向上游走去。

太阳正在落下，西半天的空中布满彩霞。太阳与周围的乌云在捉迷藏，忽而伸出灿烂的长腿，放射出耀眼的光芒；忽而躲在乌云里，静悄悄地消失得无影无踪。北风飕飕起，骤然倍凄凉。树叶哗哗响，内藏何玄机？虽然是夏季，但朔风刮起，未免有些凉意。郁葱葱的树林里，鸟声频频，虫声唧唧。不知深邃处隐藏着何种秘密？萌萌有些胆战心惊，他不敢抬头，不敢睁眼，用力抓住姐姐的手，像瞎驴跳坑一样，高一脚低一脚地往前走。他虽然有些冷，也不吭声；尽管有些饿，也不说明。他怕耽搁时间，影响走路。他只想着赶快过了河，回到家，脱离这危险的环境。他还思索着：奶奶在哪里？她回到家了吗？我们到家时，正好奶奶也在家，就好了。

奶奶

奶奶赶会回来以后,发现俩孩子不在家,急得心里冒烟,赶快跑出去打听。她得知他们在河北岸挖菜没回来。她跑到河岸时,没看见姐弟俩,只看见河水暴涨。地又淹了,庄稼又完了,农民的苦日子又加重了。他们两个去哪里了?肯定是沿河寻找桥去了。奶奶认为,他们会往上游去,因为上游的桥近。于是,奶奶沿着河岸向上游走去。奶奶在河南岸,花妮和萌萌在河北岸,他们被河水隔开,向着同一个方向前行着。奶奶走得快,他们走得慢,不多长时间,奶奶就会赶上他们。

萌萌有些支撑不住了。他刚才是冷、饿,现在又多了个累。他走不动了,告诉姐姐他要坐下来休息。花妮对他说,坐下来会更冷的。但他还是坚持要休息。话一落音,他就坐在地上了。花妮拉不动他,也叫不起他。最后,花妮说:"叫我背你,咱们还是走吧。"花妮蹲下来,萌萌趴在她的背上,花妮挣扎着站起来,一步一跌地继续往前走。走了不多远以后,花妮气喘吁吁,满身是汗,她筋疲力尽,很难再往前走了。她脑子里转悠着:怎么办?怎么办?她把萌萌放下,说道:"咱们休息一会儿吧,我也太累了。"

天已经黑下来了。四周没有一个人影。

两个幼小的孩子,在昏黑的田野里,一旁是哗哗的河水,一边是黑乎乎的树林,远近无人影,四处无声音。他们怎能不害怕?怎能不让人担心!萌萌又冷又饿又害怕,他闭住眼,咬着牙,装着什么都不怕。他紧紧抓住姐姐的手,生怕姐姐跑了似的。花妮不时地安慰弟弟:"不怕,不要怕。只有咱俩,别的没啥。"但她内心里也非常害怕。正当她异常渺茫、不知所措时,她忽然听到"花妮,萌萌"的叫声。她不禁叫起来:"萌萌,奶奶的声音。奶奶来接咱们了!"萌萌也不冷了,也不饿了,也不害怕了。他扯着嗓子喊:"奶——奶!"

奶奶答应道:"哎!我在这儿呢!"

奶奶放心了,花妮和萌萌听到奶奶的声音了,也看见奶奶本人了,他们不紧张了,不害怕了,心里也踏实了。

奶奶又叫了两声,告诉他们不要紧张,小心脚下,继续往前走。奶奶在河南岸,两个孩子在河北岸,他们隔河相望,心心相印,息息相通。这天正是朔日,天色老早就黑了下来。虽是夏季,但北风一刮,倒有些瑟瑟凉意。不远处传来了猫头鹰的"噢噢"声,听起来真有些瘆人。他们祖孙三人,互相壮胆，互相助威，人多势大，啥都不怕。尤其是奶奶这个领兵打过仗的女人，还亲自打死过日本的领兵头目，鬼神都望而生畏。花妮和萌萌虽然都是孩子，他们在奶奶面前，也是勇气十足，什么都不怕。他们尽管在河两岸，他们的心是在一起的。他们痛痛快快地走到桥上团聚了。奶奶把萌萌抱起来，满怀欣慰地说："你们可把奶奶吓死了。天这么晚了，你们还没影儿，怎不叫人着急！"

奶奶把自己身上的外套布衫脱下来给萌萌披上，祖孙三人摸着黑黢黢的土路，向家走去。一路上人烟稀少，不远处传来"汪汪"的狗叫声和闪烁不定的灯光。花妮走在最前面，萌萌走在中间，奶奶走在最后。他们没有笑声，也没有高谈阔论的说话声。他们有时低声细语，有时默不作声。他们只是小心着脚步，警惕着周围。他们到家时，天已经漆黑。

奶奶先走进屋里，用火柴点着用蓖麻子串成的灯。屋里亮了以后，花妮和萌萌也进了屋里。

萌萌说："我饿了，中午我都没吃饱。"

奶奶："中午你们做的啥饭呀？"

花妮："打的糊糊，蒸的菜。"

萌萌："尽是咪咪蒿和姜姜芽，一点儿也不好吃。"

花妮："中午忘了放盐了，所以不好吃。"

奶奶从篮子里拿出一个包，说道："你们看，我给你们买的啥？"

萌萌急忙抢过包，打开一看，呀！两个白馍。他不说二话，抓住一个就往嘴里填。奶奶说："别慌张，你们俩一人一个。"萌萌把另一个递给了姐姐。

奶奶看着俩孩子吃着白馍那香甜劲儿，内心里有一种说不出的喜悦，脸上流露出温馨的笑容。

萌萌很快把白馍吃完了，花妮吃的还不到一半。萌萌馋巴巴地瞅着姐姐的白馍，很显然他远远没有吃够。花妮把她剩下的掰给他了一半。他们很快就把两个白馍吃完了。

萌萌嘟囔着对奶奶说："奶奶，以后别让我留在家里了，你每次赶会我都跟着你，你去哪儿都把我带上。"

奶奶："过去我不是总带你吗？今天是特殊情况，我起来得晚了，来不及了，我连早饭都没吃，匆忙走了，生怕去得晚了找不到位置。所以今天没带

你。以后我每次去赶会都带着你。"

正当他们上好门准备睡觉时，一个女孩在门外哭腔着叫道："陈奶奶，你们睡了吗？"

奶奶把门打开，东邻居家的小枫站在院子里，哭丧着脸，泣不成声地说道："陈奶奶，俺爹妈又在吵架了。请你去调解一下。"

奶奶："他们俩怎么又吵起来了？你知道他们为啥又吵架了吗？"

小枫停住了哭泣，她说："还不是因为家里穷。最近生活有些紧张，家里的粮食剩得不多了，眼看生活就成了问题。妈妈告诉爹爹不要指望打牌赚钱了，打牌是赚不到钱的。爹爹埋怨妈妈，说她什么也不会干，什么也不干。他还说：你看陈奶奶，论年龄，她不比你小，她家里没有一分地，她就能养活两个孩子，一家三口生活得顺顺当当。你就不会去找个活干干，挣个钱，补补家用？就这样，他们两人互相埋怨，谁也说不服谁，说着说着就吵起来了。而且越吵越凶，几乎就要打起来。这一次他们吵得特别凶，妈妈说她不想再过这吵吵闹闹的穷苦日子，她准备去姥姥家，而且一去就不回来了。其他人的话他们都不听，非你去不行。我很害怕，我不想让妈妈走，她走了，我跟着谁呀？因此，还得麻烦你再去我家一趟，再帮帮我们的忙，解决一下他们的矛盾。"

奶奶愉快地说道："走，我去看看。"

奶奶回到屋里对花妮和萌萌说："你们先睡觉，我去东院你大伯家一下，一会儿就回来。"

萌萌本不想让奶奶去，但又无可奈何，说道："你快点儿回来。"

奶奶安慰地说道："我去去就回来。我把门在外面锁上，你们安心地睡吧。"

小枫的爹叫洛保生，全家四口人，有母亲、妻子和女儿。妻子叫苗苗，是典型的贤妻良母，对婆母照顾得无微不至，老太太把儿媳当成亲女儿。她对丈夫的关照无可挑剔，连洛保生自己也无话可说。家里有二亩土地，由于耕种不善，管理不周，水肥缺乏，每年打的粮食不够食用。洛保生企图靠赌博赚钱，辅助家用。但他不但赚不了钱，反而经常输钱。而且，不听劝说，执意不改。妻子非常生气，时不时说他几句。他对妻子也是牢骚满腹。他将妻子与奶奶相比，嫌妻子不想办法挣钱，只是整天做些家务，对生活没什么帮助。

奶奶去洛保生的家以后，让他们两口说说这一次吵架的原因。

苗苗先说："先说这次吵架的直接原因：我妈有病了，咳嗽得厉害。我催他去给我妈妈看病，他说没关系，年纪大了，犯点儿咳嗽是常有的。我不同意，非让他去不可。他说没钱。我叫他去借，他不去……我们两个越说越多，说着说着就吵起来了……"

奶奶："洛保生，苗苗说的是真的吗？"

洛保生："是真的。"

奶奶："你为啥不去给你母亲看病？"

洛保生："我没钱。"

奶奶："你怎么不借呢？"

洛保生："往哪儿借呀？所有亲戚我都借过了，我没有钱还人家，我也不好意思再向他们借。"

奶奶："看病要紧，无论如何不能不看病。我今天赶会卖盐卖了几个钱，你先拿去给你妈看病。待会儿你跟我去拿。"

洛保生、苗苗不约而同地说："谢谢，谢谢。"

奶奶："你们的矛盾引起的主要原因是穷。可是穷人很多，绝大多数都不闹矛盾，而是过得很好。你们比有些家庭还好一些呢，你们还有二亩地。很多家庭连一分地也没有。造成这样后果的主要责任在男方，是你洛保生。一个男子汉，养不了自己的家，连给母亲看病都没钱。你上有老，下有小，她们的衣食住行，她们的身体状况，这些任务都落到你身上。遗憾的是，这个责任你没有担当起来。你应该感到羞愧……"奶奶的表情很严肃，声音很尖刻，让洛保生很难接受。她看看他，他低着头，耷拉着眼，惭愧的脸色让人同情。奶奶知道他可以接受她的正言厉色，她说话就大胆多了。她接着说："赌博能赚钱吗？你打听打听，有哪一个家庭是靠赌博致富的，他们都是拼命干出来的。你光想不劳而获，天上不会掉馅饼，你永远都不要有这种想法。你有二亩地，你怎么不好好种呢？把地种好，多打些粮食，你们不就好过些吗？"

洛保生："是，是，我是没好好干。但她也没好好干呀。"

奶奶："她的家务不是管理得很好吗？"

洛保生:"管理家务不能增加收入,改善不了生活条件。"

奶奶:"男主外,女主内,这是常理,每家都是这样。"

洛保生:"那你们家就不是这个常理。你家里家外都是拼命干,而且干得很有成效,你们一家三口生活得顺风顺水。俺小枫她妈能像你一半,我们也不会过成这个样子。"

小枫妈对他的话很不服气,很想狠狠地回敬他几句,但被奶奶拦下,没有说出口。

奶奶:"你不要让小枫她妈跟我比。我的家是个啥样的家呀?根本不像个家,至少是一个不完整的家,是一个残垣断壁的家。我多么希望有一个完整的家呀?在一个完整的家里,全家男女老少,齐心协力,男主外,女主内,家和万事兴。全家人就可以过上愉快的生活。可是,我的命运不好。我家没男的,没有男的干活。我没法子呀,我不干不行,我必须得干,而且,还得拼命地干。不干就没有出路。你们家有你,一个大男人,难道你还叫你妻子像我这样地干吗?你就不怕别人笑话吗?"

洛保生哑口无言。

奶奶:"常言说:不破不立。我要求你两破两立。两破是:破除用赌博赚钱的想法;破除无所作为、没有门路挣钱的想法。两立是:立起负责全家衣食住行的责任感;立起这样的想法,能找到挣钱的门路。请记住:永远不要向命运低头,永远不要向生活妥协,逆境是人生的必经之路,能勇于接受逆境的人,生命才会日渐茁壮。我们要时刻想着如何打破逆境,走向光明的未来。"

洛保生:"说着容易,做着难。理论上容易,实践难。"

奶奶:"你还是畏难情绪,不是?对家庭的责任感,是个志气问题,勇气问题,愿意不愿意问题。你愿意承担这个责任吗?"

洛保生:"我愿意。"

奶奶:"你只要愿意,就好办了。就是实践问题了。你认为没有门路。我认为你有很多门路,例如:卖蔬菜、卖豆腐、卖凉粉、卖蒸馍(白面馍)、卖包子、卖火烧、卖油条、卖糖糕、卖麻花等。你挑一个自己愿意干的,生意就做起来了,这些生意本钱小,赔也赔不到哪儿去。先干几年,等赚着钱了,再做大的……"

洛保生："你别说，做这些小生意还真是个门路呢。"

苗苗："这是很好的生意，做哪一样都比打牌强。"

洛保生："陈奶奶，依你的意见，我做哪个生意好呢？"

奶奶："依我说，你卖豆腐。其原因是：豆腐是咱们这一带人最喜欢吃的食品之一，只要做出来不愁卖不出去；其次是原料好买，豆子到处都可以买到；再其次，有很好的副产品，豆腐渣人可以吃，也可以为猪。灾年是不愿意喂猪的，人们不愁吃穿时，才去喂猪。不管从哪方面说，卖豆腐是很合适的生意。不过，干这活是很费力气的，你得不怕吃苦。干活时间长，劳动量大，没有吃苦耐劳精神是不行的。干这活，别的我不担心，我担心的是，怕你吃不了这个苦，受不了这个累。"

洛保生："我不怕，只要有活干，我不怕苦，也不怕累。不过，我还不会做豆腐呢，我认为做豆腐是个技术活。"

奶奶："这好办。做豆腐虽是技术活，但技术含量不高。这个问题，你一点儿都不用担心。我就是做豆腐在行。我教你，从泡豆到做成豆腐，每个环节，我都会非常认真、仔细地、手把手地把你教会。当然，这里还有些别的技术问题，例如豆腐的老嫩和出豆腐的多少等问题，我都教你学透，准教你做出高质量的豆腐。"

奶奶转身对苗苗说："保生还是愿意干的，只是过去没有办法，不知道如何干。你不要有离开他的想法，组成个家庭不容易。既然大家在一起成为一个家，大家共同把它治理好。家庭和睦了，每人都快乐。好了，今天咱们暂到此吧。我家里还有两个孩子在睡觉呢，我得走。你们谁跟我去拿钱给你妈治病？"

洛保生："我去。"

这天是周寨会，奶奶带着萌萌老早就从家里出发了，因路途难走，他们到达时，已没有好摊位了。天气不太好，赶会的人不多，他们等了一大晌，也没有一个人买。天已过了中午，会上的人已走了好多，只剩下稀稀拉拉的没多少人了。奶奶思索着：今天怎么了？为什么这么倒霉？连一个钱也没卖。奶奶旁边有一个与她年纪差不多的妇女。她是卖木梳、篦子的。一个与萌萌年龄差不多的男孩，站在她旁边，手里拿着一个烧饼，好像刚出炉的，里边还夹着什么似的。他大口咬，使劲嚼，他吃得那么香甜，咀嚼得那么津津有味。萌萌瞪着眼看，心里痒痒的。从他的眼神里奶奶看出了他的心思，他嘴馋了，想吃烧饼，但不巧的是她身上没有分文，她今天没有带钱，又没有卖钱，她很内疚。那孩子的奶奶也看出了萌萌的可怜相，她对那孩子说："把你的烧饼掰给这个小朋友一块儿。"那小孩儿不掰，她自己亲手去掰，那小孩"哇哇"地哭，她只好作罢。没多大一会儿，那女人拉小孩走了。萌萌问奶奶："那小孩吃的是啥？"

奶奶："他吃的是烧饼。"

萌萌："烧饼好吃吗？"

奶奶："好吃。"

萌萌："烧饼与白馍，哪个好吃？"

奶奶："烧饼好吃。"

萌萌："我还没吃过烧饼呢。"

奶奶："等有钱了我给你买。"

萌萌："你啥时候有钱呀？"

奶奶没有回答。她站在那儿，怜爱地注视着萌萌，一句话也没有说。她什么时候能有钱呢？连她自己也不知道。

萌萌哼哼着："我饿了，我想吃东西。我饿了，我想吃东西。"

奶奶哭丧着脸，紧锁着眉，泪水盈眶。她后悔。她后悔没带些钱，她可怜萌萌饿了没东西吃。

太阳已经偏西，天边升起了乌云，而且看着气势汹汹，越来越浓。奶奶心想：雨就要来了，得赶快走。她把盛盐的篮子放在小车上，准备动身回家。她心里很纠结，萌萌还饿着肚子呢。他能饿着肚子走这一路吗？小孩子不顶饿，忍着饿走这一路，还不饿坏肚子？但不走又能怎么样呢？反正是没人买？在这里不是待的时间越长，萌萌不就饿得越厉害吗？越待越糟糕。她反复思考着……最后决定，还是早点儿回家吧。

就在这时，一个四十多岁的先生路过这里时，听见萌萌吵着他饿了，要吃东西；而老太太又无动于衷。他认为，她一定是有难处。于是，他走到跟前，十分客气地问奶奶："请问，你是干什么的呀？"

奶奶恭恭敬敬地回答："别客气，我是卖盐的。"

那先生："你的盐呢？"

奶奶把盖盐的布掀开,说道:"这儿。"

那人用手捏了一点儿放嘴里尝尝后,说道:"你这盐有几斤呀?"

奶奶:"十一斤。"

那先生:"我都要了。"

奶奶一阵惊喜,她想:真是柳暗花明又一村哪。她把盐包好后,郑重地递给那位先生。他接住盐后,又询问了奶奶好多别的情况。比如:盐是批发来的呀,或是自己生产的,等等。他自我介绍说:"我是这个镇公所的伙夫。等几天再给我们送些,直接去镇公所伙房找我,我姓王。"

奶奶:"王先生,谢谢。"

王先生:"请问,你是哪村的呀?"

奶奶:"我是洛家庄的,我姓陈。"

萌萌急忙插嘴:"她是洛家庄我奶奶。"

王先生好像猛一惊醒似的,忙说道:"哦,陈奶奶,陈奶奶。"这个陈奶奶名字,他很熟悉,但还没有意识到她是谁。突然,他大声说道:"哎呀!陈奶奶,抗日游击队队长!久仰呀,久仰。你是我们的英雄,我们这一带人的骄傲。我整天教育我的孩子,叫他们向你学习。"

奶奶非常谦虚,漫不经心地说道:"那都是过去的事了,还说它干啥?英雄不提当年勇,主要看今后怎么干吧。"

王先生:"好样的,真不愧是英雄。我刚才说要你的盐,是出于对你的同情,现在是出于对抗日英雄的尊敬,对抗日英雄,我要特别优待。你的盐,不管有多少,全部给我拿来,有多少我要多少,我自己用一部分,其余的,我给我的同事们分分。你那一点儿盐,在我们这里不愁卖,放心吧。"

奶奶连声说道:"谢谢,谢谢。"

王先生:"别谢我。凡是积极抗日的,我都尊敬,对他们的困难,我都帮忙。凡是愿意抗日的人员,我都力挺,更何况对你这个抗日游击队队长啦!"

他走了,走了好远还扭头招手致意。

奶奶心里很快活,不久以前那种苦闷的感觉,一下子跑到了九霄云外。她心情舒畅,浑身是劲,好像一切都很顺和。她想:心存善意遇天使,以恩报德终有期。自己的一心为他人思想,毕竟还是能得到好报的。奶奶哼着小

曲儿去买了四个烧饼，给萌萌一个，她自己吃一个，准备带回家两个。

奶奶把萌萌放到车兜里，她推着小车从会场里出发了。她心情很愉快，她卖完了盐，给萌萌买了烧饼，今后把盐直接送到镇公所，有多少他们要多少……这些感觉，使她年轻了许多。

奶奶在回家的路上走着，满脑子充满着甜滋滋的味道。她想：以后再不愁卖不掉盐了。这能省很多气力，省很多功夫，用不着再起早摸黑赶集忙了。所有做生意的，怕的就是没人买。我的盐不愁卖了，而且有多少人家要多少，哪有这样的好生意呀！她想到这里，不由自主地说道："天助我也。"

正当奶奶感到春风杨柳万千条时，有一阵冷风刮来，她心里有一丝凉意。她抬头看看，乌云就要来了，快要下雨了。她给萌萌增添了衣服，摸摸绑布兜的绳子是否安全。她加快了步伐，争取早日回到家，免挨雨淋。她走得越快，好像乌云走得比她更快。她越急，车轮子越慢，再一会儿，好像车轮子干脆就走不动了。她停下来了，雨开始下了。她赶紧把萌萌抱下来，让他钻到小车下，四周用布单子围住，用绳子把关键部位绑紧，像一个小小的蒙古包，祖孙二人蜷缩在自己打造的安乐窝里，既安全，又不受雨淋。

奶奶问萌萌："冷吗，孩子？"

萌萌："不冷，奶奶。一点儿都不冷。"

奶奶："让它下吧，下多长时间咱都不怕。咱不挨淋，不冷，有烧饼吃。冻不着，饿不着。下到啥时候咱都挺着。"

事情就是这么奇怪，你越怕下，它偏下；你越不怕下，它偏不下。雨停了，云散了，太阳又出来了。刚下罢雨的潮湿空气，在灼热的太阳光下，特别腻人。奶奶从车子下面钻出来，把萌萌放到布兜里，把车子周围的杂耍东西收拾起来，继续推着车子走路。她走着时，惊奇地发现，车子推着轻多了，好像有人在帮忙拉车。她看看前面，瞧瞧后面，再瞅瞅下面，什么也没有，仍是她、萌萌和车子。她继续往前走，再体会体会，还是如此，轻多了，与来时就是不一样。奶奶是个细心人，她一定要把原因弄明白。不然，她安不下心。她把车子停下来，自己站在车子外面，距车子有三米多远。她遥望四周，远近的庄稼地里，灰白色的水汽徐徐上升。刚从村子里飞出来的燕子，正在一高一低地盘旋，捕捉正在空气中飞翔的昆虫。不远处的土路上，一头老牛拉了一个破烂不堪的拖车，上面竖放着一个木耙，一个光着膀子的农民,走在拖车的旁边,不时地吆喝着老牛,甚至还用手中的鞭子,向牛身上撩几下,催它快点儿走路。她观察车子的前前后后,左左右右。她突然发现,车轮子过后以及她本人走过后,都没有什么痕迹。也就是说,车过后没车辙,人过后没脚印。这一下子她明白了,下雨把松土压瓷实了。所以走路就轻快了。她心想,这又是一个坏事变好事的例证。她自言自语说:"天哪,你如果灵验,每逢我赶会,你就下雨,这就是你对我的最大帮助。"

正当奶奶气势轩昂,赞天夸地的时候,顿然车子走不动了。她走到黏土路上了。车轮子上全是泥,她的两脚也沾满了泥。正是这些黏泥,把车轮子和她的脚缠住。她只有把这些泥刮掉,才可以走路。就是这样,她走一段,刮刮泥,走一段,刮刮泥,很费劲,走得很慢。萌萌以为,他从布兜里下来就会让奶奶轻一些,他要求下地上步行。他在路上一走,两脚上也沾满了泥,也是走不动。他脚上的泥还得奶奶给他刮。这不但没减轻,反而增加了奶奶的负担。他还是到布兜里,让奶奶走一段刮一次泥地慢慢向前走。她心想:我一赶会天就下雨,你不是帮倒忙吗?你不是给我添麻烦吗?你真是瞎眼了,整天供奉你,白搭啦。最后,她祷告着:"天哪,你如果灵验,每逢我赶会,你就别下雨,这就是你对我的最大帮助。"

奶奶

第八章

| 暗杀未遂反被杀 |

一天晚上，张强正在家庭会议上对家人做思想工作，重点是怎样对待农工问题。他说："要他们甘心情愿为咱们干活，要让他们明白，他们不仅是为我们干，同时也是为他们自己干，我们得利了，他们生活有了依靠。这是双利问题。我们千万不能鲁莽对待他们，从某种意义上说，他们是我们幸福生活的依据。他们干得越好，我们的幸福指数就越大。如果我们不善待他们，他们带着情绪干活，肯定干不好。而且，一有机会，在我们毫无觉察的时候，干出损害我们的事，有时甚至是灾难性的……"

正在这时，门外有"嘭，嘭，嘭"敲门声。

警卫员打开门后，门外站着一个年轻人，还有几个年轻人站在他身后。年轻人说："我叫刘国武，我们是这里的农工，我们想见见张主任，与他商谈一下我们农工的工作时间和生活待遇问题。"

警卫员禀报了以后，拐回来对刘国武说："张主任今晚有事，改天再谈吧。"

张承问张强："刘国武是什么人？"

张强："他是咱们的雇用人员。"

张承："他有啥重要事吗，晚上来找你？"

张强："他要谈的事，我早就知道。什么八小时工作制呀，请假不扣工资呀，等等。这一帮农工要求与前一帮同样的待遇。"

张全："他们怎么知道上一批农工的待遇呢？"

张强："人都是活的，他们互相通气，只要上一批有的，当然是对他们有利的，他们也要求有。"

张承："上一批的八小时工作制是怎么来的？还不是受陈老婆子的搅和吗？现在陈老婆子还在，她对他们的吸引力很大，不少农工跟着她跑。她的任何举动都是对咱们不利的。刘国武也是受她的影响，才来要求维护他们的权益的。她领导抗日游击队把五十来个日本人消灭了，才导致日本人的愤怒而给我一枪。"

张强：："夏天收麦子时，一块地的麦子被抢光，也是由于陈老婆子的鼓动引起的。"

张承："麦子被抢是她鼓动的？有啥证据吗？"

张强："麦子被抢时，她就在旁边，还要啥证据呀？"

张承："她光在场，不能说是她鼓动的。她说了什么？干了什么？她若没说啥，也没干什么，就不能说是她鼓动的。咱说话要有实实在在的证据，不能凭空说话，也不能凭想象说话，更不能凭推测说话。"

张强："她不是鼓动，也是后台。反正说她鼓动不亏她。"

张全："可以看出，凡是对咱有害的事，都有陈老婆子的参与，她成了咱家的大害了。不除掉她，咱家就不会平安。我看咱家与她不共戴天，咱家要想过好日子，必须把她除掉。"

张强："怎么除掉？这可不是闹着玩的。"

张承："这是上天的安排。你该过啥样的日子，不由你自己，你不当家，你越管越适得其反。"

张全："有很多事，你不管就是不行。都让自己发展，还让我们去奋斗干吗？日本人来了，你让他们自由发展吗？当然不能让他们自由发展，咱得抵制他们，消灭他们。很多人的好生活，就是靠奋斗取得的。有一种说法：用行为开启美好，用努力打造精彩，用奋斗创造辉煌，用拼搏开拓未来。这里的美好，精彩，辉煌，未来，都是用行为，努力，奋斗，拼搏去开启，打造，创造，开拓而来的，没有一件事是等来的，那种守株待兔的办法，是等不来兔子的。好事不是等来的，辉煌是奋斗出来的。不想办法拼搏，什么也不会来。不如说，咱们几年前就曾说过，咱们需要陈老婆子的宅子，咱们情愿给她一套更大的，咱叫她卖给咱。咱对她多么谦让、多么宽大呀！可她不识人敬。你越敬她，她越不赏脸；你越高看她，她越不知天高地厚。我们真要动武把它夺过来，她也是洋鬼子看戏——傻眼。因此，我坚信，把陈老婆子除掉，咱们一切都顺利了，该得到地得到了，啥麻烦也没了，就能过安生日子了。"

张承："你可不能瞎胡来，你们年轻人不知道事态的炎凉，很多事情不是照你想象的那样，它的后果你是难以预料的，到时你后悔就来不及了。"

张全："你就别操心了，爷爷，这事由我来办。"

张承是一个有经验的久经事故的老年人，他对事情的认识比较深刻，看得比较透。他在做事之前，总要三思而后行。所以，他脑子动得多，行动少，说得多，干得少。张强嫌他慢，嫌他拖拉不办事；可是张全又嫌张强拖拉不办事。他们三个人三辈，一个比一个傲气，一个比一个逞强。在夺取宅子问题上，张承心里想要，但他前思后想，前怕狼后怕虎，生怕出了纰漏，迟迟不敢动手。张全肆无忌惮，不顾后果，他想马上就把宅子夺过来，占为己有。同时，他也想在这个问题上出出风头，打个漂亮仗，在爷爷面前逞逞能，为张家立一大功。

张全用什么办法能把奶奶的宅子霸占为己有呢？他用的办法可绝了。

一个盛夏的晚上，空气闷热，蚊子嗡嗡叫，死皮赖脸地绕着人身飞，打都打不离。屋子里像蒸笼，根本没法睡。奶奶在院子里铺一张草苫，让花妮和萌萌在上面睡觉。奶奶家没有苇席，草苫有些小，两个人躺不下。挤在一起吧，太热；离开身吧，一个人就得躺在地上。恰巧隔壁邻居凤英拿了一张芦苇席过来。她是来与奶奶在一起乘凉、聊天的。两个孩子趁她的席边躺下。奶奶坐在草苫上，一边与凤英聊天，一边为两个孩子打蚊子。

东边不远处有轰轰的雷声，闪电不间断地一暗一明。

奶奶："今晚要下雨了，热得不对劲儿，闷热，这是下雨的象征。"

凤英："下吧，好长时间没下雨了，我们的玉米叶子都蔫了，再不下雨，就要旱死了。"

奶奶："常言说：'掏钱难买五月旱，六月连阴吃饱饭。'现在正是下雨季节。真是好雨知时节，杜甫的诗是好雨知时节，当春乃发生。咱这里是好雨知时节，当夏乃发生。别管春，别管夏，只要需要就下，都是好雨。苗一旱死，一切都完了。人们常说：有钱买种子，没钱买秧苗。这意思是说，秧苗是买不到的，一旦秧苗丢失了，再也补不回来了。"

凤英："水池里的荷花正开，荷花更需要水啦。"

奶奶："是的，荷花正开。正月樱桃，二月杏，三月桃花开满城，四月梨花白茫茫，五月石榴火样红，六月荷花开满池，七月棉花白腾腾，八月桂花香满园，九月菊花黄盈盈，十月桂花扑鼻香，十一月雪花舞北风，十二月梅花傲寒冬……"

凤英："说罢桂花了，你不是说桂花八月开吗？"

奶奶："桂花每年开两次，一次在八月，一次在十月。"

凤英："七月枣，八月梨，九月柿子红了皮。"

奶奶："你说那是成熟时间，狼腿拉到狗腿上了。十月天就开始冷了，场光地净，果子入库，颗粒归仓，昆虫入洞，人穿棉衣，该过冬了。"

凤英："这两个孩子也不怕蚊子咬，看睡得多香。"

奶奶："你没看，我一直给他们打着蚊子呢。"

雷声更大了，闪电更亮了，风起来了，空气凉爽了，蚊子刮跑了，这是人们最舒服的时候。忽然，一大滴雨滴到奶奶脸上。

奶奶："哎呀！雨来了。凤英，你赶快走吧，别叫雨淋了，会感冒的。"

凤英拿着席走了。奶奶先把花妮抱进屋里，再把萌萌抱进去。再把草垫和草苫拿到屋里。

顷刻间，大风吼叫，大雨瓢泼，雷声、风声、雨声，声声震耳。树木、院子、房子，处处雨淋。树枝乱响，院子里的盆盆罐罐，打着旋乱转。房顶上苫的麦秸，大把大把地飞走。窗户上糊的白纸，一层一层地揭掉。屋顶漏了，窗户透了。屋子里到处是"哗哗"的漏雨声。屋内屋外已经没什么差别了。床上的草苫淋湿了，床头处挂的衣服淋湿了，床前的地皮成泥滩了。奶奶他们三口畏缩在一个角落里，奶奶坐在草垫上，两个孩子坐在她的腿上。猛的一声雷响，他们一打战，猛的一抹闪电，他们一眨眼，只有奶奶没有明显表现，只是无可奈何地熬时间，焦急地等待着赶快渡过这个难关。两个孩子瑟瑟发冷，奶奶把他们抱紧。三人紧紧抱在一起，身子发冷，心里却是热乎乎的。

风还是那么大，雨还是那么下。闪电把院子照得通明，忽然，奶奶在闪

电中看见一个人影,她吓了一身冷汗。她慢慢冷静一会儿,振作一下精神,两眼直盯着外面。她看准了,外面就是一个人,手里还拿着刀。奶奶断定,这是想行凶。她马上大声喊:"谁在外面?不答应我要开枪了。"

这人是明白人,他知道奶奶有枪。他感到这不是行凶的时间。干这种事,一定在被害人不知不觉的时候。现在她清清楚楚,而且还准备开枪,哪能有机会干这事呀?他再次趴在窗户上往里看,正好看见奶奶的眼睛正朝着他,他吓得猛地往门旁躲,不想小心碰着石榴树上的鸡子,鸡子呱呱叫着乱飞,有的飞到东院,有的飞到西院。那人很怕奶奶用枪打他,跑得比兔子都快,很快跑到院子外面。他才把心放下,振作了一会儿,平心静气地回到了家。

他这次行凶没有得逞,但他吸取了教训,取得了经验。干这事不能在夏天,因为夏天人们睡得晚,瞌睡轻,稍微有动静就容易醒,对干这事很不利。所以,冬天,尤其是大雪纷飞的夜晚,人们都在酣睡时,干这事是最佳时间。

第二天一大早,东院的李大妈,西院的王大娘,纷纷前来询问发生什么事了,为啥半夜里鸡子乱飞?肯定是有东西惊动它们了。奶奶如实把事情的经过告诉她们。这事很快不胫而走,几乎全村老少都知道这件事。

几个月以后的一个隆冬晚上,天虽然不算太晚,由于天气不好,已经黑乎乎的了。奶奶催花妮和萌萌,去解个手,早点睡。她知道萌萌爱尿床,睡前把尿尿完,免得尿床。花妮说她渴了,想喝水。奶奶说:"渴了,去喝水呗,水不是在锅里吗?"

花妮:"锅里没水。"

奶奶:"怎么没水?中午你刷罢锅没有添压锅水吗?"

花妮:"怎么没添?今天我添得才多呢。平常我添一碗,今天中午我添了两大碗。就这也没了。"

萌萌:"半晌我喝了,我喝了两次呢。"

奶奶:"中午的菜汤有点儿咸。萌萌把水喝完了,怎么不及时再添上呢?"

萌萌感到自己悖理,站在那儿不吭气。

奶奶对花妮说:"现在添些,等一会儿就可以喝了。"

— 第八章 暗杀未遂反被杀 —

花妮拿住水瓢往缸里舀水。哪里有水呀？全是冰。

花妮："唉，哪里有水呀？全是冰。"

奶奶："对啦，这种天气，哪里会有水？好了，在锅里放些雪，过一会儿，就可以喝了。啊，不行，可能太凉，得烧一把柴火。"

花妮答应烧一把柴火。她拿一把碎末子拿到灶火前后，又发现没有火。她对奶奶说："没有火，奶奶，咋办呀？"

是呀，点火没有火，怎么能烧锅？

这个问题却难住了奶奶。奶奶家基本上没有点火的火源。平时做饭基本上是从邻居那里讨火，最方便的是从邻居家，有时邻居家没有火，就得跑好几家，才能找到火源。花妮常用一张纸卷起来，在邻居家点着以后，以最快的步伐走到家，填到锅灶里，赶快续柔软柴火，把火燃大，在锅灶里着起来。遇到刮风天时，就得想法把微弱的火苗保护起来，有时用衣服，有时用一木板。有时，半路上火苗熄灭了，花妮得拐回去，重新点着，小心翼翼地拿到家。

奶奶家也有火源，这个火源就是一把火链和一块火石。用火时，用火链猛向火石上撞击，让火花落到已搜集好的锅霉灰上。锅霉灰上开始燃起很小的火星，轻轻地用嘴吹，使它越燃越大，大到一定程度时，放些软柴，柴火燃着以后，把它填锅灶里，这时的点火就算成功了。

外面仍在下着雪。向邻居讨火吧，路上不是风刮灭，就是雪淋灭。自家打火吧，又那么麻烦。花妮对奶奶说："这雪水不用热，能喝。"她用勺子舀着雪水喝了几口，说道："奶奶，我喝罢了。"

在日常生活中，全家人吃冷饭，喝冷水，是常事。所以，花妮喝罢雪水后，对奶奶说时，奶奶并没有异常反应，因为，这是习以为常。

"人是一盘磨，躺下就不饿。""一天两顿饭，粮食省一半。"这是奶奶的口头禅。这是她勤俭节约的重要办法。在具体生活细节上，奶奶都是尽量节省，尽量少花钱，尽量不花钱。比如：晚上不做饭，渴了喝压锅水，做饭的用火靠从邻居家讨火，晚上纺棉花不用点灯，吃饭时尽量吃稀的，等等。

奶奶把已睡着的萌萌放在床上，盖一个薄被子，在被子上面再盖草苫、蓑衣。然后对花妮说："小妮子呀，你们先睡吧，我再纺一会儿棉花。"

花妮："今晚上得多盖些东西，我感到特别冷。"

157

奶奶

奶奶:"咱不是有蓑衣吗?多盖几个。不过得小心,别把毛碰掉了,把毛碰掉了就不好卖了。"

花妮又拿了几件蓑衣,一件盖在萌萌身上,一件盖在她自己身上,然后,不声不响地钻进被窝里睡了。

没有多长时间,花妮忽然叫起来:"奶奶,我的脸上一凉一凉的。我一摸是雪花落到我的脸上了。"

奶奶:"是雪花,我纺花的地方也有。"

花妮:"你不是说,咱的房子下雨漏,下雪不漏吗?"

奶奶:"下雪天,上面不漏,雪是从窗户缝、门缝里钻进来的。"

花妮:"一凉一凉的,我睡不着。"

奶奶:"你把蓑衣往上拉拉,盖住脸就好了。"

花妮"哼"了一声,不再吭气了。

雪不下了,风还在呼呼地刮着。地面上铺着一层厚厚的雪,表面上的浮雪被风刮得打着旋到处乱滚动,像孩子们捉迷藏似的,一会儿向东,一会儿向西,有时像苗条素女跳芭蕾舞,有时像非洲人跳探戈;它有时神出鬼没,有时炫耀一阵后,悄悄地消失在角落里。

奶奶还在纺花,屋里黑洞洞的,不时地传出纺车轮子转动的低沉的嗡嗡声,好像病久年迈人的呻吟声,不屏住气就听不出来。一个人趴在门缝上往里看,看见一豆粒大的小火点。这是奶奶纺花时惯用的照明灯。一根一头点着的香,插在锭子旁边,让光点贴近上线的尖尖处,贴得不能太近,太近了就会把线烧断;也不能太远,太远了光线太弱,起不到照明作用。奶奶夜里纺花,从来都没有点过灯,都是点着一根香照明的。

奶奶突然在院子里发现一个黑影。她集中精力再仔细观察,看是否真是什么东西,或许是自己的眼看花了。她再定住神看时,确实是个人影。奶奶有些害怕,是鬼吗?过去经常听人说到鬼的故事,但她从来没有见过,难道今天这个真是鬼吗?

萌萌还在她怀里睡着,她把他放在床上时,把花妮惊动醒了。奶奶让花妮悄悄地往外看看,花妮也看见了这个人影,她害怕了,小声问奶奶:"那是个人吗?他要干啥?我们怎么办?"

奶奶小声安慰她:"不管它是啥,我们都不怕。"

第八章 暗杀未遂反被杀

黑影趴在门缝上窥视，他看见豆大的微弱灯光，听见纺花车低沉地转动，好像久病老人的呻吟声。他出乎意料地发现，奶奶没有睡，他还自然而然地想到，奶奶有枪，而且枪法很准。万一她一开枪，我就白送一条命。他又想，今晚是大雪，踩在雪地上的脚印非常明显，很容易暴露自己的足迹……这事今晚不能干。

奶奶想，鬼怕恶人。好人怕赖人，赖人怕耍横的，耍横的怕不要命的。不管它是鬼，是人，我给它拼命，看它怎么办？于是她提高嗓门，故意让外人听见，吆喝道："你是谁？想挨我的枪吗？我马上开枪了，叫你死到俺家，不信你等着瞧。"

黑影毫不犹豫地走出了院子，消失在白皑皑的雪地里。两行深深的脚印，显得格外醒目，即使在无月光的黑夜里也看得一清二楚。

第二天早晨，奶奶正要准备往锅里添水做早饭时，发现缸里没水。她对花妮说："小妮子，咱俩去抬水吧。"

花妮："过去我说咱俩去抬水，你总是不叫我去。今天为啥又叫我去的呀？"

奶奶："过去我总觉得自己绰绰有余，今天有些力不从心。再说，今天天冷地滑，在这种天气里打水，我有些怯。我不敢冒这个险，还是咱俩去，比较保险。"

奶奶左手拎一个空桶，另一只手拿住钩担；花妮提一个瓦罐，上面拴一根长绳。奶奶经常用这种办法，把水从井里提出来，倒在桶里，桶满了后，挑到家里。

水井离他们住处三百多米远，这对有男劳力的家来说也不算什么，但对奶奶这个家来说，就是很大的难题。过去奶奶总是把水缸担得满满的。可是现在她力不从心了。她们到井边以后，发现井口方圆两米远全结了冰，花妮连爬到井沿看一下都不敢。奶奶拎住瓦罐准备往井里取水，一个年轻人说道："大妈，叫我给你打。"他直接用钩担钩住桶襻，轻轻松松地从井里取出来一桶水。他把水桶放下后说："好了，抬回去吧。"

奶奶再三表示感谢，并对花妮说："谢谢叔叔。"

花妮："谢谢叔叔。"

奶奶

奶奶把钩担穿在桶襻里,她拿起一头,让花妮把另一头放在肩上,她把另一头放在胳膊上。花妮走在前面,奶奶走在后面。风大路滑,她们走了一半路时,花妮一不小心滑倒在地,她肩上的钩甩了好远。奶奶没有摔倒,只是打了个趔趄。一桶水倒得精光,连一滴也没留下。奶奶放下钩担,把花妮扶起来,心疼地慰问她:"摔疼了吗?碍事吗?"

花妮看到奶奶没有埋怨她,本来想大声哭出来,一看奶奶不生气,她就把想哭出来的泪水憋回去了,只是泪眼欲滴,忙把水桶扶起来。

奶奶:"走,拐回去,再打一桶。"

她们来到水井旁,又请人帮她们把水提上来。她们抬起水,小心翼翼地把水抬到了家。奶奶把水倒在缸里,花妮站在那儿发呆,她在想什么呢?

刚才为她们打水的那个叔叔是春妮她爹。春妮是她的好伙伴,她们年龄差不多,经常在一起玩。可是春妮她俩的处境大不一样。在这样的天气里打水,春妮不用干,春妮她妈也不用干。她奶奶与俺奶奶年龄也差不多,可她奶奶啥都不干,等着吃穿;可是奶奶还得死去活来地干活,我奶奶太苦了。一天,她与春妮两人去地里挖菜,天色晚了,她们还没有回家。春妮她爹去地里接春妮了,可我没有人去接我。有一次春妮她爹去赶会,回来时给春妮带的烧饼夹牛肉。春妮接住后立即咬了一口,把我馋得流口水。谁会给我买个烧饼呀?只有奶奶会给我买,可是奶奶没有钱,想买也买不成。有一次,春妮她爹给她买的麻花,春妮吃着非常香甜,并且一直说着:"我爹给我买的,我爹经常给我买,不买这,就买那。"妮听着非常伤心,好像春妮看出了花妮的心思,她感到了花妮心里不舒服。她马上把麻花举到花妮嘴边,说道:"你咬一口尝尝。"

花妮幼小的心灵,经不起春妮的礼让。她神态矜持地咬了一小口,就这一小口还吐给了萌萌一半。她津津有味地咀嚼着,说了声:"好吃,谢谢。"这是花妮第一次吃麻花。

回家以后,萌萌对奶奶说:"春妮她爹给她买了樱桃、麻花、烧饼等,我没有爹,也没有人给我买。"萌萌的话让奶奶莫名其妙,怎么没影没踪地冒出这么一句话。奶奶在思索中,花妮做了解释。

奶奶:"你没有爹给你们买,奶奶给你们买呀。"

萌萌:"奶奶没有买过。"

160

奶奶已经眼泪汪汪了，她把萌萌抱起来，泪流满面地说道："孩子，可怜的孩子，不是奶奶不想给你们买，因为奶奶没有钱。你们跟着奶奶受苦了。"奶奶已经泣不成声。花妮说道："奶奶挣的钱多了，就给咱买。"

奶奶："是的，有了钱就可以买。无论谁都行，只要有了钱，都可以买。"

花妮："我有钱了，我也会买。"

萌萌："我有钱了，我也会买。"

奶奶问他："你咋会有钱呀？"

萌萌："我挣钱呀。"

奶奶："你咋挣钱呀？"

萌萌："我挖菜卖了可以挣钱，我去岗上摘酸枣，卖了也能挣钱。"

奶奶："我很高兴，俺的孩子知道如何去挣钱了。"

萌萌："我和姐姐挣很多的钱，给奶奶买白馍，不叫奶奶吃黑馍。"

奶奶已热泪盈眶了，她亲亲萌萌的脸，说道："好孩子，知道疼奶奶了。"

奶奶他们正在吃早饭时，春妮过来说："花妮，今天去我家玩吧？"

花妮："今天我还去不成。"

春妮："为啥呀？"

花妮："我得照看我弟弟。"

春妮："今天天气不好，你奶奶在家看着你弟弟，你不就没事了吗？"

花妮："我哪能没事呢？我奶奶还得洗衣服呢。"

春妮："水这么冷，怎么洗呀？"

花妮："我奶奶始终是用冷水洗衣服的，无论冬夏都一样。"

春妮："咦！"

奶奶："你要是真想去，把萌萌带上，去也可以。"

花妮和春妮都很高兴。

春妮："刚才我来时路过张强家的门口，那里围了好多人，乱哄哄的，听不见他们都说些什么。我好像看见一个死人，躺在张强的家门口。我没敢多看，赶快来了。"

奶奶："你净瞎说，咋会有个死人呢？"

春妮："我不知道，你最好去看看。"

奶奶

奶奶出去了。张强家门口真的躺着一具尸体，是王申的尸体。王申的妻子孙茜呼天抢地，悲痛欲绝。王申的母亲也号啕大哭，把村里人哭出来一大半。街上人纷纷议论：他是怎么死的？大多数人认为他是被害死的。但谁是凶手？为什么害死他？等等，谁也说不准。

王申的妻子孙茜去找张全，她说："昨天晚上他一夜都没回家。他说你找他有事商量。天气不好，你们商量啥事？现在他死了，你肯定知道他死的原因。"

张全平心静气地说："你的说法没有一点根据，我昨天晚上根本没有找他，他也没有来我这里。"

孙茜认为，她丈夫的死肯定与张全有关系。但她的依据是她丈夫生前的话，死无对证，死人的话怎能做凭证？孙茜申诉到了派出所。派出所对尸体做了认真的检查，结果是：卡喉窒息而死。查不出任何别的线索。只有让死人先入土，以后发现了线索再做细查。

奶奶很同情孙茜，她家本来就是个非常拮据的家。为这事两口子还不断磨嘴皮子。一家三口人，他们两口子和一个老娘。他们连个孩子也没有。孙茜有时埋怨丈夫没技术、没脑子，光会种那一点地，生活过得紧紧巴巴的。王申也感到自己没出息，一个男子大汉，连老娘和妻子都养活不起，实在丢人。

奶奶深表同情地安慰她，让她振作精神，与婆婆一起，相依为命，过好自己的晚年。孙茜对奶奶说了下面的话："我有时埋怨他几句，我主要是嫌他不动脑子。他光会干死板活，别人给他安排好的活，全是现成的工作。他不会主动想办法找活。最近，他对我说，我得想办法让你们两人过上好日子。叫你们有好房子住，吃好饭，至少不能让你们再吃糠咽菜了。有房子住，有地种，有零钱花，人过日子不就是这些吗？还想啥？这三大项满足了，就是幸福生活。我说：'你做的是美梦吧？这些条件你想得怪美！这是你一辈子的奋斗目标，也可能一辈子也奋斗不来。'他回答说：'你总说我不动脑筋，现在我学动脑子了。'我问他：'你一动脑子，马上就有吗？'他笑了笑，没说话。"孙茜停了一下，然后继续说："我在想，他说的话有些蹊跷，让人琢磨不透。房子，土地，零钱，他从哪里弄呢？莫非是偷人家的？偷东西时，人家把他打死了？"

奶奶:"不对。房子，土地，零钱。零钱吧，可以偷；房子、土地是偷不来的。我认为，他的死，不会是偷房子和土地造成的，而是别的原因。"

孙茜:"他的死与他近来说这些话有关系。"

奶奶:"这倒有可能。"

孙茜:"我还有一个疑问：他为啥死在张强的门口？他死那天晚上说，张全找他有事，他要去张全家商量事……这是多么的巧合呀！我有很多问题要张全回答。但他一口咬定他不知道。谁能卡住张全，让他说实话？只有张全说了实话，王申的死因就一清二楚了。"

奶奶:"我认为也是这样。"

奶奶

第九章

凶手当场被抓

　　王申的死让张全非常生气。他骂王申是废物，是草包，是饭桶。两年时间，连这么简单的事都没办成，还把自己的命搭进去了，真是窝囊废，死也是咎由自取。张全埋怨自己说："我怎么雇用了这么个人？我真是瞎了眼了。"事没办成，他很惋惜。王申的死，他无所谓。他的目的没达到，他不会甘心。他要继续把他的心事完成。他吸取了教训，不再盲目雇用人了，不是只要有人就雇用，而是要经过仔细调查，看他有没有干这种事的能力和水平。这种人要胆大，心细，勇敢，利索。绝不能用那拖拖拉拉，磨磨蹭蹭，优柔寡断，前怕狼后怕虎这号人。张全自言自语道："重赏之下必有勇夫。我肯定会雇用来更合适的人选。我的奖励条件要更加优厚。叫他把这事干成功后，一辈子就不愁吃穿。"

　　一天晚上，快要十点钟了，林胜眯缝着眼在床上躺着，半睡不睡的。他的妻子吴英兴致勃勃地推推丈夫，说道："你听说没有？张全又要物色人了。"

　　林胜无精打采地说："他物色叫他物色，管他呢。"

　　吴英："张全的奖赏很大，得了奖，一辈子都吃不完。"

　　林胜又是那句话："管他呢。"

　　他情绪低迷，无动于衷。吴英有些生气的样子，说道："你怎么是一个三脚踢不出一个屁的皮皮窝，真没意思！"

　　林胜有些清醒，一看妻子生气了，急忙坐起来，连忙问道："怎么啦？怎么啦？"

吴英:"怎么啦?我给你说半天话了,你还没一点感觉?像个木头人一样。"

林胜:"你说的不是张全要雇人暗杀陈奶奶的事吗?我可干不了那事。他奖赏再高,我也不干。"

吴英:"你净想的是'事';你没有想到'利'。"

林胜:"明知干不了的事,就不去想那利。"

吴英:"说明你不是个堂堂正正的男子汉,你是一个唯唯诺诺的可怜虫。"吴英说真不真,说假不假地呜呜哭起来。

妻子的哭泣才真正让林胜精神起来。对老婆,他也怕,也不怕。他不怕老婆的气势汹汹,也不怕老婆的飞扬跋扈。他就怕老婆的婀娜多姿地扭动,也怕老婆凄凄惨惨啼哭。妻子哭着说着:"我的命咋这么苦呀,我摊上个这么没出息的男人。我咋这么苦呀,我的男人这么不争气。"

林胜心软了,满怀着同情心情劝她:"好了,好了。你说咋办吧?我听你的,还不行吗?"

吴英:"我不是叫你听我的。你考虑问题不是从利益出发。世上哪一个人不是为了利益?离开了利益,谁干?谁都是:利益小了,少干;利益大了,大干。没有利益,不干。从早到晚跑折腿,都是为了一张嘴。可是你呢?这么好的机会,这优厚的奖励,你不感兴趣,你不想干,你想干什么?有丰厚的利益你不干,你愿意干的,尽是仨核桃俩枣的活。你叫我们吃啥?穿啥?我早就告诉过你,我跟着你,就是为了吃好的、穿好的。不然,我跟着你干啥?常言说:'男人怕不懂行,女人怕跟错郎。'该干的你不去干,你不是不懂行吗?我跟着你不是跟错了吗?还经常有人说:'男人谨小慎微,女人跟着受罪;男人啥都不干,女人吃不上饭。'这些俗语都是说,如果男人没成色,怕这怕那,啥都不敢干,啥都不愿干,叫他干他也不干,女人只等跟着他喝西北风啦,这样的日子会长久吗?"

林胜:"你别啰唆啦,你的想法我很清楚。只是这件事与一般的事不一样。我不是不愿意干,这种事我实在不能干。"

吴英:"正因为这件事不是一般的事,利润才丰厚呢。你没听人家常说吗,舍不得孩子,打不了狼。你没有大的投入,你会得到大的利润吗?况且,这次投入并不是物资的投入,而是胆量的投入,行为的投入。这种投入是最简单的,也可以说是轻而易举的。"

林胜："你说得怪轻巧，杀个人是轻而易举的事吗？"

吴英："当然啰，干了，就是轻而易举；不干，就是难如搬山。难易之间就是一念之差。你再想想，一处宅子，十亩地，还有牲口和农具，你若干了这件事，好日子就在等着你。不愁喝来不愁吃，我一辈子跟着你，咱们永远是好夫妻。"

黑夜能让女人变嫩，化妆能让女人变美。在柔和的灯光下，林胜突然发现自己的妻子竟是一个如此漂亮的天仙。他把妻子搂在怀里，温情似海地喃喃道："你让我干啥吧，我的小宝贝？你真是一个小妖精，你把我缠得心神不宁。你叫我干啥我干啥，你的话我绝对听。"

第二天上午，吴英问林胜："你去见张全吗？"

林胜："去见他干什么？"

吴英一听这话，立刻发火了。随即问他："你说啥呀？昨天晚上咱说得好好的，你怎么反悔了？你说话不算数，你算啥人呀？"

林胜："我认真想了想，那事还是不能干。我真的下不了手。我不是没那个胆，而是没那个心。没那个杀人的心。我求求你了，请你不要再难为我了。"

吴英："你是铁了心不干，是吗？你给我个利索话。"

林胜："我想……不过我……"

吴英："你别支支吾吾的，你只需说'干，还是不干'。不要啰啰唆唆的，干脆利索些。"

林胜还是下不了决心，要说干吧？他实在没杀人的心；要说不干吧？吴英肯定给他闹翻，而且有可能彻底翻。他正犹豫之中，吴英正正经经地说："好了，你别犹豫了，我也不难为你了。从今以后，你过你的，我过我的。咱们井水不犯河水，谁不管谁的事。这样，你就心安理得了吧？我马上就搬走，今后，咱谁也别见谁。"吴英说着做出收拾行李就要离开的样子。

林胜："你干吗？你去哪儿？"

吴英："你别管，反正我不会在这儿。就凭我这个长相，我这个姿色，我很容易找到养活我的男人。我不是那丑八怪没人要的人。"

林胜："不要说美呀、丑呀的。好婆娘，赖婆娘，娶到家里都一样。只要两人一条心，好日子就会地久天长。"

吴英:"好啦,你去找你那一条心的婆娘吧。咱们可以Bye-bye啦。我也不再管你的事,你可自由了,想干啥就干啥,多痛快呀?"

林胜看她真的要走,沉不住气了。他急忙站起来拦住她,说道:"你去哪儿?你别急,有事好好说,好事多磨。"

吴英:"有啥好说的?昨天晚上,啥话咱都说了,你答应得干干脆脆。可是一夜之间,你却变了,你说话如放屁,答应了的事,转眼就变了,心眼儿变得比翻书都快。你这出尔反尔,言而无信的小人,实在没一点意思,我跟着这号人,真让我寒心。我不走干吗?"

林胜:"你去哪儿?"

吴英:"我去找张全。我很佩服他,我也很崇拜他。你看他长得要个儿有个儿,要样儿有样儿,多帅气呀!他勇于承担,办事利索,只要想干的事,说干就干,决不犹犹豫豫,前怕狼后怕虎。果断办事,雷厉风行,这才是帅气。跟着这样的男人才有福气。"

她说去找张全只是吓唬吓唬林胜。她与张全暗地勾搭可以,但她不能去他家,因为范松也不是个省油灯,她在范松面前还是怯三分的。

她说去找张全完全是吓唬林胜的。她与张全暗勾搭可以,但要明目张胆地跟着他过,范松这一关她都过不去。

林胜:"你想去跟着他,当小婆?"

吴英:"当小婆咋啦?大婆、小婆,只是个排行问题。依我看,当小婆比当大婆强。大婆大婆,丈夫不要的破烂货;小婆小婆,丈夫新娶来的香饽饽。我愿意做香饽饽,而不愿做破烂货。丈夫不喜欢那破烂货了,才去找个香饽饽。因此小婆才是丈夫最宠爱的。历史上所有的西宫娘娘,都是皇帝的最爱。"

林胜认识到,她真的想跟着张全过,他惊慌失措了。他啥都不怕,就怕失去老婆。他深知娶老婆的艰难,她一走,很可能就再也娶不到老婆了。

吴英是一个适应性很强的女人,只要有吃有穿,待她好,什么样的男人都行,哪怕是大烟鬼、土匪强盗,她也不在乎。其实,她是一个很可怜的女人。表弟吴潜的妈是她的本家嫂子。她从小没爹没娘,伯父把她收养。伯母很不耐烦,但也没法。伯父母也有亲生,对她照顾欠缺,只是管她饭吃,管她衣穿,仅此而已。在品德教育,思想修养方面,伯父母很少

167

顾及。因此，她从小养成一个放荡不羁的性格。长大成人后，她的行为有些不端，做事有些不检，在群众中留下不少闲言。伯父想早点把她嫁出去，免得在家惹麻烦。

林胜也是个苦命人，他从小失去了父亲，他跟着母亲过活。家有二亩地，因没有人耕种，妈妈把它租赁出去，每年收百分之六十的收获。土地产量不高，又有灾害困扰，生活非常拮据，娘俩很受煎熬。林胜老大不小了，还没有娶妻，妈妈非常着急，白天不吃饭，夜里难休息，整天想着尽快娶个儿媳。她今天去找马媒婆，明天去找媒婆李，为她们讲情，为她们送礼，只要能找个儿媳，啥条件她都允许。

一天，媒婆李对吴英伯伯说："给你侄女儿找个婆家，你看如何？"

吴伯伯："可以，可以，一切由你。谢谢你。"

媒婆李又问林胜妈："给你儿子介绍个媳妇，你有啥意见？"

林胜妈："只要是个女的，别的啥条件都无所谓。"

不久以后，吴英就来到了林胜的家。吴英只嫌林胜家穷，吃的不好，穿的也一般，还得干活，真没意思。她整天想的是不劳而获，不但是不劳而获，而且还得是吃得好穿得好。她梦想的家庭是少付出，多收入，干得少，收入多。林胜是个老实巴交的人，他不会投机取巧，也不会游手好闲，坐吃山空。他是个辛辛苦苦干活，老老实实做人，这种典型的艰苦朴素、厚道大方的北方农民性格。他与吴英完全是两类人，他俩的结合，是纯粹的男女结合。从感情上说，他们的结合是痛苦的结合，是残忍的结合。由于吴英的随意性和林胜的呆板性，这两种性格就注定林胜要随着吴英转，他必须听从吴英的摆布。否则，他们就过不到一起。只是在这个问题上，牵涉的问题太大，触及的人心太深，林胜才犹豫这么多天，而下不了决心。在平时所有问题上，林胜是绝对听从吴英摆布的。但即使在这个问题上，林胜还是软了下来，乖乖地听妻子的话，按吴英的指示办事。

林胜："好，好，我干，我真去干……不过……"

吴英："你看，你看，你又反悔了不是？"

林胜："看你急的，你还没弄明白我的'不过'后面是什么内容，就急忙反击了，你也太盲目了吧。"

吴英："你说，你的'不过'后面是什么内容？"

林胜："我是说，陈奶奶有枪，而且枪法很准，弄不好还会被她击毙，白搭一条命。这就太不值得了。"

　　吴英："啊，这是个技术问题，不是态度问题。这就看你的技术水平了。这是考验你机智、勇敢、敏捷、果断的时候，这就看你的了。"

　　林胜："说实在的，我没有把握。你想想，我平时连枪都没拿过，叫我马上打人，我打得准吗？我一枪打不准，还让我打第二枪吗？她随即就把我干掉了。你看危险不危险？"

　　吴英："危险是肯定的。四平八稳的小事，还让你去干？即使干了，也不会有这么优厚的奖赏呀。现在，你别的不要犹豫，只是想办法躲过危险，一举成功，不留后遗症……好吧，今晚好好睡一觉，明天就去领任务。你的远大计划就要启动了，我们的幸福生活就要开始了。让我们期待吧。"

　　林胜躺在床上翻来覆去睡不着。他的思想从来没有像现在这么紧张，他的心情也从来没有像现在这么难受。他要干一件大事，什么大事？一个伟大的贡献？一个伟大的创举？一个名留千古的功勋？一件人人赞许的奇迹？都不是，而是罪恶。是遭到万众唾骂的罪恶，是牲畜不如的罪恶，是为自己祖宗留骂名的罪恶，是永远留在历史耻辱柱上的罪恶。从他这一辈儿起，他的家庭就是一个万众辱骂的家庭。自己的家庭本来是一个清清白白的毫无斑点的家庭，以后就是一个斑斑污垢的家庭，是一个不齿于人类的家庭……林胜煎熬了一夜，整夜没有闭眼。他精神疲惫，痛苦不堪——天明了吧，我要迎头拼上，管它是死，是活，还是什么别的风险，我都得豁出去，不顾一切后果。因为我没有别的出路，只得将自己陷入漩涡！

　　第二天上午，林胜去找张全了。出发前，他对吴英说："万一我回不来，你就往张全要人。他会抵赖的，但你不要被迷惑，要坚定这种理念：我的行动他知道得清清楚楚，他再耍赖都不要相信他。别把他当人看待，他不是个人。"

　　吴英："我知道。你放心吧，你会安全回来的。"

　　林胜与张全谈好了条件：事成以后，一处宅子带着三间瓦房，十亩良田，一匹马，一头牛，农具齐全。张全是甲方；林胜是乙方。双方签订了合同，上面有双方的手印。双方各保留一份，具有同等效力。合同的签字就是执行

169

合同的开始。合同开始执行时，甲方付给乙方奖赏的一半，事情成功后，把奖赏付清。任何一方不准毁约，若甲方不执行合同，必须把合同上订的奖赏数原数付给乙方；若乙方毁约不执行合同，必须付给甲方合同上规定的奖赏数。乙方所用工具，由甲方提供；乙方执行任务的方法和具体时间，由乙方自行决定，甲方不予干涉。乙方遭受不幸时，甲方必须赔偿所有损失。合同即日起生效。

林胜坚持合同上必须签字，必须各持一份，并具有同等效力。张全有一条不同意，就是各持一份。张全认为，这是一个有力的证据，他是赖不掉的。他为了要赖，他不愿意各持一份。只需一份保留在他那儿就可以了。林胜坚持自己要保留一份，否则，他拒绝干这活。在林胜的坚持下，张全才勉强同意了让各方保存一份。

林胜回到家里对妻子说："你看，合同签罢了，我把工具也拿回来了，一杆枪，一把刀。"他把这两件武器放在桌子上，它们闪闪发光，刺得林胜两眼迷茫，神志不清。他把两眼合起来，闭了一会儿眼，再睁开时，好像看见刀上血淋淋的。他马上再次闭上眼睛，停了一会儿再睁开，一切恢复了正常。他好像打了一个盹儿，做了个梦。他把梦情告诉了吴英，尤其是梦见两件武器闪闪发光和血淋淋的刀。他认为，这是一种征兆。但是什么征兆呢？是福，是祸？是喜，是忧？他真说不透。吴英也一无所知。但她瞎猜了一下，她说："大概是报喜的，刀上血淋淋的，预示着你做事已经成功。刀上有血，预示着你干这事是用的刀；刀上带血，说明事情已经成功。可以肯定地说，这个征兆是报喜的。好哇，恭喜你了！"

林胜的矛盾心理非常突出。他希望成功吗？不希望。若成功了，他的罪恶就定准了。他就永远不是个清白人了。一个好人顷刻变成了罪人，多么可怕呀！那么他希望把事情办砸吗？也不希望，办砸了，虽然沾名可乐，奖赏可以不要，但妻子这一关实在难过，她会把他纠缠得不死不活。他最理想的结局是：他干了，而且是真心实意地干的，但没有成功。所谓没有成功，就是对方没有死，还活得好好的。林胜想，最后落个暗杀未遂的结果。上天保佑，但愿如此吧。

在执行任务的时间和采用的工具上，林胜充分征求吴英的意见。吴英说："当然必须用刀啰。刀上有血就告诉咱们，刀是咱用的工具。"什么时间呢？吴英说："白天，绝不能在晚上。"

林胜："为什么？"

吴英："用刀的距离短，你必须去到她跟前。这要在晚上，就有很大的危险性。首先，你咋进入她的屋里，深更半夜，稍微有些动静，她拿枪就把你打倒，一切都完了。若在白天呢？你把刀揣在怀里，找机会与她拉关系，磨蹭到她跟前，冷不防把她砍死。拔腿就跑，消失在隐蔽处，随即逃跑。等人发现她的尸体时，你已经跑得无影无踪了。"

吴英说着，林胜听着，吴英说得头头是道，林胜听得津津有味。她说得有板有眼，他听着切实可行。林胜不住地点头称赞，重新认识了妻子的智慧和才能。

林胜："我还真的佩服你，你给我指出了如何执行任务，如何逃逸现场的具体办法。你再说说，这个任务应该在什么地方执行呢？也就是执行的场所。"

吴英："不能在空旷的田野里，也不能在光秃秃的广场上。应该在漫天遍野的青纱帐里，或者在密密麻麻的丛林里。此外，在离她家较远的地方。在这些场合，你攻可进，退可守。进退自如，行动有度。这是我的浅见。你认为合适吗？"

林胜把奶奶的活动轨迹摸得清清楚楚。她晚上在家纺棉花，或做针线活。白天，她去东坡拾柴火，尤其在水淹的地里捡稗子草和水红花。奶奶起床很早，她去地里时，天还不太亮。在地里两个钟头以后回来。

奶奶很少在家睡一个完整的夜晚。前半夜，她的主要任务是纺棉花，从六点多到十一点多。她五点左右起床，简单地洗脸，拿着绳子、扁担就出来拾柴火了。她主要去东坡，因为东坡柴火多，质量高。历来农民都把福与水连在一起，甚至说福就是水，水就是福。有个顺口溜："村里水汪汪，福气逐年长；村里有条河，幸福逐年多。"可是这个说法就不适合洛家庄，该村北临一条河，叫作康洛河。这条河是百害而无一利，这里的农民穷就穷在这条河上。旱季农民需要水时，河底的土干得裂缝，可以掉进去一只脚。雨季，农民不需要水时，地里的水需要排到河里。但河里的水比地里的还多，甚至河里水灌到地里，把地里的庄稼全淹死。洪水是猛兽，把洪水比作猛兽，一点也不为过。甚至它比猛兽有过之而无不及。猛兽伤害的是人的

性命，而且是局部的、个别的。而洪水伤害的不仅是人的性命，还有物资财产。它伤害的面积之大，范围之广，超过任何灾难。就是这条河，把洛家庄的农民害得妻离子散，家破人亡。这条河每年都有一场洪水，都发生在夏初。因此，一大片良田只能种高粱、青麻之类的耐涝庄稼。洪水到来时，它们不怕水，不怕涝。在水里也不低头，不哈腰，巍然屹立，雄伟自豪。

初冬季节，水早已退下，只剩大个子的高粱秆，稗子草，水红花，傲视着在它们旁边趴下的低矮杂草，扬扬自得地站在那里摇动身子，逍遥自在。奶奶来到这里，重点捡地上的稗子草和水红花。因为它们的籽可以吃，把它们磨成面后，擀面条、蒸馍都可以，虽然比不上麦子面，比高粱面、豆杂面好吃，比野菜更好吃。距村庄近的地方，稗子草和水红花已经不多了，奶奶得去比较远的地方。她走到目的地以后，在脚底上绑一块木板，在比较软的地方行走时，不会陷进去。奶奶先把捡到的稗子草和水红花捆成小捆放在地上，然后把一个个小捆收集起来。时间到了，奶奶把所有的柴火捆成两小捆，在一头把两捆捆在一起，把另一头岔开，让它骑在脖子上。柴火很重，当奶奶把它驮着站起时，打了个趔趄。奶奶不能一下子走到家，她得在半路上休息一次或两次，甚至三次。休息时必须把柴火放下，再把它驮起时，需要顽强地挣扎。尽管柴火很重，搬运着很费劲，奶奶还是尽量多捡些，而且是越多越好。在回家的路上，浑身是汗，衣服湿透，筋疲力尽，对奶奶来说已是习以为常了。

林胜领罢奖赏的一半以后，开始实施他的谋杀计划。他经过周密考察，验证核实，再经过模拟实验，最后确定，在奶奶去东坡拾柴火时，对奶奶下手。这天早晨，林胜拿了一把屠刀，一大早就去大东坡，在远处观察奶奶的行动轨迹。当奶奶驮着柴火往回走时，他躲藏在奶奶回家路上的破砖窑洞里。他专心注视着奶奶的行踪，当奶奶步履维艰地来到破窑洞时，她习惯性地放下柴火休息一下。这时，林胜很紧张，也很激动。紧张的是他从没干过这种事，过去一听说杀字，就有一种诡异的感觉，好像距自己十万八千里。可是现在，自己就要亲自干这事了，太不可思议了。再者，奶奶可不是个无人知晓的平庸之辈，她是一个赫赫有名的、周边村庄都知道的女名流。对这种人下手，得有很深的负面影响，事后的群众谴责，沉重的负罪感，等等。再者，她是人们爱戴的人物，她领导抗日游击队，活

第九章 凶手当场被抓

捉日本鬼子，挽救人们的生命财产……对这样的人下毒手，还是人吗？不是人，是不齿于人类的狗屎堆。他有些心软了，不想干了。这是关键时刻，在这刹那间，就有两种命运：要么是堂堂正正的好人，要么是遗臭万年的败类。我本来是个好人，怎么能当败类呢？不，这事不能干。可是转眼间，他又想到事到如今，半途而废，奖赏得不到也就算了，但吴英这一关过不去呀。他马上想起吴英就要离他而去的场面。我若不干，她肯定离开我，我将再打光棍。啊，太可怕了。再者，我已经用罢张全的一半奖赏了，若不干成功，我就还不起张全的这笔账……好吧，他横一条心，一不做，二不休，干下去吧。

奶奶来到了破窑洞，她把柴火捆靠到窑洞断裂的破壁上，呼哧呼哧地喘着粗气。她拉掉挂在脖子上发黄的毛巾，用力擦脸上的汗水。就在这时，林胜拿着屠刀从墙后跳出来，要给奶奶致命的一刀。恰在这时，他身后跳出来两个人，以极快的速度把他的两只胳膊扭到背后，用绳子绑了起来。

一个人对林胜说："替奶奶把柴火驮起来。"林胜把头伸进柴火捆里，拱起来把柴火捆驮起来。一个人用手向村庄指指，示意让林胜驮住柴火去村里。奶奶他们三人在后面跟着。奶奶想询问是怎么回事时，这两人用无名指挡住嘴，摇摇头，意思是说，不要问。于是，林胜驮着柴火走在前，他们三人轻轻松松地跟在后头，四人一块儿向村子走去。

林胜的思想五味杂陈。他首先考虑的是他们会怎样处置他。他是在行凶时被抓的，罪恶不轻，处罚很重，千万不要是死刑。那也说不定。唉，我犯了大罪，毁了我一生。

在林胜的精心策划，周密调查后，才着手实施的暗杀计划，怎么轻易被抓了呢？

去年冬季的一个大雪天里，王申受雇于张全，去暗杀陈奶奶，由于奶奶的警觉，不但没有机会下手，还惊动了鸡子的乱飞，使得村里人都知道奶奶家遭袭的消息。原来参加抗日游击队的队员得知后，集中在一起商量奶奶家深夜发生此事的原因。他们一致认为，有人企图暗杀奶奶。他们义愤填膺，表达了誓死保护奶奶的决心。他们轮流值班，每天两个人捍卫奶奶。在奶奶不知情的条件下，保护她。不让她知道，不会影响她的生活。去年冬天杀害王申的是沈二虎和洛富强。他们两人年轻气盛，要强，抓住王申就杀了。队

奶奶

员中也有不同意见，不少人说他可以不杀，因为他已经走出院子，放弃了行凶，就不应该杀他了。但有的说，杀王申理所应当。他深更半夜去别人家干什么？不就是行凶吗？这一次虽然没动手，这只是因为没有机会，而且他自己感到不安全，不等于说他不想杀。把他杀了就消灭了隐患。再者，本以为，杀了王申，可以给张家提个醒儿，警告张家不要用这种卑鄙手段搞暗杀，这是理屈无能的表现。但他们不吸取教训，王申被杀的有关事宜还没有搞清楚，他们却马不停蹄地又雇用了林胜继续行凶。看来，张全真是个杀人恶魔。他是不到黄河心不死的。

这天捍卫奶奶的是李石头和刘铁蛋。他们两个年纪较大，处理问题沉着老练，没有杀害凶手，而是把他绑起来，把他带到联络点。对他审讯，让他交代问题。这样，他可以交代更多情况，了解他们的更多内幕，让凶手写出材料，作为张全他们罪恶的铁证。

林胜被关在刘铁蛋家的地窖里。他在里面天天写悔过书，检查自己犯罪的根源，主观的和客观的。另外，还要写悔过自新的决心和改正措施。刘铁蛋告诉他："要想活命，必须交代事情的原委。若不老实交代，弄虚作假，企图蒙混过关，就不会放过你，这里就是你的葬身之地。"

林胜唯唯诺诺地说："是，是，我老实交代，我老实交代。"在林胜的初步交代中，他写出了下列事实：张家渴望霸占奶奶的宅基地，但奶奶就是不给，买，不卖；换，不干；不管出多少代价，就是不给。于是，张全先雇王申暗杀奶奶。王申不但没办成事，反遭杀害。张全仍不死心，又雇我杀害奶奶。事成后奖赏很优厚。林胜交出了张全给他的屠刀和短枪。短枪放在家里。他还说，他与张全签订了暗杀合同书，双方各持一份。他这一份由他妻子吴英保存着。

张全像热锅上的蚂蚁，惶惶不可终日。他时刻注视着奶奶家的情况：奶奶的出出进进，两个孩子活蹦乱跳，一切没有异样。奶奶家的生活如同往常。他很纳闷，派林胜去杀人，要杀的人还活着，杀人的人不见了，真是奇怪。他百思不得其解。几天过去了，还不见林胜的踪影。事是肯定没办成，他人呢？别再像王申一样，事没办成身先死。想到这时，他出了一身冷汗，王申的死，他刚勉强糊弄过去，如果再出个林胜问题，他就应付不了啦。

林胜老婆吴英三天两头去找张全，向他要人。吴英有可靠证据，林胜

第九章 凶手当场被抓

就是被张全雇用去杀害奶奶的。吴英说得恳切,张全明知道她有他的把柄,他不敢嘴硬。吴英去找他时,他总是说"事情还没办完,别着急,他很快就会回来的"。

吴英对张全说:"三天内你找出林胜的下落。活,见人;死,见尸。不能这么不死不活的。你总是用'别着急,等几天就会回来的'来应付我。我马上就去上告。我有铁的证据,你赖不掉。"

张全:"你告谁?"

吴英:"我告你。我如实说,你叫他为你办啥事,什么条件,什么奖赏,等等,我都清清楚楚。你赖得掉吗?你们订的有合同,有你的签字,你赖得掉吗?绝不会像王申那样,你不承认就没事。现在,你承认不承认都没关系,因为我们有铁的证据。"

张全一听吴英的说话内容,心里就发怵。他想吴英真的知道内情,而且知道得非常具体。他得想一切办法,付出最大代价把她稳住。只要把她驯服住,就是林胜回不来,也关系不大,也出不了太大的纰漏。张全苦苦哀求吴英:"我的姑奶奶,你不要着急,你再等等,他会回来的。你有啥难处,请告诉我,我满足你的要求,你有吃有喝的,多等几天怕啥呀?"

吴英很纳闷,林胜去杀陈老婆子,现在陈老婆子毫无异样,去杀她的人反而无影无踪,真是诡异,不可理解。难道真的是她把林胜干掉了?没活人得有尸体呀。活不见人,死不见尸,这是怎么回事呢?她这样想想,那样想想,百思不得其解。最后,为了打听丈夫的下落,她决定亲自去找陈奶奶,也许从她那里可以摸索到些线索。

一天中午,奶奶家三口人正在吃午饭,吴英来到了奶奶家。奶奶让她坐下,两人寒暄几句后,吴英主动作起了自我介绍。

吴英说:"你认识我吗,奶奶?我是林胜的妻子,我叫吴英。我娘家是吴庄的,那个吴潜,你知道吧?就是打死一个日本兵的那个少年。"

奶奶:"哦,对,对,我知道,我找过他妈,了解他的情况。"

吴英:"他妈就是我的本家嫂子,我们是近门,一个祖坟,逢红白事都还来往呢。"

奶奶:"你嫂子的生活也很艰难,丈夫被日本人打死了,孩子小,她吃了很多苦头。不过,吴潜很有志气,在咱村消灭日本鬼子的战斗中,立下了不

175

可磨灭的功劳……"

在她们两人的谈话中，花妮端着碗坐在一旁边吃边听，不时地观看着这个陌生人。萌萌也端着碗，他不坐，一直在走动，还不断靠近吴英。忽然，吴英靠近锅台，用勺子搅着锅里煮熟的野菜，说道："这就是你们的午饭？"

奶奶："是的。"

吴英："你们还吃什么？"

奶奶指了指箅子上的菜团子，说道："还有这些。"

吴英用勺子从锅里舀了一点菜汤，就着嘴喝了一口，随即吐了出来。她又从箅子上拿了一块菜馍，填到嘴里嚼了一下，也吐了。

她问道："你们整天就吃这些吗？"

奶奶："是的。"

吴英："这不是人吃的食物，里面没有油，连食盐也没放够。"

奶奶："我们就吃这些。花妮每天都去地里挖野菜，我们才有吃的。"

吴英："若天下雨，没法下地怎么办？或者冬天，冰天雪地没有野菜怎么办？"

奶奶："我们有捡来的红薯叶、干野菜什么的。有好多呢，够我们长年吃的。"

吴英简直不相信自己的眼睛，若不是自己亲眼见，而是听别人说的话，她就不会相信。她心里想：太不可思议了。她煞有介事地问萌萌："好吃吗，小孩？"

萌萌："好吃。"

吴英："你吃几碗呀？"

萌萌："两碗。"

奶奶："我们吃这野菜的味道，与富人们吃大肉的味道一模一样，甚至比他们吃大肉都香。"

吴英："你们有粮食吗？"

奶奶："有哇，啥粮食都有，小麦、高粱、谷子、大豆、玉米等。不过，都不多，都是拾来的，平时不舍得吃。"

吴英："我很尊重奶奶。当年领导抗日游击队，活捉那么多日本兵，挽救了我们的生命财产，真不简单。你是怎么做到的？你有枪吗？你会打枪吗？"

奶奶："我当然有枪啰。我不但会打枪，我打得还很准呢。几十米以外的目标，我举枪就可以命中。"

吴英："你现在还放着枪吗？"

奶奶："当然放着啰，我常年放着，一发现情况我就用，谁来侵犯我，我就用枪对付他。"

吴英点了点头，"啊"了一声，然后话锋一转，说道："我很佩服奶奶，你们一家子，老少三口，虽然生活苦些，但你们过得很快活、很幸福，我很羡慕你们的生活。"

奶奶："我们家远不如你们家。你们家是一个更快乐、更幸福的家。"

吴英："我们家不快活，也不幸福。"

奶奶："哪能呢？你们两口子，快快乐乐一个小家庭，不愁吃，不愁穿。林胜给你挣钱，你料理家务，小日子过得滋润着呢。我佩服你们，但还不一定有这个资格呢。"

吴英："我们哪像你说的那样？一家只知道一家。林胜整天出去没影儿，一连好几天多不在家。家里只剩下我一个人，孤苦伶仃，非常悲惨。"她说着说着哭了起来。

奶奶："你就是怪可怜的。他干什么去了？再忙也得回家看看呀？他几天没回来啦？"

吴英："好几天了。"

奶奶："他去干什么了？他走时没告诉你他出去干什么吗？"

吴英："不知道他去干什么了。他走时也没告诉我。"

奶奶："他一定是给你挣大钱去了。你等着他的好消息吧。他给你挣了大钱回来，够你们享受一辈子的。"

吴英不说话，仔细倾听奶奶说，好像听出什么滋味似的。

奶奶："他与谁在一起出去了？"

吴英："不知道哇。我也不知道他爱与谁在一起。"

奶奶："这就不好办了。你就慢慢等吧。快过年了，过年时，他一定回来。为了咱娘儿们的情分，我想告诉你的是，你要沉住气，别着急，等待他的回来，他一定会回来的。"

吴英连声说了"谢谢，谢谢"后，离开了奶奶的家。

奶奶："小聪明，吃亏就在于不老实。自己主导着干的事，反而说不知道，还假惺惺地来我这儿找人，真是机关算尽太聪明，反误了卿卿性命。"

听看守人员说，林胜表现不错，非常配合对他审讯和盘查。奶奶决定与他面对面交谈一下。一天，奶奶让看守把林胜叫到她跟前。林胜小心翼翼地站在奶奶面前，不敢抬头，不敢看奶奶一眼，畏畏缩缩地不敢有任何动作。奶奶让他坐在凳子上，他稍微有些舒展，两眼也敢看奶奶了。

奶奶问他："你该杀不该？"

林胜唯唯诺诺地回答："该杀，该杀。"

奶奶："为啥没有杀你？"

林胜："还不到时候，时候到了就杀。"

奶奶："你还有自知之明，这说明你知道你犯的什么罪。"

林胜："我知道，是该死的罪。"

奶奶："我叫你来见我，我想对你说说对你的看法。"

林胜点点头，倾听着奶奶要对他说什么。

奶奶："你不该犯这个罪。你是一个好人，一个忠诚老实的人，一个吃苦耐劳的人，一个与人为善的人，一个受群众好评的人……这是你的秉性，你的本质。'杀人'两个字与你的秉性怎么也连不上，连个边也不沾。两者差距这么大，你怎么会干出这种事？你好好挖挖思想根源，以免今后再犯同类的错误。"

林胜松了一口气。奶奶的讲话，他听得很仔细。奶奶说的"以免今后再犯同类错误"这句话，他听得可认真了。这句话足以说明他今后还有活路，说明不会叫他死。他心里暗暗高兴起来，脸上也放松了，也敢与奶奶对话了。

奶奶："我今天特来告诉你的是：你要坚持你的秉性，让它发扬光大。在任何场合、任何情况下，都要坚持正义，坚持真理，坚持人民利益，坚持国家利益。同时，要坚决与罪恶行为做斗争，坚决与损人利己的行为做斗争。不能向恶人妥协，不能向私情、柔情、温情妥协。总之，做事要有原则，在日常生活中，对原则性不强，甚至没有什么原则的问题，要灵活些，不要认死理；对重大的原则问题，例如抗日问题，张家欺负群众的问题，不但不能妥协，还要作坚决的斗争，有时候要不惜牺牲性命。像在抗日斗争中，我们就是要不惜代价，包括性命，与之斗争，不获胜利，决不罢休……你本来是想杀我的，是我的仇人。但我不恨你，我知道杀我不是你的秉性，你受某种驱使，干出来的蠢事，不是你的内心，所以我抱怨你。我始终认为，你是个有正义感的人，在关键时刻，你是为正义挺身而出的……关于你的家庭，请你放心。几天前，你妻子去我家了，她是打听你的情况的，她很担心你的安全问题，一个人在家，孤独，焦急，这是可以理解的。我安慰了她，让她耐心等待，不久以后你会回来的。你在这里安心悔过，把你知道的事，彻底交代清楚。然后就叫你出去。"

奶奶的说教，林胜听着哭着，有时哭得撕心裂肺。最后他痛心疾首地对奶奶表态：我坚决听你的话，用你的教导改变我的人生。

张全真有些支撑不住了，他有钱，有势，有人缘关系，但在这个问题上，他毫无办法，这叫作"水牛掉井里——有力用不上"。思想压力压得他喘不过气来，他承受不住了，他只得告诉爹爹和爷爷。爷爷听到这个消息后，非常生气，他说他无知，不听话，自以为是。现在问题出来了，他没办法了。

爷爷张承把张全叫过来，狠狠地教训他："你现在明白了吧？你的想法不行。你的办法不中，你不听老子的话，终究要砸锅！我先问问你，干这事是谁的点子？王申的事是你干的，那事还没结束，又出来个林胜问题，你是非把咱们这个家彻底搞垮不可。我再三告诉你，别急，别急，可你就是不听。你真是个败家子，我们张家出了你这个逆子，真是我们的耻辱。你非把我气死不可。你自己结的恶果，只有你自己吞下，谁也没办法帮你。"

张强："这回你把事情闹大了。弄不好你把命都得搭进去。"

张全："有那么严重吗？"

张强："一点也不严重。你做事不顾后果，不择手段。我问你：现在林胜在哪里？"

张全："不知道。"

张强："怎么不知道？不是很明显吗？他被陈老婆子那一帮人控制着。很清楚，他是被活捉了。你想想，他杀的人没有死，他本人不见了，不就是被活捉了吗？麻烦大就大在这儿。林胜在他们那儿，会把全部事情交代出来。你给他说了啥，你给了他啥东西，他办成事后你允许他啥……这一切的一切，他都说出来，看你咋办？这不是一般问题，是人命关天的大事。我说弄不好还会把命搭进去，不是危言耸听，是客观事实。"

179

张全:"只要林胜不回来,就没有证据,我死不承认,他们没法。只要没有证据,他们就拿我无法。"

张承:"你不要再自作聪明了。你看问题太简单了,林胜回来与不回来差别不太大。你给他的凶器是证据,你给他的奖赏是证据。据说你们还有合同,这更是证据啦。合同共几份?林胜有吗?"

张全:"他有。他那一份估计不会带在身上,他很可能留在家里。他老婆会保存着。"

张承:"有这份合同在,你的罪就更赖不掉了。这份合同不管在哪儿,如果林胜带在身上,他把合同交出去,一切都清楚了;如果他把合同留在家里,他老婆把它交出来也是一样。你还说,只要林胜不回来,就没有证据,怎么没有哇?证据多着呢。"

张全:"这份合同他留在家的可能性大,他老婆肯定知道。我得想法把合同要过来,至少让她不说出来。"

张承:"你要明白,在你和她丈夫两人,还是她丈夫重要。她要竭力想法保护她丈夫的最大利益。"

张全:"我得想办法,我不信就没有办法。就凭咱家的威望,咱们的人缘关系,咱们的影响,我认为,咱们没有解决不了的难题。只是咱们付出多少的问题,只要肯出钱,就可以把事情办好。有钱能使鬼推磨嘛。"

张承:"你不要再白日做梦了。你没看现在是啥时候了?你那想法都行不通。一切都晚了,你自作自受吧。不信,你试试。"

第十章

准备过新年

已经是腊月二十三了,准备过年的气氛更加浓厚了。

过新年的准备工作,其实一进入腊月就开始了。二十三以后,准备的气氛更热烈了,其工作也更集中、更全面了。全村的公益事业,就是在村西头的广场上,安排文艺设施。广场的西半部,重点是儿童玩具,像秋千、七巧板、蹦蹦跳、滑梯、游船等。孩子们最喜欢的是秋千。从建成到拆除,每天都挤满了人,孩子们经常排队,轮流上架。一天能玩一次就算幸运的了。

广场南侧,搭一个十米长、三十米高的火焰山。这是用秫秸交叉绑成方块后,站立起来,固定在两根木棍上。每个方块上放一把用黏土粘在一起的松枝,上面放一个萝卜灯,夜里把它点着。一个火焰山上有一千多个萝卜灯,全部点着后,夜景非常壮观。灯光在空中闪闪摆动,像一千多个可爱灵敏的小姑娘在跳广场舞,动作优雅,温馨宜人。每一个灯头,像一个美女的温情脉脉的甜蜜笑脸,用各种英姿向你发笑;又好像给你投来迷人的微笑,把你的心挑逗得魂牵梦萦;那射向你的温光,柔软如絮,让你激发得精神焕发,心旷神怡。每年的火焰山都吸引了大量观众,使他们流连忘返。因此,火焰山历来都是洛家庄的文艺绝招,招来周围十里八村的农民前来观赏。由于人多为患,踩踏死人事件时有发生。广场北侧,是一个用太平车对成的大舞台,专供唱戏或演文艺节目使用。这个台子从搭成到正月十六,每天都有戏剧或文艺节目演出。外村的,本村的,络绎不绝。很多小商小贩,都云集在这里,单挑的,扛篮的,推车的,背篓的,他们叫卖各种商品,如：麻花，荸荠，花生，面鱼，甜秫秸，梨膏糖。还有吹糖人的，吹琉璃棒的，卖老鼠药的，卖虱子药的，卖蛇蚤药的。他们喊声不断，叫声不绝，广场像一窝蜂，不分言语，只是嗡嗡。来观看节目的是各种人群，有眉清目秀的小姐，也有英俊潇洒的小伙。有白发苍苍的老汉，也有满脸皱纹的婆婆，有娴雅矜持的姑娘，也有英姿焕发的帅哥……他们是出来看人的，也是被人看的，而主要是出来游玩的。总之，这里是一个热闹非凡的场所。

所有文艺设施的消费都出自洛家庄洛族基金会。洛家庄绝大部分人都姓洛。据说，他们都是明末时，从山西大槐树村迁袭过来的。来时只有姓洛的一家，他们兄弟五人，很快发展为五家，再往后发展，直到今日成为一个村庄了。因为他们都是从一个洛家繁衍出来的，所以，他们都姓洛。

祖坟上有一百多亩地，是所有洛家人的集体财产。由被选代表负责经营管理。每年的收获，换成钱后，作为基金储存起来，用作集体消费开支，如每年的文艺消费、救灾消费、伤残补贴消费等。剩余部分用作集体打平伙。每年搭建文艺设施的人员，完成任务后，就在广场上赴宴，不分姓氏，不分男女，只要参加搭建设施的，都可以参加盛宴。宴会上的主要食品是辣酒、大肉、白面馒头。参宴人员，只能吃，不能带，只能本人吃，不能带孩子。到吃饭时，参宴人员都让自己的孩子站在宴会圈外。他们在席上吃的时候，宴会外围站着一群高低不等的孩子。大人们不断地给孩子送些大肉和馒头，一般用馒头夹大肉的形式，以大肉为主。有些大点儿的孩子，把爹爹送出来的食品拿回家后，再来广场上，让爹爹再给他往外送。

花妮和萌萌也在孩子群中，他们的前面是王聪，后面是洛朋，左面是赵凯，右面是花妮的同学张娟。别人都有亲人给他们往外送大肉和馒头。有的已经吃完一个了，还等着吃第二个。花妮和萌萌没人给他们往外送，他们周围的孩子都在香甜地吃着，而他们两个却什么也吃不到。萌萌馋得都流嘴水了。他两眼不动看着王聪手里的白馍夹大肉。他问王聪："王聪，好吃吗？"

王聪："好吃，好吃。"

萌萌："白馍和大肉，哪个好吃呀？"说着嘴里往外流口水。

王聪不停地吃，回答道："白馍好吃，大肉也好吃，白馍夹大肉更好吃。"

萌萌翕动着嘴，眯缝着眼，流着涎水，回忆着他吃白馍和大肉的滋味。那是几年前，他去姥姥家寻找妈妈时，在睡梦中妈妈给他带来的大肉和白馍。他吃得好香啊。那个味道直到现在，还在回味。眼前的环境更使他嘴馋，他直盯着王聪手里的白馍夹大肉。王聪张开大嘴咬馍的样子，他咀嚼的姿势，他咀嚼后咽下去的表情，萌萌都观察得非常仔细，甚至王聪张嘴时，他也跟着张嘴。不过，王聪张嘴咬的是馍和肉，而萌萌咬的是嘴唇。王聪咀嚼后咽到了肚子里，萌萌呱嗒嘴后，从嘴里流出了涎水。

花妮和萌萌在那儿站了好长时间，看着周围伙伴们匆忙地吃着，他们两个在那儿干站着，干看着，眼巴巴地，馋涎流着，没有一个小伙伴掰给他们一块，甚至没有一个人主动提出，让他们咬一口。其他孩子的馒头和大肉都是他们的爹爹给他们的，花妮和萌萌的爹爹呢？死了。妈妈呢？也死了。几年前都死了，爹妈不但不会给他们拿馍、送肉，啥事也不会为他们干了。今后，当别的孩子享受着爹娘的疼爱时，他们却遭受着孤独、寂寞和冷酷无情的待遇。他们永远见不到爹妈了，永远享受不到爹妈赋予他们的温暖了。多么残忍啊！他们很伤心，很悲痛。可怜的孩子，让人怜悯、同情。

宴会结束了，吃了满满一肚子酒、肉和白馍的村民们，欢欢乐乐地带着他们的孩子离开了广场。花妮含着眼泪牵着萌萌往外走，但萌萌不走，他直盯盯地望着餐桌上的剩菜残馍。他在想，那些剩菜残馍，也比家里的窝头、菜汤好吃得多。他拉住姐姐往回走，一个伙夫打扮的年轻人吆喝他："你这个小孩，人家都走了，你怎么不走哇？走，走，快出去。我们要清摊子了，快走，快走！"这人不但光说说，还把胳膊伸老长，挡住萌萌和花妮不让往里边去。萌萌只得拐回去拉住姐姐的手回家了。

他们姐弟俩一看见奶奶，就哭了，萌萌扯着嗓子哭，花妮也泪流满面。他们很抱屈，好像外面有人欺负他们似的。奶奶把萌萌抱起来，好言相告，温情相亲。奶奶得知原因后，也不由主地哭了。她埋怨那些厨师们："为啥不给俺些吃食儿呀？宴会花的钱也有我家的一份呐。"她安慰萌萌说："别哭了，等你长大了，挣好多的钱，想吃啥，买啥。"

萌萌不哭了，说道："我买好多好多的白馍和红烧肉，让奶奶和姐姐吃饱。"

奶奶高兴地说："我单等着俺的孩子给我买白馍呢。不过，还是先吃现在的饭吧，我早就做好了，单等着你们回来吃呢。"

多年来，洛家庄流传着这样一首《穷人歌》：

穷人家里没多粮，穷人住的没好房。

穷人吃的没好饭，穷人穿的破衣裳。

穷人年年吃苦多，穷人天天没少忙。

穷人年货好备齐，穷人过年如平常。

穷人经济没来源，穷人生活靠拾荒。

穷人经常被欺负，穷人权益没保障。

穷人日子苦难熬，穷人受罪没人帮。

这个《穷人歌》是奶奶家庭生活的真实写照。每个孩子都喜欢过年，花妮和萌萌也不例外。他们喜欢过年的重要原因是吃好吃的，穿好衣裳，又能整天看戏、玩游戏。那么奶奶家的过年，是否也是吃好的，穿好的，看戏、玩游戏呢？

准备过年了，要改善一下生活。尤其一个家庭里，有三分之二的人口都是孩子，更应该多做些好吃的了。不要说大鱼大肉了，就是家常便饭，把质量提高一下，是完全应该的。

为了改善生活，为了过个好年，奶奶每年磨三斗粮食：一斗麦子，两斗杂粮。奶奶领着两个孩子推三天磨，一天磨一斗。当时，把粮食变成面粉，主要是用牲口拉磨。最好用的是毛驴。毛驴拉磨，不偷懒，跑得快。三斗粮食，用不了一天。可是奶奶家没有毛驴。当然，他们可以借用别家的。借用得有代价。代价也很便宜，每用一次，把所磨粮食，最后剩下的麸子给牲口主人。就这么一点点麸子，奶奶都舍不得。因为这么些麸子，掺些野菜能当饭吃好几顿呢。

每次推磨，奶奶是主要推家。花妮也帮助推，但她没劲，推几圈就推不动了。奶奶推着磨走得很快。她推一阵子后，停下来一会儿，把磨盘上的颗粒扫一下，把颗粒里的面粉扫出来，剩下的颗粒再放磨顶上，继续磨。就这样，直到把粮食磨完为止。每一次推磨，奶奶都累得浑身是汗。花妮可怜奶奶，说道："奶奶，别推磨了，太累了。借个毛驴用用，省劲多了。"

奶奶："平时，光吃野菜时，想推磨还推不成呢。没粮食，推啥呀？我宁愿天天推磨，说明咱有粮食。至于说费劲，这是当然。不过，任何好生活，都是用奋斗换来了，任何好事，都有代价。不出力，不流汗，是啥也得不到的。"

奶奶过年，蒸三锅馍：一锅白馍（麦子面馍），两锅杂面馍（高粱、谷子、大豆、玉米等的混合面粉做的馍）。杂面馍颜色发黑，也叫黑馍。白馍不是随便吃的，只能在除夕夜、初一一天和正月十五一天才能吃，其他时间得吃黑馍。奶奶把白馍一个一个放在篓子里，严密地盖起来。几天以后，奶奶发现，盖子松动了，显然是有人扒开过。她很明白，是萌萌干的。当天晚上，她把花妮和萌萌叫到跟前，直截了当地问他们："我放的白馍少了，你们两个谁吃了？"

花妮马上说："我没吃。"

萌萌不吭气。奶奶把眼光集中在萌萌身上，再问道："花妮没吃，那是谁吃了？"

花妮："我不知道。"

奶奶："萌萌，你知道吗？"

萌萌："我知道。"

奶奶："谁吃了？"

萌萌："我。"

奶奶："你啥时候吃的呀？"

萌萌："我半晌时。"

奶奶："你吃了几次？"

萌萌："好几次。"

奶奶："你有馍不吃，为啥吃我不叫吃的馍呢？"

萌萌："我想吃白馍。白馍好吃。黑馍不好吃。"

奶奶："你想吃白馍，咋不对我说一声呢？"

萌萌："我怕你不让我吃。"

奶奶："我不让吃，就偷着吃，是吗？这样很不好，不是好孩子。"

萌萌不说话了，"偷着吃""不是好孩子"，这些话他很不喜欢听。奶奶的态度很严肃，脸色很难看，萌萌承受不了啦。他哭起来，哭得很伤心，很委屈。他感到孤独、凄凉。奶奶本来是唯一的亲人，好像现在也不亲了。他顿时感到无一个疼自己的人了。他哭着说："我想去姥姥家。"

奶奶："为啥想去姥姥家呀？"

萌萌："妈妈在姥姥家。"

奶奶:"你妗子不是对你说,你妈妈已经死了吗?"

萌萌:"妈在姥姥家,妈妈给我白馍和红烧肉。我还去找妈妈。她给我白馍、红烧肉。她不吵我,她待我亲,妈妈让我吃白馍,让我吃肉。"

萌萌说着说着大声哭起来,哭着叫着妈妈:"妈妈,我想你,妈妈,你回来吧,你回来时给我带白馍和红烧肉……"

奶奶自责了。是呀,妈妈给他白馍和红烧肉,奶奶为啥连个白馍都不让吃呢?孩子想吃白馍是什么错呢?孩子吃个白馍有什么罪呢?不要说孩子了,就是大人,不是也想吃好的吗?一个孩子吃个白馍,就是偷吃,偷吃就是犯法,就会遭到审问和批评。像审问犯人一样,让他说出原因,挖出根源。不觉得自己太残酷了吗?她撕心裂肺,不能自已。她把萌萌抱起来,长时间亲他的脸。萌萌挣脱着要下来,奶奶把他放下。他飞快地往街上跑去,想摆脱这被指责的局面。奶奶静静地望着他的背影,意味深长地说道:"这是怎么啦?像孩子想吃白馍这样的平常事,竟处理得这么不平常?"

吃饺子是过年的必需食品,如果不吃饺子,就不算过年。不管家庭经济情况如何,过新年必须吃饺子。即使再穷的家庭,也得想办法吃一顿饺子,哪怕是借二斤面,也不能不吃顿饺子。家庭经济情况,决定着饺子的质量。富人家的饺子,皮是麦子面的,而且又细又白,吃起来圆润光滑。饺子馅更有名堂了。富人家往往是家大人多,而且众口难调。因此,一个富裕家庭,往往包好几种馅,有肉馅的,有素馅的。肉馅的又分:大肉的、羊肉的、牛肉的等;素馅的样数就更多了。如白菜的、芹菜的、萝卜的、鸡蛋豆腐的等。

穷人家的饺子就简单得多了。饺子皮白面的、杂面的等都有。馅,多数是豆腐、白菜、粉条、萝卜等。奶奶家的饺子皮是擀汤面的。奶奶家吃的面有三种:白面、杂面和擀汤面。杂面,除了麦子面以外的其他任何面,都叫杂面;擀汤面,白面里掺些杂面,专供擀面条用。这种面无论是加工或吃着时的味道,都介乎白面和杂面之间。饺子馅,奶奶家用的是萝卜、白菜、豆腐。这三样菜中,质量最好的是豆腐。奶奶用的豆腐不是买的,而是自己做的。她把拾的豆子,泡好后磨成豆浆,过滤后放到锅里煮,煮开后加进一些卤水,豆浆就凝成豆腐块。把豆腐块捞出来放到布单里,把它包起来,压瓷实后就成豆腐了。奶奶家并不是经常吃豆腐的。因过年做饺子馅,才做些豆腐，最多也只是二斤豆子的量。把这些食材切碎后，搅拌和在一起，放一点点油和盐，饺子馅就做成了。

奶奶把面和好后，对两个孩子说："咱们包饺子吧。"

花妮、萌萌："好哇。"

花妮对萌萌说："你不会，你靠边站吧。你光等着吃就行了。"

萌萌："我也包，我会包。"

奶奶问花妮："你擀皮呀，还是包呀？"

花妮："我包。"

奶奶擀了一堆皮了，花妮还没包几个。萌萌虽然想包，但他连一个也没包成。随后就拔腿跑出去了。花妮虽然包了几个，但都是烂的，没有一个囫囵的。这种饺子，一见水就烂。她对奶奶说："我包不成，咱俩换一换吧，我擀皮，你包。"

花妮不会擀皮，她擀皮又慢，又不成形。奶奶把原来剩下的皮包完后，没有皮了，干坐那儿等着。最后，奶奶只好说："你去玩吧，让我自己来吧。"花妮出去了。奶奶一个人很快就把饺子包完了。

花妮做饭，会做菜汤，菜窝头。她不会擀面条，不会蒸馒头，不会烙油馍，不会炒鸡蛋，不会做荷包鸡蛋，也不会烧鸡蛋茶。因为她从来就没有做过这类饭。这些食品中，有些她吃过，但不是在自己家，而是在别人家，多数是在姥姥家。所以，她不会包饺子，也不会擀面皮。

奶奶刚包完饺子后，来了一个不速之客，他叫王小山。奶奶让他坐下后，寒暄了几句。

王小山："大家都很忙，我不多占你的时间，我把话直说了。"

奶奶："好哇，你是个爽快人，有话直说。"

王小山："我也是这个意思，咱们可投心思了。"

奶奶："对，你有啥话就说吧。"

王小山："我就直说了。我有个朋友，老家在本地，因生活困难逃荒到了陕西，现在生活还不错。他有个儿子，已经长大成人。他想找个本地的儿媳妇。这是个好事。我想了想，好事不能让给别人，我就想到了你……"

奶奶："你是来给花妮说媒的吧？让花妮嫁到陕西？"

王小山："对，对，一点都不错。我看你家生活不宽裕，我那个朋友生活

比较好，可以在经济上帮助你，你可以集中力量培养萌萌。"

奶奶的态度很客气，情绪很温和，慢悠悠地说："我们家很穷，可以说我们的生活很困难，但我们不会用这种办法改善我们的生活条件。生活条件的改善，恐怕要等到我们翻身以后了。"

王小山对奶奶的话有些听不懂，如"翻身"之类的词，指的什么意思，他有点解不开。他正在暗中思忖时，奶奶说话了："我的思路与你的不同，你是想让花妮去个好人家，可以在经济上帮助我们；但我的思路正好相反，不管是她自己，也不管是我们家，都得靠自己奋斗来改变落后面貌，改善生活条件……谢谢你的好心。"

王小山看到没有再谈的余地了，他站起来，说了声"再见"，就走了。

随着王小山的越走越远，奶奶的思虑也越来越深。他是来给我提醒了，我的生计到了无法维持的地步了，只有卖掉孩子才能生活下去。她反问自己：我真的到了这个地步了吗？她严肃认真地回顾了自己的生活历程，她是靠拾荒生活的，没有别的出路。她承认，她的生活很穷。她很害怕，怕得出一身冷汗。我可怜的孩子，哪里是你们生活出路呢？哪里是你们的安全港呢？只有奶奶，只有奶奶才能保护你们，可是奶奶也处在风雨飘摇之中，能保护你们的安全吗？能抚养你们长大成人吗？

花妮跑回来了。她一进门就问："奶奶，刚来那个人是谁呀？"

奶奶："你在哪里见过他？"

花妮："他来时，我在门外见他了，他看我那眼神，鬼鬼祟祟的，不像个好人。"

奶奶："一个串门的，你不认识他。"

案板上没有面了，也没有馅了，一锅饺子在案板上。花妮很高兴，她问奶奶："我包不成，也擀不好。你咋会呀，奶奶？"

奶奶："你还小，长大了就会了。每人都是这样，一生中遇到一个又一个困难，每克服一个困难，就增长一点知识，克服困难多了，知识就多了，本事就大了。小知识能克服小困难，大本事能克服大困难。大本事是由小本事积累起来的，因此，看见困难不能躲，要勇于克服，克服的困难多了，本事就大了。像这次包饺子，开始时不会包，要下决心学会包。头一个包不成，再包第二个，第二个包不成，再包第三个，只要不懈地努力，最后总会包成功的。学习知识不单是从书本上学,更重要的还是从实践中学。任何东西,只要刻苦学习,坚持不懈,都可以学会。希望你今后不要逃避,不要怕困难,不要见困难就跑,跑就永远学不到本领。"

花妮惭愧了,说道:"我知道了,奶奶。今后再不会逃避困难了。"

孩子们喜欢过新年的重要原因之一就是吃好的,吃白馍,吃饺子,吃肉。尤其是肉。穷人家的孩子平时很少吃白馍、大肉,因此,他们想过新年的渴望更加激烈。大部分家庭,只要有些经济能力的,总要想方设法给孩子买些肉,让他们解解馋。

奶奶家有两个孩子,尤其是萌萌,特别喜欢吃肉,最爱吃大肉。平时奶奶想尽一切办法给他弄些肉。青蛙肉、老鼠肉、屎壳郎肉、蝗虫、爬叉、瞎碰肉等,其中,最好吃的是青蛙肉和老鼠肉。烹饪的方法各不相同,青蛙、爬叉、蝗虫是煮;老鼠、屎壳郎是烤。最好吃的是青蛙肉,其次是老鼠和屎壳郎肉。这些肉,他只是吃过,只是尝尝味道。真正使他解馋的还是大肉。真正使他吃大肉过瘾的,是他在姥姥家,在梦中妈妈让他吃的红烧肉。

每次过新年,奶奶没买过肉,别说大肉,什么肉都没买过。怎么解决萌萌的吃肉解馋呢?杀鸡子。每年春天,奶奶买几只小鸡,养大后,母鸡继续养,让它下蛋;公鸡,杀了吃肉。每过新年,肉的来源就是杀公鸡。今年的公鸡就一个,是一个又大又肥的白公鸡。这个白公鸡是萌萌的好朋友。自从它长到有公鸡特征的时候,萌萌就对它有特殊优惠,每天他都放手里些东西让它叼。时间一长,它也不怕他了。他可以随便抓住它,每次抓它,它不但不跑,还特意卧下让他抓。萌萌经常抱抱它,亲亲它的脸、它的嘴、它的冠子。如果它正在外面找吃食,一看见萌萌,就立即跑到萌萌跟前,"咯咯咯"地叫,让萌萌给它吃的。萌萌把它抱到家,给它拿些东西吃。现在要过年了,奶奶要把它杀了,让萌萌吃肉。但杀这个公鸡得先与萌萌商量,看他愿意不愿意。

奶奶:"萌萌,今年杀不杀这个白公鸡?"

萌萌:"不杀。"

奶奶:"那好,今年就不吃肉了。"

萌萌:"那……我还想吃肉。"

奶奶:"要想吃肉,就得杀公鸡;不杀公鸡,就吃不成肉。"

奶奶

萌萌不说话,他陷入极端的痛苦中,杀吧,实在是舍不得;不杀吧,不能吃肉。他想了好长时间。

奶奶说:"把它杀了吧,我再给你买一只,长大后还是你的好朋友。"

萌萌:"那好,杀了吧。"

就在这时,大公鸡跑到他跟前,"咯咯咯"地朝着他叫。他把它抱起来,先用手握住它的头,贴到自己的脸上,再用手捋它的毛。公鸡很顺从他,一点都不挣脱。萌萌的怜悯之心又来了,他感到它很可怜,又不愿意杀它了。

当奶奶找人杀它的时候,萌萌抱住不放。经过长时间的说服工作和激烈的思想斗争,他才哭着把它交出来。下一步是萌萌观察他的好朋友是如何死在屠刀下的。杀手把鸡的两只翅膀扭在一起,用大拇指与食指和中指抓住翅膀根部,把鸡脖子反扭过来,让它的头与翅膀贴在一起,同时,用无名指和小指勾住鸡子的一只腿。他把鸡死死地抓住,让它没有一点反抗能力。他拿起磨得很利的刀,在鸡脖子上刺棱一下,鲜血流在一个容器里。直到把血流完,杀手才把它扔在地上,它蹦跶了几下就伸直了腿,躺在地上一动不动了。

这个过程萌萌看得很仔细。他看着哭着,哭着看着,公鸡不动的时候,他哭得更凶了。他再把它抱起来,再亲亲它的头,捋捋它的毛。它没有任何反应,萌萌的手上和脸上粘得都是鸡血。奶奶给他洗净后,花妮领着他出去玩了。

他们回来的时候,已经闻到香喷喷的鸡汤味了。萌萌兴奋起来了,把杀鸡时的悲伤忘得一干二净了。他脑子里想的只是鸡肉的美味,好朋友的情意跑到九霄云外去了。

吴英从奶奶家里回去以后,心里没一点主意。她本想从奶奶那里摸到关于她丈夫林胜的一些信息,可是她什么也没摸到。她心里仍然是惶惶不安。新年快到了,村里每家每户都在准备年货,街上的人都是东奔西走,好像都在忙自己的事。小孩子很悠闲,三三两两地嚷嚷什么,大人们谁也听不清楚。吴英家里冷冷清清,没人说话,没人做事。她一个人在家,孤苦伶仃,形影相照。她感到孤独寂寞,虚度人生。她本来是一个爱说爱笑的人,在这过新年的非凡时期,她怎能一个人在家待得住呢?正当她闷闷不乐时,听见街上孩子唱一首儿歌:

第十章 准备过新年

新年好，新年好，
家人团圆啥都好；
新年好，新年好，
人人在家真热闹。
新年好，新年好，
一人在家真枯燥；
新年好，新年好，
没人陪伴真无聊。

吴英听着儿歌倍感凄惨，情不自禁地落下了眼泪。自从丈夫林胜没消息后，她没少往张全家里跑。一来是打听丈夫的消息，因为丈夫是为他干事而失踪的；二来她想与张全接近，她喜欢他果断、刚毅的性格。她认为，像张全这样的人，才叫帅气，才叫男子汉。她还经常觊觎着把林胜与张全换换。她的这种心情，她不由自主地喜欢与张全接近，她经常往张全家跑，就是很自然的了。张全的妻子范松看出一些端倪，吴英一进张全的家门，范松就非常警惕，她仔细观察着她的行动，细听着她的话语，品味着她的腔调。她最讨厌的是吴英看张全时，用的那一双挑逗性的迷人眼睛。有一次，吴英一进张全的家，就问："全哥在家吗？"

张全不在家，只有他的老婆范松在家。她一听是吴英来了，不耐烦地回答道："不在家。"

吴英："去哪儿了？去得远吗？时间长吗？"

范松："去到很远很远的地方了，很长很长时间才能回来呢。你不要等他了，你回去吧。"

像这样的场合有好几次，但吴英的脸皮厚，耐得住冷遇。虽然范松如此对待她，她还是不耐其烦地往他家跑。范松多次警告张全不要招惹这号娘儿们，她不是个好东西。

张全对妻子说："你不要吃醋，她丈夫是为咱办事失踪的，咱得待他好些，稳住她，不让她乱跑乱告。"

范松："我看她不是光为找丈夫来见你的，她另有不可告人的目的。"

张全："你不要这么小心眼，稳住她是大事，其他都是小事。咱有很多把柄在她手里，她一旦端出来，就够咱喝一壶了。"

范松:"你别揣着聪明装糊涂,其实,你心里也是明镜一样。以后,我不叫她来咱家,她再来,我骂她不要脸,我让她滚出去。"

范松也是个厉害女人,在男女情事上,她对张全的要求很严,张全在这个问题上也确实怕她七分。从此以后,吴英不再去他家了。她对张全说:"快过年了,家家都在做准备,我一个人在家,我啥也没有,我啥也没准备,叫我怎么过年呀?"她说着说着哭起来了,显得很可怜的样子。张全一会儿捋她的头发,一会儿抚摸她的手,温情地说道:"你的丈夫不在家,不是有我吗?凡是你丈夫干的,我都能干。你说吧,缺啥?我啥都能办。"

吴英:"有些事你能办,有些事你不能办。"

张全:"没那事,啥事我都能办。不是我夸口,没有我办不成的事。"

吴英:"我很孤独,我想有个人陪伴我。"

张全:"这个……"

吴英:"什么这个、那个的?你分明是不想为我办事。这件事若满足不了我,我要上告。我要你给我找到我的男人。"

张全:"你先别急,找到你的男人,不是一句话,更不是我一个人当家的事,我也很着急。"

吴英:"你别装蒜了。"

张全:"好,我不装蒜。你叫我咋办吧?你说得具体点。"

吴英:"我要求你办到两条:第一,把年货给我办齐;第二,除夕夜里来陪我过夜,不能叫我孤独一夜。"

这两个要求对张全来说,第一件事好办,只是几个钱的事,对他来说,没一点问题。第二件事,有一定难度,首先是他老婆这一关,他就很难过去。其次是他的其他相好也在等着他。他怎么从老婆那脱身,确实是个难题。

吴英:"第二条是个死任务,你必须陪我,我绝不能一个人过除夕夜。"

这一带农民有个说法:"大年初一不团圆,今后一年不平安。除夕夜里很孤独,今后一年不舒服。"这里的外出农民,不管多么忙,一定得回家,与家人过个团圆年。

今年除夕夜里,张全跟谁在一起,吴英肯定不是他的首选,老婆早已下位为三等货色了。他压根就不是个安分守己的东西,他是个浪荡公子,采花盗柳，夜不归宿，是他的习俗。周围各村有很多好朋友，大多数都是风姿绰约的农家少女。对吴英这号人，虽然不是嫌弃，但也不怎么样。尽管她有些姿色，必然是年纪偏大，香消色殒，失去了吸引人的魅力。其次，他嫌她品位低下，有些庸俗。但他怕吴英，因为吴英有他的把柄，为了不让吴英与他闹翻，他还得乖乖地顺从着她。

一天下午，刚吃罢午饭，奶奶对花妮说："小妮子儿呀，萌萌你们两个在家里待着，我去你高老奶家一趟。"

高老奶，奶奶叫她高婶子，是一位七十多岁的老寡妇。终生没有生过男孩，只生了一个女孩儿。女儿身体不好，家庭经济拮据，看望母亲的次数有些少。高老奶有一亩薄地，女婿为她耕种着。由于缺肥和疏于管理，每年打的粮食，只是勉强糊口，不绝如缕。她的身体还算可以，能凑合着照顾自己。她跟前没有人侍候，有很多事办起来很不方便。毕竟，她是一个七十多岁的人了。她整天基本上属于头门不出，二门不踩那种"大家闺秀"，很少有人与她交流，她消息闭塞，事理不懂，奶奶给她说些事情，她闻所未闻。奶奶来这里是看老太太过年还缺少什么，她能为老太太帮个啥忙。

高大婶："谢谢你，她嫂子。你经常来给我帮忙，给我打扫，给我洗刷，给我买生活用品，等等。有你这个邻居，我真是烧高香了。我现在身体这么好，是你照顾的结果，是你给我的福。"

奶奶："不能这么说，大婶子，都是街坊邻居，谁不帮谁的忙呀？这都是常理。"

高大婶："我忽然想起，你的小孙子、孙女呢？怎么没跟你来呀？"

奶奶："他们在家玩呢。我没叫他们跟我来。"

高大婶："你赶快回去。你太粗心了，快过年了，人心急躁，狗急跳墙，干冒险事的人很多，孩子的安全问题时刻都不能大意。"

奶奶："是的，婶子，谢谢你的提醒。"

突然，高大婶低声问奶奶："听说八路军快来了，是真的吗？"

奶奶："你听谁说的呀？"

高大婶："听我女儿说的。除了她对我说这种话，别的没人说。"

奶奶："是的，大婶子，一点都不假。"

高大婶："八路军来咱这儿干啥呀？"

奶奶:"他们来咱这儿是帮咱办大事的。"

高大婶:"多大呀?"

奶奶:"多大?翻天覆地。"

高大婶:"啥叫翻天覆地呀?你对我说我能听懂的话。"

奶奶:"翻天覆地就是翻身解放。就是翻过身来,获得自由。"

高大婶:"啥是翻身解放?"

奶奶:"就是:原来有人把我们压倒在地,不得动弹。八路军来了把他们打倒,把我们拉起来,让我们得到自由。"

高大婶:"我现在就很自由哇,我想去哪就去哪。只是腿不方便,没有人管我。"

奶奶:"我说的自由不是你的活动,而是大的自由……"

高大婶:"什么大自由小自由的,你到底想说什么呀?"

奶奶:"我是说八路军来了让我们翻身解放。把地主的土地、庄园、牲口、农具,分给穷人……你看,这不是翻身解放?这不是翻天覆地吗?"

高大婶:"咦!这是翻身解放。咱们农民也有这一天哪。我不懂的是,地主让分他们的土地吗?"

奶奶:"他们不愿意,就把他们抓起来。他们反抗就枪毙他们。"

高大婶:"这厉害。要真是这样就好了。八路军赶快来吧。"

奶奶:"好了,大婶,我得赶快回去看看两个孩子怎么样了。"

高大婶:"赶快走吧,我得撵你了。"

真是心有灵犀一点通。奶奶猛然想到孩子的安全问题,她急忙跑回家,她惊愕地发现,两个孩子都不在家。她一下子脑子蒙了。她迫不及待地往外跑,扯开嗓子喊着:"花妮,萌萌!花妮,萌萌!"她心如火燎,有一种丢魂失魄的感觉。

奶奶去高大婶家不久,花妮的小伙伴春妮来叫她了,请花妮去她家看她的新衣裳。一件蓝底大红牡丹花布衫,一条红黄方格围巾,一双高筒棉鞋带着一双鲜艳的绿色红缨。

春妮得意扬扬地对花妮说:"这是爹爹今天去赶会给我买的。你说好看吗?"

花妮:"好看,很好看。"

春妮:"你奶奶给你买衣服了吗?"

花妮:"没有,我不需要。我的旧衣服还穿不完呢。"

春妮从内屋拿出一顶新刷绒火车头帽子。她对花妮说:"这是爹爹为弟弟买的。"她转过身来对着萌萌说:"萌萌,你戴戴试试好看不?"

萌萌走过来,把头上的帽子脱掉,春妮把新帽子给他戴上。他走到镜子前,左看看,右瞧瞧,感到真不错。说道:"又暖和又好看。"

春妮:"叫奶奶给你买个呀。"

萌萌没有吭声。花妮回应了一句:"奶奶没有钱。"春妮的妈妈刘大妈走过来问花妮:"过新年你奶奶给你们买新衣服了吗?"

花妮:"没有,我们都不需要。"

这时,"花妮,萌萌!"的叫喊声传到花妮耳朵里,花妮说:"奶奶来找我们啦。"花妮、萌萌急忙往外跑,迎面碰见正在找他们的奶奶。奶奶看见他们,缓解了紧张情绪,骂了声:"你们两个鳖孙,可把奶奶吓死了!谁叫你们不吭气跑出来的呀?"

春妮妈满面春风地说道:"老婶子,赶快坐下歇会儿。"

奶奶:"我来找俺花妮和萌萌。我出去一会儿,他们俩就跑出来了。"

刘大妈:"不是这,你还不来呢。"

奶奶:"我知道俺的花妮爱与春妮在一块玩儿,所以,我一看他们不在家,我立刻就跑到这里了。"

刘大妈:"不碍事,丢不了,花妮也不小了,丢不了的。"她把话锋一转,问道:"过年的事,都办齐了吗?"

奶奶:"齐了,齐了。我们早就齐了。你们也齐了吧?"

刘大妈:"我们也齐了。"

奶奶:"大家都很忙,我们走了。谢谢。"

奶奶牵着两个孩子,走了出来。

第十一章

除夕夜捉奸

奶奶家平时是不吃晚饭的。大年三十这一天，不但吃，还吃好的。所谓好的，无非是吃白馍、吃饺子罢了。

除夕夜不兴早睡，兴熬夜。有一个说法："除夕熬到明，一年不受穷。"我们年年熬到明，却一年更比一年穷。熬夜是个自古以来的老习俗，每年除夕都是熬夜。究竟怎么个熬法？各有各的方法。有的喝酒，有的打牌，有的赌博，有的玩耍，有的作乐，有的睡懒觉，有的挨寂寞。

除夕晚上，广场上是个非常热闹的地方。人多，玩意儿多，灯火明亮，闹声喧天，是孩子们的游乐天堂。平常花妮和萌萌老早就睡了，奶奶常说："人是一盘磨，躺下就不饿。"他们养成了早睡的习惯。可是今天晚上，他们一反常态，不但不睡觉，还吵着要到外面去看热闹。因为奶奶太累，不想动弹，也不让他们出去，就是不让他们离开她。他们也很听话，乖乖地待在家里。

火光一抹挨一抹，响声一拨挨一拨。有道是：

坐在屋里听炮响，躺在床上细思量。

除夕夜晚年年过，一年不比一年强。

奶奶思量些什么呢？她回忆着在她坎坷的生活道路上，人情的冷暖，历程的艰险，世态的炎凉，生活的惨淡……

就要办喜事了，新郎被掳走，独自一人拜了花堂。这是她的创举，是前无古人的传奇。

一九四三遭年馑,一家七口人死了四口,她一个人带领两个孩子,担起了养家的重任。

为抵抗日本侵略者,担任了抗日游击队队长,沉重打击了日寇,保护了人民的生命财产。

为了维持生计,拼命挣钱,坚持拾荒,省吃俭用,勤俭持家,使一家三口过着最低的生活水平。

几次遭暗杀,由于恩人相救,都幸免于难。

……

奶奶正在回忆中,忽然听到有人敲门。她从床上坐起,穿上鞋子,走到门后,问道:"谁呀?"

外面有小声答道:"是我,我是林胜。请快开门呀。"

奶奶辨认出林胜的声音后,把门打开了。林胜"扑通"跪下,给奶奶磕了三个响头。奶奶问他:"这是咋着呀?别这样,有话慢慢说。"

林胜情绪激动地问:"奶奶,我该死,我不是人,我是畜生,我不该干惨无人道的事。我向你赔罪,向你道歉,请你原谅。"

奶奶:"行了,事已经过去了,不要提它了。"

林胜:"奶奶,我问你,我本来是去杀你的,你为啥还要救我?"

奶奶:"因为你没有杀死我,我才能救你;你若把我杀死,我就无法救你了。"

林胜把一兜东西递给奶奶,说道:"这是一些吃食儿,我给你们带的。请收下。"

奶奶:"这我收下,谢谢。今后来见我,请不要带任何东西。好了,天不早了,快回去吧,你老婆等着你回去过团圆除夕夜呢。"

林胜:"那好,我马上回去。以后咱再详谈。"

他扭头要走时,奶奶拿着刚才他给她的那一兜东西,举着手让他接,说道:"请把东西拿走,把它带给你老婆。你这么长时间没见她了,猛一回来,给她一个惊喜,带些好吃的让喜气更浓。"

林胜:"这东西是我特意为你买的,你一定收下,千万别客气。这是一点小意思,你的大恩情我以后再报。"

他离开了奶奶,飞快地回家去了。

奶奶

　　林胜刚一走，萌萌和花妮从床上爬起来，萌萌连衣服也不穿，扑到奶奶身上，说道："他拿的啥呀？"话音还没落，就把布兜抓到手里。他把手伸进兜里，抓出来一个圆圆的东西，就往嘴里填。花妮："给我一个呗。"萌萌从兜里再拿出来一个，递给了姐姐。

　　奶奶问："那是啥呀，吃着那么香？"

　　萌萌："不知道，反正非常好吃。"他吃着，说着。

　　花妮："给奶奶一个呗！"她把包子举到奶奶的嘴边，说道："你尝尝，奶奶，肉包子，可香了。"

　　萌萌递给奶奶一个。奶奶咬了一口，说："肉包子。你们可解解馋。"

　　三人开心地吃着包子。这种祖孙三人同时吃得这么香的情况，是绝无仅有的。萌萌还记得，他在姥姥家，妈妈给他带来红烧肉时，妈妈说："窝头比野菜好吃，白馍比窝头好吃，红烧肉比白馍好吃。"现在吃的是肉包子，肉包子比那些都好吃。萌萌顾不得说话，一股脑儿地吃。他心里在想："世界上竟有这么好吃的东西？比鸡肉还好吃。"

　　萌萌吃完一个又吃一个。花妮也是吃完一个，再吃一个。奶奶只吃了一个。花妮叫她再吃一个，她说："我舍不得吃，我留着让你们吃呢。"

　　奶奶问萌萌："吃几个了？"

　　萌萌："三个了。"

　　奶奶："不能再吃了，吃坏肚子，等明天再吃。反正都给你们留着呢。"

　　奶奶问花妮："吃几个了，小妮子？"

　　花妮："吃两个了。"

　　奶奶："吃饱了吗？要不饱，再吃一个吧。"

　　花妮："我吃饱了，我不吃了。"

　　奶奶："该睡觉了，别撑着了，晚上不怎么消化，吃多了对肠胃不好。好了，都不叫吃了。我看萌萌就别睡觉了，别把肚子撑坏了。"

　　萌萌："没事儿。我还能吃一个呢。"

　　奶奶："别瞎逞能了。你姐姐吃两个都饱了，你已经吃三个了，还能再吃一个，不是瞎逞能吗？"

　　奶奶对萌萌说："把食品袋给我，我给你们放好，明天再吃。"萌萌从袋子里拿出来一个放在床头。然后，把袋子交给奶奶。他们躺在床上，花妮和萌萌很快入了梦乡。

奶奶躺在床上思索着：这个除夕我最满意，孩子们吃到了他们最想吃的东西。只要孩子们高兴，我就高兴；只要孩子们幸福，我就幸福。今年的除夕夜过得不错，比任何除夕都强……她兴奋的心情沉不下来，没有一点睡意。

"当，当"门响了。没等奶奶答话，外面的人说道："我呀，婶子，李嫦。"

奶奶忙下床去开门。李嫦进屋坐下后，奶奶从里屋的食品袋里拿出两个肉包子递给李嫦，说道："客人拿的肉包，挺好吃的，你尝尝。"

李嫦接过肉包，咬了一口，说道："好吃，好吃。我吃一个，为丹丹（她的儿子）留一个。"

奶奶："这两个，你吃完吧。我再给你两个，给丹丹带回去。"

李嫦："别再给我了，你那两个孩子馋得要命，让他们吃吧。"

奶奶："他们没个够。"

李嫦："今天晚上，我特别感到无聊。人们常说，'人逢佳节倍思亲'。亲在哪儿？我思谁呢？"

奶奶："倍思亲，倍思亲，有亲才去思呢。咱俩同病相怜，你无亲，我无故。咱们没有牵挂的人，没有烦心的事，只要生活过得去，过一天算一天，闭上眼睛瞎过吧。"

李嫦："今天晚上，外面挺热闹的，尤其是年轻人，说说笑笑，打打闹闹，一会儿点起火，一会儿放鞭炮，整个村庄像沸腾着，与平时的寂寞形成鲜明的对照。"

奶奶："是呀，年年过新年，人人不一般；明在一村庄，实在天地间。"

李嫦哈哈大笑起来，说道："婶子出口成章，说话很有内涵。"

奶奶："不是吗？都是人，可各有各的过法，真是天渊之别。"

李嫦："确实是这样。这样的过除夕，是不是人人都过呀？"

奶奶："当然是人人都过了。咱村过，咱省过，全国也过。咱们中国人没有不过的。春节是咱们的传统节日，有几千年的历史了。过春节是咱中国人的习俗。"

李嫦："凡是大家欢乐的时候，我心里就特别难受，尤其是过年，好像

我不是中国人似的。为什么大家过年的时候，我反而感到难受呢？这是孤独、郁闷的明显反映。"

奶奶："对，凡是欢乐的时候，都是与亲人在一起的时候。没有亲，就没有乐。没有亲人在，欢乐不会来。"

李嫦："你家与我家相比，就多一个孩子，生活也好不了多少。好像你就没有孤独感，也看不见你的郁闷。而我在这方面的感觉就特别突出，这是为啥呢？"

奶奶："你这傻妮子，你就没想想，我多大了，你多大？我是老太婆了，你还是黄花姑娘呢。"

李嫦："看你把我说的，我已是一个孩子的妈妈了，哪还是什么黄花姑娘？"

奶奶："年龄在这儿放着呢。像你这样三十多岁的人，正是年轻貌美，花枝招展的大好时候。你却像霜打的茄子，苦楚着脸、紧锁着眉、沉闷不乐，像久病缠身的老太太。"

李嫦："看你可把我说成个样儿了。我就这么严重吗？"

奶奶："我说这只是外表，如果从内心里说，恐怕比我说这还严重。你烦闷在心头郁结，使你养成一个不爱与人交往、自我封闭的孤僻性格。你这作茧自缚的性情，凭你自己是改变不了的。我知道它的根源在哪儿。"

李嫦："在哪儿？"

奶奶："孤独是根儿。你需要个伴儿。我是过来人，我理解你的心情。这个事包在我身上。请你放心吧，我一定给你找一个称心如意的丈夫。"

李嫦："谢谢，婶子。我一定让你吃大鲤鱼。"

奶奶："你这鲤鱼我吃定了。"

林胜回到家门口时，街上正是炮声连天，灯火辉煌的时候。他推推门，门关得严严的。他轻声叫门，里边没有反应。街上人还以为是吴英的客人，也有人认为是吴英的情人。不管他是什么人，街上人都不去过问，因为大家都知道，吴英的丈夫林胜长期失去联系，杳无音信，生死未卜。常言说：寡妇门前是非多。林胜的长期无音信，吴英在家孤守青灯，也与寡妇没有两样。林胜的声音越来越大，周边人听出来是林胜，慢慢走近与其交谈。他们热烈欢迎林胜的归来。他们对林胜说："你老婆没有远去，她肯定在家。下午晚些时候，我们还看见她在家里。你大声叫吧。"林胜扯开嗓门，高声号叫，叫了半天，还是没人答应。他跳过墙去，走到住室一摸门，没有上锁。他推推门，严严实实。断定老婆在屋里，为何不答应？是瞌睡大，听不见吗？不是，他在门口折腾这么长时间，她早就应该惊醒了。他有些诧异，很老实的林胜，心里有些怀疑，很可能里面有人。他继续大声叫，并用脚"当当"地踢门，连周围群众都惊动得不得安生。吴英不能继续沉默了，她问道："谁呀，这么凶？"

林胜生气地说："我呀，为啥不开门？"

吴英以攻为守，把不开门的原因归咎于林胜的大声踢门，说道："你把门踢破，不就开了？"

林胜："你不开，我就踢！"

吴英："我还以为是坏人敲门呢，所以我不随便开门。"

林胜："我回来了，你不开门，真叫人懊恼。"

吴英："你还知道回来呀？"

林胜："你这是哪里话？我怎么不想回来呢？我时时刻刻都想回来。"

吴英把张全藏在衣柜里后，把门打开了。林胜进来一看，桌子上放着半盒香烟，床前放着一双男人布鞋。他厉声厉色地问："这男人是谁？"

吴英："什么男人不男人？我的男人是你。"

林胜拿住桌子上的香烟，指着床前的鞋，说道："这是谁，你说？"

吴英感到瞒不住了，瞬间瘫软下来，哭丧着脸，嗲声嗲气地说："张全。"她把衣柜打开，张全从里边走出来，无精打采地站在床前。

林胜："叫我去行凶，是你们两人订的计吧？把我支走，你们两个可以在一起了，是吧？"

张全唯唯诺诺地说："绝不是这样，绝不是这样。"

吴英对张全："还不快走！"

张全"霍"地跑向大街。

林胜非常生气地说："怪不得你叫我去行凶。你口头上说是为了获得张全的奖励，实际上是为了办这事。你们两个订的巧计，我去行凶，肯定被杀，不是被奶奶的保护人员杀害，就是行凶后被判死刑，反正是死。张全一举两得，宅子得到了，也得到了你。你看他的妙计算得多周全，怪不得叫他张全。

你说是不是？"

吴英"扑通"跪倒在林胜的面前，哭着说道："绝不是这样订的计。张全是怎么想的，我不知道。可是我绝不是与他订计害你。我劝你去行凶，绝对是为了获得奖赏，绝对是为了咱俩的好处。"

林胜："那今天这事，怎么解释呀？"

吴英："你一走就无影无踪，可把我急死了。我到处打听你的下落，还曾去过陈奶奶的家，她说她不知道。我去找张全次数最多，不断往他家跑，连他老婆都跑烦了。她告诉张全不让理我，并直接告诉我，不要再去他家。可是，我不能不理他，不能不去他家。一方面为了打听你的下落，另一方面是催要咱的奖赏。我要求张全定期来咱家，每次来都得带钱。他说他的钱不凑手，只能一点一点地给。有一次，他是晚上来的，说了一阵子话后，他说无法回去了，因为天色已晚，万一有人看见了，肯定胡言乱语，不三不四地议论我们，这算啥事？他说他丢不起这个人。他也不想给我带来坏名誉。他要求在这里住一夜，第二天一大早再出去，人不知，鬼不觉的，不会有任何影响。我认为他讲得有道理，我就答应了他的请求。我在咱的陪房里铺了个床，让他睡在陪房里。谁知他睡到半夜来敲我的门，他说他太想我，他一个人睡不着，请求与我睡在一起，我答应他了。我应该向你承认错误，我不应该做对不起你的事。但你也应该为我想想，我这么长时间不见你，我那种孤独、寂寞、苦闷、无助的心情，实在难熬，甚至我死的念头都有。你想一下，万一我死了，你还能再见我吗？可是我没死，今天你一回来，我在这儿等着你，你心里很高兴吧。如果我死了，你回来了，院子静静的，屋子空空的，看你心里是个啥滋味？所以他一勾引我，我没有把握住，我就顺从他了，与他睡在了一起。实际上，我心中想的还是你，我把他当作你，肉体上是他，灵魂上是你。每次我与他在一起时，我想的都是你，他把我搂在怀里时，我好像偎依在你的身旁，受你的呵护，受你的爱抚。只有在你温存下，我才有真正的幸福。你认真想想，咱俩调换个位置，一个女人由于想念自己的男人，在情感上要求他付出，但他不能满足她的要求。这时，她干什么事，她的男人都会原谅她的。我对你这么忠心，这么虔诚。为了你，我可以舍弃自己；为了你，我可以赴汤蹈火，在所不辞；为了你，我可以去死。我为你而死，死得其所，死得有价值。你不在家，物质上，我不惜一切地捞取；精神

— 第十一章 除夕夜捉奸 —

上，我忘掉一切地付出。我的这些劳苦，如果得不到你的同情，对我的小小不当，你还不能饶恕，我宁愿去死，达到你的满足。"

吴英的这一番表白，让林胜晕头转向，不知所措。吴英还在他面前跪着，两眼不住地流泪。他心软了，怜悯心强了。她是他的老婆，是在一起生活多年的伴侣。他弯腰把她搀起来，思绪万千地说道："起来吧，咱们今后好好过日子。"

吴英站了起来，外表谨小慎微，内心轻轻松松。她关心地问道："你从哪儿回来的呀？吃饭了吗？你饿吗？我给你下饺子吧？"吴英的发问，把林胜问得心里痒痒的，心想，还是老婆好哇。他顺口说出了一个民歌，叫《老婆好》：

这也好，那也好，
不如自己老婆好。
老少吃穿缝补洗，
日常生活勤操劳。
丈夫长期不在家，
独守孤灯苦煎熬。
丈夫归来问饥寒，
问得心里如蜜桃。
誓与老婆长相守，
没有老婆活不了。

林胜突然听到外面的吆喝声，好像有人在骂街。他们两人沉静下来，屏住呼吸，仔细听是什么声音。

林胜："这是一个女人的声音。"

他们再认真听，悉心辨认谁在号叫。吴英很快辨认出是张全的老婆范松的声音。她们两人的交锋比较多，范松的声音很容易被吴英辨出。

吴英："没错，就是范松。"

林胜："深更半夜，她在街上嚷嚷什么？张全不是刚回去吗？她就跑出来了。莫非是张全他们俩又吵架了？"

吴英："谁知道哇？"

林胜："我听到她还提到你的名字。咱再听听。"

203

吴英:"是的,她在骂我,骂不中听的。不管她,叫她骂吧。"

林胜:"不能不管,出去骂她。你这次让了她,她会得寸进尺,就会蹬鼻子上脸,步步逼凶。她是个女人,你去。不要怕她。说打就打,说骂就骂。弄到天边也不怕她。"

吴英底气不足,有些怯。她感到自己偷了她的男人,是悖理的。要是在街上大骂起来,招惹街上群众来看热闹,自己就会丢人。她不愿意去。林胜看到她忍气吞声、任人欺辱的性格,非常生气。他咄咄逼人地说道:"你不敢去与她对决,是不是给张全留面子呀?"

这一下,可把吴英惹火了。她正想与张全切割开,让林胜有个与他彻底一刀两断的感觉,可林胜偏偏把这事与张全联系起来,她感到一点儿退路都没有了。她只得去。她壮起胆子,说了声:"我去,坚决与那臭婆娘拼搏到底!"

她一出门,迎面看见范松正在高声叫骂,昂着头,卡着腰,挺着肚子,声如狼嚎。范松一看见吴英从院子里走出来,出言不逊地骂起来:"你个破鞋娘儿,你还有脸出来见人?你这离不开男人的女人,你男人回来了,你还偷我男人干什么?"

周围有很多男女老少,都是来看骂架的。吴英听了这几句侮辱她的话,怒火燃胸膛,毫不留情地回敬她:"你这个泼妇,你男人回去了,你还不好好伺候他,你来这里撒什么野呀?你男人一会儿不回去,你就急得慌,就忍受不了啦,是吧?"

范松:"是你男人不在家,你才勾引我男人的。你找我男人,你找错主了。我男人有老婆,不欠你那点儿臊味。你到街上找那没老婆的,他们个个都是膀大腰圆,身体魁梧,英俊潇洒,保证你都相得中,哪一个都能达到你的满意。如果一个不够用,你可以多拉几个。反正多着呢,你用不完。他们有的是劲,足让你过瘾的,何必引诱我的男人呢?……"

吴英:"你真不要脸,被自己男人甩了,还死皮赖脸不走。男人不要的人,还有脸出来见人!"

正在这时,张承走了过来。他高声喊道:"还不赶快回去!在这么多人面前,用难以入耳的言语对骂,真是丢人现眼,不知道羞耻!"

林胜也出来了,他就站在吴英后面。他一听见张承这么说,随即搭了腔:

"你这不分青红皂白地冲着谁说的呀?"

张承一看是林胜,心想:他回来了,这对我们又添了灾难。他满怀友情地对林胜说:"林胜先生,我是让我的孙媳妇回去的,不牵涉其他任何人。请不要多疑。"

林胜是没事找事,明眼人一看便知,张承是冲着范松说的。他正想找张家人报复,恰好碰见张承。张承老奸巨猾,用低调的态度应付了林胜,让林胜无法继续使恶。

范松走了,林胜也拉住吴英回去了。在场的群众议论不休。多数人的说法是:两个女人都不是省油灯,没有一个好东西。她们在街上对骂,充分暴露自己的无耻。有一个叫作沈成的对郑联说:"我看吴英很被动,张全刚从她家出来,范松来骂她,似乎有些道理。"

郑联:"范松也不是那安分守己之人。她们俩是乌鸦站在煤堆上——两人同样黑。"

沈成:"依我看,她们俩虽然都黑,但黑的位置不一样。吴英在作风上不怎么样,有些乱来;在其他方面,如接人待物、群众关系等,都还不错;可是,范松的黑,是在对人的态度上,表现在态度蛮横,说话霸道,没有人情味,与谁也和不来。"

郑联:"你对吴英的评价,我基本同意。但你对范松的看法,除你说的我同意外,她还有一个重大恶习,你没有说出来。"

沈成:"是吗?你说说看。"

郑联:"她也有与吴英同样的问题。"

沈成:"你别说,我还真没有听说过呢。你快说呀,让我听听。"

郑联:"别说你没有听说过,绝大多数人都没有听说过。她做得很不显眼,很少有人发现。"

沈成:"你说这真仙气。小虫儿(麻雀)过去还有影儿,这种事是两个人的事,怎么能不被人发现呢?"

郑联:"我不是说不能被人发现,我是说,很少有人发现。"

沈成:"你越说越神秘,越说越不可思议。你尽吊我的胃口,她有啥事,你快说呗。"

郑联:"她有与吴英同样的问题。她与谁呢?恐怕很多人都想不到,甚至

人们听到，就不会相信。她与他们张家雇用的农工洛方。"

　　沈成："洛方是谁呀？我没听说过这个人。你说说他是谁。"

　　洛方，大个子，一表非凡，岁数小三十，家里只有他与母亲两人。经济拮据，经常在青黄不接时断顿。他本人既没有文化，又没有技术，任何有些技术含量的活，他就干不了。他只能为人打工，像现在他干这活。他有力气，没有脑子。光会出力气，不会动脑子。他在张家干得很称心，有脏活，他去干；有累活，他去干。节日时，别人都回去了，他留下来干活。他在张家吃苦耐劳，勤勤恳恳。说得少，做得多；休息少，干活多。张家对他非常欣赏，经常在雇工大会上表扬他。他在张家如鱼得水……

　　范松是个不甘寂寞的人，张全经常不在家，夜不归宿。她不断提醒他，唠叨他。但他听了如同耳旁风，不理不睬，依然如故。这对耐不住孤寂的范松来说，是最大的痛苦。时间久了，她也不干熬了，她与他对着干起来了。你在外做欢，我在家取乐，你走你的阳关道，我走我的独木桥，咱各得其所，各取其乐，井水不犯河水。她物色对象时，就找到了洛方。有一天，她把洛方叫到她的屋里，让他坐下时，他还哆哆嗦嗦不敢坐。范松用软绵绵的手，握住他粗糙的大手，把他拉到座位上。洛方感到很尴尬，看起来有些皮笑肉不笑。他像木头人似的干坐着，单等着范松对他说什么，或叫他干什么。范松看着他那样子好笑，她笑他不懂情理，更没有经历过情事。他单纯，他朴实，他心灵里没有污染，脑子里没有杂质。对范松来说，如同老牛吃嫩草，非常难得，非常满意。她坐在他身旁，与他挨得紧紧地。她再用胳膊搂住他的脖子。他吓得不敢乱动，好像很委屈似的蜷缩在一起。她妩媚的眼睛，特别多情地勾引他的灵魂。洛方在男女情事上也不是全傻，他毕竟是一个三十来岁的青年，他的青春开始萌发。在她搔首弄姿的攻势下，他完全掉进她的情网，深深地陷进去，不可自拔。他看着她那风姿绰约，多情的面孔，婀娜多姿的柔情；她身材高挑匀称，皮肤嫩白，色泽洁净。啊，她是一个清秀娟丽的美人。洛方陶醉了，不能自拔了。他两眼珠死了一样地凝视着范松，全身淹没在范松泼洒的爱河中。范松把他拉到床上，两人顷刻春心施展……

　　沈成："你像身临其境似的。你从哪里得到这么具体的事实呢？"
　　郑联："洛方亲自告诉我的。"

第十一章 除夕夜捉奸

沈成:"这种事一般是不告诉别人的,他怎么会告诉你?"

郑联:"洛方是我的表弟,我们俩是姨表。他对我无话不谈,他心里有啥事都告诉我。我对他确实帮助很大。"

当吴英询问林胜的情况时,林胜作了下列陈述:那天早上,我去东坡准备暗杀陈奶奶时,不但没有杀死她,反被两个强壮小伙抓住了。这是我始料未及的。现在我才知道,陈奶奶有一个严密的隐形保护网。平时它无影无踪,看不见,摸不着。可一旦她处于危险时,它就立刻出现,保护奶奶。因此,不能对奶奶有杀心,谁要有这个思想,就等于自找倒霉,自投罗网。在这方面,我是深有体会的。好了,接着说,他们把我押到村子里,关在刘铁蛋的地下室。这是一间住室,设备完整,条件不错,住一个人,蛮舒服的。他们给我送吃的,当然饭菜不算好,吃着还是蛮可以的。在押人员,你想吃什么呀?我很知足。他们不打我,不骂我,就是不让我出去,光叫我写检查,叫我悔过自新。墙上写着:坦白从宽,抗拒从严。拒不悔改,死路一条。他们让我重点交代行凶事宜,比如:为啥行凶?是主动呀,还是受人迫使?行凶后有什么报酬?等等。他们说,如果我配合得好,也就是说检举、揭发、交代得好,我就可以早点出去;如果不老实,拒不交代,或是避重就轻,隐瞒事实,让我与王申有同样的下场。我是真后悔。陈奶奶,这么一个好人,一个为咱们穷人办事的抗日英雄,我竟然对她下毒手!我真不是人!我简直是畜生都不如。你想想,咱与奶奶有什么恩怨?没有,一点都没有。那为啥去杀害她?不就是想要那点奖赏吗!他张全为啥不亲自动手?为啥雇人行凶?因为他有钱,他雇别人为他卖命。多么自私、卑鄙呀!如果他亲自动手,人家抓住他,二话不说,先把他枪毙了,他连一点活路都没有。说实在话,这一次我没办成,我要真的把陈奶奶杀死了,我要后悔死,后悔得自杀,我非自杀不行。不然,不足于为奶奶雪冤,不足于忏悔自己的罪行。由于上天的保佑,奶奶没有被杀死,我还活着,我就可以利用我的嘴,大肆宣讲张全的滔天罪行,大张旗鼓地宣讲陈奶奶的优秀事迹,她对咱们穷苦群众的突出贡献。我没死的另一个原因是老天爷保佑了我。抓我的那两个人,如果当场把我杀了,我不就完了吗?王申被立即杀了,不也拉倒了吗?为啥这两个人偏偏没有杀我呢?感谢老天爷的保佑。不过,老天爷主要还是保佑奶奶的,我只是沾了奶奶的福,才被留下来的。

奶奶

老天爷把我留下来,就是叫我宣传正义,驱除邪恶。我要利用这个大好机会,把张全痛恨奶奶甚至杀害奶奶的真正原因,公开给大家。他企图谋害奶奶的原因,主要有两个:第一奶奶说话、做事,处处都是为广大群众着想的,这与处处都想剥削群众的张全,誓不两立。因此,张全就想方设法除掉对立面,为他的恶霸行径扫清道路;第二,他们张家很长时间就想霸占奶奶的宅基地,他们曾托好多人说和,他们愿意高价收买,或者用大宅子换奶奶的小宅子,等等。不管怎么说,奶奶就是不放弃自己的这处宅子。这件事让张家纠缠了好多年了,始终没有如愿。他的爷爷老谋深算,谨小慎微,没有蛮干,等了数年,也没有办成。张全年轻胆大,以为有钱有势,有啥事想干就干,没有顾忌,没有后顾之忧。他独断专行,在张承不知道的情况下,他雇人杀害陈奶奶,然后,夺取奶奶的宅基地。从张全雇人杀害奶奶这件事上,我们一方面看出张全的阴险、毒辣、残忍、鲁莽的秉性;另一方面,我们同时也看出他的愚蠢无知。他第一次雇王申去杀害奶奶,不但没有把奶奶杀死,反而凶手被杀,要杀的人却安全无恙。这就充分说明,奶奶有人保护。有脑子的人就明白不能再冒险了,不然,要吃大亏。可是张全没有这个智商。他只认为王申没本事,不会办事。他牢骚满腹,不追根溯源。因此,再雇人行凶,其结果比上次更惨。他们张家出了这么个后代子孙,真是该败了。也可能是老天爷使然。

王申的尸体为什么躺在张全的家门口,原因就很清楚了。王申受雇暗杀陈奶奶以后,一个下大雨的夜晚,他去到奶奶家,发现奶奶没有睡觉,而是在纺花,并且奶奶已经发现了他。他趴在门缝往屋里窥视时,正好发现奶奶在看着他。他吓得猛地向门旁躲,恰碰到石榴树上的鸡子,鸡子乱飞到邻居家。这消息弄得满城风雨。几个原来的抗日游击队队员得知后,商量了一个保护奶奶的办法:轮流保护奶奶,每天有两个队员监视着奶奶,万一有情况,马上出手进行保护。因此,当王申第二次去行凶时,正逢一个大雪天,奶奶仍在纺花。王申也感到不凑手,在奶奶没睡的情况下,他是下不了手的。他深感做这事的艰难,他退缩了,不再继续他的谋杀计划了,他就从奶奶的院子里往外走。当他刚走出奶奶的院子时,这两个队员从他背后,用褡包勒住他的脖子,很快他就停止了呼吸。他们把尸体背到张全家的门口,让头冲着张全的门,躺在大街上。对杀害王申这件事,有的队员认为不应该杀，因为他没有杀的后果。有的人认为，杀他不亏。深更半夜，偷入他宅，这本身就是犯法，更何况，他是去搞谋杀的。对这种人，应该杀，不杀不足以平民愤。奶奶说："不应该杀。既然杀了，就算了，不要再纠缠这事了。一定要吸取教训。把人杀了，这方法简单，若把他教育过来，就很难了。若把大家都教育过来，就更难了。我们的着重点是教育人，不是杀人。"

林胜去行凶这天，是李石头和刘铁蛋值班。这两位队员都很老练，他们抓住林胜以后，没有立即杀他，而是把他押送回去，看奶奶如何处置。奶奶坚决不让杀，让他检查自省，如果态度好了，释放，让他成为为我们办事的有用人。

常言道："浪子回头金不换。"林胜的回头也会干出金不换的事来。

吴英："我要了张全的一半奖赏，有些已经花掉了，怎么还他呀？"

林胜："还他？他欠咱们多着呢。他雇我行凶，被抓住后住了这么长时间的禁闭，他得给多少钱？我不在家，他诱骗你上他的当，他得给咱多少钱？关于经济上的账，就算扯平，他肯定不向咱要了。但我与他不会拉倒，我要与他算政治上的账。"

吴英："啥叫政治上的账呀？政治还有什么账不账呀？"

林胜："他在这一带无恶不作，欺压百姓，奸淫妇女，是咱村的人渣、毒瘤。不把他除掉，咱们这一带是不会安生的。"

奶奶

第十二章

| 初一过年两重天 |

奶奶躺下尚未睡着，听到外面的脚步声和噼噼啪啪的鞭炮声。奶奶心里很清楚，这是人们在接神。天明了，新的一天开始了，新的一年开始了。

按照这里的习惯，每年的大年初一黎明，农民要到庙里接神，就是把神灵从庙宇里接到自己的家，与家人一起过新年。接神是一项很庄严、神圣的工作，必须由成年男人做，没有成年男子的，就不能去接神。这天一大早，每家起床的第一件事就是接神。其他任何事情都在接神以后做。

奶奶家没有成年男子，没有接神的任务。但在家里要供奉各路神灵和祖宗先辈。然后就吃早饭。今天的早饭不兴吃杂面馍，只兴吃白馍和饺子。奶奶很快就把饺子煮好了，白馍也馏好了。她把白馍拾在小筐里，把饺子盛在碗里。奶奶对花妮和萌萌说："今天的早饭，是今年的第一顿饭，光兴吃好的，咱们吃白馍和饺子。平时你们不是光想吃白馍吗？那时没有白馍，想吃也吃不成。现在有了，随便吃，想吃啥吃啥。"

花妮和萌萌可高兴了，尤其是萌萌，高兴得跳起来。他先端一碗饺子，急忙用筷子往嘴里扒。奶奶急忙拦住他，说道："别忙，烫着嘴了。"萌萌用筷子从碗里夹起一个，停在空中一会儿，又用嘴吹了再吹。他感到有把握不烫的时候，把它填到嘴里。他嚼了几下，很勉强地咽到肚子里。他皱着眉头，苦楚着脸，很失望得说道："这饺子不好吃，没有平时的好吃。"

奶奶："这就怪了，平时做梦都想吃饺子，现在为啥就不好吃了？平时的好吃，平时你啥时候吃过饺子呀？"

萌萌:"不知道,反正没有昨晚的包子好吃。呃,我床头还有一个包子,我去把它吃了。"

花妮:"那没有馏,是凉的,可以吃吗?"

萌萌:"凉的也没事。平时我半晌偷吃白馍,不都是凉的吗?"

奶奶:"当然没有包子好吃。包子是肉馅,饺子没有肉,而且,面也不纯是白面。不过,话又说回来了,好吃与不好吃是相对的,不是绝对的。吃野菜时,你说荠荠菜好吃,杂面馍比野菜好吃;白馍又比杂面馍好吃;红烧肉又比白馍好吃。到底哪个好吃?"

萌萌:"肉包子比你说那些都好吃。"

花妮:"我说,饿了都好吃。如果你吃得饱饱的,连红烧肉也不想吃。如果你饿了,连野菜也是好吃的。"

奶奶:"小妮子说得很对,饿了什么最好吃。所以说,对任何东西的评价,都是比较着说的。大的、小的、高的、低的,等等。没有小,就没有大;没有低,就没有高。因此,看问题不能绝对,要比较着看……好吧,你们想吃包子,就吃包子。不过,包子就剩两个了。我给你们一人一个。我把饺子放起来,等你们饿了,没有包子了,你们就感到好吃了。"

吃罢早饭没多大一会儿,一拨又一拨人来到奶奶的家,他们是来给奶奶拜年的。来的第一个人是林胜。他给奶奶磕了磕头,痛哭流涕地问候奶奶:"新年快乐,身体健康。"

奶奶一把拉住他,说道:"大年初一,大喜日子,不兴哭,哭了不吉利。不要哭。"

林胜:"我太对不起你了,我惭愧见你,我掉泪也是不由自主地。我这是悲喜交加。对我干的事情,可悲,这是悲泪;看见你高兴,乐见其人,可喜,这是喜泪。"

奶奶:"悲也好,喜也好,事情都过去了,不要再提它了,大家共同往前看,我们的共同任务是推翻国民党反动派,解放全中国人民。这是我们的共同志愿,所有个人利益都是小事。请不要哭,个人一点点得失算得了什么?心胸要开阔,意志要坚强,恒心要牢固,勇于拼搏,不达目的誓不罢休。要使自己养成这样的人,不要在小是小非上叽叽咕咕,纠缠不清。"

林胜向奶奶鞠躬,说道:"谢谢奶奶的教诲。"

211

奶奶的院子里挤满了人，他们聆听了奶奶的谆谆教导，目睹了奶奶的为人处世，对奶奶有了更进一步的认识，内心里萌发出更加敬仰奶奶的心情。

在人群中，有不少原来的抗日游击队队员。有好几个奶奶都叫不出名字了。奶奶看见他们很感动，热泪盈眶，满怀激情，好像有千言万语，一时又说不出。这种热情洋溢场面，让人激动，令人奋进。他们祝福奶奶健康长寿，奶奶祝福他们身体健康。奶奶还祝愿他们继续发扬抗日游击队的英勇杀敌精神，顽强拼搏，克服艰险，为洛家庄人民的彻底解放继续奋斗。

来为奶奶拜年的还有一个小青年，奶奶怎么也认不出他来，旁边几个人，谁也不认识他。他自我介绍说他是吴潜。奶奶忽然想起来了，情不自禁地说："哎呀！抗日英雄呀！"随即，奶奶把吴潜在西广场杀死日本兵的英勇事迹，简略给大家介绍了一下。在场人顷刻欢腾起来，他们把吴潜抬起来，扔到空中，反复扔了好几次，把吴潜扔得晕头转向。大家赞叹他沉着机智，大胆无畏的英雄气概。

奶奶："吴潜是青年人的榜样，大家都要向他学习，为推翻国民党的反动统治，为解放全国人民，贡献自己的力量。"

林胜从奶奶家出来，径直去到孙茜家。孙茜是王申的老婆。王申受张全雇用阴谋杀害奶奶，不但没有得逞，反而被保护奶奶的沈二虎和洛富强二人杀害。他受雇杀人没有手续，张全只对他说，事成后给他重赏。王申没有经验，凭着张全的口头许诺，答应了张全交给的任务。王申去执行任务那天晚上，他对孙茜说："张全叫我为他办些事。"

孙茜："啥事呀？与张全这人打交道，要当心，他不是什么好东西。要长个心眼，不然要吃亏的。"

王申："看你把我说的，我这么大的人了，连个心眼都没有吗？你把我看得太渺小了。"

孙茜："你就是少个心眼，跟你这么多年，我还不知道你吗？你只管听我的话，遇事要掂量掂量，能干的事，就干；不该干的事，千万不能干，给多少钱也不干，坚决不要干不该干的事。"

王申："请你把心放在肚子里，我会时刻小心着的。"

孙茜："我再问你，他叫你办的事，是大事呀，小事呀？如果是大事，咱不能白干，他得给报酬。"

第十二章 初一过年两重天

王申:"是不小的事。他说事成后,要给我重赏。"

孙茜:"啥重赏呀?不清不楚的。事后他不给你怎么办?"

王申:"他是大户人家,说话是算数的。他说的话,不会不兑现。"

孙茜:"我真不想让你去。有两个原因:1.张全这个人很不靠谱,不能跟他打交道;2.你说的事很没底,我估计不是什么好事,你去干了不会有什么好结果。"

王申:"你烦不烦呀?还没办些事,你啰唆得没完。以后还咋叫我出去办事啊?好了,你就放心吧,有工夫多休息一会儿,比操这心强。"

对这个有关人命的重大问题,他没有告诉老婆任何具体情况。

果不其然,王申那天晚上一去就没有回来。第二天早晨,人们发现他的尸体躺在张全的家门口。王申的母亲王老太和妻子孙茜哭得死去活来,尤其是王老太,哭得死去几次。他们一家三口,全靠王申打工维持生活。死了王申,就等于断了这个家庭的活路。孙茜没遍地找张全,张全就是死不承认,不管孙茜说什么,他都以"不知道"应对。

孙茜对张全说:"那天晚上,王申走时对我说:'张全叫我为他办点儿事,我现在就走了。'"

张全:"我根本没叫他为我办事。"

孙茜:"他还对我说:'事成后他会给我重赏。'"

张全:"他是胡说八道,我没叫他为我办过事,更谈不上什么赏不赏了。"

孙茜相信她丈夫的话,她认为张全是抵赖。可是她没有任何证据。她上告了,她告张全要为她丈夫的死负责。她上告有什么用呢?张全用宴请、送礼、拉关系、讲情面的办法,把官方买通了。官方对孙茜说:"你说的理由多是空话,没有一条实质内容,不能作定案的证据。"他们还告诉孙茜:"我们办案是以事实为依据的,不能凭推测定案。王申对你说的话,不能作为凭据。你是他老婆,他对你说的话,怎么能当凭据呢?"

法官说得冠冕堂皇,言辞滴水不漏,装得很正经,好像是正义的代表,群众的依靠。

孙茜在无奈之下,只得放弃申诉。可是在她自认倒霉以后,张全却进行"反坐"申诉,控诉孙茜对他诬告,要求她公开赔礼道歉并对他的精神受挫进行补偿。法官站在"同情"孙茜的立场上,作了"偏袒孙茜"的判决:"事

213

不关紧,不予立案"。法官私下对孙茜说:"你不要再纠缠了,否则将对你进行'有罪起诉',到时你就后悔莫及了。"就这样,孙茜用丈夫的一条命换了个"有罪不咎,宽大处理"的结局。

林胜走进了孙茜的家。她家的门上贴的对联,都是紫纸白字,而不是红纸黑字。头门上的对联是:世上哪有公道处,有冤有仇找何人。横批是:更换江山。堂屋门上的对联:草菅人命随处见,无法无天蛮横行。横批是:愤起更新。堂屋的正中央放着一张长桌子,上面有一个牌位,上面写着庄严肃穆的七个大字:显夫王申之灵位。牌位前有一个琉璃瓦香炉,里面有三炷高香,冒出一缕缕青烟,旋旋悠悠地徐徐上升,消失在渺茫的空中。香炉两旁有一对蜡烛,火苗不停地忽闪着,像两个小姑娘跳着凄凉的摇摆舞,向来客哭诉着主人的凄惨悲情。孙茜在一旁坐着,低着头,苦楚着脸,一动不动,呆若木鸡。林胜的心情非常沉重。他轻轻地走进堂屋。孙茜抬起头看他一眼,说道:"是你?你回来了?"她的泪水簌簌地落下,泣不成声地说道:"你这一段没有消息,大家都很挂念,担心你的安全。现在你回来了,大家都放心。可王申始终回不来了。他还不如走了没信呢,这样,我们反而有他还活着的思念。"

王申的妈妈王老太,半躺在内屋的床上,泪流满面,发出凄凉的呻吟。她看见林胜后,不禁大哭起来,说道:"林胜呀,你回来了,俺的王申再也回不来啦。我们全家就靠他一个人生活,他一死叫我们怎么生活呀?"

林胜坐下来,说:"你的冤屈我清楚。我今天来就是想对你详细说明情况。张全想杀害奶奶,就是他想霸占奶奶的宅基地,可是奶奶不给他,他就雇人行凶。他先雇用王申,许诺他事成后有重赏。王申去了两次都没办成事,在他二次执行任务时,被保护奶奶的人员杀了,把尸体放在张全的家门口。张全不承认他知道王申死的事,他完全是骗人。奶奶没被杀死,他很不甘心,他又雇我,许诺我,事成后,奖赏十亩地、一处宅子和十万元现金。我让他预先付给我一半,他答应了。我得到这一半赏金后,着手实施我的杀人计划。说实话,我是违心答应的,我不想干这事。首先,我没有杀人的心,把一个活活的人杀了,忍心吗?有点儿人性的人都干不了这事。只有畜生才干得出。奶奶是个什么样的人哪?咱庄的抗日英雄,我们学习的榜样。这样的人,你忍心杀害吗?我们不但不能杀害,我们应该保护,不惜一切代价来保

第十二章 初一过年两重天

护。但我老婆为了得到奖赏,要我接受这个任务,甚至扬言,我若不干,她要与我离婚。她把我逼得实在无路可走,我答应了她,违心地去行凶……"

孙茜仔细倾听了林胜的述说,知道了王申被杀的原因以及他的尸体为什么躺在张强的门口。随后,林胜又给她讲解了为什么王申被杀而他却被放了出来。

在内屋躺着的王老太,也听到了儿子的死因,她对张全怒不可遏。她再也躺不下了,她坚决去找张全算账。孙茜对张全的"不知道"早就憋了一肚子气,听到林胜的讲解后,她找到了根据,有了说话的底气。她也想马上去找张全,问他到底知道不知道王申是因为啥死的。

孙茜的邻居王钦听说孙茜娘儿俩要去找张全算账,而且是哭着去的,他急速到邻村叫来了唢呐队。唢呐队来了后,乐器一响,喇叭一吹,几乎全村人都跑出来看究竟。本来是大年初一,都在游玩逛街。不少人正好想找热闹,一听见乐器响,他们立马聚集过来,凑热闹,看究竟,增加乐趣,消磨时间。很快,孙茜的家门口,汇集了一大片人,男女老少,大人小孩都有。

穿着一身孝衣的孙茜搀着婆婆出来了,林胜安排她们走在最前面,唢呐队跟着她们,再后面是群众。林胜带着队,像一个庞大的游行队伍,浩浩荡荡,奔往张全的家门口。王老太和孙茜一把鼻涕、一把泪地哭着,撕心裂肺地吆喝着。王老太哭着说着:"我可怜的儿子呀,你死得屈呀,死得可怜呀,死得不明不白呀……"忽然,王老太哭得昏迷过去,瘫在地上,周围群众急忙把她搀起,掐她的人中,捋她的胸,轻拍她的背,抚摸她的手,轻声叫:"王老太,王老太。"

孙茜肚子里的憋气,再也忍受不住了,她高声吆喝:"我丈夫的死,完全是张全的责任,他雇他去行凶,暗杀陈奶奶,被陈奶奶的保卫人员杀害。但张全死不承认……"

林胜说:"王申是受张全的雇用,去暗杀陈奶奶的。但他不知道陈奶奶有保卫人员。王申被杀害后,张全仍不死心,不把陈奶奶杀死,他誓不罢休。他又雇用我,事成后,许我重赏……"

吴英也发言了。她本想不在这大庭广众面前露面,她嫌自己的行为不光彩。但林胜逼迫她说话,林胜说:"这是考验你的时候,你若愿意与张全一刀两短,你就不怕羞辱,勇敢站出来,揭发张全的丑恶罪行。不然,你就是

215

没有决心与张全断绝关系。"由于林胜的将军，吴英才敢于撕破脸皮，丢掉羞辱，壮起胆子，控诉张全对她的罪行。她说："自从林胜出走以后，张全就把我当成他的小老婆，经常在我家过夜……"

群众沸腾了，情绪激昂，喊声震天。他们高声叫喊："把张全揪出来，叫他回答问题，他不出来我们决不答应……"

张家人早就坐不住了。范松哭闹个不停，她感到她没脸见人。她不敢出来，她怕群众揪住她不放。她哭着到张强面前，哭闹着说："看看你的儿子干的这事，这就是你教育出来的好儿子！"她又跑到爷爷张承面前，说道："这就是你的孙子，你怎么有这么个孙子？"

范松还是心有顾虑的，她怕洛方说出与她的关系。她隔着窗户向群众看，突然发现洛方在人群里。她害怕得要死，万一洛方一时冲动，把与她的关系说出来，她就没有一点儿活路了。她又仔细想想，洛方是个老实人，老实得有点儿傻。如果没有人教唆，他是不会说出来的。但要万一有人教唆他呢？这就麻烦了……她正着想想，反着想想，心里始终踏实不下来。

范松把群众对张全的揭发，甚至是控诉，有幸灾乐祸的一面。张全与吴英的关系，她早就看出来了。但她毫无办法。这回让他在公众面前丢丢人，叫他不敢再走邪路，他可能就收敛自己的不轨之路，她也省得烦心了。

张承气得直跺脚。他怒气冲冲地说："你们这是叫我死呀！我们张家坏了哪一辈儿的良心，生了这么个逆子！我看，我们的家业到头了。常言说：富富出人物，穷穷出无能。我们家出了这么个无能孩子，真的是该败了。"

张家的大门口还拥挤着一大群人，他们正热情高涨地叫喊着让张全出来。若再不出来，他们要去家把他揪出来。张承看着群众的这个情绪，不把张全揪出来，是不会罢休的。但他知道，张全出来是很危险的。因此，他坚决不同意让张全出来。他让张全钻进地下室，地下室的门要用家具严严地盖上，不要有任何漏洞。他走出家门口，装着很抱歉地对大家说："父老乡亲们，我给大家拜年了，祝大家新年快乐，身体健康。我给各位父老赔个不是，我的不肖子孙对大家做了不少错事，有些甚至是犯罪。他本人应该亲自出来为大家赔礼道歉，向大家低头认罪，请求大家的谅解。但是，遗憾的是，他今天不在家。他岳母有病，他去看他岳母了。今天大家先回去，等他回来了，我一定叫他找机会给大家道歉，谢罪……"

第十二章 初一过年两重天

群众中有人继续高喊:"不行,你这是搪塞,是蒙混过关。我们不答应。必须把张全交出来,不然我们要去家里搜查……"

张承:"请大家相信我,我以性命担保,张全不在家……"

群众中有人说:"白痴才会相信你的话。你用性命担保,你的性命算老几呀?你性命还不如一只狗的性命呢。狗看见日本兵还汪汪叫呢,可是你见了日本兵,点头哈腰,卑躬屈膝,摆出一副奴才相。"

张承:"请不要这么评价我,这是冤枉我,我是抗日的,我还挨了日本人的一枪,他们本来要把我打死的。"

群众中的人说:"你那是咎由自取。你耍两面派,想两面落好,得罪了日本人,才打你一枪。你算是命大,没有死。你死了也是活该,不死,反而是祸害更大……"

这些话张承闻所未闻。在过去他若听到这样侮辱他的话,他是无论如何都不会接受的。可是今天,他听了也无所谓了。老百姓也可以当面羞辱他了,看来他也就是那么回事,也没什么了不起。这就让群众出了一口气。啊,张承,你也有今天呐!

林胜最后对大家说:"张全不在家,他跑得了和尚跑不了庙。我们等他,他不能永远不回来,他欠的账一定得还。今天我们先回去,以后有机会了,我们再找他算账。"

群众解散了,张家放心了,张承的心也平静了好多。但他又发出了另一种哀叹:"过新年,过团圆年,可我们过的啥年呐?那么多人聚集在门口,喇叭吹着,乐器打着,群众吆喝着,两个娘们儿走在前面,身穿孝衣,哭哭啼啼……这是丧葬的安排,送殡的场面。人家欢欢乐乐过新年,咱们心惊肉跳地遭麻烦,他们为我们送葬,送我们在大年初一上西天。真是两种处境,两重天。我们的日子一天不如一天。"

群众还没有散完,那边一大群人来了。锣鼓喧天,热闹非凡。是邻村的高跷队,来这里表演。他们在张承的家门口停下来,立即打出个场面,演员们表演剪子鼓,他们在高跷上演出各种花样,傻子捉鳖,猪八戒背媳妇,怕老婆顶灯等节目,逗得大家捧腹大笑。他们本来想在张承家门口表演,可以得到些赏赐。但他们很失望,张家连一个人也没出现,更不要说拿什么赏赐了。附近的群众拿了些赏赐品送给他们。他们表演得很带劲,群众

观赏得也很开心。

奶奶牵着两个孩子,急忙来到高跷队,观看表演。萌萌高兴得跳起来,用手指着那个猴子对奶奶说:"奶奶,你看,他骑在那个猪身上。"

花妮:"那是猪八戒,不是真猪,他长得像猪。"

奶奶:"这是《西游记》里的人物。"

萌萌:"真好玩。"

奶奶他们观看得很开心,尤其是那些是人非人的人物,萌萌见所未见,听所未听,感到非常奇妙。

高跷队走了,观众也纷纷离去。不少群众喜笑颜开地说:"我们过了一个不平常的大年初一。"

奶奶

第十三章

| 萌萌被烫伤 |

晚上不做饭，不点灯，是奶奶始终坚持的节省原则。奶奶家一般不吃晚饭，所以就不点灯。若有人饿了，想吃些东西，就吃些凉馍；渴了，就喝些压锅水。

一天晚上，萌萌说他想吃些东西。奶奶告诉他去吃菜馍。花妮说中午还剩一碗菜汤，热一热喝了吧。花妮把菜汤倒在锅里，把灶火点着，很快就把汤热透了。奶奶把一根麻秸点着，用麻秸头的微光把菜汤盛到碗里。奶奶不让花妮端，而她自己亲自把一碗菜汤端给萌萌。奶奶对萌萌说："给你汤，太热，小心，别烫着了。"

萌萌伸出双手去接汤碗。他还没接稳，奶奶就松了手，一碗热汤掉在萌萌的肚子上，萌萌大叫一声，接着就是"疼呀，疼呀"嚎叫起来。

奶奶把灯点着，让萌萌躺在床上，用毛巾浸凉水后拭擦溃烂皮肤的周围。萌萌的肚皮上，有一手掌大一片脱了一层皮，周边发红，中间发紫。萌萌一直哭，花妮也跟着哭，奶奶也一直掉泪。这时，也许最痛苦的是奶奶。萌萌只是皮肤的疼痛而难受，只是疼的痛苦。奶奶却是撕肝裂肺的绞心疼。她把萌萌抱在怀里，"乖呀，乖呀"地叫着，"怨奶奶了，怨奶奶了"地哭着说着。这样折腾了一整夜，天快亮时，可能是萌萌哭得没劲了，停止了哭泣，哼哼着入睡了，奶奶也趁机打了个盹儿。

第二天奶奶吃罢早饭，她嘱咐花妮在家照顾好萌萌，她出去为萌萌找医生抓药。烧伤科医生只有安庄有。附近村庄没有烧伤科医生。安庄离洛家庄

十里路远。奶奶带了些钱,马不停蹄地去安庄了。

奶奶在安庄找到了烧伤科的安医生,请他开些医治烧伤的药。安医生说:"不见伤情,概不开药。"

奶奶给他讲得很详细,安医生坚持不见病人不开药。奶奶只得空手而归,白跑一趟。她一路埋怨安医生太呆板。

奶奶回到家以后,把萌萌放在小推车上,她在后面推着,花妮在前面拉着,一家三口,走上了崎岖不平的求医路。他们到达安庄以后,奶奶累得浑身大汗。安医生一看伤情,漫不经心地说道:"伤情很重,要坚持在我这里医治,不然很难治好。要记住,不要去别的地方,这个病情,只有在我这里,才能治好。你还要记住,伤口要稳定,不能震动,若这样震动,伤口很难愈合。"

奶奶:"原来我自己来了,你说必须得见病人,否则不开药。所以,我把他推来了。"

安医生:"对呀,我是这么说的。不见病情就开药的医生,绝不是好医生。但你不能把病人放小推车上推来,你应该把他抬来,不能让伤口震动。现在,我给你开几服药,每天早晚各一次,煎服。吃完后再来。可不要再推车送了,一定抬过来。"

药吃完以后,奶奶借了一个箩筐,让萌萌躺在里面,花妮她俩抬着。奶奶把筐绳尽量放在自己这一头,让花妮多抬些杠子。就这样她们在路上歇了三歇儿后,才到了安庄。

她们一连去了三次,一共九天,伤口仍不见好转,甚至有化脓的苗头。这是恶化的象征。奶奶非常着急,食不甘味,寝不成眠,连续多天到各处打听治烧伤的医生和方子。一天早晨,萌萌老早就醒了,说道:"奶奶,昨天晚上我妈妈回来了。"

奶奶明知道他说的是梦话。故意问他:"什么?你妈妈回来了?"

萌萌:"是的,我妈妈回来了。"

奶奶:"她对你说什么啦?"

萌萌:"她把我抱起来,哭着指指我的伤口,说:'你受苦了,孩子,还疼吗?'"

奶奶:"她还说了什么?"

第十三章 萌萌被烫伤

萌萌："她说她要给我找医生看病。她还给我拿了白馍和红烧肉，我吃得可香了。"

奶奶的眼泪止不住地往下落。这么个没爹没娘的孩子，本来就够可怜的了，可现在又被烫成这个样子。已经十来天了，还不见好转。奶奶知道萌萌又梦见他妈妈了。奶奶又想，人死了，到底有没有灵魂？如果没有，为什么萌萌不断地梦见他妈？自己也经常梦到死去的亲人？若有灵魂，他们为啥不回来帮帮我们？至少在吃饭穿衣方面帮帮我们。在我们遇到困难的时候帮帮我们。今天，萌萌的病情处于关键时刻，他又梦见了妈妈。看来，他的妈妈是时刻关怀着她的孩子的。孩子他妈呀，你白天回不来，晚上回来也行啊，两个孩子是多么想见到你呀！当别的孩子受到妈妈的呵护时，他们尤其显得寂寞无助，凄惨孤独。世上什么最可怜？没娘的孩子最可怜。世上什么最痛苦？没娘的孩子最痛苦。让孩子没娘是最残忍的，最不人道的，最野蛮的。干这种事的人，就不是人，是野兽，是畜生。

在万般无奈的情况下，奶奶请了个巫师，让他用巫术给萌萌治病。巫师看罢萌萌的伤情后说："你的孩子得罪了与火有关系的神灵，所以用烫伤处罚他。"

奶奶："请你为孩子讲讲情，就说，孩子小，不懂事；再看他没爹没娘的份上，不管他做了什么不是，请各路仙人一定原谅他，让他吸取教训，今后决不再犯。"

巫师："好吧。请你每月的初一、十五，携带供品来这里为神灵祭祀三次。即每个月的初一、十五。一连三个月。切记：心一定要诚，心诚则神灵。"

奶奶："我一定要按时诚心诚意来祭拜。"

奶奶准备把巫师送走时，巫师说："对不起，我得把话说明白，我为人治病是分文不取的。只是神上是不兴空手回去的。请你随意，我好向神上交代。"

奶奶："好的，好的。"随手塞给他五个钱。

巫师走后，奶奶沉湎于对过去的回忆中。她自言自语道："这么一个小孩子，怎么会得罪神灵呢？哪个神灵也不会与一个孩子计较呀！一个人对孩子的行为还宽大为怀呢，更何况一个神灵啦！"她百思不得其解，深陷于痛苦的

困惑中。正在这时，花妮给她提了个醒儿。

花妮："奶奶，今年十月一日炸油角时，萌萌光着膀子打铁（两胳膊光着身子前后拍打）。他这么一打，锅里的油很快就干了。"

奶奶："对，对，可能就是这么回事，没错，就是这回事。这也是与火有关的。前些日子，我还时刻提防着，后来就把它忘得一干二净了。"

那么，炸油角事件是怎么回事呢？

每年的农历十月初一，这里的农民有炸油角（油炸菜角）的习惯。在前一天的晚上，家家户户都要炸些油角，作为第二天（十月初一）祭祀祖先的祭品。实际上是借此机会让农民改善改善生活。富裕户炸的多些，质量高些；贫困户炸的少些，质量低些。萌萌被烫伤前的一次炸油角，奶奶用的油量太少，致使油角没炸完油就熬干了。

奶奶买油时，要求买半斤。卖油者问她："你是用来炸油角吗？"

奶奶："是的。十月一日快来了，大家都炸油角，我们也炸些。"

卖油者："半斤太少了。炸不了几个，油就没了。"

奶奶："那再多二两吧。"

于是，奶奶用了十两油炸油角。其实，奶奶是很少买油的，因为奶奶家做饭，一般不用油。过十月初一炸油角，是她家的一次重大事件，是改善生活的明显象征。奶奶家的油角质量虽然不高，对萌萌来说，已经是盼望已久的奢侈品了。萌萌一看要炸油角，欣喜若狂，上蹿下跳，一会儿跑到街上对他的伙伴说："我家要炸油角了。"一会儿问奶奶："啥时候能炸好哇？"他一会儿唱歌，一会儿跳舞，一会儿打铁，一会儿打鼓。刚出锅的第一个油角，还没有放凉，他就用手巾包住，拿到街上，吆喝着："我要吃油角啦！"在街上把油角吃完后，回到家里，光着膀子打铁。"平平喳，平平喳"打个不停。锅里的油越来越少了，包好的油角还有很多。奶奶少放些柴火，把火苗变小。可是奶奶发现，火苗越小，越费油。还得用大火。大火也好，小火也罢，油少的趋势是阻挡不了的。很快，油干了，彻底干了。没有炸的油角，只得当饺子用了。

奶奶很忌惮，她从来没有遇见过正在炸油角时，油干了。她听老年人说这是不好的象征，这预示着今后可能有不好的事情发生。这一带农民流传着这样一个说法："炸油角干锅，祸殃躲不过。"但究竟是什么样的祸殃，祸殃有多大，就不得而知了。从此以后，奶奶谨小慎微，处处小心，事事提防，争取把大事化小，小事化了。苍天的轮回，不会饶过任何人。奶奶不管多么小心谨慎，祸灾还是发生了——萌萌被烫伤了。

祸灾的根源找到了，奶奶心里放下了一个大包袱。眼下当务之急，是尽快把萌萌的伤治好。巫师的办法可行吗？若不行怎么办？伤口有些恶化，不能再等了，还得另想办法。奶奶在村里放话说："只要能把孩子的病治好，他要什么我都答应。"

打下招兵旗，就有吃粮人。奶奶的话一放出去，很快就有人响应了。王小三问奶奶："你说，谁能把萌萌的伤治好，要啥给啥，是真的吗？"

奶奶："当然是真的了。谁还说瞎话不成？谁能把病治好哇？"

王小三："你先别问谁。我想澄清的是：你说的'要啥给啥'里的'啥'都包括啥？"

奶奶："既然是要啥给啥，啥都包括。"

王小三："既然你说啥都包括，我就直说了。"

奶奶："你就直说吧，别卖关子了。"

王小三："有人愿给你的孩子治好病，他想要你一样东西——宅基地。"

奶奶一听要宅基地，马上认定这人一定是张全。张全在企图霸占奶奶的宅基地上，没少动脑筋。先是购买，然后兑换，最后搞暗杀，都以失败而告终。曾两次派人暗杀，不但没成功，第一个杀手反而成了牺牲品；第二个，经过洗脑后，成了张全的死对头，在揭露张全方面，有了更多、更具体的可靠证据。张全想到，照这种办法搞下去，越搞对自己越不利。他变了，由硬办法变成了软办法，由凶勇残忍的豺狼虎豹变成了温存可爱的老绵羊。他利用奶奶为孙子看病需要钱的机会，呈献善意，让奶奶在经济上越陷越深，最后不能自拔，用宅子抵债，就是水到渠成的事了。

奶奶对张全的思路非常清楚，但她迫于用钱为萌萌看病的压力，她不得不接受张全的橄榄枝。奶奶对萌萌的病已经无所适从了。萌萌的烫伤已经半月多了，不但没有好转，反而有恶化的倾向，大有越来越严重的危险。她很担心，很害怕，不能让伤再往后拖了。她下定决心：不管什么办法，只要把孩子的病治好，她什么条件都答应。

奶奶明知故问道："是谁这么大的口气，用我住的宅子作交换？"

王小三："当然是张全啰，有这么大的动作，非他莫属。"

奶奶："具体办法是啥？"

王小三："他开始给萌萌治病，你就得腾房子。也就是说，你得先把房子腾出来。"

奶奶："那我们住哪儿？我们不就没有家了吗？"

王小三："你不是为了给孩子治病吗？把病治好比啥都重要。至于说家，只要有人，人在哪儿，哪儿就是家。没人，还要家干啥？"

奶奶："你说这也是个理儿。不过，我的孩子只是个烧伤问题，还没有到丢性命的地步。用宅子作交换，我不同意。我不能丢失我们的宅子。"

王小三："好，我回去给张全汇报一下你的意见。"

王小三垂头丧气地走了。

当天下午，王小三又来了。他进门就说："我又来了。"

奶奶也开门见山地说："有啥事，直说。"

王小三："我把你的想法给张全汇报了，他对你的决心表示理解。他说：'既然她坚决不放弃宅子，她不放弃，我放弃。我不是白要她的，我是用钱买的。关于这件事已经纠缠了好几年了，我不想继续纠缠下去了，我要改变主意，放弃对她的宅子的渴求，我需要宅子，可以去别的地方买，干吗在一棵树上吊死呀？在别的地方买也一样。'他还说：'我还要想法帮助她，早日把萌萌的病治好。'"

张承得知张全的态度有了一百八十度的大转弯后，非常高兴。他夸奖孙子说："你长大了，你让我放心了。我们张家有合适的接班人了，我们张家的家业有救了。"

张全有了脱胎换骨的变化，他通情达理。他用怜悯的口气对王小三说："他们家是够可怜的，偏是穷，又得了病，真是雪上加霜。正如那句俗话：房漏怕暴雨，幼苗怕残风。他们经不起再受打击了。我倒是很同情他们的。我真想为他们做些事，帮他们一把。萌萌的病要及时吃药，这是最主要的。我认为，他们缺钱，买药有问题。你对奶奶说说，我为她买药。其办法是：她拿药不付款，我为她先垫上，等她以后有钱了再还我。这等于她借我的钱买药，我估计这种办法她会接受。你还要坦率地告诉她，不要对我有什么恶意，不要认为我是有什么企图，耍什么伎俩，玩什么阴谋。我这回不是阴谋，而是阳谋，我是真心实意帮助她的。我现在说明一下，你得相信我，理解我，对我不要怀疑，不要三心二意。你首先从思想上解决了问题，才有可能把她说服。你若对我不信任，就不可能说服她。"

张全真的把王小三说蒙了。张全说的话，跟他平时的一贯所作所为，大相径庭。而且，不是一般的差距，而是差距甚远。王小三非常纳闷：这是怎么啦？是天要变，还是地要翻？张全为啥变得这么助人，这么宽大为怀？一般情况下，这种变化是不可能的，至少不是心底里的变化，而是表面上的虚假表述。不管张全是真心实意，或是虚心假意，或是玩弄花招，或是另有企图，王小三照本宣科地把张全的话告诉了奶奶。奶奶根本不相信张全的话。奶奶说："傻子才会相信他。"

萌萌已经三天没有用药了，既没有吃的药，也没有外用药。伤势越来越严重，发紫的面积越来越大，冒脓的地方越来越多，萌萌偶尔打冷战。不少有经验的农民对奶奶说，这是非常不好的预兆，这是病情的恶化现象。他们对奶奶说，萌萌的病已经到了极限，再这样发展下去的话，就会成为败血症。一旦如此，就是不治之症。奶奶一听说败血症，头发蒙，眼发怔，心中一片空白。啊，败血症，让人一听就毛骨悚然，一想就胆战心惊。萌萌怎么会得这么个病！奶奶彻底崩溃了，她再也支持不住了，她放声嚎叫，高声痛哭，她感到，天要塌，地要陷，宇宙停止转，太阳变黑了，万物要泯灭了。她像个傻子，疯疯癫癫地胡乱说些什么。花妮感到很孤独，本来三口人。现在萌萌病得不省人事，奶奶悲痛得失去知觉，她剩一个人了。她哭得心扉炸，浑身麻。东院的王大妈把她叫醒，不停地劝她。奶奶慢慢清醒过来，她声嘶力竭地哭叫："我的萌萌呀，你不能走哇，你是我们的希望，你是我们的支柱，你是我们的一切……"

奶奶大哭了一阵子以后，心里的压力有些释怀，轻松了好多。她的意识能支配大脑了，她记得王小三给她说的话，她可以去药店里抓药，她暂时不用出钱。她同意了，她顾不得那么多了。她想的是赶快把萌萌的病治好，这是一切的一切，只要把萌萌治好，她甘愿付出一切，包括她的性命。

恰在这时，萌萌的舅舅拿来一酒盅獾油。獾油是医治烧伤的特效药。本地绝售，他从东北购买的。奶奶赶快把它抹在孩子的伤口上，紧张的心情才算有些轻松。

萌萌最主要的还是营养问题。伤口的愈合是靠自身发育起来的，外部用药，只是辅助作用。真正愈合的动力，还在自身，营养是关键。奶奶很清楚，张全借给钱是绥靖政策，是放长线钓大鱼。但她顾不得这一切了。她对自己说："我只得上他的当了。最后，我宁肯一无所有，连老祖宗遗留下来的宅基地也丢失殆尽。不过，只要人在，有人就有家，人在哪儿，家就在哪儿。"奶奶心情舒畅了，这真是"山重水复疑无路，柳暗花明又一村"。

张全嘱托药店和食品店："只要是陈奶奶来买东西，不管她买啥东西，也不管她买多少，一律不收分文，统统记在我的账上。"

从此以后，奶奶几乎天天往外跑，跑药店抓药，跑商店买营养补给品。她舍得花钱了，舍得买好东西了，尤其是营养品，她尽量多买，让花妮也沾点光。两个孩子几乎没有吃过任何好吃的东西。她好像想通了，买来的好东西，也让花妮吃一些。

一星期以后，萌萌的伤情大有好转。伤口上的脓有些减少，伤口周围出现了微弱的新肉芽，萌萌一直吵着伤口发痒，不时用手抓挠。这是好现象，是伤口好转的象征，出现新肉了，伤口就要痊愈了。

再过一周以后，萌萌的伤口完全愈合，烫伤彻底好了。

奶奶平心静气地回顾了一下萌萌得病的前前后后。从炸油角的油干，到萌萌被热汤烫伤，都离不开自己的抠门。油干是油太少；烫伤是萌萌瞎摸着接碗造成的；油干和不点灯，都是没有油，舍不得买油，为什么？没钱。吃的猪汤狗食，干的是牛马活，穿的是褴褛衣。这一切的根源是穷。啥时候能把这个穷根挖掉呢？

奶奶

第十四章

| 被赶出门 |

一九四三年秋天的一个中午,保长办公室的两个人,一个叫王小三,一个叫张小五,来到奶奶家里,目的是催奶奶还债。奶奶问他们都什么债,多少债。他们拿出一大把纸条,说是欠条,一一念给奶奶听。因为数目太大,奶奶听起来都是天文数字。她六神无主,两眼发黑、头发蒙,他们念的数字,奶奶一点也记不住,只影影绰绰地记得缴粮款、租地款、借债款和拿药款。

奶奶问他们:"我们根本没有一分地,哪来的缴粮款?"

他们答:"你们租过地吗?"

奶奶说:"租过呀,我们全靠租的地种呢。"

他们说:"这不就是了,租的地也是地呀,怎么不缴公粮呢?"

奶奶说:"租谁的地,谁缴公粮,怎么让租户缴公粮呢?"

他们说:"你去问问,咱洛家庄哪一家租户不缴公粮?这都是有言在先的。不会亏待你们一家的,大家都是一样,这款必须得还清,不然就不会租给地种了。"

奶奶说:"我们不会再租地了,没有人了,谁来种地呀?"

王小三说:"也许这才是叫你必须还清这个款的原因之一呢。"

关于其他款项,他们都一一作了解释。他们说:"租地款是每年租的土地收获部分的分成部分。这个分成主要是今年的,往年所欠部分都转为高利贷了。"

借债款这个款项包括两部分内容:一部分是由租的土地应缴的分成部

分，由于歉收而没缴，然后把这部分欠债转为高利贷，作为借债；另一部分是每年青黄不接时，直接借的粮食，也折合成钱作为欠款。

拿药款主要是奶奶的丈夫、儿子和儿媳治病时拿的药钱。他们说他们已把药钱还给药店了，让奶奶把钱还给他们。

还有一笔款，就是萌萌被烫伤后，给他治病款和借给奶奶给萌萌买营养品的补助款。

他们没有让奶奶看那些欠条，奶奶也不想去亲自看，看与不看一样，反正是还不起。

奶奶不想去否认这些账，因为从款项来说，都是事实。从具体数目来说，就无从考证了。她就一个想法：不管数目多少，反正是还不起。

奶奶对王小三和张五说："请你们回去转告一下，我们实在是还不起，叫保长考虑考虑我家的情况，我们还不起债，请他高抬贵手，别让我们马上还。"

他们说："我们会如实传达你的话的，看保长有何打算。你还是想尽一切办法把债还了。现在不还，等两天也得还。反正是不还不中。"临走时，他们说了一句："等两天我们再来。"

他们走后，奶奶在如何还债上考虑问题。钱是硬头货。奶奶怎么考虑，也考虑不出任何弄到钱的办法。话再说过来，即使有了弄钱的办法，她能把债还得清吗？

几天以后，催债的人又来了。这次是保长亲自来，保长带着王小三和张五。一进门张五先开口问奶奶："还债款准备得怎么样啦？"

奶奶说："不怎么样，我们没钱还债，你们看我们有啥东西呀？我们眼下的生活还顾不了，哪里有钱还债呀？"

保长张强说："我们知道你的难处，也很同情你家的不幸遭遇。但欠债还债，这是天经地义。总不能因遭遇不幸而不还债吧。因此，你还是想法把债还了。"

奶奶说："保长，你很清楚我们根本还不起债。我们不是不还，更不是不想还，而是根本无能力还。"

保长说："你是明白人，如果欠了债，因没能力还就可以不还了？天下有这个道理吗？如果是这样的话，我说句不好听的话，这叫作耍赖。如果欠债者耍赖,那我们有对付耍赖的办法。我劝你不要弄到这个地步,这样对咱们两家都没好处。对你来说,结果会更惨,你现在的家已经很悲惨了,到时会更惨。希望你不要以身试法,到时,你可是后悔不及。你还有两个孩子,你还要过日子,你还要把他们养大成人,你要好好考虑一下不还债的后果。"

保长的话如排山倒海之势,雷霆万钧之力,压住奶奶。他的话又像一支支阴险毒辣的箭,射向奶奶,使她无法推脱,也无法躲避。她感觉着生活已经走到了死胡同,没有任何回旋的余地。保长的话说得很清楚,债不还是不行的,不然就是"以身试法",也就是说,如果不还,他要动法,就是要抓人。"老天爷呀,如果把我抓去,两个孩子咋办呀!"奶奶想到这时,不由地出了一身冷汗。她想,债必须得还,不还是不行的。但她又一想,用什么还呢?眼下生活都顾不了,哪有钱还债呀!奶奶又想:他让我好好考虑一下不还债的后果,什么后果?不就是落井下石的后果吗?

奶奶沉默了一阵后,说道:"我不是不想还,而是我实在还不起。"

张五说:"以物顶债也行。"

奶奶说:"除了我们身上穿的几件破衣服,还有个破床,还有些破布片和烂套子,还有做饭用的破锅、破勺、破碗、破筷子等,别的我们没有任何东西了。你们看,想要啥你们就拿去顶债。"

保长说:"别开玩笑了,你说的哪一样能顶债!你再考虑考虑吧,我们走了。"

抵债,尤其是强调以物抵债。

村民们知道后很不理解,保长想让她以物抵债,她有什么物?何以抵债?他们只有拭目以待。很多村民同情奶奶,可怜奶奶遭到重大劫难以后,又遭逼债,还会遭遇更大损失,真是雪上加霜。他们痛恨保长,痛恨他心狠手辣。他们纷纷去奶奶家安慰奶奶,劝她放宽心,沉着应对,乡亲们都是支持她的。

刘二和是周围乡村有名的人物。他手脚勤快,能说会道,在不同环境有不同的说法,见不同人,有不同的语言。他的公开身份是行户。经常活动在集市、贸易场合。此外,在说媒、解决矛盾方面也很在行。人们如果想买什么东西,或想卖什么东西,只要给他打个招呼,他准会给你一个满意的结果。这一天,他来到奶奶家里。奶奶一见他,满腔热情地接待他。先与他热情打招呼，然后给他让座。他坐下后，奶奶先与他说话："刘老弟，哪股香风把你刮来了？"

刘二和说："我无事不登三宝殿。"

奶奶说："我这里哪是'三宝殿'，分明是'三无殿'，无吃、无穿、无过头。"

刘二和说："好了，言归正传。听说保长来催债了？"

奶奶说："来几趟了。"

刘二和说："有啥打算呀？"

奶奶说："打算还，但没啥还。别的什么打算也没有。"

刘二和说："我听说你打算以物抵债。能不能让你老弟我知道一下你打算用什么物来抵债？"

奶奶说："他们说如果没钱还债，以物抵债也行。我说可以呀，我家的东西你们随便拿吧。我是说过这话，但我不知道他们想要我的什么物，我也没有值钱物去抵我欠的债。"

刘二和说："说实在的老嫂子，我听了你愿意以物抵债的消息后，很为你发愁。我认为他们是打算要你的花妮去抵债。"

奶奶打断他的话说："什么？他是这个打算吗？你怎么知道的？"奶奶很惊奇，心里很紧张，她从来没想到保长是这个企图。一听说要她的花妮，她是无论如何也不会答应的。因此，她连问刘二和这个消息的真实性。

刘二和接着说："我是为你着想，如果你用花妮去抵债，不如把她送给人，现在我对你说以抵债方式把孩子送出去的坏处，这样等于把孩子卖给人家了。以后再想见她就万难了。他们绝不会让她回来看你，也绝不会答应你去看望她。这样，你再也见不到你的孙女了。这是你和花妮的痛苦。如果把她送人，有几个好处：第一，花妮去这家给你一部分钱，究竟给多少，要你们双方商量而定。你可以用这个钱去还债，起到抵债的作用。第二，她去到哪村哪家，让你知道得清清楚楚，你什么时候想去看她就什么时候去，她什么时候想回来看你就什么时候回来，来去自由。将来她成家了还是你家的一门客。第三，她去的这个新家，有吃有穿，要啥有啥，不比在这里强吗？要是我的话，光从这一点说，也同意把花妮送人，主要是让她去个好地方。"

奶奶说:"首先感谢老弟为我考虑。有些事是我没有考虑到的,我真的要感谢你的提醒。我可以给你保证,我绝不会拿我的孙女去抵债,我死也不会答应这个条件。我们就算再穷,也绝不会让骨肉分离的,要死,我们死在一起。至于你说这个办法,我考虑考虑再说,恐怕花妮不会同意的。因此,也难以行通。"

刘二和走后,奶奶坐在凳子上痛心疾首,眼泪双流。逼债只是使她发愁,可是要她的孙女,简直是割她的肉。她可怜花妮。她哭着自言自语:可怜的孩子,你从小就失去了爹娘,失去了父爱、母爱。从小就没吃、没穿。从小就没吃过一顿像样的饭,没穿过一件像样的衣服。爹娘死后,奶奶就是你唯一的亲人了。可是现在又有人想把你夺走,想把你与我这个唯一的亲人分开,想把你完完全全地变成一个无人怜悯的孤儿⋯⋯她越想越多,越想哭得越痛。眼泪簌簌滴到地上、衣襟上。恰在这时,花妮从外面跑了回来。她一看见奶奶在那里痛哭,马上趴在奶奶身上,一面用手擦奶奶的眼泪,一面问奶奶:"奶奶,你怎么啦?"顷刻间,她也哭起来。奶奶把她抱在怀里,两手抚摸着她耷拉在脊梁上的头发,用嘴亲吻着她的头、她的脸。四只眼睛里的泪水,把祖孙二人完全融在了一起⋯⋯

第三天中午,保长带着两个人又来了,进门就问:"还债款准备好了吗?现在就交吧。"

奶奶说:"我们真的没有钱,请你们高抬贵手,不然你们拿东西顶吧。"

保长说:"你说话可得算数呀!"

奶奶说:"算数,想拿啥就拿吧。"

保长说:"你家的所有东西也顶不了你们的债,我不要任何东西,我要你们这个宅子。"

奶奶说:"什么?宅子?这是绝对不行的。天底下我们就有这么一片立足地了,你要我们的宅子,我们住在哪里呀?"

保长说:"你再想办法,我想让你用宅子顶债。"

保长告诉他的随从人员把我们屋里的东西全拿出来。其实,屋子里并没有什么东西,尤其是没有什么贵重东西。一张大床、一个破柜子、两把椅子、一床被子和褥子及几件衣服,以及厨房里的生活用品。

很快他们把东西全部拿了出来。奶奶痛心疾首。每把一件东西拿出,

正如向奶奶胸上插刀子一样。她想，无论如何，也不能把宅子让出去。首先，宅子是"风水宝地"，保长几代人都对它垂涎三尺。奶奶这一家也是几代人都是不惜代价守卫着它。爷爷临死前还对奶奶说要把宅子看好。现在爷爷死了，有人就来要这个宅子，她怎么对得住他的亡魂！再者，如果他们把宅子要去，自己和孩子住在哪里呢？白天忙一天，晚上连个去的地方也没有，怎么行呢？奶奶越想越生气，越想越想不通，想着想着，情不自禁地放声大哭起来，花妮和萌萌也跟着哭起来。保长已把奶奶家的东西从屋内全部搬了出来。花妮和萌萌再把它们搬进屋里。往外搬东西的人，是搬着嚷嚷着，说奶奶不讲理，有账不还，就得用宅子顶债。往内搬东西的两个孩子是搬着哭着。

三人的哭声虽没有感动搬东西的人，但惊动了左邻右舍。他们听到哭声后，纷纷来到奶奶家看个究竟。很快院子里挤满了人，他们亲眼看见奶奶祖孙三人泪流满面的悲惨景象，他们的怜悯之心油然而生。他们想，奶奶这一家太可怜了，不久前一家七口人死了四口，剩下一老两小，没吃、没穿，现在又让他们腾房子，赶他们出去，叫他们怎么过呀！简直是欺人太甚了。有的劝保长高抬贵手，不要赶他们出门，有的直接说保长残酷无情，更多的人说保长不近人情。有的人指着保长的鼻子，说他乘人之危，落井下石，欺人太甚。

群众的七嘴八舌使保长进退两难。用这种办法把他们赶出来吧，这么多群众不允许。他也知道群众是得罪不起的。如果不这样干，能把宅子夺过来吗？保长看到群众一个个不省事脸，心里有些怯。他想，不对头儿，不能硬着干。现在的群众胆子大了，弄不好要吃亏。他想到这里，对他的同伙们说："今天咱们走，改日再来。"

保长的野心很清楚了，要债、逼债，要求以物抵债，就这一个目的，就是想占奶奶的住宅。这是一块"风水宝地"，这是奶奶剩下的唯一的一个值钱东西了，奶奶怎能忍心给他呢！

全村人都知道这个宅子是"风水宝地"。奶奶的这个宅子为什么有"风水宝地"之称呢？这主要来源于一个传说。据说很多年前，一个老头一大早起来拾粪。他左胳膊挎个篮子，右手拿着粪叉子，沿着街从东向西摸索着走。因为天还很早，什么也看不清楚。他走近奶奶家的门口的时候，忽然看见一

第十四章 被赶出门

头雄狮卧在门口，浑身闪光，两只眼睛像小灯笼一样，把他照得睁不开眼睛。他一下子慌了手脚，不知所措。他马上停下脚步，紧闭住双眼，不声不响地站在那儿一动也不敢动，等待着有什么事情可能发生。可是，他等了很久，什么动静也没有。他再睁开眼时，狮子不见了，周围还是黑乎乎的，什么也看不清楚。他心里有些害怕，不敢再往前走，拐回家去，继续睡他的大觉了。吃罢早饭老头儿再去看时，原来是一堆碎砖头、烂瓦片。这个故事一直在该村传着，一代一代地传，也不知道传几代了。很多人还信以为真。胆小人，天黑时一个人不敢在这里过。必须在这里过时，就找个作伴的。有些拾粪老头，走到这儿时，绕道而行。他们怕那头狮子再现世，没有福气的人看见了，驾驭不住，可能会倒大霉。有些胆子大的，光想看看这头狮子的再现，他们有事没事总爱在这里走一趟。有个年轻人甚至说，他想抓住这头狮子的耳朵骑到它背上呢。他父亲听到这话以后，对儿子的冒险非常生气。他生怕儿子有一天真的会做出这样的傻事。他立即把儿子叫到跟前，问："听说你想骑那头狮子，是吗？"他儿子说："我不害怕，我敢骑它。咋啦？""你想得很简单，那是头真狮子吗？它并不是山上跑的狮子，而是一个神物。它不定是哪一路神灵派下来的神虫。它可不是让你随便骑的。你若敢对它不礼貌，轻者叫你筋断骨折；重者叫你家破人亡。"他儿子问："有那么厉害吗？你说得太严重了吧？"他看他儿子不在乎，心里有些急，他板起了脸，提高了嗓门："你这孩子，'不听老人言，吃亏在当前；不听老人话，必定要出差。'这是多少年来流传下来的颠扑不破的真理。你可不要以身试法。你们还年轻，还没有经验，不知道烧红的铁是热的，也不知道天高地厚。遇到啥事都想试试。到你出了事，就来不及了。"他一直把儿子说得直点头，表示不再冒险去骑那头狮子了，他才放了心。

除了这个传说外，村里有人发现在这个住宅里，有龙虎相斗的场面。所谓龙虎相斗，就是一条蛇和一只猫在相斗。猫想吃蛇，而蛇躲不及。猫想法抓它，衔它；蛇也不示弱，也竭力想法咬它。猫一伸爪子抓蛇，蛇就张着大嘴咬它；猫当然不让咬。蛇一咬它时，它就松嘴，离开几步。这时，蛇就找地方躲藏。蛇一去躲藏，猫又要去咬它。它们一来一往，一攻一守，斗得不相上下，不可开交。它们相争了很长时间，直到那个蛇找到一个洞藏起来，战斗才算结束。这是几年以前发生的事。很多村民都亲眼看见了这个场面。

大家说这是龙虎相争。该宅子是龙虎相争之地。人们把这件事与那个传说结合在一起，就坚定地认为，这个宅子就不是一般的民宅了，而是一块"风水宝地"。既然是"风水宝地"，就不是随便什么人都能住的。如果是有福之人，住上后不但能压住地的旺气，还会借助于地的旺劲，发家致富，甚至还会官气亨通，出个大人物呢。相反，如果住户没有福运，就压不住这个地气。那就惨了。地气这玩意儿，它像个大狼狗，欺软怕硬。如果你制住它了，它会乖乖地听你的话，服服帖帖地为你办事，忠心耿耿地为你效劳。如果你压不住它，它就欺负你，不但不会升官发财，还会越来越穷。也许会倾家荡产，或家破人亡，甚至会遭到某种形式的灭顶之灾。

张强家想要这块宅子的想法，就不是一年半载了。他父亲就一心想要这个宅子。他托好几个人说和，劝说他们，用重金聘请他们，要他们想方设法说服洛培石（奶奶的丈夫），他愿意出高价，甚至不惜一切代价，洛家要多少钱，就给多少钱，要什么东西就给什么东西，只要答应把这个宅子卖给他。可是，洛家就是不卖。大家都知道这是"风水宝地"。你想要，你想得怪美！谁不想要呀！你想要，人家主人得愿意给你呀！你出什么价钱，也不卖给你。你找人劝说也不行。你有你的千条计，洛培石有他的老主意，不管你什么条件，我就是不卖宅子。他的目的没有达到，他的想法就暂时搁下来了。他的儿子张强当了保长以后，老头子对他儿子当保长感到得意忘形，趾高气扬了。更强烈地认为他家有官运，如果有一个"风水宝地"的宅子，他的后代就会飞黄腾达，前途无量。因此，他又有占有这个宅基地的想法。但洛培石仍然坚持就是不卖这个宅子。他虽然暂时到不了手，但他绝不会死心。他仍然认为，弄不到手是暂时的，只要有决心，有信心，把宅子弄到手是肯定的。他坚定地认为，只有他，才是这个宅子的主人，也就是说，只有他，才是这个宅子的住户。他深谋远虑，有放长线钓大鱼的理念。他订了把宅子弄到手的思路。他对他的后辈们说："只要有信心，只要有恒心，只要不怕挫折，只要永不放弃，水滴石穿，宅子是肯定能弄到手的。"他还说："我这一辈子不行，儿子这一辈子，儿子不行，孙子，一代一代传下去，总有一天会成功的。"他把这个想法交代给了儿子张强，又交代了放长线钓大鱼的做法。总的原则是利用一切可以利用的机会，为占有这个宅子创造有利条件。所以不管是洛培石还是为新去租地或借高利贷或

— 第十四章 被赶出门 —

青黄不接时借粮食，他们都尽量让他们借，后来朱珣和奶奶去药房里赊账，尽管欠了那么多账，药店仍然乐意赊给。朱珣和奶奶还以为是药店行好，其实是张强早就有交代，让她们赊药时，不要拒绝，只要她们要，尽量赊给她们，达到她们的满意。萌萌被烫伤后，奶奶急着用钱买药，更急着用钱给萌萌买营养品，张全在张强的授意下，伸出了橄榄枝，愿意借给奶奶钱，而且要多少有多少。在很多问题上，奶奶是考虑得很周到的，可是在这个问题上，她反而是有些盲目，不顾后果地接受张全的恩施，借他的钱买药，借他的钱给萌萌买营养品。因为萌萌的病拖那么长时间，确实使她失去理智。她只是简单地认为，不管多少钱，将来还就是了，无非是时间长些。她根本没有想到，张全是耍阴谋，企图要她的宅子。现在，张全要求奶奶用宅子抵债，奶奶才恍然大悟，但一切都晚了。话又说回来，即使当时就识破了他的阴谋，她能不借钱吗？她不用不行，看病是头等大事，顾命要紧。因此，即使明知道是个陷阱，也得往里跳。

有一天，一个算命先生看见奶奶，请求给奶奶相面。奶奶拒绝了他的请求。奶奶说没有钱，相什么面呀。不算卦，不相面，反正是走到这个地步了，算卦还有什么用？叫它随便吧，任其发展，走到哪算哪。

算命先生说："我今天给你算命，不要钱，尽义务。"

奶奶说："这是为什么呀？我就不理解了。"

算命先生说："这很简单，我想帮助你。从你的面相上看，你的命运比较复杂。你要愿意听的话，我给你讲讲。讲得正确也好，不正确也好，都供你参考，我都分文不取。我说话算数，你不要害怕，我不会向你要钱的。"

奶奶说："那你说吧，让我听听。"

算命先生说："从面相上看，你是个有福人，也是个心肠非常好的人。但你的命运不好。这个命运就把你害苦了。也是这个命运，几乎把你推到了绝路。但你的厄运还没有结束。如果你运筹不好，更不好的处境还在等着你。当然，如果你处理得当，你会躲过厄运，顺利通过。再以后，你的日子就好过了。关键是要躲过眼下这一劫。"

奶奶光听不说话，不管他如何说，她不但不说话，连任何表情都没有。算命先生也琢磨不透她的心事。奶奶对算命不感兴趣。她的态度是，你不是很想给我讲吗？那你就讲。你讲，我听。你讲完了，我走，你也走。

235

算命先生又对她说:"我再奉劝你几句话:'命薄物重,难以带动;若不扔掉,遭遇惨重。'……我的这几句话,请你斟酌。你如果琢磨透了,就会采用正确的办法,改变你的命运,走向幸福的道路。如果你分析不透,墨守成规,不但摆脱不了厄运,还可能更加悲惨,走向绝路。请原谅我直言。"

奶奶一直在思考着那个算命先生的话。尤其是那四句话。他所说的"物",指的是什么呢?……

奶奶平时在很多问题上,考虑得非常清楚,对问题的看法非常正确,解决问题的能力也非常强。因此很多人有了难以解决的问题时,都找她帮忙,她也确实为别人解决了很多问题,得到了大家的赞赏。可是在自己的问题上,她却对问题考虑不清楚了,不知道如何去解决了。这真是当局者迷,旁观者清。这正如医生看病一样,对自己亲人的病往往下药不到,病情好得慢。奶奶对自己的宅子问题也是这样,她死抱住不放弃宅子的祖传,光在如何保住宅子上打圈圈,怎么也从圈子里跳不出来。所以,尽管她绞尽脑汁,还是找不出合适的解决办法。这使她非常纠结,心里非常痛苦,把她折磨得饭吃不下,睡不着觉,她多么想找个妥善的办法,让她从痛苦中解脱出来!

一天晚上,一个叫刘恒的村民来到奶奶家。

刘恒是一个六十多岁很有威望的人。他为人正派,办事公道,考虑问题周全,处理问题公平。村里的很多难题和矛盾都是他出面解决的。他听说张强他们去奶奶家赶奶奶出门的消息后,认真分析了形势,有一个想法想提供给奶奶,让奶奶参考。

他一进门,奶奶很热情地欢迎他说:"我正想找你谈谈,想听听你的意见呢。"

刘恒说:"这不就来了么。"

奶奶首先把算命先生的话告诉了他。他一听就说:"别信他那一套。"

奶奶又把算命先生说的"命薄物重……"告诉他。特意问他,他的"物"是什么意思。

刘恒一听,马上说:"很清楚,张强派的人。他说的'物'就是你的宅子。"奶奶恍然大悟。

奶奶又把算命先生另外那些话告诉了刘恒。刘恒说:"他的话很明显,它是说,你的命薄,住不了这个宅子。你家的遭遇就是因为住这个宅子而引起的。你要马上搬出来，不要继续住在这里，否则，你会遭到更大的不幸。他的所有话可以归结为一句话：赶快把宅子让给张强。"

奶奶说："你分析得很透。这个算命先生是保长派来的。"

刘恒说："一点都不假。他这个算命先生干出这种缺德事，有愧于他的列族列宗。我也给人家算命，但我从来不干坏良心的事。历史上有很多算命先生害人的事，而且他们的害人往往是摧毁性的，因为很多人都信任他们。因此，不要轻易相信算命先生的。算命，算命，很可能是要你的命。历史上曾有这么一回事：王克道和陈世顾是好朋友。陈世顾为了霸占王克道的妻子，买通一个算命先生，说王有命灾，要他远离家乡躲难。王克道信以为真，到外地躲藏一个多月。趁此机会，陈世顾强夺了他的妻子。王克道回来后才发现自己上了当，但已经太晚了。"

奶奶说："咱不管那个算命先生的话了。请你告诉我，我该不该把宅子让给张强呢？"

刘恒说："我的意见，你让给他。"

奶奶平常很尊重刘恒老先生，他的意见一般奶奶都是听的。可是这一次，他的意见与奶奶的想法大相径庭。奶奶正在想法如何保住这个宅子，想法应付张强的逼债。可是刘恒的意见是把宅子让给他，她怎么也没想到。她说："为什么呢？"奶奶露出很不理解的表情。

刘恒耐心地给她解释，说道："咱先用反正法说这个问题。你不给行吗？你不搬行吗？这是咱希望的。咱希望不给、不搬，这只是咱的一厢情愿。问题是这样行不行？"

奶奶说："看来是不给不行。"

刘恒说："对了。不行的不行，就是行。换句话说，不给不行，就得给。这不是明摆着的道理吗？"

奶奶说："我再三考虑这个问题，我真是不想给他。俺掌柜活着的时候，再三交代我要保住宅子，这个宅子很多人都垂涎三尺，求之不得，在我手里把它送给别人，我怎么向他们交代呀？从我的实际情况来看，我一给他，我住在哪儿呀？没有人了，没有地了，现在又没有宅子了。我真是成了'三无'了，无吃的，无穿的，无住处。"奶奶说着，情不自禁地泪水长流。她用衣襟擦了擦眼泪，自言自语道："我的命真苦。孩儿他爹死前还说，我们穷日子

已经到了尽头了，已经穷到极点了，不可能再穷了，到了物极必反的时候了，我们的穷日子到头了，天该变了，我们该翻身了。看来，'物'还没有到'极'点，我的穷日子还没有过到尽头，我还得再过一段时间。这一段时间是多长呢？俺掌柜的再三告诉我们：'要坚持，永不放弃，坚持就是胜利'。我实在是坚持不下去了，不放弃是不行了。"

刘恒老先生看着奶奶伤心的样子，低着头，花白的头发耷拉在前面，把整个脸都盖得严严的。她自言自语的哭声，使他感到辛酸流泪。他要慢慢给奶奶解释，让她振作起来，鼓起勇气，继续生活下去。刘恒老先生说："依我看，你掌柜的说得没有错。他所说的'极'，正是我们所在的时刻，他所说的要坚持、永不放弃，说的是在长远的生活道路上要坚持，不要放弃；并不是在某一事物上。在某一具体事物上，很可能还得放弃。你没听人家说么，腿能伸能蜷，才是好腿。拳头先缩进去，然后再伸出来才会有劲。任何事情的发展都不是直线的，而都是螺旋形的，弯弯曲曲的，波浪式的。但总的方向是往前发展的。在坚持的大前提下，放弃一些局部利益是难免的，也是必要的。该放弃如果不放弃，而去坚持，就会因小失大，正如《论语》上说的'小不忍则乱大谋'。这样的坚持，偏偏不是坚持，而是放弃。这就是坚持与放弃的辩证关系。我非常支持你在生活道路上确保坚持的思想理念，但在你的住宅问题上，我希望你放弃。"

奶奶非常惋惜地说："我们这个宅子不是一般的住宅，更不是普通的一片土地和几间破房子问题，而是一处'风水宝地'。因此，我实在不想把它放弃。"

刘恒说："我也听说过这是个好宅子。它要是不好，保长就不会要了，也许就不会有今天的事。因为它是好宅子，风水宝地，你舍不得放弃，他才非要不可。从另一方面说，你不想给这是一回事，不给行不行，是另一回事。如果不给行，当然这好办，如果不给不行，怎么办？你有退路吗？现在的问题，不要在'给'与'不给'问题上斡旋了，而主要考虑'不给行不行'。世上的任何事情都有主观想象和客观要求两方面的问题。如果主观想的与客观要求的一致了，这就皆大欢喜。但多数是两方面不一致。这时候就要放弃主观想象，适应客观要求。我认为，保长想霸占这个宅子的心是铁定了，他不会再改变。在给他与不给他问题上，我的意见是给，你熬不过他。你如果硬与他对抗，不但保不住宅子，还会吃更大的亏。在这个问题上，对你也是个考验，你要经得住这个考验。你不要思路狭隘，光看见眼前一点蝇头小利，要坦坦荡荡，胸有大志，不要因小失大。摆在你面前的有孩子和宅子两件事。在这两件事上，你当然要的是孩子。孩子与宅子比较起来，宅子虽然是风水宝地，也没有孩子重要。如果你想两个都要，是绝对不可能的，到头不但宅子保不住，孩子很可能也保不住。到那时你就后悔莫及了。我说这话可不是危言耸听，而是实实在在的话。因此，在给与不给的问题上，你不要再犹豫了，而要当机立断，把宅子给他。但必须有条件。宅子顶你全部债务，要写字据，不要空口无凭。"他说到这里，停了下来，看看奶奶的表情。他问："这样，你想得通吗？做得到吗？"

奶奶说："你说的话我完全同意，你的话对我是个很大的提醒。过去我没有把这个问题摆得这么高，没有把它与孩子联系起来。我那种想法不对。现在，我也同意把宅子给他，不过在感情上我一时扭转不过来。你说的确实是这个道理，现在我认识到了。我一定按你说的办，把宅子给他。我思想上虽然一时转不过弯来，但在行动上我一定这样办，我马上把宅子腾出来，让给他。"

刘恒又说："张强这个人也是个鼠目寸光之人。他没看看什么时候了，还干缺德事，不为自己留一点后路。全国很多地方都解放了，穷人分了田地，得到了解放，翻了身。恶霸地主、土豪劣绅、土匪强盗一律枪毙，老百姓可满意啦。他到现在还不收敛收敛，真是不识时务。他婶子，你记住我的话，这宅子他要不成，他现在的抢占只是暂时的，只会给他增加一条罪状。等不几年，他还得低头认罪，把宅子恭恭敬敬还给你，自己落个偷鸡不成蚀把米的下场。"

奶奶说："你说这话，我听着就有点玄了。最近人们不断说'解放、翻身'的事。我对别人讲时，也这么说，但我心里也没底，究竟啥时候能翻身解放，我确实没数。"

刘恒说："怎么没数呀？这是看得见，摸得着的事，马上就会来到咱们这里，少则三年，多则五年。"

奶奶高兴地说："八路军快来吧，我们穷人实在活不下去了。"

刘恒看到奶奶心情好转了，说明她理解了他的意思。他为奶奶解开了一

239

个大疙瘩，他很高兴。他告别了奶奶，回到了自己的家。

刘恒走后，奶奶陷入沉思中，她同意刘恒的分析，也坚决按他的办法去做，把宅子腾给保长。但她从感情上一时转不过来弯。过去几辈子坚守的，丈夫临终前特意嘱咐不要丢失的"风水宝地"，她没有坚守住。她怎么能不作艰苦的思想斗争呢!

第二天上午，奶奶领着两个孩子去坟里向列祖列宗、向自己的丈夫祷告，请求他们饶恕，她没有坚守住他们一直坚守的"风水宝地"，她向他们谢罪。

几天以后，保长带了六个人来到奶奶家。这次就不再多说话了，是直接搬东西的。这一次不是把东西搬到院子里，而是直接搬到街上。奶奶就那么一点东西，他们五六个人很快就搬完了。奶奶听了刘恒的劝告，肚量大了，学会放下了，不再哭了，能忍耐了，她领着两个孩子看守着自己的东西。过路人走到这里看见这种场景时，有的皱皱眉头，有的动动嘴，有的说奶奶太可怜了，有的说保长心太狠了。

中午该吃午饭时，很多人给他们端来饭，有的拿窝窝头，有的拿饼子，有的端菜汤，有的端蒸菜，还有一家端了一碗面条，尽管不是全白面的，但有一部分白面。萌萌喝着这碗面条可好喝了，他喝完了面条，又吃了些窝头。奶奶和花妮先把菜汤喝了，因为汤不好存放，吃不饱时再吃别的。他们把吃不完的东西存放起来，留作下一顿吃。把汤放在一个黑瓦罐里，把馍放在用高粱莛子编成的筐子里。街坊送的饭对他们来说，都是美食佳肴。萌萌吃饱有余，小肚子鼓得圆圆的，上面的青筋翘大高。本来就很瘦的布衫，撑得扣不住扣，两条麻秆腿和两只细胳膊，像插在稻草人身上的四根干柴棍。奶奶看到他吃饱肚子后活蹦乱跳的样子，心里有一种甜蜜蜜的滋味。

很多人邀请奶奶一家三口去他们家居住。当然，谁家都不宽绰，都没有一个单独房间让他们住，更没有一个单独院子。有的让住在磨坊里，有的让住在车棚里，有的让住在牲口屋里，也有的让住在他们的厨房里。

别看奶奶一家没地方住，现在就住在大街上，奶奶对住处还是很讲究的。她的原则是：不住在房主的厨房里，不住在生活条件较好的家庭里，他们住的地方最好与主人的生活区远些。这样她家与主人家就不会互相影响，她不愿意影响主人，也不想让主人影响他们。

在奶奶脑子里的影响是什么呢？她家对主人家的影响指的是：他们吃

— 第十四章 被赶出门 —

的、烧的经常是临时采摘，尤其是柴火类的，既占地方，又杂乱，很烦人，光居住就够麻烦人家了，再增加这些干扰，她很不安心。主人家对他们的影响主要指的是吃的方面。他们家的饭菜不好，而主人家肯定比较好些，这样对两个孩子，尤其是萌萌会产生不好的影响。比如逢年过节时，主人家可能改善一下生活，做些好吃的。萌萌他们看见就会嘴谗。这种影响对他们的成长没好处。因此，她想找一个离主人家比较远的地方。她要求的另一个条件是尽量住在没有十岁以下孩子的家里。这样，大人之间就不会因孩子问题产生误会。

整个下午，奶奶对所有对她有邀请的家进行了考查，当然是考查村民们提供的住所。考查结果，没有一个比较满意的地方。留斌大伯提供的房子是奶奶重点考虑的对象。主要是这个房所处的位置符合奶奶的要求，独屋独院。不满意的地方是房子太破、太简陋。因此，不能最后决定，再考虑考虑再说，今晚只能住在街上了。

洛家庄的农民绝大多数晚上都不动锅，不吃晚饭。孩子们饿得快，想吃东西，有剩馍、剩菜、剩汤，有些孩子吃些窝头，喝些压锅水（午饭后刷罢锅添到锅里的水，因有做饭的余热，所以水是温的）。奶奶在这个时期，更不会做晚饭了，他们吃凉饭是常事。别看萌萌身体瘦小，吃凉饭可在行，即使冬天吃凉馍、喝凉汤也不会坏肚子。

这天是八月初五，天晴得很好，万里无云，月亮出来一下，马上又缩回去了，整个村子漆黑一团。因是兵荒马乱时期，晚上外面很不安全，所以太阳一落，老百姓都封门闭户了。除了远处传来狗的汪汪叫声，听不到任何别的声音。天上的星星还是不停地眨着眼，今天显得格外亮，好像对下面的人挤眉弄眼。奶奶从院子里拿些干草铺在地上，草上再铺上个破单子，让花妮和萌萌躺上睡觉。一条破被子盖三个人，如同在家里的一样，花妮睡一头，萌萌与奶奶睡另一头。

也可能是猛一睡在街上不习惯，萌萌往常一落黑就想睡，可今天他没一点睡意，躺在铺上眨巴着眼睛不停地往天上瞅。突然他看见一个流星，划一道亮光从一处滑向另一处。他指着流星飞过的方向，问奶奶："奶奶，那是个啥呀？很亮，跑得又那么快。"

奶奶很耐心地对他说："那是一颗贼星。"

241

萌萌好奇地问:"啥叫贼星呀?"

奶奶解释道:"先说贼,啥叫贼呢?就是偷人家东西的人就叫贼。每天晚上咱们睡觉时就把门上好,怕贼来偷咱的东西。那么贼星呢?就是这个星星不守规矩,其他星星都是按自己的路走,规规矩矩,每天晚上出来了,又落了。而这个贼星呢?它不老实,它不守规矩,胡乱跑,扰乱别人。所以老天爷就把它扔下来了。扔它的时候,它非常不满意,就发出狂叫,吐出一条火龙,做垂死挣扎。"

然后,奶奶对他俩说哪个是织女星,哪个是牛郎星,接着给他们讲牛郎织女的故事。故事没讲几句,两个孩子就睡着了。

奶奶躺在那里不敢入睡。在露天睡觉,天冷,怕两个孩子半夜蹬掉被子而着了凉,她不时摸摸花妮和萌萌,看他们是否露在外面。她眯缝着眼,似睡非睡。她朦朦胧胧看见一个人来了。穿个蓝大衫,戴个黑礼帽,面带微笑,文质彬彬。奶奶心想,这像个文人,不是那种毫不知礼的流浪汉。他慢慢向奶奶走来。他走近时,奶奶仔细一看,原来是萌萌他爷爷回来了。他笑眯眯地问奶奶:"你们在这里睡冷吗?"

奶奶说:"不冷,你去哪儿了,这么长时间也不回来?"

他说:"我想回来,我是身不由己呀!花妮和萌萌呢?叫我看看他们,我很想他们。"

奶奶说:"他们在这儿正睡着呢。"

他说:"你说你把咱的宅子还账了,这样好,不然你过不去这个坎。这样可以保证孩子的安全。这样好,你做得对,我赞成,为新他们也赞成。不过这是暂时的。给他只是让他过一下手,他们早晚都得还给咱们。他们没有住这个宅子的命,以后你就知道了……"

奶奶醒了,睁开了双眼,街上一片漆黑。萌萌的爷爷消失了,但他对她说的话,她却记得清清楚楚。他赞成她把这处宅子还债,她得到了安慰。他说宅子以后还会还给她,她有了希望,有了寄托,她感到舒畅。她再次摸摸两个孩子是否盖好,然后慢慢入睡了。

大约半夜时分,一个黑影蹑脚蹑手地来到他们身旁,弯着腰向下看。当他伸着脖子窥探是什么东西时,奶奶猛地站起来,一把抓住他的一条胳膊,急忙问:"你是谁?干什么?"

那人哆哆嗦嗦地说:"我叫干柴,想找些吃的。"

奶奶仔细观看,他是一个十几岁的孩子。结垢的头发耷拉老长。肌瘦的脸,被一团团黑块覆盖着,本来就不大的眼睛,显得更加渺小无神。身穿着难以遮体的褴褛衣服,脚上趿拉着一双无后帮的布鞋。奶奶把手松开,他不再紧张,站在那儿一动也不动,有一种老实巴交、令人可怜的样子。

奶奶问他:"你是哪里人?怎么来到这里?"

他慢慢地说:"我是赵庄人,离这里七里路。我在家里睡不着觉,就跑出来了。因为我特别瘦,瘦得像一根干柴,所以人们叫我干柴。"

奶奶问:"你家里都有谁呀?"

他说:"就我爹和我,我们两个。"

奶奶问:"你妈呢?"

他说:"我妈死了,今年春天死的。"

奶奶问:"你们家其他人呢?"

他说:"我姐姐去陕西了,是爹爹让她跟别人去的,爹爹说在家养活不了。爷爷、奶奶早就死了。"

奶奶听着他的述说,怜悯之心油然而生,心想:又是一个可怜的孩子。

奶奶又问他:"这么深更半夜,你在街上乱跑干什么?"

他说:"我太饿了,睡不着觉,在街上溜达溜达,看能否找到些东西吃。"

奶奶又问:"就你一个人出来了?"

干柴说:"我本来还有一个伙伴,今天他夺人家小孩子的馍,被孩子他爹打得不能走了。所以,就没有出来。"

奶奶把手伸到放在身旁的草篓里,拿出一个窝头递给干柴,说:"吃了吧,孩子。"

干柴马上跪在地上向奶奶磕头,然后他急忙站起来,转身就想走。他说:"爹爹在家也饿着肚子呢,我的那个伙伴也得吃东西。我得拿走,让我爹吃些,让我的伙伴也吃些。我爹一天都没吃东西了,况且还有病。"

奶奶想,这是个孝顺孩子,自己饿着肚子,找到的食物自己不舍得吃,要拿回去让爹爹吃,这是多么可贵的孝心啊!

奶奶又拿出两张烙馍递给干柴,对他说:"你吃一个,给你爹拿回去一个,给你的伙伴一个。"

干柴接住烙馍，再次跪倒在地，连连向奶奶磕头。奶奶让他站起后，他依依不舍地离开了奶奶，消失在黑夜里。

奶奶再也不能入睡了，她再摸摸花妮和萌萌是否盖好。她睁着两只大眼，心里沉重地思索着：萌萌可怜，花妮可怜，可是干柴和那个被人打伤的孩子更可怜。萌萌和花妮没爹没娘了，有个奶奶照顾。那些出来要饭的孩子有谁照顾呢！那些被人打得不会走路的孩子，有谁照顾呢！她的眼眶湿了，她心里燃烧着愤愤不平，她再也睡不着了。

没多长时间，有五六个人吵吵嚷嚷，在她身旁经过，从西向东，走着吵着，听到他们的声音："快走，不走就放你这儿。""叫我去哪儿？为啥抓我呀？"从说话声音中可以看出，是几个人拖着一个人走。从声音知道，被拖的人是刘金，他们走得很快，说话声音越来越听不清楚。不一会儿，随着一声"啪"的枪响，一切都销声匿迹了。

紧接着是一群男女的哭喊声。很明显，是刘金的妈妈、妻子和儿子，他们撵到东头时，发现刘金躺在血泊里死了。他们号啕大哭，撕心裂肺，悲惨的哭声旋荡在街上，震撼着人心。

天色微亮时，刘老虎来到奶奶跟前，小声对奶奶说道："你们干吗搬出来？叫咱们的游击队员收拾他们。队员们一齐出来，啥事也没有了，也没神了，也没鬼了。别看他张强怪凶，我们可以把他整治得服服帖帖的。你的意见呢？"

奶奶："咱们不能动用游击队员。其原因是：第一，我欠他债，这是事实，不还债不合乎情理。因为我没有钱，还不起他。如果不给他宅子，有不还债，他会起诉我的，到时我也不好办。第二，张强的霸道不是他一个人的问题，这是一个系统问题，一个体系问题，他的上面有层层的保护层，必须把他的保护层消灭了，才能把他彻底消灭。现在咱还没有这个力量。第三，我现在搬出去只是暂时的，马上就要解放了，等解放军来了，实行土地改革，他还得乖乖地把宅子还给我。因此，现在出去就出去吧，不给他动这个气力，犯不着……请你转告咱们的队员，请他们不要担心，我这里好好的。"

天已经亮了，人们听到哭声而赶来讯问，原来这是一起绑架杀人案。

一群绑匪本打算对刘金实施绑票。但刘金被拖到村东头时，他伸手抓住一棵小柳树，死活就是不走了。因为天就要亮了，绑匪们不敢与他多磨蹭，

第十四章 被赶出门

就把他打死后，拔腿跑了。

花妮和萌萌起来后，问奶奶为啥有人哭。奶奶说："你刘金大伯昨天夜里被坏人拉到村东头打死了。"接着奶奶又把昨晚干柴来要饭的事对他们讲了一遍。

奶奶更清醒地认识到受苦挨饿的人，过悲惨生活的人，何止她一家！值得可怜的孩子何止花妮和萌萌！天下受苦的家庭、可怜的孩子多着呢。

她也强烈地感到不能再在外面住了。于是她不再犹豫了，她决定搬到留斌大伯的牲口屋。

赵大妈得知奶奶决定要住留斌的牲口屋以后，急忙跑过来劝奶奶："老婶子，留斌家里可是住不得。你还不知道留斌家的是什么人吗？她是咱村有名的吝啬人。她容不得任何人，能容得你们吗？我看够呛。我劝你还是不要与她打交道，免得以后惹麻烦。"

奶奶很理解赵大妈的话。她也深知留斌家的人品。赵大妈的话句句是实话，她也确实是好意。奶奶又想："留斌家的也不是一无是处。她愿意让住她的房子，单从这一点说，她还是有善意的。再说，我与她没什么矛盾。今后即使有些摩擦，我容忍她些就行了。常言说：'大肚能容难容事，慈颜常笑可笑人。'她再无理，我容她，她还能怎么着？"奶奶有了这个想法后，对赵大妈说："他大婶，你的话完全正确。你对留斌家的看法与我的完全一样。你对我的提醒非常重要。我原来考虑其他条件多一些，对这个女人的人品考虑得少一些。但我已经对她说了我准备住她的房。现在如果改变不住，恐怕不太合适。我想，既然这样了，我还是去住吧。暂住一段时间看看，不中了就赶快搬出来。"

这天下午，奶奶请人帮忙，把他们的东西搬了进去。他们一家三口住进了一个新家——留斌大伯的牲口屋。

留斌大伯的牲口屋坐落在一个荒院里，真是一个独院，是一个两间破旧的小北屋。由于潮湿，年久失修，土坯墙上巴掌大的洼坑一个挨一个。榆木梁本来就不粗，还被一个槐木棍顶着。屋顶苫的是麦秸，被麻雀扑腾得高低不平。刮风时，屋里落土。下雨时，屋里滴水。地面上，坑坑洼洼。晴天时，是一堆堆的土窝；雨天时，地面上好像铺了一层泥毯。一进屋两脚就粘上厚厚的泥，好像一双绛色套鞋。

奶奶

小屋的前墙上安了一个木门。门的旁边是一个窗户。里间是喂牲口的地方。牲口是一头黄牛，一个木槽，把草料放在木槽里让黄牛吃。木槽后，是黄牛卧下休息的地方，叫铺后。挨着铺后是盛草的地方。奶奶在小屋的外间，靠北墙搭了一个铺。靠门口垒一个做饭灶。把纺花车放在锅与床之间。他们三口人的衣料，放在铺上。

每天晚上关门很晚，得等到喂饱牲口以后。每天早上又得起床很早，因为留斌大伯他们还得早早起来喂牲口。早晚时间对奶奶都没影响。因为奶奶每天早晨都早早起来纺棉花，晚上也睡得很晚，不是做衣服就是洗衣服。而且，奶奶每天都比喂牲口的人起得早，比喂牲口人睡得晚。

关于居住条件，奶奶基本上没什么要求，只要有个睡觉的地方让两个孩子躺下就行了。其次是有个放纺花车的地方，她可以晚上纺花。她感到比睡在街上强多了。

第十五章

逃荒路上遇亲人

一天下午，王大妈来到了奶奶家里。奶奶热情地欢迎她，给她让座。

奶奶说："咱们住得很近，也经常见面说话，但像今天这样，你登门拜访，还是头一次呢。"

王大妈说："穷忙，穷忙，越穷越忙。你忙，我也忙，你忙你的，我忙我的，哪有时间在一起说话，咱虽然不是老死不相往来，咱却是老死不曾多来往。"

奶奶说："你今天算破格了。突破牢笼展新颜，开拓局面创新篇。你是个开拓者。"

王大妈说："你让我要饭的戴皇冠——帽子怪大，我还担当不起呢。"

说罢这些寒暄话以后，两人哈哈大笑起来。

奶奶先开口问："好吧，咱们言归正传。你来了，我很高兴，我也不干活了。咱们可以痛痛快快地聊聊。你说，咱们是闲聊呀，还是有啥事要说呀？"

王大妈说："以闲聊为主。"

奶奶说："好。"

王大妈："今天咱是随便聊的，聊哪算哪，反正也不是别人，聊错了拉倒，权当没聊，绝不会传出去的。"

奶奶："那当然，咱俩谁跟谁呀。"

王大妈："最近以来我一直发愁，经常愁得晚上睡不着觉。"

奶奶："你主要愁什么呀？愁没吃的？你比我们还强呢。我的愁比你的

愁大。"

王大妈："我愁的主要不是这个。"

奶奶："那是啥呀？"

王大妈没有直接回答奶奶的问话，她反而又问起奶奶了："你听说吴根宝家的孩子丢了吗？"

奶奶："什么？吴根宝家的孩子丢了？她的哪一个呀？什么时候丢的呀？"

王大妈："前天下午，才两天了。她那个老二家的，大的是个女孩，小的是个男孩。人家主要偷男孩。"

奶奶："她那个小孩没多大，最多四五岁。"

王大妈："到这个月底，刚满四岁。"

奶奶："可能是她那个小孩。根宝家的痛苦死了。不是你说，我还不知道呢。这两天得去看看她。"

王大妈："去了会更引起她的痛苦，不去也好。"

奶奶："那些偷孩子的人真没良心，抓住他千刀万剐也不解恨。他们根本不考虑人家的死活。你知道孩子是怎么丢的吗？"

王大妈："大白天里，小孩跑这儿跑那儿，也没注意，天都快黑了，孩子还没回来，就赶快找，但已经找不着了。就这么简单。"

奶奶："人家是绑票，还是要人的呀？"

王大妈："还没来信儿，如果是绑票，这两天就会回来消息。如果不回来消息，就是要人的。我看，要人的可能性大，不是绑票。"

奶奶："你怎么知道不是绑票？"

王大妈："绑票的目的是要钱，劫匪想要钱，但不能直接劫钱，就劫人，让其家人拿钱去赎人。要完成这一串任务，首先风险很大，因为在交换过程，他们有个露面的机会，这是很不安全的。其次，绑票一般都先踩好点，要确保人质家里有钱，或有门路搞到钱。也就是说，他们认为人质家属有能力去赎回人质。对没能力赎回人质的家庭，他们就不会冒这个风险。偷人就简单多了，偷着就走，管他是谁家的，反正是不再露面。"

奶奶："他们要人干吗？"

王大妈："有两种目的：一种是自己养的，或亲戚、朋友养的；另一种是卖的。他们把孩子卖了，与偷钱一样。因此，我认为她这个孩子不是绑票。"

— 第十五章 逃荒路上遇亲人 —

奶奶:"很有道理,你知道的挺多的,我从你这儿学到不少东西。"

王大妈:"上个月刘庄丢了一个,我还听说李庄也丢了一个,况且都是小男孩。接二连三偷起孩子来了,咱们当父母的怎能不担心呢!"

奶奶气愤地说:"我们生活在这个社会里,连人身安全也得不到保障了。死的死了,丢的丢了,简直是无法活下去了!"

王大妈:"我来这儿想与你交换一下意见,关于孩子问题,你有什么考虑没有?"

奶奶对她的问题感到很突然,不知所措地说:"没什么考虑,我考虑的是如何让他们吃饱、穿暖,再没别的考虑了。"

王大妈:"让他们吃饱、穿暖已经不行了,像吴根宝家,他的她孩子都没有了,还谈什么吃饱、穿暖呀。"

奶奶猛然醒悟说:"你指的是他们的安全问题,我确实没考虑这个问题,你这个提醒很重要。我现在回想起来有些后怕,我经常让萌萌自己出去玩,有时他自己还去他姥姥家,万幸的是还没遇到坏人。哎呀,真有些后怕。"

王大妈:"生活在这个环境里是防不胜防的。咱们在明处,坏人在暗处,随时都可能有不幸发生。"

奶奶:"你说这个问题对我来说比较突然。因此,我没有什么考虑,你是有备而来的,你就说说你的意见吧。"

王大妈:"我认为咱们最好带着孩子出去躲一躲。"

奶奶:"往哪里躲呀?哪里都一样,天下乌鸦一般黑。再者,咱们家里一没有钱,二没有粮,三没有东西,他们偷咱的啥呀?咱敞开大门让他们随便拿,他们也拿不走什么东西。"

王大妈:"你先不要这样说,你是有东西值得人家偷的。我去偷你吧?"

奶奶:"来偷吧。你只要不后悔。"

王大妈:"我不但不后悔,还会感到很值得。"

奶奶:"你偷我的啥,你会感到很值得呀?"

王大妈:"我只偷你一样东西,就叫你受不住。"

奶奶:"你偷啥我都没关系。我没有一样值钱的东西。你想偷啥,请随便偷了,偷啥我都愿意。"

王大妈:"你说话得算话,可不能反悔呀。"

249

奶奶:"好,我不反悔。你说偷我的啥吧?"

王大妈:"我偷你的萌萌。"

奶奶:"那可不行。除了他以外,别的啥都行……你还别说,咱还真得把孩子看好呢。你这一打算偷俺的萌萌,算是提醒了我。从今以后,叫他寸步不离我,真得把他看紧,不让他一个人行动。"

王大妈:"就怕是防不胜防。不怕一万,就怕万一。到那时,后悔就来不及了。"没等奶奶说话,她迫不及待地说出了她的想法。她说:"我看最好还是出去躲一躲。"

"出去躲一躲。"去哪儿呢?近一些,时间短一些,还可以。走远门可是去不得。奶奶认为走远门,不是容易的事。她有两个孩子,吃和住的都不方便,她对走远门持否定态度。

王大妈就不同了,她是拿定主意要出去的。她坚决出去的原因是为了孩子,但困扰她最厉害的还不是孩子问题,而有别的原因,这个原因是什么呢?她本来不打算马上告诉奶奶,她原以为奶奶很容易被说服。可是现在她看到奶奶不怎么愿意出去,她大失所望,为了说服奶奶出去,她不得不把她的真正原因说出来。

王大妈说:"常言说'寡妇门前是非多,光棍院里冷嗦嗦'。我是个寡妇,我不会惹任何事,我想过那宁静无事、安然自得的生活。可是,树欲静而风不止,海欲宁而潮来袭。我不惹事,可找我事的人很多。我没有睡过一个晚上的安生觉,经常有人叫门。啥样的人都有,有的是有钱有势的,有的是地痞流氓,有的声音听着很熟,有的听着很生。我还不敢大声吆喝他们,他们就以为我软弱可欺,纠缠着不走。我把门上得紧紧的,他们是无论如何也弄不开的。但我睡不了安生觉哇,这也不是一两天就过去了,而是经常如此。我是真想离开这里走得远远的,找个地方过安静生活。我是个苦命人,我周围没有一个亲人。我心里的冤屈没地方诉,这个事我只对你一个人说了,其他任何人都不知道。我把你当成我的亲娘,我只有依靠你、依赖你,把心里的苦向你吐吐,心里才好受些。我想逃出去,可是我自己又不敢,我没出过门,自己办事的能力特别差。我还有个孩子,干啥事都不方便,都得依靠别人,我想叫你领着我出去。我真的求求你了。"

奶奶是个软心肠的人,她不怯暴力,却害怕柔情眼泪。她有强烈的怜悯之心，最好可怜那些值得可怜的人，她感到王大妈很可怜，孤儿寡母，煎熬生活，没有一个亲人，心中有了冤屈连诉说的地方都没有。过去她总以为自己很可怜，可是现在她认为王大妈比自己更可怜。在经济方面，王大妈比自己好一些，但在精神生活上，王大妈远远不如自己。而精神上的痛苦是人们最大的痛苦。奶奶原来没打算外出，可经王大妈这么一求，她的心软了，她开始考虑与王大妈一起出去的事了。最后奶奶若有所思地说："叫我考虑考虑。你在这里真是没法过了。不过，这件事对我太突然，我一时脑子转不过来弯。我比不了你呀，我有两个孩子。带两个孩子出去，可不是闹着玩的，这不是个小事，等我考虑考虑再说吧。"

王大妈很高兴，她认为奶奶有松动了，有可能与她一块儿出去。王大妈说："好，请你再考虑一下。考虑的重点是权当救我的。我走了。等几天我再来。"

关于外出问题，奶奶心里很纠结，去与不去，她一时拿不定主意。她不想去的原因，主要是她有两个孩子。到外面以后，人生地不熟，很不好安排，生活会更艰难。她想出去的原因：主要是她对这个地方已经失去了信心。生活一天不如一天，日子越过越艰难。这个村庄，除了丈夫和儿子、儿媳的坟墓以外，没有其他任何东西使她留恋；这个家，除了这两个孩子以外，没有其他任何东西使她挂念。人们常说：

树挪死，人挪活，
待在一处苦挨饿，
不如趁早挪挪窝。
乞丐挪成富裕户，
光棍挪出花老婆。
人若生活苦闷多，
一挪心情就快活。
不信，你试试，
准叫你抿嘴乐呵呵。

她想：为何不离开这个倒霉的地方，带着这两个孩子换一个新地方尝试尝试呢？但她又一想，带两个孩子到一个新地方安家，谈何容易！借这个机会，她想问问花妮，看她有什么想法。

奶奶

天已黑了,花妮已经坐在被窝里暖被窝了。暖被窝已经是很长时间的老习惯了。先连衣服坐在被窝里,等被窝热了后再脱衣服。有时穿着衣服就睡着了。醒来以后,已经半夜,有时天已经亮了。连衣服睡觉是常有的事。萌萌是个"鸡宿眼",鸡子睡觉时,他的眼睛就瞌睡得睁不开了。奶奶往往把他连衣盖在被窝里,等她睡觉时再给他脱。这天,奶奶不纺棉花,老早就坐在被窝里,想把王大妈让她出去的事与花妮商量商量,征求一下她的意见,看她的想法如何。

奶奶先开口问花妮:"小妮呀,你王大妈想让我们与她一起出去。"

花妮很不理解地问:"去哪里呀?为啥要出去呀?"

奶奶很耐心地把最近几个村子里偷小孩的情况对她说了一遍,她好像很理解奶奶的意思。她又问:"你们去哪里呀?远不远?"

奶奶说:"去哪里还没定,反正是很远的。"

花妮说:"都谁去呀?"

奶奶说:"咱们全家都去吧?"

花妮说:"我不去,我又不是男孩,他们不偷我,你领着萌萌去吧,我在家等着你们。"

奶奶没想到花妮说自己要一个人留在家里。她认为,花妮太小,才十多岁,哪有独立生活的能力?她心想,花妮只是嘴强,实际能力不一定行。因此,她坚决不同意让她自己待在家里。奶奶说:"这哪儿行啊?你一个人不行,一个孩子家,咱的面和粮食都不多了,吃完了你吃啥?"

花妮说:"你在家就有啥吃了?你在家把粮食吃完了,咱吃啥呀?"

奶奶说:"吃野菜。"

花妮说:"我自己在家也是一样?我也去挖野菜,吃野菜,只要有野菜,你不是说过,只要有野菜就饿不死咱们吗?现在也是这样,只要有野菜,就饿不死我。"

奶奶说:"你一个人在家不行。"

花妮说:"怎么不行呀,奶奶。反正我不跟你们去。"

奶奶无可奈何地说:"你去姥姥家吧,暂时在她家住一段时间。"

奶奶告诉她暂时在姥姥家住一段,暂时到什么时间呢?奶奶没有告诉她。在奶奶心目中,她们这次出去有两种可能:一是在外面可以,能生活

— 第十五章 逃荒路上遇亲人 —

下去，甚至还可能比家里好，那么她就回来把花妮叫去，一家三口就在那里安家了。如果在外面不行，她们就会很快回来。不管哪种可能，时间都不会很长。

花妮一听说奶奶让她去姥姥家住，她脑子里马上浮现起姥姥、姨姨、舅舅的热情洋溢的笑脸，她心里很舒服。同时，她也很快想到她妗子那双快要竖起来的眉毛和那对毒箭一样的黑眼睛。使她眼不敢睁，头不敢抬，光想躲藏起来。为了安慰奶奶，她还是说："中啊，我去姥姥家住，不中了，我再回来。"

奶奶鼻子酸酸的，思想茫然，她深深地感到躺在她面前的是一个孤苦伶仃、无依无靠的可怜孩子。花妮看看奶奶那忧伤的脸、嚅动的嘴唇和含着泪水的眼，大大小小的皱纹显得更深了。

看着奶奶悲伤心酸的表情，花妮说："不要难过，奶奶，不管我在哪儿，我会照顾好我自己的，你放心吧。"

奶奶说："你一定住在姥姥家，我已与你姥姥说好了。你去姥姥家与姥姥住在一起。"

花妮："好的。你们要走就走吧，我自己会去姥姥家。"

奶奶不曾想到，一个十多岁的孩子，竟这么运筹自由。从她说话的神态看，她根本不像个女孩子，更不像一个十多岁的女孩子。一般像她这么大的孩子，还依偎在母亲的怀里吃这要那；而花妮与一般孩子比起来，却大不一样。顷刻间，花妮在奶奶眼里像一个挺拔、刚毅、坚强不屈的男子汉。她脑子里的种种忧虑，种种苦闷，一下子全解脱了，她感到无比轻松，无比畅快。她感到拥有一个好孩子比拥有一切财富都重要，拥有一个好孩子比拥有一个世界都幸福。"穷人的孩子早当家"，这句话在自己家里实现了，她感到她是世界上最幸福的人。

王大妈又来找奶奶了，奶奶立即就告诉她一切都安排好了，把花妮留在家，她带着萌萌与王大妈一起外出。奶奶问王大妈："咱们去哪里呀？总得有个落脚的地方吧。"

王大妈若有所思地说："去我表哥家。他那里距解放区近，肯定比咱们这里强，我想咱们去那里试试。"

奶奶说："你有他的具体地址吗？"

奶奶

王大妈说："有，不过是几年前的地址，好几年都没有与他联系了，不知道他现在是不是还在那里。"

奶奶很纳闷，说："万一他要不在那个地方呢？咱要扑个空咋办呀？"

王大妈说："扑个空也没事，咱可以找个地方住那儿，不行再走，到别的地方去，反正咱是啥都没有，两手空空，一身轻松。走到哪里，吃在哪里；住到哪里，哪里就是家。只要与你在一起，我就无忧无虑；只要离开这里，我就轻轻松松，整天过流浪生活也是愉快的。"

奶奶认为她说的也有道理，什么是家呀？有个睡觉的地方，有个吃饭的地方，与一家亲人在一起，这就是家。洛家庄是自己的家吗？除了两个孩子，哪里还有家人？没有人怎么能算家？自己走到哪里不都是这个样子？四海为家。所以，王大妈说得对，走到哪里，哪里就是家。

奶奶的思路宽广，心胸开阔，心中有个全中国，有个全世界。奶奶沉默了好长时间，最后说："你说得有理，哪里都是咱们的家，咱们马上就走。"

出发的时间定了后，奶奶特意对留斌大伯和大娘说："我准备带着萌萌走走亲戚，留花妮一个人在家。孩子小，不懂事，请你们多多关照，有什么事情，等我回来再说。"

他们说："你放心吧，婶子，我们一定像自己的亲生孩子一样看待她。"

出发的前一天晚上，奶奶对花妮说："小妮呀，明天一大早我们就要走了。你明天就去你姥姥家，要听姥姥、舅舅的话，不要出去乱跑。我们出去不会很长时间的，如果在外面行，我就回来接你。如果不行，我们回来就不走了。你在家耐心等我们。"

花妮说："中，奶奶。你放心吧，不要挂念我，我会照顾好自己的。"

萌萌紧紧拉住姐姐的手，表现出与姐姐难舍难分的情怀。

奶奶把要交代的事都交代了以后，花妮很快就入睡了。奶奶却翻来覆去睡不着。使她忧虑最大的就是把花妮一个孩子放在家。她一个人留在家行吗？孩子太小，还没有独立生活的能力。

天快亮了，奶奶把萌萌叫醒，给他穿好衣服，简单吃了些东西，把几件衣服和她做的卖活装在一个布袋里，再装几个窝头，当她们就要走出这个小屋时，奶奶泪水满面，泣不成声，她舍不得撇下花妮，她舍不得离开这个可怜的孩子。她趴在花妮盖的被子上，把脸贴在花妮的脸上，温柔地抱住她的

第十五章 逃荒路上遇亲人

头,泪水洒在床上,滴在花妮的脸上。她的心碎了,她感到她是世界上最痛苦的人。她这样留恋了很长时间以后,还是依依不舍地离开了花妮。

王大妈也带着丹丹走出了门外,她带的东西有简单的炊具、几件衣服和一些吃的。她们在街上会合后,一起踏上了坎坷的路,开始了非常渺茫的行程。

他们从小小的茅屋里,走上了无穷无尽的路,从狭小的房间里,进入无边无际的大自然。从实际距离上说,这是位置的小小移动,从心情上说,是从龌龊的囚笼飞到浩瀚的天空,得到了彻底的解放。他们不忧愁了,不困惑了,不垂头丧气了;而是心花怒放,悠然自得了。她们从来也没有像现在这样舒畅过,从来也没有像现在这么自由过,从来也没有像现在这样无忧无虑过。她们像大海里的鱼,空中的鸟,可以无拘无束地游了,随心所欲地飞了。

她们走得很慢,前面没有人等,后面也没人催,带着行李,两个孩子自己走一会儿,大人抱一会儿,况且她们也没有必要快,反正是为了躲避,一出家门就达到目的了。没有时间要求,没有地点要求,没有距离要求,走到哪里算哪里,走多长时间算多长时间,都符合要求。她们边走边交谈,边走边挖野菜。走一会儿,歇一会儿。尽管她们走出家门后心情舒畅了,但她们毕竟长期营养不良,精力有限,很容易疲劳。

傍晚时分,她们走到一个村旁边的一个麦场附近。场边上有两个麦秸垛和一个茅草庵。她们先在这里休息一下。麦秸垛周围有一层很厚的多次盘腾过的麦秸。草庵里除堆了一些乱麦秸和干草以外,再无别的东西。她们认为这是个过夜的好地方。有房子,有铺的、盖的(即褥子、被子)。当然她们说的铺的盖的指的是麦秸。麦秸和杂草、野菜一样,也是穷人的救命物。路旁的麦秸垛,村头的茅草庵,每个冬天不知提供给多少人住宿,不知使多少无家可归的流浪汉度过了寒冷的冬天,也不知挽救了多少乞丐,使他们免于冻死。马上它们又要施展爱慕,为这四口外逃人提供一个安详、舒服的港湾。

王大妈去村头打了些水,奶奶择了择野菜。她们把带的炊具拿出来,很快就把饭做好了。她们的饭是最简单的饭,不要说晚饭,就是午饭、早饭都是同一样的:清水煮野菜。王大妈先给奶奶盛了一碗,然后再给萌萌和丹丹盛一小碗,最后锅里的是她自己的。她们从包里拿从家里带的窝头,就着野菜开始吃起来。王大妈突然说:"你们吃出来没有,今晚的野菜特别好吃。"

然后她问萌萌:"你说呢,萌萌?"

萌萌早就肚子饿了,一端起碗就大口大口地往嘴里扒。究竟好吃不好吃,他还没品味呢。王大妈这么一问,他只好随声说:"好吃,好吃。"

然后,王大妈又转过头来问丹丹:"丹丹,你说呢?"

丹丹是个爱挑食的孩子,平时在家里,每顿饭他从来没有大口大口地吃。王大妈家虽然比奶奶家好些,每顿饭都吃面食。但大量野菜还是必不可少的。丹丹总是用筷子扒呀、挑呀、拣呀。光扒拉就是吃不到肚子里。他挑什么呢?挑荠荠菜,他爱吃荠荠菜,其他菜不爱吃,他最讨厌的是米米蒿和七七芽。他看见这两种菜,宁愿饿肚子也不愿意吃。他往往是一碗菜吃一半就放下碗不吃了。由于挑食,他长期营养不良,身子瘦小,力气不足,不爱动,有些懒,身上没肉,脸也不胖,瘦长的小脸上,显得下巴很尖,眼睛很大,鼻子很高。

当他吃得正开心时,妈妈突然这么一问他,他顾不上回答了,只好应付着说:"好吃,好吃。"

这可把他妈乐坏了,长期以来,她是多么想看到儿子大口大口地吃饭呀。但就是不遂人愿。可是今天这个凤愿实现了,在这异地他乡的野外小茅草庵里,这个凤愿实现了,这是逃出来预想不到的另一种收获。

王大妈说:"真是奇了怪了,很少说饭好吃,而今天却说好吃了,肯定是饿坏了,真是饥不择食呀。"

奶奶听了马上问丹丹:"是吗,丹丹?"

丹丹说:"是。"

奶奶又问:"为什么今天的菜好吃呢?主要是饥了吧?饥了啥都好吃。常言说:'饥不择食,寒不择衣。'"

王大妈恍然大悟地说:"我知道今天为啥丹丹说饭好吃的原因了,饿是一方面,另外,今晚的菜全是荠荠菜,没有一棵杂菜,这是丹丹最爱吃的,所以他说好吃。"

奶奶说:"我们是走在路上挖的菜,是挑着挖的,不会要那赖的?咱们走这么远挖了这么多菜,首先得赚着吃个好菜吧。"

奶奶说得大家非常欣慰。

小茅草庵里的融融气氛,使每个人都感到温馨、甜蜜。两家成了一家,

— 第十五章 逃荒路上遇亲人 —

四个人组成一家。人人都沉浸在和谐的爱河中，那些乱七八糟的老家事儿都忘得一干二净，好像遥远的过去。有一件事奶奶却始终没有忘记：花妮还在家。想到这里时，奶奶情不自禁地又掉下了眼泪。她在想：早晨花妮醒来时发现是孤单单的一个人，她哭了吗？她今天一天干什么啦？小孩爱饥，她晚上吃东西了吗？吃了些啥东西？午饭后知不知道添锅里些水？她晚上想喝水时喝啥水？不会喝凉水吧？现在正在睡觉吧，等等。奶奶脑子里有这么多问号，怎么也消除不了。王大妈看见奶奶坐在那儿沉思、落泪，她就断定奶奶又在想花妮了。她说："婶子，又在想花妮了吧，别挂念她了，她会很好的。"

奶奶说："我也这么想，她不会有事的，孩子很懂事，也会做事，这个我放心。但不知道为啥，我就是离不开她。"奶奶掉下眼泪。

天渐渐黑透了，两个孩子在草窝里入了梦乡，两个大人还兴致勃勃地谈话。

环境的变化，思想的解放，心情的舒畅，使她们兴奋得睡不着觉。

奶奶和王大妈虽然是街坊，住得又很近，由于各自都很忙，从来没有时间坐在一起长谈过，更没有时间也没有心情谈自己的历史。现在有时间了，有交心的环境了，她们就敞开心扉，畅所欲言。她们谈话的内容很广泛，从现在到过去，从家庭到自己，从婆家到娘家，从表面到深层。开始时，王大妈还谈笑风生，随着谈话内容的深入，她的情绪越来越低落，声音越来越沙哑，说着说着就抽泣起来。

王大妈叫李嫦，是老李庄李春的独生女儿，现年三十六岁，脸色细白，白中有红。炯炯有神的眼睛与大小合适的伤感嘴之间，有一个不大不小、不高不低的挺拔鼻子。两只眼睛的上方，有两条向上翘的柳叶眉。每个器官布置得匀称合理，恰如其分，再挑剔的人也绝不会挑出任何毛病。她脾气温柔，胆小怕事，看见人先点头，说话前先微笑，从未与任何人用过高腔，从未与任何人使过性子。她是一个头门不出，二门不踩的大家闺秀。娘家在老李庄，距洛家庄三十多里路。她小时，家庭是个雇有长工，喂有骡马的大户。爷爷去世以后，父亲吃喝嫖赌，把一个红红火火的大家业折腾得精光，还欠了一屁股债。

李嫦是如何来到洛家庄的呢？

奶奶

李嫦的公爹叫王坚，是洛家庄有名的小能人，外号"十二能"，脑子很活，办事机灵，不管办什么事，成功的多，不成功的少，做生意赚的多，赔的少，赌博赢的多，输的少。本村人大多数不愿意与他共事，怕他算计，吃他的亏，赌博就更不与他赌了，一赌准输给他。他会挣钱，也会糟蹋钱，折腾了一辈子也没有把家致富。娶了个老婆叫小嫩，她小巧玲珑，说话翘鼻音，看见人时，两只小眼睛骨碌碌地先打量你一番，然后嗲声嗲声地撇起了小嘴。她最爱评论人，而且基本上都是谈论人家的缺点。这个低了，那个高了，这个瘦了，那个胖了，这个傻了，那个憨了。看见人家的衣服，她说大了、小了、胖了、瘦了，颜色深了、浅了。看见人家的头发，长了、短了、发型与脸不配了，头发乱了，某一撮头发没归到一起了，等等。她一走到街上，女人们老远见了她都躲藏，跑回家，或跑到她看不见的地方。这么个女人，她丈夫王坚却非常欣赏，常把她当一家之主，动不动就说："我得征求一下掌柜的意见"，或"我得看掌柜的同意不同意"。大家说她与她丈夫是天作之合，真是"不是一家人，不进一家门"。她与王坚结婚后，很多年不生孩子，可把他们两口子急坏了，找人算卦，进庙院烧香，行善吃斋，封礼许愿。群众为此也议论纷纷，有的说两口子太能了，把后代给能掉了；有的说物极必反，他们要么没有后代，要么后代是傻子。他们的努力还真没白费，他们四十出头的时候，生了个儿子。孩子不够健壮，但还比较全，大器件不少一个，也比较正常，可把老两口高兴坏了。首先唱大戏还愿，然后摆宴席请客，宴请亲朋好友，宴请全村的群众，每家一个代表，参加他们的宴席。孩子起名叫欢喜。虽说名字叫欢喜，但长势并不令人多么欢喜，身体一直瘦小，与同龄人比起来，只是人家的一半，都十五六岁了，长相还像个小孩子。王坚两口很着急，经常买补药，吃补品。王坚听说黄鹭是神鸟，黄鹭肉滋阴补阳，能驱逐晦气，增加能量，从而身体不但可以长高，还可以健壮。王坚让儿子爬到树上捉鸟时，儿子掉下来把腿摔断了。

小嫩埋怨王坚："你真是机关算尽，算来算去把儿子的腿算进去了，这回你算死心了吧。"

王坚光摇头不说话。他确实感到内疚，他后悔得要死。但世界上哪有卖后悔药的？他感到对不起儿子，对不起老婆，对不起这个家，但这个"对不起"一文不值。

第十五章 逃荒路上遇亲人

欢喜到了结婚年龄时，王坚两口子心急如焚。本来两个都不会为人，人们不愿与他们打交道。即使欢喜好胳膊好腿，也未必有人与他说媒，现在不会走路就更不会有人说媒了。

有一次村里有两个人在背后说风凉话，一个说："王坚赌博很在行，为啥不给他儿子赢个老婆呢。"另一个说："不是不可能，只要有人赌老婆，他就可以赢个老婆。"那个又说："谁去赌老婆! 没那个主。赌博是赌钱的，也不是赌老婆的。他王坚再大的本事，也不能为他儿子赢个老婆呀。"

洛家庄的农民为王坚编了一个顺口溜：

王坚赌博，输得少，赢得多。

赢的钱干什么? 不是嫖，就是喝。

儿子瘸着腿，媳妇找不着。

急得王坚直跺脚。

大千世界，无奇不有。别看这两个人是瞎说的，他们的话到后来应验了，王坚还真的为他儿子赢了个老婆。

王坚是个有心计的人，他无时无刻不在为他儿子娶媳妇琢磨。每次打牌，他总要把他的牌友的家庭人员询问一番。当他得知李春有个漂亮女儿后，就千方百计、想方设法把他的女儿变成他的儿媳妇。王坚把他的打算告诉老婆小嫩时，小嫩说："你又要算计人家了，吃亏还没吃够! 人家的是个漂亮女儿，你的是个不会走路的残疾人，你也想得出来，太天真了吧。真是癞蛤蟆想吃天鹅肉，趁早不要有这个打算。我不是不想，而是我认为这是空想，空想还不如不想，免得劳民伤财。"

王坚说："上一次我考虑得太简单了，我对神鸟看得太轻率了，所以损失太大。我算是吸取了沉痛教训，咱们常人一定得尊重神、敬仰神，绝不能在神身上打什么主意。不然就会吃大亏，很可能是家破人亡。没把咱的孩子摔死就是万幸，咱得知足。这一次为儿子找媳妇就不同了。主要是这一次是与人打交道。我要谨慎小心，稳扎稳打，步步为营，不急于求成，要放长线钓大鱼。我感觉这一次还是可以的。退一步讲，即使不成功，也没关系，成不成都行。成了咱皆大欢喜，不成咱毫无损失，何乐而不为呢?"

王坚三天两头去老李庄找李春打牌。赢了别人，不能欠账，有多少给多少，唯独赢了李春时，他可以欠账，有时李春给他都不要，他经常对李春

说："你欠着吧，以后再说，我有钱花。"李春认为他很义气，与他打牌也越来越胆大，而且不怕输，输多少都无所谓，反正是欠着他。他们的赌数越来越大，李春输得也越来越多。一年以后，他要求李春还账，而且老账新账一起还，如果不还，他就告他。他对李春说："我的表舅在法院，如果我起诉你，你的家产都得给我，况且你还得住监狱，一住就是一辈子。"

李春也是个胆小鬼，他再三哀求王坚不要起诉，请求与王坚商量着解决。

李春的请求正中王坚下怀，他求之不得希望李春有这个想法。这时，王坚就直截了当地把运筹一年多的目的说了出来："咱们做亲家吧。你欠我的账一笔勾销，而且今后我还会继续帮助你。"

李春对王坚儿子的身体情况不十分了解，王坚对他说只是有些毛病，不影响吃、不影响喝。李春考虑的主要问题是还账问题。关于女儿的婚事，他认为找个有吃有喝的家就行了。因此，他对王坚提出"当亲家"的要求，没有拒绝，但也没有肯定答复。他只是表了个态，说考虑考虑。

李春把与王坚愿意当亲家的事告诉妻子与女儿的时候，她们都没有自己的想法，都说："按你的意见吧。"李春经过反复考虑，很快答复了王坚的要求。

李嫦来到王家以后才发现欢喜根本不是什么"腿有毛病"，而是一个彻头彻尾的瘸子，而且身子瘦小，软弱无力，脑子发育也不健全，考虑问题简单，根本不像个成年男子。她痛苦极了，但一切都晚了。她的妈妈、亲戚、熟人都说这是命，都劝她认命吧。洛家庄的人都说她是鲜花插到牛粪上——白受糟蹋。

李嫦嫁过来后的第二年，生了个儿子丹丹。以后的几年，公公王坚，婆婆小嫩和丈夫欢喜先后去世，家里只剩下丹丹他娘儿俩，他们给她娘儿俩留下三亩土地、一个宽敞的住宅和三间像样的房子。因此，李嫦与儿子住的没问题。吃的么，也没有大问题。她最大的问题是：自从丈夫死了以后，向她求婚的，说下流话的，耍流氓的经常发生，使她最不能忍受的是夜里敲门，她不敢开门，也不敢吆喝，怕外人听见了丢人。这种有苦无处说，有泪往肚里咽的折磨，实在难忍。这也是她劝奶奶出来的另一个原因。

奶奶认真听取了李嫦的讲述，在她讲话过程中，奶奶不时地插话，有时是追问，有时是安慰。奶奶对李嫦的遭遇很同情，对那些流氓、无赖的行为很气愤。李嫦把积压在肚子里多年的苦水吐出来了，放下了背了多年的大包袱，她感到非常轻松。

大约半夜了，她们仔细听听，除了从村子里传来的狗叫声外，没有别的声音。往远处望望，黑暗中有大大小小的黑团。大黑团是高大的树林，小黑团是矮小的坟墓和草庵。外面是黑的，可她们的心里是亮堂堂的，黑暗沉压着大地，但她们的心情是轻松的。大地像一口大黑锅，无情地把她们压在下面；她们的心像一盏明灯，闪闪发光。外面是漆黑一团，她们身边却是光明一片。人们都知道，黑暗里的灯光能照得很远，很远。

奶奶突然问李嫦："他大妈，你害怕吗？"

李嫦说："我不害怕。只要跟着你，我什么都不怕。对啦，以后别再叫我'他大妈，他大娘'的啦，叫我的名字，叫我李嫦或嫦嫦、嫦妮都行，因为这样称呼亲切，好像我就是你的亲闺女。"

奶奶说："好哇，别管怎么叫，这只是一种称呼，按辈分说，你与萌萌的妈是一辈，该叫我婶子。从我心里说，我把你当成我的亲闺女，你的心眼好，我愿意与好心的人交朋友，心不好的人，我不想与他们打交道。与好心人打交道，没有后顾之忧，能畅所欲言，说到哪儿、哪儿了，因此心情就好，就会胸襟宽畅，坦坦荡荡，无忧无虑，舒舒服服。心眼不好的人，一般是心胸狭窄，叽叽喳喳，忧愁多虑，闷闷不乐，谨小慎微，踌躇不前，这种人的前面永远是黑暗一片。因此，不能与这种人打交道。你属于第一种人，所以我愿意与你交朋友。"

她们就要入睡时，听到外面有脚步声，奶奶轻轻推了一下李嫦，小声说："你听，有人。"

说话间，有两个人走进了草庵，他们用手电筒照来照去。

"谁呀？"一个人问了一声，声音不大，但坚强有力。

"我们。"奶奶立即回答。

"你们是干什么的？"那人又问。

"我们是要饭的。"奶奶回答。

从他们的手电筒的光亮里，奶奶观察到这两个人的模样。一胖一瘦，一高一低，一老一少。他们戴着深色的帽子，脸上盖着庞大的口罩，他们腰里

261

紧缠着白布褡包。从他们的言论举止推测，他们不是正经人。

奶奶不怯不惧地问："你们是干什么的？"

老者："我们是八路军派来的侦察员。"

奶奶根本不相信他的话。从他们的穿衣打扮看，他们不是八路军。

奶奶问："你们侦查我们干什么呀？"

老者："我们看你们的来历不明。你们是从哪里来的呀？"

奶奶："我们是逃荒的，讨饭的，我们没有家，我们住在哪儿，哪里就是家。"

老者："为了安全起见，我们得审查你们的来历。请你们跟我们走一趟。"

奶奶："去哪儿呀？"

老者："去我们的办事处。"

奶奶："你们的办事处在哪儿？"

老者："在东边的赵岗。"

奶奶："我们不去，我们哪儿也不去。"

老者："你们必须去。不去不行。"

奶奶："不行能怎么样啊？"

老者指着李嫦，说道："至少她得去。"

奶奶进一步看出他们不是好东西，气愤地说："我们谁也不去。"

老者："你们不当家。走，跟我们走！"他说着，伸手去拉李嫦的手。李嫦猛地推开他的手，迅速站起来躲在一边。

奶奶怒气冲冲地说道："干吗？你们耍流氓！"

老者："我们耍流氓怎么啦！"

奶奶："你们说你们是八路军派来的侦察员，你们不配。你们纯属骗人。你们到底是什么人？"

老者："我们是什么人并不重要，重要的是她得跟我们走。"

奶奶："她不能跟你们走。你们赶快走！不然，我吆喝啦。"

老者："你敢吆喝？我打你这儿。"他从腰里掏出个手枪，对着奶奶。李嫦扑向奶奶，趴在奶奶身上，以此保护奶奶。

两个孩子"哇哇"地哭。一个人拉住李嫦的胳膊，另一个人抓住李嫦的腰使劲地往外推。奶奶一面吆喝："来人啊！救命啊！"一面抓住李嫦的衣服，拼命地往后拽。萌萌哭着叫："奶奶，奶奶！"丹丹哭着叫："妈妈，妈妈！"哭声，叫声，吆喝声，以及四个人的厮打声，乱作一团。来的两个人以为是深更半夜没人听见，更不会有人来，他们肆无忌惮，为所欲为。奶奶和李嫦非常勇敢，虽然她们是弱者，论体力，她们打不过他们。但她们有志气，有胆量，她们是受害者，她们是保卫自己。因此，她们不怕，什么也不怕。

正当他们乱作一团时，两个年轻人正好路过这里。他们听到这种乱象，马上走了过来。一个年纪较大的吆喝："你们在干吗？你拉她干什么！"

"她是我的老婆，因吵了两句嘴她就跑出来不回家了。"那个抓住李嫦胳膊的人的回答。

李嫦愤怒地说："他净胡扯！我根本不认识他。"

来人命令式地说道："你放开她。你说这是怎么回事？"

那人放开了李嫦，没有回答问话，想马上溜走。来人一看那个拉人的不是什么好人，就对他的同伴说："把他铐起来！"

那两人一听说把他们铐起来，立刻火冒三丈，马上厮打状态起来。殊不知，后来这两位是八路军的真正侦察员。他们学过武术，练就一身本领，对付他们两个根本不在话下。

两个罪犯被八路军侦察员铐了起来，一罪犯疼得直叫唤："放开我，放开我！"他老老实实地就擒了。另一个不敢动弹，乖乖地叫干啥就干啥。

奶奶和李嫦感谢他们，李嫦跪下给他们磕头。嘴里说着："谢谢你们，你们是我们的救命恩人。"

"不要谢我们，咱们都是一家人。"来人客气地回答。

大家坐下来后，来人做了自我介绍：我叫刘朋，我们是八路军豫东办事处的侦察员，也就是说我们是八路军的探子。奶奶插嘴道："他们两个说他们是八路军的侦察员。"刘朋问那个被铐的："你们是八路军的侦察员？你们是那个部队的？你叫什么名字？你们的连长是谁？"这一系列问号，问得他们傻了眼。他们老老实实地交代了他们的真实身份。他们是附近范庄的两个纨绔子弟。他们白天睡觉，晚上到处乱串，用"八路军的侦察员"欺骗人，用自制的假手枪吓唬人。他们抢财，抢钱，抢人，碰见顽强的抵抗者，很可能打死人。这次抢劫中，碰见了真正的八路军侦察员，被刘朋他们抓个正着，结束了他们的抢劫生涯。刘朋要把他们带走，为本地人民除了一害。经审讯后，根据他们的罪行，做出处理。

刘朋问奶奶："你们是哪里人，是干什么的呀？"

奶奶："我们是逃荒的，要饭的……"

刘朋听说她们是逃荒的，用手电筒照照她们的东西及正在旁边站着的两个孩子，他们放松了警戒，态度和蔼，面带笑容地说："啊，你们是逃荒的，要饭的。从哪里来的呀？"

奶奶说："我们是尉氏县人。在家没有吃的，待不住了，跑出来要饭，找个活路。"

刘朋很理解地"哼"了一声，然后又问："你们是尉氏县哪个村的呀？"

奶奶说："尉氏县洛家庄的。"

刘朋又问："洛家庄有个陈奶奶，你们认识她吗？"

奶奶问："你怎么知道她呢？你们是熟人？亲戚？"

刘朋："我们既不是熟人，也不是亲戚。我知道她，是因为她曾是抗日游击队队长。干得很漂亮，在一次战斗中俘虏了五十个日本兵，在另一次战斗中，消灭了一百多个日本兵。在这一带的抗日战争中，还是很有名的。"

李嫦："你想见她吗？"

刘朋："怎么不想！我想见到她，了解这一带农民运动形势。马上解放军就要来了，土地改革就要开始了。"

李嫦即刻狂叫起来："太好啦！你想问啥，请说吧，她就是……"

奶奶猛然拉了一下她，不让她说出来。李嫦立即明白了奶奶的意思，马上改口说："她就是洛家庄人。"

奶奶这一细微的难以觉察的动作，被刘朋敏锐的眼光看得清清楚楚。李嫦的"她就是……"的下半句，刘朋已经猜到了，她就是陈奶奶。他仔细瞧了瞧她，在那手电筒明亮的光照下，从外貌上他对奶奶有了初步的了解：她那粗糙的脸上布满了皱纹，两鬓苍苍，炯炯的大眼睛滴溜溜地转动。她是一个机智敏感的女人。她那不卑不亢的表情，显露出她倔强的性格和意志的坚强。刘朋心中暗暗地对她赞赏：啊，这就是我们久仰的抗日英雄，当年的抗日游击队队长。

刘朋："陈奶奶，我想找的人竟在这里不期而遇，真是天赐良机。"

奶奶和李嫦都很佩服刘朋的聪明敏锐。从她的半句话中，他就断定出她就是陈奶奶。

奶奶接下来就把洛家庄的农民运动形势,简单地告诉了刘朋。

奶奶把当地流传的一个顺口溜说给他听:

生活很难熬,社会乱如毛。

穷人无法忍,纷纷往外逃。

渴望八路军,搭救出监牢。

赶快,赶快,越快越好。

刘朋再问:"老马在你们那里怎么样啊?"

奶奶:"哪个老马?"

刘朋:"摆杂货摊那个老马。"

奶奶:"表现很好,待人和气,服务周到,乐于助人,群众关系很好。怎么,你认识他?"

刘朋:"我们是同行。"

奶奶、李嫦:"他也是八路军的探子?"

刘朋:"是的。他干这一行比我还早呢。"

奶奶和李嫦会意地点点头,心中说道:"真没想到。"

两方的关系拉近很多,相互说话随便了,有些畅所欲言了。刘朋问她们:"你们不在家里,跑出来干什么?马上就要解放了,要搞土地改革。你们不在家,你们怎么分土地呀?"

奶奶:"我们不会在外面很久的,到土改时我们就回家了,不会耽误分地的。"

刘朋:"外面的日子还是不好过。没有一个家,没有一个安生的地方。"

奶奶说:"我们是要饭的,没有一定的目的地,走到哪儿算哪儿,走到哪儿住在哪儿,到处都有家,四海为家。虽然我们只出来了一天,但我们已经初步感到要饭的甜头了。多么自由哇,多么无忧无虑呀!"

刘朋说:"很难得你这种乐观精神。我们也是四海为家,走到哪儿,哪儿就是家。全中国各地都是我们的家。"

奶奶说:"啥乐观精神,要饭的穷光蛋,都是这样,生活所迫,没办法。不过,要饭的日子不错。'要过三年饭,给个县长都不换。整天乐悠悠,吃喝不发愁。一人吃饱管全家,到处游动很自由。一根木棍、一只碗,各村随便

走。再大的事情都不怕，就怕大黑狗。'你听听，除了大黑狗以外，别的什么都不怕了。"

刘朋诙谐地说："我们很快把大黑狗捉住，杀了，吃狗肉。你们不就不怕了吗？"

李嫦："我们命运不好，过不了好日子。"

刘朋："永远不向命运低头，不要向贫困妥协，逆境是人生的必经之路，能够接受逆境的人，生活才有希望。好生活是靠奋斗出来的，因此，不要害怕困难，要勇于克服困难，好生活就一定会到来。"

忽然萌萌从草窝里爬起来要撒尿，奶奶带他到外面撒尿回来，他看见有生人来了，再也不想入睡，睁着眼睛躺着听大人说话。刘朋用电筒照着从提包里掏出几颗水果糖递给萌萌。奶奶对萌萌说："感谢刘叔叔。"

萌萌马上说："感谢刘叔叔。"

萌萌接过去后放在草窝里，他正琢磨是啥东西时，奶奶对他说："是水果糖，吃吧，可甜啦。"

萌萌不知道啥是水果糖，他只知道糖，奶奶一说让他吃，他急忙把一块填到嘴里，嚼起来。奶奶急忙阻止他说："傻孩子，别带皮吃，赶快吐出来，把皮剥了再吃。"萌萌把糖吐在奶奶的手上，奶奶把纸皮剥去后又填到他的嘴里，问他："好吃吗？"

萌萌连声说："好吃，好吃，可甜啦。"

奶奶问萌萌："一共几块糖呀？"

萌萌说："一大把。"萌萌伸开手让奶奶看，奶奶数了数是八块。

奶奶说："给丹丹两块，你的两块。咱们四个每人两块。今天晚上只能吃一块，留一块明天吃。不然，丹丹吃的时候，你没吃的，你又嘴馋了。"

奶奶又对李嫦说："你吃一个，我也吃一个，剩下那一个给孩子留着。"

过去萌萌根本不知道"水果糖"这个名字，也不知道水果糖是什么味道，因为从来没吃过水果糖。今年他已经六岁，他第一次吃到水果糖。

当刘朋照着手电筒从提包里掏糖时，李嫦仔细地看了他几眼，他是蓬松的头发，瘦长的脸，重重的眉毛，不大的眼。从胡子拉碴的脸可以看出，他已经好几天没有刮过胡子了。

夜深了，刘朋二人不能在这里久留。他对奶奶说："我们得走了，我们还

— 第十五章 逃荒路上遇亲人 —

有任务呢。"

奶奶说:"真幸运,我们日夜盼望的解放军亲人,在这里相见了。我们很幸福。"

刘朋随手从提包里掏出一枚红五星递给奶奶说:"给你这个,作个留念。以后还会见面的,好了,再见。"他们站起来,带着抓到的两个俘虏,很快消失在黑暗中。

奶奶把红五星交给李嫦说:"你放好,你年轻,记性好。"

李嫦把红五星用手绢包起来,放在内衣的口袋里。她问奶奶:"他们不知道要去哪里,我看他们挺不错的。"

奶奶说:"他们是解放军的探子。他们去调查情况的,为土地改革做准备的。"

李嫦说:"啥是解放军?刚才不是说他们是八路军的探子吗?这么又说是解放军的探子?"

奶奶:"解放军就是八路军,这两者是一回事,他们是共产党领导的。他们的任务是打倒地主,把土地分给穷人,镇压土匪强盗。到那时,咱们就有土地了,社会也平安了,咱也不用外逃了。可以在家过平平安安的日子了。"

听到这里,李嫦兴奋得高声叫起来:"好哇,他们怎么不赶快来咱们这里呀!"

奶奶说:"不用急,他们肯定会来的。听说有人从陕北解放区回来说,那里的情况与这里完全不一样,穷人不但有吃有穿,晚上睡觉不用关门。"

李嫦问:"土匪、盗贼、流氓……他们都到哪里啦?"

奶奶说:"他们得老老实实,只准规规矩矩,不准乱说乱动;谁要不老实,就把他枪毙了。有强大的解放军作后盾,那些地痞流氓谁也不敢乱动。听说,这些人在那里可老实了,天天向穷人协会汇报他们都干了什么。干不好就得挨批斗。他们老实还来不及呢,不敢不老实。"

李嫦最痛恨的是地痞流氓。因此,她最关心的是这些人在解放区是如何被处置的。奶奶详细地为她解释后,她完全明白了,她感到日子有盼头了。她们两个谁也不想睡,都沉浸在极端的兴奋中,她们憧憬着美好的未来。

村子里的鸡叫声告诉她们,天快要亮了,她们一夜也没有入睡,但她们并不困,而是很精神。

267

奶奶

　　他们都起来了，不是起床了，因为没有床。不用扫地，不用叠被子，不梳头打扮，也不更装换衣，只是简单地洗一下脸就好了。但今天早上比往常似乎不太一样：天还是那个天，但更清爽了；地还是那个地，但更舒坦了，太阳还是那个太阳，但更温暖了；空气还是那个空气，但更清新了；连这个草庵、麦秸垛和远处的树木也比过去温馨了。

　　"奶奶，那个叔叔呢？"萌萌起来后第一句话就这样问奶奶。

　　"走了。"奶奶回答。

　　"他是干啥的呀，为啥来找咱呀？"

　　"以后你就知道了。"奶奶马上转了话题。

　　"你把糖给丹丹了吗？"

　　萌萌赶快从他的口袋里把糖掏出来给丹丹。李嫦急忙替丹丹接住，并剥了一个填到他嘴里，他也是第一次尝到糖果的甜蜜。

　　他们简单地吃罢早饭后，又踏上了那个漫长的路。

　　他们走了三天半，在路上过了三个夜晚，第四天的中午，来到了李嫦的表哥家。

　　她的表哥叫林成，四十多岁，比李嫦大四岁，是她姨母的大儿子。从外表看，林成的家还是不错的。北屋三间，西屋两间，东屋一间。屋顶都是麦秸苫的，看起来厚墩墩的，结结实实的。宽宽敞敞的院子，还有一个端端正正、大大方方的门楼。双扇头门是木的，上面钉着两排金黄色大盖铆钉。大门外正是一条东西大街。每月九个集会。集会时人很多，熙熙攘攘。奶奶发现这是个做买卖的好机会。她顾不得休息，急忙把从家带来的自己做的卖活展现在街上碰碰运气。不料她的东西很受欢迎，她拿出来的东西很快就卖完了。奶奶很高兴。她与李嫦商量好，在这里安置住后，赶快做活卖，趁着在这里住的日子，多做活，多卖几个钱。

　　她们的卖活主要是小孩穿戴的，有鞋、帽子、上衣、裤子等，而且是各种尺寸的，奶奶的针线活很精湛，颜色搭配也很巧妙，每件活都非常耀眼，很受人欢迎。有的买去是孩子用的，有的是作样品比着做的，也有的是作为样品展在家里教育孩子用的。

　　她们用卖的钱买了面、馍、菜，还买了油盐。当天晚上就用白面做了白馍。可把两个孩子乐坏了。馍一买回来，他们就一人拿一个，大口大口地吃起来。两个大人看着两个孩子吃得这么香,心里非常高兴。当妈妈的,她们最幸福的时刻,莫过于看着自己的孩子大口大口地吃东西。

晚饭以后,她们把两个孩子打发睡觉,她们赶着做活。不但做小孩穿的,也做成人的。她们尽量做全活,就是东西要全,款式要多,小孩的,大人的,男的,女的,老头儿的,老婆儿的,应有尽有,客户只要一来,就能买到东西,她们抬眼一看,用手一摸,就绝不会让他空手而去。

李嫦的针线活也是很好的,她们在这里是强强联合,她们各自发挥自己的优势,在这里打开一个销售局面。她们精神饱满,劲头十足,合理安排时间。白天卖,晚上做;逢会卖,不逢会做。昼夜都有活,天天都有活。奶奶说:"照这样干下去,咱们不但在这里能养活自己,咱们还可以攒些钱回家用呢。"李嫦会意地点了点头。

她们在这里正干得红火的时候,忽然有一天,有人给奶奶捎信儿说,花妮在家挨打了。奶奶得到这个消息后,心如刀绞。她本来就时刻挂念着花妮,听有人这么一说,她再也待不住了。她对李嫦说:"听说花妮挨打了,我得回去看看。你在这里继续干。我回去把花妮接来,咱们在这里干下去。"

第二天一大早,奶奶带着萌萌离开了李嫦表哥的家,踏上了回家的路。

第十六章

│花妮挨打│

　　奶奶带着萌萌走后，花妮一个人在家生活，花妮并没有去姥姥家。姥姥家生活好些，她自己也不用出什么力。姥姥、姨待她很亲，但她就是不想去，她宁愿在家多干活，吃野菜、过苦日子，也不愿意去看妗子的眉高眼低。

　　花妮是个懂事的孩子。她尊敬老人。对街坊邻居的长辈人，她只要看见他们，就笑着向人家问好，对他们说的话，从不犟嘴。因此，临近的老年人都很喜欢她。她与伙伴们关系也很好，她知道如何团结人。当别人有些思想问题时，她还会做思想工作，说服人家。当她的伙伴与家长发生矛盾时，她会主动找家长谈话，沟通双方，化解矛盾，使母女消除分歧，重归于好。

　　她心里很有点子，无论是做事，还是说话，都做到恰到好处，事不少做，话不多说。有一次张大娘问她："花妮，想你妈不想？"

　　花妮回答："想也没用。"

　　张大娘又问："你奶奶去哪里啦？"

　　花妮回答："不知道。"

　　张大娘又说："你奶奶带着萌萌走了，为啥不带你呀？"

　　花妮说："她本想也带我的，我就是不去，她才没带我。"

　　张大娘又问："她让你一个人在家吗？跟着谁呀？"

　　花妮说："她让我去我姥姥家，跟着我姥姥。"

　　张大娘："那你为啥不去你姥姥家呀？"

　　花妮："我不想去。"

第十六章 花妮挨打

张大娘："你姥姥待你不亲吗？"

花妮："亲，亲着呢。"

张大娘："那为啥不去呀，你这傻孩子。"

花妮："我不想去。"

张大娘："啊，对啦，你还有个妗子呢，你妗子不好吧？"

花妮："妗子也没有什么。"

花妮在她寄宿的这个家里，每天日出而起，日落而息。每天起床的第一件事就是打扫院子；晚上睡觉前必须做的事，就是看看院子里是否有重要东西，天是否会下雨，院子里是否有怕雨淋的东西等。

就在这日复一日非常稳定的生活中，突然有一天发生了一起使她悲痛欲绝的事情——她挨了一顿痛打。

一天上午，她把在地里捡到的谷子穗放在院里晒。留斌大伯喂的鸡子要吃谷子，她连打几次也打不离。她用一个竹棍向鸡子身上打，打得鸡子呱呱乱叫。留斌大娘听见鸡叫急忙出来看究竟。原来是花妮在打她的鸡子。她也不问青红皂白，就大骂花妮。她以长辈自居，骂花妮是懒孙、懒种、王八生的等。她这些言语把花妮骂恼了。随后骂一句，花妮就重着她的话项回去一句。连顶了几句后，留斌大娘恼羞成怒，躺在地上大哭大闹，说一个小屁妮竟敢骂她老娘了，把她骂得受不了啦，她没法活下去了等。她在地上哭闹，嘴里不成言语地哭着骂花妮。留斌一听便恼怒在心，气冲冲地去找花妮。同样是大声训斥，恶语伤人。花妮看他这气势汹汹的样子，当然不服气。他骂她一句，她照原句顶他一句。他哪能容得下一个小丫头对一个长辈这么不礼貌，这么不讲理！他伸手抓住花妮的胳膊，劈头劈脑地乱打。打得花妮哭叫不停。留斌大娘在一旁鼓着劲："好好打她一顿，小妮儿，反正她奶奶不在家，打她也没人管。只要打不死，就不会有事。"

留斌两口子把花妮打了一顿后，拔腿走了。花妮却悲痛欲绝。她冤呀，她屈呀，她一肚子苦水没地方吐。她去到妈妈的坟地，趴在妈妈的坟上，撕心裂肺地大哭起来，她哭着说着："妈呀，爹呀，你们咋不管我呀？人家狠狠地打我，也没有人管我，我的妈呀，我的爹呀……"

她的泪水洒在她妈的坟上，她的哭声飘荡在树林间，风刮树枝的"嗖嗖"声，好像也在陪着她号啕大哭，地里庄稼的窸窣声，好像是对她表示

同情的呻吟。

她凄惨的哭声也惊动了周围群众。他们纷纷来到花妮身旁，他们很同情花妮，有的说："这孩子太可怜啦？"有的说："没娘的孩子就够可怜了，再打她，心真狠，打没娘孩子的人，都是狠心人。"赵大妈流着眼泪把她抱起来，用手巾擦着她的泪说："别哭了，孩子，你看这么多人来到这里，我们都同情你，理解你，可怜你，我们都知道你受委屈了，我们知道你的苦处。"

风越刮越大，天也越来越冷，很多人都说，赶快让她回家吧，不然就要感冒了，花妮哭着慢慢地说："我没有家，我没有地方去。"

她的这句话说哭了好些人，他们对她更加同情了，他们共同的想法是："这孩子太可怜了。"

赵大伯把花妮背到背上，赵大妈在后面扶着，直奔赵家去了。

赵大妈为花妮做了面条、杂面窝头、瓜豆菜。面条虽然不是全白面的，但这对花妮来说也算是享受了。她确实是饿了，她喝了两碗面条，吃了两个窝头，吃得肚子饱饱的。赵大妈让她躺在自己的床上休息，她放下饭碗就躺下了。

留斌大娘得知赵大妈把花妮叫到家里并且让她吃了饭，心里很不是滋味。但她又没有理由找赵大妈的不是，于是就在街上指桑骂槐，含沙射影地骂："有些人装好人，存心与我们作对，你们不是待她好吗？为什么不叫住你们家呀？为什么不叫吃你们的水呀？"

街坊们都知道留斌大娘所指的是谁，也清楚她的话的意思，但他们认为这个人太无聊。她骂就让她骂，不值得与她顶撞、摊牌。赵大妈一家采取了"不予理睬"的态度。如果留斌家的识相，骂几句空儿就算了，借机下台，不再纠缠。但她不识排场，把赵家的不理睬当成软弱可欺，反而是越骂越凶。她说："有些人行，现在怎么不敢搭腔啦？说明他无理，说明他心里有鬼……"

赵大妈实在是听不下去了，从家里走出来与留斌家的对骂。赵大妈说："有些人披着人皮，但没有人性，欺负人家一个没娘的孩子。人家一个没爹没娘孩儿，不但不可怜人家，反而打人家。这不是人干的，稍微有些良心的人，稍微有些人性的人，也不会干出这样的事……"

随着赵大妈的出现，街上又出来很多人。他们本来就对留斌家的满腹怨气，只是没有机会，也没有场合与她交锋。这时候，当着留斌家的面，趁着赵大妈与之吵架的机会，他们一下子把怨气爆发出来了。与赵大妈站在一起的就不是一张嘴了，而是五张、六张，甚至更多，有的说："留斌家的没良心。"有的说："你是个没人性的老妖婆。"有的说："你是个害群之马。"有的说："你是洛家庄的丧门星。"

留斌家的一看这么多人齐刷刷地把矛头都对着她，她的怒气更大了。她也听不清楚对方骂的什么，她只是机关枪似的，一句挨一句往外涌。正当她气势汹汹、暴跳如雷时，忽然看见从人群中走出来一个男子。那男子恶狠狠地冲着她说："还骂，不知道丢人！"

那人这么一说她，她立刻停住了对骂，像老鼠看见猫一样，二话没说，扭头回家了。

这个人是谁呢？她为什么怕这个人呢？这得从头说起。

留斌家的是全村有名的"母老虎"，最善于骂架，她骂人能骂出一百句不重样，能一直不停地骂一天一夜。谁如果惹了她，不把他骂败绝不罢休。

她生性爱与人家吵架，爱与人家骂架。她把吵架、骂架当成游戏，把人家吵败、骂败如同在游戏中获得了胜利，有一种胜利感。村里人都"怕"她，主要是怕她的"不要脸"，怕她"死皮赖脸"。他们的新鞋不愿意踩她那臭狗屎。因此，他们尽量躲避她，少与她接触，减少与她发生摩擦的机会。

那个说她不知道丢人的人是她的亲生儿子。

留斌家的名叫齐灿，娘家是齐庄人。十八岁时嫁到洛家庄与王凯结婚。第二年生了一个儿子，起名叫王璇。王璇八岁时，王凯病故。齐灿熬寡熬了一年多后，她心潮澎湃，不甘寂寞，钟情于留斌。当时留斌是一个有妻子的丈夫，也是一个有儿子的父亲。他高个子，一表人才。齐灿缠住他不放。她脸皮厚，不怕丢人，不管在大街上，也不管人多人少，只要看见留斌，就凑上去说几句话。开始时，留斌害羞，怕外人说闲话，尽量避开她。但由于她的穷追不舍。还是功夫不负有心人，留斌渐渐地不再躲她了，也与她说话，打招呼，同其他人一样，这下子可使她得寸进尺了。她不但在街上主动与留斌打招呼，慢慢地她有事无事地去留斌的家，询问些无关紧要的事，征求留斌的意见或让留斌帮忙。由于她去的次数超出寻常，留斌的妻子有些吃醋，感到很不舒服。有一天，她对留斌说："这个娘们儿没事总来咱家

干啥呀？她名声不怎么好，今后别叫她来，少与她说话，她来得多了对你的名声也没好处。"

留斌对妻子的话不以为然，反而埋怨妻子多心。他说："别那么神经过敏。一个寡妇娘儿们，本来就够可怜了，如果没人理她，不更可怜了吗？你不用担心，没事的。"

留斌的这一番话虽然没有说服妻子，但她也无言以对，只是把怨气憋在心里。

随着时间的推移，齐灿去留斌家的次数不但更多了，而且她说话的内容也变了。过去将她自己家的问题征求留斌的意见，现在变成了谈论留斌家的事了。有一次她去到留斌家后，没看见留斌，问留斌妻子："留斌这两天干什么啦？我怎么没看见他呀？"

留斌妻子很不耐烦地说："他走远路了。"

齐灿又问："他什么时间回来呀？"

留斌妻子说："没准儿，不知道什么时间回来。"

齐灿说："等他回来了，你叫他到我家一趟，我有事想请他帮忙。"

留斌妻子没有说话，但她的心都气炸了。从齐灿那咄咄逼人的口气，从她那盛气凌人的神色，足以说明，她是一个彻底不要脸的女人。

留斌的妻子叫林茹，是一个温柔善良的女人，对公婆、丈夫从来没红过脸。她很腼腆，不愿出头露面，很少在大街上出没。她很会操持家务，全家的吃喝事儿，她都处理得圆圆满满，有条不紊。她生来不会与人吵嘴，不会讲歪理，不会干悖理的事，更不会与人争吵。她这爱面子、怕丢人的人，遇见像齐灿这种不要面子、不怕丢人的人，正如绵羊站在老虎面前，只有任其宰割。

第二天上午，林茹的气还没消完，齐灿又来了。她一进门就气势汹汹地问："留斌回来了吗？"

林茹一看又是她，心里就烦，待理不待理地说："没回来。"说话时连看也不看她一眼。

齐灿说："怎么还没回来呀？"

她话音刚落，留斌从屋走出来。齐灿一看见留斌，好像抓住理似的大叫起来："哎呀！你这小娘儿们怎么骗我呀？昨天我来，她可能也是骗我的。留斌大哥，你看看，我本来很尊敬她的，咱们两家关系也很友好，她怎么是这号人，怎么不识好歹呢，真让我伤心……"

她的话让林茹实在是忍无可忍。她决心要与她拼了，她鼓起所有勇气，把她对齐灿的全部痛恨都集中在一句话上，对着她的面咬牙切齿地吐出去："你真不要脸！"

齐灿这个老虎屁股本来就是摸不得的，这回林茹不但摸，况且还是用力拍了一下，这可惹了大祸了。齐灿大吵大闹，拍屁股打胯，一跳老高。然后躺下打滚，抓地跺脚，无赖撒泼，毫不害臊。她站起来哭泣着，装出很可怜的样子对留斌说："留斌哥，你媳妇这么不懂事，这么不识好歹，这么污辱我，你怎么不管管她呢？"

留斌无所适从，他理解妻子，同情妻子，但埋怨妻子缺乏容忍度，不应该当面骂她这么狠。他也埋怨齐灿，不应该一而再、再而三地来他家里问这问那，更不应该在妻子面前缠磨他。但他认为，妻子的话太狠，使她接受不了，所以才大哭大闹。从这一点上说，他很同情齐灿。林茹希望丈夫主持公道，狠狠臭骂齐灿一顿，让她面子扫地，为自己出出这口恶气。而齐灿是有意把这个矛盾弄大，逼着留斌选边站。

齐灿是个聪明人，别看她有个乌鸦嘴，爱给人家泼脏水，她却是个很有心计的人，她抓住林茹的软弱、爱面子的特点，趁着留斌的中立态度，她一不做，二不休。她心想，事情闹得越大越好。她跑出留斌的家门，沿着大街，哭着、走着、吆喝着："我不能活啦，林茹污辱我啦，我没法活啦，林茹污辱我啦。"

她跑出去以后，留斌认为这样闹下去，对她也没面子。林茹气得要死，一辈子也没有发过这么大的脾气，一辈子也没有骂过人，这两点她都有了零的突破。她两眼发黑，头脑发蒙，她已经彻底崩溃了。留斌不但不同情她、安慰她，反而埋怨她太过分。林茹一看留斌完全是颠倒黑白，她对他已完全失去了信心。几种打击使她承受不了，她感到无路可走了，她对留斌说："你去把她叫回来，我对她赔不是。"

留斌还信以为真，他出去了，准备把齐灿叫回来。

留斌出去以后，林茹含冤上吊了。

齐灿不闹了，留斌后悔得要死，但这都无济于事了。

275

齐灿对留斌更是明目张胆了，她公开对留斌说她要与他结婚，不到一年，留斌就把齐灿娶到了家。

齐灿改嫁时，她的儿子王璇已经八岁。他死活不跟妈妈，就留在家里与奶奶一起生活。他深知母亲的禀性，每次他母亲与别人发生矛盾时，他一般都不偏向母亲。

齐灿嫁给留斌以后，成了这家的主人，留斌听她的，留斌的儿子更得听她的。留斌深深感到她比林茹差远了。林茹在时，一家三口，温馨和睦，每个人心里都舒舒服服，小日子过得甜甜蜜蜜。自从齐灿来了以后，家庭的气氛就变了，好像军队打仗一样，齐灿是首长，其他两个都要听她的指挥，温馨没有了，和睦也没有了，舒服也没有了，甜蜜更没有了。这是三口，那也是三口，表面上一样，实质上却大相径庭，形式上没有变化，内容上却有了本质的不同。留斌想他的前妻，儿子想他的亲娘，这有啥用呢？

留斌对齐灿的行为有很多不满意的地方，这主要是齐灿对待他儿子的问题上。但他不敢说出口。他对儿子的同情，只能是一种心理活动不能对外施展，也不敢有任何的流露。万一被齐灿发现，就会大吵大闹，而且一闹几天，叫他一家几天不得安生。因此，留斌得出了这样的经验：凡是齐灿叫干的事，积极干，事后一家都很欢欣。只要是齐灿不高兴的事，他要是干了，事后得几天不得安生。因此，要想日子过得安生，为了免生气，就顺着她的指挥棒走，一切听她的，一切都平安无事。

齐灿也有她怕的人，那就是她的亲儿子王璇。真是一物降一物，青蛙降蟾蜍。她一看她儿子，就像老鼠见猫一样，没有任何自主能力，叫干啥干啥。他儿子一看见她与那么多人对吵时，他就断定又是他妈的不对。因此，他二话没说，用狠狠的语言叫他妈回家。

花妮挨打所引起的风波表面上算是平息了，但当事双方都没有解决问题。花妮憋了一肚子怨气，"你们两个大人欺负我一个没娘的孩子，要冤死我呀？"齐灿也感到很不服气，与人吵架，与人骂架，她过去没有失败的历史。可是这次她认为她失败了，而且败得一塌糊涂，她感到她丢人了。双方的这种怨气在今后的很长时间里总会不时地泄漏。

花妮的不服气只是憋在心里的怨气，仅此而已。她没有任何泄漏的机会，也没有任何报复齐灿的想法。可是齐灿就不同了。她把这个丢人的怨气

— 第十六章 花妮挨打 —

一定得找机会发泄出去,当然也一定发泄到花妮身上。她对花妮咬牙切齿。小小孩子家,让她丢那么大的人。这个娄子花妮可真捅大了。齐山会想一切办法报复花妮,以解她的心头之恨。

她报复花妮的机会很多。因为花妮暂时住的是她家的房子,吃的是她男人担的水。

花妮很清楚再这样下去不是办法,但她没有其他办法,唯一的一个亲人还不在家,这种想摆脱又摆脱不了的困惑压得她实在难以承受。花妮每次回去的时候,总要在外面老远处看看齐灿是否在院子里。如果她在院子里,她就在外面多逗留一会儿,等齐灿去屋里以后,她赶忙跑回屋里,不愿意让她看见。这样也免不了与她碰面。她看见花妮就有意骂空儿:"有志气别住在我家,有能力别吃我家的水。不知好歹,关照着你,你还与我作对,真是白眼儿狼,喂不熟的狗……"这些话花妮听着实在刺耳,她暗想:"我自己去打水,不吃她家的水。住的房子,等奶奶回来了,马上搬出来,不住她的房子。"

花妮用一根长绳拴在一个瓦罐的两个鼻儿上。早晨一大早就起来拎着瓦罐去井上打水。

时间一定是早晨,因为她不会把水从井里拎上来。这时大人们都在往家打水,她可以让大人们帮她把水从井里拎上来,然后,她就能拎到她住的屋里了。

早晨去打水的人一般都是她的长辈,有的她叫大伯,有的叫叔叔,也有的叫爷爷,也有少数叫哥哥的。他们都不叫花妮亲自去井上提水,他们让花妮去他们家提水,有的担一挑,送一担到花妮的住处。可是花妮没有盛水的地方,她既没有缸,也没有桶,她只有那么一个小瓦罐。一瓦罐水连吃带洗,可以用一天。他们往往把水担到她的门口,她打了一罐后,他们再把水挑到自己家。

齐灿恨死这些给花妮水的人了。她用眼瞪人家,含沙射影地骂人家。后来,送水的人不进她的院子,把一挑水放得离她的房子远一些,叫花妮出去取水。就这样,花妮吃水一点也不愁。

白天花妮与同伴们在一起,她们经常去地里挖野菜,拾柴火。在地里她们很开心,她与其他伙伴一样,说说笑笑,忘记了一切忧愁。一到晚上,她

277

奶奶

一到了家,与其他伙伴的待遇就大相径庭了。那些有爹有娘的孩子,至少是家里有亲人的孩子,她们一回到家,亲人们就会说:"回来了乖乖,饿不饿呀,渴不渴呀,累不累呀?赶快坐下歇会儿,妈妈给你拿馍,端茶……"可是花妮呢?在外面忙一天,没地方去,连个家都没有。临时借个小屋子,虽然也是个住处,但屋子里的一切都是冷冰冰的。她住在里面没有一点儿温暖的感觉。这时,她真的感到她太想念奶奶了。她后悔没跟奶奶去,她又一次体会到,没听奶奶的话吃到苦头了。每天傍晚时候,其他孩子都各自回家的时候,是她最痛苦的时候,她想奶奶想得有些恍惚了。每天下午天快黑的时候,她独自一个人去村头等奶奶回来。她明知道奶奶不会回来,她还是天天这个时候出来接奶奶,因为这个时候她没地方去,到村头接奶奶可以消磨时间,同时也是她思念的寄托。

一天傍晚,赵大妈从地里回来时看见花妮在村头转悠,好像自己在玩,又好像在等人。一会儿望望远处,一会儿看看脚下。她想,这个可怜的孩子又没地方去了。她奶奶也再不回来了,把一个孩子丢在家,太可怜了。然后她亲切地叫了一声:"花妮!"

花妮听到一个熟悉的声音在叫她,感到无限的欣慰。由于她太渴望奶奶回来了,她把赵大妈的声音误认为是奶奶的声音。她急忙跑过去,嘴里说着:"奶奶,你可回来了!"

赵大妈一听就知道花妮在想奶奶了。怜悯之心油然而生,她和蔼可亲地说:"是我呀,孩子。"

花妮一看是赵大妈,狂喜一下子减少了一大半。没等她说话,赵大妈接着说:"又想奶奶了吧?天这么晚了,她今天不会回来了,走,跟我回家吧,今天晚上在我家住。"

花妮跟着赵大妈回到了村里,但没有去赵大妈家,而是又回到了她自己平时住的那个小屋里,吃了一块凉窝头,喝了一些压锅温水,连衣躺在床上,很快就睡着了。

一天深夜,花妮从睡梦中醒来,天气与她刚睡时大相径庭,狂风吼叫,大雨滂沱,雷声震耳,闪电霍霍。摇摇欲坠的小屋里,大风"呜呜"刮,雨声"唰唰"响,衣服被子全湿透,地上全是烂泥巴。她非常害怕,好像外面有人在窥视她,好像窗户下有个人影,要来她的屋子里避雨。她不敢睁眼,也不敢吭声,她侧着身子,双腿蜷曲着,两手包住腿,下腭紧贴在膝盖上,把整个身子蜷缩成圆形,在冰冷的被窝里打哆嗦,泪如雨下。她从未像今天这样想奶奶,奶奶,你赶快回来吧;奶奶,你在哪里呀?奶奶,我多么想你呀!她哭泣着,她呻吟着,她似睡非睡,半醒不醒,在床上受着折磨。

第二天早晨,她起得很晚。昨晚的狂风暴雨,已去得无影无踪,太阳又露出那热辣辣的笑脸。花妮没有做早饭。她在头一天房子外面的柴火,被雨淋得湿透,根本点不着火。吃些凉馍,喝些冷水,早饭就算吃了。上午,她还得去地里挖野菜。她打算攒些野菜,以备连阴天使用。

这天中午,花妮正在小屋里择菜,忽然听见外面有人叫:"姐姐,姐姐,我们回来了!"

她愣住了,心想:"好像是弟弟的声音?是不是听错了?怎么会是他呢?肯定不是。"

没等她多想,萌萌叫了两句"姐姐"后立刻跑到了她的跟前,他一把拉住姐姐的手说:"姐姐,奶奶俺俩回来了。"

花妮这才意识到真的是萌萌的声音。她欣喜若狂,急忙问:"奶奶呢?"眼泪直往下流。

萌萌说:"后头呢,马上就到了。"

花妮急忙往外跑,正好奶奶也到了门口,她一头扑到奶奶怀里,还没等奶奶坐下,她就伤心地哭起来。她哭着说:"奶奶,你可回来了,我可想死你了。"

奶奶情不自禁地也掉下了眼泪。她轻轻地抚摸着花妮的头,安慰她说:"别哭了,孩子,奶奶知道你受苦了,知道你受委屈了。奶奶就是因为这才赶快回来的。不哭了,孩子,咱不哭。"

花妮不哭了,她给奶奶拿了个凳子让奶奶坐下,她脸上流着泪水,心里格外高兴,嘴里不停地打嗝,不停地唏嘘。心里非常兴奋,脸上泪水涟涟。奶奶坐下后,语重心长地对花妮说:"咱不哭,穷人的孩子不哭,我不是对你说过,要学会坚强,学会自力更生。"

花妮站起来擦了擦眼泪,本来就很秀气的小脸上,流露出稚气的微笑。她说:"奶奶,你歇一会儿,我给你做饭。"

奶奶问:"你给我做啥饭呀,孩子?"

花妮说:"做菜汤,馏窝头。还有些面。"

奶奶问:"你从哪弄来的面?"

花妮说:"买的。"

奶奶问:"买的?哪里来的钱呀?"

花妮说:"我用卖蘑菇钱买的。"

接着她把采蘑菇的事告诉了奶奶。她说:"我在西岗上拾柴火时发现树林里有蘑菇。在一些阴暗处,还很多呢。我捡了一些,拿到集市上看有人要没有。使我高兴的是,我的蘑菇很快就卖完了。我一共卖了三次。第一次卖了三块钱;第二次卖了五块钱;第三次卖了二块钱,一共卖了十块钱。村东头那个老马把我最后一次的全买了。他说以后捡的蘑菇全给他,他全要。后来我没有再去捡,也没有给他送。"

奶奶忽然想起那个刘朋说的话:"我们干的是一样的工作,我们是同行。"老马是干什么的?在奶奶的脑海里,对老马的身份打了一个大问号。

奶奶看到花妮和萌萌两个孩子的亲热劲,他们"姐呀、弟呀"地互相叫着,再看看他们喜颜悦色的表情,她忘掉了一切困难、痛苦。两个孩子看见奶奶脸的上笑容,心里更高兴了。顷刻间,一家祖孙三口人沉浸在无比欢乐的气氛中。

花妮动手做饭时,奶奶说:"今天中午咱们不吃野菜了。我给你擀面条,纯白面的捞面条。"

一听说白面条,而且还是捞面条,两个孩子喜得狂叫起来:"好啊,好啊!"在萌萌的记忆里,他印象最深的是他去找妈妈时,在姥姥家吃的白面条。况且那次的面条还不是捞面的。今天中午,奶奶要做白面捞面条,相比之下,它会比那更好吃。

奶奶把面放到盆里,用个碗向罐里舀水时,发现罐子里的水少了,她放下碗,提起罐子准备去留斌的水缸里打水,花妮急忙拦住她说:"我已经好几天不吃他们的水了,自从他们打我以后。"

奶奶惊奇地问:"那你怎么用水呀?"

花妮说:"开始时我自己去井上打了两次,后来街坊叫我用他们的水,有时,他们给我送到门口。我现在去赵大妈家提一罐。"说着提着罐子出去了。

奶奶和着面说:"我们还带回些白蒸馍呢(即白面馒头)。"白面条、捞面条、

第十六章 花妮挨打

白蒸馍,这些词对花妮来说很陌生,她很少听到这些东西的名字了,对她来说既陌生又遥远。她很少看到,更很少摸到。在平常生活中,只要有面就皆大欢喜了。不管什么面,高粱面、谷子面、玉米面、豆面等,都是求之不得的,至于白面,想也不敢想。

花妮一听说奶奶带的有白馍,马上去扒奶奶带回的那个包。果然发现几个大白蒸馍,她高兴极了,口水马上就要流出,她对奶奶说:"奶奶,我想吃。"

奶奶说:"先掰一块吃吧,不要多吃,今天中午有捞面条,不然捞面条就吃不完了,蒸馍留着明天吃。"

花妮掰了半个,又把这半个分给弟弟一半。花妮不是大口大口地吃,而是一点一点地嚼,细嚼慢咽,品尝着吃白馍的滋味。

当天下午,赵大妈等街坊邻居陆续来到奶奶的家,把奶奶住的小屋挤得满满的,有的干脆站在院子里。他们来的目的基本上有两个:这么多天不见了,挺想念的,来说说话,亲热亲热。其次是想对奶奶说说花妮挨打的事。奶奶听了花妮的叙述和邻居们的介绍,对花妮挨打的前前后后已经很清楚了,她很气愤。她把街坊送走以后,去到留斌的家,开门见山地说:"留斌,我去时对你说花妮小,请你多关照,可是你不但不关照,反而打她。她没爹没娘,你怎么没有可怜她的心呢?你打她下得了手吗?"

留斌说:"她太不像话了,动不动就骂人,她骂她大娘,骂得死烂不中听,她太不懂事,不教训教训她行吗?将来会成什么样子?"

奶奶说:"你还挺有理,谁先骂谁呀?你老婆先开口骂,你为啥不教训你老婆呀?你去教训一个孩子!你真做得出来!你没有打她的权利。她的错再大,你告诉我,叫我去教训她。她没爹没娘,我连一巴掌也没打过她,甚至连骂一句也没有。你竟打她,据说打得还不轻。你的心也真狠。我算看透你了,你不是什么好心人。"

留斌和齐灿张口结舌说不出话来。当他们正准备说话时,奶奶又开腔了:"当她哭着喊妈的时候,你就没有一点想法吗?当她趴在她妈的坟上哭的时候,好多街坊都去劝她,你们管也不管,你们连一点人情味都没有。"

这几句话像几颗重型炮弹击中了他们的灵魂。他们自认为打花妮这件事本身已无理可辩了。但他们还要无理辩三分。留斌说:"你们家生活困难,又

没有外边人，我们处处都考虑着你们，时刻照顾着你们。"

奶奶说："你考虑什么啦？照顾什么啦？"

留斌："我打了一个孩子，你就耿耿于怀，揪住不放，对你们的好处，你怎么不记得呢？你也是一面儿迷，光向里迷，不向外迷。"

奶奶说："对我们什么好处哇？你说呀。"

齐灿插嘴说："还用说吗？不是很明显吗？你明明知道，偏偏装着明白卖迷瞪儿。"

奶奶说："行了，我知道你指的是什么啦。你不就是说我们住你们的房子吗？你们照顾我们了，我承认。当我们被赶出门外时，你们叫我们住你们的房子，确实是对我们的照顾，我感谢你们。但这绝不是你们打花妮的理由。你们打花妮的罪行是赖不掉的，我永远也不会饶恕你们。因为你们的行为太超出一般了，太不像话了。"奶奶非常生气，脸发白，眼发黑，手脚发麻，浑身打战。她停了一下，然后继续说："让我们住你们的房，让我们吃你们的水，这都是对我们的关照，你对我们的好处，我不会忘记的，我领你们的情。等萌萌长大了，会报答你们的。"

留斌："萌萌？你能指望他！你看他那瘦猴样儿，将来也成不了什么大器。请你对他不要有任何希望，还是趁早收敛收敛吧，免得希望大了，失望大。"

奶奶："你别小看人，我的一切都寄托在他身上。我还培养他上学呢，上小学，上中学，上大学，还叫他出国呢。"奶奶的逞强话，是特意让留斌他们听的。

留斌："咱不抬杠，咱等着瞧，但愿如此，我恭喜你。"

奶奶："好了，我们今天就搬出去。"

得知奶奶要从留斌家搬出的消息后，好多人纷纷请求让搬到他们家。奶奶一一感谢了他们的善良之心，谢绝了他们的友好表示。

奶奶的全部家业由这几部分组成：第一部分是被子、褥单、衣服；第二部分是铺草，主要是麦秸。铺草也是奶奶的重要家业之一。它既是床，也是铺里，又是被子，尤其是冬天，奶奶一家三口全靠它抵寒呢。因此，她们走到哪里，一定得把铺草带上；第三部分就是炊具，它包括一个锅，一个盆，一个罐，五个碗，一个小锅，一个鏊子；第四部分就是吃的东西，有二斗杂粮，一斗小麦，几篓子干菜，主要是干红薯叶、干芝麻叶、干萝卜缨、干槐

282

花等。这就是他们的全部家产，别的什么也没有了。

她们祖孙三口，带着她们的全部家业，离开了留斌的喂牲口屋，去到了村西头的娘娘庙里，这里就是她们的安身处了，这就是她们的新家。

娘娘庙坐落在洛家村西头大路旁，坐北向南，距村子二里多地，是一个三间房子的建筑，每间房的中央，靠后墙处，坐着一个高大的娘娘塑像。神像是盘腿坐着，面部微笑，双眼半合。右手抬起，大拇指与食指和中指捏成一朵半开的莲花，无名指和小指轻轻翘起，左手掌向下放在膝盖上。三个神像虽然姿态不一样，面部表情也各有差异，但看起来都非常慈祥可亲。她们是妇女和儿童的保护神，专管这一带妇女的健康、儿童的出生、抚养和死亡工作，在人们心里是有相当威严的。

该娘娘庙还是以"灵气高"著称的。据说，过去曾经有一个农民不相信她们，在群众中说些对她们名誉不好的话。结果是：没过多久，他的一个儿子病死了。人们都说是娘娘们对他的惩罚。有一个算命先生告诉他，这还不算拉倒，如果他要不忏悔赎罪，他的另一个儿子也保不住，甚至还可能影响到他本人。他问这个算命先生如何忏悔赎罪。他告诉他每月的初一、十五来此庙烧香。此外，一有机会就向群众讲解相信娘娘的好处。祈祷她们免灾保平安。此人这么做了以后，他的另一个儿子平安无事。他本人也安然无恙。除了这个传说以外，还有一个传说：一个夏天的晚上，天突然下起了大雨，几个年轻农民在这里避雨。但他们穿衣不够严谨，只穿了短裤。庙内外漆黑一团。在一个刺眼的闪电和一声震耳的雷声中，有一个农民看见一个娘娘神像的脸色难看，好像在怒视着他们。他吓得魂不附体，随着一声尖叫，飞快地跑了出来。其他几个人也随着他跑了出来。他们跑回家后，他把他在庙内看见的情况告诉了家里人，他们也感到后怕。那个青年人得了一场大病，几个月后才痊愈。

这两个传说几乎每个农民都知道。因此，这一带农民都相信这个庙的神灵，谁也不敢随便进入这个庙里，更不敢在这些神像面前放肆、说脏话或蛮横无理。每个人在庙里都得规规矩矩，严严肃肃，不敢乱说乱动。

奶奶牵着两个孩子，带着行李进庙门以后，先放下行李。她先跪下，再让孩子跪下，正正经经地磕了三个头。然后她低声祈求着：

"娘娘神灵，我们实在是走投无路了，我们没有吃的，没有立足之地。

我们只有来投靠你们了。我们向你们祈祷，恳求你们保佑我们平安，恳求你们保佑这两个孩子长大成人。"

晚上睡觉时，奶奶把铺草铺在神像座台的后面，白天把东西卷起来放在门后，很少有人注意到，即使有人看见了，也不显眼，毫不影响村民们来庙里烧香、磕头、祷告、忏悔、许愿。

突然萌萌跑过来对奶奶说："奶奶，我看着这几个神像都笑眯眯地看着我们。"

奶奶回答说："她们是欢迎我们的，她们不但欢迎我们住在这里，她们还保佑我们平安无事，更会保佑你和姐姐长大成人。"

奶奶的话给了他和花妮胆量、勇气和力量。他们住在这里不但不害怕，而且还有一种自豪感。

第二天一大早，花妮准备做早饭时，发现没有水，她对奶奶说：

"奶奶，没有水呀？"

"啊，对了，没有水。走，咱们去打水。"

奶奶叫花妮提着罐，她拿了一根绳子和一根棍子。三个人一起去井边打水。

她们搬进娘娘庙的第三天晚上，奶奶对两个孩子说不能在这里住得时间长了，得马上走。当孩子们问她什么时候走时，她说：

"明天就走，明天一大早。"

萌萌问："去哪里呀，奶奶？"

奶奶说："去那个地方。"

萌萌说："好哇。姐姐去吗？"

奶奶说："去，你们俩都去。我再也不会让你们任何一个人丢在家了。咱们活在一起活，死也要一起死。"

"奶奶，咱们不死，为啥要死呀？咱们要很好地活着。"萌萌天真而自信地说。

已是夜里十点多了，他们都睡着了。突然奶奶被一个声音惊醒。声音很低沉，但很清晰。好像是李嫦的声音。她有些诧异。她屏住气，仔细再听，听见有个女的在叫："花妮，花妮。"

还有个男孩在叫："萌萌，萌萌。"

― 第十六章 花妮挨打 ―

这回听清楚了，就是李嫦和丹丹的声音。

奶奶说："这奇怪呀，他们不在家呀，怎么会是她、他的声音呢？"

花妮说："奶奶，我害怕。"

"不要怕，我起来去看看，你们在这儿别动。"

这时，又听见外面的叫喊声。奶奶急忙穿起衣服，迎着声音走了过去。她一出庙门，就在老远处看见两个黑影，一高一低，一大一小。她朝黑影问了声："谁呀？"

对方答道："我呀，婶子，李嫦和丹丹呀。"

奶奶赶紧说："是你们呀，快来吧。"

奶奶看见李嫦风尘仆仆，手里提着一个提包儿。奶奶又问："你们啥时候回来的？怎么回来啦？我们正打算马上去呢，明天就动身。"

李嫦没有立即回答奶奶的提问。她只是说："进去再说。"

奶奶让他们坐在铺边上，萌萌正在睡，花妮睁着眼，仔细听她们在说什么。李嫦不紧不慢地对奶奶述说他们为什么要回来。她说："我们今天晚上才到家，回来后听说你们搬到这里了。开始时，我不敢来，后来一想，你们敢在这里住，我就不敢来吗？我一抖胆子，就来了。但还是不敢靠近。如果不是你出来接我们，我们自己是不敢进来的。天又这么黑，因此老远就叫你们。"

奶奶说："怕什么呀！我们在这里住得很安全。两个孩子也不怕。一切神灵都是保佑咱们好人的。因此，好人什么也不害怕。"

李嫦说："说是这么说，嘴里说着不怕，心里还是不敢。"

奶奶说："你们为啥回来，咱们不是说打算多在那里住一些时候的吗？"

李嫦说："你们回来以后的那天晚上，我表哥说，他们全家马上就要离开那里了，他们家是一个解放军的地下工作联络点。我表哥是一个联络员，最近被特务发现，敌人很快就抄家，抓人。他让我赶快回来，越快越好。我得知这个消息后，第二天一大早就动身回来了。顺着原路，走了两天多就到家了。我不想白天回家，想夜里趁着没人时回来，不想让人看见，我们一回来就来找你们了。"

奶奶说："你们还饿着肚子吧？我给你们做饭。"

李嫦说："不用，不用，我们都吃得饱饱的。我们的提兜里有馍，还是

285

奶奶

白馍呢。"

　　奶奶劝他们住下。他们毫不客气地挤着睡下了，反正是地铺，四周没边没沿，添两个人也完全睡得下。

　　大家都躺下以后，李嫦对奶奶说："婶子，不要住在这儿了，明天搬到我们家吧。我们住在一起。不想住在一起，咱们在我们院子里再搭一个棚子，反正我的院子大。院子里又有树，搭个棚子不难。往后也不冷了。住在俺家比住在这儿强。"

　　奶奶很高兴地说："好啊，明天就搬到你们家。"

第十七章
上学梦的破灭

奶奶是个有文化的人。她的娘家和婆家都是文化底蕴比较深的。当年就是因为洛培石有文化，在集市上书写对联卖，才引起了她的注意，最后走到了一起。她娘家也是通情达理的文化世家，她要求学文化时，她爹就给她请一个私塾先生，在家里教她识字，学文化。所以，她才成了她这一代女人中极少数有文化的女人。她知道文化的重要性。她经常对人说："文化就是知识，知识就是力量，力量就是财富。没有文化就不会有财富。穷人没有文化就不会变富；富人没有文化就会变穷。当然这个转变过程不是一蹴而就的，而是一个比较长期的演变过程。总而言之，有了文化，才有由穷变富的可能；而没有文化，这种可能就永远不会有。"奶奶很重视学文化，在她脑子里经常转悠的就是一定得让萌萌上学，学习文化知识。

一天，萌萌对奶奶说："奶奶，王朋去上学了，我也想去上学。"

奶奶有些惊喜，也有些疑惑，问道："他去哪里上学啦？回来我去打听一下，我也叫你去上学。"

奶奶的"回来打听一下"，让萌萌心里很不理解。"回来"是什么时候？"打听一下"，向谁打听一下？如何去打听一下？他渴望求学的心情得不到满足。他急切上学的渴求与奶奶期望他上学的目的是一致的。但奶奶认为现在还不够条件，她还没能力供应他上学。她认为萌萌上学是今后的事，"今后"是什么时候，她也说不准。所以萌萌一提出上学问题时，她感到有些茫然。

第二天上午，萌萌对王朋说他也想去上学，并要求跟他一块儿去。

王朋很乐意地答应了，说道："中哇，我们刚开学，我们只是集中了一下，还没有正式上课，也没有发书。下午就上课了，上课前就可能发书。下午我去时叫你，咱们一块儿去，我正好有个做伴儿的。咱俩一块去，一块回来，最好了。"

由于受奶奶的经常潜移默化的文化熏陶，萌萌自从懂事起，就想上学。有时奶奶故意问他："萌萌，为啥想上学呀？"

萌萌回答："上学学识字呀。"

奶奶："学识字弄啥呀？"

萌萌："学识字读书。"

下面奶奶接着他的话说，只有读书才能学知识，有了知识就有了力量，有了力量才会有财富，才会由穷变富。这些话奶奶不知说了多少遍了，萌萌几乎都会倒背如流。但它的内涵他还不太懂，他只会得出这样的结论：读书可以由穷变富。因此，在萌萌的脑海里，深深扎下读书的理念。

下午，萌萌跟着王朋去到学校教室里。教室里的学生都是一人一张桌子，一人一条凳子。萌萌第一次去，既没有桌子，也没有凳子，他与王朋坐一条凳子，趴一张桌子。教室里原来只有十个学生，萌萌去了才十一个。老师还没有去，学生们对一个陌生面孔很感兴趣，不时地窥视萌萌，以便探知他的更多信息。

老师走进教室后，坐在讲桌后面的椅子上。这个老师姓王，学生们都叫他王先生。王先生穿一身黑色中山装，头戴一顶黑色礼帽，脚穿一双黑色平底布鞋。他面相和善，风度儒雅，举止稳重，谈吐温和，从一双深度近视的黑框眼镜里，放射出慈祥的暖光。他那和谐的声音里，显露出他是一个慈祥的先生，是一个善解人意的先生。

王先生先点名。点着哪个学生的名字，他就慢慢地站起来，安安详详地去王先生跟前领书。拿住书以后，再小心翼翼地回到自己的座位上。就这么个领书过程，萌萌却观察得非常仔细。哪个沉稳，哪个冒失，哪个内向，哪个外露，等等，对每个学生的表现，他都有个初步的印象。

王先生发完书以后，问道："还有谁没有书吗？请举手！"

萌萌把手慢慢地举起来，说道："我没有，先生。"

第十七章 上学梦的破灭

王先生:"你叫什么名字呀?"

萌萌:"我叫洛萌萌。"

王先生嘴里不停地说着:"洛萌萌,洛萌萌。"手指一个挨一个地指着他本子上的名单。他的眼睛睁得更大,一双深度近视眼,使劲地瞅着他登记的名字。他仔细看了一遍,紧接着又看一遍,没有发现"洛萌萌"这个名字。然后,他慢慢地对萌萌说道:"我怎么没有看到你的名字呀,洛萌萌?"

王先生的问话,让萌萌的脑子一时转不过弯来,没有即时回答。王朋举起了手,说道:"洛萌萌还没有报名,所以没他的名字。"

王先生明白地说了一声:"啊。你先在这儿听课,回家告诉你妈来报名,然后再给你书。今天你先看王朋的书。"他又对王朋说:"你的书也让洛萌萌看。"

王朋愉快地点点头,表示愿意。

放学了,学生们都离开了教室,萌萌走到王先生跟前,恭恭敬敬地说道:"先生,我想上学,请给我报个名吧。我叫洛萌萌……"

王先生:"报名可不是光写个名字,而是得交钱的。交钱才是报名,不交钱不算报名。你回去对你妈说说,让她赶快来报名,因为我们已经开始上课了。"

萌萌离开王先生,与王朋一块儿往家走去。在路上萌萌心里乌云密布,脸上愁云惨雾,他闷闷不乐。满腔热情的上学梦要落空了,他惆怅万分地对王朋说:"我可能上不成学了,报名得要钱,俺家没钱。"

萌萌放学回家后,奶奶发现他很不高兴,问道:"今天怎么啦,萌萌?愁眉苦脸的,有啥不高兴的事呀?你昼思夜想的上学,今天不是实现了吗?梦想实现了,应该高兴,你怎么不高兴了?"

萌萌没有回答,而是哭起来了,而且哭得很伤心。奶奶初步认为,这孩子一定是有了伤心事,不然他是不会这么痛苦的。萌萌的悲伤让奶奶也悲痛不已。萌萌哭在脸上,奶奶疼在心上,萌萌呼哧呼哧地抽泣,奶奶的鼻子酸辣难忍。奶奶非常纳闷,她不理解萌萌为啥这么痛苦。她把萌萌抱在怀里,情深意切地吻他的脸,她用温和的口吻问萌萌:"怎么啦,孩子?谁惹你啦,让你这么伤心?不要哭,告诉奶奶。"

萌萌慢慢停住了抽泣,他用微弱的声音唏嘘地说道:"我不能上学了。"

奶奶马上问道:"为啥呀?你不是跟王朋一块儿去的吗?为啥又上不成了?"

萌萌:"人家要钱。王朋是交过钱的。先生说,要上学就得先交钱。"

奶奶:"交多少钱呀?"

萌萌:"不知道。咱反正是没钱,我也没问先生得交多少钱。奶奶,上学还得交钱吗?"

奶奶:"那当然啰,上学不交钱哪行啊?明天我去问问先生,能不能欠着他,你先上学,以后再补交,分文都不会少他的。"

萌萌:"以后再交?'以后'是什么时候呀?"

这一下子把奶奶问住了。她想:"对呀,这'以后'是什么时候呀?连我自己也说不清楚。我这话是个空头支票,是应付萌萌的,无法兑现。再者,钱多少问题,钱多了交不起,钱少了就能交得起吗?钱多钱少都交不起。"

奶奶心里沉闷起来,她看看萌萌,萌萌心里更难受。奶奶还是说了实话,很无奈地对萌萌说:"咱没有钱,咱不去上学了。"

萌萌立刻又哭起来,奶奶"没有钱"的回答,他早有所料,他也知道这个后果,这个结果他并不感到突然,但他还是哭了,痛心疾首地哭了,他哭得那么伤心,那么悲痛欲绝。在他幼小的心灵里,他想到,王朋有爹又有妈,他吃的、穿的基本上没有问题,即使上学,他也能交得起钱。他没爹没娘,吃饭穿衣,得靠奶奶拼老命去拾荒……他越想越难受,越想越不是滋味。于是,他跑到洛家庄坟茔里,趴在妈妈的坟上"妈呀,爹呀!我想上学呀!我没钱呀!妈呀,你们咋不管我呀?"大声号啕。他的哭声传得很远,很多人都听得见。周围群众有些莫名其妙,萌萌今天是怎么啦?他为什么这么伤心,这么泣涕涟涟?这么哭声震天?

一个周大爷问李大爷:"萌萌这孩子怎么啦,哭得这么痛?他奶奶又怎么惹他啦?"

李大爷:"不会是这原因吧?他奶奶整天疼还疼不及呢,怎能惹他,让他这么伤心?"

周大爷说:"走,咱去看看,这孩子本来就够可怜的,没爹没娘,谁惹他了?为什么与一个可怜的孩子过不去?这人真可恶!如果真是有人与他过不去,我就不给他算拉倒。"

第十七章 上学梦的破灭

李大爷："不算拉倒又怎么样呀？"

周大爷："我拉住他去见村长。"

李大爷："你拉倒吧。说不定惹萌萌的人就是村长家的孩子。"

李大爷好像猛然醒了似的，说道："哦，对了。不去见村长。那么，我拉住他在大街上吆喝他，叫大家都出来评评理，与这么一个可怜的孩子过不去，他还有一点儿人味吗？还算得上人吗？"

周大爷："你这么办可以。现在这个世道哇，有事别找当官的，有事找老百姓，只有老百姓，才会说真话，讲真理，办实事……"

恰在这时，奶奶过来了，她含着眼泪给二位大爷解释了原因，他们也只是"哎"了一声，无可奈何。

第二天上午，王先生走进教室以后，先点名检查人数。他发现洛萌萌没有来，就问王朋："洛萌萌怎么没有来呀，王朋？"

王朋："他不来了。他奶奶说，他们没钱，他们交不起钱，他不上学了。"

全班十个学生听到洛萌萌因为没钱不来上学的消息后，都非常同情他。一个叫吴琪的学生大声叫道："先生，叫他来吧，我看他是个好学生。"

他的话音刚落，一个叫郑灿的学生说："先生，叫他来吧。他没爹没娘，家里很穷，连吃饭都成问题，根本没有钱交学费，挺可怜的。"

学生们得知萌萌没爹没娘的消息后，怜悯之心油然而生，他们有遏制不住的情绪，不约而同地站起来，齐声高喊："叫他来吧，先生，叫他来吧，先生！不要他的钱，不要他的钱，不要他的钱，叫他免费上学。"

学生们的齐声请愿，把王先生感动得泪流满面，他情绪激动，拍板定案，斩钉截铁地说："好啦，我答应同学们的请求，叫洛萌萌来上学，不收他的学费。"

学生们不约而同地喊道："感谢先生的开恩，感谢先生的大度为怀。"王先生挥手让大家静下来，又让大家坐下来。学生们平静以后，王先生告诉王朋去把萌萌叫来。王朋出去了。学生们在教室里三三两两地议论，其内容听得不太清楚，但可以肯定的是，他们都同情萌萌，让萌萌免费上学……不多一会儿，王朋回来了，萌萌也跟着来了。学生们一致热烈的掌声，一时间，教室里掌声一片，欢声震天。王先生也点头致意。他把右手放在胸前轻轻地摇动着，微笑着，欢迎萌萌的回来。他还示意萌萌坐在王朋旁边，与王朋共

291

同看一本书。萌萌来到王先生面前，恭恭敬敬地向他鞠了三次躬；他又转过身来，用同样的谦卑姿态，向同学们鞠躬三次，感谢先生的怜悯体谅，感谢同学们的同情善意。大家再次长时间拍手欢呼，萌萌频频点头致意。然后，他乐滋滋地坐在王鹏的凳子上，竭力压制着扑通扑通跳动的心。他心花怒放，欣喜若狂，情不自禁地自言自语道："我开始上学了，我的上学梦实现了！我把这个消息告诉奶奶后，她该如何高兴啊！"

放学以后，萌萌与王朋一起从教室走了出来。他们说着、笑着向家走去。他们分手后，萌萌的脚步慢了下来。他的双脚无意识地挪动着。他的心里乐滋滋的，像开着一朵牡丹花。他的脑子里转悠着：我要给奶奶带回去一个大好消息，我进学堂了，我开始上学了。我也让奶奶高兴高兴。奶奶昼夜为我上学的事操心，这回可叫他放心了。同时，萌萌还梦想着他的憧憬：奶奶经常说知识就是力量，知识就是财富，有了知识才能有穷变富，有了知识才能不负于人。我要好好学习，学到多多的知识，把我家由穷变富，让我奶奶过上好生活，吃好的，穿好的，不再辛苦，享享清福。听说八路军就要来了，我要参加八路军，把地主打倒在地，叫他永世不得抬头。我们穷人要翻身，要有土地，要有饭吃，有衣穿，要过幸福生活……正当他沉浸在美好的憧憬中时，一头撞到他家门口的一棵榆树上，恰好他奶奶正在门口等着他吃午饭。

奶奶："萌萌在沉思什么呢，连路也不看？"

萌萌猛地抬起头来，看见奶奶笑眯眯地在门口迎接他。他快步如飞地跑到奶奶跟前，心花怒放地要对奶奶说些什么。

奶奶："看你高兴的，想说什么呀？慢慢说，别慌张。"

萌萌站稳脚步，迫不及待地对奶奶说："奶奶，我告诉你一个好消息。"

奶奶："什么好消息呀？快说，看把奶奶急的，恨不得从你嘴里掏出来。"

萌萌："我可以上学了。"

奶奶："怎么？你不是说，人家要钱，咱家没钱，不上了吗？"

萌萌："先生说不要我的钱，叫我跟着他学习。"

奶奶惊奇地说道："咦，这真是个好事，这位先生真好。怪不得你欣喜若狂，连话都说不上来了。快回去吃饭吧，我早就做好了。"

萌萌："啥饭呀？又是菜汤吗？"

奶奶："今天正好不是菜汤。"

萌萌："是啥呀？"

奶奶："你舅舅给咱送来一篮子红薯，我蒸一部分。今天咱们吃蒸红薯。"

萌萌立马狂叫起来："吃红薯，多么甜美的红薯哇！"

学生们放学回家以后，家长们都要询问自己的孩子关于在学校的学习情况。学生们告诉家长他们学习了《三字经》，并告诉了他们先生讲解了多少内容，每一句话都是啥意思，等等。绝大多数学生都说理解了先生讲解的内容，家长们非常满意。萌萌的上学问题也是学生们向家长汇报的重要话题。绝大多数家长听了后，都没什么反映，他们认为这事对他们没有什么关系。只有张路的妈妈范松表示坚决反对。她在张路面前说："我坚决反对让洛萌萌上学。他为什么呀？我明天去找你们的王先生。"

张路很不理解妈妈的逆反心态。他哀求妈妈说："妈妈，不要去找王先生，全班同学都愿意让洛萌萌去上学，你为啥反对他呀？"

范松："因为他没交钱，他不应该去上学。"

张路："全班同学都同意他去，你干吗反对呀？你去找王先生，会叫我很尴尬，让我很没面子。我就不好意思在班里待了，你不去好吗，妈妈？"

范松："你们孩子不懂。你不要管我的事，我有我的主意。"

张路："妈妈呀，何必呢？那么多学生都同意，不要他的钱，叫他去上学，你为啥不同意呢？我真不明白你是咋想的。你还是别去找王先生，王先生已经答应了，你一去尽叫他难办，让他下不了台。"

范松没有回答她儿子的请求。她躺在床上一直在思考这样的问题：全班学生都同意，王先生甘愿不收费叫他去上学，我为啥不同意呢？他去上学，他不交费，都对我毫无关系，为什么我与他做死对头呢？最后，她还是找到一些原因：她与萌萌的奶奶总是格格不入，与她没有一点儿共同语言。这又是为什么呢？她与奶奶很少见面，很少说话，没共过事，那么，这格格不入从何说起呢？她百思不得其解。

其实，她的疑惑答案很简单：她是保长张强的儿媳妇，张路是张强的孙子，张强的父亲叫张承，其儿子叫张全，换句话说，张承的儿子叫张强，张强的儿子叫张全，张全的儿子叫张路。范松是张全的妻子。

洛家庄的农民基本上是两大派：一派是富有派，以张承为代表，他们人数很少，不到百分之五，但占据着全村绝大多数土地。他们把土地出租给穷苦农民，收取他们交的租粮；另一派是贫穷派，以奶奶为代表，他们人口众多，洛家庄的绝大多数都是穷人。但他们占据的土地是极少数。不少农户连一寸土地也没有，全靠租赁土地过日子。这两大派实际上是两大阶级，即地主阶级和贫农阶级。这两大阶级之间的斗争是时刻都存在的，是不共戴天的，是你死我活的。这就是范松与奶奶格格不入的根本原因。

第二天上午，王先生正给学生们上课，范松冲进教室，出其不意地问道："哪个是洛萌萌？"

萌萌有些诧异，对她的发问莫名其妙，自觉不自觉地随声答道："我是。"

范松看了萌萌一眼，转身走近讲台，气势汹汹地指着王先生的鼻子，出言不逊地问道："你为啥叫洛萌萌来上学？"

王先生感到洛萌萌来上学的理由不足，他有些心虚，结结巴巴地说："大家都同意让他来上学呀。"

范松："大家都同意！你说的'大家'，指的是谁？在这个教室里，只有你一个人有权力叫谁来或不叫谁来，其他人都没有这个权力。叫不叫谁来，只有你说了算。如果你说了不算，我能叫人来上学吗？"

王先生无言可答。

范松："我再问你，洛萌萌交钱了吗？"

王先生："没有。"

范松："他没交钱，你为啥叫他来上学？"

王先生无言可答。

范松："他不交钱可以来上学，为啥别的孩子必须得交钱？你能解释清楚其中的原因吗？"

王先生无言可答。

范松看王先生理屈词穷，表现得那么无可奈何。她一转脸面向全班学生，说道："请同学们说说，王先生为啥这么不讲理？他为啥向咱们要钱而不向洛萌萌要钱？天底下有这么不讲理的人吗？同在一个教室里学习，有人交钱，有人不交钱，天底下有这么不合理的事情吗？"

范松气宇轩昂，不可一世，在教室里像连珠炮似的，打得王先生无一点

— 第十七章 上学梦的破灭 —

招架之地。她质问王先生时，王先生无言答对；她质问学生们时，学生们低头不语。场面太尴尬了，当然，最尴尬的还是王先生。他不知道如何说服这个盛气凌人的娘们儿，也不知道如何应付这个困窘场面。

倏然，萌萌站起来离开座位，他严肃认真，面色深沉。他深情地向王先生鞠了个躬，说道："谢谢王先生。"然后，他又以同样方式向同学生们鞠了个躬，说道："谢谢同学们。"话音一落，他咬着牙，憋着气，飞快地走出了教室。

萌萌没有流泪，没有哭泣。他压抑的心就要爆炸，他满肚子的怒气，就像将要泛滥的黄河水，倾泻而出。他咬着牙，狠着心，悲愤地回到了家。

他的上学梦破灭了，彻底地破灭了。他痛苦连天，悲痛欲绝。他躺在床上，用被子捂住头，不说话，不吃也不喝，只有两眼泪婆娑。奶奶得知这个噩耗以后，泪流满面，愤怒不迭。她竭力压抑住怒气，尽量安慰萌萌，装着无所谓的样子，说道："孩子，没关系，你上学的机会有的是。我们很快就翻身了，人民政府为我们举办学校，我们免费上学。我们可以上小学，上中学，上大学，出国留学。你要振作起来，你的上学梦很快会实现，你的前途宽广而明亮。"

萌萌慢慢摆脱了痛苦，他相信奶奶的话，从悲痛中清醒过来。他信心十足地说道："我要振作精神，等待着翻身日子的到来。"

张承听到孙媳妇大闹教室的消息后，非常生气。他意味深长地对范松说："你又给咱张家添罪了。"

范松很不服气地反驳说："我怎么添罪了？我犯什么罪呀？我什么罪也没有犯。我是坚持真理，主持公道，为咱们张家添光了。他王先生不坚持原则，毫无道理地招收一个不交钱的学生，我就是反对。"

张承："你那是小道理，你坚持的是死原则，是偏激原则，你坚持的是小道理，你忘记了大道理。"

范松："你讲的是虚无渺茫的大道理，你讲讲在这个问题上，什么是小道理？什么是大道理？"

张承："你反对王先生招收不交钱的学生，而你的孩子交钱，你反对的是对的。但这是个小道理。大道理是什么呢？洛萌萌家穷，没有钱上学，王先生同情他，收留了他。这是同情弱者，是慈悲为怀，这是大道理。在这个

295

问题上，小道理要服从大道理。"

范松："有没有大道理服从小道理的呀？"

张承："当然有啰，还不少呢。《白蛇传》里，许仙与白蛇结合是违规的，白蛇不能与凡人结合，这是大道理。但他们是真爱，这是小道理。法海阻止他们结合，是维护天规，这是正确的，他维护天规是坚持原则，是大道理。但群众骂法海，骂他破坏他们的婚事。这是典型的大道理要服从小道理。还有，《天仙配》中的七仙女与董永的结合，也是大道理要服从小道理。总之，别管大道理、小道理，凡是多数人拥护的，就应该拥护；凡是多数人反对的，就应该反对。在洛萌萌上学问题上，不也是多数人赞成他上学吗？你为什么偏去反对呢？他上不上学对你没有任何影响，你并不比别的学生多拿一分钱，你何苦呢？你自以为坚持了原则，你上下都不落好。你与王先生闹得很僵；班上的学生也不高兴。你就没有想想，这么大的人了，还干蠢事！叫我怎么说你呢！"

范松："我知道洛萌萌是那个陈老婆子的孙子，所以我不叫他上学。我主要是对陈老婆子有意见。"

张承："陈老婆子可不是个凡人，她跟前有很多群众，这是很可怕的。"

范松："她有群众怎么了？总不能把我吃了。"

张承："那可不一定。你以为他们不敢吃你吗？你没看当前的形势，八路军的势力很大，连日本兵也乖乖投降，国军也节节败退，他们很快就会打过来。到时候他们吃你不吃你，还很难说呢。"

范松："他们八路军总得讲理吧。他们只要讲理，我就不怕。他们不会把我怎么样。"

张承："你就有些书呆子了。理，没有绝对的真理，任何理，都是相对的。在同一个问题上，我们有我们的理，他们有他们的理。我们按我们的理办事，他们按他们的理办事。你不能要求他们按你的理办事，他们也绝不会听你的。"

范松："都是个理吧，还有这么多名堂。你说说我们的理与他们的理有啥不同。"

张承："比如，我们拥有绝大多数土地，雇用穷人为我们干活，把我们的土地租给他们种，他们给我们交粮交钱，这是天经地义的。这是我们的道理。八路军来了以后，理就翻过来了，我们拥有这么多土地，雇佣他们为我们劳动，他们向我们交粮交钱，是不合理的。我们是剥削他们，他们是被剥削者。因此，他们要把咱们的土地分给百姓，平白把我们的土地夺过去。这对他们来说是合理的；而对我们来说，是不合理的。我们如果与他们对抗，他们就镇压我们，轻者，把我们抓起来，审判我们，劳改；重者，把我们判死刑，枪毙我们。你看可怕不可怕？听起来真有些毛骨悚然，骇人听闻。但这是他们的理，他们听着很自然。他们是多数，你不听行吗？这样的日子马上就要到来，马上就是他们的天下，马上他们就是主人，我们得听他们的，我们得看他们的脸色办事。因此，咱们现在办事要留有后路，留有余地。能忍让的要忍让，不要认死理，不要死心塌地。眼下留得青山在，不愁没柴烧。你现在办事不留余地，凭义气，凭一时痛快，等八路军来了，陈老婆子那一帮穷小子能放过你吗？你若不信，请等着瞧吧。我先警告你，到时可没有后悔药。"

范松越听越胆怯，到最后恐惧起来。到张承结束讲话的时候，她已完全处于低迷绝望，万念俱灰，内心忧虑，痛不欲生的状态了。

萌萌虽然在奶奶的宽慰下，乐观了一阵子，但坚持了没多久，又陷入了深深的郁闷中，愁眉苦脸，无精打采，话也不想说，什么也不想干，好像对一切都绝望了。奶奶鼓励他说："你又灰心丧气了不是？我不是对你说过吗？我们的前途光明着呢。别看眼下你的上学梦落了空，你有的是机会，你等着吧。"

萌萌："我咋看不见机会呀？你尽用好话安慰我。"

奶奶："我不是用好话安慰你，我说的是实话，是千真万确的实话。你孩子家还没看出来，八路军很快就会打过来，咱们穷人马上就要翻身了，范松他们蹦跶不了几天了。八路军来了，我们分了土地，不愁吃，不愁穿。人民政府还为咱们穷人办学校，我们穷人的孩子就可以快快乐乐地上学了。"

萌萌："上学得交多少钱呀？咱们有钱吗，奶奶？"

奶奶："到时候上学不要钱。"

萌萌："太好了。我就可以上学了……啥时候八路军会来呀？他们为啥不快点来呀？我急着去上学。王朋已经上学了，我上得晚了就赶不上他了。"

奶奶

奶奶："没关系，萌萌是个聪明孩子，只要你努力学习，就一定能赶上他。"

萌萌不再愁眉苦脸了，得到奶奶的鼓励，心情好了许多。但他心里始终有个甩不掉的念头：我要上学，我坚决要上学！

第十八章

豌豆糕引起的风波

一个晴朗的上午，柔风轻拂面，暖阳照大地。在洛家庄大街旁的空旷地上，坐着一群农妇，在闲谈、聊天。有年老的，年少的。其中包括王大妈、赵大婶、高大娘、李大嫂、灵叶等。她们是该村的名嘴，不断坐在一起交谈、谈天、谈地，谈论家事、国事、天下事。她们也谈论东家的儿女情长，西家的婆长媳短。总之，她们是无话不说，无事不谈。她们的人事关系广，消息灵通，村庄里发生的任何事情，不管大小，都是她们谈论的对象。村里好多闲散人员，经常来听她们谈论。有一条大黄狗卧在人群旁边，耷拉着头，眯缝着眼，好像在打瞌睡，又好像在倾听她们的谈论。

萌萌一个人来到人群，几个老太太平常爱与他逗乐。一方面她们认为萌萌缺乏照顾，奶奶干活，姐姐下地，经常他一个孩子在家，孤苦伶仃，人可怜；另一方面，她们认为，萌萌人小懂事，有礼貌，尊重人，令人待见。

王大妈看见萌萌来了，轻声说道："萌萌。"

萌萌："哎。"

王大妈："怎么你一个人出来啦？你姐姐呢？"

萌萌："我姐姐去地里挖菜了。"

王大妈："你奶奶呢？"

萌萌："我奶奶在家纺花呢。"

赵大婶："又是在家纺花呢。一个人憋在家里，真够呛。应该出来与大家一起说说话，开开心，解解闷，舒服舒服，该多好哇。"

高大娘:"你说得怪轻松,站着说话不腰疼。她何尝不愿意出来歇歇!她就是没有这个条件。"

灵叶:"什么条件不条件?条件不是死的。从来就没有一成不变的条件,条件是创造的。"

吴大妈:"条件是可以创造的,谁都想创造好条件,但你得创造得了哇。一般情况下,你得根据现有条件,从事活动,否则就不行。比如陈奶奶,一个老人,两个孩子,没有劳力,没有收入,她若不拼命干,一家三口靠什么生活?她不拼命干行吗?"

高大娘:"就是这样,谁有头发肯当秃子呀?陈奶奶整天拼命干,是迫于不得已呀。"

赵大婶:"我每次问萌萌,他总是说'在家纺花呢'。她怎么那么多的花要纺?"

王大妈:"这你就不知道啦,她纺的花不是她自己的花,是别人雇她纺的。她是给人家加工纺的。雇她纺花的人很多,她黑夜白天纺,也纺不完。"

高大娘:"一点儿都不假。我曾经问过一个客户,为啥都雇她纺花?她说:首先,她纺的花出线率高,要高出至少百分之二;第二,她纺出的线匀称。说匀称,又有两个方面:首先,棉线不粗不细。每一个线穗的线,从头到尾,没有一段粗一段细的现象;第三,她纺的线,上面没有疙瘩,连一点儿沫都没有。所以,她的线以后经时,织时,都很顺当,织布时省时省力,况且,织出来的布柔软,光滑,好看,结实。大家都想要这样的线,所以,雇她纺花的人特别多。"

李大嫂说:"你别说,她还真有一套。她在哪儿学的,回来咱也跟她学学。"

高大妈:"你学不会。她还有一个绝招呐……"

李大嫂急忙问,其他人也支着耳朵听:"她夜里纺花从来不点灯。我感到不可思议,我就怀疑是否是真的。"

一群人齐声:"不可能吧?"

高大妈问萌萌:"萌萌,这是真的吗?"

萌萌:"是真的,一点儿都不假。有时候她点一炷香,放在锭子尖那儿。"

一群人齐声:"啊!简直像织女星纺线。"

赵大婶:"你们看她们家,奶奶对外加工活挣钱,花妮去地里挖菜。与她同龄的孩子这么多,都不干活,都是等吃坐穿,有的甚至还要大人伺候呢。你看差别有多大!"

　　李大嫂:"这就是常说的'穷人的孩子早当家'呀。"

　　……

　　正当她们你一言我一语地交谈时,一个卖豌豆糕的走了过来,吆喝着:"豌豆糕,谁买豌豆糕,豌豆糕便宜卖啦。"卖豌豆糕的是一位五十来岁的男人,穿着一身黑,上身是黑外衣,下身是黑套裤。穿衣与季节有些不太适应。他推着一辆独轮手推车,一声一声地吆喝。然后停留在人群旁边。小车上放着一个大盆,里面是满盆溜沿儿的豌豆糕。大盆旁边竖立着一个不高不低的木棍,顶着一块色艳诱人的豌豆糕。老太太们都在观望着。豌豆糕呈棕色和黄色,棕色是柿饼,而黄色是添加黄色素的豌豆面。两色搭配适当,分配均匀,间隔合理,色泽鲜艳,恰如其分。它不时射出诱人的亮光,让人触目生馋。对那些贪吃的孩子,更是勾魂的妖仙,让他们垂涎三尺,心潮澎湃,让他们有一种弄不到嘴里就不罢休的气势。叫卖人不时地向人群巡视,渴望着有人与他搭讪。他不时地吆喝:"豌豆糕香,吃了使人安康;豌豆糕甜,吃了益寿万年;豌豆糕好,大人小孩离不了……"

　　灵叶对叫卖人笑着说:"你真会吆喝,让我们嘴里垂涎三尺,心里正在琢磨:把你的东西抢了,看你还吆喝不吆喝啦?"

　　卖豌豆糕人:"大嫂真会说笑话。尝尝豌豆糕吧,好吃着呐。"

　　灵叶:"你还说好吃呢,就这我们都流口水了。"

　　她说得人群大笑起来。

　　萌萌对豌豆糕情有独钟。卖豌豆糕的一来,他就直盯着小车上那块色泽宜人的小方块。王大妈看出了他的心事,有意问他:"萌萌,你想吃豌豆糕吗?"

　　萌萌:"不想吃,我不爱吃。"

　　萌萌嘴说着不爱吃,可他的馋涎已滴到脚上,他的腿却不自觉地向卖豌豆糕那儿移动,越走越近,走到离小推车三米远的地方,他停住了脚步。他四周张望,看谁来买豌豆糕。不一会儿,张路手里拿着钱从不远处走了过来。恰在这时,那条大黄狗也从人群中跑出来。

张路把钱交给了叫卖人，叫卖人切了一块，用秤称了一下后，好像不够量，又补添了一小块。他把两块一并递给张路。张路接住后，迫不及待地把那一小块往嘴里填。刹那间，那块大的掉在地上，他赶紧去捡，那条大黄狗也急忙去衔。张路拼命抓住不放，大黄狗咬住死不松口。张路的手流出了鲜血，他撕心裂肺地嚎叫起来。站在他旁边的萌萌吓得急忙往外跑。张路的妈妈范松及时跑了过来。她把大黄狗打跑，大黄狗又回到了人群里。萌萌回到了王大妈身边。卖豌豆糕的感到可能有什么事要发生，不愿待在这是非之地，悄悄地溜走了。

　　范松看到萌萌，小声愤愤地说道："又是这个萌萌，真是冤家路窄。"

　　范松说的"冤家路窄"是什么意思呢？她为什么把萌萌称作冤家呢？她与萌萌有什么过节呢？

　　两年前，范松和其他一些家长雇了个教书先生教他们的孩子念书，萌萌也跟着他的一个小伙伴去教室了，先生可怜他家穷，交不起学费，就同意了他免费听课，但范松坚决反对萌萌听课。她与先生关系搞得很僵。萌萌当然很气愤，无可奈何地离开了教室。萌萌的上学梦被她打破了，非常失落，悲愤的种子藏在他心头，始终不得释怀。

　　范松让儿子回去包扎伤口并叫他爹张全火速过来。范松冲着萌萌高声大喊："你的狗把俺咬了，就算拉倒吗？"她的态度蛮横，气焰嚣张，不可一世，令人不齿。她吆喝了那么一句后，没人搭理她，因为她没指名道姓，没人知道她指的是谁。她又叫喊了："我是说你这个洛萌萌，把俺的手咬破就算拉倒了？"

　　萌萌对她这种嘴脸早就领教过，所以一点儿也不怕她。胸有成竹地答道："我？我没有咬你孩子的手。"

　　范松："我是说你的狗。"

　　萌萌："我根本没有狗。"

　　范松指着卧在人群里的那条大黄狗，说道："那不是你的狗吗？"

　　萌萌："那不是我的狗，我没有狗。"

　　范松："你还嘴硬！真是混账。"

　　她对待一个小孩子的那种咄咄逼人态度，大家实在看不下去了。

　　王大妈："萌萌没有嘴硬，他就是没有狗。你为啥说他的狗咬了你的孩子呢？"

范松指着卧着的大黄狗，说道："就是那条狗。"

王大妈："这条狗根本不是萌萌的，他家没有狗。"

范松："这狗即使不是他的，也是他带来的，我看得清清楚楚。"

萌萌："我没有狗，我也没有带狗。"

范松忍不住萌萌对她的顶撞，她气势汹汹地冲到萌萌跟前，嘴里还不干不净地说着脏话。萌萌看她要打人的样子，吓得赶紧钻到人群里。

范松："小孩儿，人小，嘴怪硬，为什么不说实话呢？办错了事，为啥不敢承认呢？"

范松对待萌萌的残暴态度和她那盛气凌人的气势，在场的人们早就看不下去了。灵叶首当其冲，愤愤不平地说道："你一个大老娘们儿，对一个十来岁的孩子发横，你还怪有本事呢！"

范松："你是谁呀？跟你啥关系呀，你搭腔？"

灵叶："这事本身与我没关系，但你对一个小孩的态度与我有关系。你太蛮横，太凶残，太欺负人。我是打抱不平的。"

灵叶说罢，十几个娘儿们异口同声地叫喊："对，你太蛮横，太残忍，太欺负人，我们都是来打抱不平的。"她们站起来，昂着头，挺着胸，握着拳头，怒气冲冲。

范松的脸色发紫，怒光发青，嘴唇哆嗦，横肉乱蹦。她冲着人群吼叫："你们这一群恶狼，胆大包天，竟敢与我做对，真是不要命！"

灵叶："你是啥人呀，不敢惹你？你不就是个欺软怕硬的小丑吗？你连个狗都不如，狗看见日本人，汪汪乱叫；你看见日本人，点头哈腰，卑躬屈膝，认贼为父，与日本人勾勾搭搭。你们的丑恶嘴脸，早就暴露在广大群众的面前了。可是你们还恬不知耻，装模作样，招摇撞骗，欺压群众。你们早该收敛了。我本不想让你下不了台，但你今天表演得太充分了，我才不得不回应你几句，算是给你提个醒儿，望你今后谨小慎微，为自己留条后路。"

灵叶的话尖刻、残酷无情，把范松揭得淋漓尽致、体无完肤。她哪里听过这样的话？哪里看过这样的脸色？她啥时候也没感到过这么孤独无助，啥时候也没感到过这么恐惧。她太羞愧了，太丢面子了，太失人格了。她真是上天无路，入地无门，她不知道如何对付这么愤怒的人群。为了挽回面子、恢复人格，她躺在地上打滚撒泼，高声呐喊，失声痛哭，声嘶力竭地叫道："我冤屈呀！我没脸见人啦！我活不下去啦！我要死啦！"

范松的哭叫声招来了全村几乎所有男女老少，有的是来了解情况的，有的是来看热闹的。张全也来了。他把妻子搀起来，拍拍身上的土，擦擦脸上的泪，深表同情地劝说道："别哭了，说说是咋回事儿。"

范松站起来不哭了，趴在张全的肩膀上，不抬头，不说话，只是不停地打嗝、唏嘘，显得很委屈的样子。张全怒视炯炯，对他面前的群众，扫视了一遍又一遍，好像搜查什么神奇东西似的。他把手枪从身后腰带上抽出来，再装进身前的腰带里，特意让枪把上的红缨甩在外面，显得格外亮眼。

在张全对面的群众中，出现了奶奶的身影。奶奶一来，萌萌就跑到奶奶身边，趴到奶奶怀里，痛心疾首地大哭起来。他哭得哽咽，几乎喘不过气来。他憋了这么长时间的委屈，想一下子在奶奶面前哭出来，诉诉自己的冤屈。奶奶问他原因时，他也不说，只是一个劲地哭。周围群众你一句我一句地对奶奶述说原委。从大家的陈述中，奶奶知道萌萌没有任何错误。范松纯属胡搅蛮缠，企图讹诈萌萌，让萌萌出钱赔偿她儿子的受伤。奶奶沉着地站在那儿，密切注视着张全的表演。她在想：他是一个流氓、刽子手，她是一个不要脸的老妖婆。张全有时候还知难而退，而范松却是一个纠缠不休的讨命鬼。从某种意义上说，这号人更难对付。不讲理的人，是无法用理说服的，只能用"以其人之道，还治其人之身"的逻辑，去对付她。不要与她说理，要用实力，不讲理的人只信实力。他们两个会有什么举动呢？奶奶心里没数。自己有什么实力对付他们呢？奶奶更没底，她心里很渺茫，只能是兵来将挡，水来土掩了。她只有被动地等待。不管他们将干些什么，她都理直气壮，不会屈服，更不会赔偿。

沉默了很长时间以后，张全终于开了腔："把俺的手咬伤就算拉倒吗？"

没人搭腔。

张全声音再大些："把俺的手咬伤就算拉倒吗？"

还是没人搭腔。

张全忍耐不住了，说道："我说，你们是聋子吗？"

还是没人说话。

张全的两眼直盯着萌萌和奶奶。他明明认识他们，而且很熟悉他们，他

— 第十八章 豌豆糕引起的风波 —

却装着不认识；他明明看见他们了，在他扫视群众时，他都重点盯着奶奶和萌萌，他却装着没看见。

张全干脆直截了当说道："我说，哪个是萌萌啊？有家人在这儿吗？"

奶奶："有哇，我是萌萌的奶奶，有啥事吗？"

张全："我儿子的手被狗咬伤就算拉倒吗？"

奶奶："你儿子的手被狗咬伤，与萌萌有啥关系呀？"

张全："当然有关系啰，这狗是萌萌的。"

奶奶："萌萌没有狗，这狗不是萌萌的。"

范松站起来，说道："这狗是萌萌带出来的。"

奶奶："狗自己会走路，而且比萌萌走得快，萌萌怎么会带它呢？你是在胡搅蛮缠。"

张全生气了，说道："你不承认错误，反而说人家胡搅蛮缠，真是岂有此理！"

灵叶："明明是你们无理，反而说人家无理，你们真是岂有此理！"

这时，大家都站起来了，齐声高呼："明明是你们无理，反而说人家无理，真是岂有此理！岂有此理！岂有此理！"群众情绪轩昂，气势恢宏。群众的坚强拳头向他们挥着，愤怒的脸色向他们冲着，凶狠的眼光向他们射着。他们感到很不自在，这么多人齐呼呼地与他们作对，他们有生以来从未遇见过。他们的霸气受到打击。张全再也忍受不下去了，他决心鼓起勇气。不然，让这么一群乌合之众得了势，他们的家族就扫了威风，从此他们的话就没人听，他们就不能为所欲为，就不能欺压百姓……他越想越可气，不把他们压下去绝不罢休！他掏出手枪，向空中打了两枪，随声说道："安静，安静！"群众的情绪更加激烈，他根本无法操控，群众乱跳乱蹦，像被戳的一窝马蜂。有些年轻人向他示威，准备教训教训他，看他能否改邪归正？群众的情绪不仅仅是冲着他一个人的，也冲着他们张家的。他的爹张强，他的祖父张承以及张家那些不知羞耻的娘们儿。群众平时对他们的怨恨，这会儿一下子爆发出来了。这个势头不可扼，情绪不可压。张全毫无办法，他要动用武力，对群众进行压制。他告诉他的伙计去告知官府，让官府来人，镇压这些闹事的百姓。

没多久，从外面来了六七个骑马、挎枪、穿着公安服的人。

305

奶奶

群众冷静下来了,伸着脖子,瞪着眼,屏住呼吸向外看,看来人有何动作,他们也在准备着,要抵抗张全及来人的胡作非为。气氛很紧张,群众很激昂,一触即发的恶斗正在酝酿。怒不可遏的群众,已从被动变成了主动,他们正细心注视着张全的举动,只要他有任何胡作非为,他们就会狠狠地教训他一下,让他尝尝大家的厉害,以后不敢再对群众耍野蛮。

来人中,有一个年纪较大的人,从马上跳下来,说道:"哪个是洛萌萌的奶奶呀?"

奶奶很镇静地说道:"我是。"

那人:"走,跟我们走一趟。"

人群中有人说:"他们要抓人啦!不行,坚决不行!"紧接着,大家齐声高呼:"不能抓人,不能抓人!"

奶奶从容不迫地从群众中走出来,轻轻松松地说道:"乡亲们,感谢大家对我的支持和信任。请不要阻止他们,我跟他们走,他们不会怎么着我。请大家放心。"

奶奶正要跟他们走时,林胜从人群里走出来,一字一板地说道:"我替陈奶奶去。她年纪大了,身体吃不消;我年轻力壮,不管他们怎么折腾,我都挺得住。"

林胜转身对奶奶说:"请放心吧,奶奶,我会把事情办好的。很可能比你都强,请叫我去吧,我一定得去。"

张全一看是林胜要替陈奶奶去,他软了,一下子头蒙了。他强打精神,摇着手对来人说:"我们不起诉了,这事就算解决了。"

正当大家感到愕然的时候,奶奶坚强有力地说:"'这事就算解决了'?没有解决,远没有解决。他不起诉了,我起诉。我起诉范松。她欺负一个孩子,她咄咄逼人,凶暴残忍,把孩子吓得魂不附体。在这个问题上,萌萌没有罪,我更没有罪,你们来抓我;对有罪之人,你们反而不抓。你们什么公安人员,你们分明是站在少数人的立场上,欺负、打压多数人。今天,当着这么多人的面,你们把范松抓起来,并且惩罚她。否则,我不愿意。"

张全:"陈老婆子,你还怪嚣张呢,哪来的底气,敢与我们作对?你不愿意,该如何?"

群众:"陈奶奶有底气,我们都支持她。陈奶奶有底气,我们都支持她!"

— 第十八章 豌豆糕引起的风波 —

张全和那些来人都感到局势已经失控，无所适从。张全对他们说："以我看，非把陈老婆子抓起来不可。她是头，斩草除根，捉贼捉头。把她控制起来，其他一切问题都可以迎刃而解。"

来人中的领队："我看是这样。你决定吧，我们照你的办。"

人越来越多了，全村的男人都来了。他们都不说话，保持着高度的警惕。年轻人中很多是过去的抗日游击队队员，他们腰里别着枪，准备与张全决战。

领队："现在我宣布：陈老婆子阻挠我们执行任务，散布有害'中华民国'的言论。我们决定逮捕她。"

他的话音一落，所有群众齐呼呼地涌向前来，把张全他们团团围住，嘴里喊着："不能逮捕陈奶奶，不能逮捕陈奶奶！必须逮捕张全，必须逮捕范松！不逮捕他们我们不答应！不逮捕他们，你们不能走！"

群众挥舞着拳头，嘴里高呼着口号，高昂的情绪，不可遏制的势头，使张全他们不寒而栗。领队掏出手枪向空中"砰！呼！"打了两枪。嘴里吆喝着："安静！安静！"

群众中，有一个游击队员向空中"砰！砰！砰！砰！"一连打了四枪。群众安静下来了，范松吓得浑身哆嗦，紧紧依偎在张全身上。张全也很胆怯，不敢再说硬话，更不敢轻举妄动。来人领队虽然宣布了逮捕奶奶的决定，当他们看到这种形势，不敢有任何进一步的行动。刘铁蛋走上前来，对领队说："请你们离开这里。我们村里的事，让我们自己解决，用不着你们管。"他说这话时，几个年轻人手里拿着枪，虎视眈眈地站在刘铁蛋旁边，做出打架的姿势。张全和领队你看看我，我看看你，对刘铁蛋的话有不同的反应。张全坚决不让他们走；而他们倒想走，离开这个是非之地。当领队犹豫不决时，刘铁蛋对他们说："你们走不走？要不走，我们要采取行动了。"

领队："你们采取什么行动？"

刘铁蛋："什么行动？惩恶扬善行动。"

来人对领队说："咱们走吧，别在这儿了，这里不安全。"

领队瞅瞅群众，看看张全和范松，无可奈何地说："对不起，我们要走了。"话音一落，领队带着他的人马迅速离开了洛家庄。

刘铁蛋对张全和范松说："现在，就剩下咱们自己人了，咱们有话说到当

307

面。今天范松的表现,加上她过去的一贯表现,都不好,我们村的群众很不满意。因此,必须教训教训她,让她长长见识,以便今后好好表现自己。"

在旁边站着的张承急忙柔声慢气地说道:"咱们都是父老乡亲,我把丑话说前头,我对我的子孙教育不够,他们在外边的行为,有很多不到之处,请大家多多包涵。我今后要对他们严加教管……"

刘铁蛋:"看在张先生的面上,我们对范松今天的表现从宽处理,她的过去言行以后再酌情解决。经研究,我们作如下处理:第一,对范松暂不拘留;第二,范松必须老老实实向受害人低头认罪,赔礼道歉;第三,范松今后不准对群众说横话,耍野蛮。以上三点,望范女士切实做到,否则,我们将对她采取进一步的行动。"

张承对刘铁蛋的话服服帖帖。他对张全说:"赶快拉住你家里的去向陈奶奶赔礼道歉。"

张全及其夫人那霸道劲儿不知道跑到哪里啦?他们那盛气凌人的气势一点儿也看不见了,他们的过去与现在比较起来,简直判若两人。他们服服帖帖、老老实实地去到奶奶面前,恭恭敬敬地鞠了三躬。然后,像小偷想急忙离开现场一样的心情,迫不及待地回到了家。紧张的心情还没有平静下来,张承就急切地说道:"在这种场合,咱们得服气。你若不服气,你就下不了台,而且越闹,吃亏越大,最后,落个不可收拾的下场。"

范松:"不可收拾,他们能怎么着呀?依我看,他们也不可能怎么着。"

张承:"不可能怎么着?你没看群众里都是些什么人?"

范松:"什么人哪?"

张承:"有很多是当年的抗日游击队队员。那些都是陈老婆子的铁杆儿保镖。日本人在时,他们打日本人;日本人走了,他们就打我们。唉!日本人真是罪恶滔天。他们来以前,我们经营得顺风顺水,得得当当;他们来了以后,唤起了广大群众,他们不但觉悟了,更重要的是他们团结起来了,这是最可怕的。单纯的觉悟,不可怕;单纯的团结,也不可怕。就怕觉悟加团结。他们打败了日本人,现在又来打我们。其实,咱们才是日本人最大的受害者,我还挨了他们一枪呢。不是你们及时抢救,我就钻到地里几年了。他们才是日本人的受益者。若不是日本人来,他们觉悟不起来,也团结不起来,根本形不成这样的气候。日本人拍拍屁股跑了,给咱们留下这么大的后遗症,我们将有翻天覆地的变化。现在看起来，变化的结果，很可能是咱们输，他们赢。他们应该感谢日本人，没有日本人的到来，他们起来不了这么快。我宁愿让日本人赢，也不想让陈老婆子他们赢。日本人赢了，我们还能过下去，因为日本人还得利用我们来控制局势，我们还能过得有头有脸的；如果陈老婆子他们赢了，我们就彻底完蛋了，他们将把我们打翻在地，再踏上一只脚，叫我们永世不得翻身。日本人在这儿，我们过的是奴隶生活；陈老子婆赢了后，我们就没法生活。奴隶生活还是比无法生活好……好了，现实就是这样了，我们只能面对。我想说的是，他们觉悟了，有胆量，有勇气。他们已经团结起来了，因此，他们就战无不胜。我们不能与他们硬碰硬，我们要从心眼里想得通，服服帖帖听他们的摆布，以便受到最少的损失，受到最小的痛苦。我想强调的是：今天的事才刚刚开始，是一个小小的'甜头'，要注意，大头还在后头。我们已经享受了几十年福了，他们受苦了几十年了。三十年河东，三十年河西。我们和他们该换换位置了，这些我都想得通。但如何换法，我不知道。不管如何，我们都得做好准备，准备丢掉一切，包括生命。"

范松："我们该咋办呀，爹爹？"

张承："没办法，一点办法也没有。八路军，那么强大的队伍，连国军都毫无办法，我们更不在话下了。该我们败了，啥法也没有。"

张全："反正是这样了，我跟他们豁出去，拼个鱼死网破，不就这一百多斤吗！"

张承："常言说：讲理的怕不讲理的，不讲理的怕耍横的，耍横的怕不要命的。但你以为你一拼命，他们就怕你了？绝对不可能！你拼命只是白搭一条命，起不到任何作用。我过去说啥你都不听，再说也没用，我也不再说了。你不就一条命吗？你钱再多，买不来；朋友再好，借不来，谁也帮不了你这个忙。小小的一条命，没多大拼头。"

张全他们走了，他们请的人也走了。现场只剩下全村的群众了。这场风波就算结束了，群众非常满意，他们扬眉吐气了，他们兴高采烈，手舞足蹈，他们第一次看到张全及其夫人在群众面前认输，向奶奶赔礼道歉。第一次看到张全及夫人的狼狈相，丑态百出，使群众开心了，满意了。最后，奶奶对大家说："今天的胜利是咱们大家的胜利。但这只是刚刚开始，这才是一个小小的甜头，我们更大的胜利还在后头。从这件事上我们可以看出，不管

干什么事，只要我们团结起来，就一定能取得胜利。根据我们村现在的条件，我们可以进行土地改革，推翻地主阶级，把他们的土地分给咱们穷苦农民。根据中国人民解放军豫东办事处的指示，我们暂时不进行土地改革，因为周围村庄条件还不成熟，我们一个村搞得太早，怕发生意外，万一翻了盘，我们就会有大的损失。不过，我们彻底翻身的日子就要到了。"

大家齐声鼓掌，高声欢呼："八路军快要来了！我们就要解放了！我们就要翻身了！"

第十九章

家务活培训班

奶奶的家务活是无人能比的,她不但会纺花、织布、做衣服,在裁剪、扎花、绣花方面,也是拿手好戏。平素里,经常有人来找她帮忙。有时在晚上很晚时,她家还不断人。这样影响她的休息,也影响她为别人做加工活。

一天晚上快十一点了,刘枫来找她帮忙。她本以为天这么晚了,不会有人来了,她没想到的是,奶奶家还有两个人等着她画花。她灵机一动,说道:"陈奶奶,看整天叫你忙的!干脆办个培训班,把你的技术教给大家,我们有活了就不麻烦你了。"

奶奶:"这真是个好主意。不过,得有两个前提:得有人来学,得有个场地。"

刘枫:"这好办。想学的人肯定很多;至于场地,更不用发愁,我家有个磨坊院,我们把石磨扒了,院子一打扫就成了。"

奶奶:"房子得像个教室,里面得有桌子、凳子、黑板等教学设施。"

刘枫:"这些你别管了,我想办法解决。"

刘枫把这个情况向她爷爷汇报以后,她爷爷刘恒非常高兴,说道:"这是我经常想办的事,只是我找不来教师,没人来教这些技术。要请人来教,得花好多钱呢,咱请不起。现在陈奶奶愿意干,这真是咱洛家庄的特大喜事。关于人员和场地问题,我们帮助解决。我负责教室里的设施,你负责发动人员来学习。"

几天以后,磨坊院变成了一个干干净净的教学场地,磨坊屋也成了一个

311

漂亮的教室。它本来是一个三间磨坊,现在成了一个小教室。墙壁用白灰刷得瓷实发亮。一块大黑板挂在一面山墙上,不高不低,恰在正中央。讲台上有一张书桌,黑面红框。课桌是用木板棚在砖墩子上的架子,一共八排,每排坐五个学员,容纳四十个学员。凳子是把较窄的木板棚起来的。

刘恒带着非常高兴的心情来见陈奶奶,一见面就说:"陈奶奶呀,你又要为咱洛家庄作大贡献了。我先恭喜你……场地为你准备好了,请你去检查验收。"

奶奶走进院子一看,大吃一惊,地面湿润,空气清新,来到这里,有一种豁达开怀、心旷神怡的感觉。她轻松愉快,憧憬着美好的未来。她走进那三间房子的磨坊,更使她目瞪口呆。这简直是个小天堂,是一个神仙居住的地方。教室的地面虽是土质的,但轧得瓷亮瓷亮的,没有一点土气。奶奶对教室非常满意,这使她更坚定了教好学的信心。

举行开学典礼这一天,院子里挤满了人,几乎全村人都来了。他们从来没遇见过"开学"的场面。

在开学典礼上,除了陈奶奶把办学目的和教学内容做了简单讲述,刘恒老先生作了重点发言。

一阵掌声后,刘恒慢慢地走到讲桌前,语重心长地说道:

"今天是个大喜日子,它比某一家办个喜事都喜。这个喜不是某一个人的喜,不是陈校长一个人的喜,也不是学员们自己的喜,而是咱全村人民的喜。今天是家务活培训班开学典礼,在场的老少爷们儿,有哪一个参加过开学典礼吗?有哪一个去过学校学习技术吗?有哪一个看见过咱们村里有过学校吗?没有,统统没有。我们村从来就没有过学校,这个技工学校是破开荒第一个,它有划时代的意义。从此以后,咱们村就是一个有学校的村庄,它意味着咱村里的年青一代要学习知识,学习文化,学习技术,我们下一代的人脑子要有质的变化,素质要大大提高,这将是社会变革的推动力。在文化稀少、技术缺乏的当今世界,要找人帮你学习文化、学习技术是非常困难的。另外一方面,就是没人懂技术,更没人来教我们。要想学些东西,得跑到城市里花高价钱雇老师,再加上自己租房子吃住,得花很多钱。常言说:家有地三顷,供不起一个学生。我们在场的谁有三顷地呀?即使有,连一个学生也供不起。我小时候投过老师,向他学习识字。一个老师教我们五个学生，每个学生每月给他一斗麦子。要想学技术，就更贵了。陈校长教这些技术，每月出二斗麦子也请不来老师教你。现在陈校长无偿教大家，这真是我们的福气，是天赐良机呀，我们真得从心眼里感激陈校长。是她给我们村带来的福气。陈校长对咱们村做出的巨大贡献，将在我们村的历史上留下光辉的一页。这是一个技工学校，是专业教技术的。当然，眼下是必不可少的，我们迫切需要这方面的技术。除此之外，我们还需要普通学校。我们需要办普通小学，让学龄儿童进校学习文化，让小孩子从小就学读书写字，长大后成为有文化的青年。当然这是以后的事了，我们期待着这一天的到来。我的话讲完了，谢谢大家！"

开始上课了。奶奶走进教室里，学员们已经整整齐齐地坐在里面，一共三十五人。奶奶不慌不忙地走上讲台，她说："大家好！热烈欢迎大家来跟我学习，我很高兴教大家。我希望大家努力学习，尽快把技术学会。我准备教给大家的主要是妇女的家务活，具体说，就是纺花、织布、做衣服以及衣服上的装饰品，例如画工、扎工、绣工等。我的教课以教技术为主，随着技术的教学，也教些文化知识。也就是说，大家既学文化，又学技术，一举两得。"

学员们一阵轰动，从她们喜气洋洋的脸上，可以看出她们是如何心满意足，她们不约而同地站起，热烈鼓掌，表示对奶奶的感谢。

奶奶继续说："我准备教给大家的是：纺棉花、织布、做衣服、扎花、绣花等，根据大家的学习情况，若需要别的技术，再临时增加。现在，咱们开始上课。先学习纺棉花。"

纺棉花，简称纺花，就是把棉花纺成棉线。

棉花从棉花棵上摘下来到纺成棉线，需要经过三个程序：轧花、弹花和纺花。棉花从棵上摘下来时叫籽棉，即带籽的棉花，需要用轧花车把籽挤出来，这时的棉花叫皮棉。皮棉经过弹花弓弹了以后，叫絮棉，絮棉就可以纺成线了。把絮棉分成小绺绺，再把小绺搓成长条后，就可以用纺花车把棉花纺成棉线了。关于纺花车，有这样一个谜语：

头小不露面，腰部大而肥。

整天肚子空，从来不喝水。

生来是瘸子，腰上有条腿。

嘴长在脚上，样子很憔悴。

别看长得丑，小姐昼夜陪。

吃的是棉花，吐的是线槌。

天天下鹅蛋，主人很欣慰。

纺花车主要由转动轮和锭子构成，把转动轮与锭子用连线连起来，转动轮一绞动，就带动锭子转动。转动轮的直径与锭子的直径比例很大，大约是80∶1，转动轮转一圈，锭子就转80圈。把棉絮搓成的棉绺捻到锭尖上，操作者坐在纺车一边，右手操纵着轮子，左手用三个指头捏住棉絮绺绺。右手慢慢地绞动轮子，左手慢慢地往后拉，棉线就从这三个指头捏着的棉絮绺里吐出来。棉线达到一定长度时，也就是左手往后抽，抽得不能再抽时，右手就停下绞动，稍微倒转一下，让锭子尖上挂着的棉线上到锭子中间需要的位置。这时，右手再稍微绞动轮子，棉线就整整齐齐地卷到锭子上，再把线移动到锭尖处。然后重复第一轮的动作。这样的动作周而复始，棉花就是这样一点一点纺成棉线的。

纺棉花的关键是两手的配合。两手的动作一定要协调，协调得好就能纺出好棉线。需要协调好的两个关键是：右手绞轮子，左手抽棉线，两手动作必须一致，配合得好。如果右手绞得快，左手抽得慢，棉线上的绞劲就很大，线就粗而硬，结实不好用。如果右手绞得慢，左手抽得快，棉线就松软没劲，容易断，也不好用。另一个特别需要协调好的地方是：抽满一押后往锭子上卷的时候，右手倒轮子时，左手得往后拉，棉线才不会打卷。稍微一反转后，赶快得正转，棉线才能卷在锭子上，还得卷到适当位置。反转的多少，要恰如其分，不能多，也不能少。

学员学啥内容，就自带工具。比如学纺花，学员就带纺花车。每学一个技术，都是边学边实践，直到学会为止。

学员们学会纺花以后，陈奶奶又教她们学织布、裁剪衣服、做衣服、扎花、绣花等。

奶奶每上完一天课，都累得要死。她累得就要支持不住，几乎就要瘫倒。但当她想起学员们的学习劲头，当她回忆起那些年轻姑娘们的热情面孔，滴溜溜的眼，柳叶形的眉，高挺的鼻子，半合的嘴，还有不时微笑的脸和梳得整齐的头发，每一张脸都像一朵盛开的花朵，在她脑海里争奇斗艳。

她们全神贯注，两眼随着奶奶的举止而转动，表情随着奶奶的腔调而不同。所有人都很专心听，少数人边听边写，还有些人嘴唇还不时嚅动，好像在默默重复奶奶的话，以便加深印象，把听到的知识永远铭记在心里。

奶奶有劲了，精神振作起来了。她那憔悴的面孔一下子变得满面春风、喜气洋洋了。她的一切痛苦都忘了，一切挫折都丢了，她成了一个心花怒放的幸福人了。她这样的幸福感受过去曾有过三次。一次是花妮出生时；第二次是萌萌出生时；第三次是她感到拥有一个通情达理的孩子时。这是第四次了。但这次的幸福感比过去的三次都不太一样。这次的幸福底气很深厚。她的知识可以传播给广大群众了。正如种子撒遍大地，开花结果。一花独放不是春，万紫千红春满园。

花妮是奶奶的得力后盾，每次奶奶教学回来，花妮就问："奶奶，你累了吧？你饿吗？我给你做饭吧？"花妮甜蜜的声音把奶奶从朦胧中叫醒。

"你挖菜回来了。孩子，萌萌呢？"奶奶很关切地问花妮。

"萌萌在外面呢，马上就回来了。我给你做饭吧，奶奶？"花妮再一次提出要给奶奶做饭，因为她看出奶奶肯定是太累了。

"咱还有啥吃的呀？"奶奶问。

"蒸菜，只有蒸菜了。"

"还有些面没有？"

"还有些，不多了。"

"够烧几碗汤吗？"

"够了，足够。"

"烧几碗汤吧，我又累又饿，好像有些支持不住了。"

"好，我去烧汤。你歇一会儿吧，奶奶。"

花妮已成为家里的主厨了。她虽然只有十多岁，但说话、做事，像个小大人。她知道可怜奶奶，也知道照顾萌萌。每次奶奶从外面回来，她都观察奶奶的表情。从中猜想奶奶的心思，是快乐呀还是忧愁。如果发现奶奶不高兴，她还会说些宽慰奶奶的话。如果奶奶累了，她劝奶奶歇歇，她做好饭后，赶快给奶奶端上。花妮的懂事，使奶奶非常欣慰。

萌萌从外面回来了。他平常走到门口的第一句话就是叫奶奶，不管奶奶在不在家，他总是先叫，然后再验证是否在家。今天仍不例外，他在门外

叫了声"奶奶"。奶奶很慈祥和蔼地说:"你回来了,孩子,去哪儿玩了?"奶奶说着从床上下来坐在草垫上,把萌萌接过去,萌萌懒洋洋地躺在奶奶的怀里,奶奶再问一句:"你去哪儿玩了?"

萌萌说:"我去豆豆家玩了。"

奶奶问:"玩什么啦?"

萌萌说:"他姐姐跟着你学习呢。"

奶奶又问:"他姐姐说什么啦?"

萌萌说:"她说她学会了。"

他们说话当中,花妮说饭已经做好,叫奶奶和萌萌吃饭。

这天晚上,洛家庄的家家户户都在谈论培训班的事。有学员的家庭谈论,无学员的家庭也在谈论。有些参加了开学典礼,听了刘恒老先生的讲话,对培训班看法很好,认为陈奶奶做这么大的牺牲难能可贵;有些人有怀疑,认为陈奶奶可能有什么目的;也有的认为这个培训班坚持不下去,现在是刚开学,热一阵子也就完了。这些人是担心不会长久,而他们希望的是能够长久。

技工学校也是保长家里议论的话题。保长张强的爹张承问张强:"听说咱们村出现个家务培训班,你知道吗?"

张强说:"我也是下午才听说的,有这回事。"

张承:"哪些人搞的呀?动机是什么?"

张强:"是那个姓陈的老婆子带头搞的。背后有哪些人参与还不清楚,可能有那个老头刘恒。至于动机吗?据说是让年轻女人学习家务活。有什么深层次的目的,就不清楚了。他们搞得形势很大。今天上午举行了开学典礼,在刘恒老头的空院子里,参加的人可多啦,男女老少,站满了一院子人,有上百人。刘恒老头和洛富强都在大会上讲了话,他们都对这个学校大加赞扬,声称要积极支持和大力保护。他们很张扬,有宣传鼓动的气氛。"

张承:"这是个不好的兆头。"

张强:"什么不好兆头呀,爹?你说说让我听听。"

张承:"你要明白,陈老婆子是咱们家的死对头。你想想,咱们把她的宅子要过来,她一家人没地方住,寻找了一个喂牲口屋住下来。后来又被赶走,搬在庙里住。那哪儿是她住的地方?一家穷鬼,住在神灵眼皮底下,神灵能同意吗？总得想法让他们走。确实是这样，他们很快就又搬家了。现在他们住的地方是李嫦院子里的破草棚里。你想想，他们从一个大院子里搬了几搬，最后落脚在一个角落里，他们能满意吗？他们能不痛恨吗？可以肯定，他们肚子里憋了一肚子怨气。只是咱的势力大，她惹不过咱，所以才憋在心里，隐藏起来，暂不暴露。一旦有了气候，她认为时机已经成熟，他们的强烈怨气就再也按捺不住，就像火山一样爆发出来。到那时，咱们的一切都完了。因此，不管她干什么，也不管她的主观目的是否是对着我们的，只要她的势力一大，就会有大的影响，就会产生大的后果。后果越大，对咱越不利。"

张强："趁早把这个毒根拔除了。"

张承："你这么大了，怎么说话还像个小孩一样。陈老婆子不是她一个人的问题，她身边有好多人在保护着她。咱只能因势诱导，见机行事，绝不能盲目。你要从暗杀她的事件中吸取教训，决不要再犯类似的错误。要对张全他们好好讲讲，叫他们千万小心，绝不能为所欲为，弄不好要掉脑袋的，你没看现在的形势也与过去大不一样了，小日本刚一投降，共产党的势力就活跃起来了。还有你本人，你也得特别谨慎，说话、做事，一定要慎之又慎。解放区的地盘越来越大，连国军也无可奈何，咱们平民还能挡得住吗？派人去打听一下情况，咱好做些防范准备。"

两天以后，张强向父亲汇报他派人打听的结果。

张强："我派王小三去打听情况了，我把了解的情况向你汇报一下。"

张承："王小三这个人怎么样？是去打听情况的合适人选吗？"

张强："绝对是。这个人对咱们很忠心，是咱们的知己，这个人很会办事。他脑子灵活，对不同的人有不同的语言，与很多人都能谈得来，群众关系不错，他去了解任何事情，准能得到真实情况。他去办任何事，都能得到满意的结果。"

张承："好，那你说说他了解到的情况。"

张强："这是个家务活培训班，参加学习的人主要是家庭年轻妇女。主要学习家务活，例如纺花、织布、做衣服等。"

张承："从表面上看，这些都没什么。培训班的主办人是哪些人呀？"

张强："除校长陈老婆子外，还有一个重要人员是刘恒。"

张承："我熟悉这个人。他能掐会算，是个能人，是个有影响力的人。他的参与对扩展陈老婆子的势力很有帮助。要时刻关注他们的发展倾向，切不可掉以轻心。有什么情况要及时向我汇报。"

张强："是，是。"

张强对爹爹的话唯命是从。他自己深有体会，凡是违背爹爹的意志，总是坏事，总会对自己不利；凡是听从了爹爹的话，一切都会很顺利。从爹爹的口气、语调和表情上看，这个技工学校从表面上看与他们姓张的没有任何利害关系；但从深层次看，这绝不是个一般的你是我非的琐碎事，而是生死攸关的大事。正如他爹说的，弄不好要掉脑袋的。但他仔细想想，怎么也悟不出这样的后果。他不太理解爹爹的"是个不好的兆头"。但他坚信，爹爹是有经验的。他对爹爹的话，理解的要照着做，不理解的也要照着做，以后也就慢慢理解了。不过有一点张强很明白，这个技工学校很受群众的拥护，支持这个学校的人很多。他想，爹爹的不好兆头也可能就是这个吧。张强慎重起来了，他想法控制住自己，不再动不动就骂人，动不动就打人，而是三思而后行了。他对技工学校不轻易说三道四了，他决心按他爹爹说的做，先打听打听再说。因此，他把注意力集中到打听上。

除了教会纺花以外，奶奶还教会了扎花、绣花、织布、裁剪衣服等技术。

奶奶被拘留

清明节快到了，天气越来越暖和了。"二八月乱穿衣"，有的还穿着棉衣，可有的已换上夹衣了，穿单衣的也出现了，只是为数很少。萌萌已经六岁了，还穿着开裆棉裤。上身还穿着棉袄，都该换夹的了。奶奶趁着今天不上课，赶着给萌萌做一身夹衣服。她刚铺好深蓝布准备画样裁剪，刘枫和另几个学员匆匆忙忙地走进来。

"陈校长，你在干什么呀？"她们异口同声地问。

"我准备为萌萌做一身夹衣。天热了，他还穿一身棉衣呢。好多大人都不穿棉的了，难怪是孩子家，热了也不感觉热，要是大人，早就吵着要更换衣服了。"奶奶对她们说。

第十九章 家务活培训班

刘枫说:"这正好,好几个学员都说现在正是脱棉衣、换夹衣季节,想让你教教如何做夹衣服的。"

奶奶说:"单衣服、夹衣服、棉衣服,从理论上讲都是一个理儿,只是裁剪时留的余地不同。单衣服是一层,留的余地最小,夹衣服是两层,外层就要比内层宽大,棉衣的两层中间有棉花,外层比内层的差异更大。"

刘枫:"我们想让你给大家讲讲道理,给大家剪个样品,让大家实际操作一下。然后大家就可以给自己家里人做夹衣服。这是很好的学习机会,在实践中学,学得会更快。"

奶奶若有所思地说:"也是这个理儿。萌萌的夹衣服什么时候做呢?他在等着穿。"忽然,她好像有了主意,说:"今天晚上咱们上课,我得趁白天为萌萌做衣服。晚上光线不好,我的眼也不好使,做衣服我看不见针脚。"

她们说:"好,晚上讲课比白天安静,效果会更好。"

奶奶:"你们通知其他学员吧,今晚七点钟开始,去时别忘了带剪子、布料。如果没有布料,用比较大的、较厚些的纸也行。还要带灯,每人带个小煤油灯就行。"

夜幕降临了。学员们静静地坐在教室里,每个人左前面的桌子上放着一个小煤油灯。橘红色的灯头随着柔和的春风,像一个蠕形动物,轻柔地向上蠕动,上边的尖嘴里,吐出一条细微的黑线,娇柔缭绕,袅袅上升。

奶奶走上讲台,把剪子、尺子、白纸放到讲桌上,开始讲解:"今天晚上我们讲如何做夹衣服,包括夹袄和夹裤。夹衣、单衣、棉衣的做法是一个路子,只要学会一样,其他几样也都会了。"正当奶奶集中精力地讲,学员们全神贯注地听时,忽然听到教室外面的打人声音和"救人呀!救人呀!"的叫喊声。

奶奶和学员们急忙跑到外面,发现一个大个子正在扭打一个小个儿。大个子打着说着:"我叫你偷,我叫你偷。"小个儿求饶着说:"我不是小偷,我是王小三,我不是小偷。"

大个子:"你这个小偷,你还装王小三,我看你是打得轻。"他说着打着。小个子被打得哭天叫地。

奶奶大叫一声:"住手,不准打人!"

大个子停住了打，把小个儿拉到奶奶面前。

她们立即认出，大个子是洛富强，小个儿是王小三。

洛富强膀大腰圆，身强力壮，浑身使不完的劲，天天愁没有用力气的地方。王小三身小力薄，哪里是洛富强的对手，洛富强要收拾他，就像老鹰抓小鸡一样，任意对他摆布，他没有任何反抗的勇气和能力。

奶奶很生气地问洛富强："你为啥要打他呀？"

洛富强振振有词地说："他来偷东西，我怎么能不打他！"

王小三急忙插话说："我不是偷东西的，我不是小偷。"

洛富强很不服气地说："你还嘴硬？打得轻。"

奶奶对洛富强说："你住嘴！怎么能随便打人呢！"

洛富强站到那儿闷闷不语。王小三倒认为自己有理啦，喋喋不休地叫着：头疼、背疼、胳膊疼。还抱怨他挨打太委屈，打他毫无道理，纯属恶意等。

洛富强听他这么一说，嘴里说着："你还嚷嚷，我看是打得轻。"动手又要打王小三，被奶奶强行拦住。

洛富强和王小三都怨气十足地站在那儿不说话了。奶奶平心静气地问王小三："大黑天，你来这里干什么？难怪洛富强把你当小偷打你。你说实话，你是来干什么的？洛富强随便打人，做得也不对，但你必须得说实话。"

王小三支支吾吾地说："我不是来偷东西的，你们这里有啥可偷的呀？我不是小偷。"

奶奶："对呀，我们这里没啥可偷，那么你摸黑来这里干什么呀？"

王小三："我晚上没事，出来转悠转悠。"

奶奶："你出来转悠，来这里转悠？你说的是实话吗？这里没有打牌的，没有喝酒的，没有热闹场面，这里是上课的地方，你来转悠什么呀？"

王小三结结巴巴地说："我就是来看看你们的上课情况，看看你们是如何上课的。我也想学些技术。"

奶奶："你看上课情况干什么？想学习为什么不进教室，我们又不是不让进，也不是不让学，你为什么不光明正大地来看、来学？为什么偷偷摸摸地，采取不正派的手段呢？"

奶奶问得王小三张口结舌没法回答。洛富强说："别问他了，他反正不会说实话，把他交给我吧，我会让他说实话的。"

奶奶："你要不说实话，我就不再问你啦。你就跟洛富强去吧，我就不管了。"

王小三害怕了，他很清楚，如果洛富强把他弄去，肯定把他打得死去活来，他想：光棍不吃眼前亏。他已经挨了一顿打了，已经吃了亏了，不能再挨打呀，先躲过这一劫再说。他对奶奶说："我说实话。"

奶奶说："你说吧。"

王小三："保长叫我来打听你们上课情况的。"

奶奶："他啥时候告诉你的？"

王小三："技工学校一开始他就注意了，他告诉我仔细打听一下情况，向他汇报。"

奶奶："叫你打听情况干什么呀？"

王小三："别的什么也没有告诉我。"

奶奶："王小三呀，你真蠢。要打听我们的上课情况，还用你亲自摸黑来偷听吗？你随便询问一下任何一个学员不就全知道了。"

王小三："那样的情况保长不要。他要的是亲自在你们课堂上看到的情况，听到的言论。"

奶奶："我相信你的话，你来偷听是有人指使的，我理解了。咱们都是熟人，过去打交道也不是一两次了，咱们低头不见抬头见的，今天晚上这事，洛富强肯定不应该打你，打你实属误会，他是把你当成小偷了。请你原谅他。他现在给你道个歉，咱们尽量别把事闹大，不然以后对咱们都没好处。"

在奶奶的催逼下，洛富强勉强对王小三说了个："对不起，我错了。"

王小三走了以后，洛富强对奶奶说："我知道他不是小偷，他是王小三，是个舔沟子货，好拍保长的马屁，帮助保长做坏事，我早就想揍他，这回可有了机会，现在算解了我的恨啦。"

洛富强很得意，但他没想到奶奶对他的行为很不满意。奶奶说："你解恨啦，可是你可能捅了个大娄子。很可能连我也牵连进去。你说你怎么会来到这里与他相遇呢？你们两个同时出现在这里，真使我莫名其妙。"

洛富强对奶奶讲述了他在这里的原因。

技工学校的开学典礼以后，刘恒老先生就预料到保长他们肯定不满意，

321

他们肯定会搞小动作。因为参加学习的都是女孩子，他说无论如何都要保护她们的安全。他把所有参加学习的家长叫到一起，讲一讲他的想法和建议。大家一致同意。这些家长就是一个保卫组，由刘恒任组长，每两个人一班，轮流值日，每次上课都要有人暗地站岗保护。洛富强家里没有人来学校学习，他是自愿参加保卫组的，这天正好轮到他值班。本来是他与王莹的哥哥王胜一班的。因王胜出远门不在家，只有洛富强一个人来站岗值班。洛富强站在暗处，王小三根本没想到她们上课还有保卫人员放着哨。他肆无忌惮地，蹑手蹑脚地，小心翼翼地弯着身子来到了教室外面的窗户下。他刚蹲下，正要侧耳倾听时，被一只强有力的大手抓住脖子，劈头盖脸地打下来。他求情、吆喝，直到奶奶她们从教室里出来。

奶奶很感激刘恒老先生他们对培训班的支持，也很赞赏洛富强他们站岗放哨和不辞辛苦的牺牲精神。她感谢所有支持培训班的父老乡亲们。

她走近洛富强，拍了拍他的肩膀说："富强呀，你光凭兴趣，不动脑子想想。王小三是保长让他来偷听的，你打了他，保长能饶你吗？你轻不轻、重不重地打他一顿，仅此而已。他要反过来治你，就是要命的，你想过没有？很可能你就栽到这次打人上，再也不会有露面的机会了。你要看到事情的严重性。宁愿把它看得重一些。不然，等吃了大亏，再后悔就来不及了。我不是吓唬你，他们什么事都能干得出来，你在他们眼里算个什么呀，他们可以随便处置你。"

本来不爱动脑子的洛富强，听了奶奶的这一番话后，动起脑子来了。他连忙问奶奶："这怎么办呀？"

奶奶说："要想避开危险，你听我的话。"

洛富强："我听，我听，你说让我怎么办吧？"

奶奶："你马上就走，连家也不要回，他们很可能马上就去抓你。"

洛富强很害怕，嘴巴直嚅动。奶奶安慰他保持冷静。

奶奶与刘枫、李多和王莹她们商量后，一致同意从培训班收取的加工费里拿出二百元钱送给洛富强作路费。刘枫又把爷爷的几件衣服送给他。奶奶给他说了一下大致的方向，让他投奔解放军。洛富强很听话，把钱揣在腰里，把刘枫送给的衣服包起来，背在背后立刻动身。临走时，奶奶叮嘱："你今后在外面一个人生活，处处要留心，要多动动脑子，不要盲目，要尽量少说

第十九章 家务活培训班

话，更不要轻易动手动脚。去吧，我们等待着你的好消息。"奶奶热泪盈眶，依依不舍地与洛富强告别。

洛富强恭恭敬敬地给奶奶磕了三个头，站起来扭头就走，消失在夜幕中。

王小三从培训班出来以后，并没有回家，而是直接去找保长张强诉苦去了。张强用手电筒照着一看，王小三的头上、脸上、背上，紫一块青一块的，血渍斑斑。王小三的呻吟声越来越大了，让人从呻吟声中感知他痛苦难忍的伤势。

张强："凶手是谁呀？"

王小三："洛富强。"

张强："洛富强，那个愣头小子。他怎么会在那儿呀？他光棍一条，家里又没人参加学习。"

王小三："不知道。"

张强："我早就对你说过，要细心。我为啥叫你去打听情况呢？就是因为你心细，做事稳当，不容易出纰漏。这次你又粗心了，去之前应该仔细观察，如果有人，就不要靠近。"

王小三："我观察了，我看到周围连个人影也没有。我刚一蹲下，他就抓住了我的脖子，不知道他从哪里出来的，好像从天上掉下来一样。他不问青红皂白，抓住就打。我告诉他我的名字后，他还不停手，好像是单等着打我似的。"

张强："这小子真是胆大妄为，无法无天，不知天高地厚，竟敢在我眼皮底下逞强。我看不给他些颜色看看，他就不知道自己是老几。"

张强马上告诉他儿子张全，让他派两个人把洛富强以故意打人罪抓起来，押到看守所。

半个钟头以后，被派的两个人回来禀报："没有抓到洛富强，他不在家，他家里旮旮旯旯都找了，都没有找到他，他肯定不在家。"

张全对他们说："站在他门口等候，一看见他，立即抓捕。"

第二天早上，花妮醒来后发现奶奶不见了，平时她醒来时，往往看见奶奶在纺花，有时是做别的家务活，不管干什么她总是在忙碌着。可是今天不见她的踪影。她急忙穿起衣服，到院子里看看，没有看见奶奶。她向周围瞭

323

望,也没有发现奶奶的踪迹。她心里纳闷了:奶奶会去哪里呢?她不可能去地里,地里青麦苗一片,既没有可拾的庄稼,也没有可捡的柴火。再者,奶奶现在忙的是家务活(纺花、做衣服),她正赶忙做这些活,不可能出去干别的。那么奶奶去哪里了呢?花妮开始做早饭,她把昨天吃剩下的蒸菜和杂面饼子馏一下,做些杂面稀饭。早饭做好后,把萌萌叫醒,帮他穿好衣服后,让他洗脸吃饭。萌萌问姐姐:"奶奶呢?姐姐。"

花妮说:"不知道奶奶去哪里啦,咱俩只管吃饭,一会儿她就回来了。"

他们吃罢饭了,奶奶还是没有回来。花妮着急了,萌萌开始哭起来。萌萌大声哭着找奶奶,花妮也开始掉眼泪。萌萌越哭越凶,花妮由掉眼泪到泪流满面。萌萌哭成了泪人,花妮泣不成声。突然,萌萌拉住姐姐的手说:"咱去找奶奶呗,咱去找奶奶呗。"

去哪里找奶奶呢?花妮心里很渺茫,不知道去哪里找。在弟弟不停地吵嚷下,她背起弟弟,毫无目的地沿着街道哭喊着寻找奶奶。他们慢慢地走着、哭着、喊着,"奶奶呀,奶奶"叫个不停,喊声凄惨悲凉,感人肺腑,催人泪下。两个孩子走在街上时,街上顷刻鸦雀无声,鸡不飞、狗不叫,男不语、女不笑,树木悲伤肃穆站着,花草含泪把头摇。凡是看到他们或听到他们哭泣的人们,无不为他们悲切,很小就失去父母的孩子,现在又找不到奶奶了,怜悯之心油然而生。

王大妈走到他们跟前,含着眼泪,用手巾擦擦两个孩子的泪,可怜十足地说:"孩子,别哭了。奶奶很快就会回来。"王大妈本来是说句安慰话,她根本不知道奶奶在哪里,可是萌萌却真的以为王大妈知道奶奶在哪里呢。王大妈的话一落,萌萌接着说:"领我去见奶奶。"他从姐姐背上跳下来,一下子扑到王大妈怀里,再次恳求去找奶奶,王大妈急忙把萌萌抱起,眼泪直往下流。王大妈抱着萌萌,手拉着花妮向她家走去。

是呀,奶奶到底去哪里了呢?她什么都可以不管,但她不可能不管这两个孩子。她什么都可以不要,但她不可能不要这两个孩子。她把这两个孩子看得比她的性命都重要。她的一切希望都寄托在两个孩子身上。这两个孩子就是她的一切,那她怎么就不告而别,撇下两个孩子就走了呢?这还得从昨天晚上洛富强打了王小三后而逃走说起。

张全派人去抓洛富强落空后,他马上派两名勤务去叫陈奶奶。他们把陈奶奶叫起后，对她说："保长叫你去一趟。"

奶奶说："深更半夜叫我去干什么？"

勤务说："是关于王小三在你们学校被打的事。"

奶奶说："他挨打与我啥关系呀？我现在不去，明天白天再说。"

两个勤务没把奶奶叫去，他们回去向张全汇报后，张全亲自带着他们两人来到奶奶家。

张全说："保长请你去一趟。"

奶奶说："王小三挨打与我没关系，我为啥要去呀？"

张全："他挨打与你没关系，可是他挨打的地点与你有关系吧。王小三被洛富强打得那么厉害，叫你去说明一下情况，总还是应该的吧？"

奶奶："我并不知道他为啥要打王小三。"

张全："你把你知道的说说，不知道就说不知道，并不是叫你说明原因，而是叫你说明情况，知道啥就说啥，知道多少就说多少，不知道就说不知道，这是可以的吧？"

奶奶："我明天再去。"

张全："洛富强打罢人跑了，抓不到他，我们急着找凶手，你得马上去把你知道的情况说一下。"

奶奶："我还有两个孩子正在睡觉。"

张全："这不要紧，你去一下就回来了，时间不长。"

奶奶信以为真，两个孩子正在床上一声不响地睡着，她关好门就跟着他们走了。

他们把奶奶带到村里的看守所。奶奶进屋时，看见村长张强已在桌子旁边坐着。他看见奶奶进来，急忙站起来，很客气地说："陈校长，深更半夜把你叫来，真是打搅了，实在对不起。不过，事情紧急，你还真的需要来说明一下情况。"

奶奶说："要我来说什么情况？"

张强："为了抓紧时间，咱不兜圈子，开门见山。我想问的问出来，你把实情说出来，就这么简单。"

奶奶："你想问什么？你说吧。"

张强："你很干脆，我就喜欢这种性格的人。"

奶奶:"你快说吧。"

张强:"洛富强跑到哪里啦?"

奶奶:"我就感到奇怪了。他跑到哪里我怎么会知道,怎么问起我来了?"

张强:"我想你是知道的。"

奶奶:"你说我知道,你有什么证据?"

张强:"他是在你们教室外面打人后跑的。"

奶奶:"保长,你这逻辑就不通了吧。在我们教室外面打人,我就应该知道吗?我们在里边上课,我们听到外面有人嚷嚷后才出来的,一看是洛富强正在打王小三,我阻止了洛富强,解脱了王小三,我还严厉批评了洛富强,并让他向王小三道了歉。究竟他为什么打他,以及他打了人后跑到哪里啦,我全不知道。"

张强:"陈校长,我认为你是知道的。你还是说出来吧,你说出来就可以马上回去。你家里还有两个孩子没人管呢。"

奶奶:"你这话就毫无根据了。我怎么知道他的事情?我认为,你还是让我马上回去,洛富强的情况我一点都不知道,你也别在我身上耽误时间了。"

张强:"陈校长,不客气地告诉你,你要是不说出洛富强的下落,你是不能回去的。"

奶奶:"张保长,你这是毫无道理。洛富强打人,洛富强去哪儿了,与我有什么关系?你死死纠缠住我干什么?你真是岂有此理。"

张强:"你要是还没想通,你可以再想想,在这里想,不能回去,想通以后再回去。"

奶奶:"我有两个孩子没人管,你不能把我关到这里!这样太无情了吧!"

张强:"你要是说了,不就有情了吗?这不是我无情,而是你无情。"

奶奶的气再也压抑不住了,她狠狠地说:"张强你怎么耍无赖呢?让我走!"

张强一看奶奶生气了。他认为今晚也不可能问出结果来。他对两个勤务说:"把她看好,不能让她出来。"他说罢一甩手走了。

奶奶气得咬牙切齿。其实奶奶主要是着急,她急得在看守所里团团转。她出门时,两个孩子还在家睡着。她真的认为去一下就会回来,用不了多长时间,所以没有对任何人交代。孩子醒了后找不到奶奶怎么办,两个孩子肯定哭得厉害，尤其是萌萌，他太小，总是不离奶奶，他要找不到奶奶怎么办？他一定会哭得死去活来。奶奶一想到这些，心如刀绞，肝炸肺裂。她不禁掉下了眼泪，情不自禁地说出："孩子呀，可怜的孩子！"

当奶奶伤心落泪的时候，看守她的一个勤务对另一个小声说："陈校长也怪可怜的，你看她多难受呀！我感到很同情她。"另一个说："咱问问她哭啥，看她有啥信儿往外送没有？"

两个勤务走到奶奶跟前说："陈校长，你需要我们帮你什么忙吗？请你对我们说吧，我们一定帮助你。"

奶奶抬起头来说："谢谢你们了，请你们想法告诉刘枫或李嫦，就说我在这里，我请她们照顾一下我的两个孩子。"

两个勤务："请放心吧，我们一定办到。"

奶奶："太感谢你们了。"

张强的爹出了个主意，他们让两个孩子去见奶奶，用孩子感动奶奶。他们以为，奶奶为了早日回家，就会说出洛富强的下落。他们得知两个孩子被王大妈李嫦叫走后，就对王大妈说陈奶奶想见孩子，让孩子去见见她。王大妈说："我得亲自带他们去，我是绝不会把孩子交给你们的。"他们同意了王大妈的意见，让王大妈带着两个孩子去到看守所见奶奶。

两个孩子见到奶奶以后，大声号啕起来，嘴里叫着："奶奶，奶奶。"立刻扑在奶奶怀里，奶奶紧抱着他们，眼泪簌簌地滴到他们身上。

萌萌哭着说："奶奶，我们好想你呀！你怎么来这里了呀？"

花妮也哭着说："你来时为啥不对我们说一声呀？"

奶奶很可怜他们，感到他们的话很有道理，但对他们的问话，她又说不清楚。

奶奶很感激王大妈，她说："需要时的朋友，才是真正的朋友，需要时的帮助，才是真正的帮助。我这两个孩子急需要有人照顾的时候，你照顾了他们，怎么不让我感激呢！"

王大妈说："咱们之间谁跟谁呀！啥话都不用说，想法早点出来，孩子需要你，学员们也需要你。为了他们，你要想法早点出来。"

花妮和萌萌拉着奶奶的手往外走，嘴里说着："奶奶，走回家呗。"

奶奶指着两个看守人员，对他们说："你们这两个叔叔不让我走。"

萌萌赶快跑过去用小手打那两个看守，两个看守笑着对萌萌说："这不怪我们，我们不当家。"

奶奶把萌萌叫过去说："别瞎闹，跟着王大妈我就放心了，原来我最担心你们两个没人管，现在我不担心了，你们先回去吧，我很快就会回去的。"

王大妈带着两个孩子依依不舍地离开了奶奶。

刘枫得知陈校长被押在看守所以后，马上把该消息告诉了爷爷刘恒。刘恒让刘枫通知每个学员，让每家出几个人，能出几个就出几个，越多越好，去保长家请愿，要求他释放陈校长。

村民们一听说陈校长是被保长抓起来押在看守所里，在刘恒老先生号召下，有学员的家庭，没学员的家庭，纷纷出来支援，一下子一百多人集合在一起，他们义愤填膺地喊着口号："放开陈校长，不准抓人！"浩浩荡荡地来到张强的家门口，他们拍打门环，高声叫喊，要求张强出来对话。

张强和父亲以及张全、张锁等几个人正在商量下一步怎么办。他们原以为把陈校长抓起来，她会供出洛富强的下落，因为她有两个孩子没人照看。由于孩子问题，她是不愿在看守所久待的。他们没想到陈校长没有给他们满意的答复。正当他们密谈时，忽然听到门外吵吵嚷嚷，并高喊着要见保长张强。张强说："我出去看看是什么人，看他们想干什么。"他父亲叮嘱他说："千万要谨慎，面对这些农民时，可要多加小心，不能为所欲为，如有拿不准的问题，先不要表态，回来商量一下再说。"

张强走出了头门。大家群情激昂，你一句我一句地质问保长："为啥拘留陈校长？赶快放人，若不放人我们要冲进去了。"

张强尽量压住情绪说："你们找个代表，一个人说。"

刘恒老先生站出来说："我是代表，咱们两个谈，现在就在这里谈。"

张强问："你们有什么要求？"

刘恒："你为什么扣押陈校长？"

张强："我们不是扣押她，我们是让她来谈些情况。"

刘恒："不是扣押为什么晚上也不让回去？你叫她谈什么情况？"

张强："洛富强打伤了人，是在教室旁边打的，现在洛富强逃跑了，我们让陈校长谈谈情况是完全可以的吧？"

刘恒："叫她谈谈可以，为什么不叫她回家？"

328

第十九章 家务活培训班

张强："她不谈怎么叫她回家？"

刘恒："你叫她谈啥情况她不谈？"

张强："我叫她谈谈洛富强去哪里啦。"

刘恒："她如果不知道她怎么告诉你？你总得讲理吧。"

这时，站在旁边的人异口同声地说："对呀，不知道怎么谈呀？保长不讲理！"刘恒用手比画着不让大家说话。大家停下来后，等待着张强说话。可是张强停了很长时间说不出话来。"不知道怎么谈？"这句话难为住他了。有啥理由证明她知道呢？没有任何理由。张强无话可说时对大家说："我回去商量商量再说。"

刘恒："你与谁商量呀？你是保长，你不与村民商量，你与谁商量呀？"

这话更使张强无法回答，他深深感到他的被动地位。他也深知，无论从知识方面、应变能力方面或是说话能力方面，他都不是刘恒的对手。他很尴尬，站在那儿很不是滋味，他结结巴巴地说："大家先回去，我们商量了以后再说。"

刘恒："你别来这一套，这是愚弄我们的。我们不吃你这骗人的把戏。"

大家齐声说："不行，现在就放人，不放人我们不走。"

人群中有一句："不放人，我们抓你们的人。"

大家齐声吆喝："放人！放人！立即放人！立即放人！"

刘恒："大家安静，大家安静！"

听到外面的高喊声，张强的爹张承在屋子里坐不住了。他走到头门外，装出一脸笑容问大家："大家有什么要求慢慢说，请一个人说，一个人说我听得清楚。"

刘恒："我们的要求是立即释放陈校长。"

张承很沉着地说："这很简单，大家先回去，我让张强他们马上放人。"

刘恒："你又是这一套。你以为你这么一说，我们就相信你了？你肚子里的那些花花肠子，我早就知道。你能骗住我们？你说什么都没用，必须马上放人。我们让她跟我们一块回去，你们不放她，我们就不走。"

大家齐声说："对，你们不放人，我们就不走！"

人群中又传出："别对他们客气了。把这个老头抓走。他们不放陈校长，我们也不放这个老头。"

329

人群中还有人说:"我们把日本鬼子都打败了,你们一个张家还是我们的对手?别再跟他磨牙了,干脆给他一窝端就行了。"

张承听着大家愤怒的声音,看到大家激动的情绪,他有一种众怒难犯的感觉。他初步感到这些穷人中有一种不可抗拒的力量,他在这种力量面前无能为力。张承毕竟是个明白人,他认识到,这种力量是压制不住的。"顺者昌,逆者亡"的口训他非常熟悉。他听着,群众中有不少游击队员,他很害怕。他已经吃过游击队员的几次亏了。这次不能再与他们硬碰硬了。他想到这里时,就装出轻松愉快的样子说:"这好办,我叫张强他们马上让陈校长回去,跟你们一块儿回去。"

奶奶从看守所出来了,对大家说:"感谢大家的帮助,感谢大家的帮助。"大家看到奶奶出来了,欢欢喜喜地搀着奶奶回家了。

张承他们回到屋里以后,儿子张强、孙子张全等都不理解张承的做法,他们甚至有些不满,或者说是很生张承的气。

张强说:"这下子可好啦,打人的凶手捉不住了,王小三是白挨打了。"

张承对张强的无知感到生气,他说:"拘留陈老婆子压根儿就不合适。"

张强很不满意爹爹的话,反问道:"为什么不合适?王小三被打成那样,事情就发生在她的教室外面,打人后凶手不见了,她校长就没责任哪?拘留她为啥不合适,我看无可非议。"

张承:"你这是强词夺理。凶手是洛富强,与校长有什么关系?抓不住凶手就抓她,这是什么逻辑?"

张强:"洛富强逃到哪里,她肯定知道。"

张承:"她肯定知道,我也这么认为。但我们没有她知道的依据,凭推测、判断是不能抓人的。你没有真凭实据,人家就不服气。过去有些事你们就是凭主观推测着干的,所以人家有意见,尽管人家不满意,但咱有钱有势,他们成不了气候,也就过去了。可是现在呢,今非昔比,大气候变了。解放军在轰轰烈烈搞土地改革,那些穷人可有劲头了。我们这些人是地主,对土地改革不服气就枪毙。你们没看看形势到哪儿啦,还在这么逞强、要势!现在已经完全行不通了,不改弦更张就难以维持下去了。"

张全:"要我说,这些穷小子们是闹事,这么多人集合在保长门口,兴师动众的,喊喊口号,提提要求,就依从他们了。今后怎么维持治安呀?打了

第十九章 家务活培训班

人,还纠集些人一闹就可以没事,这怎么能行?"

张承:"你这孩子,打人是洛富强,抓不住洛富强就抓陈老婆子,拿她出气行吗?我知道你们早就对她有成见,我也知道她对咱们家有深仇大恨,她早晚也会与我们算账,整整她我一点都不顾惜,但我们得有根有据,不能凭推测,不能凭主观想象,否则,就会适得其反。"

张全:"按你这么说,我们今后怎么办呀?他们动不动就聚众闹事,咱们不是治不了他们了吗?"

张承:"对啦,就是治不了他们,因为他们人多,得民心者得天下。今后不要到处张牙舞爪,耀武扬威的,要夹着尾巴做人。"

张全对爷爷的话根本听不进去,更不理解爷爷话的含义。他嫌他太谨小慎微,简单地说了一句:"我做不到!"

张承:"到你做到的时候就来不及了,你等着瞧吧!"

家务培训班开办半年多的时间,三十多名学员基本上都掌握了技术,有些学员还能熟练掌握对外开展织布、扎花、绣花、做各款式的衣服。周围村庄来加工的人天天都有,有的让纺花,有的让织布,有的让做衣服,有的让做鞋,学员们对做加工活也很有兴趣,有的甚至同时接收两个或三个活。白天做白天能做的活,晚上做晚上能做的活。她们做加工活,一方面可以提高技术水平,另一方面还可以增加些收入,一举两得,心情非常舒畅。

第二十章

土地改革动员大会

一九四八年春,八路军进驻了洛家庄,洛家庄解放了,广大人民真正翻了身。八路军留下一名工作队长留守该村,领导土地改革工作。这个留守的工作队长叫刘朋,四十多岁,老家东北黑龙江,八路军南下时,随军来到了河南,又被派到这里领导土改工作。

刘朋进村的消息一公布,村里一下沸腾起来。绝大多数人,主要是穷人特别高兴。他们奔走相告,畅谈想法。很多人高兴得吃不下饭,激动得睡不着觉。过去经常愁眉苦脸的人,现在是喜笑颜开;过去经常闷闷不乐的人,现在是心花怒放;过去不爱说话的人,现在是见了人就滔滔不绝。真是环境能改变人的爱好,社会能改变人的性格。家庭经济条件中等的农民,这一部分人是少数,他们情绪平稳,既不兴奋,也不悲伤。他们上看看,有比他们富裕的;下看看,很多人比他们穷。他们早就感觉到,这次变革肯定是有利于广大穷人的,是不利于少数富人的。不管怎么变我们都不怕。我们不会占什么便宜,也不会吃什么亏。任凭风浪打,稳坐钓鱼船。少数富人,尤其是以张强保长为代表的少数富人,他们如躺针毡,坐立不安。他们苦闷得睡不着觉,忧愁得吃不下饭。过去他瞧不起的人,现在却成了他的上司,可以对他指手画脚,而他对他们,得唯命是从,唯唯诺诺。现在张强心里想:"一切都反过来了,我们不敢看他们,而他们却两眼炯炯,咄咄逼人,使我们无缝可钻。"他感到乌云压顶,寒风嗖嗖,暴风雪就要降临,一场寒冬的考验就要落到自己身上,能不能挺得过去,还未卜。他四

— 第二十章 土地改革动员大会 —

处奔走，到处打听。他首先打听的是解放军在这里能待多久；其次就是土地改革的能力有多大，是不是彻底；再次他的命运又是如何，能否平安过关。他像热锅上的蚂蚁，惶惶不可终日。他派去尉氏县城打听，他们得知老人已经换完，没有一个是他们知己的。他们派人去开封打听，被派的人说，开封被围得水泄不通。他听可靠人士说，开封马上就要解放了。他们像泄了气的皮球，再也撑不起来了。他真正感到大势已去，天就要变了，世界就要变了，他们的好日子就要完蛋了。

刘朋召开了一个土地改革积极分子会议。参加人员除了陈奶奶和王大妈、李嫱是由刘朋点名以外，其他人员全是老马提供的名单。在这个会议上，刘朋简明扼要地讲解了共产党领导全国人民建设共产主义的长远目标和当前土地改革的具体任务。土地改革的首要工作就是打倒地主阶级，把地主的土地无偿分给没有土地的农民。刘朋还给大家说，这个工作说着容易，但做起来就不是这么简单了。这是阶级斗争，是一个阶级推翻另一个阶级的阶级斗争。也就是说，是无产阶级推翻地主阶级的阶级斗争。土地改革是你死我活的阶级斗争，不能温文尔雅，不能温良恭俭让。他要求大家做好思想准备，刻苦工作，不怕困难，彻底推翻地主阶级，夺取土地改革的全面胜利。

老马，何许人也？他是八路军的一个探子。抗日战争结束后，他就留在洛家庄，以摆杂货摊为掩护，长期住在洛家庄，了解情况，收集信息，向八路军豫东分局汇报。他在洛家庄做了大量工作，受到了上级的表扬。刘朋来到这里搞土改，得到老马坚强支持。老马给他提供了大量的可靠材料，使刘朋搞好土改工作，有了确实的保障。

土改工作积极分子会议以后，洛家庄的农民，尤其是参加会议的贫苦农民，心里踏实了，目标具体了，劲头更大了。为了表达他们的激动心情，很多人回家后，点火鞭，放大炮，有的请来唢呐队演奏，有的请来坠子班在门前演唱。刘恒老先生更有绝招，他从外地邀请了能拉会唱的艺人来这里义演。这些艺人绝大多数都是他的朋友，在这里演三天三夜，庆贺土地改革工作队的开展。

一天晚上，保长的父亲张承邀请圈内人士，开了一个秘密座谈会，让与会人员畅谈当前形势及应采取的措施。与会人员一致认为，这次的土改势头

333

很大，他们是阻挡不了的。张强说："什么土改呀？就是把我们的土地夺过去，分给那些穷小子，就这么简单。我们辛辛苦苦弄来的土地，白白地奉送给他们！他们不费吹灰之力，就得到了土地，太便宜他们了。我死也不会服气。"

张承说："你服气不服气，这是一回事；土地必须奉送给他们是另一回事。人家并不因为你不服气，就不要你的土地了，而是照样要你的土地。土地这玩意儿，你也不能把它掖起来，藏起来，大家都知道你有多少，都在哪里。解放军这个势头太大了，连老蒋都无可奈何，我们就更不用说了。任凭他们吧，我们不服也得服，我们不要硬碰，不然，损失更大。好汉不吃眼前亏嘛。"

张全："我们的土地，凭什么给他们呀？我也不服气。就是不给，看他们怎么办！"

张承："你这傻孩子，到现在还说这种话。你就没看看形势，听听风声？他们可以把你抓起来，把你枪毙了。解放区不都是这样吗？因此，不要硬顶。该我们败了，我们认了吧。人的命运就是这样，三十年河东，三十年河西。我们已经过了这么多年好日子了，够咱的了。不要不知足。"

张全和张强的侄儿张锁："理论上我们也懂，就是感情上接受不了，这个气我们咽不下去。我们迟早要与他们拼个你死我活……"

张承："住嘴！你们孩子们懂啥呀？天到这个时候了，还逞强。真是不知道天高地厚！把命拼进去你们就安生了。你们啥也不懂，可是又不听老人的话。听老人言，吃亏在眼前。真可悲呀。"

刘朋来到这里的第一个任务就是组织成立农民协会。刘朋与老马商量了一个二十人的候选人名单。先找来十人来开个小会。刘朋说："由共产党领导的八路军是解放全中国人民的。从此，广大中国人民就翻了身了，新中国很快就要成立了，共产党要领导中国人民建设社会主义。"此外，他还重点讲了当前工作：打倒地主阶级，实行土地改革，把地主的土地分配给没有土地的贫苦农民。实现这个任务，要按计划，一步一步走。首先要成立农民协会，土地改革工作由农民协会领导实施。

最后，他宣读了这个建议名单，让大家发表意见。大家讨论得很热烈，刘朋讲话后，参加会议人员议论纷纷，群情激昂。经过充分酝酿以后，刘朋宣布了大家讨论的结果，他说："洛家庄农民协会今天正式成立。"名单如下：

第二十章 土地改革动员大会

主席：陈婵妮(陈奶奶)，副主席:王强生、洛敬民，组织委员:李石头。
宣传委员：高大栓，改革委员:吴孬，妇女委员:刘贤，保卫委员:刘铁蛋。
农民协会下属保田队，刘铁蛋兼保田队队长。

第二天早上，人们刚起了床，听见街上有人用高喇叭筒喊："喂！各位乡亲，老少爷们儿，今天上午到村西头广场上开会，男女老少，能去的都去。会上由刘朋队长给我们讲话……"广播者走着吆喝着，从南头到北头，从东头到西头，每家都听得清清楚楚，真可谓家喻户晓，人人皆知。

不少人打听刘朋的情况，刘朋，何许人也？

穷苦农民打听他，是想从他身上找出希望，找出翻身之路；那些有钱有势、横行乡里的人，他们打听刘朋的目的是看看刘朋对自己会干些什么，他们预测刘朋很可能就是自己的灾星。

土地改革运动就要开始了，洛家庄的两大势力同时活跃起来。一股是以陈婵妮为首的广大贫苦农民，是该村的绝大多数农民；另一股是以保长张强为首地主阶级，这是人数很少，但活动能量很大的一小撮反动势力。张强他们除了到处煽风点火，散布八路军待不长的言论外，迫不及待地隐藏财产，抗拒被农民协会没收。除了固定财产（房屋、土地），他们想尽一切办法，隐藏可移动财产，主要是衣物钱财。

一天，张强看见老抠，说道："老抠，有件赚钱的好事，你干不干？"

老抠马上反驳道："别再叫我'老抠'了。'老抠'是旧社会的名字；现在是新社会了，我不抠了，我大方了，以后不要再叫我'老抠'了。"

张强："什么新社会、旧社会的。你过去是老抠，现在还是老抠。老抠就是老抠，怎么过几年就不是老抠了？"

老抠很严肃地说："你如果再叫我老抠，我就不客气了。我叫林太西，你叫我太西好了。"

张强看他认真起来，不想继续与他磨嘴皮子，一本正经地说："你到底想不想赚钱？想不想做生意赚钱？你要是不想，我就找别人。"

老抠打量了他一番，怀疑张强又是在耍弄他。当他看到张强微笑的面孔，不慌不忙的样子，他感到张强不是对他开玩笑，而是在对他说正经话。他急忙说："什么赚钱的好事呀？能赚钱的事谁都想干。"

张强："谁不知道你爱钱胜过一切？不赚钱的生意，别说你不干，谁也不

会干。我给你说这个生意，不但能赚钱，而且还能赚大钱。"

老抠："现在我不是过去那个样子了，不是不顾一切光为了钱了。"

张强说："这是一个很容易赚钱的生意，只要干，就可以赚钱，还是赚大钱，而且还不投任何本。"

老抠："这正好，我正好没有本钱呢。"

张强："不过，咱得把丑话说前面，这是咱们两个人的事。你干了，赚的钱咱两个分成；如果你不干，你不要把事情说出去。你要是说出去，说明你不够义气，不是哥们儿。既然你不义气，我也不会仁慈。你不仁，我也不义。我绝不会对你客气，你就不会有好下场。"

老抠："你看我是那号人吗？你还不知道吗？我是最讲义气的人。"

张强："我当然知道，要不然，有了好事我怎么会来找你呢？咱们是哥们儿，我最信任你。所以，有了好事先来找你。"

老抠："说到这份儿上，咱两个谁跟谁呀？你快说吧，啥生意？"

张强看到老抠有些热，他故意摆摆架子，吊吊老抠的胃口。他装模作样地说："我又不想给你说了，我怕你不愿意干。"

老抠一听张强不想说了，心里很着急，说道："你这个人怎么吞吞吐吐，磨磨蹭蹭？真叫人没劲，你不说拉倒。"

张强："你给我收藏三千元大洋，我给你三千元中央银行的票子，作为对你的报酬。我预付给你一千五百元，事成后，我再给你一千五百元。怎么样这生意能做吧？不投一分本，净赚三千元，何乐而不为呢？"

老抠犹豫了。为他放钱，合适吗？村子里正沸沸扬扬地议论着，都是议论张强的事，而且都是他的坏事。在这个时候为他放钱，恐怕对自己不利。他不敢明确答复了，只是犹豫不决地说："这个……"

张强一看他犹豫不决，马上板起面孔，疾言厉色地说："看你这不干脆样儿，你不干算啦，我找别人干。你真是窝囊废！看着钱不要。三千元呀！别的你干啥能挣这么多钱呀。还让你老婆为你挣钱吗？时过境迁，一切都变了。现在已经不行了。"

张强的话让老抠很不耐烦，他说："你这人真损。常言说'打人不打脸，骂人不揭短。'你怎么哪一壶不开提哪一壶？那是过去的事了，那是在旧社会里干的事。现在是新社会了，你还提它干啥？"

张强很不好意思地说:"我只是说说,作个比方,提醒提醒你,这三千元钱,你挣着不容易。"

张强是个有心计的人,他明知道老抠爱钱如命,他偏要动不动就提这三千元钱,特意刺激老抠的爱钱心。张强的伎俩可真管用,这三千元钱对老抠吸引力很大,他马上转变了态度,说道:"我没有说不干呀,我怎么不干呢?我当然干。"

张强:"这就对了。你毕竟是聪明人。你既然干,我得对你说说注意事项:不能让任何人知道,即使你家里人,也不能让她们知道,尤其是你那个女儿,她万一知道了,可能要坏大事。这不仅仅是钱的问题,很可能是安全问题,你也跑不掉。"

老抠已经感到事情的严重性,但已来不及了,他说过他要干,要想收回来是不可能的。他深知张强的禀性,一旦说不干,马上就会遭到灭顶之灾。他只得说:"好,好,我能做到,我能做到。"

当天晚上,张强把三千块大洋用白布包着,偷偷地送给了老抠。同时还有一千五百元的票子。

老抠接住钱以后,可犯了大愁了。他把钱藏哪呢?哪里最安全呢?况且绝不能让老婆和孩子知道。他心里很清楚,一旦她们知道了,她们绝不会同意让他做这个买卖,这三千元钱就眼看着让它溜走了,多可惜呀!他把家里的每个旮旯都观察了,没有一个满意的地方。最后,他决定暂时藏在猪圈里的草堆里。他把银圆放进去以后,心里很不踏实,生怕猪把它拱到外面。他一会儿去看一次,一会儿去看一次。他的行为被他的女儿林开发现。林开心里琢磨着:"我爹在干啥呀,鬼鬼祟祟的,与平常大不一样,这其中一定有问题。"她想到这里,决定亲自在猪圈里看个究竟,仔细检查一下,看猪圈里到底放了什么。猪圈里最显眼的是那堆杂草。林开到猪圈的第一个动作就是把这堆杂草扒开。她立即发现一个白布袋,打开一看,哇,白花花的大洋,沉甸甸的这么多。他从哪里弄这么多这玩意儿?怪不得爹爹鬼祟着不断地来这里。她拎着银圆去见妈妈了。妈妈说:"它的来历肯定不明。不管他从哪里弄的,只要在咱们家里,咱们就有权处置。你去把它交给农民协会。此外,你再去猪圈里把那一堆草再拢到一起,与原来的一样。别吭声,别让你爹发现我们已经知道他的秘密了,我们权当不知道。仔细观察他的行动,看他下

一步干什么。"

　　老抠还是不断到来猪圈里看看，没发现什么异常，他很放心。一天中午，一家三口正吃午饭时，老抠忽然提出："以后猪圈里的活你们就不用管了，把它都包给我吧。那里面的活比较脏，你们干着不合适，由我一个人干就行了。"

　　老婆和女儿都清楚他的用意，但她们都装着不知道。老婆还故意夸奖他："那就辛苦你了，我们两个谢谢你对我们的关照。"

　　在张强忙着找人替他藏东西的同时，他家的娘儿们也没有闲着。一天晚上，张全老婆去到刘贯一家。刘贯一妻子让她坐下后，二人攀谈起来。刘贯一妻子先开口："这是你第一次来我们家，你是个稀客，很难得的，谢谢你的到来。"

　　张全妻："平常我们两家都很忙，没有机会坐到一起谈谈。最近，我想，再忙也得找这几个姐们儿聊聊。"

　　刘贯一妻："你来找我聊聊，这是你高看我，我再次感谢你亲临寒舍，使我荣幸万分。"

　　张全妻："本来我对你很有亲切感，在你有困难时，很想帮你点儿什么，由于腿懒，没有实现。现在有个挣钱的机会，我想来想去，还是首先想到你，这个钱想让你赚了。现在与你商量一下，如果你干，我就不找别人了。"

　　刘贯一妻："是啥事儿，你只管说吧。"

　　张全妻："我想让你为我藏些钱。我肯定给你报酬，决不会亏待你的。"

　　刘贯一妻："你让我为你放多少钱呀？不会有危险吧？"

　　张全妻："这事只有你知，我知，天知，地知。你不说，我不说，谁也不知道。不知道就是没这事，何危险之有哇？我想让你为我放一千块大洋，事成后，我给你一千元中央银行的票子。眼下我暂给你五百元，等事成以后我再给你五百元。对你来说，这是个不投本能求利的买卖；对我来说，我可以保住我的钱不受损失，同时，我可以借这个机会帮助你。"

　　刘贯一妻一听先给五百元，以后再给五百元，这一千元可不是个小数，她与丈夫多长时间能挣这么多钱呀。她想，这是个大好事：首先，这个钱来得容易；其次，不投本；再次，一次性赚钱数目很大，她心里非常高兴。她压抑着自己的兴奋，用不慌不忙的声调说："好吧，我给你放，再多些也可以。

你把钱给我拿来吧,我一定给你保存好。到时如数还你,一个不少。"

张强妻子也是满村子跑。她去的人家是有选择的,对平时有些恩怨的人家,她是绝对不去的;她认为关系不错的,至少是没有什么矛盾的,她肯定去拜访,拜访的时间大多数是晚上。一天晚上,她去到赵大妈家。赵大妈一看见她,就满腔热情地说:"哪股香风把你刮来了?"

张强妻:"咱姊妹俩好长时间都没有在一起说过话了,很挂念你,我看今天是个空儿,就直接来了,预先也没有给你打招呼。"

赵大妈:"啥时候想来啥时候来,打什么招呼呀。我这里又不是宫廷大院,有人把守,不打招呼不让进。我这里是穷人的草堂,常来常往,无人阻挡。好了,咱们都别卖关子了,直截了当,开门见山。你来找我想说什么吧?"

张强妻:"我来这里还不是为了你?"

赵大妈:"为了我?这可太好了!就凭这一点,我就得好好谢谢你。为了我啥?快说吧。"

张强妻:"既然是为了你,那就是为了你好,那就是为了帮助你,绝不是为了别的。"

赵大妈:"那我才得谢谢你呢,谢谢你对我的好心。那么你在哪方帮助我呢?吃的、穿的、花的,还是用的?是哪方面呀?"

张强妻:"你最缺哪方面的呀?你缺啥,我就帮你啥。你直说吧,大妹子。"

赵大妈:"说实话吧,这几方面,我还都不缺呢,你来得还真不是时候。前几年我确实是缺这些,尤其是吃的。那时候你要来帮我,该多好呀!可是现在我不缺了,而你倒来了。你是把香烧到老佛爷屁股后——作用不大了。"

听话听声,锣鼓听音。张强妻一听,她的话里有话,急忙带着愧疚的声调说:"那时不是没有想到吗?还请大妹子多加谅解。现在缺什么,只管直说。"

赵大妈:"现在什么也不缺了。现在不需要你的帮助,谢谢你的关照。"

张强妻看着赵大妈的神情,听着赵大妈说话的声调,感觉到两人说话很不投机,认为说话的内容不能像这样继续下去了。她马上认识到,她错看了赵大妈,她不是要找的对象。她霎时间扭转了情绪,平心静气地说:"我来

奶奶

这里主要是想与你说说话,顺便问问你缺少什么。不缺少不是更好吗?"

两个人面对面地坐着,好长时间不说一句话。张强妻深感静坐的无聊,不一会儿说了声"再见",走出了赵大妈的院子。

张强妻离开以后,赵大妈冲着张强妻出去的背影,狠狠地说了一句:"黄鼠狼给鸡拜年——没安好心!"

张强妻回到家以后,认真总结了这次失败的教训。她认为这次没有达到目的的主要原因是她找错了对象,但使她欣喜是,她没有说出让她藏钱的真正目的。她暗暗自喜道:"谢天谢地,万一我把藏钱的事告诉她,而她把这事揭发出去,我的天哪,后果不堪设想。"她想到这时,不禁出了一身冷汗。她情不自禁地自言自语道:"哎呀!差一点儿闯出大祸。真是好人有好报,有上天保佑,才没有造出恶果。我不能再这么莽撞了,我得考虑周到,找准对象,要有百分之百的把握,不见兔子不放鹰,不能再干这种愚蠢的事了。"

这天晚上,张强把一家人叫到一起,总结近几天来他们的活动情况。哪些是经验,哪些是教训。经验要继续发扬,教训要坚决改正。他们对老抠的工作,对刘贯一妻子的工作,都是成功的经验;对赵大妈的工作,对孙普英的工作,都是失败的教训。张强的小女儿把这个工作说成是"低三下四、死皮赖脸",是很不光彩的伎俩。她不想再干下去,并劝全家都不要继续干了。张强很不同意她的意见,他鼓励大家,不要害怕困难,要有顽强精神,能争取一个,就争取一个。千万不要放弃,要坚持,再坚持。他还对大家说:"很多英雄人物最后取得胜利的重要经验之一,就是要有顽强精神,要有攻必胜、战必克的精神。没有钢劲,没有韧劲,什么也干不成。我们也应该学习这种坚持下去、决不放弃的精神,坚持到底,就是胜利……"他的小女儿插话说:"你还等着胜利呀,爹爹?你也不看看现在是什么世道。你那个胜利呀,就等到猴笑柏叶落了。"张强继续说:"什么时间胜利,咱先不说,咱现在的努力,绝不是浪费时间,也绝不是白费工夫。'死皮赖脸'也好,'低三下四'也好,我们都得继续干下去,绝不能放弃。现在咱们干的目的,是为了保住咱们的钱,保住咱们的大洋。咱们的家产很多,总的来说有三大类:土地、财产和金钱。土地和财产是看得见、摸得着的大块实物,尤其是土地,咱们一分一寸也藏不起来。他们爱拿多少就拿多少,你看着他们拿,一点儿法都没有。咱们唯一能藏的就是金钱。咱们如果不藏几个,他们就会

340

全部拿走,他们对我们是不会客气的,连一个子儿都不会给我们留。我们要尽量多藏几个,每多一个,我们今后的生活就会好一点儿。我们现在如果不力争,白白把我们的一切财富都送给他们,太可惜了。我们祖祖辈辈留下来的财富,让他们轻易拿走,咱们死也不会甘心。但我们必须讲究策略。孙子兵法上说,'知彼知己者,百战不殆;不知彼而知己,一胜一负;不知彼不知己,每战必殆。'古人说得很清楚,我们必须把我们工作的对象摸透,一定找支持我们的。当然不一定就是明确地支持我们,只要是愿意赚钱的就行,像老抠那样的就可以。给他们的报酬不要吝惜,一定让他们满意,甚至再高些,让他们认为这是个大便宜。我给老抠的就是一兑一,即他为我们藏一块大洋,我们给他一元钱的中央票。"

张全:"这是不是太多啦?他们放些大洋不费什么劲,也用不着操多大心,不用给他们这么多,他们也会愿意干的。"

张强:"你错误估计了形势,现在不比过去了,过去为我们做事是一种荣幸;现在呢?为我们干活是一种风险,有冒险精神的人才敢为我们办事。关于报酬多少:这个数就值不得一提。他们为我们存放的是大洋,是永远可以当钱的银圆,而我们给他们的报酬是纸币,是中央纸币。你到集市上看人民币已经上市了,有些商店已经不要中央票了,中央票马上就要废除。咱们那几箱子票子,很快就是一堆废纸。与咱们打交道这些人都是笨蛋,稍微有些脑子的人就不会要中央纸币,而要银圆。他们会说'我给你放银圆你也得给我银圆'。他们的这个要求你还真不好拒绝。因此,报酬不是问题尽量多给他们些,这些钱马上就一文不值了。再一点,咱们找对象一定得是忠诚老实的,一定得绝对可靠。不然,到时候他不认账了,他拒绝还给我们,咱们一点儿法儿都没有,只有哑巴吃黄连了。"

对张强的话大家都没有异议,都认为他的话有根有据,句句在理。他们一致同意把这项工作做到底,千方百计地多隐藏几个钱,这是他们今后生活的依靠。接着,他们把全村的农民一个一个地分析了一遍。他们大致分成三个类型。第一种类型:绝对靠得住的。他们保证愿意干。第二种类型:态度不明显的。他们愿不愿意干,很难说。第三种类型:平常与他们有恩怨的,农民协会的,与陈奶奶关系较好的,参加过技工学校培训的以及近来有下列表现的:锋芒毕露,张牙舞爪,不可一世,上蹿下跳。张强特别强调对这三

种人，做工作时要用不同的方法和态度。对第一种人，直截了当，开门见山，对这种人很简单；对第三种人，也很简单，根本不要与他们接触，否则，不但办不成事，反而会出大事。现在办事要特别小心，稍有不当就出纰漏，而且一出就是大事。因此，咱们处处要慎之又慎。要小心，小心，再小心，只有小心不到的，没有小心过头的。对第二种人，工作更得细致了，要察言观色，顺藤摸瓜，不到火候千万不要亮底牌，宁愿保守些，也不要冒失；宁愿做不成事，也不要把事情做砸。事做不成没有关系，事做砸了就坏了大事了，而且是难以挽回。

一天早晨，陈奶奶正做早饭时，张英进门对奶奶说："张强大伯刚才去我们家，让我来告诉你……"

陈奶奶问："他让你来告诉我什么呀？"

张英说："他让我来替他向你道歉。他说他过去很多事对不起你，他要向你认罪。等几天他还要来亲自对你谢罪。"

陈奶奶说："他对我的犯罪是小事。他不需要对我认罪，他要认罪就向全村人民认罪。他如果真心想认罪，他必须认真把他所犯的罪总结一下，写出认罪书，向全村人民检讨，保证痛改前非，重新做人。"

张英是张强的近门侄女，她曾在技工学校学习过，是奶奶的一个得意门生。张强想借这个关系，让张英到奶奶这里探探情况，看看奶奶的态度，看有什么机会可以利用。

张英把奶奶的话告诉张强以后，他心里更不踏实了。他认为陈奶奶的话是原则的话，是大道理，一点儿帮助也没有。于是，他决定亲自去，探索一下自己有什么出路。

他一看见陈奶奶，就嬉皮笑脸地说："陈奶奶，我是来认罪的，我有罪，我低头认罪。"

陈奶奶说："认罪好哇，欢迎，欢迎。很难听到从你嘴里说出这么一句话来，这说明你有认识，只要是真心地认识，只要有实际行动的改正，我们都欢迎。"

张强："是，是，是。首先把你们的宅基地还给你们。你们连住的地方都没有，整天住在别人家，多可怜呀。我们马上就腾房子，你们马上就可以搬进去。"

— 第二十章 土地改革动员大会 —

陈奶奶:"这事对你来说不算是大事,你还有比这件事更大的问题,你要把它们统统交代出来,写成书面材料交出来,这才是你改过自新的开始。你今天在这里不用说了,你回去写写吧,写好以后交给我。"

张强从陈奶奶家里出来以后,心里更感到没底了。他本来以为,在陈奶奶面前说说认罪话,做些把宅子还给她的许诺,就可以得到她的谅解,他就可以蒙混过关了。谁知道这还不行,从她的口气看,还差得远着呢。这只是件小事,他还有更大的问题呢,他必须"统统"写出来。这说明不是一两件,而是很多很多。天啊,这不是要命吗!张强感到问题的严重性。他会认真总结他的罪行吗?在这国家大动荡的关键时期,那些带着花岗岩头脑、不愿悔改的人肯定是有的,那么张强是这号人吗?

张强离开陈奶奶往家走,在街上碰见人时,谁也不理他。他本来在街上就不与人说话,过去是他不理人家,现在是人家不理他。他感觉到人们看见他不是翘鼻子,就是弄眼睛,再不然就是动嘴巴。顷刻间,他的上边、下边、左边、右边,有无数双眼睛在怒视着他,无数张脸庞在嘲笑着他,无数张嘴巴在滔滔不绝地向他讨要什么,他急忙跑到家里,用被子蒙住头,蜷缩在床上,琢磨着他下一步的行动计划。

这天晚上,夜深人静时,张全、张锁、袁良和王小三,先后来到张强家。他们围着一个小圆桌坐下。张强把灯光捻暗,把窗帘拉严。然后又到头门外面,左右看看,多方听听,确保无任何声音,在绝对保密的情况下,才跨进头门,把门关紧,回到堂屋里,与他们一起坐在了圆桌旁。

张强先说话,他说:"我们今天晚上坐在一起交换一下意见,讨论一下当前形势,我们应该怎么办。哪些是急办的,哪些是缓一步再办的,咱们列个行动计划图,然后再一步一步实施。"

张全说:"八路军来到这里,看样子势头挺大的,能在这里待得长吗?如果待不下去,咱们啥也别干,老老实实,忍耐一下,过了这一阵风再说。"

张锁说:"我看这形势很严峻,也不像是短期的,听说整个东北都被八路军占领了,还有陕北和太行山一带,都是解放区。国军在战场上节节败退,占领区逐渐缩小;解放区迅速扩大。这是大势所趋,不可阻挡。"

袁良说:"我以为形势还看不准,还是小心些为妙。"

张强:"小锁,你爹有消息吗?"

343

张锁："没消息。前天我去县城找他，人去楼空，整个单位连一个人影也没有，谁也不知道去哪儿了。"

张强："袁良，你哥哥呢?县里有消息吗?"

袁良："也没有。昨天我伯伯还嚷嚷，埋怨他不吭气就走了，家里急着要他帮忙呢，他却不知去向。"

张强："各种情况表明，这一次可不是好玩的，这个势头很大，他们是有来头的。咱们要严肃对待，绝不能掉以轻心，小不忍则乱大谋。要耐心等待，不要轻举妄动，否则，就可能带来灭顶之灾。"

张锁："咱们怎么办啊?"

张全："与他们干。"

张强："别傻了。国军连连打败仗，县城里的人都不敢顶，都溜之大吉了，咱算个啥呀?不是鸡蛋碰石头吗?!"

张全："那我们怎么办呀?我们能坐以待毙吗?"

张锁："是呀，我们怎么办呢?能做些啥呢?"

张强："是呀，我们能做些啥呢?"

张全："他们会放过我们吗?"

张锁："我看不会。有好些人老早就对咱们有气，这回可有机会发了。"

张强："我看也是，咱们很可能挨不过去。"

他们五个人坐在一起，张强、张全、张锁三人你一句我一句地说着，谁也拿不出办法，谁也没有办法。事到如今了，他们还会有办法吗?袁良和王小三坐着不说话，他们心理压力不大。形势的变化对他们来说，虽然大，但不是灭顶之灾，凭他们的处世哲学，他们是可以过得去的，弄得好了，还可能会混得不错呢。"肚里没疮不怕吃南瓜菜"。他们都干了些什么他们自己清楚。因此，他们坐在那里，不慌不忙，面不紧张，心不跳，"任凭风雨打，稳坐钓鱼台"。袁良还偶尔顺和着说一两句;王小三苦坐在凳子上，低着头，弓着腰，一句话也不说，本来又黑又瘦的脸上，布满了皱纹，两只小眼睛成了模糊不清的短线。张强始终注意着他，还不断地问他一两个问题。征求他的意见时，他也是心不在焉地答一两句，尽管答话文不对题，自己却毫无所知。

张强："你看那陈老婆子，得理不饶人。我情愿把宅子还给她，她也不

— 第二十章 土地改革动员大会 —

领情,真是不识抬举。还说这是小事,让我把大事统统写出来交给她。我交给她个屁,真是岂有此理!"

张全:"我看咱不要等了,反正是完蛋,咱先下手为强,咱先把她干掉,杀一儆百,其他人就不那么嚣张了。"

张锁:"我看可以,你说呢,大伯?"

张强:"我……"

张强犹豫了,行呢?还是不行?人到急处迷。这个老谋深算的铁心眼儿,这时候也拿不出主意了。他站起来走几步,紧锁着眉头,眯缝着眼,从眼皮夹缝里偷看着王小三,又看其他人,然后,他若有所思地说:"这可不是闹着玩的呀。我仔细考虑再三,干与不干,结果都是一样,他们不会饶过我们的。不干,坐以待毙;干了,有可能赚;即使不成功,咱也出口气。"

张全:"什么时间?"

张锁:"明天晚上吧?"

张强:"行。"

张全:"干几个?先干谁?"

张强:"干一个,只要成功就是胜利。"

张全、张锁:"谁呀?"

张强:"我想是先干掉刘朋。把他除掉,陈就没把戏玩了,她就不那么盛气凌人了,其他人也就会三思而后行了。"

张全、张锁:"把陈老婆子也干掉。一不做,二不休。"

张强:"好,干两个就干两个。要干就马上干,不然就来不及了。"

张全、张锁:"什么时间?"

张强:"明天晚上。"

张全、张锁:"明天晚上后半夜一点钟。"

张强:"先在这里集合。"

然后,张强猛然转过身来问王小三:"你知道刘朋住在哪儿吗?"

王小三结结巴巴地说:"我也不知道。"

王小三从来没有像今天这样的感觉,这是杀人,他敢干这种事吗?他后退了,他畏缩了,心里嘀咕着,商量这事为什么叫他?他这种心态早就被张强发现了。商量这种事叫来这么一个人,他心里也有些后悔。既然如此,也只

345

有将错就错了。

密谈一结束，王小三迅速站起来就走。张强叫住他说："小三，你等等……"他这一等，再也没有出来。

第二天晚上十二点已过了，街上漆黑一团，北风呼呼，寒意浓浓。除了谁家的小狗在汪汪地叫以外，听不到任何动静。

张强家的门紧闭着，院里没有一丝灯光，也没有一点儿声音。张强和张全爷俩早就做好了准备。腰里缠上腰带，毛巾把头裹得严严的，只露出两个黑窟窿眼。手枪别在腰上。两人竖起耳朵听外面的动静，睁大眼睛瞅着院里随时出现的黑影。一点钟到了，张锁也来了，袁良没有来。他不会来了，头天晚上在这里开罢黑会后，他对妻子说要到亲戚家躲一下，赶着夜走了。他是个聪明人，他明知干这事是死路一条，他不愿意跟着他们干，但又怕他们。他很清楚，跟着他们干是死，不跟他们干也是死，张强他们不会放过他。因此，他选择了第三条路：三十六计，走为上计。

该出发了，张强特别强调，不到万不得已，千万不要开枪，尽量不要有声音，记住：声音就是败露。他们的分工是：张强一个人，任务是陈奶奶。张全、张锁两个人的任务是刘朋。如果有人碍事，也把他捎带了。张强告诉他们要见机行事，主要对象是刘朋。他还告诉他们，实在不能得手，不要勉强，千万不要偷鸡不成蚀把米。

张强考虑得非常周到，他打算做到万无一失，马到成功。

一点钟到了。他们每人拿一把匕首，按各自的任务出发了。

张强很快来到了陈奶奶的住处。他翻越了篱笆，慢慢摸索着往她的卧室靠近，当他正专心拨门时，忽然从篱笆里面钻出两个人来，还没等张强转过神来，两个人就把他的两条胳膊拧到背后，用绳子捆了起来。等陈奶奶穿好衣服开门出来时，他们已经走出家门，消失在黑暗里。

张全、张锁两人小心翼翼地来到刘朋的住处。藏在秫秸垛里的两个保田队员临时决定要击毙一个，不然抓不住他们，两个人对付两个人不好对付，弄不好还会吃亏。他们从秫秸垛里瞄准一个黑影，"啪"一枪，那黑影应声倒下。两个保田队员急忙跑出来，高声喊："不许动！"他们即刻把他抓住。他们先把他的胳膊拧在背后，然后用绳子把两条胳膊捆起来。这时，刘朋也走出门外，他们对刘朋说："这个是张锁。"他们指着躺在地上的尸体问张锁：

— 第二十章 土地改革动员大会 —

"这个是谁呀?"张锁说:"这个是张全。"他们把从张全和张锁身上搜到的手枪和匕首交给刘朋。不一会儿,张强身上的手枪和匕首也送了过来,他们对刘朋说:"刘队长,你睡吧,这个让我们处理。"说罢,他们带着张锁去看守所了。

真是"机关算尽太聪明,反误了卿卿性命","要想捉住狐狸,就必须比狐狸更狡猾"。原来,刘朋一进村就对村民们说,土地改革是一场阶级斗争,是一个阶级推翻另一个阶级的阶级斗争,阶级斗争是你死我活的斗争,阶级敌人不会甘心退出历史舞台,他们会做垂死挣扎,狗急跳墙。带着花岗岩脑袋去见上帝的人肯定会有的,我们务必做好充分准备,提高警惕,避免不必要的牺牲。遵照这个精神,陈奶奶对保田队长刘铁蛋说:"刘朋队长的安全问题包在你身上了,要时刻注意他的安全,晚上要派人站岗值班。要时刻保持警惕,不能有任何闪失,要做到万无一失。"陈奶奶还对保田队全体队员说:"刘朋队长的安全至关重要。他是解放军的代表,是土地改革的带头人,是领导我们翻身的向导。阶级敌人最痛恨的是他,他们会想一切办法来暗杀他,我们要用生命保护他的安全,让阶级敌人的阴谋不能得逞,确保咱们的土地改革运动顺利进行。"

刘铁蛋很佩服陈奶奶,说她心细,想得周到。而且考虑得远,有预见性,布置工作面面具到,安排人员滴水不漏。刘铁蛋也是个细心人,他认为,不仅仅是刘队长的安全,整个农民协会的安全,陈奶奶本人的安全,他都要负责。这是全体保田队员的任务,也是他刘铁蛋的任务,而且是大于其他任何任务的任务。于是,每天晚上,在刘朋和陈奶奶的住处,他派人值班,每个地方两个人把守,真枪实弹。刘朋刚来时是住在老马的杂货店里,实际是一个小庙里。自从积极分子会议以后,他的身份公开了,如果再与老马住在一起,对工作不方便,因为有很多村民找他谈个人或村里情况,为了不影响老马的休息,为了工作的方便,他决定搬出去。农会给他找了一个有三间房子的独立小院,他不但可以居住,还可以当个小会议室。他院子里的秫秸垛里,昼夜藏着两个带着真枪实弹的保田队员。这些情况是张强他们万万没有想到的。他们固守着自己的反动本性,忍耐不住自己的报复情绪,走上了自己毁灭自己的道路。同时,刘铁蛋他们还腾出一个小院做拘留所,把临时拘押人员放在拘留所里看守。这个地方很保密,而且有保田队值班,昼夜不离人。

第二天一大早，洛家庄就热闹起来了，哭的、叫的、吵的、闹的。村民们听见外面的吵闹声，纷纷出来看情况，老的、少的、男的、女的，成群结队、三三两两站了一街。二十多个保田队队员拿着枪布置在刘朋住处门口的街道两旁。张全的尸体还在刘朋的门口躺着，地上的一片鲜红鲜红的血还没有完全凝固。张全的妻子和母亲趴在张全的尸体上撕心裂肺地哭喊着。王小三的妻子看了看尸体不是王小三，她心里还是像猫抓一样难受。昨天晚上王小三清清楚楚地对她说，他去张强家了。现在张全死了，张强和张锁不见了，王小三去哪里了呢? 张锁妈和张强妻子声嘶力竭地喊叫，她们牢骚满腹地寻找张强和张锁。她们把仇恨的火焰都喷洒在刘朋身上。她们一致认为，刘朋害死了张全，刘朋弄走了张强和张锁。

尽管她们不停地满街哭闹，也不管她们如何竭力把罪名强加给刘朋，洛家庄人民的情绪始终非常稳定。张强他们的劣迹在人民心中的印象太深了，在他们身上的任何不幸，都是人民的皆大欢喜。

这一天晚上，陈奶奶主持召开了农民协会全体会议，主要议程是：

一、刘朋传达他去区里汇报工作及区委指示精神，他说：

"我今天早晨去区里了，汇报了我们近段的工作，尤其是昨天晚上发生的事，告诉他们我们打死了张全，又向党委汇报了下段工作打算。区党委主席详细询问了被打死这个人的情况，在什么情况下被打死的，以及群众有什么反应，我们都一一向他做了介绍。他表示满意，充分肯定了我们的工作，他鼓励我们要大胆、细心地干下去。"

二、保田队长刘铁蛋讲了昨天晚上张强、张全和张锁如何企图暗杀刘朋和陈奶奶的情况。因为值班的就两个，不击毙一个恐怕咱的人要吃亏。张强和张锁被活捉，羁押在看守所。

三、组织委员李石头宣读对张强、张全、张锁等人的调查情况。总之是罪行累累，罄竹难书。

四、改革委员吴孬向大家宣读了全村人口数、土地数及阶级成分划分情况：划分这些成分的原则是：以三亩半土地为基点，人均低于该数的，划为贫农；人均土地是三亩半或稍高一点儿，没有剥削行为，也就是说没有雇工，农活全是自己干，划为中农；土地人均高于三亩半，农活不全是自己干，也不全是雇人干，而是农忙时雇人，农闲时不雇人，划分为富农；人均土地高于三亩半，甚至高出很多，农活全靠雇工干，自己一点儿活都不干，划为地主。此外，村里还有一些人，拥有土地不太多，但他们劣迹斑斑，民愤较大，划为坏分子。农民协会还对全村一部分成年人，尤其那些长期在外的、游手好闲的、无所事事的、扯谎者、欺行霸市者、横行乡里者、鱼肉百姓者，凡此种种的民愤极大者，都对他们的所作所为做了详细的调查。

五、讨论决定下段工作。与会人员对各项议题进行了充分热烈的讨论。其结果归纳如下：

1. 工作得到了上级党委的肯定，很感欣慰。

2. 张强、张全、张锁三人罪大恶极，要对他们进行公审(张全虽死，但公审难免)。对他们如何处理，要根据大家的意见，该扣押时，就扣押；该枪毙时，就枪毙。这样可以震慑敌人、压倒敌人的反动气焰，鼓起人民的革命情绪，进一步发动群众，确保土地改革工作的顺利进行。

3. 大家充分肯定了保田队的工作。对队长刘铁蛋进行了表扬，赞扬他工作踏实、具体、认真，避免了一场大祸，挽回了重大损失，为土地改革工作提供了组织保障。

4. 一致同意全村农民阶级成分的划分情况。

5. 下段工作：充分发动群众，进入土地改革的实质阶段。应分得土地的农户真正得到土地，块数、亩数、位置等都要清清楚楚，而且要有农民协会发给的土地所有证，并带领他们一一认地块，让他们心里踏踏实实，真正享受到了分得土地的幸福。

戊子年(1948)三月二十日，洛家庄召开"土地改革动员大会"。大会仍在村西头的广场上召开。这次的主席台不是像过去那样，一张桌子几条凳子那么简单了，而是搭了个大台子。台子5米长、5米宽，是全村的太平车拼在一起搭成的。上面用帆布撑起来，中间摆着拼在一起的桌子，桌子后面放着几把椅子。台子两旁挂着巨幅标语，上联是"坚决镇压阶级敌人"，下联是"积极推进土地改革"，横幅是"洛家庄土地改革掀高潮大会"。临街的房上、村头的树上，凡是显眼的地方，都贴有标语。主要标语口号是：中国共产党万岁！毛主席万岁！中国人民解放军万岁！打倒一切反动派！贫苦农民站起来了！工农兵联合起来！土地归还农民！打倒地主阶级！祝贺洛家庄农民协会的胜

利成立！等等。

全村的保田队员和青年积极分子，全力以赴保卫这个大会圆满成功。村庄的东、西、南、北重要路口，有保田队员站岗放哨。台子上站着四个保田队员，手中紧握着长枪，严阵以待。会场周围每五十米插一杆红旗，迎风招展，非常壮观。锣鼓一大早就开始敲起来，加上孩子们的熙熙攘攘，形成了洛家庄从来没有过的热闹场面。

十字街的房屋墙上贴着两个大布告，红纸黑字，非常醒目。一个是"洛家庄阶级成分划分情况"，一个是"农民分得土地数及所在位置"。全村绝大多数都是贫农，都是应分土地的农民，他们看见这些布告，非常高兴，珠泪双倾，饭菜香甜，夜不入眠。那些几辈子都没有土地的农民，号啕大哭，双膝跪地，失声高喊："共产党呀，你比爹娘都亲；毛主席呀，你真是我们的大恩人……"

上午九点钟大会开始，大会由农民协会宣传委员高大栓主持。

大会第一项，刘朋队长讲话。他着重讲了当前全国形势和洛家庄的主要任务，鼓励大家积极参与土地改革运动，搞好生产，以实际行动支援人民解放军在淮海战役中取得辉煌胜利。刘朋讲话后，陈奶奶向大家讲解了十一月初十晚上，张强、张全和张锁企图暗杀刘朋和陈奶奶的事实经过。然后由农民协会组织委员李石头宣读全村被定为贫农、中农、富农和地主的名单。改革委员吴孬宣读了每户分得的土地数量及其所在位置。然后就是公审宣判大会。首先由群众控诉，有仇的诉仇，有冤的诉冤。群众争先恐后到台子上发言。王大婶控诉张强是如何逼死她丈夫；李大妈控诉张强是如何抓她儿子当兵至今未归的；赵大爷控诉张强是如何霸占他家的土地的；高大叔控诉张锁是如何逼死他女儿的；刘奶奶控诉张强是如何逼她还债并扒她的磨顶的；……他们都是一把鼻涕，一把眼泪，哭着说着，泣不成声，有的甚至伤心欲绝，神志不清，瘫倒在台子上，被大会工作人员搀扶着走下了台子。群众控诉时间延续了一个半小时，大家畅所欲言，把积累了多年的苦水吐了出来。然后由农民协会主席陈婵妮公布他们的罪恶事实。当她宣布到"企图暗杀工作队长刘朋和农会主席陈婵妮"时，张强矢口否认，当场狡辩说他们不是去搞暗杀的。就在这时，袁良从人群中站起来。他比较详细地说明了张强他们是如何策划暗杀行动的。他活生生的证明，让张强哑口无言。这时王小三的妻子跑上主席台，让张强说出王小三的下落，张强也矢口否认王小三去过他家，更不知他的下落。这时袁良又一次证明，他们作暗杀计划时，王小三在场，讨论结束后，他和王小三准备回家时，王小三被张强留下了。他本人回家了，所以不知道王小三发生了什么事。陈奶奶立即告诉保田队队员去张强家搜，要求把他家里里外外、每个角落都搜索一遍。阵阵口号不断响起，这些口号主要是：血债要用血来还！张强必须老实交代！坦白从宽，抗拒从严，顽抗到底，死路一条。打倒反动派！新中国万岁！二十多分钟以后，去张强家搜索的保田队员回来了。他们告诉大会主席和与会群众，他们在张强家里的地窖里搜出了王小三的尸体，已快要腐烂了。这时再问张强时，他已闭上眼睛不说一句话了。最后，陈婵妮问主席台下面的群众："大家说，如何处理张强、张锁？"

陈奶奶的话刚一落音，还没等群众回答，一个保田队员气喘吁吁地向主席台报告："报告大会主席，我们发现远方有一个骑兵队，正向我奔来。"

刘朋、陈奶奶、高大栓他们立即命令：全体保田队员，马上集合在村口，阻止骑兵进村。刘朋要大家做最坏准备，说不定还可能开枪呢。万一他们是来劫法场的，也很难说。同时，高大栓告诉大家保持安静，不要乱动，暂时休会，原地不动。

几个骑兵走到村口时，被带枪的保田队员拦住，不让他们进村。那个领头的骑兵，从马上下来，把马缰绳递给他的同伙，轻快地走到保田队员面前，恭恭敬敬地行了个军礼，说道："我叫洛富强，我们想进村去见陈奶奶——陈校长。"

保田队员："请你们稍等，我们禀报以后再说。"

不一会儿，保田队员回来告诉他们说："让你们进村吧。陈奶奶正在广场上开大会呢。"

几个骑兵来到主席台下。陈奶奶从主席台走下来。那个领头的大个儿走到陈奶奶跟前，脱下军帽，恭恭敬敬地行了个军礼，说道："我是洛富强呀，陈校长，不认识我了吗？"

陈奶奶仔细地上下打量了一番，非常感慨，泪流满面，满腔热情地说道："洛富强？你回来了，孩子？"

洛富强："我回来了，奶奶。"

奶奶

　　陈奶奶热泪盈眶地盯着他,脑海翻腾,思虑万千:洛富强,一个人生活的辛酸史以及那天晚上偷跑的狼狈相,与现在站在面前的洛富强比较起来,真是天渊之别:一个是衣服褴褛,一个是军装整齐;一个是面黄肌瘦,一个是满面红光;一个是萎靡不振,一个是英俊潇洒;一个是单身孤独,一个是军营班长。然后,她意味深长地说:"富强啊,你真是大变样了。"

　　洛富强立即接着她的话说:"我现在当了班长了,陈校长,是某部骑兵连的班长。你看,他们都是我的战友。"他说着话,用手指着跟他来的战士让奶奶看,并对他的战士说:"这就是我经常对你们说的那位陈校长,我的救命恩人。"那几个战士齐声说:"陈校长好!"陈校长频频点头,微笑着对他们说:"同志们好,大家好!"

　　洛富强对奶奶说,他们的大部队正在南下,路过新郑时,停下休整,他请假回老家一趟,特意来看望她的。当他得知这里正开着土地改革动员大会时,情不自禁地说:"这太好了,真是上天的安排,我正想找机会与乡亲们见见面呢。"他迅速跑到主席台上,用他那强有力的手,工工整整地给大家行了个军礼。然后,他对与会群众说了些热情洋溢的问候话和祝福语。

　　大会持续了两个钟头。这是个土地改革掀高潮的大会;是个充分发动群众的大会;是个贫苦农民对地主阶级的控诉大会;是个贫苦农民完全翻身解放的大会。在这个大会上,贫苦农民控诉了地主阶级的压迫,声讨了地主们的残酷剥削。他们申了冤,解了气……从此以后,他们将轻装上阵。生活一天比一天好,日子越来越幸福。

奶奶

第二十一章

| 喜得胜利果 |

戊子年三月二十四日上午，在张强门前的广场上，举行了一次声势浩大的群众活动，也可以说是个群众大会，这是一个特殊形式的大会，就是大家齐动手，把地主的所有财产全部拿出来放到广场上，然后再分配给农民。这个活动自始至终都由农民亲自参加，亲自动手，亲自把地主的东西拿出来，又亲自把分到的东西拿回家。这种大家齐动手把地主的东西拿出来进行分配的做法，这里的群众叫"大轰大瓮"。过去总是拿着自己的劳动果实送给地主，现在可到了把自己的劳动果实从地主手里夺回来的时候了。天啊！这是个啥滋味呀？祖祖辈辈的盼望，多少人的梦想，今天实现了，由解放军领导咱们劳苦大众，经过流血牺牲、艰苦奋斗而实现了。人们怎么不高兴！怎么不狂欢！

广场四周插满了红旗，高高耸立，迎风飘扬。村里的大树上、墙上以及显著地方的重要标志上，都贴上了巨大的标语，它们是：中国共产党万岁！毛主席万岁！中国人民解放军万岁！新中国万岁！劳动人民万岁！打倒地主阶级！农民要翻身！等等。广场东面一个唢呐队，西面一个文艺队，南面一个锣鼓队，当一齐表演的时候，广场的锣鼓声、唢呐声、演唱声和孩子们的吵闹声，这几种声音交织在一起，在广场上空回荡，即刻传到远方。整个广场沸腾了，整个村庄沸腾了。洛家庄的农民，男男女女，老老少少，纷纷来到广场，有些人是大会的参与者，有些是看热闹的，大多数人是来庆贺胜利、分享喜悦的。

奶奶

　　全村人过去从来没有这么热闹过，也从来没有这么幸福过。这个广场也从来没有这样沸腾过，更谈不上在这里有什么幸福！每年过新年时，张强家里邀请些社火团体来这里表演，都是为他们自己的享乐。广大贫苦农民是没有什么享乐的。很明显，当他们蜷缩着寒冷的身体，两手捧着饥饿的肚子，能有"享受"吗？能有欢乐吗？因此，每年的新年，不管这里有什么名堂，也不管这里有多少人，广大劳动人民是没有任何欢乐的。

　　所以说，此时是洛家庄人民真正翻身的时刻，真正解放的时刻，也是有史以来最欢乐的时刻，最幸福的时刻，最值得庆贺的时刻！

　　村民们根据通知来到张强门前的广场上。来的人大部分是男的，而且是棒劳力，也有女的，虽然是少数，站在人群中却显得很突出。大约有三百多，有不少户一家来了两个。因为今天的活动很实惠，是一个分东西的活动，分粮食、分衣服、分钱、分农具和其他生活用品。这种会议都积极参加，平时不怎么爱出门的人、不怎么参加集体活动的人，遇到这种活动时，也积极参加。

　　广场周围，有保田队员持枪站岗，广场通向外面的各条道路，大的，小的，即使是一个小胡同，也有人把守。所有人员——男的，女的，老的，少的——只准进，不准出。

　　经过点名得知，该到的都到了，但还有三三两两的人陆续在来。会议由改革委员吴孬主持。他让大家安静下来以后，农民协会主席陈奶奶给大家讲话，她说："今天的大会，是一个'大轰大瓮'的大会，是一个分得胜利果实的大会，是一个真正翻身解放的大会，是一个欢欣鼓舞的大会，也是一个分享快乐的大会。也就是说，我们大家齐动手，把地主的所有东西全部拿出来，统统放在这个广场上。然后，由咱们的工作队队长刘朋同志公公平平地分给大家。希望大家积极工作，遵守纪律，按规矩办事，把大会开好。"陈奶奶讲话以后，吴孬宣读纪律和注意事项：

　　1. 所有东西一律放到广场上，不准放到其他地方；
　　2. 每人都必须大公无私，不准为主人私藏，也不准占为己有；
　　3. 必须爱护所有东西，不准出现任何破坏行为；
　　4. 对于搬不动而需要拆卸的东西，要请示领导，不准私自动手；
　　5. 搬出来的东西要按要求放到合适位置，不准乱放。

── 第二十一章 喜得胜利果 ──

最后，他宣布"大轰大瓮"开始。所有与会人员像一窝蜂一样向地主院子跑去。三百多人积聚在一起时，拥拥挤挤，熙熙攘攘，好像很多人似的。可是一跑向各院子时，就显得寥寥无几了，也不知道是地主们的院子多、房子多，还是人员少。

整个广场分成七块：衣物、粮食、家具、炊具、农具、牲口和钱币。广场中央放着一张三斗桌子和几把凳子。桌子上放着一个不大不小的纸箱子，是放钱币用的。其他东西，按划定的区域放。各个区域，都根据要放的东西，做了相应的布置。比如放粮食的地方，地上铺了席子，席子上放几张穴子，搜出的粮食用穴子囤起来；再比如，在放牲口的地方，栽上棍子，扯上绳子，牲口拴在绳子上。

张强有四个院子，都是坐北朝南。最东面的是张强一家人的住处，是他的住宅，他父母亲、儿子、儿媳和女儿，都住在这个院子里。从他的住宅往西数的第二个院子，也就是紧挨住他的住宅的那个院子，是长工和丫鬟们的住处。再往西的第三个院子，是牲口院，最西边的是放农具的储藏院，各种农具，尤其是大型农具都放在这里。这四个院子，以张强的住处最为豪华，院墙不仅高，而且上面有用绿铁丝拧成的铁丝网，一尺多高，向外倾斜，与墙体形成七十五度的夹角，看起来非常威严。门楼比院墙高出五尺。顶上盖的是深绿琉璃瓦，脊顶上站着龙、虎兽头。宽大的双扇门上，镶着两行巴掌大的铆钉。金黄色的铆钉与黑明瓷亮的木门，形成鲜明的反差，看起来特别醒目。进门处有一个五尺长的台阶，两旁坐着两只大石头狮子，张着嘴，瞪着眼，爪下按着一个石头蛋，孩子不敢看，看着心打战。走进门楼以后，第一眼看到的是一座高大的影壁墙。墙面上画着一幅巨大的油画——迎客松。墙外面有一个小小的花坛，里面长着一棵迎春花和一棵月季花。迎春花全是枯萎的叶子；月季花上还有两朵残花、烂叶。花坛里的土是干巴巴的，好像很长时间都没有人管理过，没人浇水，没人松土，没人整枝。影壁墙顶上，有一只用梨木雕刻的动物，头朝外坐在墙上，张着大嘴，一只前爪举得高高的。据张家说，这是一只麒麟，是迎送客人的，由于雕刻技术不高，看起来很像一条披毛狗，群众都认为，张强是有意让条恶狗咬老百姓的。

张强的住室是一所具有三个房间的北屋，铺地面的砖全是竖立的，砖缝

很细，很直，一条一条像线绷的一样。地面非常平，像用刨子刨过的一样。张强的卧室在东间，里面所有的家具全是红木的，他的顶子床是紫檀木，顶子的前帘上，雕刻着二龙戏珠；顶子的立柱上，雕刻着龙凤嬉舞。床前面，靠夹山一头，放着一张两斗桌子，是山榆木的，桌子上有一盏带罩的煤油灯。床的对面，靠窗户地方，放着一张梳妆台，是黑槐木的。台上放着一个可以调整方向的大镜子。镜子下面的长条盒子里，有木梳子、篦子和刷子。梳子是桃木的，篦子是竹子的，刷子是野猪毛的。房间里有四把罗圈椅子，全是黄檀木的。此外，还有五个衣柜，每个衣柜放在一个柜橱上。这五个衣柜，两个放被子和床上用品的，两个放的棉衣，另一个是放单衣服的；一个衣架，上面挂着正在用着的衣服；一个鞋架，三尺多宽、五尺多高，共五层，放着各式各样的鞋子。有冬天穿的棉的、皮的、羊毛的、狗皮的、翻领的、锁口的、扎带的和前脸带红缨的。这些衣柜和衣架都是水曲柳做的。而且本地木匠做不来，特请南方师傅专做的。中间屋子是一个私人会客室，张强的私人密友，不在大会客室会见，而在这里密谈，还经常在这里宴请私交。会客室中间放着一张大圆桌，上面摆着茶具、香烟和烟具，都用薄纱布盖着。圆桌子是棕色的，漆得锃亮。它周围放着八把椅子，形成这样一个图形：一个太阳四周带着八个星星，外表看起来是一个八角星，实际上，张强的目的是把它组成一个"中华民国"的国旗。这样一种格局就形成了：整天伴随他的就是这个国旗，他整天想的也是这个国旗，他整天干的也是为这个国旗。会客室的四周墙上挂着古今的名人字画和诗词佳作。有李白、杜甫的诗；有李商隐、辛弃疾的词；有王羲之、董其昌的书法；有张大千、齐白石的水墨画和油画。

张强的住室后面，有一个三亩地大的花园，里面全是奇花异草和观赏树木。花草类：牡丹花、玫瑰花、月季花、百合花、迎春花、鸡冠花、蓝雪花、杜鹃花、郁金香、秋海棠、美人蕉、夹竹桃、仙客来、三色堇，还有芍药、桂花和梅花。果树类：樱桃树、杏树、桃树、梨树、石榴树、柿子树、李子树、核桃树。此外，还有些观赏树木，例如：松柏树、垂线柳、冬青树和枫叶树等。在这个花园里，一年四季都有花，一年四季都是青枝绿叶。

花园中央有一个精巧别致的小亭子，下面放着白玉石的桌子和凳子，专供赏花人歇息。从四面八方通到亭子的甬路，都用砖石砌成。花园的最北

第二十一章 喜得胜利果

头,有一个半亩大的水池子,里面长着莲花、菱角和荸荠。池水荡漾,垂柳舞姿,鱼儿戏水,鸟儿鸣啼,形成一个天、地、水三合一的生动场面。

花园的西北角落,也就是水池的西面的荒草丛里,有一个暗藏的地窖,是张强他们处理特殊情况时,临时起用的。王小三的尸体就是在这里面被发现的。

群众进入地主的住宅以后,看见什么拿什么,吃的、穿的、用的,统统拿到广场,放到应该放的地方。

张强的住宅里进人最多。他家有几件不容易搬的东西,例如:红木家具、桌子、柜子,还有顶子床,不但沉重,搬不动,而且,住室的套间门小,顶子床根本出不来。得先把它卸开,把顶子与床体分开。

在张强的住室,人们把衣物等东西拿出去以后,费了好大工夫才把五个柜橱打开。他们一看,哇!全是铜钱。大的,小的。大的叫制钱,或叫大闹钱,数量不多,是零散着放在柜子的角落里的;小的叫小钱,或叫小铜钱。中间有一个大方孔,可以用绳子穿起来,每五百个穿在一起,叫一贯,或叫一吊。因此,人们常把不成熟的人叫作半吊,或二百五。这五个柜子里全是装成一贯一贯的小铜钱。大部分群众都可以按照农民协会的规定,把这些小铜钱拿到广场上,放到广场中央的箱子里,但有少数人却不遵守规矩,千方百计把小铜钱藏在自己身上,企图私自带回家。他们能藏到哪里呢?因为每个人来参加会时,就明确告知,除了身上穿的,其他任何东西都不准带。看看老抠和刘贯一是如何把小铜钱藏起来的。

老抠和刘贯一碰巧同时进入张强的住室。当人们把橱柜打开向外搬运小铜钱时,他们两个把钱缠到腰上、腿上和胳膊上,别人劝他们,他们也不听,人们只好把他们私自藏钱的事报告给刘朋或陈奶奶。当钱就要全部搬出时,他们两人抓住同一贯,谁也不肯松手,谁也不相让。他们越搜越紧张,越拽情绪越大,很快两人吵起来,又很快对骂起来。穿钱的绳子被他们拽断了,小铜钱呼啦掉了一地。两人不再挣了,急忙把自己手里的钱装到口袋里,再弯腰捡地上的。

老抠和刘贯一的身上装满以后,打算回家卸装,然后再来装新的。老抠趁着没人看见时,偷偷沿一条小路,大步流星地往外跑。当他满怀信心地跑到胡同出口时,被一名持枪站岗的保田队员拦住。队员问他:"出去干什么呀,

老抠?"老抠一时答不出话来,磨蹭了半天才说:"我的头疼病犯了,我得回去吃药。不然,就病倒了。"这可把该队员难为坏了。叫他走吧,自己是没有权力放人的,这是一条纪律,是有言在先的;不放他吧,又怕他病倒,出了人命问题。他在毫无办法时,农会委员吴孬从外面走了过来。该队员喜出望外,赶快把老抠交给吴孬。老抠一看见吴孬,心里非常紧张,感觉大事不好,自己的如意算盘就要落空了。吴孬很知道老抠的禀性,他一眼就看出老抠是想把偷的东西送回家,根本不会相信老抠那病倒的鬼话。吴孬两眼瞪得圆圆的,直盯住老抠。老抠像看见猫的老鼠,畏缩着不说一句话。吴孬严肃地说:"头疼不要紧,大会上有药。走,跟我回大会上。"

　　在大会上主持工作的农会委员们,早就知道老抠和刘贯一往身上偷藏钱的事。老抠走过来后,农会副主席洛敬民说:"老抠有什么事吗?"没等老抠答话,吴孬说:"他说他头疼,咱们不是有头疼药吗?"吴孬偷偷递给洛敬民一个眼色。洛敬民马上说:"有,有,咱们啥药都有。"洛敬民仔细打量着老抠,然后,很风趣地说:"我看你不是头疼,而是浑身疼吧。你身上鼓鼓囊囊的是啥玩意儿?"他说着伸手去摸老抠的衣服。他发现,老抠身上,有的地方疙疙瘩瘩。他一边说,一边把手伸到老抠的衣服里摸起来。他顺手拉出一串小铜钱,他问老抠:"老抠呀,老抠,人家把钱交到广场里,你却把它装到你的口袋里!咱村都解放了,人人都有了新的面貌,你也不打算把自己的形象改变一下?想把'老抠'这顶帽子戴一辈子吗?"不管洛敬民说什么,老抠低着头,噘着嘴,连一句话也不说。最后,按洛敬民的意思,老抠把身上所有的钱通通掏了出来。

　　刘贯一是个聪明人,他一看离不开会场,又看见老抠的下场,他匆忙跑到会场中央对值班人员说:"这些钱小,没地方放,我把它们装到身上带过来了。"说着他就动手往外掏钱。

　　张强的床下面,还有一个外表看不出来的暗洞。它的表面与别的地面完全一样,没有丝毫差别,一般人是不会怀疑有什么机关的。这是张强的住室,农会强调,对他的住室要特别注意,对每一寸墙体、每一寸地面,都要特别仔细,要一点一点地敲,一点一点地听。当他们检查他的床下面时,听出有个地方是空的,声音与其他地方的不同。他们扒开一看,好家伙!全是银圆,整整一大坛子。

— 第二十一章 喜得胜利果 —

　　正当大家把地主家的东西往广场上搬的时候，两个保田队员从农会里拎了一布袋沉甸甸的硬东西，哗啦哗啦地倒到了箱子里。这是大洋，这也是地主家的银圆。那么这批银圆是怎么到了农会的呢？
　　刘朋进村以后，这些地主们就惶惶不可终日。他们的目标很清楚：首先是保命，其次是保财。关于保命问题，他们曾四处打听，往上面找人，凡是能做到的他们都做了，但没有任何确切的把握，他们也无可奈何，只有听天由命了。关于如何保财问题，他们还是想了很多办法，做了不少名堂，耍了很多伎俩，跑了不少腿，动了很多嘴。大型财产，田地、牲畜、农具、房产、宅子……统统甩掉，一律不要，全部给村民。对粮食和衣服，他们非常爱护，一件衣服也不想丢，一粒粮食都不想让。但他们又没有能力保住它们，也只有任它们去吧。钱是他们必须得保的，这也没有了，那也没有了，不保留些钱今后怎么生活呀？钱有两种：纸币和硬币。纸币已不兴了，再多也如同废纸，不去管它了。硬币包括制币、小钱和银圆。这三种钱币，他们采取三种不同的态度：对小钱，太小，不值钱，保留的价值不大，由它们去吧；制币，也就是大铜钱，尽量埋起来，找到合适的地方，能埋多少就埋多少。但他们又想：不管埋到哪里，将来地皮都是人家的了，埋了不也是没用吗？哎！埋些，留些，保住哪头是哪头。银圆是重点保护对象，绝不能白白送人，也不能轻易放弃。埋在地里又不太可靠，只有活埋了，把它们埋在人群里。于是，他们的亲戚、朋友，愿意为他们保存多少就保存多少。此外，就是本村的街坊邻居，凡是他们认为与他们关系好的，他们肯定前去拜访，恳求人们帮帮忙，为他们隐藏些银圆，当然也有可喜的报酬。他们恳求的这些人中，虽然当时答应帮忙，接收他们送的货，但很快就送给农民协会了。也有少数人不愿意往外拿。这部分人有两种情况：一类是地主们的好朋友；另一类是自私自利、爱财如命的人，他们并不是真心为地主放钱，自己收个报酬，而他们是为自己放钱，他们是想把这些钱昧起来，将来一旦形势对自己有利，这笔钱就成了他们自己的了。他们不会贡献给农民协会，也不会还给地主，地主们催他们归还时，他们绝不会认账。农民协会做了认真分析以后，找了几个重点户做思想工作，有一天，陈奶奶把刘贯一叫到农会办公室。她的第一句话就是："老刘同志，"——这时的"同志"已经成时髦称呼了，叫谁同志，谁会感到很高兴，因为他认为对方把他当成自己人了——"张强让你

359

为他放了多少钱呀？"

刘贯一结结巴巴地说："放钱？没有哇。没有为他放钱。"

陈奶奶很严肃地说："老刘哇，农会没把你当外人，可你却与咱农会不一条心。张强把给你的钱已交代了。你想想，我们把他拘留住，就是叫他交代东西的。他交代得多了就是立功的表现，可以争取宽大处理。因此，他把这些小事都交代出来了。但大事他隐瞒起来了，还亲自搞暗杀，自找死路。张强让其他人放的钱，人家都交代出来了，可是你还没有交出来，好像显得咱很落后似的。你交出来以后还要分给大家的，也有你的一份。"

刘贯一认真听陈奶奶讲话，他认为她的话句句是真的，句句都有道理。他相信农会肯定知道他为张强放钱了。他不再说他没有为他放钱，他退了一步，找了个台阶，说道："我还不知道呢。我回去问问我老婆，她如果放了，我一定让她交出来。"

奶奶很高兴看到他的转变，轻声开玩笑地说："别把大话说得太早了。你当你老婆的家吗？她要是不让你交呢？你就没把戏了吧？"陈奶奶的话，与其说是开玩笑，倒不如说是给他打个预防针，让他有个思想准备，做好他老婆的工作，把钱顺利地交出来。

刘贯一说："没事的。我一定把钱交出来。"

这句话已经很清楚了，他已经自招了，他家里为张强放钱了，而且他是知道的。陈奶奶对他能否做好他老婆的工作很不放心，因此再给他加加码，确保他交着顺利，不能再犹豫。她说："是的，一定得交出来。这不是一般的事务问题，而是政治问题，大是大非问题。张强罪大恶极，是全村人民的敌人，请你不要站在他那一边，为他服务，听他的使唤。如果这样，就是与全村人民为敌了，让大家都看不起，自己在老乡面前抬不起头，这太不值得了。你想想，我的话有道理吗？"

刘贯一连连点头，说道："有道理，有道理。我们一定把钱交出来，一定交出来。"

果然，刘贯一很快把一千块银圆交了出来。

经农民协会的研究分析，留斌的妻子齐灿也很可能为张强隐藏了钱，也需要给她做工作，她才可能把钱交出来。大家都知道，她是一个很不好打交道的女人，蛮横不讲理，也可以说有些不可理喻。对她做工作的人要有知

第二十一章 喜得胜利果

识，有经验，有涵养，有度量，还得有策略，有灵活性。因为她素质低，对她做工作的人，素质得比较高，否则工作就不会成功。当然陈奶奶是最合适的人选。陈奶奶却说："我肯定不行。我要是去给她做工作，非把事办砸不可，她准会给我顶牛。"站在她旁边的农会副主席王强生说："那是为什么呢？你不管做什么工作，成功率还是比较高的。"

陈奶奶说："可是我对她不灵。"

王强生："这我就不懂了。到底什么原因？"

陈奶奶："我们两个有些过节。我不在家的时候，她男人打过俺的花妮，我回来后俺两个吵了一架。从那以后，我们俩好长时间都不说话。后来，我慢慢试着主动与她说话，但她不理我，我一与她说话，她就把头扭过去，只当没听见，连看我也不看一眼。你想想，如果我给她做工作，能做得通吗？"

王强生："原来是这么回事。那让谁去给她做工作呢？"

陈奶奶："让咱的妇女委员刘贤去。她是做妇女工作的，她在群众中威信也很高。我想，她能把她的思想做通，很好地完成这个任务。"

王强生："对，就叫她去。"

一个晚上，刘贤来到了齐灿的家。他们刚吃过晚饭，齐灿还在厨房收拾东西，留斌和儿子已经出去，不知去向，只有齐灿一个人在家。一个大院子里，就这么一间小橱屋里亮着灯，其他地方都是黑乎乎的，有些阴森可怕。

刘贤一走进院子里，大声喊道："谁在家里呀？"

刘贤的喊声把齐灿吓了一跳。她急忙停下来，应声答道："谁呀？"

刘贤："是我。你自己在家呀？"

齐灿："是刘委员呀，快进来，快进来。"她接着说："两个死东西，出去时连门也没带上，把我吓了一跳。"

刘贤很内疚地说："对不起，请原谅。"

齐灿："没关系。主要是天黑，就我一个人在家。不过，没事，请放心。"她马上把话锋一转，说道："你真是个稀客，也是我们家的稀客。我们家是很少有人来的。所以留斌他爷儿俩经常到外面找人说话。你来到我们家很不寻常，你还是个领导，我们真担当不起。"

刘贤笑着说:"你不要给我讲客气、卖关子了。我来是想找你聊天的。"

齐灿:"好,你也别给我卖关子,有话直说。"

刘贤:"那好,我看你也是个利落人。直话给你说吧,我来的目的是想了解一下你对咱村情况的看法。你也知道,他们叫我当个妇女委员。当就当吧,大事咱干不了,总可以干个杂事、跑个腿吧。为群众办事,我还是很愿意干的。好了,咱们说正题。妇女委员是做妇女工作的,这么长时间我都没找你们谈过话,怎么做妇女工作呀?我真诚希望你们原谅。咱们村发生这么大的变化,农民解放了,几个罪大恶极的人被处决了,穷人正在分得土地、粮食和其他财产。农民的心情如何?咱们妇女的心情如何?你的心情如何?我做妇女工作的委员,虽然知道些,但很不全面。这是我的失职,我向你们说声'对不起',也请你们帮帮忙,讲讲你们的心里话,让我了解一下你们的真实情况。农会是为咱们农民办事的,也请你们向农会提出宝贵意见,以便它为农民办事办得更好。这就是今天晚上我来找你的目的。"

齐灿:"我没有什么意见,你们干得挺好的。"

刘贤:"你认为那个土地改革掀高潮大会开得怎么样呀?"

齐灿:"开得很好哇,群众都很满意。"

刘贤:"群众已经发动起来了,现在的任务是把地主的东西拿出来分给穷苦农民。土地、房屋,用不着他们交,那是明摆着的。我们要挖的是他们的私藏钱。张强也不是糊涂人,他看着瞒不住,主动交代了他请人为他私藏的钱,争取宽大处理。很多群众也主动交代了。现在还有一些群众没有交代,他们还在观望,还有侥幸心理。他们错误地认为,这个风头已过,张强反过身来,他们可以得到些好处。我可以肯定地说,这纯是瞎想,是不切实际的妄想。广大群众已经站起来了,当家做主了,地主阶级已被推翻,他们欺压群众、为所欲为的时代,永远不会再来了。有些人还执迷不悟,不是与广大群众站在一起,奋勇前进,而是与死亡的地主阶级站在一起,充当他们的殉葬品。这些人真可悲!实际上,这些人我们都知道,只是等待他们的觉悟,给他们一个自觉醒悟的机会。"

齐灿越听越紧张,越听越害怕,情不自禁地说:"我也是这部分人中的一个。"

刘贤:"你当然是啰。你交出来不就完了吗?"

齐灿:"我就是要交出来的。只是这几天我忙,没时间去,等我有空了,我肯定去交。"

刘贤:"快去交吧,我们要开分配大会了。"

两个人都平静下来了。刘贤的工作成功了,她心里松了一口气;齐灿放下了包袱,心里也很坦然,两个人都轻轻松松地、面对面地坐着,打算找些自己感兴趣的话题,畅所欲言地聊聊。稍停了一会儿,忽然齐灿问刘贤:"陈奶奶为啥没有来找我呀?"

刘贤已经知道她们的微妙关系,胸有成竹地说:"她是农会主席,是抓全面工作的,事情多,工作忙。像这些了解女人的思想情况,是我妇女委员的任务,当然我来最合适。原先,她是说要来的。她说她很长时间都没有见到你了,她很想与你说说话。"

齐灿的脸上露出高兴的表情,说道:"她是这么说的吗?"

刘贤:"当然她是这么说的!她要是没有这么说,我给你编也编不来。"齐灿听了,好像是恍然大悟似的"哦"了一声。

刘贤:"怎么?你对她的这些话还有什么怀疑吗?"

齐灿:"我也没有什么怀疑。我原以为她一辈子都不会理我了。"

刘贤:"这是你对她的误解。她绝对不是那号人。"

齐灿:"很可能是我对她的误解。不过,我心里一直有这么个疙瘩,总以为她不会再理我。"

刘贤:"你对陈奶奶理解错了。陈奶奶始终是一个堂堂正正、大公无私、坦坦荡荡、一身正气的豪爽女人;她绝不是那种因私自利益而斤斤计较的区区小人。她有容纳世上难容之事的心胸,有克服一切困难的勇气,有不怕任何敌人的胆量。她很有脑子,会出主意,想办法,为不少处于绝境的穷人解决了很多难题,让他们有了新的希望,有了继续生活的勇气。她当我们的农会主席,真是我们全村农民的福气。"

齐灿:"是呀,是呀。我也是这么认为。她真的是不错的。刚才你说,她准备来见我,是吗?"

刘贤:"一点儿不假。说不定她很快就会来的。"

齐灿:"咦,真没想到。她在你面前说过我什么吗?"

刘贤:"说过,说过,怎么没说过呀,还经常提到你哪。"

齐灿一听说陈奶奶在背后不断提到她，思想马上警觉起来，急忙问："她说我什么呀？你快说。"

刘贤不慌不忙地说："她说你命苦，她说你不容易，她说你很可怜。"

齐灿："什么？什么？你说说这都是啥意思？"

刘贤："首先说明一点，她说这些话都没有任何恶意，主要是带着同情你的态度说的。"

齐灿："好，我明白了。你快说吧。"

刘贤："她说你命不好，主要是指你第一个男人那样走了，你才与留斌结合。一个女人半路丧夫是一生中最大的不幸。这叫你摊上了。因此，她说你命苦。你一个女人操劳这个家，家虽然不大，麻雀虽小，五脏俱全，它的操劳不比大家庭少一点。上没有老年人指点，下没有儿女帮忙，上上下下，大活、小活都得你一个人张罗，你不动就在那儿搁着。你整天辛辛苦苦，忙忙碌碌，从早到晚，马不停蹄。是个蝈蝈也得歇歇呀，可你连个喘气的机会都没有，多不容易呀！说你可怜是说你孤独忧愁。上没有老年人唠叨，下没有儿女吵闹，男人又经常不在家，你一个人一天到晚不说一句话。你有苦无处诉说，有乐无人分享。你不去别人家串门，别人也不来你家拜访，你与外人从不来往，你好像生活在一个一人的世界上，怎不感到凄凉、悲伤！怎不叫人可怜、惆怅！"

刘贤只管滔滔不绝地往下讲，也不知道对方有什么感想。当她想起去看看齐灿的反应时，齐灿已抽抽噎噎地哭起来。她后悔不已地说："哎呀，对不起，我提到你的伤心事儿了吧？请原谅，请原谅。"

齐灿抬起头来，抹抹鼻子，擦擦眼泪，慢慢地说："你刚才说这些话都是陈奶奶说的吗？还是你自己的话呀？"

刘贤："这都是陈奶奶亲口说的。当然不一定每个字都与她说的一样，但她确实是这样说了，一点儿都不假。"

齐灿："我实在对不起她。我们都是姓洛的，门第也不远，论辈分我叫她婶子的，可我一直把她当成仇人，见面也不理她，有时她主动给我说话，我也只当没听见，不搭理她。经你这么一说我才知道，她是如此地理解我，我过去实在是冤枉她了，请你回去转告我对她的歉疚。再一点，我问你：她对你提过我们两家吵架的事吗？"

第二十一章 喜得胜利果

刘贤："提过，提过，当然提过。"

齐灿："那她是怎样说的呀？她一定把我们说得一钱不值。"

刘贤："你又小心眼儿了。她说那是过去的事了，过去就过去吧，别把它当成包袱背着不放，大家应该往前看，不要总往后看。往前看就是光明一片，往后看就是黑暗一团。"

齐灿："好了，我一切都明白了，我很快去见老婶子，向她赔礼道歉。"

刘贤："今天咱姊妹俩谈得挺投机，咱俩借这个机会好好交流一下思想。"

齐灿："今晚我也特别高兴，一向孤独无助的我，一直感觉着像被锁在一个黑窑洞里，暗无天日，永无尽头。你这一来，把我引入了一个光明的世界，而且是宽广无际。我要埋怨你的是：你来得太晚了，为什么不早些来呢？"

刘贤："我完全接受你的意见，我应该早些来。不过，再晚也比不来强。我有个小建议提出来供你参考，我想，我这个建议如果对你有帮助，是可以改变你的人生道路的。你是一个有嘴无心的人，急性子，存不住气，头脑一热，不顾一切，火气上来了，一切都拼上，命都可以不要。一冷静下来又感到后悔，可是已来不及了。你这种脾气孤立了你自己，人家不与你来往了，不与你交流了，你不就孤独了？你回忆一下自己的过去，看我说的话有没有道理。小事我不说，我说一件对你影响比较大的、脱离群众的事儿：有一次你丢了一个鸡蛋，你还记得吗？你站在街上骂了三天三夜，而且骂得很难听。即使有人拿了你的鸡蛋，首先说明人家不是偷的，是你家的老母鸡下到人家那里了。当然，即使这样，他拿了也不对。但这总不是偷的吧。就因为这一个鸡蛋，你竟骂了那么长时间，骂出那种不堪入耳的语言！拿你的鸡蛋的只有一个人，你却骂出不可接受的语言让满街的人听，让全村的人听。你想想你的行为，是不是在孤立自己？是不是把自己与全村人对立起来？我告诉你，你骂得腔调越高，你的风格就显得越低；你骂得声音越大，你的形象就显得越渺小；你骂得时间越长，你的气度就显得越短……这仅仅是一个例子。我认为你还做了不少这样的傻事。你想想，我的话有没有道理？像这样不顾后果、对自己有百害而无一益的言语，少说点儿；这样的事，少做点儿。这样，你命运就好转了，你做一切事情就容易了，你就与大家打成一片了，就与街坊邻居融为一体了，你就不孤立了，就可以与他们畅所欲言了，你的生活就

快乐了。因此，你就不再可怜了。"

齐灿："你的意见很中肯，对我提醒很大。我一定认真回顾过去的行为，吸取教训，改正错误，融入全村大家庭中，开始我的新生活。"

经过两个多钟头的紧张劳动，地主的所有东西，全部搬到了广场。各种东西都按照划定的位置，放得整整齐齐。全村农民也一动不动地站在广场周围的空闲处，等待着分配东西。农民们最想分到的是粮食，什么粮食都行，他们眼下的主要问题仍然是吃饱肚子。其次是衣服。当然啦，钱还是首选。因为钱什么东西都可以买。其他东西，分不分，分多分少，都没关系，这些都不影响他们的生活水平。

农民协会的人员把广场上的东西点了一下，当场做出了下列分配原则和注意事项：

1. 除了富农、地主以外，其他人员，只要是洛家庄的户口，都是分配对象。

2. 接受分配人员不准任意挑选物种，分配给什么要什么。

3. 银圆每人十圆，十五岁以下儿童每人五圆。粮食，每人一斗，十五岁以下儿童每人五升。

4. 小铜钱每人一吊，儿童每人半吊。大铜钱每人十块，儿童每人五块。

5. 牲口和大型农具几户分一件（一头、一匹或一套），由分配人员临时安排。

6. 衣服和其他生活用品的分配，由分配人员临时决定。

7. 分配的先后按名单的顺序，不要争先恐后。

分配名单有农民协会委员李石头宣读。其内容包括：家庭人口数，成人多少，儿童多少，应分得什么物品，数量多少，等等。李石头念名单，服务人员发放东西，刘朋和农会成员在一旁监督。整个场面非常紧张，非常热闹。但是忙中有序，有条不紊。每人脸上笑容满面，心里非常高兴，感觉非常幸福。

陈奶奶分得粮食二斗，一斗麦子，一斗杂粮；银圆二十块，大铜钱二十块，小铜钱二吊，几件衣服和一些生活用品。

李嫦对刘朋的到来，有说不出的心情：是高兴呀或是纠结？连她自己也说不清楚。高兴确实是真的。她们逃荒的路上，睡在一个打麦场庵里，半夜里刘朋他们进来。他的言谈话语和行为举止，给李嫦留下了深刻的印象。他给她们了几颗糖果和一枚红五星。糖果使李嫦一直到现在还甜蜜蜜的；李嫦把那枚红五星视作珍宝，一直与她的钱币保存在一起。但她也很纠结，说她的纠结大于高兴，也决不为过。她的那些情怀只是单相思，一厢情愿；刘朋是什么想法，对她有没有感觉，还是个很大的问号。再者，刘朋的家是什么情况，有没有妻子……这一切的一切，都是很大的不确定性。可以说，李嫦的这个情怀是冒着很大风险的，成功的机会太渺茫了，这也意味着自己为自己酿了一坛苦酒，时间越长，苦酒越多；她的思念越强，苦酒越苦，对她的危害也会越大。当然，自己酿的苦酒也只有自己喝。

李嫦与奶奶有一种特殊关系。按街坊辈分，她叫奶奶婶子，她属于下一辈人。她常把奶奶当成自己家里的长辈，她有什么事情，有什么心里话，有什么苦恼，或是自己有什么打算等，都一五一十地对奶奶说，征求她的帮助；奶奶把她当成自己的亲闺女，她可怜李嫦在这里无亲无故，有苦无处诉，有冤无处申，思想的压抑，精神的折磨，再加上外来的欺负，使她在生活的道路上挣扎得喘不过气来，她的日子实在太艰难了。李嫦说服奶奶出去逃荒时，奶奶并不是出于自己的主观需要，而主要是为了满足李嫦的要求，领着她出去躲一躲。她对李嫦的身处绝境深感同情，她决心帮助李嫦摆脱困境，给她一个晴朗的蓝天、光明的前途。她时刻注意着李嫦的事，尤其是她的终身大事。她还年轻，不能没有家。刘朋来了以后，她也很高兴，真有"天作之合"的感觉，但也不能高兴得太早，刘朋这边是什么情况，他有什么想法，一点儿都不知道。不管如何，凡是李嫦有机会与刘朋相遇时，奶奶观察得都特别仔细，尤其是对刘朋。他在李嫦面前的一举一动、一言一行，甚至是一个眼神儿、一个表情，即使是一闪即逝的举动，也逃不脱奶奶的视线。不过，经常是刘朋没有什么特殊表现，他在李嫦面前的举动与在其他人面前的举动一模一样，看不出有什么不同的地方。李嫦这边已经很清楚了，刘朋这边还是两眼一抹黑。她决定亲自去找一下刘朋，看他的葫芦里到底装的什么药。如果行，更好；如果不行，弄个明白，也让李嫦打消这个念头，不要再执迷不悟了。

这天晚上，奶奶顾不得一天疲劳，匆忙跑到刘朋的住处。刘朋正连衣歪在床上休息。当他看见奶奶过来，急忙下床让奶奶坐下，满面春风地说道：

"陈奶奶这么大年纪了，又忙碌了一大天，需要在家休息了，有什么事找人来叫我。我应该去你那儿，不应该叫你跑腿。"

奶奶说："我来也是一样。"

刘朋："你这时候来，好像是有什么事要说。"

奶奶："说有事，就算有事；说没事，就算没事。刚吃罢晚饭，立即躺下也睡不着，想来与你聊聊天，谈谈村里的一些情况和我个人的想法。"

刘朋："这太好了。咱们虽然几乎天天见面，都是一本正经地谈工作，没时间谈个人的想法。今天是个机会，咱们可以随便谈谈。就咱们两个，畅所欲言。"

奶奶："这好。刘队长，我问你……"

刘朋急忙打断她的话说："别，别，陈奶奶，别叫队长，你一叫队长，咱们就不是闲聊啦，咱们的距离就远了，说话就不那么随便了。"

奶奶："你让我叫你啥？"

刘朋："你叫我小刘、小朋，刘朋，都可以呀，就是叫刘队长不可以。"

奶奶："我是工作中谈话叫习惯了。好吧，我改改口。我想问你的是，你是东北什么地方的？"

刘朋："东北沈阳的。那里比咱们这里冷多了。"

奶奶："你们那里人民的生活比这里好吧？"

刘朋："现在当然比这里好多了，那里解放得早，但以前也是不行，说不定还不如咱们这里呢。"

奶奶："你家里几口人，都谁，我可以知道吗？"

刘朋："当然可以知道，这也不是什么秘密。我家共有五口人，我奶奶，父母亲和一个姐姐。"

奶奶："你也老大不小了，怎么还没有成家呀？我还以为你家里一定有妻子、有儿女呢。"

刘朋："本来娶了个妻子，可是我决心随军南下，为解放全中国贡献力量。而她对我说：'你南下，我要北上，咱们两个Bye-bye吧。'她去俄罗斯上学了。"他说话很伤感，泪水盈眶欲滴，嘴唇微微嚅动。他竭力掩盖他的痛苦，但他说话的沙哑声音把他的悲伤暴露无遗。

奶奶的情绪也很低沉，为他的不幸而深感痛心。她在想，自从他进村以后,这里发生了翻天覆地的变化。他始终是精神饱满,干劲冲天,是解放军的代表,给全村人民做出了光辉的榜样。可谁知这只是他一个表面形象,他内心里却隐藏着如此大的痛苦和悲伤。奶奶说:"为了我们的解放事业,你做出了巨大的牺牲,我们为你而骄傲。"

刘朋:"这也没有什么,像我这样的人还多。我还是万幸呢,我的战友,有的已经牺牲了。"

奶奶:"你还打算再成个家吗?"

刘朋:"怎么不打算呀?但这可不是容易的事。也可以说,对我来说,是非常难办的事。我给你说说难办的理由:首先,我家在东北,我工作在河南,家里人说我不在家,这里人说我不是这里人,我两头架空;其次,我是已结过婚的人了,很多女人对结过婚的人不感兴趣,因为她们不知道为什么离婚;再其次,我已经年纪大了,哪个女人还会找我?"

奶奶:"你今年多大了?"

刘朋:"虚岁四十五岁,实岁四十四岁了。"

奶奶:"你对你的婚姻问题有什么要求吗?"

刘朋:"只要能好好过日子就行,别的没有什么要求。"

奶奶:"你对是哪里人有要求吗?"

刘朋:"没要求,哪里人都行。"

奶奶:"我给你介绍一个吧?"

刘朋:"当然好了。我先谢谢你。"

奶奶:"你看李嫦行吗?"

刘朋:"李嫦?她不会同意我的。她要求一定很高,我配不上她。"

奶奶:"你先别这么啰唆,你只说同意或不同意,别的不要说。"

刘朋:"只我同意有什么用?关键是她要同意我。"

奶奶:"你又啰唆了。你只说'同意'或'不同意',别的不让说。"

刘朋:"那我同意。她万一同意了,是我求之不得的。你要说成这个媒了,我得掏大钱酬谢你。"

奶奶:"那你就准备钱吧,我单等着你的酬谢呢。"

刘朋和李嫦经过一段时间的了解,接触,爱情关系很快确立。在奶奶的积极倡导下,两人很快举办了结婚仪式。

奶奶

第二十二章

| 勤工俭学上小学 |

随着翻身解放，人们政府为人民创办了各级各类学校，过去上不起学的孩子，开始走进了学校。

萌萌的上学梦可以实现了。他是多么高兴呀？他乐极，泪流满面地问奶奶："奶奶，我真的可以上学了吗？他们还要钱吗？"

奶奶也激动得双目涟涟，满脸笑容地说："是的，孩子。你可以上学了，你多年的上学梦可以实现了。现在的政府是为人民的，办学就是让穷人的孩子上的，不要钱，是免费的。"

萌萌站在那儿，只是傻傻地"呀！"了一声，好长时间没有说一句话。

萌萌已经十岁了，他开始上小学。小学校只有乡政府所在地才有，距洛家庄八里路。村里有人问奶奶，学校这么远，要不要萌萌去上学。奶奶的回答是"去"。萌萌坚持要去，他说："别说八里，就是八十里，我也要去。"

萌萌他们是新中国成立后第一批入学儿童，基本上都是穷人家的孩子，过去上不起学，现在才开始上学，人数多，年龄也比较大，学校规模比较小，盛不下这么多学生。学生上学的积极性又特别高，为了满足学生们的求学愿望，学校采取了学生不住校的办法。也就是说，学校只管教课，不管吃住，学生必须在校外自找吃住地方，解决吃住问题。奶奶在学校周围，挨门挨户地询问。凡是有空余房间的家庭，都已被外来学生占去，只找到一个孤寡老人。她有三间草房，就她一人住在里面，有两间屋子的空间。但这所房子破烂不堪，残垣断壁，房顶漏雨，墙壁透风，窗户没棂，门扇偏低。若非

— 第二十二章 勤工俭学上小学 —

如此，根本留不到现在，早被人占去。不适宜居住，要住必须大修。

这所房子的主人是一位六十多岁的老太太，老伴儿早已去世。她没儿子，有两个女儿，大女儿叫潘琴，出嫁在吴庄，丈夫被日本人杀害。公公婆婆早已去世。她有一儿子，已长大成人，她跟着儿子生活。她身体不太好，经济条件也差，不常来看望母亲。二女儿叫潘琪，出嫁在李庄，距这里较近，她有公公婆婆，丈夫是农民。她家生活也不好，对母亲的破房，很想翻修，但是心有余而力不足，试了几次都没有办成。老太太只有独住在这所风雨难挡的房子里。她一个人很孤独，想找个住房的做伴，但由于房子太破烂不堪，没人租住。奶奶一问她是否出租时，她即刻答应，是她求之不得的。

奶奶经过充分考虑后，决定租用这所房子，让萌萌居住在里面上学。她认为，住在这里有很多有利因素：距学校不太远，房子里没有别人，只有老太太一人，学习环境好，没人干扰；她在屋子里可以做些缝缝补补的针线活，也可以纺花洗刷，做饭做活两不误。她想到这儿时，心里很高兴，这是个求之不得的好地方。只是花些钱大修一下。她对老太太说明来意后，老太太很高兴。她对奶奶说，你把房修好，在这里居住不要房租。老太太满意的是：房子修好了，这是一劳永逸的事，今后她不再发愁房子问题了；其次，她可以结束寂寞生活了。

奶奶把所需材料备齐后，还雇用了技术人员，准备动工。房东老太太暂时居住在大女儿潘琴家。恰在这时，一个三十来岁的男子过来说："你们是谁呀？你们为啥修这所房子？"

奶奶："我们修这所房子是与房东说好的，我们修好后准备住在这所房子里。你有什么事吗？"

来人："我叫潘根领，我是房东的侄儿，房东老太太是我的大娘。你们不能修这所房子，要修也得我修。你们是哪里的人呀？八百棒槌打不着的，怎么轮到你们来修？"

奶奶给他解释："我们修是为了住，孩子在这儿上学，我们暂时在里面住一段时间，孩子不上学了，我们就不住了，原来是谁的房，仍然是谁的，我们没有所有权。"

潘根领根本不相信奶奶的解释，他的想法是：他是房东的当然继承人。他大娘没有儿子，他与她门第最近，他大娘百年后，他就继承了这份家业。

371

他认为，奶奶住在房子里，有可能造成久占为业的后果。因此，他坚决不让奶奶修房。

奶奶："我们修是经过房东的同意的。这又不是你的房子，你为啥不让修？"

潘根领："你就是不能修。"

奶奶："材料我们都弄来了，人员也都来了。"

潘根领："材料你们弄来了，你们再弄走。人员咋来的咋走。我不管这事，这是你们自己的事。"

奶奶只得派人把房东的二女儿潘琪叫来。

潘琪问潘根领："你为啥不让修房呀？"

潘根领："为啥叫她修哇？要修，我修。"

潘琪："你咋不修哇？这房破烂不堪到这个样子，你权当没看见，你不闻不问，不修不管；现在有人修了，你倒站出来阻挠了。你不让修，靠边站吧，你根本管不着。你的想法我清楚，你想继承这所房子，没门儿！在正常情况下，是可以的。但继承是有条件的，你得赡养老人。你赡养了吗？平常你连看都不看，问都不问，老人的吃住条件你不管，老人的身体状况你不问，也可以说，你没有在老人身上花一分钱，最后你就继承房子，你想得怪美！我现在就告诉你，俺妈百年后也不会叫你继承，你没有继承房的条件……我最后告诉你，她翻修房子，你不要管，你若阻挠她，我要去派出所告你。"

潘根领灰溜溜地走了，翻修工作也顺利地开始了。

房子很快翻修好了。房东住在东间，奶奶和萌萌住在西间。她在房子前面还搭了一个简易厨房，房东和奶奶她们共用。奶奶把纺花车和一切生活用品都搬了过来，还搬来了桌子板凳。奶奶和萌萌长期住在这里，花妮以住在家里为主。她是奶奶的运输员、情报员。经常给奶奶运送食材和让奶奶加工的棉花以及衣料。花妮有时也在这里住几天。每逢节日改善生活时，他们三口就在这里过。

奶奶在这里的主要任务就是照顾萌萌的衣食住行。主要是一天三顿饭。其余时间，奶奶做她的对外加工活。主要是纺棉花和做针线活。这些活都是在萌萌去学校以后干的，萌萌在家时她从来不做家务；她做的是读书、写字、检查萌萌的作业等。奶奶很清楚,家庭要有个好的学习环境,这是让孩子养成好的学习习惯的重要条件。

萌萌在学校学习五门功课:语文、数学、历史、地理和自然。每周上五天半课。奶奶把萌萌的课程表抄下来贴到床头,她给萌萌买了五个笔记本,一门课一个,这是课堂笔记,让萌萌在课堂上听课时,做好笔记。萌萌放学回家后,她首先检查他的课堂笔记本。若笔记本上没有写东西,就说明他课堂上没专心听,她就会问其原因并及时进行教育。每天萌萌放学回来,奶奶都认真检查他的作业。她用课本与作业对照,有时她发现课本上很关键的问题,作业里并没有反映出来,她就会给他出些补充练习题。萌萌很听话,作业很用功,不管是老师出的练习题,或是奶奶出的补充题,他都认真完成。

奶奶要求萌萌每天早晨起床后,先洗脸,然后打扫卫生。卫生要求:室内和院子的地面要打扫;屋内桌子、凳子要擦洗;桌子上的零碎杂物要整理。打扫、擦洗和整理,都不能应付差事,而是严肃认真,一丝不苟,把它当成大事来干。头两天萌萌坚持得不错。几天后,隔一两天打扫一次。再后来,干脆不打扫了,起床后,洗洗脸就去学校了。奶奶问他时,他说学习一忙,把这些小事就忘了。奶奶看到,萌萌把打扫卫生当作琐碎家务干的,没有把它当成修身养性的重要途径。一天中午吃罢午饭,还有些空余时间,奶奶给萌萌讲解了打扫卫生的深远意义:打扫卫生,从事件本身来说,它是件小事;但从它的作用来说,它不是小事,而是大事。天下事,起于易,成于细。一个人做小事时,心无杂念,专心如一,才能在做大事时,不急躁,不慌忙。打扫屋子也是对自己心灵的清理,整理物品,也是一种回忆和唤醒,也是一次自我反省和整理。打扫卫生有一种放下过去,迎接未来的意味。自古以来,名人的家训都是把打扫卫生当成重中之重。《朱子家训》中,开篇就说:黎明即起,打扫庭院。曾国藩在治家的八项要素中,打扫卫生就是其中一项。古人说:一屋不扫,何以扫天下?小事做不好的人,很难保证他能把大事做好。因此,做任何事,哪怕是再小的事,也必须非常认真地把它做好,才能养成做好事的习惯,将来才能把一切做好。

萌萌听得很认真,当场下了决心,保证今后把屋子打扫干净,养成搞好

卫生的习惯，也养成认真做好一切事情的习惯。

每天晚上，萌萌下晚自习从学校回来以后，还要在家学习一个钟头。奶奶陪着他，萌萌趴在桌子上看书写字，奶奶在旁边也是看书写字。只要萌萌在家看书时，奶奶绝不干别的与学习无关的事。这才是一个安静的学习环境，萌萌才能安下心，才能记得住。奶奶这样坚持了一年以后，萌萌养成了学习习惯，奶奶才慢慢放弃了监督。很快萌萌进入了自由安排学习时间的自觉学习模式。这不仅是眼下，就是对他一生都有好处。

每天萌萌上学走了以后，奶奶在家不是纺花，就是做针线活，有时与房东老太太唠嗑。两个老人相处很和睦，交谈很投机。房东老太太娘家姓朱，人们都叫她朱大妈。奶奶他们搬进来以后，朱大妈喜出望外，与过去相比，判若两人。过去一个人，茕茕孑立，形影相照，孤独寂寞，无依无靠，整天畏缩在这所残垣断壁的房子里，整天不说一句话，思想郁闷，消息闭塞。她好像居住在太平洋上的一个小岛上，外界的一切她一无所知，日出日落，对她毫无关系，今夕是何年，她无从得知。她思索着自己还活着，又好像早已离去。她过着虚无渺茫、云来雾去的生活。自从奶奶他们来了以后，她过得踏实了，脚底下硬朗了，有人与她说话了，过上了切切实实的人的生活了。

奶奶与朱大妈没有任何隔阂了，她们有啥话就说，有啥事就讲，说到哪儿，哪儿完；讲到哪儿，哪儿了。谁都不会留一手，谁都没后顾之忧。

一天，朱大妈问奶奶："你是洛家庄的？"

奶奶："是呀，一点儿不假。"

朱大妈："洛家庄有个陈奶奶，你认识她吗？"

奶奶："认识呀，我还跟她很熟哪。你认识她？"

朱大妈："我不认识她，我只是听说过她。"

奶奶："你听说过她什么呀？"

朱大妈："她可有名了，这一带几乎所有村庄的人，都知道她的名字，但见过她本人的并不多。"

奶奶："你想见她本人吗？"

朱大妈："咋不想啊？名人谁都想见。有一次，本来是见她的好机会，但我没有把握好，还是没见成。"

奶奶："有个好机会？什么好机会？你说说看。"

— 第二十二章 勤工俭学上小学 —

朱大妈："就是洛家庄抗日游击队消灭五十多个日本兵那一次。这个游击队是陈奶奶领导的呀，我就在现场，但我没看清哪个是陈奶奶。"

奶奶："你就在现场？什么现场？"

朱大妈："什么现场？就是打死日本兵头头田野的现场。"

奶奶："你越说越神奇，那个场面你怎么会在那儿？"

朱大妈："我就在那儿。你信不信？"

奶奶真是有些不可理解，她怎么会在那儿呢？真是莫名其妙。

奶奶："你亲眼看见田野被杀，四十多个日本兵被活捉吗？"

朱大妈："怎么？不亲眼看见，还叫什么亲临现场呀？"

奶奶还是不清不楚的，她准备问她一些具体情况，看她说得准不准。奶奶问道："当时你在哪儿？"

朱大妈："我在哪儿？我就在日本兵前面的群众队伍里，离田野很近。他指手画脚地讲话，我观察着他的一举一动。你们村那个保长，站在他旁边，点头哈腰的奴才相十足，还有两个日本兵站在田野的旁边。你说我说的对吗？"

奶奶半信半疑，她回忆着当时的场面。相信她说的话吧，她怎么会在那儿？那是动刀枪的场合，那是你死我活的场合；不信吧，她说得这么逼真，真是身临其境，不然，说不了这么具体。

朱大妈："你也不用犹豫了，我对你说明白吧，田野死后，有一个日本兵不愿投降，企图举枪杀人，被一个小孩一枪打死。这个小孩就是我的外甥，是我大闺女的孩子，他叫吴潜，当时才十二岁。他身后那个老太太就是我。"

奶奶也随即说道："你想见到的游击队队长就是我。"

两人都很狂喜，她们不约而同地说出同一句话："原来是你！"她们泪水盈眶，汪汪欲滴，四只眼凝聚在一起，半天说不出话来。

说起你那个外甥吴潜，他真是个机智勇敢的孩子。我曾去过他家，他爹是被日本人杀死的，所以，他对日本人有深仇大恨。他抱定决心，要为他爹报仇。他对他妈说："不杀死日本人，绝不罢休！多么有志气的孩子呀！"

朱大妈："他爹死了后，娘儿俩没少受难，是个苦命的孩子。现在好了，有地了，他也大了，他妈的身体也好起来了。"

从此以后，两个老太太的关系就更加密切了，成了心心相印、形影不离

的同心异体的老年人了。两人在一起谈天论地，家事，国事，天下事，无事不谈；大事，小事，琐碎事，无事不说。一天，朱大妈拿出一个纸条，上面是一个顺口溜，过去有人给她念过，她没怎么听懂。这天她又拿出来，对奶奶说："你看，这个顺口溜念着挺好玩的，有些句子，我不懂它的意思，请你给我解释解释。"

奶奶接过来一看，上面写着：

十大怪

凳子不坐蹲起来。吃饭端到头门外。
夫妻睡觉两头拽。要想喝茶掀锅盖。
萝卜白菜人人爱。豆腐臭了不算坏。
常年吃的是腌菜。穿着套裤做买卖。
草垫草苫当铺盖。夫妻称呼孩子带。

奶奶先默默念一遍，小声说道："你别说，说得还真有道理呢。"然后，她对朱大妈说："这里的每句话说的都是咱这里的情况。它的第一句，凳子不坐蹲起来：咱们这里的农民不就是好蹲不好坐吗？他们吃饭时端到街上吃。它的第三句，夫妻睡觉两头拽：夫妻两头睡，被子又窄又短，所以就两头拽。它的第四句：要想喝茶掀锅盖：午饭后添锅里些水，利用锅灶里的余热把凉水变温，晚上渴了，可以喝。所以，一想喝水，就去掀过盖。穿着套裤做买卖：套裤，是没有腰的两条裤腿，比单裤暖和，比不上棉裤。做买卖的意思是穿着套裤到处跑。草垫草苫当铺盖：被子薄，睡着冷，把它们盖在身上，起保暖作用。夫妻称呼孩子带：夫妻称呼时，好说'孩儿他爹，妮儿她娘'，或者是'他（她）爹，他（她）娘'，它的公式是：名字+他（她）+爹（娘）。例如：夫妻有个男孩儿，叫虎子，丈夫叫妻子时：虎子他妈。妻子叫丈夫时：虎子他爹。他们的是女孩儿叫腊梅，就成了：腊梅她妈，腊梅她爹。总的来说，这个顺口溜是咱这一带农民穷苦生活的写照。如果大家变富了，有钱了，这里面有的说法就不成立了。"

一天中午，萌萌放学回来时，抱着一个摔烂的大西瓜。他说："我搞到个大西瓜，大家来吃西瓜呀！"

奶奶乍一听，很高兴，不过对他说的"搞到个大西瓜"有些怀疑。笑着问道："哪儿来的西瓜呀？"

── 第二十二章 勤工俭学上小学 ──

萌萌理直气壮地回答:"捡来的。"

奶奶的笑容有些收敛,问道:"捡来的?捡的钱呀,还是捡的西瓜呀?"

萌萌的高兴劲儿还一直待在脸上,回答道:"捡的西瓜。"

奶奶的笑容已消失殆尽了,问道:"哪里捡的呀?这么一个大西瓜,要买得好几个钱呢。"

萌萌:"我放学回来走在路上,跟着一辆卖西瓜的车。忽然,那个车一颠簸,一个大西瓜从车上掉了下来。卖瓜的人没有看到,我就把它捡了起来。你看,黑籽红瓤,还是沙瓤的。虽说摔烂了,但不会影响味道的。咱切开吃了吧。也把朱大妈叫过来。朱大妈,来吃西瓜。"

奶奶:"咱先别吃。我问你,你捡到西瓜后,叫卖西瓜的人了吗?"

萌萌:"没有。"

奶奶:"你呀,这种想法很不好,肯定是想占小便宜的。"

从奶奶的脸色上和她的声调里,萌萌已经感觉到他做了错事。但错到什么程度,奶奶对他的错误如何处置,他心里没数。他静静地看着奶奶,一动也不动。脸色有些羞愧和尴尬,单等着奶奶说些什么。

奶奶:"这瓜不能吃,咱不能白吃任何东西,别说是西瓜,就是一粒芝麻,也不能白要。人家卖西瓜的也不容易,费劳力,投资钱,辛辛苦苦大半年,想把西瓜卖了换些钱。咱能有心白吃人家的吗?"

萌萌:"我又不是白拿他的,既不是偷的,也不是抢的,是他丢的,是我捡的。他把瓜丢了,这瓜已经不是他的了,谁捡到它都一样。我不捡,别人捡……"

奶奶有些不耐烦了,对萌萌的诡辩她有些气愤。她说道:"你学会诡辩了,哪来的这么多歪道理。卖瓜人把瓜丢了,是他的经济损失,别管谁捡到都一样,谁捡到都应该还给他。谁捡到还给他,这是拾金不昧,这是高尚品德。拾了东西占为己有,这是占小便宜,自私自利的肮脏思想。我们需要的是拾金不昧的高尚品德;我们应该摒弃贪图便宜的肮脏思想。"

萌萌不说话,一直点头。

奶奶说:"你说这瓜咱还能吃吗?"

萌萌:"不能吃。"

奶奶:"对,坚决不能吃。不,不是不能吃,而是不能白吃。如果想吃,

377

咱把钱送给卖瓜的，也是一样。"

萌萌："现在这个瓜咋办呀？"

奶奶："咋办？有两个办法。想吃，就送钱；否则，就送瓜。你说，哪个办法？"

萌萌："如果送钱，你有钱吗，奶奶？"

奶奶："我有钱，孩子。"

萌萌："那我去送钱。"

从萌萌的脸上可以看出他想通了，他愿意送钱，他理解了奶奶给他讲的不能白吃的道理了。奶奶看到萌萌思想的转变，心里很高兴。同时，她也回想着，很长时间以来，萌萌从没要求吃这吃那。她亲眼看到很多孩子经常买些零嘴吃，尤其是夏天，瓜呀，枣呀的，但萌萌从来没吃过，也从来没要过钱。他知道奶奶没钱，他是个懂事的孩子，他理解家庭的难处，他深知奶奶的艰苦不易。在一般的家里，夏天吃瓜，是经常的。可是奶奶很少给他们买瓜，他也从来没吵着想吃瓜。因为他知道钱来之不易。他处处想的是不花奶奶的钱，想吃的，不吃；想买的，不买。一个孩子，生活在一个穷苦人的家庭里，吃多少苦，受多少委屈。她可怜两个孩子，她对不起两个孩子。她的眼里泪汪汪的，思索着：两个孩子受苦了！

萌萌很后悔，捡了这个瓜应该立即交给卖瓜的。不该占小便宜，由于有想吃瓜又不想出钱的想法，其结果是又让奶奶出钱了。他很内疚。可是，当他看看放在桌子上的西瓜时，那个"黑子红瓤"对他吸引力太大了。它像魔鬼一样缠住他不放，它又像神灵一样使他失去自我。他馋涎欲滴，想吃西瓜的欲望，牢牢控制着他的思想。当奶奶问他吃不吃这个西瓜时，他坚定地说了一句"吃"。不过，他又问奶奶是否有钱。

萌萌拿着奶奶给他的钱去寻找卖瓜人了。他对他们说明情况后，卖瓜人表扬了他。他们对萌萌说："我们不要你的钱，你把瓜吃了算了，反正瓜烂了，不好卖。"

萌萌："你们若不要钱，我奶奶不愿意，她会亲自来给你们送的。"

卖瓜人："你们一家的这种高尚行为，是值得我们学习的。这钱你拿回去，作为我们对你们的奖励。"在萌萌的坚持下，卖瓜人只得要了几个钱了事。

第二十二章 勤工俭学上小学

萌萌回到家时，奶奶已经把西瓜切好，在桌子上放着，单等着他回来吃了。奶奶让萌萌给朱大妈送几牙后，他们开始吃起来。萌萌吃西瓜时，奶奶说了下面的一些话："与人相处，要诚心，要厚道，不要虚心假意，不要占小便宜。做工作时，要踏踏实实，一丝不苟，认真仔细，不走捷径，不图省事，不投机取巧，不玩弄玄虚。在学习上，不找窍门，扎扎实实。有一分耕耘，就有一分收获，不能不劳而获。古人说得好：'天道酬勤。'什么是天道？就是自然规律。什么是酬勤？就是奖励那些勤劳的人，努力付出的人，就会有好的报应。比如上学，只要努力学习，将来肯定能考上名牌大学。在任何时候，任何地方，都不能白吃人家的，白要人家的，不能占小便宜，不能自私自利。这是做人的底线。"

萌萌点点头，说道："我记住了，奶奶。"

奶奶对萌萌的生活照顾得非常周到，说"无微不至"一点都不为过。每天三顿饭，她注意调剂花样，每天不重样。尽管食材有限，她尽量做得不重复，让萌萌吃得不腻口，不烦躁。此外，她每天早晨准时叫醒萌萌起床，晚上陪同萌萌写作业，还有检查作业，补充练习题，检查课堂笔记本等。每天晚上萌萌放晚自习回家以后，奶奶总是为他准备好热乎乎的吃食儿，让他吃。雨天为他送伞，冷天为他送棉衣。从他们住的地方到学校，是一段黏土路，天一下雨，泥泞难走。萌萌穿的是布鞋，根本不能在泥路上行走。每逢这种天，奶奶都让萌萌带一双干鞋，到学校后，换上干鞋。总之，不管在哪方面，在吃的方面，在穿的方面，在学习方面，奶奶都会让萌萌舒舒服服，顺顺当当，思想满意，心情舒畅。

到萌萌该回来而没有回来时，奶奶就非常着急，她坐立不安，心如火燎，生怕萌萌出什么事。

一个隆冬的晚上，北风呼啸，大雪纷飞。已经十点多了，萌萌还没有回来。奶奶为他准备的吃食儿，已经回锅了几次。奶奶再也坐不住了，她披上大衣，冒着风雪，不顾一切地奔向学校。校门紧锁着，街上连个人影都没有。她叫开校门，去他的教室，全是黑洞洞的，除了呼呼的风声，没有任何动静。有个屋子里有灯，她叫开了门，原来是萌萌的班主任。奶奶对他说了他还没回去后，他也感到有些莫名其妙，他也找不出什么原因，他心里很忧愁。在无奈之下，奶奶只好返回家里，情绪不安地坐在凳子上，倾听着外面的动静，

盼望着萌萌的脚步声，心如火焚似地等待着。

十一点多了，奶奶真的听到脚步声了。她急忙把门打开，真是萌萌回来了。她喜出望外，急忙打掉萌萌身上的雪，让他坐下，给他热饭，问他为啥回来这么晚？萌萌给她说明了原因：

晚自习结束了，绝大部分同学都离开了教室，我的同桌方黎突然生病了。我和金童背着他把他送回去。可不巧的是他妈有病，他爹又不在家。我们用他家的人力车，把他拉到医院。幸好他家离医院不远，要不然我们回来得就更晚了。

奶奶关心地问："方黎的病怎么样啊？"

萌萌："在医院给他打了针，吃了药，他好些了。我们又把他送回去后才回来。所以回来得这么晚。"

听了萌萌的讲述，奶奶很欣慰，对萌萌说："孩子，你们做得对。虽然我等得焦急也值得。赶快吃点东西睡吧。"

一天中午，萌萌哭丧着脸回来了，奶奶看着不对劲儿，平常是欢天喜地，今天是闷闷不乐，经询问才知道是老师批评了他。

奶奶："老师为啥批评你呀？肯定是你做错了事。你说说老师为啥批评你？"

萌萌："我打同学了。"

奶奶："你还打人！难怪老师批评你，你也太不像话了。你为啥打人？打谁了？打得严重吗？你说说。"

萌萌："这个学生叫赵凯，平时俺两个关系倒不错的，他经常问我数学问题。我讨厌的是，他经常叫我'没娘孩儿'，我曾经对他说过，不要再这样叫我，但他就是不听。这两天他叫得特别凶，我生气了，就动手打他了。他哭了，去老师那儿告了我的状，老师就批评了我。我有些不服气，事情是他引起的，老师光批评我，不公平。"

奶奶："老师批评你是对的，事情的主要责任人是你。你是打人的错误，他是说些不该说的话的错误。你们两个人的错误性质是完全不一样的，他的错误构不成法律责任；而你的错误是侵犯人权，是犯法的，要承担法律责任的。这是在学校，若在社会上，还得追究你的法律责任的。老师批评你是绝对正确的。"

— 第二十二章 勤工俭学上小学 —

经过奶奶的评说,萌萌的心态平衡了,脸上的阴云驱散了,换来的是喜悦的笑容。

在奶奶脑子里,这件事并没有结束,她要进一步了解萌萌的情况,了解萌萌在学校里的表现。她去学校,找到萌萌的班主任。他给她谈了下列情况:萌萌是个好孩子。他学习努力,成绩好,是全班学习最好的学生。他工作积极,是班里的班长,帮助老师做很多工作。我们班是模范班,纪律、卫生、体育都是全校第一,这几项流动红旗一直都在我们班。因此我在学校也常受表扬,是学校的模范班主任。奶奶还打听了他打赵凯的情况。这位班主任说:"萌萌打他了,他哭着来告状,我批评了萌萌。不过,也不全怪萌萌,赵凯也有一定的责任。这个学生学习不努力,好惹事。我批评萌萌,萌萌不高兴,有些委屈,你回去给他解释一下。"

奶奶听了以后,心里很坦然,有一种无限的欣慰。不过,关于萌萌打赵凯的事,奶奶认为事情还没有完,还需要做些善后工作。

一天中午,奶奶拉住萌萌去到赵凯家,对赵凯妈说:"那天俺的萌萌打赵凯了,我们是来向你赔不是的,我们对不起你们,请原谅。"

赵凯妈也是个爽快人,说道:"赔啥不是呀!孩子淘气,不怨哪一个。你说你的孩子打赵凯了,他根本没回来说,我从来就不知道这回事。这说明打得不狠,没关系,打打皮松,长得快。别把它放在心上,事儿都过去了,别再说它了。"

奶奶对赵凯妈说:"赵凯叫他'没娘孩儿',把他叫恼了。他不但没娘,还没爹呢。他四岁就没了爹娘,是个苦孩子。当别家的孩子得到爹娘的呵护时,萌萌就有失落感。他把没爹娘当成自己的忌讳,谁一叫他没娘孩儿,他就恼了,就与人家起急。我一直在对他说:人家这样叫你,既不是骂你,又不是侮辱你,有啥关系呀?"赵凯妈得知萌萌很早就失去爹娘,心里很难受。她走到萌萌跟前,用双手把萌萌搂在怀里,深表同情地说道:"孩子,坚强起来,上好学,考到北京,为你死去的爹娘争光!为养活你的奶奶争气!"

最后,奶奶让萌萌拉住赵凯的手,对他道歉,说:"对不起,请原谅。"萌萌这样做了后,赵凯回答:"没关系。"

奶奶、赵凯妈:"你们今后还是好朋友。"

萌萌、赵凯："我们今后还是好朋友。"

萌萌在学校的花钱项目，除了书籍费和学杂费外，就是笔墨纸张，用得最多的是作业本和练习本以及演草纸，尤其是后者，每天都得好几张。这对萌萌的家庭来说，是一个不小的负担。萌萌深知奶奶没钱，他除了开学花大钱时，向奶奶要以外，平时这些小钱，他一般不向奶奶要钱。他用的是蘸笔，墨水是蓝颜色加清水，搅和而成的蓝墨水，演草纸是捡的废纸。

他身为班长，自告奋勇，每天单独一个人扫地，别人要求帮忙，他都拒绝。晚上下自习学生们离开教室后，他亲自扫地。把不能用的垃圾扔到学校旁边的垃圾坑里，把可再利用的纸张留下来，自己利用。此外，每天晚上当学生们走了后，他去垃圾坑里捡废纸。偷偷摸摸，独来独往，生怕别人知道了，瞧不起他。

真是怕啥偏有啥。有一天，他走得特别晚，他班的最好的同学宋全也不走，单等着与他一起走。萌萌看着实在甩不开他，只好离开教室，径直往家走。宋全问他："怎么今天不捡废纸了？"

萌萌一下子蒙了，站那儿半天说不出话来。

宋全："啥都不用说，我全知道。今后，你不用捡废纸，我给你纸、本子、一切用纸，我全给你。"

萌萌："绝对不行。我奶奶肯定不会同意，她从来不让我白用任何人的东西。"

宋全："别让你奶奶知道。"

萌萌："这更不行了。首先是不能欺骗奶奶；其次是奶奶特别细心，我掉一根头发她都知道。"

萌萌几乎每天晚上都拿回去一些废纸。他说是从学校门口的垃圾堆里捡来的。为了弄清事情真相，一天晚上，奶奶在萌萌放学前就去了学校门口，看有没有垃圾堆。她发现果然有。里面不但可以捡到废纸，还可以捡到其他很多有用的东西。她不由自主地也捡起来了。萌萌放学后去那里时，奶奶已经捡到一堆了。他看到奶奶，非常惊奇，叫了声："奶奶，你怎么也来了？"

奶奶："我怎么就不能来？"

他们祖孙二人捡了一会儿后，已捡到一大堆了。奶奶说赶快走，明天萌萌还得上早自习。萌萌捡一条绳子把捡到的垃圾捆住，背在背上，跟着奶奶回去了。

从此以后，奶奶经常去那里捡垃圾，很多时候是白天。有一天上午，萌萌的好同学宋全看见奶奶捡时，他阻止她捡，他说他们学校的垃圾堆不让外人捡。宋全把这事告诉萌萌时，萌萌说别不让人家捡，垃圾嘛，谁都可以捡。萌萌回家后，奶奶对他说了此事，萌萌说："那是我的好同学宋全，他不知道是你，要知道了，他还帮助你捡呢。"

奶奶："你那个同学不让我捡，是留着让你捡呢。"

萌萌："奶奶，今后不要再去捡了，俺班的同学看见了，影响不好。他们会看不起我的，他们该说了：'萌萌他奶奶是个捡垃圾的。'我一个人偷偷摸摸地捡些，神不知鬼不觉的，影响不大。"

奶奶："我去不去都没什么，但我必须告诉你，捡垃圾可不是什么丢人事，它是光明正大的。咱一不偷，二不抢，有什么丢人的呀？你顺便路过，捡些垃圾也很正常，你用不着偷偷摸摸捡，你要光明正大地捡。当个学生，或供养学生的家庭，不在于他是不是捡垃圾，关键是他是不是努力学习。他若努力学习，将来考上了名牌大学，不但学生本人光荣，供养他的家长也光荣，政府还可能号召其他人向我们学习呢。他们会说：'她捡垃圾培养出来一个大学生。'很多人该找我介绍经验了，你看光荣不光荣？"

奶奶的捡垃圾，是她们一个重要经济来源。奶奶用卖垃圾钱购买生活用品，还给萌萌买些好吃的东西，改善改善生活。此外，萌萌的学习用品，除了买笔墨纸张外，还添置了胶鞋、雨伞、雨衣、手电筒等，这些是萌萌有生以来第一次享受到的"奢侈品"，也是奶奶家的贵重财产。他的学习条件大大改善了：过去上晚自习时，他趴在他同桌的煤油灯下，借用他人的灯光，读书写字；现在他买了一盏煤油灯，他有了自己的煤油灯了；过去他用蘸笔写字，现在他买了一支钢笔，还买了一瓶蓝墨水；过去他用的作业本、练习本、演草纸等，都是奶奶用捡来的废纸装订的，现在这些本子和纸张，全是买来的。

萌萌从一九五〇年到一九五四年，上了四年小学。本来小学六年制，由于他年龄偏大，学习成绩较好，学习四年就毕业了。他小学毕业这年的暑假，即一九五四年的暑假，他参加了升学考试，顺利地考上了尉氏一中。

第二十三章

黄粱美梦一场空

时钟刚响罢十二点，洛家庄食堂打饭门口已排满了长队，有男的，女的，老的，少的。有的挎着篮子，有的端着盆子，有的提着罐子，有的捧着筐子。他们在焦急地等着打饭。已经十二点多了，食堂的开饭铃还没敲，人们的肚子里叫得咕咕响。孩子们耐不住饥饿的煎熬，有的哭，有的叫，有的跺脚，有的乱跳。长队中有一个妇女抱了一个不到两岁的孩子，哭得凄惨，闹得揪心。旁边一个大妈说："你给他吃口奶呗，哄哄他，别让他再哭。"

那位抱孩子的妈妈："给他吃也不行。奶里哪有水呀？孩子是饿了，没东西让他吃。"

大妈："赶紧打饭吧，让孩子吃些东西就好了。"

妈妈："是的，他就是想吃东西。"

正当打饭人的敲打声乱响时，队长马全来了，他大声吆喝："食堂是咋搞的呀？看看啥时候了，还不开饭？"

炊事班长马启赶紧出来解释："今天不知道怎么搞的，柴火就是不着，光冒烟，不起火苗。把我们炊事班的人急得冒烟。"

马全指着伙房旁边的一堆木材，说道："这么多柴火干吗不用？"

马启："这一堆是柏木的，刚从一棵大柏树上卸下来的，舍不得用，留作连阴天用呢。若晴天好日头的把它们用了，等到连阴天用啥呀？这么多人吃饭，用柴火多着呢。吃的得有储备，烧的也得有储备。"

开饭铃响了，等着打饭的人站成两队：一队是打汤的，一队是领馍的。

有的先打汤，然后领馍；有的先领馍，然后打汤。今天中午的馍是豆面和高粱面窝头。男劳力每人一个（四两重），非劳力男成人，每人一个（三两半），成年女人，每人一个（三两半），三岁以下孩子，每人一个（三两）。发放馍的炊事员，按每家的人口多少、大小，发放。发放馍的速度很低，领馍的长队向前移动得很慢。今天的汤是清水煮红薯叶。一个大铁锅，满满一锅水，里面漂移着一些黑色的游荡物。红薯叶汤的发放是平均分配，不管人口多少，也不管年龄大小，一家一满瓢。发放人对关系好的领汤人，多给些稠的。领汤人在发汤人给他舀汤时，眼巴巴地死盯着勺子，生怕给他不舀稠的。有的领汤人干脆直接说出来，"请给我多打些稠的，我家人多，不够吃。"对这样的请求，会有不同的反应：有的人，人情味较重，怜悯心强，听到这种请求后，有意多舀些稠的。有的发汤人，装着没听见，毫无表情地把汤舀给他。还有些发汤人，听到这种请求后，回应道："把稠的都给你，别人光喝水呀？大家都一样。"

　　领饭的队伍没有了，大多数人把饭带到家里吃，也有不少人在饭场上吃。这些人大多数是家里没有老人和孩子，他们在饭场上吃罢后，随即把碗涮了，免得在家找水找盆的。在饭场吃饭的还有四个老头儿，是队里的五保户，他们都六十多岁了。他们领饭慢，吃得也慢。饭场上的人都走完了，只剩下这四个老头儿。奶奶也走得很晚，她单等着其他人走了以后，去访问这几个老头儿的。她问他们对食堂的看法，问他们吃得怎么样，饭菜是否可口，等等。他们共同的意见是吃不惯，他们不习惯这样的生活。有的说："啥办法呢？家里没有人，一个人生活，有些吃的，饿不死就算不错了。"

　　这天晚上，奶奶去到马全家里，她开门见山地说道："马队长，这个食堂制，多数人都不同意呀。"

　　马全："实行食堂制是当前的大趋势，这可不是我们一个队的发明。大家不同意是还不太习惯，过一段时间习惯了就行了。新鲜事物一开始都是这样。刚开始不同意是正常现象，很快就好了。陈奶奶，你是老革命了，你说说你的意见，让我听听。"

　　陈奶奶："我认为，大锅饭不适应现在的所有制形式。现在虽然是大生产，公有制，但咱们的劳动果实还远远不适应人口的消费，也就是说，供不应求，或者说是求大于供。如果每家自己做饭，他们会勤俭节约，把有

限的物资发挥最大作用，虽然供不应求，但基本上可以满足所需。同样数量的吃材，如果大家在一起吃，就不够吃；如果分给每个人单独吃，就会绰绰有余。这是我的第一条意见。第二条，吃大锅饭，浪费很大。咱们的粮食，柴火，很快就用完了，马上就会断粮缺柴。如果让各家自己做饭，他们就会勤俭节约，深挖潜力，东拼西凑，把困难克服了。第三条，吃大锅饭，就必须办敬老院和幼儿园，这是食堂制的配套工程。老人和孩子是特殊人群，他们在各家都会受到特殊照顾。这是党的政策，我们必须执行。可是我们吃食堂反而不管他们了，这怎么行呢？没有这两个单位，就体现不出社会主义的优越性。再者，上级领导一再强调，要办敬老院和幼儿园，不但要办，还必须办好。第四条，由于物资是求大于供，大多数人看见食材垂涎三尺。咱们把食材集中起来，由少数人接触管理。这是不正之风的温床。实际上，分配不公是难免的。少数人会很满意，他们盆满钵满。多少人会不满意，他们肚子空，口袋空。有差距，就有矛盾，有矛盾，就有斗争。当然，差距也是动力，没有差距就没有发展。食堂制就是人为的制造差距，这就是不安定因素，就可能给阶级敌人以可乘之机，引起社会动乱……"

马全："你说这些我不能说没有，但不是主要的。食堂制的主流是有利于抓革命、促生产，因为它一大，二公。你记住，凡是大的，公的，都是正确的，就是社会主义的，我们就得坚持；否则，就不是正确的，若是向私营发展，就是资本主义道路，我们要坚决反对。至于办敬老院和幼儿园问题，这是绝对有必要的，我们一直在考虑这个问题。只是有一个问题难以解决，就是场所问题，其次是设备问题。陈奶奶，你能帮帮忙吗？你能为大家找一个办敬老院和幼儿园的场所吗？"

陈奶奶："如果你队长想想办法，利用集体的力量，就可以解决。如果让一个人解决，是解决不了的。我也无能为力。"

马全："我们暂把这两项任务放一放，等条件成熟了再说。"

县委发文了，要求在全县范围内，以公社为单位，进行一次"一抓二促三落实"检查评比活动。每个公社评选出一个先进生产队，这个生产队再在一起评选，再选出先进的，就是全县的先进生产队。先进生产队的队长，就是全县的先进个人。对这个先进个人，县上要提拔重用，要把

第二十三章 黄粱美梦一场空

他提拔为公社脱产干部,调到公社工作,把他及其全家的农业户口转为非农业户口。检查评比内容:一抓就是抓革命;二促就是促生产、促工作;具体来说,就是产量是否上去了,也就是说,生产的粮食多不多,粮食多了,生产就好了,工作也当然好了;三落实就是大食堂、敬老院、幼儿园办得如何。

这个县委文件对绝大多数人来说,都无所谓,好像先进与否,对他关系不大。但对马全来说,是一个重磅消息。他非常想当一个全县先进个人。这样,他可以提拔为公社的脱产干部了,而且,他及其全家可以转为商品粮户口了。他们就可以跳出农门,成为城市户口了。这样,他家今后的前途就大为广阔了,例如:孩子上学,当兵,当工人,当干部等,都比农业户口好多了。他在想,这是一个机会,一个千载难逢的机会,绝不能错过,错过就不会再来了。他还在想,这一次对他来说,真是天赐良机,他是生产队队长,是他哥哥偷跑以后轮给他的,大食堂是他亲手办的……怎么这么巧呢?他忽然又想起,三落实,大食堂、敬老院、幼儿园,我这里只有一落实呀。那两个落实到哪里啦?一想到敬老院和幼儿园,他的狂热程度顷刻从一百度降到零度。他后悔了,当初陈奶奶劝说他必须办敬老院和幼儿园时,他拖着不办,甚至把问题甩锅给陈奶奶,让她去找办敬老院和幼儿园的场地。他推辞说,以后有条件了再办。时间过了这么长了,他不但没有办,他把这事早就忘到九霄云外了。现在他后悔了,已经晚了。这真是:

该办不办耍聪明,事到临头才清醒。

想法去买后悔药,哪有成药让你用?

马全坐不住了,他立即去找其他队委会人员,召开队委会。马全提出如何解决敬老院和幼儿园问题。其他委员认为,这是个不可能解决的问题。场地、设备、工作人员、等等,不是说话这么简单,嘴一张一合就成了,这是两个实体,看得见,摸得着。哪能一下子就能办起来。

会计李波说:"咱们没有敬老院和幼儿园,现在临时建也来不及。咱们干脆缺席这两个项目,以后再补上。"

沈同:"这么说,咱们肯定评不上先进啰。"

洛海滨:"评不上先进是小事,很可能评上后进,当个坏典型呢。"

李满:"当个坏典型?不至于吧。评不上先进,就算了,还能评个坏典

型吗?"

洛海滨:"别以为我说这是危言耸听。上级领导早就明确指示,建立大食堂,必须同时创建敬老院和幼儿园,这是三个福利设施,不能缺失任何一个。上级很重视老年人和幼儿工作。这两个缺失任何一个,其他的你办得再好,也是不健全的。到检查时,你还没有这两个单位,你差得有点太远了吧。不评你个坏典型,饶你呢?真评你个坏典型,你啥话都没法说,只有承认错误,好好检讨。"

洛海滨的话把马全说得凉冰冰的,他的脸发怔,眼发呆,纹丝不动,洛海滨的话,他句句倾听。他表面风平浪静,可心里像八级风中的大海,波涛汹涌,巨浪翻腾。他泄气地说道:"咱们干了这么长时间不是白搭了吗?咱也不用参加评比了,我也不干了,叫它随便去。"

马全的几句话叫大家说蒙了。你看看他,他看看你,仅待着,不说话,好像一切都停止了运转,人人都屏住了呼吸。

为了打破这个僵局,赵朋开了腔:"我看,别把事情看死,任何东西都是活的,都是可以变化的。没有的东西,咱们不能把它变成有吗?如果不能变,那还要我们这些人干什么呀?难道我们是光会吃饭不会干活的废物吗?"

赵朋的话大大地激励了马全,他猛的抖起了精神,和颜悦色,目光炯炯,从座位上忽然站起来,说道:"对了,我们是人,是干革命的人,是大跃进的人,是经过总路线洗礼的争气要强的人。"

李波:"你说这些净是空话。空话谁都会说,没一点儿用。你说些实在的呀。具体说,就是敬老院、幼儿园,怎么办?咱没有,怎么叫它有?"

马全:"没有?咱叫它有!只要你敢想,敢想就敢干,敢干就会有。"

李波:"你变魔术吧。你像变魔术那样,把两个单位变出来就好了。以后咱可不发愁了,不会有任何困难了,一有啥问题了,就叫队长来变。"

马全:"你还别说,我虽然不会变,但我可以叫它有。不是变出来的,我是想办法想出来的。咱们得敢想,敢干。不能用老思想,走老路,按部就班,磨磨蹭蹭。总路线的核心就是鼓足干劲,力争上游。大跃进,就是一步跨几步。如果按老办法,这两项任务,不要说几天,就是几个月,也建不起来。咱们用崭新的精神,鼓足革命干劲。在不久的将来,咱们就可以看到敬老院和幼儿园了。"

第二十三章 黄粱美梦一场空

几个队委心里想：你吹吧，吹牛不上税。但你要是把天吹破，老天爷会处罚你的。正当大家诅咒着他的不幸前途时，他突然叫起来："有了，吴本和吴来兄弟俩刚建好的新房，还没有住，给他们做做工作，让他们暂借出来，让我们用。我们把他们的房子当作敬老院。这个任务由赵满负责办理。"他对赵满说："你的工作：给他们两人做思想工作，敬老院所需设施，包括床、桌子、凳子、椅子以及厨房的设备等，都由你负责办理。有啥困难不能解决时，来找我。"赵满点点头，表示同意。马全继续说："关于幼儿园问题，这个好解决一些。咱不办住宿，孩子起床、洗脸后，送来，晚上吃罢晚饭后，来接。幼儿园管三顿饭。我看翟连德新盖的房是最好的场所。他的房是五间门头，两层，办幼儿园很合适。这件事有洛海滨负责落实。此外，咱得有个粮库。促生产，促工作，这两件事要落实到粮食产量上，有了足够的粮食，生产也好，工作也好，也就自然好了。没有足够的粮食，生产和工作说好也没用。咱得有个大粮库，里面放着几囤粮食，咱的腰就硬了，说话就有底气了，领导就欣赏咱们了，其他生产队就会佩服咱们了。尤其是现在，每个生产队普遍缺少粮食的时代，咱们能有几囤粮食，对他们来说是望尘莫及的。我们若当了先进，他们就很自然接受这个现实，就不会有不服气的思想了。粮食问题，有李波负责落实。"

李波："哎呀，队长，我真弄不来粮食。这个年头，就粮食难弄。"

马全："你这个任务比他们两个的好办多了。"

李波："你净推着死猫上树，明明是办不成的事，你偏说好办。"

马全："你是死脑子，想想办法，粮食就来了。"

李波："仓库好办，粮食不好办。你给我弄来粮食，我就好办了。"

马全："你在仓库里，用芡子围三个大囤，都一人多高，里面放麦秸、豆秆、杂草之类的东西填得满满的，上面分别盖一层高粱、麦子和玉米，咱不就有了三大囤粮食了，一囤麦子，一囤高粱，一囤玉米。"

刘芳："你说这，哄小孩可以。大人必然要用手插进去摸摸，一摸不就露馅了。"

马全："咱不叫他们摸。三囤粮食在仓库里，把仓库门锁得严严的，保管员不在家，开不开门，他们只能在门外，透过窗户看，不到跟前摸。这叫隔岸观火，看得见，摸不着。"

马全的话真的让大家很敬佩，敬佩他很聪明，想出了这么个办法，解决了粮食问题；敬佩他敢想、敢干，别人不敢想的事，他敢想，别人不敢做的事，他敢做；敬佩他胆子大，无所顾忌。他真是光着屁股骑老虎——泼皮胆大。

刘芳："马队长真会动脑子，咱洛家庄生产队有你当队长，今后的好日子长着呢。"

马全带着心满意足的心情回到家里。他的妻子郑雪看见他高兴的样子，问道："今天又有啥好事啦？看你喜悦的样子。"

马全："你咋知道我有好事呀？"

郑雪："你的啥事都瞒不住我，我一看你的脸色就知道。"

马全："我今天啥脸色也没有，没哭，没笑，没有皱脸难受，也没有喜笑眉梢，我有什么喜忧事，你怎么知道？"

郑雪："你是一个外向人，你心里的事都反映在脸上。这不是以你的主观意志为转移的，你自己控制不住。你心里的喜怒哀乐，自然而然地就反映在你的脸上。你今天有喜事，我看得清清楚楚。你心里的事，映在脸上，说在嘴上，画在眉上，刻在额头上。说说，你是不是真有喜事？"

马全伸了伸大拇指，说道："你真行，佩服，佩服。"

郑雪："别佩服了？快说说是啥事吧。"

马全把迎接检查，生产队的准备情况，尤其是对如何解决敬老院和幼儿园的缺位问题，对妻子说了一遍。他着重强调："把敬老院和幼儿园这两个大难题解决了，去掉了我的一大心病。这样，我们的设施就完美无缺了，我们就可以被评为先进生产队了。"

郑雪："先进不先进不都一样？不都是吃饭，干活，过日子吗？"

马全："你真糊涂，先进与不先进大不一样。如果咱们的生产队被评为先进生产队，我就很自然地成为先进个人。"

郑雪："你当了先进就意味着你付出的更多，用很大的代价换个先进个人，值得吗？"

马全："你就不懂了。如果我当了先进个人，就是咱们翻天覆地的变化，这将改变咱们的命运，我们的生活将会有极大的改善。"

第二十三章 黄粱美梦一场空

郑雪："看你说得神乎其神的，咋变化，咋改善呀？"

马全："我就可以提拔为脱产干部，调到公社工作。咱们全家就可以转成商品粮户口，咱们就可以彻底地脱离农业户口，跳出农门，成为城市人口了。"

郑雪惊喜了，她一下子由不在乎变得感兴趣了。她也想变成商品粮，成为城市户口。停了一会儿，她说道："这只是咱们的美好愿望，离成为现实还远着呢。"

马全："远在天边，近在咫尺。你要不力争，就在天边，甚至比天边还远；如果你力争，就会在咫尺，就是一步之遥。究竟是在天边，或是在咫尺，要看你的努力啦。今天的队委会上，把敬老院和幼儿园的问题解决了。这就具备了先进单位的基本条件，这是物质基础。把它们搞好，是拔高工作。把这两项工作搞好了，先进单位的条件就具备了。"

郑雪："具备了就可以评上了？你想得太简单了。全公社、全县，具备先进条件的多着呢，都可以评上先进吗？不可能。如果大家都是先进，你这个先进没一点用。在这些具备先进条件的单位里再复查对照，反复对比，最后才找出最好的，作为全县的先进单位。山外青山楼外楼，更好单位埋着头。因此，咱们这个队被评为先进单位的路还远着呢，别高兴得太早了。"

妻子的话深深地刺激了马全。他虽然外向，但他有心眼儿，他动脑子。他认为妻子的话有道理，他得马上想办法弥补，不然，评上先进单位是没把握的。他的脸上消失了喜悦，心里增加了沉思。晚上躺在床上，听着妻子的酣睡声，他思索着如何能评上先进单位。他困惑的是，大家都是这个水平，都有相同的物资条件，都能做到无微不至……哪一点自己能做得比别人强呢？他在竭力想出比别人强的这一点。他想来想去，得出下列结论：只有在感情投资上多下功夫，感情投资要压倒别人，用感情优势取得胜利。只有这一招了，这是唯一的一招。

用感情优势取得胜利，牵涉很多问题，主要是牵涉的人员比较多，首先是检查组的人，其次是各级领导，还有各级抓这方面工作的人员……这一系列人员都得照顾到，万一有一个人没有考虑到，就可能彻底崩盘，你在其他人身上的投资，全打水漂。这才叫偷鸡不成蚀把米。

第二天一大早，马全召开队委会，重点研究如何能评上先进单位问题。

人员来齐后，他说："今天咱们着重讨论如何能评上先进生产队问题。物资条件，咱们具备了，但这不等于就能评上先进单位，因为符合这个条件的太多了。咱们得在别的条件上优于其他队，才有可能被评上先进。不然，咱们再忙乎也是白搭。"

赵朋："咱们需要做什么，你直说出来，不要拐弯抹角地打边鼓，叫人摸不着头脑。"

沈同："是呀，你直接说咱们需要干啥，然后，咱们一起干，不就得了。"

马全："我说的是咱们需要加大感情投入。"

洛海滨："又是空话，啥是感情投入？'感情'指的啥？'投入'又指的啥？怎么投？咱们经常打交道，别让人猜心思。"

在他们的将军下，马全不再遮遮掩掩，他直截了当地说："咱们得用送礼的方式加强我们之间的感情。"

李波："啊，你说了半天了，不就是给他们送东西吗？要提到送东西，这里面有几个问题需要解决，首先是他们要不要，他们敢不敢要；其次是送啥东西，如何送，等等。"

马全："我的意见是送钱。钱最实惠，比任何别的东西都好，他们有了钱，想买啥，买啥。至于用啥方式送，我认为用送红包的形式最好，不声不响，神不知鬼不觉地给了他本人。至于说他们要不要，敢不敢要的问题，我说他们要，他们敢要。他们若不要，他们就把我们得罪了，以后再打交道就尴尬了，何必呢。有脑子的干部，在下列条件下表现得清正廉洁，甚至对送礼人还会呵斥一番，让送礼人灰溜溜地作自我批评，收回礼品。他们不接受礼物的条件是：第一，送的东西第三者知道；第二，送的东西在以后查账时能查出来；第三，送的东西没什么价值。他们接受礼物的条件：第一，送和收礼物时，只有送和收两个人在场，没有第三者在场；第二，买礼物的钱是自收自支的，不是公款。也就是说，从他们的账本上查不出来的；第三，礼物本身是一种惊喜，钱要量大，物要珍重，有收藏价值的，更好。只要本着这个原则，送啥他们都要。再者，依我看，现在的干部，不少人说一套，做一套。对别人，革命口号叫得很响，时刻都坚持着革命原则，好像只有他才是响当当的革命派；可是，他所做的一切，都是为他自己。在关键时刻，他就会为了私利而抛弃一切。根据我接触到的干部，他们都会接受我们给他们送的礼物。"

李波:"送多少钱呀?他们人数可不少啊。得相当数量的钱呢。咱们偏是没钱。"

马全:"是呀,送得少了,没用;送得多了,没钱。真是个大矛盾。"

李满:"你没听人说么:送礼别小气,收礼别客气。送得少了,等于不送,要送就别少了。"

赵朋:"到底多少算可以呀?"

马全:"咱大家商量呗。大家说多少算合适。"

洛海滨:"别叫大家商量了,你队长直说吧,大家听你的。"

马全:"好,我就直说了。我先说出来,若大家不同意,咱再商量。我说:每人一千元。"

沈同:"不算少。可以吧,少了对他触动不大,就起不到作用。"

马全:"既然大家没意见,咱就每人送一千元。"

李波:"咱队里可是没有钱。"

马全:"那咋办呀?"

李波:"只有贷,以购买化肥的名义贷款。只有以这个名义,才贷给咱,否则,贷也贷不来。"

马全:"贷多少?"

李波:"看有多少人呗。"

他们在一起数起来:检查组五人,驻队干部一人,大队长一人,公社抓生产的副社长一人,公社党委书记一人,共九人,九千元。

马全:"我们搭不搭车?大家说。"

刘芳:"我是不要,要你们要。"

刘芳一说不要,其他人也说不要了。

李满:"如果能评上先进单位,这钱也没白花;若评不上,这钱花得有些冤枉。这不是个小数,啥时候能挣回来呀?"

马全:"这个投资是必不可少的,像做生意一样,不投本就不能求利。"

洛海滨:"我认为,等我们被评为先进以后再送红包。这样咱主动,评上了,咱送;评不上,咱就不送。评上了,咱们送表示感谢。评以前去送,理由是什么呀?当然,他们知道是让他们在评议时为我们说好话,让我们评上

先进。这个理由咱说不出口哇。"

马全："我们怎么说不出口？现在的人脸皮厚了，想要的东西直接要，没有不好意思的感觉了。我们送礼时，就说让他们关照。甚至还可以说，如果评上了，还有更多的礼物呢。他们得了钱后对咱们就会有好感，更重要的是，他们与咱们就紧紧地捆绑在一起了。如果我们评不上，他们就感到拿我们的钱心虚，好像欠我们的账，而且这个账一直在欠着，没有清账的时间，他们的后顾之忧永远也消除不了；如果评上了，他们与我们的账就清了，他们就可以轻装上阵了。因此，只要他们接受咱们的礼，他们就会想法子为我们说话，尽量让我们评上。如果在评上先进以后再送礼，这个礼就起不到这么大的作用了。"

马全让会计贷款一万三千元，除九千元红包外，他要亲自送给检查组长一千元，公社党委书记一千元，社长一千元，公社抓生产的副社长一千元。也就是说，检查组长、公社党委书记、社长、抓生产的副社长这四个人每人二千元。检查组的人，要在来检查的头天晚上，也就是说，一定得在检查前让他本人收到。他们得了贿以后，在检查时就高抬贵手了，必须检查的项目他们就简了；很多细微环节他们就免了。其他人员，在适当时候，无论如何，一定得在评比前。这样，他们就可以在评比时，为我们帮忙。

再等几天公社检查组就要来了，马全召开全体社员大会，动员社员做好工作，迎接检查组的到来。他的几条具体要求是：①精神要饱满，干劲要充足，每人的任务要落实，干出的成绩要突出；②在检查组面前，要稳重大方，不卑不亢，不急躁，不慌忙，让检查组有个好印象；③说话要稳重，谨慎，要充满革命精神，要有先进思想，要有社会主义高尚情操；④要尊重检查人员，他们是来检查我们工作的，指导工作的，他们是我们的领导；⑤他们指出我们的工作不足时，我们不做解释，不说原因。只能说，谢谢指点，今后保证改正。

这次检查对马全来说，是千载难逢的机遇，也是他改变命运的契机。他紧张地准备着，同时他心里甜蜜蜜的，因为紧张过后就是他美好未来的开始。群众会他已开过了，几个检查的硬指标也基本落实了，他心里松了一口气，缓解一下情绪，以轻松愉快的心情迎接检查组的到来。他躺在床上，回味着他这次天赐良机的到来。他回忆着：他当队长时间不算很长，马上就评

— 第二十三章 黄粱美梦一场空 —

比检查，检查后他会有更喜人的变化……这一切，来得这么顺风顺水。他越想越兴奋，越想越失去自我，他大声高喊："天助我也！"他老婆以为他在说梦话，推推他，说道："醒醒，在干吗，吆喝这么大的声音？"马全："我没有睡，我也不知道为啥发出声音来了。"郑雪："你思想太紧张了。赶快休息吧，歇歇就好了。"他回忆着他是如何当队长的：

洛家庄原来的队长是他的哥哥马双。马双性情和善，待人厚道，忠诚老实，积极肯干，不辞劳苦，群众对他有较高的评价。人民公社成立后，他当了洛家庄的第一任队长。有一次公社召开全公社生产队长以上干部大会，要求每个生产队必须如实禀报自己的亩产粮食数量。这个大会的浮夸风达到了登峰造极程度，与会干部，像喝了鸡血一样，跃跃欲试。整个会场，像一口滚烫着开水的大锅，热气充满整个空间，肆溢着每个角落。人像疯子，讲话脱离实际，随心所欲。每个队长报的产量，都远远超出实际几倍、十几倍。他们不是在报产量，他们在天方夜谭，他们不是在开会，他们在夸夸其谈。在讲台上，谁都不愿意落后，谁都想当一个高产量的生产队长。在第一轮的报告中，最先报的产量最低，越后报的越高。先报的不服气，要求重新报，结果都要求重新报，仍然是最先报的产量最低，后报的高，最后报的最高。报罢两轮后，公社领导不让再报了，各队的产量数就是第二轮报那个数。马双第二轮报的产量是一千五百斤，是一个中游。最高数是三千斤，最低数是八百斤。尽管他报的产量比实际产量高出了十多倍，他落了个中游。他很满意，这是他理想的位次。他经常想处的位置是中游。在其他工作上，也是如此。他常说，下游不好当，上游太紧张，甘愿当中游，中游最恰当。他在全公社的处境，不前不后，心安理得。但在生产队里，他这个产量也大大超出了实际产量。他很发愁，亩产一千五百斤，全村二千六百五十亩土地，不要说亩产一千五百斤了，就是亩产五百斤，也得有粮食十三万多斤。而实际亩产不到一百斤。他报的数目与实际数字悬殊太大，对他这个老实人来说，他像热锅上的蚂蚁，惶惶不可终日。他吃不下饭，睡不好觉，像大难临头，天就要塌似的。正当他闷闷不乐时，公社下了文件，要求每个生产队按所报产量数，扣除口粮数，牲口饲料数，种子数，其他杂耍用粮数，其余部分，除了缴公粮数，然后卖余粮。这下，马双更受不了啦，什么缴公粮，卖余粮，所剩粮食，连吃也不

够，而且差得很远。他发愁了，怎么对社员交代呢？他对妻子说了事情后，妻子很谅解他，不但不埋怨他，反而还给他出了个摆脱困难的办法。他妻子说："三十六计，走为上计。任何办法都无济于事，只有走，一走了事。"于是，他趁着黑夜，收拾好行李，带些粮票和钱，偷跑了，杳无音信，连他的妻子也不知道他去哪里啦。他走后，全队社员经过充分酝酿讨论，选他弟弟马全当生产队队长。

马全对老婆郑雪说："我要把生产队搞好，当上先进后，我可以提干，你们可以转为城市户口。咱们今后的日子就好过了。"

妻子郑雪："别做你那黄粱美梦了。"

马全："我一点儿也不做黄粱美梦。不信，你等着瞧。"

当马全扬扬得意之时，掩盖不住他五味杂陈的情绪。他希望检查组来检查，同时他又害怕检查。他希望检查的原因是他想当脱产干部，转成非农业粮户口；他害怕检查的原因，他知道他准备检查的硬件很不扎实，经不起深入细致的检查，一深入，一细致，他的几项硬指标就会漏洞百出，不堪一击，很多虚假的捏造，就会暴露无遗，他的美梦就真的成了黄粱美梦了。

他不希望有个可怕的后果，他要往最好处想，但要做最坏准备。他要做一次最仔细的审查，也是最后的验收。若在这一次验收中过了关，才可以让公社检查组检查。他再次召开小队委员会，布置了如下过硬任务：①把自己承包的任务，再做一次最后的检查，发现问题及时解决。②食堂工作，要由会计负责再过细一遍，要带着放大镜和吹毛求疵的精神查找漏洞。③对下列人员要进行个别访问：敬老院的老头，平常爱说闲话的人，爱顶牛的人，平常思想沉闷的人。对上述人员谈话的内容：对大食堂的看法；对当前革命形势的看法，尤其是他们对三面红旗的看法（三面红旗：总路线、大跃进、人民公社）（总路线：鼓足干劲，力争上游，多快好省地建设社会主义。）要给他们做思想工作，把他们的思想认识要与当前的革命形势相一致。对那些顽固分子，要心中有数，尽量不让检查组抽调他们。其理由是：他们精神不正常，说话语无伦次，不足为凭。或者说他们有病了、不在家等理由。

在浮夸风很盛行的潮流中，很多人推波助澜、摇旗呐喊。这部分人可分为两类：一部分是有野心的人，他们很积极，干劲大，干任何事，都冲在最前面，出风头，抢镜头，露鼻子现眼，他们都是为了自己不可告人的目的，大部分人都是为了当官。搞浮夸风的人，就是这部分人。另一部分人，是没脑子的人，他们往往跟着形势走，哪里人多就去哪里，谁的声音大，就跟着谁吆喝。他们认为，跟着人跑，高声吆喝就是干革命，跑得快，吆喝得声音高，就是革命精神强。浮夸风之所以有那么大的声势，就是因为有这部分人摇旗呐喊。但也有更多的人，不为所动，稳如泰山。他们很有脑子，他们对任何事情都认真考虑，想它的前因后果，想它的来龙去脉。这种人的特点是内向，不轻易外露，不轻易暴露自己的观点，很少人知道他们在想什么，即使问他们，他们也不一定说。这种思潮往往是主流。

马全最害怕的就是那些平常不爱说话而爱动脑子的人，他们有主见，不轻易为人所动。他认为这次检查能否成功，关键就在这号人身上。万一检查组个别访问时，抽这号人，他的生产队肯定检查不上。因为这号人说话，有根有据，字字切中要害，句句讲出事实，言简意赅。这号人中，最具代表性的就是陈奶奶。马全最怕她。他有一个预兆：他很可能栽在她身上。因此，他要想方设法，绕过陈奶奶这个门槛，实现自己的美好理想。实体项目就那么一回事了，没有什么进一步的工作了。他把重点放在感情投资上，用感情取胜。

公社检查组来的头一天晚上，刘芳来到奶奶家，说道："有个问题在我脑子里一直萦绕着，让我心神不安。我不知道如何处理，我妈让我来找你，请你帮我解决。"

奶奶："啥事呀，这么重要？"

刘芳："我想，有些事应该向检查组反应，但我害怕：如果评不上先进，说是我反映的情况，才没被评上的，大家会把我骂死。我就没法在咱队待了。"

奶奶："啥事呀？你说说看。"

刘芳重点把以买化肥为名，贷一万多元的款送礼的事告诉了奶奶。

奶奶："是真的吗，小芳？你咋知道的呀？你是听别人说的吧？"

刘芳："千真万确，他们商量送礼的事时我在场。这事是真的，绝对没错。"

奶奶：“咦！这些人真没良心。咱们队这么穷，这么多老百姓没东西吃，他们竟拿这么多的钱送礼？他们都是领导，他们会把咱们领到哪儿？想当先进，我不反对，这也是好事。但不能用这种办法，不能用群众的血汗来买先进。如果真用这种办法得到了先进，这种先进来得可耻！用真本事争取的先进，是光荣的。宁愿不要先进，也不能用卑鄙的手段买先进。这是个大事，当然得告诉检查组的同志。不用担心大家会反对你，相反，大家会赞赏你，你挽回了一大笔款，让咱队免受了损失。"

刘芳："你说得对，我明白了。我原来想错了。我原来认为，用钱送礼，是行贿，肯定是错误的。但我一反映给检查组，咱们不但评不上先进，反而会评个坏典型。领导动不动批评我们生产队，我们身在这个队很没面子。一个人若在先进单位，会很荣耀、自豪；若在坏典型单位，会感到耻辱、抬不起头。所以我没有勇气告发这件事。"

奶奶："小芳呀，小芳，我真的应该批评你，在大是大非面前，你怎能先考虑个人得失呢？应该先考虑集体利益，先考虑国家利益，个人利益要服从集体利益，服从国家利益。你想想，大家选你们当领导，是让你们为他们服务的，为他们办好事的。现在，你们不但不干好事，而是干违背他们利益的事，他们知道了，怎不痛心？想想大家的利益，想想大家的损失，想想你们这一班人的卑鄙行为，你就不会考虑个人得失了，你就会坚决反对了。现在，你还在这个问题上犹豫不决，说明对这个问题的性质，还没有充分认识清楚。你仔细想想，我说的是否有道理。我可以说，在这个问题上，你犯的是个原则性的错误。"

刘芳低头不语，两眼瞅着地，泪水往下滴，后悔不已。她心如刀绞，头若雷劈，她支撑不住，几乎瘫痪在地。奶奶看到她这个样子，知道她后悔她的过去。奶奶赶快缓和语气，轻轻松松地说道："你还年轻，没有经验，碰到这事，拿不定主意，也是难免的。吃一堑，长一智嘛。没关系，只要你认真总结经验，吸取教训，很快就成熟了，在任何困难面前，就会做出正确的抉择。"

刘芳恢复了正常。她自责地说道："我当时就是迷迷糊糊的，觉着有些不好，但有队长在场，我就不再考虑别的了，我真糊涂。"

奶奶："小事可以糊涂，大事不可以糊涂。人们常说：大事要清楚，小事要糊涂。大事是方向问题，是原则问题，是绝对不能糊涂的。"

刘芳："你说我啥时候去反映情况呀？"

奶奶："明天上午。最好对检查组长一个人说，免得消息泄露出去。另外，光说你知道的，不知道的千万别说，那些道听途说的，千万不要说。你记住：今后，不管在任何时候，也不管在任何场合，做事，说话，一定要实事求是，不要说瞎话，不要弄虚作假。这是做人的基本原则。"

公社派的检查组来了。带队人是高大领。每个红包里装一千元，马全亲自送，五个红包，给了五个人。另外，马全又给了高大领一千元的现金。他们在这里检查一天，上午检查食堂、敬老院、幼儿园和仓库。检查得很顺利，基本上是走了一下过场。好像参观景区一样，走马观花，该检查的重点，到场即可。四个单位，一个上午，轻轻松松，优哉游哉，不知不觉到了吃饭时间了。

十二点了，炊事班长来到打饭的队伍前面，扬扬自得地说道："今天中午，咱们与平常一样，吃窝头和红薯。窝头，不分老少，每人一个……"下面有人一阵轰动，有的说："今天政策宽大了，不分老少了，一律平等，每人一个。孩子多的家庭就占便宜了。"站在他旁边的老大爷说："我们家里没有孩子，就吃大亏了。像我们家，今天中午就少吃一个。"炊事班长让大家安静后，继续说："红薯的吃法是：每个劳力二斤，成人一斤半，小孩一斤。"

队长领着检查组成员走了过来，他把检查组人员一一向大家作了介绍。他转回头来对着检查组的人员说："不给你们搞特殊，你们与我们同甘共苦，我们平常就是这样吃的，今天还是这样吃，品种和数量与平常一样，完全一样，没有两样，绝对没有两样。"他号召大家对检查组表示欢迎。他带领大家热烈鼓掌。然后，他对大家说："咱们洛家庄生产队，在公社党委的英明领导下，在三面红旗的指引下，在抓革命促生产方面，在狠抓阶级斗争方面，都取得了辉煌的胜利。今天，公社派检查组来我队进行检查，这是对我队的关怀和爱护，也是对我们的帮助和督促，我代表洛家庄全体社员，对他们表示衷心的感谢，祝愿他们健康长寿。但是，我们虽然取得了伟大的成绩，我们不能骄傲，不能满足现状，不能停步不前。我们要继续努力，要乘这次检查的东风，深挖革命潜力，拿出更大革命干劲，在抓革命促生产的浪潮中，取得更伟大的成就……"

等着打饭的群众在下边直跺脚，他们肚子饿，他们想吃饭。尤其是孩子，他们更是等不及，他们吆喝，敲碗，打盆，无心听队长的讲话。

队长看到大家乱鼓毛，他不讲了，领着检查组人员，坐在饭厅里的一张桌子旁。炊事员把窝头和红薯端在桌子上，用手示意，表示让他们享用。

检查组吃的与社员吃的表面上看着是一样的，实际上并不一样，红薯一样，但窝头并不一样。社员吃的窝头是五香粉做到，检查组吃的是杂面（高粱面、豆面、玉米面的混合面）做的。

一群孩子站在饭厅外面观察着检查组的吃饭情况。检查组吃红薯时，掐头，去尾，剥皮。他们把头、尾、皮扔得远远的，有的扔到凳子下或墙旮儿里。吃饭人的嘴动，孩子们的嘴也动，吃饭人嚼的是馍，孩子们啥也没嚼；吃饭人咽的是窝头，孩子们咽的是吐沫。孩子们对吃饭人观察得很仔细，谁吃了几块红薯，谁吃了几个馍，他们把红薯皮扔到了哪里等，他们都看在眼里，记在心里。

检查组的人吃罢饭后，动身要走，还没走几步，孩子们就蜂拥而上，在桌子周围，墙旮儿里，寻找他们扔的红薯头和皮。他们发现一个，就立即填到嘴里，津津有味地嚼几下就咽到了肚子里。有两个孩子，因抢夺同一个红薯头而打起来。队长过来狠狠批评了他们，说他们不长眼，丢人现眼，当着上级的面抢夺红薯皮吃，太没面子，太丢洛家庄的人了。为了叫他们吸取教训，叫他们长些记性，队长打他们每个人两个耳光。队长的手是无情的，打得孩子们的脸通红。孩子们泪流满面，咬着牙，没有哭出来。他们把泪咽下，把仇恨记在心里，等待着报仇日子的到来。

下午是个人访谈。马全最害怕这个环节。他知道，队里说他好的人是少数，大部分人对他有意见，还有更多的人不显露自己，不知道他们的观点是什么。下午个别访谈，是否能成功，他没有把握。他对检查组长高大领说："下午这个项目就省了吧。"

高大领说："不行，绝对不行。上级还要访谈记录呢。没有访谈记录是绝对不行的。下午个别人访谈是这样进行的：你把你们队的社员名单拿过来，访谈对象由我们找。队里不要干预。我们点着谁，你把他叫来就行了。我们需要了解什么，我们问他什么，都由他本人亲自回答。这样进行，我们就会得到更准确的消息。你去准备吧，下午进行个别访谈。"

马全急得抓耳挠腮地回到了家。他妻子郑雪看见他急得缝屁股眼老鼠似的，急忙问他："怎么啦，看你着急的样子？"

　　马全把下午个别访谈的内容和方式告诉了妻子。郑雪轻轻松松地说道："这有啥紧张的呀？他们想找谁就叫他们找呗，他们想问啥，就叫他们问呗。有啥了不起的？"

　　马全："你说得怪轻巧，他们万一找到反对我的人，我的一切准备不就完了，我们的前途不就完了，咱们的忙乎真的成了你所说的'黄粱美梦'了。"

　　郑雪："你不会让与你关系好的人去吗？"

　　马全："他们若叫我给他们找人就好了。他们亲自找人，找到谁，谁去，不是谁想去谁去，也不是我叫谁去谁去。我最害怕的就是这一点。我怕万一他们找的人，是持有反面意见的人。"

　　郑雪满不在乎地说道："我说，你就是死脑筋，这个问题就能难为住你吗？"

　　马全："你当成没啥事一样。你说咋办吧？"

　　郑雪："他们在名单上点一个名字，叫你去叫他，对吧？"

　　马全："对呀。"

　　郑雪："奇迹就在这儿。你用个'偷梁换柱'不就行了。他们点出一个名字，若这个人是你的好友，他说话会帮助你，你就叫他本人去；若他们点的名字是你的反对者，你叫个你的好友去，顶替他们点的那个人。"

　　马全："咦！你真了不起。这么简单一个小伎俩，就解决了我的燃眉之急。佩服，佩服。"

　　马全心中有数了，他好像有了万全之策，检查组找谁都不怕。他心中很得意，兴高采烈地来到检查组住地，把生产队的花名册交给检查组，嬉皮笑脸地说："咱们访谈开始吧。"

　　高大领翻开花名册，随便找到个名字，说道："就这位吧。"

　　马全一看是王相成，他是一个不怎么说话的年轻人，对他的观点马全没一点把握，为了保险起见，他找来了他本家的叔叔马书亭。

　　高大领问他："你叫什么名字呀？"

　　王相成（马书亭）："我叫王相成。"

　　高大领："你多大年纪了？"

王相成（马书亭）："我四十五了。"

高大领："不要害怕，我问啥，你说啥。如实说，是啥，就是啥。不要多说，也不要少说。"

王相成（马书亭）："好的。"

高大领："你们在食堂吃饭怎么样啊？"

王相成（马书亭）："可以呀，挺好的。"

高大领："吃得饱吗？"

王相成（马书亭）："基本上能吃饱，不宽绰，也可以。"

高大领："饭的质量怎么样？吃得满意吗？"

王相成（马书亭）："看怎么说，与没一点东西吃相比，好多了。虽然质量差点儿，总是有吧。只要有吃的就满意。我们农民，不要求吃好的，只要有吃的就行。"

高大领："吃食堂好哇，还是自己做着吃好哇？"

王相成（马书亭）："当然吃食堂好啰。"

高大领："为什么？"

王相成（马书亭）："自己不用做了，省劲。大家可以集中力量搞生产。"

高大领："老年人吃食堂不方便吧？"

王相成（马书亭）："这是当然。不过，这是暂时的。现在是困难时期，吃的差点，老年人不方便点。过了困难时期就好了。"

……

高大领问得很全面，马书亭答得也很流畅，这是个完美的对话。马全很满意，检查组也很满意。因为检查组也很希望他们评上先进。

高大领在花名册上又找了个名字。这个人是沈英。她是生产队里爱说话的女青年，初中毕业，对问题有些主见，好给队长抬杠，有时把队长说得下不了台。马全对她有点怵。他肯定要找个人代替她。找谁呢？队里的女同志，他相信的不多。在这种场合，没有百分之百把握的，不能让她来，不能让爱扒豁子的人来见检查组。他把队里的女同志扒过来完了，没有找到一个合适的。怎么办？高大领催着赶快让她来。马全想了个有把握的人选：他老婆郑雪。

郑雪来了后坐在凳子上。

高大领问:"你叫什么名字呀?"

沈英(郑雪):"我叫沈英。"

高大领:"你多大年纪了?"

沈英(郑雪):"我二十二了。"

高大领:"你对你们队委会有什么看法?请你简单地谈谈好吗?"

沈英(郑雪):"好的。我们队委会是个很好的领导班子。他们领导全队社员抓革命,促生产,成绩很突出,社员很满意……"

高大领:"你们这个队委会有什么不足之处吗?"

沈英(郑雪):"当然有啰。他们有些急躁,尤其是队长,批评人时,说话难听,让人家接受不了。他本人急性子,看见有人慢了,他就发脾气。因为这事,他得罪了不少人。如果他不认真改的话,会影响他的领导效果……"

正在这时,检查组的同志从街上叫来一个年轻人。高大领让郑雪回去,让这个年轻人坐下,让他回答问题。

马全一看是高山,吓得浑身长了一身鸡皮疙瘩。高山是一个中学生,很有脑子,对社会上的很多问题有自己的独特看法,与时代潮流不相适应。比如,总路线,大跃进,人民公社,大食堂,等等,他基本上都是持否定态度。对当前的浮夸风,他竭力反对。对很多高喊革命口号的极"左"分子,他嗤之以鼻。他的郁闷心情致使精神恍惚,孤僻寂寞,人们都认为他有精神病。若他不犯病时,他的观点对马全肯定不利,马全宁愿他犯病。既然是病人,说的话就不足为证了。

马全对检查组说:"这个人叫高山,有精神分裂症。经常犯病。犯病期间,说话是反义的,比如:坏是好,痛苦是幸福,等等。他在下列情况下往往容易犯病:急躁时,极度高兴时,非常痛苦时,不顺心的事缠绕时。"

高大领问他:"你叫什么名字呀?"

高山回答:"我叫高山。"

高大领:"请你谈谈对食堂的看法。"

高山:"食堂很糟糕,每天吃不饱。人人都痛苦,到处发牢骚。生活没法过,日子难煎熬。盼望共产党,赶快来打捞。"

马全说:"你看,他今天是在犯病时期,他说的话都是反话。他说话的真正意思是：食堂实在好，每天吃得饱。人人很幸福，事事都很好。享受好生活，天天乐陶陶。多亏共产党，感谢好领导。"

有个检查组的同志对高大领说："别跟精神不正常的人谈了。他的回答又不能做凭证，咱们不是浪费时间吗？让他回去吧。"

高山回去了，检查组的人也随之走了出来。他们在街道的明显位置看到一张白纸，上面写着：

冷在夏，热在冬。冷冷热热怎判定？

日和月，月和星，日月星辰哪个明？

人间混闲事，谁能说得清？

下面署名是：高山

马全对检查组的同志说："你们看，他说的话全是反话，不是吗？"

马全送走检查组以后，在街上小心翼翼地走着，细心听着，认真看着。他忽然看见王普的家里有炊烟冒出，他赶快跑过去，大声说道："谁叫你们在家私自做饭的呀？"

王普家的回答："我爹病了，很饿，食堂的饭吃不下，我给他做些吃的。"

马全："炊具都交了，你用啥做饭呀？"

王普家的："我用臼子。"

马全："做的啥饭呀？"

王普家的："荠荠菜、狗狗秧之类的野菜。"

队长没有抓住什么把柄，王普家既没有炊具，也没有粮食，她只是用水臼子做饭。尽管如此，他离开王普家时，还是留给她沉甸甸的一句话："如果你们自己能做饭，就不要去食堂里吃饭了。"

马全来到食堂门口，看见大家正在站队准备打饭。他趁这个机会，给大家讲了这么一段话："我发现有的社员在家里做饭。这是个什么问题？这是个原则问题，是个大是大非问题。它充分反映出，在我们队里，阶级斗争激烈地存在着。要知道，吃大锅饭，就是无产阶级，在家自己做饭，就是资产阶级，这两个阶级是水火不相容的。我们公社社员，必须站在无产阶级立场上，同资产阶级作坚决的斗争。每个社员要做自我检查，看是否站在无产阶级立场上了。你如果还想自己做饭，说明你还有资产阶级的尾巴，你必须割尾巴。当然，割着是会疼的，疼也得割。咱不能带着资本主义的尾巴来建设社会主义，这是很简单的道理……今天我再给大家说一遍，今后任何人不准开小灶。如果再发现有人在家做饭，就不客气了，无谓言之不预。至于说怎么不客气？很简单，一不抓，二不打，三不骂，四不罚。咱们不是敌我矛盾，仍是人民内部矛盾，咱就按人民内部矛盾处理。这个不客气的处理，就是食堂不再给你打饭了，让你自己在家做饭吃。"

马全讲话后，大家低声议论。有的人说："不给饭，不是叫饿死吗？"有的人说："按人民内部矛盾处理，还不叫吃饭，按敌我矛盾，该如何处理呀？枪毙？"还有人说："别看他说的怪好，真正搞资本主义的就是他这号人。他是打着革命的旗号，干着反革命的勾当。他们对社会主义的破坏比公开的敌人都厉害。他们这号人，才是真正的阶级敌人。"还有人说："我们怎么选这么个人当队长？"有个老一点儿的回答："那时谁知道他是这个样子呀？他那时可积极啦。说话和气，干劲大，谁看见谁夸。谁知道他有这么大的变化？"一个老大爷说："常言说：人心隔肚皮，虎心隔毛尾（yǐ）。要知他是什么人，就看他做的什么事。"

评选结果出来了，洛家庄生产队被评为县先进单位。洛家庄的群众听到这个消息后，反应一般，没有不正常的举动，更没有超常的狂喜。他们知道自己的底细，像这样的生产队也评上了县先进，里面肯定有蹊跷。马全的反应与一般人大不一样，他欣喜若狂，夜不能寐，他奔走相告，访朋串友，见熟人就讲，见相识就说。不几天，全公社各个生产队都向往洛家庄生产队。县委、县政府发出通知，号召广大干部、社员向洛家庄学习，学习他们抓革命促生产搞得好，学习他们革命干劲高，学习他们食堂、敬老院、幼儿园工作做得扎实，学习他们粮食打得多，群众生活好。通知还号召全体党员干部，向洛家庄生产队长马全学习，学习他革命干劲高，工作搞得好，把一个贫穷落后的村庄变成了一个全县的先进单位。县长在三级干部会上说："马全就是我们的好榜样，我们的好标兵，我们要向他学习，他的'一抓二促三落实'搞得好，如果大家都像他这样，全县各项工作就会大变样，就会走在全省的前头。"

全县的先进生产队落到洛家庄身上，是一个了不起的事件。洛家庄所在的公社、大队都享受荣誉。县领导对该公社、该大队都另眼相看。对这两层干部都有较高的评价，在提拔、委任干部时，对他们就会优先考虑。公社召

开表彰大会，表彰洛家庄及其所属的大队。号召全公社干部，各大队干部，各小队干部，向洛家庄学习，向马全学习。全公社社员都要向洛家庄的社员学习。洛家庄的粮食打得多，食堂办得好，社员吃得好，敬老院的老人吃得好，住得满意，幼儿园的孩子吃得香，玩得快乐，家长放心。一时间，洛家庄的名声大震，马全这个名字也妇孺皆知。

马全在狂喜之际，心里很不踏实，他心里纠结得昼夜不安。尽管外界对他的生产队评价很高，他对他的生产队最了解。他自己的评价，不是很高，而是很低。因为连项目都不够，就谈不上质量了。他不仅仅是纠结，而有些担心，甚至有些害怕。万一有人揭发，这一切花环都统统抛掉，他的理想就顷刻化为乌有。他把他的担心告诉给他的妻子时，妻子安慰他说："要学会在逆境下生活。正如一只胳膊，能伸能蜷才是好胳膊。你过过顺景生活，再过过逆境生活，很有必要，这对你来说是很好的锻炼。"

马全："对，权当走了一圈弯路，还过咱们评选以前的生活。"

郑雪："历史不会重演，评选以前的生活永远不会再来了。你想想，那时，你是队长，社员都听你的，你叫往东，人们不敢往西；你叫打狗，人们不敢撵鸡。你是一呼百应，一锤定音。可是，这次你若败下来，情景就反过来了，你就是被唾骂的对象。你们砸那么多的钱，社员们知道了，撕碎你们也不解恨。你会感到，每个人的眼睛都是锋芒如针的，每个人的脸都是冷若冰霜的，每个人的嘴都是怒气冲冲的，你会站不稳，坐不安，吃不香，睡不甜的。你再也不会过平静生活了。你会明显地感到，你当队长时，是一只凶猛的狼，当你败下来时，你是一只百依百顺的羊。"

马全："早知现在，何必当初。"他像一堆烂泥，摊在地上站不起来了。

郑雪："看你那熊样！事情还在发展，咱只是从最坏处着想的后果。若是从好处着想呢，咱的前途不是很光明吗？"

马全："对了。刚才那情形只是假象，还不是现实，它只是一种可能，很可能不是这种可能，而是另一种可能呢。"

郑雪："咱还是做两手准备，从最好处着想，从最坏处准备。"

各种代表团纷至沓来。有生产队代表团，生产大队代表团，公社代表团，有各部门的代表团，有民政部门代表团，妇女代表团，纷纷来到洛家庄。他们是来学习经验的，学习方法的。着重学习：他们是如何打这么多粮食的，大食堂是如何办好的，社员们怎么吃得这么好，敬老院是如何举办，幼儿园是如何举办的。参观者很现实，他们就是来看你们的具体做法。民政部门代表团，是来学习他们如何办敬老院的；妇女代表团，是来学习他们如何管理幼儿园的。但他们来到以后，却大跌眼福。他们看不见敬老院，也看不见幼儿园，他们看见的是街上呻吟的老人和乱跑的孩子。食堂里刚出锅的红薯叶，热气打着旋升空，熏得炊事员不敢触碰。几个妇女拿着碗在排队，打些红薯叶回去侍候她们的老人。检查组看见的粮食囤不见了，敬老院不见了，幼儿园也不见了。代表团成员询问群众时，群众说："我们从来就没有敬老院，也从来就没有幼儿园，更没有成囤的粮食。"有一个代表团成员是原来公社检查组成员，他说："怎么没有？我亲眼看见的。"他带领团员去看敬老院和幼儿园，那里已是人去楼空，是尚未人住的空房子。他们去仓库看粮食时，仓库是空空如也。群众说："我们根本没有粮食，别说三囤了，就是一囤也没有，半囤也没有。你们看见的不是粮食，而是红薯叶、芝麻叶、五香粉料。五香粉料：花生皮、玉米芯、高粱壳、谷糠、棉籽，把它们混在一起粉碎后过箩，就是五香粉。我们在食堂里吃的主要就是这种五香粉。"

　　来参观的代表团络绎不绝，凡是来过的，都认为，这个先进生产队肯定有大问题。他们的生产队，随便找一个也比洛家庄好，而且好得多。这么差的生产队，怎么会评上先进呢？他们纷纷向上级反应，要求上级下来调查。还有很多生产队继续组团前来参观。恰在这时，县委书记李树先接到一封反映洛家庄生产队真实情况的信，写信人是陈婵妮。信的内容不多，没有华丽的语言，重点是反映真实情况，主要内容是：

　　1. 洛家庄的工作搞得不好，打粮食不多，食堂没有饭吃，社员吃红薯叶和五香粉。检查组看到的三囤粮食，是红薯叶、芝麻叶上面铺一层粮食，来欺骗检查组；

　　2. 洛家庄根本没有办敬老院和幼儿园，所有老年人和小孩子都在大食堂吃饭，没有任何优惠，老人病了，连碗面汤都不让喝了；

　　3. 以购买化肥为名，贷款一万三千元（明账上九千元，另外的四千元没上账），对检查组人员行贿，把贷款钱分别送给检查组成员、大队长、公社书记、公社抓生产的副社长、公社在洛家庄的住队干部，共九个人，每人

一千元，另外的四千元是张全亲自个别送的；

4. 弄虚作假，欺上瞒下，亩产不到一百斤，虚报成一千五百斤，造成社员没粮食吃；

5. 毁坏文物，不听劝阻，把树龄一百多年的槐树和二百多年的松树除掉，当柴火烧掉。

李书记看看写信人的名字：陈婵妮。他听说过这个名字，但没见过她本人。他相信这封信反映的情况是真实的。他批示："请有关部门查处，并把查处结果面告我。"

县委办把这封信转给了公社党委，公社党委办批转给了大队，要求大队查处，并把查处结果上报公社党委。大队负责处理信访工作的人员一看写信人是陈婵妮。大队立即召开了大队领导班子会议，商讨如何处理这封信。他们商讨的结果是：

1. 陈婵妮不是一般的社员，她是老革命，她脾气执拗，性格孤傲。关于她的问题，要特别小心；

2. 根据她的秉性，她反映的情况不会是假的，真实性很大；

3. 洛家庄的先进单位形象，是咱们公社、咱们大队的光荣，万一她反映的情况属实，这个光环马上倒下，这对咱公社、对咱大队都不利；

4. 她反映的情况，有些是严重的，例如：挪用公款，送礼行贿，欺骗上级，等等，很可能要处分人，所牵涉人员，肯定是一大串，咱们大队、公社，都会有人脱不掉干系，尤其是那个检查组成员，一个也跑不掉。

大队长王士林生气地说："这个陈奶奶，做事太绝了，叫咱们这么多人难堪。"

副大队长孙林生说："这些事，他们队委会干的，她陈婵妮怎么知道的？而且知道得这么详细，有鼻子有眼的？"

大队治保主任洛琦说："他们队委会也有主持正义的人，这肯定是他们内部泄露的真实情况。"

大队会计吴敏生说："马全真胆大，挪用公款，送礼行贿，这些都是大忌，他竟敢干！我是不敢干，即使有这个想法，也没有这个胆。"

大队长王士林："好了，不说别了，怎么处理这封信吧？公社还要调查处理结果呢。而且公社还得向县上汇报呢，听说县委书记亲自过问这个案子。"

副大队长孙林生:"当然啰,这封信是直接写给县委书记李树先的。"

每个人都知道这封信的内容是千真万确的,如果把它的真实性落实,形势就会大变。要说这封信的内容不是真的,陈奶奶知道了会答应吗?如果她再次反映,甚至亲自跑到县上找李书记,那事情就闹大了,那真的就是吃不完兜着走了。正当大家拿不定主意的时候,大队长王士林说:"干脆,咱也别说她反映的情况对与不对,咱就说陈老婆子年事已高,精神失常,说话无意,言不由衷,这样应付过去算了。"

吴敏生:"能应付过去吗?"

大队长王士林:"只管试试,应付不过去再说。"

孙林生:"本来咱们的责任不大,如果让'再说'了,咱就要么失职,要么弄虚作假,要么欺骗上级。这三条,哪一条咱都担当不起。"

治保主任:"就这样吧,按大队长说的向上报吧。"

大队的这个处理结果报上去以后,会计吴敏生很快就把所有情况向陈奶奶做了汇报。陈奶奶感到很可笑,她心想:这些人怎么这么无知,这么大的事,能应付过去吗?我年事已高是事实,但我不糊涂,我思维敏捷,是非清楚,言之由衷。她感慨地说:"若让这么一帮人管理国家,就是我们的悲哀!"

县委书记李树先听罢办公室人员向他汇报关于陈婵妮反映的情况的调查结果以后,很惋惜地说道:"陈婵妮竟是这样的人了!她是我县少有的老革命、抗日英雄呀!怎么现在帮起倒忙来了?太遗憾了。"停了一会儿,他又说:"没办法,人么,都会老的,谁也没法子。"

就在这时,通讯员敲门进来,说道:"李书记,外面有位老太太,非要见你不可。"

李书记:"好哇,叫她进来吧。"

陈奶奶进来了。她恭恭敬敬地点了点头,说道:"李书记。"

李书记看见一位稀疏白发的老太太,公公正正地站在门口。腿不弯,腰不驼。黑紫色的脸上,布满了皱纹,凸显出她饱经风霜的磨难。也清楚地告诉人们,她生活的苦辣和艰辛。在微笑中,她脸上那深邃的线条,凸凹显得更明显。她的眼睛显得偏小,掩盖不住它们的炯炯有神;嘴唇有些抿,仍然显示出她性格的倔强和刚毅。

李书记点头还礼，说道："你是……"

李书记知道陈奶奶这个名字，也知道她的一些事情，这都是从档案材料中得知的。他没有见过她本人，所以看见她时，也不知道她是谁。

陈奶奶："我是洛家庄的陈婵妮。"

李书记马上笑容满面地说道："哎呀，陈奶奶，久仰，久仰！我是久闻大名，愧不见其人，敬请谅解。"

陈奶奶："我是未先预告，冒昧擅闯，原谅，原谅。"

李书记："您太客气了。你们老革命前辈，很受我们尊敬……好了，老奶奶，咱们先不说别的，您亲自来找我，肯定是有要事相告，请坐下说吧。"

李书记搀着她坐在椅子上，倒了一杯茶放在她面前的茶几上。

陈奶奶："我上次给你写了一封信，是反映这次评选先进生产队的情况的。不知你看到没有？"

李书记："我看到了，看到了……"

陈奶奶："我给你写罢信以后，就期待着早日有个回应。但我很失望，我等了这么长时间，没有任何消息。我就很纳闷，为什么呢？我反映的不是一般的打架斗殴，也不是鸡毛蒜皮的蝇头小事，而是行贿受贿，贪污枉法，国家干部的不正之风的大事。反映这样的大事都没有回应，说明这里面有大问题，说明这不是个别人的问题，而是一帮人的问题。这还说明，这不是下面平民老百姓的问题，而是领导干部的问题。我还要说明的是，这个问题，我已经反映过两次了。第一次我让我们生产队的一般同志直接反映给检查组的组长。按理说，检查组若得到这个情况，就不会让这个生产队评为先进，但奇怪的是，这个生产队被评为全县先进。它被评为全县先进以后，我及时写信给你反映，其内容与原来反映的情况完全一样，仍没有回应。我就怀疑了，咱这个国家是怎么啦？竟腐败到这个地步吗？我不相信。我就让我侄儿用三轮车把我拉来，我要亲自给你汇报，看能不能解决我反映的问题。你这里如果解决不了，我就去省里，省里如果解决不了，我就去中央，我去找毛主席，我不信就解决不了。"

李书记："没那么严重，咱县就可以解决。如果这事都解决不了，就是我的失职，我应该下台。你写信那一次，是我有点官僚了，没有认真对待，请你原谅。你这么一来，我也看出它的严重性，正如你说的，这不是一个人的问题，而是一帮人的问题。这次我要亲自下去解决，肯定能解决好。"

陈奶奶："谢谢你的重视。我想再给你啰唆几句：我认为，现在社会上刮起一阵歪风，华而不实，弄虚作假，欺上瞒下，脱离群众，不管群众疾苦，不顾百姓死活，一味追求虚无渺茫的指标。好像有这样一种风气：越造假越受重用，越搞浮夸越受提拔。老实人吃不开，正气压不住邪气，好人常被打压。阳奉阴违、徇私枉法者吃得香，而秉公办事、坚持原则者遭到践踏。我们如果不把这些极'左'的假革命者除掉，我们就不可能搞社会主义建设，人民的生活就不可能得到改善。这些人是投机钻营者，他们如果掌握住大权，我们就有亡党亡国的危险。"

李书记："陈奶奶真不愧为老革命家，年纪这么大了，还时刻关心着国家的命运。我代表全县党员，向您表示致敬和感谢。您放心吧，陈奶奶，不久的将来，您就会得到一个圆满的答复。"

陈奶奶："谢谢。"

陈奶奶回去后的第二天，李书记带领一个由组织、人事、纪检、财务、信贷等有关方面的负责人组成的联合调查组，到公社、大队、小队做了深入细致的走访、调查，尤其是对大食堂，做了非常认真的考证，有一半以上的社员被访问，让他们说出对食堂的看法，让他们具体说出食堂有没有好处。十天以后，调查结果出来了，与陈奶奶反映的完全相同。此外，还更深入地了解了涉案人员的其他情况。在落实情况的基础上，以县委办名义发出通知，其内容：

1. 撤销洛家庄的大食堂，社员各自在自己家里单独做饭。

2. 撤销洛家庄生产队全县先进单位的称号。

3. 撤销马全同志的全县先进个人的称号。

4. 对高大领、公社党委书记、社长、抓生产的副社长、检查组成员，给予记大过处分。

5. 对洛家庄生产队的领导班子及大队长，给予记过处分。

6. 所有人的受贿，要如数退还。

马全的队长职务也被洛家庄社员罢免。他没精打采地回到了家。他老婆郑雪看见他萎靡不振的样子，说了声："你可安生了。"

是的，马全真的应该安生了，他干得时间并不长，但他把洛家庄折腾得

411

真够呛!

洛家庄的大食堂解散了。各家各户都忙着购买炊具,寻找吃的、烧的,安排自己的小生活。他们高兴,他们欢乐,他们又过上了自由生活。他们看见陈奶奶慢慢地行走在街上时,纷纷跑出来给奶奶说话,感谢陈奶奶又为他们作了贡献。这真是:

精掐细算耍聪明,反害自己伤残生。

待人处世要实在,深恶痛绝浮夸风。

奋力拼搏献终身,全是为了老百姓。

投机钻营徇私情,黄粱美梦一场空。

奶奶

第二十四章

考上出国留学生

萌萌于一九五四年小学毕业后考入县城第一中学。县城一中是一所初级中学，是全县唯一的一所初中。学校有集体宿舍，每个学生都可以自带行李，住宿在学校。学校还有公共食堂，学生们可以搭伙，交面、交钱，在食堂就餐。但很多学生由于家庭经济条件差而不搭伙，吃饭靠从家里带馍。每次去学校必须带够一周吃的。路近的学生还好些，路远的学生，尤其是像洛萌萌这样的学生，距学校四十五里，光走路就是一个严峻的考验。为了照顾路远的学生回家，学校星期六下午不安排课，学生们星期六下午回去，第二天返回学校。对洛萌萌来说，每隔六天，就跑个一来一回，九十里路，况且还得背上十多斤吃的。不要说背十多斤食品，就是啥也不带，步行九十里路也是够呛的。家里有劳力的学生，比如学生的父亲或哥哥，他们经常背着行李送学生到学校，也有很多学生家长每到周末把东西送到学校，学生就可以不用回家了，免受走路之苦。可是洛萌萌家里没有人给他送，每个星期六他得回去，第二天星期日得背着东西返回学校。在返校途中，最难过的是走到离学校十来里路的地方，筋疲力尽，饥渴交迫，两腿像灌了铅似的，沉重得难抬一步。背上的东西像一块铁疙瘩，死沉死沉的，像贴在背上一样，一动不动。他眼发黑，头发蒙，心发慌，腿发软，整个身体像一堆烂泥，顷刻间就会倒在地上。

夏天还好受些，虽然天热，但天长，不管是星期六回家，也不管是星期日返校，可以走得慢一些，用不着赶路。但夏天有夏天的苦恼，除了炎热，

还有狂风暴雨,有突然的天气变化,使他应对不及。

一个夏天的星期日,洛萌萌吃罢午饭后照例准备东西动身返校。奶奶对他说:"孩子呀,拿把伞吧,夏天雨来得猛。今天热得不一样,闷热,有可能要下雨。"

洛萌萌说:"我不拿。这次背的东西不多,我动身得早,变天也不碍事,拿把伞反而增加了负担。"

洛萌萌背起行李,辞别了奶奶,踏上了返校的路。

天又热又闷。背上的东西不时地从左肩换到右肩,再从右肩换到左肩。走了十多里路他就满头大汗,气喘吁吁了。太阳像针似的刺脸,他想,听人们说,下雨前的太阳特别热,莫非是真要变天了?他不敢怠慢,匆匆往前赶路。

东方升起了乌云,那么黑,那么厚,而且扩展迅速,气势汹汹,势不可当。洛萌萌想,这块乌云不是好兆头,有点儿杀气腾腾的样子。他不由得加快了步伐。

他不时地向东方看看,他走得再快,也没有乌云跑得快。乌云从一块变成了一片,由乌黑变成了雪白。再由一片遮住了半边天。洛萌萌在想:你这个倒霉的天,为什么要与我作对!干吗要与我闹别扭!何必要与我过不去!他越想,越感到可怕;越看,那乌云越气势汹汹;越瞅,它的面目越狰狞。挨雨淋的灾难就要来了,必须做好充分的准备。

他走到距县城大约不到十里路时,大雨真的来了,狂风呼啸,雷雨交加,很快湿透了全身。他后悔没听奶奶的话——带一把雨伞。真是"不听老人言,吃亏在眼前"。雨下个不停,路上全是泥,淋湿的身子特别沉重,好不容易抬起的脚再踩下去时,好像打入泥潭里的桩子,再拔时非常困难。

这是一片旷野,前不着村,后不着店,整个田野茫茫无际,简直是汪洋大海。洛萌萌实在走不动了,哪里有个歇息的地方呢?这时的要求不高,只要不湿,不挨雨淋就行,就这么一个地方也没有。他往前看看,不远处路旁有一个瓜庵。他喜出望外,挣扎着来到瓜庵旁。

这是一个不大不小的瓜庵。庵顶上是茅草,厚厚的,一点儿雨也不漏。里面有个木架子,上面铺着干草,好像一个铺着海绵的床,他高兴极了。庵内庵外简直是两个世界。他想:"在这么一片汪洋世界里,竟有这么一个安身之地，真是天助我也。"

他急忙把行李放在"床"头。把湿鞋脱下来，"扑通"躺在"床"上。他就要合眼睡觉时，听见庵的顶部有沙沙的声音。他睁大眼睛仔细一看，吓了一大跳，原来是一条大蛇在庵顶部的木棍上趴着。四尺多长，浑身发紫，头悬在空中，两眼直瞪着他，嘴里的信吐出好长，不停地一伸一蜷。洛萌萌吓出了一身冷汗，躺在草铺上一动也不敢动，两眼直瞪着那条蛇，生怕它突然采取攻击行动。他们对视了不到一分钟，都发现对方没有进攻自己的意图，才稍微放松些警惕。洛萌萌心想，它不是毒蛇。听奶奶说，我们这里没有毒蛇。他对蛇说起话来："咱们俩是难友，都是来避难的。咱们井水不犯河水，和平共处，自保其身。"那蛇好像通人性，听懂了洛萌萌的话，主动把头缩了进去，闭上了眼睛。洛萌萌才彻底放下了心。他的双眼早就涩得支撑不住了，很快进入了梦乡。

"谁在里边？出来，快出来！"

洛萌萌被一片喊叫声惊醒。他睁开眼看看，几个手电筒照得他睁不开眼。雨不再下了，他的难友也不见了。几个人站在外面，催他赶快出来。他把鞋穿上，还是那么湿、那么凉。他不慌不忙地走到外面，几个人你一句我一句地盘问他："你叫啥？干啥的？为啥来到这里？"洛萌萌回答："我叫洛萌萌，是一中的学生，星期日返校，路上遇雨，在这里避雨。因走得太累，睡着了。"

"你说你是一中的学生，啥证据呀？你的学生证呢？"

洛萌萌萌说："我忘带学生证了，我想着星期天回家，带它也没有用。"

"那么你的校徽呢？"

洛萌萌说："我也没带。"

"谁相信你是一中的学生？走吧，跟我们到派出所去。"

他们这几个人是县公安局组织的统一行动小分队。每年都要统一行动好几次。在恶劣天气时，进行全县范围内的统一大搜捕，重点是搜捕流窜犯、外逃犯、形形色色的阶级敌人和一切犯罪分子。搜查地点就是村边、野外的隐蔽场所。他们这种联合统一拉网式行动，往往收到很好的效果。

他们这一班人跑了一夜，还没有发现一个可疑对象。这一班人的队长又是个年轻、好胜、荣誉感比较强的人，马上就要空手而归了，恰巧在这路边

的瓜庵里发现了洛萌萌，队长就如获至宝，强烈的成就感油然而生。因此，他坚持把洛萌萌带到派出所，以此汇报他这一夜行动的成绩。

洛萌萌向他们苦苦哀求："我确实是一中的学生。我白天还得上课，请不要叫我去派出所了，我实在不想耽误功课。"

洛萌萌听见有一个人说："队长，我看他是个学生，别叫他去派出所了。"

另一个人说："那不行。坏人不是外表能看出来的，咱也不能光听他自己说，咱得提高阶级觉悟，把阶级斗争放在心上。宁信其是，不信其不是，不能麻痹大意。再者，咱跑了一夜，啥也没搞到，能空着手回去吗？别犹豫了，把他带走。"

洛萌萌只得跟着他们去派出所。

他们走着很高兴，谈笑风生，有一种喜得胜利果实的快乐。洛萌萌却愁眉不展，苦心思索。他发愁的是白天要缺席上课了，发愁的是如何让学校知道，赶快来解救他。

到派出所以后，他们把洛萌萌交给所长。所长一看是个年轻人，立即对他进行了盘问：

"你叫啥？"

"我叫洛萌萌。"

"是干啥的呀？"

"我是个学生，一中的。"

"你们的校长叫啥？"

"我们的校长是朱校长。"

"你是哪个班的？班主任叫啥？"

"二五班的。班主任叫刘琛。"

那人随即给一中打了电话。他们在电话里谈了一阵子后，转过头来对洛萌萌说："你回去吧。他们让你来是一种误会，请你原谅我们。"

洛萌萌说："没关系。谢谢。我得赶快回学校上课。"

所长看洛萌萌背着沉甸甸的行李，问道："背的这是啥呀？"

洛萌萌说："这是我一周的伙食。"

所长叫住一个年轻人，对他说："你用自行车带上洛萌萌，把他送到学校，他上午还得上课呢，别耽误他上课。"

第二十四章 考上出国留学生

那人把洛萌萌的行李放在前面的篓里,让洛萌萌坐在车子后面的货架上,然后对所长说:"我们走啦。"

洛萌萌感动得不知说什么好,只是不停地对所长说:"谢谢,谢谢。"自行车飞快地往前走着,洛萌萌激动的心情久久不能平息。

在一中门口上坡的地方,车子停了下来,洛萌萌下了车,把行李掂了下来。那人扭头走了,洛萌萌背着行李走进校门。学生们还正在吃早饭。

学生们吃饭的方式有两种:一种是学校开有大食堂,学生可以搭伙;另一种是学生自己想办法,自己背馍,或投亲戚、朋友。插大伙的学生,每月自食堂用面换来面票,用这种面票买馍、汤或一切面食品。交钱换菜票,买菜。食堂不是大锅饭制度,而是食堂制,即吃多少买多少。面票只能用粮食或面换,不能用现金买;菜票可以用钱买,多少不限。不搭伙的学生,除了在县城亲戚家吃饭以外,绝大部分学生都从家带馍。到开饭时,学生吃自己带的馍,喝些水,就是一顿。为了方便学生,学校在大食堂专门设一个大锅为学生馏馍,蒸红薯。也并不是每个带馍的学生都是在大锅里馏馍的,有很多学生不馏。每馏一次三分钱,也就是说每顿三分钱。一天九分。一个星期六天差一顿,十七顿,每周五角一分,每月两元零四分,就这两元多钱,对有些学生来说,确实拿不出来。洛萌萌就属于这一类。

这一部分学生吃饭有自己的吃法:他们把馍掰成小块,放在碗里,用开水房的开水先泡一会儿,把水倒掉,再添新开水,这样连续换几次水,直到把馍泡透,就可以吃了。夏天的馍容易变坏,带的馍三天以后就会长白毛,学生用开水把白毛冲掉后再吃。冬季的馍不容易坏,但它往往冻得像石头,又硬又凉,啃也啃不动,不用水泡开是无法吃到肚子里的。

有一次,也是在冬季,学校的开水房锅炉坏了,整个学校没开水喝。对广大学生喝水关系不大,冬季学生不怎么喝开水,可是对从家带馍的学生来说,问题就大了。他们不能用开水泡馍了,冻馍不泡开是很难吃的。很多学生把冻馍在大锅里馏一下,可是洛萌萌身上一分钱也没有,向别人借吧,以后不还得还吗?现在没有钱,还了就有钱了吗?再说,他又不想开这个口。他始终坚持一个理念:不管在任何困难下,只要一坚持就可以过去。这一次他也这么想,一坚持,就过去了。每顿吃饭时,他都啃冷馍。他咬一

417

口，在嘴里多嚼一会儿，馍在嘴里暖热了再咽到肚子里。头两天，即星期一、星期二还没有什么事儿。第三天，即星期三早饭后，他觉得肚子有些不舒服了。恰在这时，他的同班同学小胜的馍布袋丢了。洛萌萌赶快拿两个馍给他。他接过去一咬，冰凉。他问洛萌萌："这么凉，你怎么吃的呀？"洛萌萌没有回答。小胜知道他是没有钱，才不去馏馍的。他从口袋里掏出五角钱，对洛萌萌说："借给你五角钱，今天中午就把馍馏馏再吃，不要再吃凉的了。不然会吃坏肚子的。"洛萌萌说啥也不要这五角钱，他还要坚持，他说一坚持就过去了。

到星期六，洛萌萌已拉肚子两天多了。不吃药，也没有正常的饭，他的肚子越拉越厉害。他脸色很憔悴，浑身无力，他还是本着坚持的精神，坚持，再坚持。在课堂上，他一会儿用手拍拍额头，清醒清醒头脑；一会儿站起来活动活动脚步，抖抖精神。老师叫他回答问题时，他还是坚持回答完美，好像没有病一样，但他的气力和精神状态掩盖不住他整个身体的虚弱。

星期六下午，他举步维艰地踏上了回家的路。他每走十来里休息一会儿，一共休息了四次，才回到了家。

奶奶看见萌萌后，情不自禁地流下了眼泪。问道："怎么啦，孩子？怎么成这个样子？"

洛萌萌把缘由告诉奶奶后，奶奶很伤心，很后悔。她后悔自己太大意，后悔没有给他几个钱。她对萌萌说："你应该借些钱把馍馏一下。坚持是对的，但看坚持什么，不能坚持的不要坚持。像这一次就不应该坚持，把身体搞坏了，就麻烦了。"

花妮坐在一旁，一边听奶奶讲话，一边看萌萌胸前戴的那个闪闪发亮的牌子。她问萌萌："这是个啥呀？"

萌萌说："这是校徽，上面写的是我们学校名字，人们一看见这个牌子，就知道我是一中的学生。"

自从那次公安小分队统一行动中把他带到派出所以后，他每次离开校园时，总要把校徽戴上，以避免麻烦。

这天的晚饭，奶奶为萌萌做了白面条。她舀了一碗递给萌萌，萌萌轻轻溜着碗边喝了一小口说："奶奶，今晚的白面条没有过去的好喝。"

奶奶说："那是你胃口不好。其实今晚的面条应该好喝的。面条不但是

第二十四章 考上出国留学生

纯白面的,还是油腌葱花儿炝的锅,这叫葱花儿炝锅面条,是有名堂的。胃口不好时,吃啥都不香。"

吃罢晚饭后,奶奶让萌萌吃了两片治拉肚子的药,对他说:"赶快睡吧,天气不好,看样子就要下雪了。"

第二天起床最早的还是奶奶,花妮和洛萌萌起来的时候,奶奶已纺了半个线穗了。

北风呼呼地刮着,堵窗户的干草也挡不住呼呼的北风,草织的门帘被风刮得扑嗒扑嗒响。已是数九天,贼风不胜防,不仅仅是风大,云也厚,天也黑。奶奶扒着草帘向门外看看,深深地叹了口气:"一场大雪要来了,孩子咋走呢?"劝他不去学校吧,这不是她的性格,洛萌萌也不会同意;同意他走吧,孩子有病,身体极其虚弱,天气这么不好,怕孩子受不了。这种进退两难的思想让她实在难受。

吃罢早饭后,洛萌萌对奶奶说他要去学校,他说:"奶奶,今天天气不好,我得早点儿走,走走歇歇,用一天时间,总是不难走的。"奶奶无可奈何,叫他走吧,实在可怜他的身体;不叫他走吧,还不能让他轻易放弃,不能让他失去锻炼的好机会。她犹豫了半天才说:"走就走吧,当心点儿。"然后她对洛萌萌说:"这次带钱带粮票,不带馍了,你走着路轻松。"奶奶转身拿出钱和粮票,递给洛萌萌,说:"五块钱、二十斤粮票,还是全国粮票呢。"洛萌萌接过钱和粮票,又惊又喜,问:"哪里来的这么多钱和粮票呀?"奶奶理直气壮地回答:"挣的,全是奶奶挣的。"

奶奶整天想的、做的,没有别的,只有一个:挣钱让孙子上学。孙子是她的全部寄托、全部希望。把孙子供养出来,就是她的最终目的。她彻夜为人家纺棉花、做衣服、做鞋子、纳鞋底。花妮也帮助奶奶搞家务,还去地里挖野菜、拾柴火。一个多月以来,共挣十多元钱、二十斤粮票,除买面及其他零星开支以外,主要留着让萌萌上学。

花妮看着萌萌那疲惫不堪的身子和无精打采的脸,担心他在冰天雪地里步行四十多里路,能不能受得了。她不禁说出了这么一句话:"要是有个自行车让弟弟骑,就好了。"

奶奶说:"哪有钱买自行车呀?一辆得一百多块呢。好好上学吧,等你们长大挣到钱了,你们每人买一辆自行车。"

奶奶

洛萌萌说："不要说骑自行车了，光走路不带东西就不错了。"

是的，洛萌萌没有骑自行车的奢望，他的最大理想是步行去学校时，身上不背那沉重的东西。偶尔有一次他去学校时不带东西，那就是他的最大享受。带二十多斤东西，步行四十多里路，每周一个来回，这对一个成年人也是个不小的负担。然而，洛萌萌，一个十多岁的孩子，却顽强地坚持着。

洛萌萌穿上棉衣，用手巾包住耳朵，背上奶奶为他准备的小包袱，迎着刺骨的北风出发了。这次返校背的东西并不多，包袱里有一双袜子、四个煮熟的鸡蛋和几小包治拉肚子的药。东西很轻松，但洛萌萌的心情并不轻松；肩上的包袱并不沉重，但洛萌萌的脚步非常沉重。他走得很慢，并且走一会儿，歇一会儿。中午时，走了二十多里路，距学校还有一半路。寒风呼呼地吹，雪越下越大。他本来就爱冻耳朵，好像无情的北风专找他的痛处，偏要刮他的耳朵。洛萌萌感觉着他的耳朵不是风在刮，而是尖锐的钢刀在刮。

真是无独有偶，雪也来凑热闹，它光往脖子里钻。冰凉的雪，化成冰冷的水，沿着冰冷的脊梁往下流，对本来就暖不热的身子，更增加了寒意。

洛萌萌停下脚步，跺跺脚，拍打身上的雪，重新包一下头，坐在地上喘口气，静静心，安安神，抖抖精神，鼓鼓勇气，还得坚持。奶奶慈祥的面孔浮现在他面前，微笑着对他说："孩子，不要怕困难，要坚持，坚持就是胜利。"他想起了奶奶给他讲的故事。奶奶说："在第二次世界大战时，英国首相丘吉尔带领英国军队打败了疯狂的德国希特勒，取得了辉煌的胜利。事后，人们问他有什么经验时，他说：'我取得胜利有三条经验：第一，不放弃；第二，不放弃，不放弃；第三，不放弃，不放弃，不放弃。'"洛萌萌又有劲了。他站起来，自言自语道："我要坚持三条：第一是要坚持；第二是不放弃；第三是决不放弃。"

下午五点多钟，洛萌萌走到距学校七八里路的地方，再也走不动了，筋疲力尽，浑身冰凉。他把小包袱放在地上，沉甸甸的屁股砸到上面，两手抱住头放在膝盖上，闭上眼睛，浑身打哆嗦。十来分钟后，他可能感到太冷，挣扎着站起来，跟跟跄跄走到路沟里，坐下，这里避风，感觉不那么冷。他好像全身都冻透了，他把身子缩成一团，闭上眼睛，两手紧紧抱住头放在膝盖上。北风呼呼地刮着，大片大片的雪花落到路沟里，落到他的身上……

冬天的这个时候，天色已朦朦胧胧，看不清楚，可是今天是白茫茫一片,地里面的大小东西都清晰可见。

两个年轻人拉着一辆架子车,一个在车子上坐着,一个拉着,由北向南沿路而来。这两个人是兄弟,大的叫栓保,二的叫栓柱,是附近村里的农民。他们是去县食品公司屠宰场卖猪了。他们早上去得很早,因卖猪的人多,他们排长队等着过磅开钱,等了一大天,到这个时候才把猪卖回家。

他们走到洛萌萌躺着的地方时,首先看见路上一个鼓鼓的东西,被雪盖着。拉车的顺便用脚踢了下,露出一个小包袱。他们停下来,把小包袱拾起来,打开一看,是袜子、鞋子等日用的小东西,质量不高,粗布料,手工造,不是什么值钱货。他们首先想到的是谁丢在这里的东西,他们顺着路向南看看,向北看看,没有一个人影;再往四周望望,也没有人。在这一刹那,他们无意中发现路沟里躺着个人。他们急忙下到路沟里把人拉起,人已经失去了知觉。老大说:"一中的学生,身上有校徽。"老二说:"赶快把他送到学校抢救。"他们把洛萌萌放到车子上,把小包袱垫在他的头下,飞快地往学校跑去。

他们走到学校门口时,累得满头大汗,气喘吁吁。门卫一看他们不是学生,就问:"你们是干什么的呀?"

老大指着车子上失去知觉的学生,对门卫说:"你看,这是你们的学生,我们在路上捡的,现在给你们送回来。"

门卫一看,立即感到情况紧急,马上让他们放下车,把他们让到传达室,让他们坐下歇歇。他正想法与学校教导处联系时,架子车旁边站了一群学生。因为这个时候刚吃罢晚饭,还没有打晚自习预备铃,学生们正三三两两地在校园里、在校门口溜达。突然有一个学生叫起来:"哎呀!这不是咱们的班长——洛萌萌同学吗?"另一个学生随即说:"是的,就是他。"另一个学生说:"他怎么啦?"几个学生齐声说:"赶快把他抬到医务室。"

洛萌萌是初中二年级五班的班长。他不但学习好,其他各方面都好,班上同学都喜欢他,都愿意找他谈心,交流学习和思想情况。

二五班的学生都出来了,他们再三感谢这兄弟俩。兄弟二人把洛萌萌送到学校后立即就走,因为天已黑透了,他们不想回去得太晚,以免家人挂念。洛萌萌被送到医务室后,医生们仔细地做了检查,听听心脏,量量血压,立即打上吊针。

校长、班主任和二五班的全体学生都来到了医务室。

他们嘱咐医生，要尽快让洛萌恢复健康。

校医对校长和班主任说："他是严重营养不良，再加上严寒，使他体力不支，失去知觉，没有其他大碍。"

洛萌萌醒过来了。他睁开眼一看，发现自己躺在学校医务家里，他不知道怎么来到了这里。他看见学校领导、班主任和班上同学都在身旁，眼泪流了出来。有气无力地对领导和同学们说："我没事。"

朱校长离开时对医生说："今晚就让洛萌萌同学住在这里，别让他回宿舍，你们一定看护好他，看明天如何，如果病情不见好转，就得赶快去医院，千万别耽误了。"

小胜对刘老师说："今晚我在这里陪他。"

医生说："不用你们陪，我们这里有值班医生，你们都回去吧。"

老师和学生们都离开了医务室，洛萌萌在校医的陪同下，过了一个安静、舒服的夜晚。星期一上午，他如同往常一样，有气无力地坐在教室里，认认真真地倾听老师讲课。

星期二晚上，吃罢晚饭后，打晚自习预备铃以前，洛萌萌的班主任刘老师把他叫到办公室询问情况。洛萌萌把他家庭的经济情况以及上周日病倒在路上的原因，比较详细地告诉了他。班主任听后非常同情洛萌萌，他带着既关怀又责备的口气问："你为什么不早点儿说呢？为什么不写助学金申请呢？"没等洛萌萌回答，他自责地说："我有责任，我对你的家庭情况不够了解，我没尽到责任。"

洛萌萌支支吾吾地说："奶奶说让我坚持，她不让我写申请。"

刘老师很严肃地、带着命令的口气说："限你明天一天，把助学金申请报告交给我。"

第二天晚上，洛萌萌把助学金申请书交给了班主任。他对班主任说："我奶奶不知道，她始终不让我写。"

刘老师："这回我当家。我很快去你家给你奶奶解释。"

政府对困难学生的补助是采取"助学金"制。根据学生数，按一定比例把补助学生的钱数拨到学校。学校让班主任掌握学生的经济情况，把助学金发放给最困难的学生。各班的助学金不能在困难学生中平均分配，更不能

第二十四章 考上出国留学生

在全班学生中平均分配。助学金的发放必须经过下列程序：本人写申请，经过学生所在大队和公社签署意见后交到学校。学校经过调查核实后，再由助学金评审委员会进行评定，评定出甲、乙、丙三级，甲级每人每月五元，乙级每月四元，丙级三元。

每学年开学后，学校让困难学生写助学金申请报告。每年该写申请时，洛萌萌就问奶奶："奶奶，学校让困难学生写助学金申请报告，我写不写呀？"

奶奶说："政府对咱穷人的关心，这个情咱领了。咱虽然困难，总比新中国成立前好多了。我可以挣钱供应你上学。这个钱让别的更困难的学生享用吧，咱们不写。"

洛萌萌是个很孝顺的孩子，对奶奶的话，他肯定会照办的，他不写助学金申请报告，他家的经济情况，他也从来不对任何人讲。

星期五晚上，下罢晚自习以后，刘老师又把洛萌萌叫到他的办公室，对他说："你的助学金申请报告经过学校助学金评审委员会审查评定，决定给你甲等助学金，每月五元，每月十五日拿着自己的印章到学校会计那里领取。"

洛萌萌听了这话后，蒙了，他好像没听清楚刘老师说的话，他摇摇头、定定神、清醒清醒，他明白了，他每月可以领到五元钱助学金了。

洛萌萌非常激动，激动得哭了，激动得说不出话来。

钱啊！每月五元，可不是个小数，一个月搭大伙的费用就够了，以后可以搭大伙了，不用再吃坏肚子了，奶奶就可以轻松一些了。

钱啊！你来得好不容易啊！奶奶一个月拼死拼活，才勉强能挣到两元钱。

钱啊！你究竟是好东西还是坏东西？要说你是好东西，人们天天拼命挣你，你却躲躲闪闪，冷酷无情，好不客气；要说你是坏东西，人人都想得到你，没有你就无法生活，没有你就寸步难行，没有你就什么事也办不成。

洛萌萌最需要的就是钱，但最难得到的也是钱，常言说："钱难挣，屎难吃。"这么一个难得的玩意儿，现在每月给五元，凭白能拿到五元，凭什么呀！新社会的温暖，人民政府的关心。这不是天上掉的馅饼，而是共产党的关怀、关爱。

洛萌萌开始时有些恍惚，然而，这确实是真的，千真万确是自己的班主任告诉他的，这绝不会有半点儿假。

洛萌萌带着兴奋的心情去寝室睡觉，到宿舍以后，发现没有自己睡觉的地方了。自己的位置被两边邻居挤占完了，他好不容易把他们叫醒为他腾位置。他两个埋怨影响他们的睡觉了。洛萌也感到很内疚，他们正在熟睡，把他们叫醒，实在不应该，但他又有啥办法呢？

学校的住宿条件比较简陋，每班四十五名学生，一个住室，住室内靠墙搭两排铺板，让学生一个挨一个躺在木板上，每个学生应占的空间，根据该班学生的多少而定，一般是一个学生五十厘米。夏天，很多学生睡在外面，冬天就只能挤在一起了。夜里外出解手，回来后没有位置的事是常发生的。

有一次，一个叫小冬的学生，半夜去厕所回来后，睡的地方，被他的两个邻居侵占了。他就拼命把这两个同学往外推。这两个学生瞌睡特别大，很不容易弄醒，但又不能叫，叫声会影响其他同学，甚至会影响整个宿舍的人。只能用无声音的办法，这就是推。有时把他推醒，让他往外挪；有时推他时，他也挪动了，可是他并不知道。这是最简单、最省时间的办法。但也有时很难推动，只得把他推醒，他才挪挪位置。在多数情况下，这是非常普通的事情，有人把你推醒，也不是什么了不起的事。但有的同学，就没有那么简单了。有一年冬天，王小生就碰见这么一回事：他去厕所回来后，发现没有位置了。他推右边的邻居，邻居挪了挪；他又推左边的，左边这个同学就没有这么简单了，他醒来后，对王小生大发脾气。因为他经常失眠，这天晚上他刚睡着就被小生推醒，嫌小生太不体谅他的痛苦。他发火了，而且怒不可遏，火冒三丈，劈头盖脸地往小生身上打起来，嘴里还吐着恶言冷语。小生是个大个子，有力气，不服输，对对方的行为非常恼火。他想："你占住我的位置，让我没地方睡觉，我叫你挪挪，你不但不挪，反而打我，太不讲道理了。自己明明是对的，反遭这般无礼对待，哪能受这个窝囊气！"他也毫不示弱地与他打起来。小生扭住他的两条胳膊，把他往下摁时，正好砸在他的邻居小岑身上，小岑一下坐起来。厮打声、叫骂声、脚踏铺板的咚咚声，不但把整个宿舍的学生惊醒，也把左邻右舍的学生都惊醒了，很多学生站在院子里，打听事情的缘由。班主任来到宿舍，劝说大家回寝室睡觉，并说服当事双方暂时睡觉，天亮以后再解决他们的问题。

— 第二十四章 考上出国留学生 —

时隔不久，也是发生在这个宿舍里。一个半夜，小秋出去解手回来后没有睡觉的地方了。他睡不下，一躺就会压在邻居身上。他吸取了上次吵架的教训，不敢叫，也不敢推，怕对方醒来生气。于是，他采取了忍耐态度，宁愿牺牲自己，让大家睡个安生觉。他穿好衣服打算坐在门口的铺板边上。他估计天快亮了，待一会儿就该起床了。他刚要往铺板边上坐时，最里边的一个同学声嘶力竭地叫："小偷！小偷！抓小偷！抓小偷！"他这么一喊，全宿舍的学生也随声喊起来，有的还添油加醋："快抓住，别让跑了。"学生的声音都是可着喉咙吆喝的，又是在夜深人静时，一下子惊动了全校每个宿舍的学生。有的甚至起来拿棍子、拿绳子。"抓小偷，关住门，小偷在哪儿，别让他跑了……"的声音越来越响。你也喊，他也喊，都是跟着别人喊，大家都在喊，谁也没看见。喊声的共鸣震撼着老师的宿舍，震撼着整个学校，连学校周围的群众也惊动起来了。

小偷在哪儿？谁也不知道。谁看见小偷了？谁也没看见。校长在全体学生会上教育大家不要盲从，不要人云亦云。遇事要动脑子，不要跟着瞎嚷嚷。

洛萌萌把每月领五元助学金的消息告诉奶奶以后，奶奶激动得说不出话来。奶奶泪汪汪地对萌萌说："咱欠政府太多了。"

奶奶的这句话，暗含着她奋斗一生的苦辣酸甜，暗含着她对共产党、对人民政府的深情厚谊。

奶奶对洛萌萌说："孩子，你亲眼看到，是谁让我们翻身得解放的，是谁分给我们土地的，是谁把我们的住宅还给我们的，是谁帮助你上学的，是中国共产党，是人民政府。奶奶尽管拼死拼活，力量是有限的，是微不足道的，没有党和毛主席的领导，咱们某一个人的努力是无济于事的。因此，要永远跟着共产党，永远跟着毛主席。好好学习，把自己的毕生精力献给伟大的共产主义事业，为人类的解放而奋斗。"

进入初中三年级以后，学校对学生积极开展"一颗红心、两手准备"教育，根据国家的招生计划，一九五七年高中招收新生人数较少，初中毕业生升入高中的比例较低。县城一中，当年初中毕业生八个班，四百多人，可是当年高中招收新生数是一个班，四十多个学生，升学人数只占百分之十，这对当年初中毕业生压力很大，学校里积极宣传回农村参加农业生产

的好处和意义，学校里利用周末举行大型文艺晚会的机会，排练豫剧《朝阳沟》、号召学生向栓保和银环学习。学校还举办邢燕子事迹展览会，让学生们写学习心得，每班都召开学习邢燕子座谈会，学生在座谈会上发言，畅谈初中毕业后的打算。当然，都表示要高高兴兴回农村，快快乐乐参加农业劳动。

洛萌萌把这个情况告诉奶奶以后，奶奶说："万一考不上高中，就高高兴兴地回来，咱家正好没有人干活呢。但是，你一定努力争取考上高中，把考上当成你主要的奋斗目标。咱吃着国家的、花着国家的，现在的上学，就是为了将来报效国家，上学越多，报效的能耐就越强。初中毕业后就回农村参加农业劳动，这只是简单的体力劳动。如果你上到大学毕业，学了专业知识，那时，你的知识就渊博多了，你报效国家的能力就大大加强了，你的贡献就大得多了。"

洛萌萌说："回家参加农业生产不也是报效国家吗？"

奶奶说："你说得对，搞农业生产也是报效国家，但你的力量毕竟是有限的。如果你继续上学，就会学到高深的知识，甚至学到世界最先进的知识。你参加农业生产的贡献，怎能与你大学毕业以后的贡献相比呢！因此，你一定把学习当成重点，一定要考上高中。高中毕业后，还要考上大学。这是你父母亲对你的期望，也是我整天拼死拼活挣钱供你上学的最终目的。希望你不要辜负我们的期望。"

洛萌萌说："我本来也是这么想的。"

奶奶说："那就好。我相信你不会让我们失望的。"

洛萌萌的本来想法就是坚决把学习搞好，坚决升上高中，但当他看见奶奶脸上增加的皱纹，看见她两鬓苍苍的白发，看见她那饱经风霜的憔悴面颊时，他继续上学的决心就悄然消失。奶奶已经六十七岁了，她自从来到洛家以后，没有过一天好日子。新中国成立后虽然基本生活有了保障，但她还肩负着供萌萌上学的重担。奶奶太辛苦了，奶奶受的罪太多了。现在解放了，大家都翻身了，也得让奶奶翻翻身。现在是新社会了，大家都在过幸福生活，也得让奶奶享享幸福了。因此，不能再上学了，不能让奶奶继续辛苦了。但他看到奶奶想让他上学的决心以后，他不愿让奶奶失望，他下定决心，实现奶奶的梦想——升高中、上大学。

一到开学时,洛萌萌就对奶奶说:"就要开学了,又该交钱了。"

奶奶问:"多少钱呀?"

洛萌萌说:"书钱五元,学杂费四元,一共九元,不包括吃饭钱。"

就这九块钱,不知让洛萌萌哭过多少次,不知让他们作过多少难。有时奶奶会说:"我去你姑家,让你姑姑帮帮忙。"但这不是一次两次呀,每年两次交,三年就是六次。有时奶奶会说:"对你老师说一下,咱们晚些时候交。"晚些时候,实际上就是半个月后,洛萌又可以领到五元钱的助学金了,用这个钱可以交学杂费。

单从经济上来说,洛萌萌实在是没有上学的条件,但从主观愿望上说,他对上学有着强烈的愿望。他对奶奶说学校里进行"一颗红心、两手准备"教育,是让奶奶坚定支持他上学的信心。可是他这么一对奶奶说,奶奶反倒认为他对上学失去了信心。因此,她反复强调上学的重要性,要他继续升学,考上高中,不要让她失望。

洛萌萌升高中的信心更足了。学校里越开展劳动教育,他学习的劲头越大。他把每门功课都做了详细的复习计划,到高中考试时,每门功课至少复习三遍,而且把课本知识搞细、搞透,要做到万无一失,确保升学考试不能失败,只能胜利。一天晚上,上晚自习的时候,他在黑板上用粉笔写上:"上高中、升大学,定要留洋莫斯科。"他的班主任刘老师看见他写的字以后,对他说:"加油,我支持你。"

一九五七年秋,洛萌萌初中毕业后经过考试,顺利考入了高中。县城一中从一九五六年秋季开始招收高中生,一九五七年是该校的第二届高中。这一届高中就一个班,四十二人,是从初中毕业的八个班里面挑选出来的。从一九五七年到一九六〇年,洛萌萌在这里上了三年高中。在这一阶段,社会上政治运动一个挨一个,反右倾、总路线、大跃进、人民公社、大锅饭、大炼钢铁、农业上的大兵团作战、深翻土地、挖坑塘、大放卫星等。这些社会活动都不同程度地反映到学校中来,老师的教学和学生的学习都受到很大影响。老师们由校长带领大炼钢铁,改造一辆自行车当鼓风机,老师骑着自行车鼓风;学生们去沙岗上捡砂姜,碾碎以后做水泥;学生们到国有农场挖坑塘等。

洛萌萌在这三年高中生活中,在学习方面,他非常刻苦。在其他方面的

表现也很突出，每一学期都被评为"三好"学生。在经济方面，除了政府发给的助学金以外，他坚持搞勤工俭学。他知道家里已拿不出一分钱了。姐姐已出嫁，奶奶已近七十岁，已没有能力再靠体力劳动挣钱了。因此，他下定决心，自己供养自己，不从家里拿一分钱。

他搞的勤工俭学活动主要有这些：为企业单位搞装卸或搬运，为收购公司捡钢铁，为国有农场除草。搞运输或搬运是计件工，承包制，干完一摊活儿一清账。它的好处是干完活就可以拿到钱；它的缺点是干活没有连续性，这一摊活干完后，得另外找新活。这种活儿往往不是一个人能干得了的，经常是几个同学一起干。有时给人家卸煤、运煤，这往往是全班同学一起干，才能干完。为国有农场除草，不是计件活，而是按天算，干一天八角钱，不管吃饭，也不管往返路费。国有农场在和尚庄，离县城二十里路，学生们很早起床，八点钟前赶到农场，不耽误八点钟上班。他们在农场吃饭，一天三顿饭，共花五角钱。每天可以净赚三角钱。当然，这属于低廉劳动。在没有其他挣钱门路的情况下，就为着这三角钱，学生们都抢着干。

高中的三年是洛萌萌艰苦奋斗的三年。他奋斗出了可喜的成绩，1960年高中毕业后，他参加了高考。他报考的前三个志愿是：

1. 留苏学生预备部；
2. 北京大学东方语言系；
3. 北京外国语学院英语系。

一天上午，洛萌萌收到了大学录取通知书：

洛萌萌同学：

你已被留苏预备部录取。请于一九六〇年九月一日以前，到北京外国语学院留苏预备部报到。

北京外国语学院留苏预备部
一九六〇年八月二十日

洛萌萌高兴得热泪盈眶。他立即拿着通知书去让奶奶看。

洛萌萌："奶奶，奶奶，我考上了。考的是北京外国语学院留苏预备部。"

奶奶珠泪双倾地接住通知书，两手摸了又摸。尽管不识字，还是正面看看，反面看看。嘴里不住地嘟囔着："我的目的达到了，你爷爷，你爹娘的夙愿实现了，他们都可以安息了。"

奶奶："孩子，你考这留苏预备部，是个啥学校呀？啥叫留苏预备部呀？"

萌萌："留苏，是去苏联上大学。预备部，是培养去苏联上大学的部门。也就是说，准备去苏联上学的学生，必须在留苏预备部学习二年俄语，才可以去。不然，听不懂人家讲课。这个预备部在北京外国语学院设着，所以叫北京外国语学院留苏预备部。"

奶奶："咦！国家想得真周到。去苏联上大学要钱吗？咱出不出钱呀？咱可是没那么多的钱呀。"

萌萌："当然要钱啰。不过不叫咱自己出，是国家出的。"

奶奶："又花国家的钱了。"

当天下午，奶奶领着萌萌去到爷爷和爹娘的坟前。萌萌恭恭敬敬地分别跪在他们的坟前磕了三个头后，庄严肃穆地说："爷爷、爹爹、妈妈，萌萌特来敬告你们，我考上了北京外国语学院留苏预备部，两年以后要去苏联上大学。奶奶很高兴，我来给你们报喜。我没辜负你们的期望，请你们安息吧。"

去上学的日子快到了。奶奶问萌萌："孩子，你去北京上学，都带些什么呀？"

萌萌："除了带被子、褥子、衣服和一些生活用品外，别的什么也不用带。"萌萌这样说是为了不再让奶奶作难。上学需要钱，这是明摆着的事实。从这里到北京先坐汽车，再坐火车，这两项就得十多块，（从郑州到北京前门车站，慢车票十二块钱，学生票半价六块钱）此外，还有吃饭钱。这在当时对萌萌这样的家庭来说，十多块钱并不是个小数。但洛萌萌偏偏对奶奶说不需要钱，因为他明知道奶奶没有钱，如果如实告诉她需要的钱数，奶奶拿不出钱，心里难受。农村正是生活困难时期，劳力棒的家庭还勉强顾住嘴，没有劳力的家庭，日子非常难熬。究竟如何能去到北京，洛萌萌自己也不清楚。他仍然坚持他的信念：坚持到底，决不放弃，坚持就是胜利。

他上学时不向奶奶要钱，去北京上学也不向奶奶要钱。整个暑假期间，他仍吃住在学校，每天去街上找活，一个商店一个商店地挨门串，询问他们

429

有什么活需要他帮忙。商店里的活无非是进货、卸货、整理文件、抄写材料等，都是些小活，干干也挣不了几个钱，但就这也是难得的。

当时学校有一个"困难学生上学补助费"项目，补助对象必须符合下列两个条件：首先是家庭经济困难的；其次是考入外省学校的，尤其是路途比较遥远的。洛萌萌正好符合条件。他领了上学补助费十五元。他的班主任刘老师给他了五元，学校总务处会计李老师给他了五元，有的老师给他三元，有的给他两元。他的好同学也帮他的忙，有的给他一双鞋，有的给他一件上衣，有的给他一条裤子，还有不少同学给他一些生活用品。不管是老师，还是同学，他们有一个共同的愿望，也是对洛萌的唯一要求：到他出国时，把他出国用的相片给他们每人寄回来一张。

八月二十八日，洛萌萌打算再回家看看奶奶。他就要走了，就要去很远很远的地方了，他不想离开奶奶。去北京上大学是他梦寐以求的事，他有生以来从来没有这么高兴过，可是当他真的就要走时，他却忧心忡忡。奶奶七十多岁了，身边离不开人了。在瓢泼大雨的夏天，有人来为她做饭吗？在北风呼啸的冬天，有人来为她烧个热汤吗？她有个头疼发热怎么办？谁给她拿些药？谁给她烧些开水？他想起了奶奶的孤苦伶仃，想起了奶奶的行动不便，他痛心疾首，他悲伤万分，自他有记忆以来，他从来也没有这么悲伤过。他自言自语道："奶奶费尽千辛万苦把我抚养大了，可是自己已成风烛残年了。"

当他到家时，天已是傍晚，奶奶仍按她的老习惯，晚上不动锅，不吃晚饭。她正和衣躺在床上，眯缝着眼在想心事："萌萌已走到北京了吧？他独自一个人吗？孩子没有出过门，一个人行吗……"洛萌萌走进屋子，叫道："奶奶，奶奶。"

奶奶有些聋，她没有听出是谁的声音，只感到外面有人进来。她问道："谁呀？"

萌萌答道："我呀，奶奶，萌萌。"

奶奶："谁呀，萌萌？"奶奶说着，站起来往外走，萌萌急忙扶住她，说："刚起来，慢点儿。"

奶奶已经知道他是萌萌了，喜出望外地问："孩子，你不是去北京了吗？怎么又回来了？"

萌萌："我还没走，奶奶，我后天走，今天再回来看看你。"

奶奶一听就知道他是在牵挂她,是她让萌萌难舍难分;她很清楚,这样会影响他的学习,影响他将来的工作,影响他的前途。

奶奶:"你看我个啥呀?我好好的,不要挂念我。一个人长大,或想干些事业,总不能老守在家里吧。北宋时的范仲淹就说过:'先天下之忧而忧,后天下之乐而乐。'你是国家培养大的,要先为国家效劳,不要动不动先把家事放在前面,这哪能行啊!不要总思念着我。你姐姐离这里又不远;再者,还有生产队的干部,我要是有了啥事,他们一定会管的,你不要总想着家,总想着我,这样会耽误你的学习。在学校一定把学习搞好,这是工作的本钱。毕业后叫去哪里就去哪里,哪里需要就去哪里。人们说'忠孝不能两全',依我说呀,尽忠就是最大的孝。"

萌萌:"是的,奶奶。我记住了。"

第二天即八月二十九日,洛萌萌又回到学校。把准备要带的东西都收拾好,把该交代的事情交代了,把一切办理妥当,准备第二天出发。

一九六〇年八月三十日,洛萌萌早早吃了饭,穿上同学们给他的紫花衬衣、灰夹裤和黑鞋,把二十多块钱装在内衣口袋里,用别针别起来,告别了母校,在老师和同学们的欢送声中,踏上了去北京的路。可是他担心奶奶没有人照顾,这个阴影在他脑子里始终存在着,时隐时现,挥之不去。他心里念叨着:"奶奶,您放心吧,我一定好好学习,将来很好地报效祖国,决不辜负您对我的期望。"

奶奶

| 后 记 |

　　本书中的萌萌就是我本人。奶奶和花妮都是真实姓名。

　　本书是以我的家庭经历为背景写成的，书中的很多事件都是我家的具体事实。这些事实，有些是我亲眼看见或经历的，有些是奶奶的讲述。因此这本书也可以说是我的家史。

　　忘记过去，就意味着背叛。

　　我有个悲惨得令常人难以想象的童年。一个年迈老人，带领两个孙子，在那万恶的旧社会谋生，需要克服的困难是可想而知的。由于奶奶勇于拼搏的顽强精神以及坚持、再坚持的坚强意志，熬到了解放军的到来，迎来了翻身解放。我开始上学了，我们一家三口人的生活也逐渐好起来。我高中毕业后参加高考，被录取为国家保送的留苏预备生。本来计划在北京外国语学院学习二年俄语后，去苏联上大学。但由于当时中苏关系降到冰点，国家取消了我们这一批学生的留苏计划，我们可以自由选择去国内各个大学（在该大学还有空额及你原报的第一志愿的前提下）。我选择了北京外国语学院英语系。该校毕业后，分配到外交部第一亚洲司工作。一九六六年六月，毛主席接见尼泊尔外交部部长比斯塔时在毛主席身边做现场记录。我曾被派到非洲赞比亚从事翻译工作。

　　本书中的三个主要人物——奶奶、花妮和萌萌——后来的情况：

　　奶奶在孙媳妇陈梦莲的照顾下，幸福地度过了晚年。病故于一九七八年，享年八十八岁。花妮，长大成人后，嫁给一个当地农民，生有子女，于二〇〇九年病故，享年七十四岁。

　　为了照顾奶奶，我从北京调回本县，从事教育工作直到二〇〇〇年退休。家庭美满幸福，四世同堂。在儿女们的精心照顾下，过着清闲、舒适的养老生活。

二〇二二年一月十六日

图书在版编目（CIP）数据

奶奶 / 罗建明著. -- 北京：中国广播影视出版社，
2022.8（2024.1重印）
ISBN 978-7-5043-8853-7

Ⅰ．①奶… Ⅱ．①罗… Ⅲ．①长篇小说－中国－当代 Ⅳ．①I247.5

中国版本图书馆CIP数据核字（2022）第098922号

奶 奶

罗建明 著

责任编辑	张 顿
封面设计	嘉信一丁
责任校对	张 哲

出版发行	中国广播影视出版社
电 话	010-86093580 010-86093583
社 址	北京市西城区真武庙二条9号
邮 编	100045
网 址	www.crtp.com.cn
电子信箱	crtp8@sina.com

经 销	全国各地新华书店
印 刷	三河市同力彩印有限公司
开 本	710毫米×1000毫米 1/16
字 数	380（千）字
印 张	27.75
版 次	2022年8月第1版 2024年1月第2次印刷
书 号	ISBN 978-7-5043-8853-7
定 价	68.00元

（版权所有 翻印必究·印装有误 负责调换）